W0225216

TOKYO REVISITÉE

Du même auteur
Chez le même éditeur

Le Quatuor du Yorkshire
1974
1977
1980
1983

GB 84
44 jours
Rouge ou mort

La Trilogie japonaise
Tokyo année zéro
Tokyo ville occupée

DAVID PEACE

TOKYO REVISITÉE

Traduit de l'anglais par Jean-Paul Gratias

Collection fondée par François Guérif

RIVAGES/NOIR

Retrouvez l'ensemble des parutions
des Éditions Payot & Rivages sur

payot-rivages.fr

Collection dirigée par Valentin Baillehache
et Jeanne Guyon

Ouvrage publié sous la direction
de François Guérif

Titre original : *Tokyo Redux*

© David Peace, 2021
© Éditions Payot & Rivages, Paris, 2022
pour la traduction française

TOKYO REVISITÉE

À William Miller,
comme toujours,
et avec mes remerciements, en particulier,
à Shunichirō Nagashima et Junzo Sawa

Plus tard, par une nuit de l'été 1949,
Le Bouddha m'est à nouveau apparu
Dans ma cellule, à côté de mon oreiller
Il m'a dit :
L'affaire Shimoyama est une affaire criminelle
L'affaire Teigin en est la source
Elle est la source de tous les crimes
Quiconque résoudra l'affaire Shimoyama
Résoudra l'affaire Teigin
Et trouvera la clé de tous les crimes

« Sadamishi Hirasawa », poème,
extrait de *Natsuame Monogatari*,
de Kuroda Roman,
traduit par Donald Reichenbach

Dans les Jardins de l'Occident

Au crépuscule, à la frontière, ils doivent se baisser pour passer la porte d'entrée du garage. Le cadavre gît sur le sol en ciment, sous un drap blanc taché de sang. Ils enfilent leurs gants. Ils repoussent le drap jusqu'au milieu du corps. La tête et les cheveux sont couverts de sang. Il y a un trou noir sur le côté gauche du torse. Un pistolet se trouve près de la main droite, grande ouverte.

Vous le connaissiez personnellement ? demande l'inspecteur du Département de la police d'Édimbourg, Hidalgo Co., Texas.

La main gauche du cadavre repose sur la jambe gauche de son pantalon. Ils retournent la main. Ils touchent les cicatrices sur le poignet. Ils secouent la tête.

Eh bien, heureusement que vous êtes venus rapidement, dit l'inspecteur. En mars, la température peut atteindre les trente degrés. L'odeur, c'est autre chose, croyez-moi.

Quittant le cadavre des yeux, ils scrutent le garage : beaucoup de pistolets et de fusils dans des armoires et sur les murs, et des caisses entières de munitions sur des étagères et sur le sol.

D'habitude, on ne les laisse pas traîner longtemps sur les lieux, commente l'inspecteur. Autant que possible.

Ils regardent de nouveau le cadavre. Ils rabattent le drap sur son visage. Puis ils se relèvent et se dirigent vers un grand plan de travail qui court tout le long du mur.

On a tout laissé comme on l'a trouvé, dit l'inspecteur. Exactement comme vos supérieurs nous l'ont demandé.

Au-dessus de l'établi, il y a une photographie encadrée représentant un masque japonais : *le Masque du Mal*.

Pas de message, précise l'inspecteur. Juste cette carte postale.

Ils examinent l'établi. Il est recouvert d'une simple feuille d'un vieux journal, la page 16 du *New York Times* datée du mercredi 6 juillet 1949. On y voit la photo de troupes américaines défilant le 4 juillet dans une grande rue de Tokyo. Sous la photo, le titre suivant : LE PATRON DES CHEMINS DE FER DE TOKYO RETROUVÉ DÉCAPITÉ. Sur la page de journal, une carte postale est calée contre un réveille-matin. Ils prennent la carte postale qui représente le fleuve Sumida à Tokyo.

Je suppose que notre ami Stetson était vraiment fasciné par le Japon, pas vrai ? Je me demande bien pourquoi, je vous jure.

Ils regardent le réveil posé sur l'établi. Les aiguilles sont arrêtées à douze heures vingt.

Il y a quarante ans, on les a battus à plate couture. Aujourd'hui, c'est la seconde puissance économique mondiale. À se demander pourquoi on s'est donné tant de mal. Ils doivent se retourner dans leurs tombes, tous ces braves gars qui sont morts pour rien. Aujourd'hui, la moitié du pays roule en voitures japonaises et regarde la télé sur des postes japonais. Ça n'a pas de sens, à mon avis. À n'y rien comprendre, je vous jure.

Retournant la carte postale, ils déchiffrent les quelques mots gribouillés au dos : *On baisse le rideau.*

I

LA MONTAGNE D'OSSEMENTS

I

Le Premier Jour

5 juillet 1949

L'Occupant a la gueule de bois, mais il est quand même venu travailler : avec une barbe mal rasée et des auréoles de transpiration sous les bras, grimpant et descendant les étages et arpentant les couloirs, tirant la chasse des toilettes et ouvrant les robinets, ouvrant et fermant les portes des bureaux, des armoires et des classeurs, fenêtres grandes ouvertes et ventilos à fond, stylos grattant le papier et machines à écrire cliquetantes, dans le vacarme des téléphones et le hurlement des conversations. Un appel pour toi, Harry.

Au quatrième étage de l'immeuble NYK, dans les immenses locaux du Département de la sécurité publique, Harry Sweeney passe la porte du bureau 432, se dirige vers son poste de travail, remercie Bill Betz d'un signe de tête, lui prend le combiné des mains, le porte à son oreille et dit « Bonjour ».

Inspecteur Sweeney ?

Lui-même, à l'appareil.

Trop tard, murmure une voix d'homme, un Japonais, puis plus un mot, silence complet sur la ligne, et la communication s'interrompt.

Harry Sweeney repose le combiné sur son socle, prend un stylo sur son bureau et puis regardant sa montre, note la date et l'heure de l'appel sur un bloc de papier jaune : 9 h 45 – 05/07. Décrochant le combiné, il appelle la standardiste :

Ma communication a été coupée. Pouvez-vous la rétablir ?

Patientez une minute, je vous prie.

Merci.

Allô, voilà, j'ai trouvé le numéro, inspecteur. Voulez-vous que je le rappelle pour vous ?

S'il vous plaît.

Ça sonne, je vous le passe, inspecteur.

Merci, dit Harry Sweeney, qui entend la sonnerie au bout du fil, puis :

Café Hong Kong, répond une voix de femme en japonais. Allô, allô ?

Harry raccroche. Reprenant son stylo, il inscrit le nom du café à côté de l'heure et de la date de l'appel. Puis il va jusqu'au bureau de Betz et lui demande : Hé, Bill. Cet appel que tu viens de me passer. Qu'est-ce que le type t'a dit ?

Il a juste demandé à te parler. Pourquoi ?

Personnellement ?

Oui, pourquoi ?

Rien. Il m'a raccroché au nez, c'est tout.

Il a peut-être eu la trouille. Désolé.

Ça ne fait rien. Merci d'avoir pris l'appel.

Tu as pu avoir son numéro ?

Il appelait d'un café, le Hong Kong. Tu connais ?

Non, mais Toda pourra peut-être t'aider. Demande-lui.

Il n'est pas encore arrivé. J'ignore où il est.

Tu plaisantes, ricane Bill Betz. Ne me dis pas que ce petit salopard est sorti et s'est pris une bonne cuite.

Harry Sweeney sourit : Comme tout bon patriote qui se respecte. Ça n'a pas d'importance, laisse tomber. Reste à ton poste, petit veinard. Il faut que je parte.

T'as de la chance. Où vas-tu ?

J'ai rendez-vous avec les camarades de retour de l'Enfer rouge. Ordre du colonel. Tu veux t'incruster ? Écouter les chants communistes ?

Tout bien réfléchi, je vais rester au frais ici. Je te laisse tes petits copains cocos. Ils sont tout à toi.

Harry Sweeney commande une voiture de service, fume une cigarette et boit un verre d'eau, puis prenant son veston et son chapeau, emprunte l'escalier pour descendre dans le hall de l'immeuble. Il achète un journal et parcourt les grands titres :

LE COMMANDEMENT SUPRÊME DES FORCES ALLIÉES (SCAP) DÉCLARE HORS LA LOI LE PARTI COMMUNISTE INTERNATIONAL : LE JAPON DOIT SERVIR DE REMPART / INSURRECTION D'ORIGINE COMMUNISTE AU NORD DU JAPON / LE LEADER DU PARTI COMMUNISTE ARRÊTÉ / LE SYNDICAT NATIONAL DES CHEMINOTS SE PRÉPARE

À CONTESTER LES LICENCIEMENTS ANNONCÉS PAR LA DIRECTION DES CHEMINS DE FER JAPONAIS / LES ACTES DE SABOTAGE CONTINUENT / RETOUR DES RAPATRIÉS PRÉVU AUJOURD'HUI À TOKYO.

Levant les yeux, il aperçoit sa voiture qui l'attend au coin de la rue. Il replie son journal, sort de l'immeuble et se jette dans la fournaise ambiante. Montant à l'arrière de la voiture, il ne reconnaît pas le chauffeur : Où est Ichirō aujourd'hui ?

Je l'ignore, inspecteur. Je suis nouveau.

Comment t'appelles-tu, mon gars ?

Shintarō, inspecteur.

OK, Shin, on va à la gare d'Ueno.

Bien, inspecteur, dit le chauffeur. Prenant son crayon coincé derrière l'oreille, il inscrit la course sur son carnet.

Shin ?

Oui, inspecteur.

Ouvre les vitres et mets la radio, s'il te plaît. On va voyager en musique.

Oui, inspecteur. Très bien, inspecteur.

Merci, mon gars, dit Harry en baissant la vitre arrière. Après s'être épongé le visage et la nuque avec son mouchoir, il s'installe confortablement sur la banquette et ferme les yeux, bercé par une symphonie qu'il connaît mais dont il ne retrouve pas le titre.

Trop tard, grogne Harry Sweeney, reprenant conscience, ouvrant grand les yeux. Il se redresse, le cœur battant, le menton couvert de salive, la poitrine couverte de sueur. Bon sang !

Désolé, inspecteur, dit le chauffeur. On est arrivés.

Harry Sweeney s'essuie la bouche et le menton, et tire sur sa chemise pour la décoller de sa poitrine. Il regarde à l'extérieur : le chauffeur s'est garé sous le pont de la voie ferrée situé entre le marché et la gare. La voiture est cernée par une foule de gens allant et venant dans tous les sens et l'air inquiet, le chauffeur observe son passager dans le rétroviseur.

Harry Sweeney sourit, lui fait un clin d'œil, ouvre la portière et sort de la voiture. Se penchant vers le chauffeur, il lui dit : Attends-moi là, mon gars. Aussi longtemps qu'il le faudra.

Bien, inspecteur.

Harry Sweeney s'éponge à nouveau le visage et le cou, met son chapeau et sort son paquet de cigarettes. Il s'en allume une et en passe deux par la fenêtre au chauffeur.

Merci, inspecteur. Merci beaucoup.

De rien, mon gars, répond Harry, puis fendant la foule, il se dirige vers la gare. Les gens s'écartent sur son passage, voyant qui il est : un grand Blanc, américain.

L'Occupant.

Il remonte l'immense hall de la gare d'Ueno, encombré d'une foule de gens et de monceaux de bagages, dans une brume de fumées et de chaleur et une forte odeur de sueur et de saumure, jusqu'au guichet de contrôle des billets. Montrant son insigne du Département de la sécurité publique au contrôleur, il se dirige vers les quais. Quand il aperçoit les drapeaux rouges rutilants et les banderoles peintes à la main du Parti communiste japonais, il sait qu'il est sur le bon quai.

Harry Sweeney se tient sur le quai, au fond, dans l'ombre, s'épongeant le visage et le cou, s'éventant avec son chapeau, tirant sur sa cigarette et chassant les moustiques, surplombant du regard la foule des femmes japonaises qui attendent : mères, sœurs, épouses et filles. Il regarde le long train noir qui entre en gare. Il sent alors le mouvement de la foule qui commence à se hisser sur la pointe des pieds avant de se précipiter en direction des wagons. Il voit aussi le visage des hommes aux fenêtres et aux portes du train : ce sont les visages d'hommes qui ont été prisonniers de guerre pendant quatre ans dans les geôles de la Sibérie soviétique ; quatre années à devoir passer aux aveux et faire acte de contrition, quatre années de rééducation et d'endoctrinement ; quatre années de travaux forcés, de brutalité sans pitié. Ceux-là, ce sont les veinards, ceux qui ont eu de la chance ; eux n'ont pas été massacrés en Mandchourie en août 1945, ils n'ont pas été forcés de se battre et de mourir au combat d'un côté ou de l'autre des armées chinoises ; ils ne sont pas morts de faim durant le premier hiver après la fin de la guerre, ce ne sont pas eux qui ont péri pendant l'épidémie de variole d'avril 1946, ni du typhus en mai, pas plus que du choléra en juin. Eux font partie des 1,7 million d'heureux veinards faits prisonniers par l'armée rouge, du bon million que l'Union soviétique vient de décider de libérer et rapatrier.

Harry Sweeney regarde ces heureux chanceux descendre du grand train noir et tomber dans les bras de leurs mères et leurs sœurs, de leurs femmes et leurs filles, toutes en pleurs. Il voit que ces hommes ne pleurent pas, eux ; gênés, ils se tournent vers leurs compagnons d'armes. Il les voit détourner les yeux de leur famille pour ne regarder que leurs camarades. Et leurs lèvres s'ouvrir pour entonner un chant. Sous ses yeux, mères et sœurs, filles et femmes s'écartent de leurs fils et de leurs frères, de leurs maris et de leurs pères, reculant, les mains pendantes, en silence, avec des larmes qui continuent de couler sur leurs joues, tandis que le chant de ces hommes résonne de plus en plus fort.

Harry Sweeney reconnaît ce chant, cet air et ces paroles : *L'Internationale.*

Qu'est-ce que tu as bien pu foutre, Harry, où étais-tu fourré pendant tout ce temps ? murmure Bill Betz, à la minute où Harry Sweeney entre dans le bureau 432.

Le prenant par le bras, Betz l'entraîne dans le couloir. Shimoyama a disparu et c'est l'enfer !

Shimoyama, le type des chemins de fer ?

Ouais, le type des chemins de fer, le foutu président de la compagnie, murmure Betz avant de s'arrêter devant la porte du bureau 402. Le patron est là avec le colonel. Ils veulent te voir. Ça fait une heure qu'ils t'attendent.

Betz frappe deux coups à la porte du bureau du colonel. Il entend une voix lui crier « Entrez ». Il ouvre la porte et pénètre dans le bureau, Harry Sweeney sur ses talons.

Le colonel Pullman est assis à son bureau. En face de lui, le chef Evans et le lieutenant-colonel Batty. Toda est aussi présent, derrière le chef Evans, un bloc de papier jaune à la main. Jetant un regard autour de lui, il salue Harry Sweeney au passage.

Désolé d'être en retard, colonel, dit Sweeney. J'étais coincé à la gare d'Ueno. Pour l'arrivée du dernier train de rapatriés.

Bon, maintenant vous êtes là, dit le colonel. Un de retrouvé au moins ! Betz vous a mis au courant ?

Il m'a simplement dit que le président Shimoyama avait disparu.

Nous sommes venus sans tarder, colonel, à la minute où Sweeney est rentré, déclare Betz.

Bon, il y a pas mal d'autres choses à dire, poursuit le colonel. Monsieur Toda, pourriez-vous avoir l'amabilité de récapituler, au bénéfice de votre collègue inspecteur, le peu d'informations dont nous disposons ?

Oui, colonel, répond Toda qui se met à lire ses notes. À treize heures précises, j'ai reçu un appel d'une source fiable du quartier général de la police métropolitaine m'informant que Sadanori Shimoyama, le président de la Société nationale des chemins de fer du Japon, avait disparu tôt le matin même. J'ai eu ensuite confirmation que M. Shimoyama avait quitté son domicile de Denen Chōfu aux alentours de huit heures trente pour se rendre à son bureau de Tokyo, mais que personne ne l'avait vu depuis. Il était en voiture, une berline Buick modèle 1941, immatriculée 41173. Le véhicule appartient à la compagnie ferroviaire et c'est le chauffeur attitré de M. Shimoyama qui était au volant. Ma source m'a ensuite confirmé que les autorités policières de la ville avaient été informées de cette disparition à treize heures environ et que la police avait effectué un contrôle des accidents déclarés et qu'aucun n'impliquait le véhicule en question. La notification officielle de la disparition nous a été faite il y a une heure, à treize heures trente, et nous avons été avisés que tous les services de police du Japon avaient été dûment informés et mettaient tout en œuvre pour localiser le président Shimoyama. À notre connaissance, l'information n'a pas été transmise à la presse ni à la radio, jusqu'à présent.

Merci, monsieur Toda, dit le colonel. Bien, messieurs. D'un point de vue général, nous sommes plutôt pessimistes dans cette affaire. Hier, comme vous le savez sans doute, Shimoyama a donné son aval à l'envoi de trente mille lettres de licenciement, une autre charrette d'environ soixante-dix mille personnes devant être expédiée la semaine prochaine. Et ce matin, il ne se pointe pas à son bureau. En se promenant dans n'importe quelle rue de la ville, sur tous les murs et les lampadaires, on peut voir des affiches proclamant « À mort, Shimoyama », n'est-ce pas, monsieur Toda ?

Oui, colonel. C'est exact, colonel. Ma source m'a également indiqué que le président Shimoyama était constamment harcelé par les employés opposés aux licenciements de masse et au programme de restriction et qu'il a reçu de nombreuses menaces de mort.

Y a-t-il eu des arrestations ?

Non, colonel, pas que je sache. Si j'ai bien compris, les menaces étaient anonymes.

Bien, conclut le colonel. Chef Evans –

Se levant, le chef Evans fait alors face à Bill Betz, Susumu Toda et Harry Sweeney, prenant soin de ne pas boucher la vue du colonel

Pullman : On laisse tomber sur-le-champ tous les dossiers en cours et on se consacre uniquement à cette affaire jusqu'à nouvel ordre. On part du principe que Shimoyama a été enlevé, soit par des employés des chemins de fer, soit par des syndicalistes ou par des communistes, ou par une conjuration des trois, et qu'il est retenu contre son gré dans un lieu inconnu. C'est dans cette optique qu'il faut mener cette enquête jusqu'à preuve du contraire. C'est clair ?

Oui, chef, acquiescent Toda, Betz et Harry Sweeney.

Toda, allez au central de la police métropolitaine et ouvrez les yeux et les oreilles. Je veux être informé de ce qu'ils savent dès qu'ils ont découvert quoi que ce soit, et qu'on me dise ce qu'ils ont l'intention de faire avant même qu'ils lèvent le petit doigt, c'est bien compris ?

Oui, chef. Bien, chef !

Monsieur Betz, vous irez à Norton Hall voir ce que le CIC[1] sait sur ces menaces de mort. Contentez-vous de remuer de l'air, comme d'habitude, mais au moins, on ne pourra pas nous reprocher de n'avoir rien fait.

Bien, chef.

Sweeney, rendez-vous au ministère des transports. Trouvez notre contact chez eux et voyez ce qu'il sait.

Bien, chef.

Le colonel, le lieutenant Batty et moi-même devons nous rendre à une réunion au Dai-ichi avec le général Willloughby, entre autres. Mais dès que vous aurez la moindre information concernant M. Shimoyama, appelez immédiatement le bureau du Dai-ichi et demandez à être mis de toute urgence directement en relation avec moi. C'est clair ?

Oui, chef, répondent Toda, Betz et Sweeney d'une seule voix.

Merci, chef Evans, dit le colonel. Sortant de derrière son bureau pour se mettre à côté du chef, face à William Betz, Susumu Toda et Harry Sweeney, il les dévisage un par un, les fixant droit dans les yeux : Le général Willoughby veut qu'on retrouve cet homme. Il faut le retrouver. Aujourd'hui et vivant !

Oui, colonel, aboient en chœur Toda, Betz et Sweeney.

Très bien, conclut le colonel. Rompez !

---

1. Counter Intelligence Corps : service de renseignement de l'armée américaine pendant l'occupation du Japon après la capitulation japonaise. (*Toutes les notes sont du traducteur.*)

Harry Sweeney se fraie un chemin à travers la foule pour gagner le troisième étage de la banque de Chōsen Building. Le couloir grouille d'employés japonais, courant dans tous les sens, passant d'une porte à l'autre, pendus au téléphone et brassant des liasses de courriers. Il parvient à atteindre le bureau 308 où il montre son insigne du Département de la sécurité publique au secrétaire qui se trouve à l'entrée : Sweeney, Département de la sécurité publique, annonce-t-il. Le colonel Channon m'attend.

L'employé hoche la tête : Entrez directement, inspecteur.

Harry Sweeney frappe deux coups à la porte avant d'entrer dans la pièce, où il découvre un homme grassouillet assis derrière un bureau spartiate. Il se présente : Inspecteur Sweeney, mon colonel.

Le lieutenant-colonel Donald E. Channon sourit et le salue. Se levant, il lui désigne une chaise en face de lui. Souriant à nouveau, il déclare : Détendez-vous et asseyez-vous, inspecteur.

Merci, colonel.

Se rasseyant, toujours le sourire aux lèvres, : Je vous connais, inspecteur Sweeney. Vous êtes célèbre, on a parlé de vous dans les journaux : « l'Eliot Ness du Japon », c'est comme ça qu'on vous appelait, n'est-ce pas ?

C'est exact, monsieur. Oui, dans le temps.

Vous traînez pas mal en ville, Toujours avec une pin-up à votre bras. Mais on ne vous a pas trop vu ces derniers temps.

J'étais en déplacement, colonel.

Eh bien, c'est vraiment le bon jour pour se rencontrer finalement. C'est le grand chambardement en ce moment. Comme à la gare centrale.

J'en viens, colonel.

Ça n'arrête pas depuis que le vieux Shimoyama a décidé de ne pas se montrer à son bureau ce matin.

C'est la raison de ma visite, colonel.

Il a bien choisi son jour, celui-là ! Juste le lendemain du 4 juillet. Je ne sais pas ce que vous en pensez, inspecteur, mais j'espérais avoir un peu de calme aujourd'hui. Une journée bien calme.

Comme chacun de nous, colonel.

Le colonel Channon s'esclaffe. Se massant les tempes, il dit : Bon Dieu, si j'avais su, j'aurais moins forcé la dose hier soir. Encore heureux que je n'aie pas pris une vraie cuite.

Tout comme moi, colonel.

Le colonel Channon se remet à rire. Vous semblez avoir connu des jours meilleurs. D'où venez-vous, inspecteur ?

Du Montana, colonel.

Diable, ça a dû vous changer.

Je suis pas mal occupé, colonel.

Je m'en doute. Je viens de l'Illinois, inspecteur. Je travaillais à la compagnie ferroviaire de la région. Et maintenant, je suis en charge de tout le Japon. Je suis arrivé ici en août 1945. Mon premier bureau, c'était un wagon de marchandises. J'ai parcouru tout le pays. De haut en bas. Jusqu'à la moindre petite gare, pour ne rien vous cacher.

Sacré boulot, colonel.

Le colonel Channon regarde fixement Harry Sweeney et acquiesce : Vous pouvez le dire. Mais vous n'êtes pas venu jusqu'ici pour un cours d'histoire, n'est-ce pas, inspecteur ?

Non, colonel, effectivement.

Le colonel Channon ne sourit plus, fixant Harry Sweeney. C'est le colonel Pullman qui vous envoie, n'est-ce pas ?

Le chef Evans.

C'est du pareil au même. Vous dépendez tous du général Willoughby en fin de compte. Mais ils doivent être sacrément embêtés pour vous avoir chargé de l'affaire, inspecteur. Ils sont inquiets, hein ?

La situation est préoccupante, effectivement, colonel.

Bon, votre visite me fait bien plaisir, inspecteur, mais vous auriez pu vous éviter le déplacement.

Harry Sweeney sort un carnet et un crayon de la poche de son veston. Comment ça ?

Le colonel Channon jette un coup d'œil au carnet et au crayon, puis son regard revient sur Harry Sweeney. Vous aimez jouer, inspecteur ? Ça vous dirait de faire un pari ?

Non, colonel, pas vraiment, si c'est possible.

Eh bien, dommage, c'est vraiment dommage. Parce que je parierais volontiers une centaine de dollars avec vous, de mes bons dollars américains, inspecteur, que ce brave vieux Shimoyama nous a fait le coup de Cendrillon et qu'il sera rentré chez lui ce soir avant minuit.

Vous en êtes bien sûr, colonel ?

Comme je vous le dis, inspecteur. Je connais le bonhomme. Je travaille tous les jours avec lui. Tous les jours que Dieu fait.

Il lui arrive souvent de s'absenter sans prévenir ?

Écoutez, voilà ce qui s'est passé : hier soir, mon secrétaire est venu me voir et m'a raconté qu'il avait entendu dire par un type de la direction que Shimoyama allait démissionner. Ça ne m'a pas surpris, inspecteur. Tout comme vous, je m'en doute. Vous lisez les journaux. Ce type est sous pression. C'est le président de la Société nationale des chemins de fer du Japon, nom de Dieu. Il est en train de licencier plus d'une centaine de milliers d'employés. Shimoyama ne voulait pas prendre ce poste. Au départ, moi non plus, je ne voulais pas de lui. En tout cas, j'ai pris une Jeep, je suis allé chez lui. Et j'ai réussi à le dissuader.

C'était à son domicile de Denen Chōfu[1], colonel ?

Ouais, quelque part dans le coin.

Et quelle heure était-il, colonel ?

Autour de minuit, je pense.

Et vous l'avez vu ?

Évidemment. Sa femme et son fils n'étaient pas encore couchés, et il m'a reçu dans un de leurs petits salons. C'est une grande baraque, vous savez. Un bel endroit. Donc, lui et moi, on s'est installés, juste tous les deux et on a discuté.

Il parle l'anglais ?

Mieux que vous et moi, inspecteur. Il était épuisé. Complètement effondré. Trop de pression à supporter. En fait, la pression ne vient ni des syndicats, ni des salariés. Un peu quand même, bien sûr, mais ça, il est capable de gérer. Mais pas le bordel qui règne à l'intérieur de la boîte elle-même.

De la boîte ?

De la Société des chemins de fer. Cette boîte est un vrai nid de vipères, je peux vous le dire. On aurait bien besoin d'un type comme vous ici, inspecteur. Pour faire le ménage. En fait, le vieux Shimoyama est un vrai Monsieur Propre. Malheureusement, il n'est pas comme vous et moi, ce n'est pas un dur. C'est pour ça qu'il ne voulait pas accepter le poste de président. Et que personne ne voulait de lui non plus, un type trop honnête.

Pourtant, quelqu'un l'a bien engagé ?

Ouais, c'est vrai. Mais c'est son subalterne, Katayama, c'est lui qui aurait dû avoir le poste. Malheureusement, le père de sa femme est

1. Quartier chic au sud de Tokyo.

impliqué dans une affaire pas très nette. Et la presse ne l'aurait pas laissé passer. Alors, ils se sont rabattus sur le brave vieux Shimoyama. Ils se sont dit qu'il était docile, qu'il serait malléable. Sachant bien qu'ils allaient devoir licencier une masse d'employés, ils ont pensé que le vieux bonhomme ferait le sale boulot pour eux et qu'ils le foutraient ensuite à la porte, lui aussi.

Et il a accepté le poste en connaissance de cause ?

Oui et non, inspecteur. Oui et non. D'un côté, diminuer la masse salariale n'était qu'une partie du sale boulot. La société perd de l'argent à tour de bras. Pour gagner mon purgatoire, je l'ai remise sur les rails. Je suis comme ça, monsieur Sweeney, l'homme du Retour sur la Bonne Voie. Et pour qu'ils y restent, ce qui veut dire tout restructurer, une restructuration de fond. Finis, les pots-de-vin, les subventions, la corruption, tout ça, c'est terminé, il faut que ça cesse.

Ils ne doivent pas apprécier ?

À qui le dites-vous, inspecteur. Ils n'aiment pas ça du tout. Du coup, ils l'ont mis sur la touche, l'ont ignoré et l'ont laissé se dépatouiller tout seul. Et c'est lui qui a subi l'assaut des syndicats, et a dû encaisser le déferlement de courriers haineux. Bref, toute la merde.

Vous êtes donc au courant des menaces qui pesaient sur lui, colonel ?

Vous avez vu les affiches placardées dans toute la ville ?

Oui, colonel.

Alors vous le savez aussi bien que moi, et tout le pays est au courant. Mais, comme je vous l'ai dit, ce n'est pas pour cette raison qu'il voulait démissionner, le vieux Shimoyama est plus fort qu'il n'en a l'air.

Vous m'avez pourtant dit que ce n'est pas un dur à cuire, monsieur ?

Effectivement pas de la même trempe que vous ou moi. Vous avez fait la guerre, hein ? Pour ma part, j'en suis à ma deuxième. En ce qui concerne le vieux Shimoyama, il ne voit le monde que de derrière son bureau.

En fait, il est plus résistant qu'on ne croit ?

Écoutez, il est capable de faire face à toutes sortes de menaces. Sans problème. Mais pas à la gabegie interne. Ils lui font des courbettes, entérinent tous ses plans. Mais ils se contentent de rester assis sur leur derrière et complotent contre lui. Une sacrée bande de malandrins, je dois dire.

Pourtant vous êtes allé le voir hier soir, colonel ?

Oui, comme je vous l'ai dit. Je me suis pointé. On a discuté. Il m'a confié que la charge était trop lourde. Il s'excusait, mais il en avait plein le dos. Alors, je lui ai sorti le grand jeu, vous voyez, que ce qu'il accomplissait était capital pour le Japon, pour reconstruire son pays. Et que s'il démissionnait, ça foutrait tout en l'air.

Et il a marché ?

Pas qu'un peu, inspecteur. Je serais capable de vendre une bible au pape. Quand je suis parti, on rigolait et on plaisantait tous les deux.

Et il était quelle heure, colonel ?

Près de deux heures, je crois. Je me doute qu'il n'a pas dû très bien dormir. Il doit sans doute récupérer quelque part, en attendant que les choses se tassent. Il va revenir, inspecteur.

Vous avez l'air bien sûr de vous, colonel.

Je ne vous le fais pas dire, et mon pari d'une centaine de dollars tient toujours si ça vous intéresse. Je connais le bonhomme, inspecteur. Je travaille tous les jours avec lui, je le vois tous les jours. Tous les jours de la semaine que Dieu fait.

Sauf aujourd'hui, monsieur.

Le colonel Channon regarde longuement Harry Sweeney. Puis jetant un œil sur sa montre, il se lève et dit : Vous voudrez bien m'excuser, un besoin urgent, inspecteur. Et puis, je dois me remettre au boulot.

Harry Sweeney coince son stylo dans son calepin et le referme. Puis-je utiliser votre téléphone, colonel ?

Ne vous gênez pas, mon vieux.

Merci, colonel.

Le colonel Channon s'approche du siège de Sweeney et lui pose une main grassouillette et moite sur l'épaule. Croyez-moi, inspecteur. Il va revenir.

Je vous crois, colonel.

Harry Sweeney aperçoit Toda devant lui dans la rue, en train de fumer une cigarette à côté d'une voiture devant le quartier général de la police métropolitaine. Harry Sweeney s'éponge de nouveau le visage et le cou, puis allume une cigarette avant de rejoindre Toda : Tu as quelque chose ?

Rien de nouveau, dit Toda. La première et la deuxième division sont sur le coup et en font tout un plat comme si c'était encore plus important que l'affaire Teigin[1]. Ils vont l'annoncer à la radio à cinq heures. Ça paraîtra dans les journaux du soir. En attendant, ils sont tous assis en rond, devant leur téléphone.

Harry Sweeney jette sa cigarette par terre et l'écrase, puis désignant la voiture : C'est pour nous ?

Oui, répond Toda. Tu tiens quelque chose ?

Peut-être, mais peut-être que non, je n'en sais rien.

Le patron est au courant ?

Il est en réunion.

Tu devrais l'appeler, Harry, pour lui dire.

Harry Sweeney ouvre la porte arrière : Lui dire quoi ?

Lui dire où on va.

Harry Sweeney monte à l'arrière du véhicule. Se glissant sur la banquette, il ouvre la vitre et se penche en avant. Il reconnaît le chauffeur : Salut, Ichirō.

Bonjour, inspecteur.

Harry Sweeney sort son calepin, l'ouvre, tourne quelques pages puis annonce : 1081 Kami-ikegani, dans le quartier d'Ōta.

Bien, inspecteur, répond Ichirō.

Je ne pense pas que ce soit une bonne idée, déclare Toda, en se glissant auprès d'Harry Sweeney avant de fermer la portière.

Harry Sweeney lui sourit : T'en as une meilleure ?

Il leur faut une demi-heure pour parcourir la distance entre l'avenue « B » et l'étang de Senzoku, et quelques minutes de plus, de l'étang jusqu'au pied de la colline, pour atteindre la résidence des Shimoyama, dans une rue ombragée et calme. Un policier en uniforme est de faction devant la porte d'entrée de la maison. Pas de foule, ni voiture, ni presse, pas encore.

Beau quartier, commente Toda. Ça doit coûter une fortune d'habiter dans le coin. Une fortune, Harry.

---

1. L'affaire Teigin est une affaire criminelle japonaise survenue le 26 janvier 1948 et ayant entraîné la mort par empoisonnement de douze employés de banque (voir le précédent roman de David Peace, *Tokyo ville occupée*.)

Harry Sweeney sort du véhicule. Il s'éponge le visage et le cou. Il observe l'immense demeure de style britannique, protégée par de hautes haies et de grands arbres.

Harry Sweeney et Susumu Toda présentent leur insigne du Département de la sécurité publique au policier de faction devant le portail. Puis, remontant l'allée, ils le montrent à celui qui garde la porte d'entrée avant de pénétrer dans la maison, leur chapeau à la main.

Une bonne les fait entrer dans un salon de style japonais. L'inspecteur Hattori du Département de la police métropolitaine est déjà sur place et leur présente un autre inspecteur, en charge de la gare de Higashi-Chōfu, ainsi qu'Ōtsuka, le secrétaire du président Shimoyama. Ōtsuka les salue, les remercie d'être venus avant de leur demander : Y a-t-il du nouveau ?

Non, répond Harry Sweeney. Je suis désolé.

Ōtsuka soupire. Ōtsuka se tasse. C'est un jeune homme d'une vingtaine d'années, mais il fait plus que son âge.

Harry Sweeney les prie de reprendre place autour de la table basse. La bonne apporte un plateau de thé et les sert. Harry Sweeney demande : Où se trouve la famille ?

À l'étage, répond l'inspecteur Hattori.

Harry Sweeney dévisage le jeune secrétaire qui se trouve en face de lui de l'autre côté de la table basse. L'homme est inquiet, nerveux. Harry Sweeney sort son calepin et son stylo : Racontez-moi comment s'est passée la matinée, je vous prie. Quel était l'emploi du temps de M. Shimoyama ?

Eh bien, on attendait l'arrivée du président Shimoyama au siège comme d'habitude. Le président arrive habituellement entre huit heures quarante-cinq et neuf heures du matin. Je l'attendais à l'entrée de service, comme je le fais toujours. Je l'ai attendu jusqu'à neuf heures quinze. Puis je suis rentré au bureau et j'ai appelé Mme Shimoyama. Elle m'a dit que le président était parti de la maison comme d'habitude, vers huit heures vingt. De temps à autre, le président se rend quelque part avant d'arriver au bureau. Alors je me suis dit que le président était peut-être allé au ministère des Transports, à la banque de Chōsen Building. Mais quand je les ai appelés, on m'a répondu que le président n'était pas là et qu'il n'était pas passé. À la suite de quoi, pendant pratiquement une heure, je n'ai pas cessé d'appeler tous les endroits où le président aurait pu se rendre. J'ai dû déranger Mme Shimoyama trois ou quatre fois encore pour vérifier si elle avait des nouvelles du président. Parce que c'est à ce moment-là qu'on a commencé à s'inquiéter, à s'inquiéter vraiment. Alors nous nous sommes réunis avec son premier adjoint, Katayama, et deux autres directeurs. Le directeur de la sécurité s'est entretenu avec le lieutenant-colonel Channon et je crois que Katayama s'est alors rendu au GHQ[1]. Nous avons également appelé le central de la police métropolitaine, bien entendu. Et puis, vers trois heures, je suis venu voir Mme Shimoyama et discuter avec ces inspecteurs.

Harry Sweeney s'arrête de prendre des notes. Levant les yeux de son calepin, il demande : Mais quels rendez-vous M. Shimoyama avait-il programmés pour ce matin ?

Eh bien, à part le nôtre, celui qu'on a tous les matins, le président avait rendez-vous au GHQ avec M. Hepler, le directeur de la Section du travail.

À quelle heure était-il prévu ?

Onze heures.

Au GHQ ?

Oui

Est-il déjà arrivé à M. Shimoyama de rater un rendez-vous ?

Ce jeune homme, ce jeune homme terriblement inquiet et nerveux, croise les jambes, et baissant la tête, regardant ses mains, dit : En général, non.

Mais ça lui arrive parfois ?

Ōtsuka relève la tête, son regard revient sur Harry Sweeney en face de lui de l'autre côté de la table basse : Le travail du président est très difficile. Sa mission est très exigeante et extrêmement lourde. Ces dernières semaines, il a travaillé sans relâche. Ces dernières semaines, il a souvent fallu qu'il change son emploi du temps à la dernière minute. Le président a été convoqué de toute urgence au ministère des Transports ou au GHQ. Ça a été une période très dure pour nous tous, et plus particulièrement pour le président. Il a fallu licencier une centaine de milliers de membres de notre personnel. Le président a dû en supporter personnellement le poids, en assumer la responsabilité et toute la charge. Chaque jour. C'est une période très dure pour lui.

---

1. Quartier général, siège du Haut Commandement suprême des puissances alliées (GHQ/SCAP)

Harry Sweeney acquiesce : Nous sommes bien conscients des difficultés que rencontre M. Shimoyama dans la situation actuelle. C'est la raison de notre présence ici. Merci d'avoir répondu à mes questions.

S'adressant à l'inspecteur Hattori, Harry Sweeney demande : J'aimerais m'entretenir avec Mme Shimoyama.

Harry Sweeney et Susumu Toda sortent du salon et, sous la houlette de l'inspecteur, prennent l'escalier pour se rendre à l'étage dans une autre grande pièce à l'ameublement japonais, comportant un immense bureau de bois et une armoire imposante, où se trouvent une vieille dame, deux adolescents et une femme d'âge mûr vêtue d'un kimono foncé. L'inspecteur Hattori leur présente Harry Sweeney et Susumu Toda. Il prie la vieille dame et les deux garçons de l'accompagner au rez-de-chaussée. Les garçons interrogent leur mère du regard, elle leur sourit. Les garçons sortent avec leur grand-mère et l'inspecteur Hattori. Harry Sweeney et Susumu Toda s'installent autour de la table basse. Harry Sweeney déclare : Veuillez nous excuser de vous déranger ainsi, madame.

Mme Shimoyama secoue la tête. Vous êtes le bienvenu, monsieur Sweeney. Avez-vous des nouvelles à me donner ?

Hélas, pas encore.

Alors, mon mari n'est pas au quartier général ?

Pas à notre connaissance.

Je pensais qu'il y était. Récemment, il a souvent été convoqué là-bas. D'urgence. Je me disais que peut-être…

Avez-vous une idée d'un autre endroit où il aurait pu se rendre ?

Non, mais je suis persuadée qu'il doit simplement être en train de dormir, de se reposer quelque part. Et je suis vraiment désolée de tout le dérangement qu'il vous cause. Il a pris des somnifères hier soir, mais je crois qu'ils n'ont pas eu d'effet. Alors, il a dû avoir besoin de repos, de faire un somme quelque part.

Effectivement, dit Harry Sweeney. On m'a dit qu'il s'était couché très tard. On m'a dit que le colonel Channon vous avait rendu visite.

Mme Shimoyama secoue la tête en signe de dénégation. Pas hier soir, non.

Vous en êtes sûre, madame ?

C'était la veille.

Vous êtes certaine que ce n'était pas hier soir ?

C'était la nuit d'avant. Je vous l'assure, monsieur Sweeney.

Mais votre mari n'a pas bien dormi la nuit dernière ?

Non, il n'a pas bien dormi, monsieur Sweeney. Ces derniers temps, il travaillait si dur que cela a affecté son sommeil.

Je comprends, dit Harry Sweeney. Mais ce matin, comment allait votre mari, madame ?

Mme Shimoyama sourit. Il était fatigué, c'est sûr. Mais il s'est levé à sept heures, comme d'habitude. Je l'ai entendu discuter chaleureusement avec notre second fils, Shunji, pendant qu'il se rasait dans la salle de bains. Puis il est descendu dans la salle à manger et a pris son petit déjeuner, comme d'habitude.

Et vous vous êtes entretenue avec votre mari, madame ?

Bien sûr. Notre fils aîné fait son droit à l'université de Nagoya. Il devait venir ce soir à la maison. Mon mari se réjouissait à l'idée de sa visite. Cela fait longtemps que nous ne l'avons pas vu. Nous avons parlé de sa venue. De la soirée.

Je vois, dit Harry Sweeney. Et donc vous attendiez votre mari pour dîner ce soir, madame ?

Mme Shimoyama acquiesce d'un signe de tête. Oui. Mais nous ne sommes jamais sûrs de l'heure à laquelle il va rentrer ces jours-ci...

À l'étage inférieur, un téléphone sonne brièvement.

Mme Shimoyama se tourne vers la porte. Je suis désolée pour tout ce dérangement. Je me demande juste ce qu'il se passe. Il aurait dû arriver à son bureau vers neuf heures trente. Il est impossible qu'il ait été enlevé, pas en plein jour. Je n'arrive pas à croire qu'on ait tenté de le faire...

Quelqu'un monte l'escalier rapidement –

Non, pas dans sa voiture, en plein jour...

Susumu Toda se lève et quitte la pièce, Mme Shimoyama le regarde sortir, les yeux rivés sur la porte, se tord les mains, puis se lève.

Que se passe-t-il ? Qu'y a-t-il ? Je vous en prie...

À son tour, Harry Sweeney se lève, tend les mains vers Mme Shimoyama, la priant de se rasseoir, de bien vouloir patienter –

Un jour, le vicomte Takagi a disparu, dit-elle. Lui aussi a disparu. Et puis, on l'a retrouvé, sans vie dans les montagnes. J'espère...

Susumu Toda revient. Leur faisant face, il déclare : On a retrouvé le chauffeur.

Bon sang, à quoi tu joues, Sweeney ? Tu aurais dû laisser Toda où il était, là où je l'ai envoyé et où je lui avais demandé de rester.

Je suis désolé, chef. Mais il est retourné là-bas maintenant.

Trop tard malheureusement, soupire le chef Evans.

Il a appelé, chef. J'ai tout noté là-dessus.

J'espère bien, ça vaut mieux pour toi ! Alors ?

Harry Sweeney se penche sur le bloc de papier jaune qu'il a en main et se met à lire : À l'heure qu'il est, le chauffeur est au quartier général de la police métropolitaine et ils n'ont pas fini de l'interroger. Mais d'après ce que Toda a indiqué, le chauffeur est passé prendre Shimoyama comme d'habitude à huit heures vingt. Mais au lieu de se rendre directement au bureau, au siège des chemins de fer à la gare de Tokyo, Shimoyama lui a demandé de passer au grand magasin Mitsukoshi à Nihonbashi. Ils se sont garés devant le magasin, ont attendu l'ouverture des portes à neuf heures trente et Shimoyama est entré dans le magasin. Il a demandé au chauffeur de l'attendre, dit qu'il en avait pour cinq minutes. Le chauffeur ne l'a pas revu depuis.

Et il était quelle heure ?

Neuf heures et demie, chef.

Et le chauffeur, qu'est-ce qu'il foutait ?

Il a dit qu'il est resté sur place, qu'il a attendu dans la voiture devant le magasin. À cinq heures, il a allumé la radio et entendu que son patron avait disparu, alors il s'est précipité dans le magasin pour téléphoner au siège de la société.

Il est resté assis dans cette foutue voiture pendant sept heures et il n'a même pas pensé à en sortir pour retrouver son maudit patron ou à téléphoner pour savoir ce qui pouvait bien se passer. C'est tout ce qu'il a trouvé à raconter, hein ? Bon Dieu !

Il avait reçu l'ordre d'attendre, alors il a attendu.

Pendant plus de sept heures ?

C'est ce qu'il dit, chef, jusqu'à présent.

Qu'est-ce qu'on sait de lui ?

Il s'appelle Ōnishi. Âgé de quarante-huit ans. Vingt ans de service aux chemins de fer. Pas le moindre problème. Pas la moindre contravention. Ne boit pas, ne joue pas. Pas le moindre soupçon de sympathie pour les partis de gauche ou affiliés. Loyal, un homme de confiance. C'est pour cette raison qu'il est devenu le chauffeur du président. Mais on continue de l'interroger et Toda nous appellera dès qu'il y aura du nouveau.

Le chef Evans se frotte les yeux, se pince l'arête du nez, puis se tourne à nouveau vers Harry Sweeney : Qu'est-ce que tu en penses, Harry ? Tu as une idée ?

Je n'en sais rien. Je me suis entretenu avec le colonel Channon au ministère des Transports. Il dit que Shimoyama avait l'intention de démissionner. Qu'il y avait des problèmes de politique interne dans la société. En plus du reste. Et j'ai parlé à sa femme. Le type n'en dormait plus, prenait des somnifères, mais ça ne lui faisait pas d'effet. Elle espère qu'il est simplement en train de récupérer quelque part et qu'il va rentrer pour dîner.

Le chef soupire de nouveau. Alors tu crois vraiment qu'il est seulement allé faire un tour pour prendre l'air ?

Peut-être, il faut l'espérer.

Tu n'as pas l'air très convaincu, Harry ?

Pas sûr qu'il revienne, chef.

Eh bien, il faut qu'on le retrouve. Et sur-le-champ.

Il fait toujours aussi chaud et humide, la nuit tombe et dans la ville tout ferme, tout le monde rentre chez soi. Ichirō emmène Toda et Harry Sweeney sur l'avenue A, puis remonte l'avenue W, passe sous la voie ferrée et traverse le carrefour de Gofukubashi, il passe devant l'hôtel Yashima, tourne à gauche en arrivant au grand magasin Shirokiya, puis traverse le fleuve à Nihonbashi avant de tourner à nouveau à gauche, remonte une rue à sens unique, avant de prendre à droite et encore à droite jusqu'à ce que Toda lui dise : Arrête, c'est là.

Dans l'ombre projetée par le bâtiment, Ichirō se gare le long des portes de l'entrée sud du grand magasin Mitsukoshi.

Dans la petite rue transversale, en face de la rue principale, Harry Sweeney, assis dans le noir à l'arrière de la voiture, contemple, au-delà de la silhouette d'Ichirō, les lumières de la rue à travers le pare-brise avant : les phares des voitures sur le chemin du retour, les gens rentrant chez eux, tout le monde rentrant à la maison.

Sacré bout de chemin pour venir jusque-là, remarque Toda.

Harry Sweeney se tourne sur la gauche et observe les portes du magasin, verre et or, fermées dans le noir. Les portes sont closes, le magasin fermé. Entièrement fermé, plongé dans le noir. Hochant la tête, il dit : Reprends depuis le début.

D'accord, selon les dires d'Ōnishi, commence Toda qui a sorti et ouvert son calepin, Shimoyama voulait faire des achats, lui a raconté que ce n'était pas un problème s'il arrivait au bureau à dix heures. D'abord, il a demandé à Ōnishi d'aller au Shirokiya. Quand ils sont arrivés là-bas, le magasin n'était pas encore ouvert. Alors, Shimoyama lui a dit de venir ici. Ōnishi lui dit que le Mitsukoshi ne serait pas ouvert non plus. Tout ça, c'était avant neuf heures. Du coup, Ōnishi se met en route pour retourner au siège de la société, mais Shimoyama lui demande d'aller à la gare de Kanda. Ils se garent devant, mais Shimoyama reste dans la voiture. Ōnishi lui demande s'il compte sortir. Shimoyama lui répond que non. Alors Ōnishi redémarre en direction du siège de la société. Mais quand ils arrivent au croisement de Gofukubashi, Shimoyama lui ordonne d'aller à la banque Chiyoda. Ils se garent juste devant, Shimoyama descend de voiture et entre à la banque ; il y reste environ vingt minutes. Quand il en sort, il est à peu près neuf heures vingt-cinq. Shimoyama lui dit en substance que c'est le moment d'y aller. Ōnishi pense que c'est au Mitsukoshi qu'il veut retourner. Quand ils arrivent là-bas, une fois garés, Shimoyama reste collé à la banquette et dit que le magasin n'est pas encore ouvert. Ōnishi voit qu'il y a déjà des clients à l'intérieur et dit à Shimoyama que le magasin est ouvert. Shimoyama sort de la voiture. Il demande à Ōnishi de l'attendre. Il lui dit qu'il doit acheter un cadeau, un cadeau de mariage, mais qu'il sera de retour dans cinq minutes. Puis Shimoyama s'en va et entre dans le magasin par ces portes.

Harry Sweeney regarde fixement les portes du magasin, sombres, closes. Le magasin fermé, plongé dans le noir.

Ils ont envoyé Hattori avec toute une équipe inspecter le magasin, poursuit Toda. De haut en bas, tous les étages, tous les rayons, les toilettes et le toit. Pas la moindre trace de notre homme. Mais on a demandé à l'équipe de rester sur les lieux. Et, à ma connaissance, ils sont toujours sur place à interroger le personnel. Quelqu'un a bien dû voir quelque chose. Le type n'a pas pu s'évanouir comme ça dans les airs.

Harry Sweeney hoche de nouveau la tête. Il ouvre la portière : Rentre au bureau et attends-moi là-bas.

Mais qu'est-ce qu'on fait si on le retrouve ? Tu seras où ?

À ce moment-là, on n'aura plus besoin de moi, dit Harry Sweeney. Il descend de la voiture et ferme la portière. Campé sur le trottoir de la rue transversale, il regarde fixement le grand magasin Mitsukoshi –

Ses sept étages, la tour sur le toit, le ciel qui s'assombrit au-dessus, et l'ombre qui s'étend en dessous.

Harry Sweeney s'éloigne tandis que la voiture regagne la rue principale et ses lumières éblouissantes. Il parcourt la petite rue, longe la façade du magasin jusqu'au bout du bâtiment, s'enfonçant dans l'ombre envahissante. Il prend à droite et parcourt une autre rue qui longe l'arrière du magasin, sur toute sa longueur, avec ses quais de livraison, ses baies de chargement, tous volets baissés. Tout fermé, plongé dans le noir. Tournant à nouveau à droite au bout du bâtiment, il prend la rue qui longe le côté nord du bâtiment, la façade nord du magasin avec ses vitrines et ses portes. Tout fermé, plongé dans le noir. Poursuivant sa marche dans la pénombre, il revient vers les lumières, les lumières qui éclairent la rue principale. Parvenu à l'angle du bâtiment, à la jonction avec la rue principale, il tourne à droite pour emprunter la grand'rue et longer la façade du magasin, avec ses vitrines plongées dans l'obscurité, jusqu'aux portes du magasin, jusqu'à l'entrée principale flanquée de ses deux lions de bronze, postés là, assis là, veillant sur le magasin depuis leur socle de marbre, la gueule grande ouverte, les yeux grands ouverts, fixant la rue, la circulation automobile, les passants, les voitures sur le chemin du retour, les gens rentrant chez eux.

Sous les lumières de la rue, Harry Sweeney pose les mains sur les deux pattes avant des lions de bronze à l'entrée du magasin. Les caressant, il murmure une prière, puis il perçoit un grondement sourd, il sent le sol qui tremble sous ses pieds. Abandonnant les lions, interrompant sa prière, il se dirige vers l'entrée du métro.

Harry Sweeney descend les marches de pierre de l'escalier du métro souterrain, et emprunte un couloir. Avec de chaque côté des colonnes de marbre et un sol carrelé, le sous-sol du magasin sur sa gauche, d'autres boutiques sur la droite. Tout est fermé, plongé dans le noir. Le couloir mène à la station de métro Mitsukoshimae. Il aperçoit les quais au bout du couloir. Il se dirige vers la station, longeant les vitrines du sous-sol du grand magasin Mitsukoshi avec ses portes, qui donnent sur le couloir et sur l'intérieur du magasin : porte d'entrée et porte de sortie. S'approchant du guichet, il s'apprête à sortir son insigne du Département de la sécurité publique, à passer le portillon, quand il se rend compte qu'il y a encore d'autres boutiques dans la pénombre du couloir, dans le prolongement du couloir après les vitrines du grand magasin : un salon de coiffure, un salon de thé et un café à l'enseigne : CAFÉ HONG KONG.

Revenant sur ses pas, Harry Sweeney reprend le couloir, tournant le dos à la station et au grand magasin, et se dirige vers le café dans la pénombre. Il s'arrête devant la vitrine du café, plongé dans l'obscurité, porte close. Il frappe à la porte et attend. Tout est fermé, plongé dans le noir. Il frappe de nouveau et tente d'ouvrir la porte. Pas la moindre lumière, pas la moindre réponse.

Trop tard, murmure une voix d'homme, un Japonais, puis plus un mot, silence complet sur la ligne, et la communication s'interrompt.

Harry Sweeney perçoit de nouveau un grondement sourd, sent de nouveau le sol qui tremble sous ses pieds. Tournant le dos au café, renonçant à ses recherches, il revient vers le guichet. Il présente son insigne, passe le portillon et descend sur le quai. Sur sa gauche, les trains partent en direction d'Asakusa, ceux pour Shibuya sur sa droite. À l'est comme à l'ouest, au nord comme au sud, sous terre, sous le sol de la ville, les gens rentrent chez eux, les hommes rentrent chez eux, à la maison.

Mais pas ce soir, pas ici : le quai est désert, et Harry Sweeney le seul passager, attendant une rame, scrutant fixement la bouche noire du tunnel, attendant de voir apparaître la lumière. Descendant l'escalier d'une démarche vacillante, un Japonais solitaire s'avance à pas lents sur le quai. Il est petit, mais râblé, vêtu d'une tenue crasseuse couverte de taches, de sueur et de boisson. S'approchant d'Harry Sweeney, il lui met son visage sous le nez, il sent aussi mauvais qu'il en a l'air, semblant aussi saoul qu'il doit l'être : Ah, l'Amérique ! L'Amérique ! Eh toi, l'Amérique !

Harry Sweeney recule d'un pas, mais le Japonais avance sur lui : Espèce de lâche ! Tu crois que tu as gagné la guerre, mais nous, les Japonais, on ne se laisse pas battre aussi facilement !

Il lui fait face, ne le lâche pas du regard derrière ses lunettes, répétant la même phrase, mais plus lentement et de plus en plus fort. Puis s'avançant brusquement, il saisit Harry Sweeney par le bras et tente de le précipiter sur les voies électrifiées. Trop saoul, l'homme manque de force, mais reste littéralement accroché à lui.

Un autre homme, également sous l'emprise de l'alcool, vient à leur rencontre : Moi, Coréen, ami de l'Amérique, s'écrie-t-il en arrachant Sweeney de l'étreinte du Japonais alors qu'un puissant courant d'air en provenance du tunnel fait s'envoler les bouts de papier et les mégots de cigarettes qui traînent sur le quai, créant un ruban virevoltant de détritus à leurs pieds. Harry Sweeney agrippe et retient son chapeau, tandis que le train s'engouffre dans la station dans un vacarme assourdissant de grincements de roues et de serrement de freins. Au même moment, le Japonais se rue sauvagement sur lui, mais le jeune Coréen l'abat d'un coup de poing. Pars, dit le Coréen. Mais pars donc.

Harry Sweeney grimpe dans le wagon. Les portes se referment et le métro démarre. Il jette un regard sur le quai : le jeune Coréen, penché sur le Japonais étendu sur le sol, lui fait les poches et puis ils disparaissent de sa vue. Harry Sweeney se tourne alors vers le wagon brillamment éclairé dont seuls quelques sièges sont occupés. Il s'assied et ôte son chapeau. Sortant son mouchoir, il s'éponge le visage et puis le cou. Rangeant son mouchoir, il remet son chapeau. Il parcourt du regard le wagon, d'un bout à l'autre, examinant les passagers. Un homme par-ci un homme par-là, en veston, portant cravate, certains dormant, d'autres lisant un livre ou un journal. La une et la dernière page, tenues d'une main ou tombées à leurs pieds, une page de journal gît sur le sol, une simple feuille de journal, une édition spéciale du *Mainichi*. Harry Sweeney se penche, ramasse la feuille de journal, et lit la grosse manchette : *LE PRÉSIDENT SHIMOYAMA A DISPARU, en se rendant de chez lui au siège de la Société nationale des chemins de fer. La police poursuit son enquête à l'heure qu'il est.*

Le regard d'Harry Sweeney revient sur les passagers, les hommes disséminés de-ci de-là, en veston et cravate, certains lisant, d'autres dormant, dormant ou pas. Ils rentrent du travail, ils rentrent chez eux. Peut-être, peut-être pas. Harry Sweeney plie le journal et le glisse dans sa poche. Le métro s'arrête à Kanda. Se découvrant à nouveau, il reprend son mouchoir dans sa poche. Il s'éponge de nouveau le visage et puis le cou. Le métro s'arrête à Ueno. Rangeant son mouchoir, il remet son chapeau. Il se lève et traverse toute la rame pour aller en tête de train. La ligne se termine à Asakusa et les portes s'ouvrent. Harry Sweeney descend sur le quai. Il monte l'escalier jusqu'au portillon, montre son insigne et franchit le passage. Il y a encore une autre entrée d'un autre grand magasin, celle du Matsuya, fermé, plongé dans le noir. Harry Sweeney prend la direction de la ligne de Tōbu, mais n'emprunte pas les marches menant aux quais. Prenant à gauche, il sort de la station et une fois dans la rue, s'immobilise. Tournant le dos à la station, laissant le grand magasin derrière lui, avec à sa droite le Kamiya Bar, le fleuve Sumida sur sa gauche, les boutiques déjà fermées, les étalagistes en train de remballer, il regarde les gens qui passent, les gens qui rentrent chez eux. Il les regarde passer, les regarde partir. Dans la nuit et dans l'obscurité. Disparaître, s'évanouir.

Harry Sweeney se retourne et s'éloigne de la station, s'éloigne du magasin, traverse l'avenue R et se dirige vers le fleuve Sumida. Il entre dans le parc et traverse le parc, le parc Sumida. Il marche jusqu'au fleuve, jusqu'à la rive du fleuve. Debout au bord du fleuve, il contemple le fleuve. Son courant sage, ses eaux noires. Pas la moindre brise, pas le moindre courant d'air. Seulement une odeur d'égouts, une odeur de merde. La merde des gens, la merde humaine. Une odeur nauséabonde, prégnante, une puanteur persistante. Harry Sweeney sort son paquet de cigarettes et en allume une. Près de l'eau, sur la rive. Les rues, il les a laissées derrière lui, la station de métro aussi. Toutes les rues et toutes les stations. Dans l'obscurité, il regarde fixement le fleuve, ce fleuve qui le mènerait de son embouchure jusqu'à la mer ; de l'autre côté de l'Océan, se trouve son pays. Un chien aboie et des pneus crissent, au loin dans la nuit, loin derrière lui. Un train jaune quitte la station, le train jaune traverse un pont métallique. Le pont qui traverse le fleuve, un pont jusqu'à l'autre rive. En direction de l'est, en direction du nord. Pour sortir de la ville, quitter la ville. Des hommes qui disparaissent, qui s'évanouissent. Quittant la ville, fuyant la ville. Dans les rues, dans les gares. Leurs noms et leurs vies. Disparaître, s'évanouir. Renaître, recommencer. Avec un nouveau nom, une nouvelle vie. Un autre nom, une autre vie. Ne jamais rentrer chez soi, ne jamais revenir. Le train disparaît, le train s'évanouit.

Détournant les yeux du pont, Harry Sweeney plonge son regard dans le fleuve, le fleuve Sumida. Si calme et si noir, si doux et si chaud. Attirant et accueillant, tentant, si tentant. Plus de nom et plus de vie. Ni souvenirs ni visions, plus de moustiques ni de fantômes. Si tentant, très tentant. Pour en finir à tout jamais, pour en finir à tout jamais. La cause du crime précède le crime. Le bout de sa cigarette lui brûle les doigts, lui faisant une ampoule. Harry Sweeney jette son mégot dans le fleuve. Ce fleuve répugnant, ce fleuve nauséabond. Charriant la merde des gens, la merde humaine. Se retournant, il quitte les bords du fleuve, le fleuve Sumida. Retourner à la station, descendre les escaliers. Fuir le fleuve, le fleuve Sumida, et résister à la tentation, résister à la tentation. La cause et le crime. Disparaître, s'évanouir. Dans la nuit, dans l'obscurité. Sous le sol de la ville, sous terre.

Te voilà de retour, s'exclame Akira Senju dans un éclat de rire, l'homme qui ne mourrait jamais, le véritable maître de la ville, son Empereur secret. Dans toute sa splendeur, dans son palais de Shimbashi, au cœur de son royaume prospère, au sommet de son nouvel immeuble rutilant, dans ses luxueux bureaux modernes, devant son bureau en bois de rose, dans son somptueux costume sur mesure, fumant un énorme cigare d'importation, il ouvre un tiroir, y prend une feuille de papier et la tend à Harry Sweeney. Voilà qui devrait t'intéresser, Harry-san.

Harry Sweeney y jette un coup d'œil, elle comporte une liste de noms : des noms formosans, des noms coréens. Pliant la feuille en deux, Harry la glisse dans sa poche, se lève et se dirige vers la sortie, s'apprêtant à quitter la pièce.

Tu ne restes pas boire un verre ce soir, Harry ? lui demande Akira Senju. Bien sûr, toutes mes excuses, tu es un homme occupé, je le sais. En fait, j'ai été surpris que tu m'appelles, surpris que tu passes me voir. Je pensais que tu devais être débordé, à la recherche du président disparu. Vraiment maladroit, je dois dire, Harry. De perdre un président. On en parle sur toutes les radios, dans tous les journaux. Mauvaise presse, très maladroit. Les gens s'énervent, s'inquiètent. Vous, nos glorieux vainqueurs, nos lointains sauveurs, voilà que vous égarez votre président, votre petit chien de compagnie, votre petit chiot. À vrai dire, si vous n'êtes pas capables d'assurer la protection du président des chemins de fer nationaux, s'il a pu être enlevé en plein jour, alors, qui pouvez-vous prétendre protéger, Harry ? Et si vous ne le retrouvez pas, si vous n'arrivez pas à le sauver, alors, qui pourrez-vous sauver ?

Harry Sweeney se retourne et lui demande : Tu es si sûr qu'il a été enlevé, vraiment sûr ?

Qu'est-ce qu'il a bien pu se passer d'autre, Harry ? Quand on licencie quelqu'un, on doit s'attendre à une réaction. Si on licencie trente mille personnes, la réaction sera trente mille fois plus forte, tu ne crois pas ? Une réaction extrêmement violente. À mon avis, un homme ne disparaît pas comme ça, dans la nature. Enfin, ça arrive parfois. Mais pas un président, les présidents, en général… En général, ils finissent plutôt par être assassinés, Harry.

Harry Sweeney sourit : On verra bien.

C'est sûr, Harry, on verra bien. Je m'étonne simplement que vous ne soyez pas sur sa piste à l'heure qu'il est. À défoncer le crâne de syndicalistes, à casser du rouge. À votre place, c'est ce que je ferais. Mettre la ville sens dessus dessous, mettre le feu aux poudres, s'il le faut. S'il fallait le faire, si c'était la seule solution pour retrouver notre homme, c'est ce que je ferais, Harry.

Le sourire à nouveau aux lèvres, Harry Sweeney déclare : Oui, mais je ne suis pas à ta place.

Vraiment, remarque Akira Senju en riant. Bon, continue de penser ce que tu veux, Harry. Je sais comment ça se passe, je comprends. Mais rappelle-toi bien : si vous avez besoin d'une liste de communistes, de rouges, de crânes à défoncer, d'os à briser, tu sais où me trouver, Harry. Tu connais mon adresse. Et je suis là pour vous aider. Alors, n'oublie pas de dire à ton général, le général Willoughby, que je suis votre homme, Harry-san. Je suis votre homme.

Merde, jure Harry Sweeney en raccrochant le combiné dans la cabine téléphonique de la réception de l'hôtel Dai-ichi. Sortant de la cabine, il traverse le lobby et tend son chapeau à la fille qui tient le vestiaire. La Japonaise lui remet un ticket et s'incline. Harry Sweeney lui sourit et la remercie avant d'emprunter l'escalier qui mène au bar en sous-sol. Lumières tamisées et bruits de voix. Des voix étrangères, d'Américains. Des Américains qui jouent au poker dans un coin de la salle, des Américains jouant au ping-pong dans un autre coin, des Américains chantant *Roll Me Over in the Clover*, des Américains applaudissant et des Américains riant aux éclats ; des Américains en train de boire, des Américains saouls. Harry Sweeney prend un tabouret et, s'installant au bar, salue le serveur japonais. Chemise blanche et nœud papillon noir, le garçon lui demande : Vous prendrez quoi, Harry ?

Comme d'habitude, Joe, répond Harry Sweeney.

Joe le barman pose un verre sur le comptoir en face d'Harry Sweeney. Il prend une bouteille de Johnnie Walker et remplit son verre : Vous ne dites jamais quand il faut s'arrêter, Harry ?

Je suis comme ça, Joe. Pas de glace, pas d'eau gazeuse et pas de limite.

Joe le barman remplit son verre à ras bord. Reposant la bouteille, il ajoute : Elle est venue et repartie, Harry.

Harry Sweeney hoche la tête. Il saisit son verre à pleine main. Se penche sur son verre. Il sourit et hoche à nouveau la tête.

Joe le barman secoue la tête. Et vous ne la trouverez pas ici, Harry. Vous le savez.

Y a pas de mal à jeter un œil, n'est-ce pas, Joe ?

Joe acquiesce d'un hochement de tête.

Une jeune femme vêtue d'une robe rouge s'approche du bar. Elle a de grands yeux, un grand nez et fume une cigarette, un verre à la main. Posant son verre sur le comptoir près de celui d'Harry Sweeney, elle touche le siège à côté de lui et lui demande : Ce siège est libre ? Vous attendez quelqu'un ?

J'essaie de ne pas avoir d'attentes, répond Harry Sweeney.

Mais vous n'avez rien contre ?

Contre quoi ?

Contre le fait que quelqu'un s'assoie à côté de vous.

Cela dépend de qui.

La femme s'assied sur le tabouret, se tourne vers Harry Sweeney et lui tend la main. Elle a une grande bouche aux lèvres charnues. Souriant, elle se présente : Gloria Wilson.

Harry Sweeney.

Je sais, répond Gloria Wilson. Nous sommes voisins.

Vous plaisantez ?

Pas le moins du monde, s'exclame Gloria en riant. Vous travaillez au quatrième étage et moi au troisième. Dans l'immeuble NYK.

Eh bien, qui l'eût cru ?

Ça n'a rien d'extraordinaire, dit Gloria Wilson. Le monde est petit, vous ne trouvez pas, monsieur Sweeney ? Ce monde dans lequel nous vivons. Et qui appartient tout entier à Sir Charles. Nous sommes tous ses enfants. Vous, moi, et tout le monde ici. Nous sommes tous ses enfants, monsieur Sweeney.

Vous devriez faire attention, mademoiselle Wilson. Les murs ont des oreilles. Le général pourrait ne pas apprécier s'il vous entendait parler comme ça. Il prend facilement la mouche.

Je suis sûre que ce serait le cas, monsieur Sweeney. Mais il n'aimerait pas non plus la couleur de ma robe. Il serait choqué. Il prend si facilement la mouche.

D'un signe de tête, Harry Sweeney appelle le barman : Servez un verre à Madame, la même chose, s'il vous plaît, Joe.

J'espère que ça ne veut pas dire que vous me taxez d'alcoolisme, monsieur Sweeney, dit Gloria. Parce que ce n'est pas le cas.

Harry Sweeney secoue la tête. Pas le moins du monde. Dans mon pays, on appelle ça être aimable.

Et vous venez d'où, monsieur Sweeney ?

Du Montana.

De Billings ? Missoula ? Helena ?

Non.

Great Falls ? Butte ?

Non plus.

Je donne ma langue au chat, monsieur Sweeney. Vous avez gagné.

Pas vraiment, dit Harry Sweeney. D'Anaconda.

Ça doit être très beau. Ce ciel immense.

On voit que vous n'êtes jamais allée dans le Montana.

Non, mais j'aimerais bien.

Qu'est-ce qui vous fait dire ça ?

Je ne sais pas, soupire Gloria Wilson. Sans doute parce que ce n'est pas Muncie, dans l'Indiana, je suppose.

Muncie, dans l'Indiana ? C'est si terrible que ça ?

Oui, affirme Gloria Wilson. Terrible.

Et depuis combien de temps avez-vous quitté Muncie, dans l'Indiana ?

Probablement depuis trop longtemps maintenant.

Trop longtemps ? Alors, vous voulez rentrer au pays ?

Non, monsieur Sweeney, répond Gloria Wilson. Je ne veux pas rentrer au pays. Il m'arrive parfois de rêver que je suis rentrée chez moi, à Muncie. Mais quand je me réveille, quand j'ouvre les yeux et que je vois la chambre où je vis, je suis trop heureuse de ne pas être de retour à Muncie. Je suis totalement soulagée d'être encore ici, à Tokyo.

Dans le royaume de Sir Charles ?

Le monde n'est pas parfait, n'est-ce pas, monsieur Sweeney ? Ça ne serait pas juste.

Mais vous éprouvez un sentiment de culpabilité de ne pas avoir envie de rentrer chez vous.

Oui, c'est ça, monsieur Sweeney, c'est vrai. J'ai honte, tellement honte.

Harry Sweeney lève lentement son verre, faisant attention à ne pas renverser son whisky. Ravi de faire votre connaissance, mademoiselle Wilson.

Gloria Wilson lève aussi son verre, trinque avec Harry Sweeney, lui sourit et dit : Tout aussi ravie de faire votre connaissance, monsieur Sweeney.

Et au plaisir de ne pas être à Anaconda ni à Muncie, ajoute Harry Sweeney, trinquant en retour avec Gloria Wilson avant de reposer doucement son verre sur le comptoir.

Je m'en doute ! Mais vous ne buvez pas ?

Je me contente d'observer, ces jours-ci.

Vous avez dû voir pas mal de choses, dit Gloria Wilson en riant.

Plus que vous ne croyez.

Mais ça ne vous dérange pas que je boive ma consommation ?

Cela me briserait le cœur que vous vous en absteniez, mademoiselle Wilson.

Alors, je m'exécute, dit Gloria Wilson. Elle prend une gorgée et puis une seconde. Uniquement pour ne pas vous briser le cœur, monsieur Sweeney.

Vous êtes particulièrement aimable, mademoiselle Wilson. Je vous en remercie.

Je ne le suis pas vraiment, réplique Gloria Wilson. Mais merci pour le compliment. Et, je vous en prie, appelez-moi Gloria, monsieur Sweeney.

Alors, appelez-moi Harry, si cela ne vous ennuie pas.

Pas le moins du monde, Harry. Vous êtes un homme célèbre.

À quel titre, mademoiselle Wilson ? Désolé, je veux dire Gloria.

Vous vous moquez de moi, Harry Sweeney. Vous savez bien pourquoi. On parle de vous dans tous les journaux. Vous êtes l'homme qui a démantelé tous les gangs locaux. Tout le monde le sait.

Vous ne devriez pas croire tout ce qu'on écrit, réplique Harry Sweeney. Mais parlons un peu de vous, Gloria. Qu'est-ce que vous faites dans la vie ? Et plus particulièrement au troisième étage ?

Eh bien, pas grand-chose d'aussi excitant et prestigieux que vous, Harry, répond Gloria Wilson. Je ne suis qu'une simple bibliothécaire, au département d'histoire. Voilà pour ma modeste personne.

Ça m'étonnerait beaucoup, remarque Harry Sweeney. Je n'ai jamais vu de bibliothécaire habillée comme vous. Pas dans le Montana en tout cas.

Gloria Wilson éclate de rire : Et elles ne s'habillent pas comme ça non plus à Muncie, dans l'Indiana. Puis, désignant les joueurs de poker qui occupaient un coin de la salle, elle ajoute : On a organisé une grande soirée historique en ville.

Harry Sweeney jette un coup d'œil sur le groupe attablé dans le coin. Trois Américains, un Japonais. Qui n'applaudissent pas, qui ne rient pas. Qui ne chantent pas avec le public, se contentant de jouer aux cartes. Ils ont l'air de s'amuser comme des fous.

Vous plaisantez ? C'est pire qu'à la bibliothèque. Mais mes amis Don et Mary m'ont dit qu'ils viendraient faire un saut. Ils sont vraiment marrants, ils vous plairaient.

Harry Sweeney sourit. Harry Sweeney regarde sa montre. Puis, se levant, Harry Sweeney fait un signe au garçon : Un autre verre pour Madame, je vous prie, Joe, et mettez ça sur ma note, s'il vous plaît.

Ne me dites pas que vous devez partir, dit Gloria Wilson.

Harry Sweeney la salue : Le devoir m'appelle, je le crains. Mais ce fut un plaisir de vous rencontrer, Gloria.

C'est vraiment ma chance, répond Glora Wilson en riant. Pour une fois que je tombe enfin sur un homme dans cette ville prêt à offrir un verre à une femme blanche aux yeux ronds, qui plus est, un homme aimable, il faut que ce soit un bourreau de travail. Merci à vous, Harry Sweeney. Je vous remercie. Ce fut un plaisir…

Harry Sweeney lui sourit : À une prochaine fois, Gloria.

J'espère bien. J'irai vous chercher…

À votre guise, déclare Harry Sweeney, avant de s'éloigner, de partir loin du bar et de ses verres, et de remonter l'escalier. Il donne son ticket de vestiaire à l'hôtesse. La fille lui remet son chapeau, lui sourit et s'incline. Harry Sweeney lui retourne son sourire et la remercie. Il traverse le lobby, et en sortant tombe sur un couple : une Japonaise en kimono et un Américain en uniforme.

Ça alors, quel drôle de hasard, s'exclame le colonel Donald E. Channon. On ne se voit pas pendant quatre ans, et puis on tombe l'un sur l'autre deux fois dans la même journée. Vous avez retrouvé mon président, ça y est, inspecteur ?

Quel président, colonel ?

Le mien, mon foutu président des chemins de fer.

Pas que je sache, colonel, pas encore.

Le colonel Channon met sa main dans sa poche, en sort une liasse de billets qu'il agite sous le nez d'Harry Sweeney : Une bonne centaine de dollars, Sweeney.

Donny, je t'en prie, intervient la Japonaise qui l'accompagne. Allez, Donny. Rentrons à la maison, s'il te plaît, Donny…

Bon Dieu, crache le colonel Channon, repoussant la femme, titubant, balançant les billets, brandissant le poing et hurlant : Qu'est-ce que je t'ai déjà dit, de ne pas m'interrompre quand je parle ! Et ne m'appelle pas…

Harry Sweeney saisit le colonel par le bras, et l'éloignant de sa compagne, lui dit : Il se fait tard, colonel. Je pense que…

Je me fous de ce que vous pensez, Sweeney. Je vous connais, Sweeney, vous n'êtes pas un saint. Juste un ramassis de mensonges, un sale hypocrite.

Vous êtes comme les autres, Sweeney, du même acabit que le reste. Je me contrefous de ce que vous pensez, de ce que tout le monde peut bien penser. J'aime cette femme. D'un sacré putain d'amour, Sweeney. Vous m'entendez ? Tous autant que vous êtes. Et j'aime son putain de pays, aussi. Allez vous faire foutre, Sweeney. Allez au diable et bonne nuit.

Harry Sweeney glisse la clé dans la serrure de la porte de sa chambre à l'hôtel Yaezu. Il tourne la clé et ouvre la porte. Il ferme la porte derrière lui et la verrouille. Il reste debout au milieu de la chambre, il regarde autour de lui. La lumière qui vient de la rue, les lumières de la nuit. L'enveloppe froissée, la lettre déchirée. La Bible ouverte, le crucifix tombé par terre. La valise sens dessus dessous, la penderie vide. Le tas de vêtements humides, les serviettes sales roulées en boule. Le matelas nu, le lit vide. Il entend le bruit de la pluie qui frappe contre les vitres, il entend la pluie qui tombe dans la nuit. Il va dans la salle de bains. Il regarde le lavabo. Il baisse les yeux, voit les éclats de verre. Relevant la tête, il fixe le visage dans le miroir. Il le scrute, la mâchoire, les joues, les yeux, le nez et la bouche. Il lève la main pour toucher le visage dans le miroir, suivre la ligne de la mâchoire, les joues, les yeux, le nez et la bouche. Il passe le doigt sur les contours du miroir, il agrippe les bords du miroir. Il le détache du mur. Il s'accroupit. Il pose le miroir à l'envers contre le mur près de la fenêtre. Il commence à se relever. Il voit des taches de sang sur la moquette. Il enlève son veston. Il le jette sur le matelas. Il enlève ses boutons de manchettes et remonte ses manches de chemise. Il voit les taches de sang sur les pansements qui couvrent ses poignets. Il déboutonne sa chemise. Il enlève sa chemise. Il la lance sur le matelas. Il ôte sa montre. Il la laisse tomber au sol. Il détache l'épingle de nourrice qui maintient le bandage de son poignet gauche. Il pose l'épingle sur le lavabo entre les robinets. Il défait le pansement de son poignet gauche. Il jette le bandage qui atterrit sur sa chemise sur le matelas. Il détache l'épingle de nourrice qui maintient le bandage de son poignet droit. Il la pose à côté de l'autre entre les deux robinets. Il défait le pansement de son poignet droit. Il jette le bandage qui atterrit comme l'autre sur sa chemise. Il prend la poubelle. Il l'apporte jusqu'au lavabo. Il ramasse les éclats de verre. Il les met dans la poubelle. Il ouvre les robinets. Il attend que l'eau coule. Pour noyer le bruit de la pluie qui frappe aux fenêtres, pour étouffer le bruit de la pluie qui tombe dans la nuit. Il bouche le lavabo, le remplit d'eau. Il ferme les robinets. Toujours le bruit de la pluie qui frappe les vitres, toujours le bruit de la pluie qui tombe dans la nuit. Il plonge les mains et les poignets dans l'eau du lavabo. Il laisse ses mains et ses poignets tremper dans l'eau du lavabo. Il regarde l'eau qui dilue le sang. Il sent l'eau qui nettoie ses plaies. Il retire la bonde du lavabo. Il regarde l'eau du lavabo qui se vide, qui s'écoule le long de ses poignets entre ses doigts. Il sort les mains du lavabo. Il ramasse une serviette par terre. Il se sèche les mains et les poignets. Il plie la serviette. Il pend la serviette au porte-serviettes à côté du lavabo. Il revient au milieu de la chambre. À la lumière provenant de la rue, les lumières de la nuit. Il tend les mains, il retourne ses paumes. Il regarde les cicatrices nettes et sèches sur ses poignets. Il les contemple un bon moment. Puis il s'agenouille au milieu de la pièce. Près de l'enveloppe froissée, devant la lettre déchirée. Les bouts de papier, les bouts de phrases : Adultère. Trahison. Judas. Luxure. Mariage. Sacrement. Ma religion. Ta traîtrise. Je n'abandonnerai jamais. Pas question de divorcer. Je sais comment tu es. Je te connais. Mais je te pardonne, Harry. Les enfants te pardonnent, Harry. Rentre à la maison, Harry. Reviens, s'il te plaît. Harry Sweeney joint les mains. Il lève les mains jusqu'à son visage. Il incline la tête. Il ferme les yeux. Au milieu du siècle pour les Américains, au cœur de la nuit en Amérique. Agenouillé dans sa chambre, sa chambre d'hôtel. La pluie qui frappe aux carreaux, la pluie qui tombe dans la nuit. À genoux, sur ses genoux sales. La pluie qui tombe, qui tombe à verse. Harry Sweeney entend les téléphones qui sonnent. Des voix s'élèvent, des ordres fusent. Bruits de bottes dévalant les escaliers, dans la rue. Des portières claquent. Des voitures traversent toute la ville, freinent quatre étages plus bas. Des bruits de bottes montant les escaliers, des bruits de bottes dans le couloir. Des coups de poing sur la porte, des voix derrière la porte : Est-ce que tu es là, Harry ? Tu es là ?

Harry Sweeney ouvre les yeux. Il se relève, se ressaisit. Il va jusqu'au lit, ramasse sa chemise et l'enfile. Du milieu de la chambre, il regarde fixement la porte. Puis il se dirige vers la porte et pose la main sur la clé. Il respire profondément avant de faire tourner la clé et d'ouvrir la porte et dit : Qu'est-ce que tu veux, Susumu ?

Debout, dans le couloir, Toda est trempé de la tête aux pieds : Ils l'ont retrouvé, Harry.

Dieu merci !

Il est mort.

2

Le Lendemain

---

6 juillet 1949

Ils foncent aussi vite que possible dans la nuit noire et sous la pluie : Harry Sweeney assis à l'arrière avec Bill Betz, Toda à l'avant à côté d'Ichirō qui conduit, filant vers le nord par Ueno et remontant l'avenue Q, puis en direction de Minowa en traversant le fleuve, le fleuve Sumida.

Harry Sweeney regarde à nouveau sa montre, le verre est fêlé, les aiguilles bloquées. Quelle heure est-il ?

Quatre heures sonnées, dit Toda.

Harry Sweeney tourne le visage vers la vitre, plongeant le regard dans la nuit et la pluie, la ville et ses rues désertes et silencieuses, les immeubles laissant la place aux champs qu'il découvre, alors qu'ils se dirigent de nouveau vers le nord, aux confins de la ville, filant à toute vitesse.

On est arrivés, dit Toda tandis qu'Ichirō s'arrête pour se garer derrière la gare d'Ayaze. Des voitures stationnent de part et d'autre des trottoirs, inoccupées et plongées dans le noir sous des trombes d'eau.

Putain, soupire Betz. Vous avez vu cette pluie !

Toda, Betz et Harry Sweeney descendent de voiture, dans la nuit et sous la pluie, en cette fin de nuit sous une pluie diluvienne. Le ciel nous tombe sur la tête, dit Betz. Et aucun de nous n'a de parapluie.

Chacun remonte le col de son veston, baisse le rebord de son chapeau et Betz lâche à nouveau : Putain.

C'est par là, dit Toda, montrant la direction de l'ouest.

C'est loin d'ici ? demande Betz.

Je ne sais pas, répond Toda.

On verra bien, de toute façon, déclara Harry Sweeney. Allons-y. On perd du temps.

S'éloignant de la gare, ils suivent les rails. Marchant le long des rails, suivant les rails. Ils traversent une passerelle piétonnière qui enjambe un petit cours d'eau. Le long des rails, suivant les rails. Les hauts murs noirs de la prison de Kosuge sur leur gauche, et un vaste espace complètement vide à ciel ouvert sur leur droite. Le long des rails, suivant les rails. Sous une pluie battante, sous des trombes d'eau. Leurs vêtements sont trempés, ils sont mouillés jusqu'aux os, jusqu'à la moelle. Une pluie battante, une pluie transperçante. Betz demande : Putain, c'est encore loin ?

Là, dit Toda. Ça doit être là-bas

Ils voient des lanternes au loin, ils voient des hommes au loin. Devant un pont, devant un remblai. Avec des cirés et des imperméables. Bottes en caoutchouc aux pieds, montant et descendant des voies, avec leurs bottes en caoutchouc allant et venant le long des rails. Sous des trombes d'eau, à la lueur des lanternes. Qui ramassent des lambeaux de vêtements, des lambeaux de chair. Montant et descendant, faisant des allers-retours, dans un sens puis dans l'autre, sur toute la surface, une jonchée de vêtements et de morceaux de chair, éparpillés et déchiquetés –

Bon Dieu, s'exclame Betz. Vous avez vu ça –

Un bout de bras au milieu de la voie.

Bon Dieu, répète Betz. Le pauvre malheureux.

Au cœur de la nuit et sous la pluie, Harry ne parle pas. Il est là, il espère que la nuit va bientôt finir, que la pluie va s'arrêter, il regarde la voie de chemin de fer, de haut en bas, essayant de voir du mieux qu'il peut, faisant tout son possible pour garder en mémoire tout ce qu'il peut. Au cœur de la nuit et sous la pluie, Harry Sweeney sort son calepin, prend son crayon et au cœur de la nuit et sous la pluie, Harry Sweeney se met à arpenter les voies, mesurant des distances, traçant une esquisse de la scène, notant des détails : la voie passant sous un pont où se trouve une autre voie ; à trois mètres du pont, une grosse flaque d'huile sur les traverses et sur le ballast ; à six mètres du pont, une cheville droite sort d'une chaussette déchirée sur le ballast ; à onze mètres du pont, entre les rails, c'est un fixe-chaussette ; à environ treize mètres du pont, dans l'herbe qui recouvre les bas-côtés gît une chaussure droite écrasée ; à dix-sept mètres du pont, la chaussure gauche se trouve entre les rails sur la voie de départ. Toda a identifié un morceau de tissu, c'est un *fundoshi*, une sorte de pagne, le sous-vêtement traditionnel des Japonais ;

à vingt-huit mètres du pont, une chemise blanche, déchirée dans le dos ; à quarante-trois mètres du pont, c'est la cheville gauche avec encore sa chaussette qui gît sur le ballast entre les rails ; à quarante-six mètres, entre les rails, une veste de costume, le dos déchiré comme la chemise blanche ; à cinquante-quatre mètres du pont sur le ballast entre la voie de départ et la voie d'arrivée, il y a la tête d'un homme, couverte de blessures du front au menton, un œil pendant, fixant le ciel, dans la nuit et sous la pluie.

Putain ! jure Betz.

Toda ajoute : C'est dingue ce qu'un train peut faire à un homme.

Harry ne dit rien. Il continue d'avancer, tout en écrivant : À côté du crâne, il y a aussi de la cervelle, des intestins répandus sur dix mètres environ entre les voies ; à soixante-dix mètres du pont, le bras droit est encore relié à un morceau d'épaule sur le ballast de la voie de départ ; enfin, à quatre-vingt-cinq mètres du pont, sur le ballast entre les rails le torse, nu et tordu, le dos et les jambes en vrille reposent sur les pierres, pratiquement détachés du buste, la chair déchiquetée et les os brisés.

Putain, répète Betz. Quelle horrible façon de mourir. Bon Dieu !

Harry Sweeney ne dit rien. Il voit la lumière qui pointe faiblement à l'est, qui jette une pâle lueur sur les lambeaux suintants de peau blafarde et les morceaux humides de chair grise, jonchant les voies de chemin de fer. Dans la lumière grise et sous la pluie qui se calme. Il détourne le regard de cette peau et de ces chairs, des rails et du ballast. D'autres hommes arrivent, certains partent, ils vont et viennent, montant et descendant les voies, dans un sens puis dans l'autre, traversant les rails et parcourant les lieux. Il voit la police métropolitaine qui prend en charge la scène de crime, le procureur général et l'équipe des médecins légistes qui débarquent, qui demandent à Toda, de donner les noms, les grades, les fonctions, ce qu'ils ont entendu et ce qu'ils ont constaté. Et Harry reste là, dans la lumière de l'aube et sous la pluie, trempé jusqu'aux os, jusqu'à la moelle, et il regarde au loin, à l'est, puis se tourne en direction du sud, de l'ouest et du nord, apercevant un passage à niveau et la gare au bout de la voie, un bâtiment et la prison qui côtoie les voies de chemins de fer, le pont et les quais au bout de la ligne, et les champs, ces longs champs plats qui s'étendent en direction du nord. Harry qui regarde et se tourne, encore et encore, et voit ce paysage silencieux, vide et perdu où la mort a frappé.

À quoi tu penses, Harry ? demande Betz.

Pourquoi ça s'est passé ici, Bill. Pourquoi ici ?

Ils longent à nouveau les voies pour retourner à la gare d'Ayase, pour retourner à la voiture, Toda, lisant ses notes, leur détaille ce qu'il a appris sur la scène de crime, il précise : Je vous épargne les noms, pour le moment, mais le conducteur du dernier train de marchandises allant de Ueno à Matsudo s'est arrêté à la gare d'Ayase pour signaler qu'il pensait avoir vu des objets rougeâtres dispersés sur les voies à l'endroit où les rails longent les murs de la prison. Apparemment, on appelle cet endroit le Carrefour du Diable ou le Carrefour Maudit.

C'est pas croyable, s'exclame Betz.

Ouais, dit Toda. L'endroit est connu pour les accidents et les suicides qui s'y produisent, et les gens du coin l'évitent. Surtout quand il pleut. C'est ce moment-là que les âmes des victimes choisissent pour se réunir près du pont ou du carrefour. Ils disent qu'on peut les entendre gémir.

Quand a eu lieu le dernier ? demande Harry Sweeney.

Le dernier quoi ?

Le dernier suicide.

On ne me l'a pas dit et je ne l'ai pas demandé. Désolé, Harry.

On va se renseigner. Continue.

Donc, le conducteur s'arrête à Ayase pour signaler qu'il pense avoir vu un « thon » sur la voie, c'est comme ça qu'ils appellent un cadavre dans leur jargon. Il est à peu près minuit et demi. Alors, l'adjoint du chef de gare envoie le contrôleur et un autre membre du personnel inspecter la voie au Carrefour Maudit. Bien qu'équipés d'une simple lanterne, ils voient qu'il y a un corps sur les rails, et ils se rendent directement au poste de police près de la prison. Ils appellent l'adjoint du chef de gare et lui rapportent ce qu'ils ont vu. L'assistant du chef de gare transmet alors leur rapport suivant la voie hiérarchique au chef de l'équipe de maintenance du secteur de Kita-Senju. Il faudra vérifier ce point, mais je pense qu'ils étaient à Gotanno, sur la ligne de Tōbu, c'est la station juste après sur la ligne qui traverse le pont. En tout cas, le chef et un membre de son équipe prennent la ligne de Tōbu en sens inverse ou peut-être sont-ils venus en suivant les voies le long du pont et ils arrrivent sur les lieux à une heure et demie. Il pleut déjà à ce moment-là, mais ils trouvent le corps mutilé, pratiquement déchiqueté, d'un homme de bonne corpulence. Ils se mettent à chercher, dans ce qu'ils décrivent comme des lambeaux de vêtements, tachés d'huile, disséminés sur les voies, s'il y a des papiers d'identité et finissent par trouver des cartes de visite et une carte de transport au nom de Sadanori Shimoyama, président de la Société des chemins de fer nationaux. Ils vont directement au poste de police le plus proche – celui de Gotano Minami-machi, et font un rapport sur ce qu'ils ont trouvé à un officier du nom de Nakayama. Il est alors deux heures et quart. Nakayama alerte aussitôt le poste de police de Nishi Arai et se rend en personne sur les lieux et c'est là que je l'ai trouvé. C'est Nakayama, l'officier, qui m'a raconté tout ça. Quand il est arrivé sur les lieux, c'est-à-dire environ à deux heures quarante selon ses dires, il y avait pas mal d'autres personnes, des types de la gare d'Ayase et de l'équipe de maintenance. Le chef de gare est arrivé alors que Nakayama était déjà sur place et ils se sont mis à chercher d'autres objets d'identification. Sont tombés sur une montre-bracelet près du tronc et une dent en or, également. À un certain moment, le chef de gare a retourné le tronc du cadavre, trouvé un portefeuille dans une poche de pantalon. La pluie tombait de plus en plus drue, mais Nakayama a dit que le ballast était sec sous le corps quand ils l'ont retourné.

Ils regagnent la voiture, Ichirō les attend derrière le volant, il y quatre ou cinq véhicules garés, vides de tout occupant.

Je ne sais pas ce ce qu'il en est pour vous deux, dit Betz, mais j'ai vraiment besoin de prendre un bon bain chaud, un petit déjeuner et d'aller me coucher. On aura de la chance si on ne tombe pas malade une bonne semaine, avec toute cette putain de pluie qui s'est abattue.

Harry Sweeney regarde les voitures vides, lève les yeux vers le bâtiment de la gare et dit : Reste dans la voiture, Bill. Je reviens le plus vite possible, d'accord ? Viens avec moi, Susumu.

T'as intérêt à te dépêcher, Harry, je te jure. Je tremble comme une feuille.

On fait au plus vite, réplique Harry qui se dirige vers la gare. Il demande à Toda : Ces voitures, elles appartiennent aux chemins de fer, hein ?

Toda jette un œil et opine : Ouais. Pour la plupart.

Harry Sweeney sourit : On va s'épargner une partie du boulot !

Dans le bureau du responsable de la gare d'Ayase trois hommes de la direction générale des chemins de fer sont réunis autour d'un petit *hibachi*[1]. Trempés, le visage pâle, silencieux et recueillis, ils font sécher leurs vêtements, se font sécher. Harry Sweeney sort son badge du Département de la sécurité publique et déclare : Je crois que c'est l'un d'entre vous, messieurs, qui a identifié le président Shimoyama ?

Oui, répond l'un des hommes, c'est moi.

Et vous vous appelez… ?

Masao Orii.

Harry Sweeney poursuit : Monsieur Orii, je veux que vous me racontiez exactement ce qui vous a amené ici. Qui vous a appelé et quand ? Et ensuite tout ce que vous avez pu voir depuis votre arrivée sur les lieux, et tout ce qui s'est passé depuis. Absolument tout, je vous prie.

Eh bien, commence M. Orii, j'ai reçu un appel téléphonique au domicile du président à trois heures –

Je suis désolé de vous interrompre, monsieur Orii. J'aurais dû être plus précis. J'aimerais que vous reveniez au jour précédant les événements, dites-moi tout ce que vous savez.

Bien alors, reprend M. Orii, il était environ onze heures du matin quand j'ai entendu dire que le président avait disparu. En fait, c'était hier matin. M. Aihara m'a appelé pour me dire que le président n'était pas venu au bureau, pour assister à la réunion quotidienne du matin. Mais pour être honnête, à ce moment-là, je n'ai pas particulièrement prêté attention à ce qu'il me disait, ni pris la chose au sérieux. J'ai pensé que ça n'avait pas d'importance et ça m'est complètement sorti de la tête.

Comment se fait-il, monsieur Orii ?

Parce que j'étais très occupé. C'est à moi qu'il incombe de programmer les trains supplémentaires pour les rapatriés de retour au pays. Il y a eu pas mal d'incidents, beaucoup de désordre dans de nombreuses gares. À Shinagawa, à Tokyo et Ueno. Et j'ai reçu des coups de fil du ministère des Transports, de la police et d'autres services. Il a fallu que je m'occupe d'un tas de gens, que je prenne un grand nombre d'appels téléphoniques, et que je reçoive beaucoup de monde. Mais aux alentours d'une heure, M. Ōtsuka, le secrétaire particulier du président, m'a appelé. Il m'a dit qu'on n'avait toujours pas vu le président et demandé si j'avais une idée de l'endroit où il pourrait se trouver ou de la personne qu'il aurait pu aller voir. Je lui ai répondu la même chose que tout le

1. Sorte de brasero, dispositif traditionnel de chauffage japonais.

monde, ce qu'il savait déjà. C'est à ce moment-là que j'ai commencé à m'inquiéter, à me dire que quelque chose avait dû arriver au président Shimoyama.

Quelque chose comme quoi, monsieur Orii ?

Qu'il avait pu être kidnappé ou autre chose.

Par qui ?

Eh bien, par des personnes opposées aux suppressions de postes, aux licenciements. Je sais qu'il a reçu beaucoup de menaces. Des lettres et des appels téléphoniques. Et puis il y a eu toutes ces affiches.

Vous pensez à quelqu'un en particulier et à des actions de groupe ?

Non, à personne. Pas à ce genre de choses. Je ne pensais à rien de particulier, j'espérais seulement que rien de tel n'était arrivé au président.

Et après avoir reçu ce coup de fil à une heure, qu'avez-vous fait alors ?

J'ai dû rester au bureau. Comme je l'ai dit, j'avais encore pas mal de choses à régler pour les rapatriés et leur transport en train. Et je ne pouvais pas me permettre de partir. Mais j'étais très inquiet et je savais aussi qu'on en avait parlé à la radio et que les journaux avaient sorti des éditions spéciales.

Donc, à quelle heure êtes-vous parti du bureau, monsieur Orii ?

Il était minuit passé. Je ne pourrais pas vous dire l'heure exacte, je suis désolé. Mais sûrement après minuit, quand la situation s'est calmée. Je suis allé au domicile du président à Kami-Ikegami. Il était environ une heure quand je suis arrivé. Une douzaine de voitures étaient garées devant la maison. Toutes de la presse. Je suis entré dans la maison. Il y avait plein de journalistes dans l'entrée. Une bonne quinzaine. Je suis monté à l'étage dans le salon. Mme Shimoyama était là, ses quatre fils étaient présents ainsi que le frère cadet du président. Ils attendaient assis, très inquiets, sans dire un mot. Au bout de quelques minutes, Mme Shimoyama a exprimé le désir qu'on demande aux journalistes qui étaient en bas de s'en aller. Cela faisait déjà longtemps qu'ils étaient là, dit-elle, et elle ne leur avait pas offert la moindre tasse de thé, ni quoi que ce soit d'autre. Elle était désolée. Alors, je suis descendu et je leur ai demandé de partir. Je leur ai dit que si on apprenait quoi que ce soit, on les tiendrait au courant. Ils sont tous partis et je suis remonté au premier. Tout le monde attendait, sans parler, sans dire un mot. Ils ne pouvaient qu'attendre. Et puis à trois heures dix, le téléphone qui était à côté de moi s'est mis à sonner. C'était le téléphone de la compagnie. Notre ligne privée. J'ai tout de suite décroché. C'était M. Okuda. Il a dit qu'on avait trouvé un corps sur la ligne de Jōban, sur les voies entre les gares de Kita Senju et d'Ayase, et aussi la carte de transport du président…

Dans l'atmosphère chaude et humide qui règne dans le bureau du chef de gare, un air suffocant, étouffant, M. Orii s'interrompt, se frotte les yeux, luttant…

Avez-vous informé la famille ? demande Harry Sweeney.

M. Orii secoue la tête : Non, je n'ai pas pu. Je n'arrivais pas à croire que ce soit possible, que ça puisse être le président. J'ai juste dit quelque chose comme quoi je devais retourner à la direction générale et j'ai demandé à M. Ōtsuka de sortir. Je lui ai raconté ce que je venais d'apprendre, lui ai demandé de ne rien dire mais d'attendre auprès de Mme Shimoyama et de ses enfants. Mais il a voulu venir avec moi, alors on n'a pas eu d'autre choix que d'en parler au frère du président. Nous lui avons dit ce qu'on avait découvert, mais qu'on ne pouvait rien confirmer tant qu'on ne serait pas allés nous-mêmes sur les lieux. Il était d'accord pour ne pas dire quoi que ce soit à Mme Shimoyama, que ce n'était pas le moment, et puis moi, M. Ōtsuka et M. Doi, on est partis.

Et vous êtes venus directement ici ?

Oui, dit M. Orii. En fait, c'est M. Sahota, un de nos chauffeurs, qui nous y a conduits.

À quelle heure êtes-vous arrivés sur les lieux ?

Juste après quatre heures, précise M. Orii. Dès qu'on est arrivés ici, on nous a emmenés sur la scène du crime. On nous a montré la carte de transport du président, son portefeuille. Et puis, on nous a montré le cadavre. Ce qu'il en restait. Et j'ai confirmé qu'il s'agissait bien du président.

Dans l'atmosphère suffocante, étouffante qui règne dans le bureau du chef de gare, Harry Sweeney demande : Et vous en êtes certain ?

Oui.

La famille a-t-elle été informée ?

Oui, répète M. Orii. Moi et M. Doi, on est revenus ici pour appeler la direction générale et puis le frère du président. M. Ōtsuka est toujours sur la scène de crime, près du corps.

Puis-je vous demander ce que vous en pensez ?

Ce que je pense ?

Vous êtes allé sur les lieux, vous avez identifié le corps, précise Harry Sweeney. Et vous connaissiez la personne, le président. J'aimerais savoir ce qui, d'après vous, s'est passé ici.

Masao Orii lève les yeux vers Harry Sweeney et secoue la tête : Je ne sais pas comment une telle chose a pu se passer. Mais j'aimerais que rien de tout ça ne soit arrivé. Un homme gentil, un bon mari et un père dévoué est mort, c'est tout ce que je sais. Et pour moi, ça change tout.

Ils ne rentrent qu'au petit matin, sous une lumière grise dans l'air chargé d'humidité. Traversant à nouveau le fleuve, pour regagner la ville. Bill Betz endormi sur le siège arrière, Harry Sweeney regardant fixement dehors derrière la vitre. La ville plongée dans l'obscurité, sous la pluie, les immeubles dégoulinant d'humidité. Prenant avenue Q et tournant dans Ginza Street, puis suivant Ginza Street et repassant devant le grand magasin Mitsukoshi.

Harry Sweeney regarde de nouveau l'heure à sa montre, au verre fêlé, aux aiguilles bloquées. Il sort son calepin, fait défiler les pages. S'arrêtant sur une page, il se met à lire ses notes. Puis se penchant dans l'espace qui sépare les deux sièges avant, il dit : Arrête-toi à la banque Chiyoda, s'il te plaît.

Harry, intervient Toda. Le patron nous attend…

Ça ne prendra que cinq minutes, dit Harry Sweeney. On est pratiquement dans le coin, n'est-ce pas, Ichirō ?

Ichirō acquiesce et tourne dans l'avenue Y. Ils passent sous les voies ferrées avant d'arriver au carrefour de la 4e Rue. Ichirō ralentit et se gare devant la banque Chiyoda.

Harry Sweeney laisse Betz dormir. Il sort de la voiture, suivi de Susumu Toda. Ils ferment doucement les portières et entrent dans la banque. La banque qui vient d'ouvrir ses portes, pour une nouvelle journée de travail. Harry Sweeney et Susumu Toda montrent leur insigne du Département de la sécurité publique à un membre du personnel. Harry Sweeney et Susumu Toda demandent à voir le directeur. L'employée les emmène jusqu'à son bureau. Elle parle avec le secrétaire, frappe à la porte et les fait entrer chez le directeur.

L'homme se lève aussitôt de son siège, l'air inquiet, et leur demande nerveusement : Que puis-je pour vous, messieurs ?

Nous venons à propos du président Shimoyama de la Société nationale des chemins de fer, répondit Harry Sweeney.

Le directeur examine Harry Sweeney, ses vêtements tachés de pluie, ses chaussures couvertes de boue, avant de déclarer : J'ai entendu dire à la radio qu'on avait trouvé son cadavre sur la ligne de chemin de fer de Jōban.

C'est malheureusement vrai, répond Harry Sweeney. Nous avons cru comprendre aux dires de son chauffeur que le président Shimoyama était passé à la banque hier matin. Pouvez-vous confirmer cette information ?

Le directeur acquiesce : Après l'annonce hier à la radio, diffusant la nouvelle de la disparition du président Shimoyama, M. Kashiwa, le responsable de notre département des coffres, est venu me voir. Il m'a indiqué que le président était passé hier à l'agence, juste après l'ouverture de nos bureaux.

Et donc, hier matin, c'est bien M. Kashiwa qui s'est occupé en personne du président ?

Le directeur acquiesce derechef : Je crois, effectivement, oui.

M. Kashiwa est-il là aujourd'hui ?

Oui, il est là.

Pourriez-vous nous conduire à son bureau ? demande Harry Sweeney. Ce serait aimable.

Bien entendu, dit le directeur. Et sortant de son bureau, il les guide le long d'un couloir. Ouvrant une porte, il les fait entrer. Comme son supérieur, l'homme se lève aussitôt de son siège, l'air inquiet lui aussi, et le directeur lui explique : Monsieur Kashiwa, ces messieurs sont envoyés par le quartier général, ce sont des enquêteurs du Département de la sécurité publique. Ils viennent à propos du président Shimoyama. Ils aimeraient s'entretenir avec vous à ce sujet.

Est-il vrai que le président Shimoyama est mort ? s'enquiert M. Kashiwa. Je l'ai entendu à la radio. On a trouvé son corps sur la ligne de Jōban.

C'est malheureusement vrai, confirme Harry Sweeney. Nous essayons de retracer les déplacements du président hier. Nous savons qu'il est passé à la banque tôt dans la matinée et c'est vous qui vous êtes personnellement occupé de lui ?

Oui, dit M. Kashima.

L'avez-vous signalé à la police métropolitaine ?

Euh, non, répond M. Kashima, jetant un regard inquiet à son supérieur. Quand j'ai entendu dire que le président avait disparu, je suis allé voir le directeur. Je lui ai dit que le président était passé hier matin à l'agence et nous avons discuté de ce qu'il convenait de faire –

Oui, l'interrompt le directeur. C'est exact. Nous nous sommes entretenus sur ce qu'il convenait de faire, effectivement.

Et donc, qu'avez-vous fait ? leur demande Harry Sweeney.

Eh bien euh, bégaie le directeur. Nous avons décidé qu'il fallait en informer la direction générale de la compagnie des chemins de fer. Alors je les ai appelés et je leur ai dit que le président Shimoyama était passé à l'agence ce matin. Juste après l'ouverture de la banque.

Et avec qui avez-vous parlé ?

Le secrétaire du président, je crois.

Et que vous a-t-il dit ?

Il m'a remercié et dit qu'il allait prévenir la police.

Harry Sweeney hoche de nouveau la tête : Je vois. Et depuis, est-ce que la police vous a contactés ? Est-ce qu'ils sont venus vous voir à l'agence ?

La police japonaise ? demande le directeur. Non, pas encore. Mais je suppose que c'est pour cette raison que vous êtes là. À cause de notre appel.

Harry Sweeney le confirme d'un hochement de tête. Se tournant vers M. Kashiwa, il lui demande : À quelle heure exactement le président s'est-il présenté à la banque ?

Euh, vers neuf heures cinq ou neuf heures dix, je pense. C'est ça.

Et quelle était la raison de sa visite ?

Le président voulait la clé de son coffre-fort. Je la lui ai donnée. Il est descendu au sous-sol, à la salle des coffres. Et puis, il a rendu sa clé et est parti.

Il était quelle heure ?

M. Kashiwa se dirige vers un meuble classeur. Il ouvre un tiroir, en extrait un registre. Il le consulte et dit : Neuf heures vingt-cinq. On enregistre tous les passages, tout est consigné.

Donc, le président Shimoyama est resté environ quinze à vingt minutes au sous-sol, demanda Harry Sweeney. Là où se trouve son coffre-fort ?

Oui, monsieur, assure M. Kashiwa.

Un membre de votre service était-il présent ?

Non, monsieur.

Y avait-il un autre client à ce moment-là ?

Non, monsieur. On ne peut faire accéder qu'une seule personne à la fois dans la salle des coffres.

Il était donc seul au sous-sol ?

Oui, monsieur.

C'est la procédure habituelle de la banque ?

Oui, monsieur, confirment ensemble M. Kashiwa et le directeur.

Harry Sweeney hoche la tête et demande : Cela fait longtemps que le président Shimoyama possède un coffre-fort dans votre agence ?

À vrai dire, pas très longtemps, précise M. Kashiwa après avoir consulté de nouveau le registre qu'il a en main. En fait, seulement depuis le 1er juin de cette année. Ça fait donc juste un mois.

Et il y passe souvent ?

Assez fréquemment, dit M. Kashiwa. Au moins une fois par semaine. Selon les inscriptions du registre, le président Shimoyama était déjà venu la veille.

Et c'était à quelle heure ?

Euh, deux heures quarante l'après-midi du 4.

Et la visite précédente ?

Le 30 du mois précédent.

Je vous remercie, dit Harry Sweeney. Maintenant, il va falloir que nous puissions examiner le coffre. Le contenu du coffre.

M. Kashiwa se tourne vers le directeur, qui se tourne vers lui, et M. Kashiwa fait remarquer : Mais…

Nous ne pouvons pas ouvrir le coffre sans l'autorisation de son propriétaire, dit le directeur. Ou alors il faudrait avoir l'autorisation d'un membre de sa famille…

Le président Shimoyama est mort, déclare Harry Sweeney. Le GHQ est chargé d'enquêter sur les circonstances de sa mort. Cela devrait suffire comme autorisation, pour vous comme pour nous.

Les deux hommes acquiescent de concert. Le visage exsangue, ils font pâle figure. Le directeur murmure : Je suis désolé. Bien entendu, on y va immédiatement.

Harry Sweeney et Susuma Toda sortent du bureau à la suite du directeur et de M. Kashiwa. Tout le long du couloir jusqu'en bas de l'escalier. Jusqu'au sous-sol et la salle des coffres. Une petite pièce étroite avec des coffres jusqu'au plafond, chaque coffre portant un numéro, tous fermés à clé. M. Kashiwa ouvre un coffre, dont il extrait une boîte, une boîte portant le numéro 1261. Puis M. Kashima porte la boîte 1261 jusqu'aux tablettes isolées alignées le long du mur, pose la boîte 1261 sur une des tablettes, introduit une deuxième clé dans la serrure de la boîte 1261, et puis il recule d'un pas.

Harry Sweeney et Susumu Toda sont devant la boîte, la clé est fichée dans la serrure, attendant d'être ouverte. Harry Sweeney regarde Susuma Toda, ce dernier a les yeux rivés sur le couvercle de la boîte. Harry Sweeney fait tourner la clé dans la serrure, puis il soulève le couvercle de la boîte. Il plonge la main à l'intérieur de la boîte 1261 et en sort un petit paquet enveloppé dans du papier journal. Il déplie le papier journal. Qui contient trois liasses de billets de cent yens qu'il garde en main. Il compte les billets. Il y en a trente, trente billets de cent yens. Puis il dépose sur la tablette les billets et le papier journal à côté de la boîte. Replongeant la main à l'intérieur de la boîte 1261, il en sort des actions qu'il pose sur le côté. Continuant son exploration de la boîte 1261, il découvre l'acte de propriété d'une maison. Il voit que l'adresse est celle de la maison où réside la famille dans le quartier d'Ōta. Il met le document avec les autres près de la boîte sur la tablette. Il plonge de nouveau la main à l'intérieur de la boîte 1261, en sort cinq billets d'un dollar qui vont rejoindre les autres papiers. Il replonge la main dans la boîte 1261 pour en ressortir un rouleau de papier. Dénouant le lien qui entoure le rouleau, il découvre une estampe représentant un homme et une femme en train de copuler. Il roule l'estampe sur elle-même et remet le lien qui l'entourait avant de la poser sur la table à côté de la boîte. La boîte 1261 est vide maintenant, comme il peut le constater. Harry se tourne alors vers Susumu Toda qui prend des notes dans son calepin. Il lui demande : Tu as terminé ?

Oui, répond Toda. J'ai tout noté, Harry.

Harry Sweeney se penche sur la tablette. Il prend l'estampe et la remet dans la boîte. Il ramasse les dollars et les remet à l'intérieur. Puis c'est l'acte de propriété qu'il range dans la boîte. Les actions aussi regagnent la boîte. Il prend le papier journal et les liasses de billets de cent yens. Il vérifie la date qui figure sur le journal : 1er juin 1949. Il remballe les billets dans le papier journal et remet le tout dans la boîte. Il rabat le couvercle et le ferme à clé. Il laisse la boîte sur la tablette et se retourne.

Merci de votre coopération, messieurs, dit Harry Sweeney s'adressant au directeur et à M. Kashiwa. La police métropolitaine va également vous demander de voir le contenu du coffre. Il faudra vous assurer qu'un membre de la famille Shimoyama soit présent lors de l'opération. Et vous êtes priés de ne pas signaler notre passage tant à la famille qu'à la police.

Bordel de Dieu, Harry, gémit le chef Evans. C'est la merde totale.

Oui, répond Harry Sweeney. Totale.

Le chef Evans se frotte les yeux, se pince l'arête du nez, secoue la tête, puis d'un ton accablé demande : Bon alors, Harry, qu'est-ce qu'on a ?

Harry Sweeney ouvre son calepin et se met à lire : Peu avant une heure du matin, des morceaux du corps déchiqueté de Sadanori Shimoyama ont été découverts près d'un pont de chemin de fer sur la ligne de Jōban à proximité de la gare d'Ayase, au nord d'Ueno. Des employés de la Société des chemins de fer ont identifié le corps aux environs de trois heures grâce à une carte de transport, nominative, et à d'autres documents trouvés sur les lieux. L'identité a été confirmée par des membres de la direction de la compagnie aux alentours de quatre heures. La famille a été informée peu de temps après. Les premières constatations indiquent que le corps de Shimoyama est passé sous un train, bien qu'on ignore encore si c'est la cause du décès. Le corps a été emporté à la faculté de médecine pour l'autopsie.

Quand peut-on espérer avoir les résultats ?

Harry Sweeney referme son calepin, hausse les épaules avant de répondre : Dans l'après-midi, chef. Avec un peu de chance.

Le chef Evans se refrotte les yeux, se repince le nez avant de demander : Alors, qu'est-ce que tu en penses, Harry ?

Harry Sweeney hausse de nouveau les épaules : Je n'en sais rien, chef.

Enfin, voyons, Harry, insiste le chef Evans, tapant du plat de la main sur son bureau. Allons, tu es allé là-bas, tu as vu la scène de crime, tu as vu le corps. Pour l'amour de Dieu, dis-moi ce que tu en penses, mon vieux. D'après toi, qu'est-ce qui a bien pu se passer, bon sang ?

Harry Sweeney secoue la tête : Chef. Avec tout le respect que je vous dois, chef, on n'a jamais vu une scène de crime aussi merdique, complètement compromise. Il pleuvait comme vache qui pisse sur les lieux qui étaient noyés sous la flotte, ensuite l'endroit a été piétiné de long en large par des centaines de types en godillots. Les voies étaient recouvertes de morceaux de chair humaine, la tête pendait d'un côté. Un bras par-ci, un pied par-là. Des bouts de vêtements ont été ramassés au hasard. Rien n'a été laissé en place sur les lieux. Violant les règles les plus élémentaires de procédure. Et ce foutu médecin légiste est arrivé le dernier sur le lieu du crime…

Mais tu étais sur place, Harry.

Oui, j'étais là.

Alors, bon sang, qu'est-ce que tu en dis ? Le type était mort ou vivant quand le train lui est passé sur le corps ?

Derechef, Harry Sweeney ne peut que secouer la tête, hausser les épaules et répondre : Je n'en sais rien, chef. Mais s'il ne s'agit pas d'un suicide, tout a été fait pour que ça en ait l'air. Et s'il s'agit d'une mise en scène, le travail a été rudement bien fait.

Bon Dieu, dit le chef Evans, se levant de son bureau pour aller devant la fenêtre. Contemplant le ciel gris au-dessus de la ville, il soupire : C'est un sacré merdier, dans tous les cas.

Harry Sweeney acquiesce. Oui, chef. C'est tout à fait ça, chef.

Tu as lu les journaux ce matin, Harry ?

Non, chef. Pas encore.

Eh bien, le bureau des chemins de fer de Fukushima a été occupé par six cents ouvriers syndiqués. Ils ont jeté dehors les employés de la gare. Il a fallu deux cents policiers pour régler le problème. Même chose à Toyama, Osaka et Shikoku. On nous a avisés que d'anciens prisonniers récemment libérés se sont joints au mouvement, ils chantaient tous des chants révolutionnaires. Tu dois te douter de ce que le général Willoughby va bien pouvoir dire là-dessus.

Oui, chef.

Quel merdier ! répète le chef Evans qui, tournant le dos à la fenêtre, revient à son bureau. Il s'assied, lève les yeux et annonce : le général a convoqué une réunion ce soir au quartier général. Le colonel Pullman sera présent, je dois y aller aussi et je veux que tu viennes avec moi, Harry. Rendez-vous à sept heures précises au bureau du général. Tu viendras avec la totalité du dossier en notre possession.

Pour vous, c'est toujours moi qui m'occupe de l'affaire, chef ?

Quelle question !

Veuillez m'excuser, chef.

Ce sera tout pour le moment, Harry. S'il s'avère que notre bonhomme s'est jeté sous ce maudit train, l'affaire est réglée. Tu pourras retourner à la chasse aux bandits. Mais si Shimoyama a été assassiné, et il vaudrait mieux pour nous que ce soit le cas, c'est tout pour aujourd'hui.

Je comprends, chef.

J'espère bien, Harry. Car je veux que tu te donnes à fond sur cette affaire. Je veux être au courant de la moindre information que tu obtiendras. Je ne veux pas arriver ce soir à cette réunion avec des excuses bidon et un dossier vide. Il vaudrait mieux qu'on ait quelque chose, bordel de merde.

Oui, chef. J'ai compris, chef.

Alors, au boulot…

De retour au bureau 432, de retour à son bureau, Harry Sweeney se remet au travail. Il demande à Susumu Toda d'appeler le QG de la police métropolitaine, pour quémander la moindre bribe d'information, quelle qu'elle soit. Son calepin grand ouvert devant lui, il en fait défiler les pages, revient en arrière, tape quelques mots à la machine, des bricoles, des petits détails, juste des miettes, des bouts de rien, rien du tout, fixant le téléphone, attendant qu'il sonne, qu'il sonne pour lui apporter de nouvelles informations, pour changer, une annonce quelconque –

Il écoute les bruits de pas et de talons montant les escaliers et arpentant les couloirs, la chasse d'eau des toilettes et les robinets qui coulent, les claquements de portes qui s'ouvrent et qui se referment, ceux des classeurs et tiroirs, fenêtres ouvertes et ventilos à fond, stylos grattant le papier et le cliquetis des machines à écrire, les yeux rivés sur le téléphone, attendant qu'il sonne.

Y en a marre, dit Harry Sweeney, enfilant son veston et attrapant son chapeau. Susumu, t'as du nouveau ?

Rien, Harry. Le corps est à la faculté de médecine, mais l'autopsie ne commencera pas avant cet après-midi. Tous les hommes disponibles sont mobilisés pour l'enquête, soit au Mitsukoshi, soit à la gare d'Ayase.

Bon d'accord, dit Harry Sweeney. Demande une voiture et emporte le dossier. Rester ici n'a aucun sens, on n'arrivera à rien. Allez, on se bouge.

Ils quittent le NYK Building. Ils descendent l'avenue B. Sans Bill Betz ni Ichirō. Shin, un autre petit jeune, au volant, Susumu Toda à l'arrière avec Harry Sweeney. Les deux vitres avant sont grandes ouvertes, un air chaud et humide s'engoufre dans la voiture, Harry Sweeney regarde la route, les voitures et les camions, les motos et les vélos, les immeubles qui défilent sous ses yeux, les poteaux télégraphiques, les fils du télégraphe, un arbre et encore un arbre, les gens qui vont, les gens qui viennent, vêtus de brun et de gris, de vert et de jaune, Harry Sweeney écoute Susumu qui lui traduit les nouvelles, imprimées noir sur blanc –

Les éditions du matin de tous les journaux mentionnent simplement la disparition de Shimoyama, se fondant sur les dires d'Ōnishi, son chauffeur, et les déclarations de la direction des chemins de fer et de sa femme. Rien que nous ne sachions déjà, quoique le quotidien *Yomiuri* rapporte que le chauffeur a déclaré qu'ils n'étaient pas suivis et que Shimoyama avait laissé sa serviette et son panier-repas dans la voiture. Deux journaux, l'*Asahi* et le *Mainichi*, ont déjà sorti des éditions spéciales, annonçant la découverte du corps, avec quelques détails concernant la scène de crime – le lieu, l'identité, des descriptions assez précises du corps –, l'*Asahi* alléguant même qu'« il aurait été dit » qu'il y avait un impact de balle sur le cadavre.

Et, demande Harry, qui aurait dit ça ?

Ils ne le mentionnent pas, répond Susumu Toda.

Tu as aussi le *Stars and Stripes* ?

Il n'était pas encore paru, au moment où on est partis.

Pardon, inspecteur, l'interrompt le chauffeur. Nous sommes arrivés, mais…

Merde, s'exclame Susumu Toda. Regarde, Harry –

La rue paisible et ombragée n'est plus aussi calme, encombrée maintenant d'une file de voitures et d'une foule de gens. Les véhicules sont garés à deux de front, bloquant la rue, les gens se poussant pour mieux voir, essayant de jeter un œil par-dessus les murs. À travers les haies, à travers les branchages. Journalistes et cameramen, voisins et curieux. Des policiers en uniforme tentant de repousser la foule, luttant pour maintenir la foule, tentant de tenir la foule à distance –

On va se garer en bas de la colline, propose Susumu Toda, Shin le chauffeur acquiesce, et ils descendent jusqu'en bas de la colline, tout en bas de la colline où ils s'arrêtent pour se garer. Harry Sweeney et Susumu Toda descendent de la voiture. Sortant leur mouchoir, ils s'épongent le cou. Puis, rangeant leur mouchoir, ils mettent leur chapeau. Et puis ils remontent en haut de la côte à pied, jusqu'en haut de la colline, jusqu'à la maison du malheur, cette maison en deuil, ses haies sombres, ses arbres penchés. Ils se fraient un chemin à travers la foule, luttant pour atteindre le porche de pierre. Ils montrent leur badge du Département de la sécurité publique aux policiers en uniforme, qui les font passer rapidement sous le porche. Harry Sweeney et Susumu Toda entrent et empruntent la petite allée. Enlevant leur chapeau, le tenant à la main, ils s'approchent de la porte d'entrée, la porte du malheur –

Deux Japonais d'un certain âge sortent de la maison, les deux hommes marchant en direction de Harry Sweeney et Susumu Toda. L'un est grand et mince, l'autre petit et corpulent. Tous deux vêtus de noir, tous deux en deuil. Ils dévisagent Harry Sweeney et Susumu Toda, mais ne leur adressent pas la parole. Se contentant de les regarder, ils passent leur chemin. Harry Sweeney se retourne pour les regarder partir, et le plus grand des deux jette un œil par-dessus son épaule. En direction d'Harry Sweeney, le regardant fixement. Harry Sweeney s'approche du préposé qui garde la porte de la maison. La maison du malheur, cette maison en deuil. Tenant son chapeau d'une main et son badge dans l'autre, Harry Sweeney demande : Qui sont ces deux personnes ?

L'homme prend une longue inspiration, secoue la tête et répond : Je suis désolé, inspecteur. Je l'ignore.

Vous devriez le savoir, sergent. À partir de maintenant, vous noterez le nom de chaque visiteur entrant dans la maison. Compris ?

Oui, inspecteur. À vos ordres, inspecteur.

Harry Sweeney hoche la tête, puis accompagné de Susumu Toda entre dans la maison. La maison du malheur, cette maison en deuil. L'air est lourd, l'atmosphère irrespirable. Le vestibule grouille de monde, jusque dans l'escalier. Dans tous les encadrements de porte, dans toutes les pièces. Tous sont vêtus de noir, en deuil. Les gens se retournent pour regarder Harry Sweeney et Susumu Toda, se retournent et les dévisagent. Le regard empli de larmes, un regard de reproche. Qui accuse tous les Américains, rejetant la faute sur l'Occupant. Susumu Toda secouant la tête, murmure : Qu'est-ce qu'on fout ici, Harry ?

On vient présenter nos condoléances, dit Harry Sweeney. Et observer et écouter. Alors, ouvre l'œil et tends l'oreille, Susumu. Ouvre l'œil et tends l'oreille.

Merci d'être venus, leur dit un homme qui descend l'escalier. Je suis Tsuneo, le frère cadet de Sadanori.

Harry Sweeney et Susumu Toda s'inclinent tous les deux. Tous deux présentent leurs condoléances et s'excusent de les déranger. Puis Harry

Sweeney demande : Pourrions-nous nous entretenir un instant en privé, monsieur ?

Oui, bien entendu, répond Tsuneo Shimoyama. Désignant d'un geste une des pièces qui donnent sur le hall, Tsuneo Shimoyama précède Harry Sweeney et Susumu Toda qui entrent dans le salon où seuls se trouvent les quatre fils de Sadanori Shimoyama. La tête basse, en silence, ils sont assis, les mains dans leur giron. Tsuneo Shimoyama leur demande de sortir. Ils acquiescent, se lèvent et quittent la pièce tandis que Tsuneo Shimoyama prie Harry Sweeney et Susumu Toda de s'asseoir, leur demandant s'ils désirent une tasse de thé. Ils refusent son invitation, et Harry Sweeney déclare : Nous sommes désolés de vous déranger dans ces circonstances difficiles, mais il faut que nous vous posions quelques questions, monsieur.

Bien sûr, dit Tsuneo Shimoyama. Je comprends.

Merci de votre sollicitude, répond Harry Sweeney. Nous tâcherons de faire au plus vite. Pourriez-vous nous dire, monsieur, quand précisément vous avez appris la disparition de votre frère ?

Par la radio, en écoutant les informations. Au bulletin de cinq heures. Je suis tout de suite venu ici, sans tarder. Je suis arrivé environ une demi-heure après. En fait, on m'a dit que vous veniez juste de partir, monsieur Sweeney. Et je n'ai pas quitté les lieux depuis.

Voyiez-vous souvent votre frère, monsieur ?

Nous nous retrouvions régulièrement, presque chaque semaine. En fonction de son travail et du mien, bien sûr. Mais je le voyais souvent, c'est certain.

Et quand l'avez-vous vu pour la dernière fois ?

Il y a environ une semaine.

Et il allait comment ? Comment le trouviez-vous ?

Tsuneo Shimoyama incline légèrement la tête vers la droite. Soupirant, il dit : Eh bien, il subissait une très lourde pression. Je le savais. Nous le savions tous. Tout le monde le savait. Mais mon frère s'efforçait de se montrer souriant. Une tâche incommensurable, monsieur Sweeney. Mais je savais qu'il ne dormait pas très bien, qu'il souffrait également de maux de ventre. Mais en fait, ça lui arrivait souvent à cette période de l'année. Malgré tout, il était toujours chaleureux. Tout le temps.

Mis à part le stress dû à ses hautes fonctions, votre frère avait-il d'autres problèmes, d'ordre financier ou personnel ?

Non, monsieur Sweeney. Pas à ma connaissance, du moins.

Et à votre avis, vous auriez été au courant s'il avait eu des problèmes de cet ordre ? Vous étiez assez proche, n'est-ce pas ?

Oui, nous étions très proches et donc, je ne pense pas qu'il ait eu d'autres problèmes ou d'autres soucis. Ça concernait seulement son travail, principalement les licenciements.

Je suis désolé de vous parler aussi brutalement, dit Harry Sweeney. Mais avez-vous jamais entendu votre frère évoquer l'idée de suicide ?

Non, jamais.

Donc, afin que tout soit bien clair, Monsieur, vous ne croyez pas que votre frère ait pu attenter à sa vie ?

Non, répète Tsuneo Shimoyama. Je sais que c'est ce que tout le monde pense, ce que tout le monde dit. Mais j'en suis sûr, mon frère n'aurait jamais tenté de se suicider. De plus, sa femme et ses fils m'ont dit qu'il était particulièrement de bonne humeur hier matin avant de partir de chez lui. Il se réjouissait à l'idée de voir son fils aîné, Sadahiko, qui rentrait de Nagoya hier soir. Si mon frère avait eu l'intention de se suicider, il aurait certainement attendu d'avoir revu son fils avant de le faire, en toute logique.

Harry Sweeney acquiesce. Oui, sans doute.

Il aurait été normal, également, qu'il prenne ses dispositions afin que toutes ses affaires soient en ordre, pour épargner à sa femme et à ses enfants comme à sa famille une telle charge. Or il n'avait même pas pris la peine de ranger son bureau avant de quitter la maison. En dépit de ce que tout le monde pense, de tout ce que le monde dit, je suis intimement persuadé que mon frère n'a pas pu se suicider, monsieur Sweeney.

Je vous remercie, dit Harry Sweeney. J'apprécie que vous ayez été aussi franc et direct, monsieur. Cela nous aide énormément.

Tsuneo Shimoyama soupire. Hochant la tête, il ajoute : Je suis désolé, monsieur Sweeney. Sans doute mes propos ont-ils été trop bruts et catégoriques. Mais nous sommes tous tellement choqués. Profondément choqués. Et quand certaines personnes suggèrent que mon frère…

Je comprends. Je suis navré de devoir vous questionner –

Non, non, monsieur Sweeney. Ce n'est pas vous, pas la police. Vous ne faites que votre travail, j'en suis conscient, nous le savons tous. Mais que certaines personnes, de soi-disant amis de mon frère même, nous appellent pour nous suggérer de dire que mon frère aurait attenté à sa vie, allant jusqu'à faire pression sur nous pour que nous publiions un communiqué en ce sens…

Vraiment ? Qui donc ? Et quand ?

Il y a peine un moment de cela. Deux messieurs sont venus ici nous présenter leurs condoléances, mais en fait pour nous suggérer d'écrire une lettre d'adieu et de la faire publier dans les journaux.

Et contenant quoi ?

Que mon frère n'avait jamais voulu licencier quatre-vingt-quinze mille employés. Que par son suicide, il en demandait pardon, pour le bien de tous. Pour le salut du Japon.

Qui sont ces deux personnes, monsieur ?

Il s'agit de M. Maki et de M. Hashimoto. M. Maki est membre de la Chambre haute et M. Hashimoto, l'ancien président de la Société des chemins de fer. M. Hashimoto est retraité, mais mon frère et sa femme ont habité avec eux quand ils travaillaient ensemble à Hokkaido. Je n'arrive pas à croire qu'il ait osé suggérer une telle chose. C'est insupportable. Insupportable.

Pourquoi vous ont-ils demandé cela ? Quelles raisons vous ont-ils données ?

Tsuneo Shimoyama soupire de nouveau, puis précise : Si une lettre rédigée en ce sens était publiée dans la presse, avec une photo de ladite lettre, les syndicats et les employés éprouveraient alors des regrets, et tous les problèmes de l'entreprise pourraient alors s'arranger. Et ainsi, le Japon et le monde entier garderaient de mon frère l'image d'un héros, d'un martyr et d'un grand homme. Enfin, c'est ce qu'ils m'ont dit.

Et que leur avez-vous répondu ?

Je n'ai rien dit. Je voyais le visage de mon frère, et sa femme et ses fils. J'étais incapable de prononcer le moindre mot.

Eh bien, merci d'avoir accepté de vous entretenir avec nous, monsieur, conclut Harry. Mais je crains de devoir encore vous importuner et de vous demander s'il serait possible maintenant de dire quelques mots à Mme Shimoyama. Nous lui avons parlé hier, et nous aimerions pouvoir lui présenter nos condoléances.

Bien sûr, dit Tsuneo Shimoyama en se levant. Elle est à l'étage supérieur. Je vous accompagne, monsieur Sweeney.

Harry Sweeney et Susumu Toda sortent de la pièce à la suite de Tsuneo Shimoyama pour regagner le vestibule rempli de monde. D'une foule en larmes aux regards accusateurs. Monter l'escalier et entrer dans la pièce. Dans la même pièce qu'hier après-midi ; avec le même bureau de bois, la même armoire imposante. Où maintenant l'espoir a disparu, où l'on ne prie plus, une pièce noyée de chagrin, plongée dans le deuil. Dans son kimono foncé, le visage pâle, face au portrait de son mari décédé qui trône devant elle sur la table basse, Mme Shimoyama relève la tête et regarde fixement Harry Sweeney. Mais son regard n'est pas accusateur, son regard est implorant –

Ce n'est pas possible, non…

Rien de tout cela n'est arrivé.

Mais Harry Sweeney et Susumu Toda s'agenouillent devant la table basse et Harry Sweeney et Susumu Toda s'inclinent devant Mme Shimoyama, devant le portrait de son mari, le portrait qui se trouve entre eux sur la table basse –

Veuillez nous excuser de vous déranger, madame, dit Harry Sweeney. Et pardonnez notre intrusion en de telles circonstances, mais nous vous prions d'accepter nos sincères condoléances, madame.

Je vous remercie, répond Mme Shimoyama, détournant son regard de Harry Sweeney et Susumu Toda pour fixer le portrait de son mari sur la table. Caressant le cadre, passant la main sur la vitre, elle leur dit dans un souffle : Vous savez, quand j'ai entendu qu'on avait trouvé sa voiture près du magasin Mitsukoshi, mais qu'on n'avait toujours pas retrouvé mon mari, quand vous êtes venus me voir, après votre départ, j'ai su alors qu'il était mort. J'en étais sûre à ce moment-là. Au plus profond de mon cœur.

Harry Sweeney hoche la tête, gardant le silence –

Je sais qu'il arrive à mon mari de passer à la banque en se rendant au bureau. Je sais qu'il va parfois faire une course au Mitsukoshi. Mais je sais pertinemment qu'il n'aurait pas pu aller faire des achats hier matin. Pas hier matin, pas sans en parler. Il n'y serait jamais allé sans prévenir, surtout quand il avait autant de travail. Il était accablé de travail, monsieur Sweeney.

Je sais, dit Harry Sweeney.

C'est pourquoi j'en étais sûre, vous voyez ? J'ai compris qu'il se passait quelque chose d'anormal. La voiture retrouvée devant le grand magasin, mon mari qui avait disparu. Quand vous êtes venus, après votre départ, j'en étais déjà persuadée. Je le savais. Mais quand on a reçu ce coup de fil, cet appel téléphonique, alors, j'ai repris espoir. J'ai repris confiance.

Harry Sweeney se penche vers la table, vers le portrait, le portrait qui se trouve entre eux et Harry Sweeney lui demande : Quel appel téléphonique, madame ?

Vous n'êtes pas au courant ? On ne vous en a pas parlé ?

Non, madame. Je crains qu'on ne m'ait rien dit.

Quelqu'un a appelé la maison, hier soir. Pour nous dire qu'ils avaient entendu la nouvelle à la radio concernant mon mari, mais qu'en fait mon mari était passé les voir et il allait bien, et qu'il n'y avait pas de raison de se faire du souci à son sujet. Aucune raison de s'en faire.

À quelle heure avez-vous reçu cet appel, madame ?

Je ne saurais le dire précisément. Ce n'est pas moi qui ai pris la communication. C'est Mme Nakajima, notre bonne, qui a répondu. Elle vit avec nous. Elle a pris l'appel au rez-de-chaussée. Mais c'était juste après neuf heures, je crois.

L'interlocuteur s'est-il présenté ? A-t-il donné son nom, madame ?

Oui, effectivement. Il a dit qu'il s'appelait Arima.

Connaissez-vous une personne de ce nom, madame ?

Personnellement, non. Mais un peu plus tard, après cet appel, je me suis rappelé que mon mari avait un jour fait mention d'un certain M. Arima. Je ne me rappelle plus dans quelles circonstances, mais je suis sûre de cela. Et il y a encore autre chose, monsieur Sweeney…

Oui, madame, je vous en prie…

Eh bien, hier matin, vers dix heures, j'ai pris moi-même un appel d'une personne qui s'est présentée sous le nom d'Arima ou Onodera. En fait, je suis sûre que cette personne a mentionné ces deux noms.

Et que vous a-t-elle dit ?

Elle m'a demandé si mon mari était parti au travail comme d'habitude.

Et vous dites qu'il était alors environ dix heures, madame ?

Je crois bien que oui, en effet. Mais il y a eu tant d'appels hier, dans la matinée, monsieur Sweeney. Me posant tous la même question, si mon mari était bien parti au travail comme d'habitude. Des appels de son bureau, de différents collègues. Ça n'a pas arrêté…

Et votre interlocuteur n'a rien dit d'autre, madame.

Non, il m'a simplement demandé si mon mari était bien parti au travail comme d'habitude. C'est tout. Je lui ai répondu que mon mari était parti en voiture à son bureau, à huit heures vingt comme d'habitude. Et je lui ai demandé de me rappeler son nom, car je n'avais pas très bien compris quand j'ai décroché. Mais je crois me rappeler qu'il s'était alors annoncé sous le nom d'Arima. Et quand je lui ai demandé de me le redire, je suis certaine qu'il m'a alors dit s'appeler Onodera.

Avez-vous reconnu sa voix, madame ?

Non, monsieur Sweeney. Elle m'était inconnue.

Et quand votre bonne a pris ce second appel dans la soirée, est-ce qu'elle a reconnu la voix de son interlocuteur ?

Non, dit Mme Shimoyama. Mais vous voyez, pendant un moment, après cet appel, j'ai vraiment cru que mon mari allait revenir à la maison. J'ai repris alors espoir. C'est ce qu'il y a de pire.

Je suis désolé, madame. Terriblement désolé.

Je regrette seulement qu'on ne vous ait pas tenu au courant, monsieur Sweeney.

Moi aussi, madame, dit Harry Sweeney, croyez-le bien.

Tsuneo Shimoyama toussote avant de déclarer : Après ce coup de fil, celui qu'on a reçu le soir, le secrétaire de mon frère et moi-même avons fouillé dans son bureau et ses tiroirs et cherché s'il y avait ne serait-ce qu'une carte de visite ou l'adresse de cet Arima ou d'Onodera, mais nous n'avons rien trouvé.

Harry Sweeney hoche la tête. Se penchant, Harry Sweeney regarde le portrait qui trône sur la table, le visage de Sadanori Shimoyama. Son fin sourire, ses sourcils froncés. Son regard triste, ses lunettes rondes. Harry Sweeney relève la tête et demande à Mme Shimoyama : Votre mari portait-il toujours ses lunettes ?

Tout le temps, confirme Mme Shimoyama. Il n'y voyait rien sans ses lunettes. Rien du tout.

Je vous remercie, madame, dit Harry Sweeney. Il se relève et lui redit : Merci, madame. Nous n'avons que trop abusé de votre temps. Nous allons vous laisser.

Mme Shimoyama, fixant toujours le portrait qui trône sur la table, le portrait de son mari, relève la tête et demande : Monsieur Sweeney, quand pourrai-je voir mon mari ? Quand pourra-t-il nous revenir à la maison ?

Je suis désolé, répond Harry Sweeney. Je ne sais pas – pas exactement. Mais dès que certaines formalités auront été accomplies, je suis persuadé que vous pourrez le récupérer, madame.

Merci, murmure Mme Shimoyama et elle reporte son regard sur le portrait qui trône sur la table, les yeux rivés sur le visage de son mari. Caressant les bords du cadre, passant la main sur le verre. Le regard perplexe, encore dubitatif, espérant encore –

Ce n'est pas possible, non…

Rien de tout cela n'est arrivé.

Harry Sweeney et Susumu Toda quittent la pièce à la suite de Tsuneo Shimoyama. Descendre l'escalier et se retrouver au milieu de tous ces gens. Qui sont encore là dans toutes les pièces, dans le vestibule. Le regard encore empli de larmes, un regard réprobateur. Qui accuse tous les Américains, rejetant la faute sur l'Occupant.

Arrivés dans le *genkan*[1], près de la porte d'entrée, Harry Sweeney et Susumu Toda s'inclinent devant Tsuneo Shimoyama. Harry Sweeney et Susumu Toda remercient Tsuneo Shimoyama. Puis ils s'en vont et quittent la maison. La maison du malheur, cette maison en deuil. Descendant l'allée, passant sous le portail de pierre. Traversant la foule des journalistes et des cameramen, des voisins et des curieux. Retournant en bas de la colline pour retrouver leur voiture. Et arrivé près de la voiture, debout au milieu de la chaussée, Harry Sweeney ôte son chapeau, Harry Sweeney prend son mouchoir. Pour s'essuyer le visage, s'essuyer le cou. Il remet son mouchoir dans sa poche et sort son paquet de cigarettes. Il en allume une et en tire une bouffée. Et demeurant à côté du véhicule, au milieu de la route, Harry Sweeney regarde longuement le sommet de la colline, regarde la maison. La maison du malheur, cette maison en deuil, dans la fumée de sa cigarette qui lui monte aux yeux, lui pique les yeux. Il cligne des yeux, détourne le regard, jette sa cigarette et l'écrase au sol. Il sort son calepin et son crayon. Ouvrant son carnet, il y inscrit trois noms et deux horaires. Puis, rangeant son carnet et son crayon, il ouvre la portière avant de la voiture.

Qu'est-ce que tu en penses, Harry ? lui demande Susumu Toda.

Je pense que tu devrais aller à la faculté de médecine voir où en est l'autopsie. Tu me déposeras en cours de route.

Où ça, Harry ?

Le lieutenant-colonel Donald E. Channon lève les yeux de son bureau. Son uniforme est taché, il n'est pas rasé. Les yeux rougis avec des cernes noirs. Il ferme le dossier posé devant lui. D'un geste de la main, il montre la chaise en face de lui : Asseyez-vous, inspecteur.

Merci, colonel, dit Harry Sweeney.

Le colonel Channon se passe les mains sur le visage. Se frottant les yeux, il secoue la tête et dit : Je n'arrive pas à y croire, inspecteur. Bon Dieu. Je n'y arrive pas.

Harry Sweeney hoche la tête.

Vous êtes allé sur place, inspecteur ? Sur le lieu du crime ?

1. Partie du vestibule où les Japonais retirent leurs chaussures en entrant dans un lieu.

Oui, colonel. C'est la première chose que j'ai faite. Et vous, colonel ?

Le colonel Channon se frotte de nouveau les yeux, secoue de nouveau la tête et dit : Non. Pas encore. Je ne suis pas sûr d'y aller maintenant. C'est inutile, ce n'est pas le moment. Alors, vous avez vu le corps ?

Oui, colonel. Effectivement.

C'est aussi moche qu'on le dit, dans les journaux ?

Oui, colonel. C'est le cas.

Bon Dieu, Sweeney. Le pauvre homme.

Oui, colonel.

Il est où maintenant ?

Le corps a été transporté à la faculté de médecine, colonel. Pour l'autopsie. On ne devrait pas tarder à avoir les résultats.

Enfin, il ne s'est pas supprimé tout seul, inspecteur. Pas besoin d'attendre les résultats de cette foutue autopsie pour s'en rendre compte.

Vous m'avez l'air bien convaincu, colonel ?

J'en mettrai ma main au feu. Comme je vous l'ai dit hier, Sweeney, je connaissais le bonhomme. J'ai travaillé avec lui tout ce foutu temps. La dernière fois que je l'ai vu, le soir où je suis allé chez lui, je vous en ai parlé, quand je l'ai quitté, il était d'excellente humeur. Mais il était conscient des risques qu'il courait, c'est évident. Il a même dit, au moment où je partais, qu'il mettrait en œuvre les mesures nécessaires au redressement de la société au risque d'y laisser sa vie. Ce sont ses propres mots, inspecteur. Au risque d'y laisser sa vie. Vous voyez le genre d'homme que c'était. Alors, il est impossible qu'il se soit suicidé. Carrément impossible qu'il se soit supprimé.

Donc vous pensez qu'il a été tué, colonel ?

Qu'est-ce que vous croyez ? C'est évident.

Par qui alors ?

Le colonel Channon se penche en avant. Accoudé à son bureau, les mains jointes, il soupire. Ferme les yeux. Déglutit. Il rouvre les yeux et fixe du regard Harry Sweeney en face de lui. Nouveau soupir, nouveau hochement de tête. Il finit par dire : Écoutez, il a reçu des menaces de mort. Pas que lui, d'ailleurs, nous tous. Katayama, moi également. Pourquoi croyez-vous que je porte ce foutu revolver, pourquoi je sors uniquement dans une Jeep de la police militaire ?

Mais alors d'où viennent ces menaces, colonel ?

Mais, bon sang, d'où croyez-vous qu'elles puissent venir, Sweeney ? De leurs foutus syndicats professionnels, de ces putains de rouges.

Vous avez des informations précises à ce sujet, colonel ? Des noms ? Des organisations ? Quelque chose de particulier ? Quoi que ce soit ?

Bien sûr que non. Les lettres sont toutes anonymes. Mais, nom de Dieu, Sweeney, de qui, de qui d'autre cela pourrait-il venir ? Bon sang, mais faites votre putain de boulot !

En réalité, colonel, avec tout le respect que je vous dois, ce n'était pas à moi de m'en occuper. Mais ça l'est maintenant, et toute l'aide que vous pouvez…

Ah, ouais, d'accord, ricane le colonel Channon. J'ai oublié : vous étiez trop occupé à pourfendre la pègre, à vous faire prendre en photo par la presse. Pendant ce temps-là, les pauvres crétins comme le vieux Shimoyama et moi, on recevait des menaces de mort uniquement parce qu'on faisait notre putain de boulot.

Croyez bien que je le regrette, colonel. Mais la police japonaise était au courant de ces menaces, n'est-ce pas ? La police le savait, ou je me trompe ?

Évidemment qu'elle était au courant, Sweeney. Ils ont planté un flic en civil devant la maison de Shimoyama, devant son bureau, dans sa voiture. Ça ne lui a pas vraiment réussi, au pauvre bougre.

Je ne crois pas qu'ils aient fait cela, colonel.

N'importe quoi !

Colonel, autant que je sache et avec tout le respect que je vous dois, aucun policier en civil n'a été assigné à la protection du président Shimoyama. En tout cas, pas hier matin, pas quand il a quitté son domicile.

Eh bien, il va falloir que vous alliez leur demander ce qu'il en est, Sweeney. À ma connaissance, c'est ce qui était prévu. À ce qu'on m'a dit. Il aurait dû y avoir un garde en faction.

Oui, colonel. Je suis d'accord sur ce point. Il aurait dû y avoir quelqu'un.

Le colonel Shannon hoche la tête, tout en écartant les mains, paumes en l'air. Baissant la tête, il regarde le dossier qui se trouve devant lui sur son bureau. Puis, soupirant de plus belle, il se lève et dit : Quel foutu pays, Sweeney, je vous jure. Qu'est-ce que je peux bien foutre ici ? Qu'est-ce qu'on peut bien foutre ici, tous autant que nous sommes ?

Harry Sweeney hoche la tête. Il remet son stylo dans son calepin. Se levant, il pose une dernière question : Encore une chose, colonel. Vous êtes sûr que c'était lundi soir que vous êtes allé chez les Shimoyama ? Vous en êtes certain ?

Mais oui, absolument. C'était le 4 juillet. Pourquoi ?

Simple vérification, colonel. Veuillez m'excuser.

Eh bien, si vous en avez fini avec vos vérifications, inspecteur, il faut que je m'occupe de mes trains et de nommer un nouveau président pour la compagnie. Quant à vous, vous avez un assassin à coincer.

Retour à l'ombre de la gare de Tokyo, retour dans le bruit des chemins de fer. Dans un autre bâtiment, dans un autre bureau. Au siège de la Société nationale des chemins de fer, dans le bureau de Sadanori Shimoyama. Le bureau qu'il partageait avec son adjoint. Face à son adjoint, à sa table de travail, Harry Sweeney s'assied, sort son calepin et déclare : Je vous remercie, monsieur Katayama, d'avoir accepté de me recevoir dans de telles circonstances.

Yukio Katayama lève la tête, son regard fixe un coin de la pièce par-dessus l'épaule d'Harry Sweeney, derrière Harry Sweeney. Il regarde l'autre bureau, avec sa chaise vide. Son regard revient sur son propre bureau, et joignant les mains, il acquiesce d'un hochement de tête. Puis, regardant Harry Sweeney, il lui demande : Vous arrivez juste du bureau de Chosen, du ministère des Transports, inspecteur Sweeney ? Vous avez donc pu vous entretenir avec le lieutenant-colonel Channon ?

En effet, monsieur, répond Harry Sweeney. C'est exact.

Avez-vous eu des nouvelles de la faculté de médecine à cette heure ? lui demande Yukio Katayama. Les résultats de l'autopsie ?

Pas encore, monsieur. Non.

Je vois, dit Yukio Katayama. Son regard revient se fixer, par-dessus l'épaule d'Harry Sweeney, sur le coin de la pièce derrière Harry Sweeney. Sur l'autre bureau, avec sa chaise vide. Et puis, il dit, parlant tout doucement : Tout est entièrement de ma faute, inspecteur. Je suis le seul responsable.

Pourquoi dites-vous ça, monsieur ?

Parce que j'ai recommandé mon ami Shimoyama pour le poste de vice-ministre des Transports, inspecteur. C'était au moment où mon ami était le directeur du bureau des chemins de fer de Tokyo. Et comme il a accepté le poste de vice-ministre, il a été ensuite nommé président de la compagnie quand elle est devenue un service public, alors que tout le monde avait démissionné. Aujourd'hui je ne puis m'empêcher de penser que cela a été le premier pas qui l'a conduit sur le chemin de la mort. Si je n'avais pas suggéré son nom au ministre des transports, rien de tout cela ne serait arrivé, inspecteur. Mon ami Shimoyama serait encore parmi nous.

Et que s'est-il passé, à votre avis, monsieur ?

Yukio Katayama regarde à nouveau la chaise vide, c'est à elle qu'il s'adresse maintenant. Yukio Katayama, d'une voix douce, déclare : Depuis ton plus jeune âge, tu as toujours aimé les trains. C'était une vraie passion. Tu aimais les trains, mais tu étais complètement fasciné par les locomotives. Tu les adorais plus que tout. Tu as voyagé dans le monde entier, dans tous les trains du monde. Tu les connaissais tous et tu les aimais tous…

Quittant la chaise des yeux, Yukio Katayama s'adresse de nouveau à Harry Sweeney et lui dit alors, d'un ton plus assuré : Quelle que soit la pression qui pesait sur lui, quel que soit l'état nerveux dans lequel il se trouvait, il n'est pas envisageable qu'un homme qui aime les trains, un homme qui travaille dans les chemins de fer, choisisse de se jeter sous les rails d'un train pour en finir avec la vie. C'est impossible, inspecteur. Tout simplement impossible.

Donc, d'après vous, le président a été assassiné, monsieur ?

Oui, affirme Yukio Katayama. Dès que j'ai entendu qu'on avait trouvé le corps de mon ami Shimoyama, à quel endroit et dans quel état on l'avait trouvé, j'ai su qu'il avait été assassiné. J'ai compris.

Harry Sweeney hoche la tête, puis dit : Vous avez reçu tous les deux, le président et vous, des menaces de mort ?

Oui, confirme de nouveau Yukio Katayama. Mais nous n'étions pas les seuls. Beaucoup d'autres directeurs en ont reçu. Le colonel également, il me semble. Le lieutenant-colonel Channon.

Et ces menaces de mort, vous les avez reçues par écrit, dans des lettres, n'est-ce pas, monsieur ?

Oui, des lettres. Mais également par téléphone. Et puis il y a aussi les affiches qu'on a pu voir fleurir dans toute la ville. Je suis sûr que vous les avez vues, inspecteur.

Harry Sweeney le confirme : Je les ai vues, monsieur, c'est exact. Avez-vous conservé certaines de ces lettres, monsieur ?

Non, répond Yukio Katayama. Pas au bureau, elles ne sont pas là. Quand on reçoit de tels courriers, ils sont directement transmis à notre service de sécurité. Qui les fait suivre à la police.

Est-il exact, monsieur, que la police métropolitaine vous a fourni une garde rapprochée ? Au bureau, chez vous et également dans votre voiture ?

Le regard de Yukio Katayama se reporte de nouveau, par-dessus l'épaule d'Harry Sweeney, sur la chaise vide qu'il regarde fixement. Il finit par dire : Eh bien, on nous l'a proposé et on en a discuté, c'est vrai. Toutefois, je ne crois pas que mon ami Shimoyama ait accepté cette proposition.

Et vous, monsieur, l'avez-vous acceptée ?

Oui, inspecteur. Je l'ai acceptée, c'est exact.

Alors pour quelle raison le président Shimoyama l'a-t-il refusée ?

Je ne sais pas exactement pourquoi.

Vous n'en avez pas parlé avec lui, sur le moment ?

Non, inspecteur. Mais je crois qu'il en a discuté personnellement avec le chef Kita de la police métropolitaine.

Pourtant, les menaces étaient très nombreuses, monsieur ?

Oui, inspecteur. Extrêmement nombreuses.

Je regrette, monsieur, mais il va pourtant falloir que je puisse examiner un de ces courriers, ces lettres de menace. Pourriez-vous, je vous prie, me donner un exemple du genre de choses qui y étaient écrites ?

Yukio Katayama acquiesce, soupirant avant de répondre : Que nous allions être assassinés, que nous serions rattrapés par la Justice divine. Si nous mettions en œuvre les projets de licenciement du personnel.

Et tous ces courriers étaient anonymes ?

La plupart du temps, ou bien signés au nom de « La Ligue sanglante des rapatriés », ou quelque chose du même genre.

Je vois, dit Harry Sweeney. Je vous remercie. Et vous dites qu'à chaque fois, vous avez d'abord transmis ces courriers aux membres de votre service de sécurité interne. Ont-ils pu découvrir quoi que ce soit sur les probables expéditeurs de ces lettres ?

Yukio Katayama sourit et secoue la tête en signe de dénégation. Puis précise : Pas la moindre adresse, ni le moindre nom. Mais leur provenance était évidente, ne croyez-vous pas, inspecteur ?

Ça venait du syndicat des chemins de fer, c'est ce que vous voulez dire ?

Oui, inspecteur. Du syndicat des chemins de fer. Notre propre syndicat, cette organisation que nous avons aidé à monter et créer, c'est ça.

Et donc, pour vous, le président Shimoyama a été enlevé et assassiné par des membres de l'Union des travailleurs des chemins de fer nationaux, monsieur ? C'est bien ce que vous voulez dire, monsieur ?

Le regard de Yukio Katayama se porte sur la chaise vide devant l'autre bureau. Puis il baisse la tête et fixe ses mains, ses mains jointes sur son propre bureau. Il secoue la tête et se redresse. Il dévisage longuement Harry Sweeney et finit par dire : Qui d'autre aurait pu faire ça, inspecteur ? Vous suspectez d'autres coupables, vous avez d'autres suggestions ?

Sous les voies de chemin de fer, parmi les étals. Sous un auvent, sur un banc. Enfin dehors, à l'extérieur. Plus d'entretiens, plus de voix. Le tiraillant, le bousculant. Dans une direction, puis dans l'autre. Juste une bouteille, juste un verre. Dans l'atmosphère humide, dans la chaleur ambiante. Tout poisse, tout suinte. Lui colle à la peau, le démange. Harry Sweeney saisit la bouteille de bière, la garde à la main. La bouteille humide, couverte de buée. La tenir, s'y accrocher. Le bruit des trains, le crissement des roues. Les étals secoués, le banc tremble. Harry Sweeney secoué, Harry Sweeney tremble. Il s'agrippe à la bouteille, il la serre fermement dans sa main. Il la porte à son front, l'appuie fermement contre sa peau. Moite et suintant, moite et suintant. La bouteille et son front, sa peau et ses yeux. Moite et suintant, moite et suintant. Il ouvre les yeux, les ferme. Presse la bouteille contre son front, l'appuie fermement contre sa peau. Le bruit des trains, le crissement des roues. Harry Sweeney est secoué, il tremble. Il pose la bouteille, elle est encore pleine. Il repousse le verre, le verre qu'il n'a pas rempli. Il regarde sa montre, au verre fêlé, aux aiguilles bloquées. Au milieu du bruit des trains, du crissement des roues. Secoué et tremblant, secoué et tremblant. Harry Sweeney se relève. Il s'éponge le visage, il s'essuie le cou. Il prend son chapeau, il prend sa veste. Il met la main dans sa poche, paie le marchand en cents. L'homme lui sourit, il le salue. Harry Sweeney lui sourit, Harry Sweeney le salue. Moite et suintant, frissonnant et tremblant. Harry Sweeney prend une cigarette et l'allume. Il redescend l'allée, tourne au coin de la rue. Il prend à gauche, se dirige vers l'avenue Z. Sous un ciel lourd, dans la lumière grise. Harry Sweeney marche le long de l'avenue. Il passe devant les poteaux télégraphiques. Les affiches encore collées aux poteaux, les mêmes mots sur les affiches. En japonais, en anglais : À MORT SHIMOYAMA. À MORT SHIMOYAMA. À MORT, À MORT, À MORT SHIMOYAMA. Sur tous les poteaux, sur toutes les affiches. Ces mots, ces menaces.

À MORT, À MORT, À MORT SHIMOYAMA –

Des mots et des menaces, devenus réalité.

Harry Sweeney est en nage. Harry Sweeney grelotte. Dans l'atmosphère humide, dans la chaleur ambiante. Il arrive au carrefour d'Hibiya, il s'arrête. Dans l'atmosphère humide, dans la fournaise. Il ferme les yeux, rouvre les yeux. Le parc est plongé dans l'obscurité avec ses arbres, ses ombres et ses moustiques. Les douves immobiles et la puanteur, les reflets et les fantômes. Des voitures freinent, des voitures s'arrêtent. Sifflets stridents et gants blancs. Bruits de bottes, bruits de pas. Harry Sweeney traverse l'avenue A, Harry Sweeney remonte la 1re Rue. Dans l'atmosphère humide, dans la chaleur ambiante. Il ferme les yeux, rouvre les yeux. Le palais est sur sa droite, le parc sur sa gauche. Toujours en nage, grelottant toujours. Dans l'atmosphère humide, dans la chaleur ambiante. Frissonnant et tremblant. Frissonnant et tremblant. Dans l'atmosphère humide, dans la chaleur ambiante. Harry Sweeney arrive à Sakuradamon, Harry Sweeney traverse la 1re Rue. Il ferme les yeux, rouvre les yeux. Il se dirige vers le siège de la police métropolitaine. Il voit Susuma Toda qui attend près d'une voiture. Susumu Toda qui écrase sa cigarette et se dirige vers lui : Tu as eu mon message, Harry ? T'as entendu ce qu'ils racontent ?

Transpirant toujours, frissonnant encore, mais il n'est plus agité de tremblements, Harry Sweeney allume une cigarette, regarde Toda et lui dit : J'ai entendu un tas de choses, aujourd'hui, Susumu. Allons-y…

Dans l'immeuble Dai-Ichi, au cinquième étage, se hâtant, puis au pas de course, Harry Sweeney et Susumu Toda aperçoivent le chef Evans au bout du couloir, qui les interpelle du fond du couloir :

Encore en retard, nom de Dieu !

Désolé, chef, s'excuse Harry Sweeney, qui, à bout de souffle, cherche à reprendre sa respiration. La réunion au siège de la police métropolitaine vient juste de se terminer.

Eh bien, j'espère pour vous que ça en valait la peine, commente le chef Evans. Ça fait une bonne demi-heure que ces messieurs vous attendent et le général Willoughby n'est pas particulièrement patient.

Je sais, je suis désolé, chef.

Garde tes excuses pour le général, dit le chef Evans. Ressaisis-toi, et on pourra y aller.

Je suis prêt, chef.

Alors, c'est bon, allons-y, répond le chef Evans, frappant à la porte du bureau 525, la porte du bureau du chef adjoint du personnel, G-2, FEC & SCAP[1]. Pas vous, Toda. Attendez-nous ici.

Bien, chef, dit Susumu Toda. Très bien, chef.

Nous ferons appel à vous si nous avons besoin de vos services, ajoute le chef Evans. Ouvrant la porte du bureau 525, il entraîne Harry Sweeney à sa suite dans le bureau du chef adjoint du personnel et annonce à haute voix à l'assistance : Voici l'inspecteur de police Harry Sweeney. Il arrive directement de la réunion d'information qui s'est tenue au quartier général de la police métropolitaine.

C'est une de nos meilleures recrues, général, précise le colonel Pullman, en souriant à Harry Sweeney –

Harry Sweeney balaie la pièce du regard, tâchant d'appréhender tout ce qu'il voit dans la salle, les hommes présents, leurs visages, les uniformes et les médailles qu'ils portent, avant de se concentrer sur l'homme qui siège au bout de la table de réunion : le général de division Charles A. Willoughby, « Sir Charles » en personne, né Adolf Karl von Tscheppe und Weidenbach, aussi connu sous le nom de « Baron von Willoughby », dont on se moque souvent mais jamais en sa présence, le bras droit de Mac, son « aimable fasciste », le chef de l'espionnage a l'entière confiance du commandant suprême et, de ce fait, *carte blanche*[2] pour faire ce qu'il veut, à qui il veut –

Le général Willoughby toise Harry Sweeney de la tête aux pieds, sourit et d'une voix encore empreinte d'un fort accent germanique malgré ses quarante ans de carrière dans l'armée américaine, déclare : J'ai entendu dire beaucoup de bien de vous, Sweeney. Vraiment beaucoup de bien.

Merci, général.

---

1. FEC & SCAP : *Far Eastern Commission & Supreme Commander of the Allied Powers* : Commission d'Extrême-Orient et commandement suprême des forces alliées.

2. En français dans le texte.

Mais je n'aurais jamais imaginé voir ce que je vois, pas après ce qu'on dit de vous. Vous avez l'air de sortir d'une poubelle, Sweeney, comme si vous aviez passé la nuit à fouiller les ordures.

Je sais, général. Je suis désolé, Général. La journée a été longue –

Épargnez-nous vos excuses, Sweeney. Contentez-vous de nous dire ce que vous avez trouvé. En fouillant dans les ordures, dans votre poubelle.

Bien, général. L'autopsie préliminaire s'est terminée à dix-sept heures, général, et les premières constatations indiquent que Sadanori Shimoyama a été assassiné, général.

Bon, c'est une bonne nouvelle, dit le général. Très bonne nouvelle. Excellente, en fait.

Général –

Le général levant la main, le doigt tendu, interrompt Harry Sweeney, et s'adresse aux personnes assises autour de la table : L'assassinat de cet homme est une tragédie, c'est évident. Mais c'est aussi un outrage dont nous devons tirer parti. Il y a à peine deux jours, dans son discours du 4 juillet, notre commandant en chef ne nous a-t-il pas mis en garde contre le communisme, ce mouvement national et international de hors-la-loi ? Il n'a pas manqué de nous prévenir que les communistes commettraient des assassinats et useraient de la violence pour créer le chaos et provoquer des troubles. Et le lendemain, nous avons eu la preuve qu'il avait encore une fois de plus raison. L'assassinat brutal de ce pauvre innocent démontre au Japon tout entier et à la face du monde que le nihilisme et le terrorisme dont font preuve les communistes ne laissent pas de place à la pitié, que rien ne les arrêtera dans leur violente entreprise révolutionnaire. C'est donc pourquoi il faut que nous menions contre lui une lutte sans pitié, rien ne doit nous arrêter pour l'anéantir. Nous devons opposer la force à la force ; il faut interdire leur parti, fermer leurs journaux, arrêter leurs dirigeants et traduire les assassins de ce malheureux devant la justice : une justice expéditive, impitoyable ! Sweeney –

Oui, général ?

Dites-nous quelles mesures ont été prises, et si vous avez avancé dans la poursuite de ces assassins communistes.

Général, les résultats de l'autopsie préliminaire ont permis d'établir que Shimoyama était déjà mort depuis un certain temps quand le train lui est passé sur le corps. Toutefois, l'autopsie sera terminée demain et nous espérons alors connaître la cause précise de la mort. En tout état de cause, la police japonaise considère que c'est l'affaire la plus importante de ces dernières années et fait le maximum pour la résoudre. Dans la mesure où il est évident que de nombreuses personnes sont impliquées dans cet assassinat, la première et la deuxième division d'enquête ont été chargées de l'affaire. Elles sont en train de quadriller à la fois le périmètre autour du grand magasin Mitsokushi où Shimoyama a été vu pour la dernière fois, ainsi que les lieux où le crime a été commis. On espère avoir des indices déterminants sous peu, général.

Sous peu, dit le général. C'est quand sous peu, Sweeney ? Qu'est-ce qu'on a actuellement ? Des suspects ? Des arrestations ?

Général, selon les sources du Département de la sécurité publique au sein de la police métropolitaine, la police concentre ses recherches sur une série de lettres de menaces qui ont été envoyées à Shimoyama ainsi qu'au Premier ministre Yoshida et à son cabinet, et au chef de la police Kita et à M. Katayama, le vice-président de la compagnie des chemins de fer. Les courriers ont tous été reçus le 4 juillet et portaient la signature de la « Ligue sanglante des rapatriés », ou « La Ligue sanglante ».

Colonel Batty, colonel Duffy, demanda le général, regardant en direction du bout de la table. Avez-vous entendu parler de cette, euh, « Ligue sanglante des rapatriés » ?

Le colonel Batty secoue la tête en signe de dénégation, mais le colonel Duffy acquiesce et déclare : Oui, général, le CIC[1] a eu connaissance de l'existence de ces courriers et d'autres documents de même nature, mais, pour l'instant, n'a aucune information concernant l'association en question. D'après notre service de renseignements, elle ne semble pas avoir existé avant l'envoi des courriers incriminés. Mais nous poursuivons nos investigations, général.

Général, intervient un homme grand et mince, vêtu d'un costume civil sombre bien coupé, qui était assis à un bout de la table près du général. Si je puis me permettre d'intervenir…

Je vous en prie, dit le général en se tournant vers lui avec un sourire, un large sourire. Faites donc, Richard, nous vous écoutons.

Les gars de Hongō House sont en possession de certaines informations qui pourraient être utiles à ce sujet, général.

Très bien, répond le général. Poursuivez, je vous prie…

1. Counter Intelligence Corps : service de renseignement de l'armée américaine d'occupation au Japon.

En fait, général, reprend l'homme, en jetant un coup d'œil à l'autre bout de la table où se trouve Harry Sweeney, Harry Sweeney planté à l'autre bout de la table. Ce sont des informations de nature plutôt confidentielle, général.

Le général hoche la tête, jette un regard à l'autre bout de la table, fixant Harry Sweeney à l'autre bout de la table, puis, secouant la tête, lui demande : Vous avez d'autres éléments à nous communiquer, Sweeney ?

Non, général. Pas pour l'instant, général.

Alors, vous pouvez disposer, Sweeney.

À vos ordres, général. Merci, général, répondit Harry Sweeney qui tourne les talons pour se diriger vers la porte, vers la sortie.

Une dernière chose, Sweeney, ajoute le général Willoughby.

Harry Sweeney se retourne : Oui, général ?

La prochaine fois que vous vous présenterez devant moi, vous ferez en sorte d'être lavé et rasé, avec des vêtements propres et repassés et des chaussures brillantes bien cirées. Vous pensez sans doute que vous êtes un civil, Sweeney, mais vous êtes au service du Commandement suprême des forces alliées et vous représentez les États-Unis d'Amérique. C'est clair, Sweeney ?

Oui, général. Je vous prie de m'excuser, général.

Oh, et… Sweeney ?

Oui, général ?

La prochaine fois que vous vous présenterez devant moi, lavé et rasé de frais, dans vos vêtements propres et repassés et avec vos chaussures brillantes bien cirées, vous avez intérêt à venir avec le nom des assassins de Sadanori Shimoyama. C'est bien clair, Sweeney ?

Oui, général. Tout à fait, général.

Alors, allez-y, Sweeney, à l'attaque !

Sans prendre le temps de s'arrêter pour parler à Susumu Toda, sans attendre le chef Evans à l'extérieur, il quitte le bureau 525 et prenant le couloir, il n'attend pas l'ascenseur et emprunte l'escalier, il descend à pied les dix volées de marches et sort de l'immeuble Dai-ichi. Une fois sorti, une fois dehors, il passe devant l'hôtel Impérial, puis le long des voies ferrées, devant l'hôtel Dai-ichi et poursuit jusqu'à la gare de Shimbashi. Il passe devant les magasins et traverse le marché, passe devant les restaurants et au milieu des étals. Il marche, continue de marcher, jusqu'à ces doubles portes et cette volée de marches, avançant toujours jusqu'àu moment où il arrive devant un bureau, où lui parvient la voix d'Akira Senju qui lui dit : Tu as vu dans quel état tu es, Harry ! On dirait que tu es passé sous un train – oh, pardon ! Je manque totalement de tact. Désolé, Harry. Excuse-moi, je t'en prie. Assieds-toi, assieds-toi…

Harry Sweeney s'assied, s'effondre dans le fauteuil qui fait face à ce bureau ancien en bois de rose dans les luxueux locaux professionnels du dernier étage de cet immeuble flambant neuf, le palais de Shimbashi.

Deux visites en vingt-quatre heures, dit Akira Senju en souriant. Comme au bon vieux temps, n'est-ce pas, Harry ? C'était le bon temps. J'espère que tu m'apportes de bonnes nouvelles, Harry. Comme tu avais l'habitude de le faire, dans le temps, ce bon vieux temps.

Harry Sweeney demande : Quelles bonnes nouvelles ?

À propos de cette petite liste de noms ?

Harry Sweeney glisse la main dans son veston, sent dans sa poche le morceau de papier froissé, la liste des noms, de gens de Formose, de Corée, et secouant la tête en signe de dénégation, il répond : Je suis désolé.

Tu n'as pas eu le temps, lui dit Akira Senju. Évidemment, je sais. Je comprends, Harry. Pas besoin de t'excuser, pas entre amis. De vieux amis comme nous, Harry. Prends ton temps, aussi longtemps qu'il le faudra, Harry. Mais alors, qu'est-ce qui me vaut le plaisir de ta visite, Harry ? Un petit verre, peut-être.

Harry Sweeney fait à nouveau non de la tête. Se redressant sur son fauteuil, il dit : Shimoyama…

Bien sûr, bien sûr, dit Akira Senju, acquiesçant tout en souriant à Harry Sweeney. J'ai entendu les nouvelles. Horrible, vraiment horrible, cette affaire. Ce n'est pas pour me vanter, mais je l'avais dit, Harry, je te l'avais bien dit ; les présidents finissent souvent par se faire assassiner.

Harry Sweeney acquiesce : Oui, c'est bien ce que tu as dit. Tu en étais pratiquement sûr hier soir. En fait, même carrément convaincu.

Bon, s'esclaffe Akira Senju. Je ne suis pas Nostradamus, ni Sherlock Holmes. C'était inévitable, c'était évident. Il suffit de se balader dans n'importe quelle rue de la ville et de lire les affiches placardées sur les murs, sur les réverbères. C'est écrit noir sur blanc, en lettres de sang, en japonais et en anglais : À mort Shimoyama !

Il aurait pu se suicider.

Il aurait pu, effectivement, dit Akira Senju en acquiesçant, un sourire aux lèvres. Mais il ne l'a pas fait, n'est-ce pas Harry ?

Alors, on t'a mis au courant ?

J'ai mes sources, Harry. Tu le sais bien.

Harry Sweeney regarde longuement Akira Senju en face de lui derrière son bureau en bois de rose, trônant derrière son bureau, dans son palais au sommet de son empire, et Harry Sweeney lui demande : Qu'est-ce qu'on t'a dit d'autre ?

Ah, je comprends, remarque Akira Senju, hochant la tête avec toujours le sourire aux lèvres. Tu es encore chargé de l'affaire ?

Oui. Malheureusement.

Malheureusement, en effet, dit Akira Senju. Voilà qui est plutôt gênant pour toi, Harry. Ça t'empêche de faire ce que tu fais le mieux. Comme t'occuper de cette petite liste, par exemple.

Harry Sweeney hoche la tête, sourit à son tour et dit : Exactement. Aussi, tout ce que tu aurais entendu dire, toute l'aide que tu pourrais m'apporter pour mettre fin à cette affaire –

Ne pourrait que nous être bénéfique à tous les deux, conclut Akira Senju.

Harry Sweeney acquiesce de nouveau avant d'ajouter : Exactement. Hier soir, tu m'as parlé d'une liste de communistes, de rouges ? Le général Willoughby apprécierait énormément.

Tu as parlé au général, Harry ?

Je sors juste de son bureau.

Akira Senju se redresse sur son siège, regarde fixement Harry qui lui fait face de l'autre côté de son bureau ancien en bois de rose et lui demande : Tu lui as parlé de moi, Harry ? De ma proposition d'aide ?

Pas encore, répond Harry Sweeney. Mais je vais le faire.

Akira Senju se lève. Il s'approche d'une des grandes fenêtres de son luxueux bureau moderne. Il regarde par la fenêtre, contemplant son empire, la ville tout entière et la nuit au-dehors, et tout en contemplant son empire, il hoche la tête et déclare : Bien, bien. Finalement, on pourrait dire que cette mort arrange bien tout le monde, n'est-ce pas ?

Harry Sweeney baisse la tête. Il regarde ses mains, ses poignets et le bout des deux fines cicatrices qui dépassent de ses manchettes, sous le bracelet de sa montre, au verre fêlé, aux aiguilles bloquées.

Akira Senju tourne le dos à la fenêtre. Foulant l'épais tapis de son luxueux bureau moderne, il se dirige vers le meuble bar. Il l'ouvre. Il prend une bouteille de Johnnie Walker cuvée réservée. Il en verse deux grandes rasades dans deux verres en cristal. Posant la bouteille, il prend les deux verres. Portant les verres, il revient près d'Harry Sweeney et dit : Ça tombe à pic, le hasard fait bien les choses, n'est-ce pas, Harry ?

Tournant la tête, Harry Sweeney regarde Akira Senju qui se tient devant lui et lui tend un verre –

Le hasard, répète Akira Senju, qui se met à sourire avant de conclure : Alors trinquons au hasard qui fait bien les choses, Harry. Comme autrefois, comme au bon vieux temps, Harry.

Dans le parc, dans l'obscurité, dans une nuée de moustiques, ombre parmi les ombres, il s'appuie contre un arbre, se laisse glisser le long de l'écorce, s'écroule à terre, dans la poussière. Simulant de la main un pistolet, il l'appuie contre sa tempe, appuie sur la gâchette, mais ne meurt pas. Il n'est pas mort. Dans le parc et dans l'obscurité, dans une nuée de moustiques, ombre parmi les ombres, toujours à terre dans la poussière, Harry Sweeney se sert de ce pistolet, des deux doigts de sa main, il les met dans sa bouche, les enfonce dans sa gorge, au fin fond de sa gorge, jusqu'à avoir des haut-le-cœur, il a la nausée, il hoquette, hoquette encore et vomit, dans la poussière, sur le sol qui l'entoure, dans une nuée de moustiques, dans l'obscurité, dans le parc, il vomit, vomit, rendant son whisky noyé de bile, qui coule entre ses doigts, sur ses mains, le long de ses poignets et recouvre ses cicatrices. Alors, ayant rendu tout son whisky et toute sa bile, n'ayant plus rien à rendre, Harry Sweeney se tourne sur le flanc, puis s'allonge sur le dos et son regard se porte sur les branches qu'il voit au-dessus de lui, sur les feuilles dans les branches, il regarde le ciel, regarde les étoiles dans le ciel, et Harry Sweeney sanglote et il hurle –

Je regrette, je regrette, je regrette.

3

Et puis les jours suivants

---

7 juillet-10 juillet 1949

Le jour se lève après la nuit, sous les nuages et dans la grisaille. Harry Sweeney a la gueule de bois, mais il vient pourtant travailler, rasé de près, avec une chemise propre, pantalon bien repassé et chaussures cirées, grimpe les escaliers et file le long du couloir, s'arrête aux toilettes, ouvre les robinets, se lave les mains et se passe de l'eau sur la figure, s'essuie les mains et la figure, ouvre et ferme la porte, pénètre dans le bureau 432 du Département de la sécurité publique, avec ses fenêtres grandes ouvertes et ses ventilos à fond, s'assied à sa table de travail, dans le bruit des stylos grattant le papier et le cliquetis des machines à écrire, dans le vacarme des téléphones et le hurlement des conversations, jusqu'à ce qu'une voix l'interpelle –

Qu'est-ce qui t'a pris hier soir, Harry ?

Harry Sweeney lève la tête et avec un sourire répond à Susumu Toda : Bonjour à toi également, Susumu. Comment vas-tu par cette belle journée ?

Moi ? Ça va, mais je me suis inquiété pour toi. Le patron aussi. Foutre le camp comme ça, sans dire un mot, disparaître dans la nature.

Je n'ai pas disparu. Je suis bel et bien là, tu le vois bien.

Tu sais ce que je veux dire, Harry. Je suis passé à l'hôtel Yaezu, je te cherchais. J'ai attendu la moitié de la nuit.

Tu te fais du souci pour rien, on dirait ma mère. J'avais besoin de prendre l'air, de faire le vide dans ma tête. Rien de plus.

Toute la nuit ?

Hé, arrête. Qu'est-ce qui te prend ?

Je me suis dit que peut-être…

Peut-être que quoi ?

Laisse tomber. Ça n'a pas d'importance.

T'as raison.

Peu importe, Harry, dit Toda. Mais le patron aussi s'est inquiété, il a dit que ça a bardé pour toi avec Willoughby.

Harry Sweeney lui sourit et se met à rire : C'est bien vrai, tout ce qu'on raconte sur le compte de Sir Charles. Mais j'en ai vu d'autres, Susumu, tu peux me croire. Ça s'est passé exactement comme je m'y attendais.

Tu avais l'air pas mal secoué en sortant de son bureau, non ? Enfin, pour ficher le camp comme ça…

Sir Charles n'y est pour rien. J'avais vraiment besoin de faire le vide. La journée avait été longue. Là-haut à Ayase, puis chez la famille. Une journée rudement longue. J'espère que ça se passera mieux aujourd'hui.

Qu'est-ce que tu comptes faire, Harry ?

Où est passé Bill ? Ne me dis pas qu'il est encore en congé ?

Non, répond Susumu. Il n'a pas arrêté d'aller et venir. Le patron lui a demandé de retourner à Norton Hall, pour voir s'ils ont trouvé quelque chose au sujet des fameuses lettres de la « Ligue sanglante des rapatriés ».

Hochant la tête, Harry Sweeney sort son paquet de cigarettes et dit : Je me pose une question. Tu sais quelque chose sur Hongō House ou tu as un contact là-bas ? Ces gars font aussi partie du CIS[1], si je ne m'abuse ?

Tu plaisantes ou quoi ? dit Susumu Toda. Pas ces gars-là, non merci. C'est un monde à part. Pourquoi ?

Harry Sweeney allume sa cigarette, en prend une bouffée et, exhalant la fumée, secoue la tête et lui dit : Juste une remarque que Willoughby a faite.

Ah bon, remarque Susumu Toda. Quel genre de remarque ?

Harry Sweeney se lève, prend son chapeau et répond : Un détail. Laisse tomber. À qui as-tu eu affaire au quartier général de la police métropolitaine ?

Hattori, c'est bien ma chance.

Harry Sweeney rit à nouveau : Faute de grives, on mange des merles, Susumu. Tu sais où il pourrait se trouver par cette belle matinée ?

Non, répond Susumu. Mais je vais me renseigner.

1. Civil Intelligence Section : services secrets.

Ils prennent au nord par Ueno et remontent l'avenue Q, puis en direction de l'est à Minova et traversent le fleuve, le fleuve Sumida. Avec au volant Shin, le jeune chauffeur cette fois-ci, Harry Sweeney assis à l'arrière à côté de Susumu Toda, ce dernier reprend la lecture de la presse : Ils sont tous unanimes sur le sujet, comme tu t'en doutes. Seul l'*Akahata* dit qu'il ne faut pas tirer de conclusions hâtives, qu'on ne peut exclure le fait qu'il ait pu se suicider…

Ils vont sans doute devoir changer leur titre, dit Harry Sweeney, les yeux rivés à la vitre, regardant défiler le paysage où les usines laissent peu à peu la place aux champs, de plus en plus proches, de plus en plus près. Willoughby parle déjà d'interdire sa publication.

Susumu Toda hausse les épaules, sourit et réplique : Ça me fera toujours un journal de moins à traduire, j'imagine.

Petit veinard, dit Harry Sweeney. Continue…

Bon, les autres journaux consacrent de nombreuses pages, à longueur de colonnes, aux faits que nous connaissons déjà : description détaillée de la scène de crime, quelques informations sur l'autopsie, sur les trains, etc. Mais deux d'entre eux mentionnent l'existence de témoins qui auraient entendu une « mystérieuse voiture » à proximité, près du Carrefour Maudit, aux alentours de minuit.

Ah bon ? On n'en a pas parlé au briefing, pourtant ?

Susumu secoue la tête en signe de dénégation : Non.

Continue, lis-moi ce qu'ils disent, demande Harry Sweeney, tournant la tête vers Susumu Toda avec tous ses journaux.

Voilà, l'*Asahi Shinbun*, le *Mainichi* et le *Yomiuri* publient tous les trois une interview d'un quincaillier qui vit sur les lieux, un certain Sakata, qui habite à Gotanno Minami-machi à environ deux ou trois cents mètres de l'endroit où on a trouvé le corps. Il a raconté pas mal de choses à différents journaux, mais il pense avoir entendu une voiture s'arrêter devant chez lui entre minuit et une heure du matin, ou peut-être faire demi-tour et repasser devant sa maison. Selon le *Mainichi*, des marques de pneus laissées par un véhicule faisant demi-tour sont encore visibles devant la maison de ce type. Malgré la pluie.

Ça va nous faire un bon sujet de discussion avec Hattori, déclare Harry Sweeney. Quoi d'autre ?

Susumu Toda soupire, hoche la tête et poursuit : Ouais, il y a également quelques témoignages de gens qui déclarent « l'avoir vu ». Quittant le grand magasin et près de la scène de crime –

Près de la scène de crime ? Vivant ? s'étonne Harry Sweeney fronçant les sourcils, les yeux rivés sur les journaux étalés sur les genoux de Toda. Tu plaisantes ?

Susumu Toda secoue la tête : Non, Harry.

Bon Dieu, s'exclame Harry Sweeney. Qu'est-ce qu'ils foutent, à la police ? Ils laissent ces putains de journalistes faire leur putain de boulot. Maintenant, c'est la presse qui interroge les témoins et qui publie leurs témoignages.

Susumu Toda sourit : Et l'*Asahi* a même engagé Kuroda Roman, Roman Kuroda pour suivre l'affaire.

Qui diable est ce Kuroda Roman ?

Susumu Toda éclate de rire : L'auteur de romans policiers.

Ça ne me fait vraiment pas rire, Susumu, réplique Harry Sweeney. La prochaine fois, c'est toi qui iras discuter avec Willoughby. Tu pourras lui expliquer pourquoi ce sont des journalistes et des écrivains qui mènent l'enquête pendant que la police japonaise reste le cul sur sa chaise et ne communique pas avec nous. Pourquoi on est les derniers à apprendre que –

Inspecteur, intervient Shin. Pardon, inspecteur…

Qu'est-ce qui se passe ? demande Harry Sweeney. Pourquoi on est arrêtés ?

Regardez, dit Shin, montrant de ses deux mains tendues vers le pare-brise, une file de voitures devant eux.

Nom de Dieu, jure Harry Sweeney, regardant dans l'espace entre les deux sièges avant, secouant la tête. Gare-toi là et attends-nous. On va descendre et continuer à pied. On y va, Susumu…

Et Harry Sweeney et Susumu Toda sortent de la voiture, mettant leur chapeau et prenant leurs cigarettes, Harry Sweeney secouant la tête, jurant à voix haute en contemplant la scène : devant eux, quarante, cinquante véhicules, garés en double file, bloquent la route qui mène à la gare d'Ayase, une foule de gens allant et venant entre les voitures, dans tous les sens, entre la gare et le fameux Carrefour Maudit, certains en habits du dimanche, armés de parasols et de parapluies, d'autres grignotant leurs brochettes de poulet grillé avec leurs enfants armés de barbe à papa, criant et riant, courant dans tous les sens, d'un stand de nourriture à l'autre, les marchands ambulants et les vendeurs vantant leurs marchandises, goûtez-moi ci, et goûtez-moi ça, ici, on vend la barbe à papa de Shimoyama –

Putain, je n'en crois pas mes yeux, dit Harry se faufilant entre les voitures, bousculant les gens sur son chemin, se frayant un passage dans la foule, jouant des coudes dans la cohue, renversant un homme sur son vélo, poussant un gamin contre une voiture, jurant à voix haute, jurant sans arrêt : Mais laissez-moi passer ! Dégagez !

Susumu Toda, dans son sillage, Susumu Toda l'implore : Harry, Harry, allez, arrête…

Mais Harry Sweeney ne s'arrête pas, continue sa course en avant, tous coudes dehors, jusqu'à la gare d'Ayase, jusqu'à ce qu'il aperçoive un agent en uniforme et lui brandisse son insigne du Département de la sécurité publique sous le nez en lui disant : Mais qu'est-ce que vous foutez, bordel ? Je veux voir l'officier en charge du secteur, je veux le voir immédiatement. Et puis vous allez me virer tous ces gens de là. C'est une scène de crime, nom de Dieu ! Susumu, dis-lui –

Oui, Harry. Je vais lui dire, répond Toda, et Susumu Toda traduit ses ordres, s'adressant à l'agent en uniforme, écoutant l'agent en uniforme, l'agent en uniforme qui s'excuse et s'incline, gesticulant avec force gestes d'un côté puis de l'autre.

Qu'est-ce qui se passe ? Qu'est-ce qu'il raconte, Susumu ?

À son tour, Susumu s'incline devant le policier, le remercie et entraîne Harry Sweeney à l'écart pour lui murmurer à l'oreille : Il paraît qu'il y a du nouveau, Harry.

Pour éviter la foule, pour échapper à la cohue, ils traversent les voies ferrées à la gare d'Ayase, les trains circulant à nouveau dans un sens et dans l'autre, dans les deux directions. Puis ils traversent le fleuve Ayase, empruntant la passerelle de l'autre côté des voies, et se dirigent vers l'ouest à travers un patchwork de champs, humide et vide, sous un rideau de ciel gris et lourd, avant de parvenir au poste de police du quartier de Gotano Minami-machi. Des voitures stationnent devant le commissariat, il y a beaucoup de monde, mais l'assistance n'est pas aussi importante, beaucoup moins importante. Ils montrent leur insigne et on leur indique le chemin à suivre, puis ils marchent le long du remblai de la ligne de Tōbu, tournent à gauche et passent sous le pont métallique de la ligne de Tōbu, et poursuivent leur marche en direction de l'ouest jusqu'au moment où ils aperçoivent au loin d'autres voitures en stationnement, et une foule de gens parmi lesquels se trouve également l'inspecteur Hattori, planté devant une auberge traditionnelle japonaise, le Ryokan Suehiro.

La propriété est entourée d'un étroit fossé de drainage et protégée par une haute clôture en bois, d'où seul dépasse le sommet de quelques arbres, qui dissimulent une auberge en bois de deux étages, minable et sinistre, et dont l'ombre assombrit ce triste lieu de rencontres et de rendez-vous minables et sinistres.

Vous avez donc dû recevoir mon message, dit l'inspecteur Hattori venant à la rencontre d'Harry Sweeney et de Susumu Toda.

Non, répond Toda. Quel message ?

Ce n'est pas vrai ! s'exclame Hattori avec un haussement d'épaules et secouant la tête. Dès que j'ai appris la nouvelle, la première chose que j'ai faite c'est d'appeler votre bureau. Comme je m'y étais engagé, je vous l'avais dit. J'ai laissé un message pour vous prévenir que je serais sur place –

Quand vous avez appris quelle nouvelle ? lui demande Harry Sweeney.

À vrai dire, c'est un peu gênant, je l'avoue, lui dit l'inspecteur Hattori, enlevant son chapeau et se grattant la tête. Mais vous voyez ces journalistes, ils ont fait des recherches dans le secteur, ont interrogé des témoins avant qu'on ait pu le faire. Et il y a un journaliste, il travaille au *Mainichi* je crois, qui a montré une photo du président Shimoyama à la femme du propriétaire et elle lui a dit comme ça : Ouais, ce type était là, l'après-midi du 5. À partir d'une heure et demie, il est resté à peu près quatre heures. C'est plausible, vous savez. On a un nombre incalculable de témoins qui disent avoir vu le président Shimoyama dans les parages cette nuit-là.

Oh oui, réplique Harry Sweeney. On a pu lire tous ces témoignages. Pas dans vos rapports, ni dans vos notes d'information, mais dans la presse, bon sang, inspecteur.

Je sais, je sais, dit l'inspecteur Hattori, secouant la tête, se grattant le crâne. Que voulez-vous que je vous dise ? C'est ennuyeux.

Ce n'est pas ennuyeux, rétorque Harry Sweeney. C'est scandaleux, une véritable honte. Un déshonneur pour la police japonaise –

Du calme, du calme, fait l'inspecteur Hattori, s'approchant d'Harry Sweeney, le regardant droit dans les yeux. Sauf votre respect, vous nous avez accordé la liberté de la presse, voilà le résultat.

Harry Sweeney s'avance et toise l'inspecteur Hattori : Foutaises. Ça n'a rien à voir avec la liberté de la presse, il ne s'agit pas de ça, et vous le savez bien. Mais du travail de base de la police, le plus élémentaire. Voilà ce dont il s'agit. Protéger et préserver l'intégrité d'une scène de crime. S'assurer d'avoir suffisamment de moyens en hommes et en ressources. Voilà ce que je veux dire.

Ah oui, dit l'inspecteur Hattori, qui recule d'un pas, pointant du doigt les chaussures qu'il porte : Eh bien, vous voyez ces chaussures ? Elles étaient flambant neuves. Je les ai commandées spécialement, et je les ai récupérées la veille avant que l'affaire n'éclate. Elles m'ont coûté la moitié de mon salaire. Pas grand-chose pour vous, une bagatelle, sans aucun doute. Mais regardez dans quel état elles sont maintenant, elles sont foutues. Complètement foutues. Parce je n'ai pas arrêté de marcher avec, jusqu'à la maison des Shimoyama, puis jusque chez le vice-président Katayama, et puis, à partir du moment où on a découvert le corps, de piétiner tout le temps dans les flaques sous la pluie battante, sous un soleil de plomb, sur la scène de crime, de m'occuper de l'affaire jusqu'à ce qu'elles soient complètement foutues. Alors, sauf votre respect, ne me dites pas que je n'ai pas fait mon travail.

Harry Sweeney hoche la tête, sourit à l'inspecteur Hattori et dit : Et alors, vous avez bousillé une paire de chaussures neuves, inspecteur, à faire votre travail, comme vous nous l'avez expliqué, mais cela ne nous dit pas pourquoi toute la presse du Japon a obtenu plus de résultats que vous.

Écoutez, dit l'inspecteur Hattori se tournant vers Susumu Toda. Vous me connaissez, Toda, je n'ai fait que ce qu'on m'a demandé de faire, d'aller où on m'a dit d'aller. Je fais juste ce qu'on me demande de faire. S'il cherche la bagarre, qu'il ne se gêne pas. Mais dites-lui qu'il s'adresse alors à mon patron –

Compris, dit Harry Sweeney. Où est-il ?

À l'intérieur, répond l'inspecteur Hattori en montrant l'auberge. En train de faire son travail.

Très bien, dit Harry Sweeney. Allons-y, on vous suit. Allons voir l'excellente police japonaise à l'œuvre.

L'inspecteur Hattori ne fait aucun commentaire, se contente d'acquiescer, puis faisant demi-tour, il accompagne Harry Sweeney et Susumu Toda de l'autre côté du fossé, sous le porche de bois, à travers le petit jardin jusqu'au *genkan* du Ryokan Suehiro, l'auberge misérable et sinistre. Les trois hommes se déchaussent avant d'entrer dans le couloir étroit et sombre qui mène à une pièce sombre et humide située à l'arrière du bâtiment. L'inspecteur chef Kanehara, le patron de la première division d'enquête et deux autres hauts gradés y prennent le thé en compagnie d'une femme d'un certain âge, maigre comme un clou, vêtue d'un kimono foncé –

Désolé de vous interrompre, patron, dit l'inspecteur Hattori, inclinant le buste, puis désignant Harry Sweeney et Susumu Toda ; L'équipe du Département de la sécurité publique est arrivée, chef.

Dans la pièce sombre et humide, l'inspecteur chef Kanehara se retourne sur son siège pour regarder vers la porte, clignant des yeux dans la lumière pauvre, puis souriant, se lève et dit : Bien sûr, bien entendu, je connais l'inspecteur Sweeney. Comment allez-vous, Harry ? Qu'est-ce que vous devenez ? Depuis tout ce temps ?

Effectivement, inspecteur, répond Harry. Cela fait assez longtemps

Trop longtemps, remarque l'inspecteur chef Kanehara, puis se tournant vers la femme d'un certain âge, maigre comme un clou, qui porte un kimono foncé, il dit : Si vous voulez bien nous excuser, s'il vous plaît.

La femme acquiesce d'un bref signe de tête, se lève et sort de la pièce en traînant les pieds, baissant la tête en passant devant Harry Sweeney et Susumu Toda.

Messieurs, je vous en prie, dit l'inspecteur chef Kanahara qui se rassied. Prenez donc place.

Harry Sweeney et Susumu Toda remercient l'inspecteur chef Kanehara et s'assoient autour de la mauvaise table constellée de taches qui se trouve au centre de la pièce humide et sombre.

Eh bien, je suppose que l'inspecteur Hattori vous a dressé un tableau complet des derniers développements de l'affaire, Harry, commence l'inspecteur chef Kanehara levant les yeux vers Hattori –

Dans les grandes lignes, patron, précise Hattori qui est resté dans l'encadrement de la porte. Ils étaient pressés de s'entretenir avec vous, patron.

C'est exact, inspecteur, déclare Harry Sweeney. Nous – enfin, la sécurité publique – nous vous serions très reconnaissants de nous donner les dernières informations en votre possession, inspecteur.

Bien sûr, Harry. Bien sûr, répond l'inspecteur chef Kanehara. J'imagine que le général Willoughby et même le commandant suprême s'intéressent à cette affaire ?

Oui, inspecteur, confirme Harry Sweeney acquiesçant d'un mouvement de tête. Le général Willoughby est particulièrement concerné, inspecteur, c'est exact.

L'inspecteur chef Kanehara hoche la tête, puis soupire et dit : Eh bien, Harry, la situation a évolué rapidement, très rapidement en fait. La personne que vous venez de voir – Mme Nagashima, c'est son nom –, c'est la propriétaire de cette auberge. Tard dans la soirée, elle s'est présentée pour nous dire qu'elle pensait que le président Shimoyama était venu ici dans l'après-midi du 5. Il avait l'air très fatigué et a demandé une chambre pour se reposer un court moment. Au départ, elle était réticente et elle a demandé son avis à son mari. Mais comme cet homme dont nous pensons maintenant qu'il s'agissait du président Shimoyama avait l'air d'être un « gentleman » selon ses propres dires, elle a accepté. Elle l'a donc conduit dans une chambre située au deuxième étage où une bonne lui a préparé un lit et servi du thé. L'homme – l'homme dont nous pensons maintenant qu'il s'agissait du président Shimoyama – est resté là jusqu'aux environs de cinq heures et demie, heure à laquelle il est parti, réglant deux cents yens pour la chambre et laissant cent yens de pourboire. Évidemment, nous avons interrogé Mme Nagashima, la bonne ainsi que le fils de Mme Nagashima – c'est lui qui l'avait fait entrer. Tous trois ont donné une description précise du président Shimoyama, des vêtements qu'il portait l'après-midi du 5, jusqu'à la couleur de ses chaussettes. Tous trois ont identifié formellement le président Shimoyama sur les photos qu'on leur a montrées. Comme vous vous en doutez, dès que nous aurons terminé notre conversation, ces trois témoins vont être transférés au quartier général de la police où leur déposition sera dûment enregistrée.

Mais d'après vous, elle dit la vérité, inspecteur ? demande Harry Sweeney. Vous la croyez, inspecteur ?

L'inspecteur chef Kanehara hausse les épaules, sourit et déclare : Disons qu'à ce stade, Harry, je n'ai pas de raison de douter de la sincérité de son témoignage, je ne vois pas pourquoi elle inventerait une histoire pareille. Qui plus est, c'est la femme d'un ancien membre de la police.

Je vois, dit Harry Sweeney hochant la tête. Il acquiesce et poursuit : Mais – et pardonnez-moi si je me trompe sur ce point – mais elle a d'abord parlé avec un journaliste avant de contacter la police ?

Non, vous ne vous trompez pas, Harry. C'est exact. Vous voyez, depuis le moment où on a découvert le corps du président à Ayase, une foule de journalistes a envahi les lieux. Comme vous vous en doutez, l'auberge a tout de suite été bondée. Et hier soir, pendant qu'elle aidait la bonne à servir le dîner, Mme Nagashima a vu par hasard une photo du président Shimoyama sur la première page d'un journal que lisait un des journalistes présents. C'est seulement à ce moment-là qu'elle a compris qu'il s'agissait du même homme qui avait passé l'après-midi du 5 à l'auberge.

Je vois, dit de nouveau Harry Sweeney, hochant la tête, hochant de nouveau la tête avant d'ajouter : Je crois savoir qu'un certain nombre d'autres témoins vous ont contacté, affirmant qu'ils avaient vu le président Shimoyama dans le secteur ce soir-là ?

Dans la pièce sombre et humide, autour de la mauvaise table constellée de taches, l'inspecteur chef Kanehara acquiesce, et sourit de nouveau avant de demander : Alors, vous avez donc lu les déclarations des témoins, n'est-ce pas, Harry ?

Seulement celles parues dans les journaux, je le crains, inspecteur, répond Harry Sweeney. Malheureusement.

L'inspecteur chef Kanehara soupire, secoue la tête et dit : C'est vraiment regrettable, Harry, et croyez bien que je le déplore. Je suis désolé, Harry. Mais puis-je vous parler franchement, Harry ?

Évidemment, inspecteur, dit Harry Sweeney. Je vous en prie –

L'inspecteur chef Kanehara regarde Harry Sweeney assis en face de lui de l'autre côté de la mauvaise table constellée de taches, le dévisageant dans la lumière pâle de cette pièce sombre et humide, secoue la tête, aspirant l'air entre ses dents avant de dire : Tout ceci doit rester entre nous, Harry, ça ne doit pas sortir de cette pièce, Harry – mais, euh, comment dire ? – les premières phases de cette enquête n'ont pas été menées comme il se doit.

Je suis bien d'accord, inspecteur.

L'inspecteur chef Kanehara, les yeux toujours rivés sur Harry Sweeney, le regardant fixement, hoche à nouveau la tête et déclare :

Bien sûr, je sais que vous en êtes conscient, Harry. Parce que vous êtes policier, parce que vous êtes inspecteur également. C'est pourquoi je vous parle en toute franchise, Harry, bien que, pour un officier gradé des forces de police japonaises, ce soit embarrassant, déshonorant de devoir avouer une telle chose. Particulièrement, si je puis dire, et vous me pardonnerez, à un inspecteur américain. Mais vous voyez, Harry, et je ne cherche pas d'excuse, je ne refuse pas de prendre mes responsabilités, mais je ne suis pas maître de la gestion de cette enquête, Harry.

Je comprends, inspecteur, dit Harry Sweeney.

Car vous voyez, Harry, comme on doit enquêter à trois endroits – la maison des Shimoyama, le grand magasin Mitsukoshi et puis les voies de chemins de fer d'Ayase –, il a fallu que je divise les équipes de la première division d'enquête, et même prendre des hommes dans la première et la deuxième division, vous comprenez, Harry, pour les répartir sur les trois lieux d'enquête. Ce qui signifie que le commandant Kita n'a pas eu d'autre choix que de nous accorder l'aide d'hommes de la deuxième division pour nous prêter main-forte lors de l'enquête de terrain, entre Ayase et Gotanno, dans le secteur où nous nous trouvons précisément.

Je vois, confirme Harry Sweeney.

Je suis convaincu que nos collègues de la deuxième division d'enquête ont de nombreuses qualités, mais la nature spécifique du travail de terrain à effectuer pour mener cette enquête – interroger les voisins et l'entourage, enregistrer les déclarations des témoins, et tout ce qui s'ensuit – eh bien – pour être franc, Harry, ce n'est pas leur point fort et il s'avère que cela dépasse leurs aptitudes et leurs compétences.

Pour que ce soit bien clair, intervient Harry Sweeney, c'est donc la deuxième division d'enquête qui est responsable des entretiens avec les témoins, et non la division qui est sous vos ordres.

Elle l'*était*, Harry, elle l'*était*. Mais étant donné leur incapacité manifeste à accomplir ce qu'on leur demandait, avec la précision et l'efficacité nécessaires à cette tâche, j'ai demandé qu'on leur retire cette mission et le commandant Kita a accepté. C'est pour cette raison que la première division a maintenant le contrôle total de l'enquête. Et je vous rassure, Harry, la première chose que nous avons faite a été de rectifier certaines erreurs commises initialement par la deuxième division. Bien entendu, cela entraîne une reprise à la base de l'enquête de proximité, de réinterroger tous les gens du quartier, mais cette fois-ci en consignant et confrontant avec la plus grande minutie leurs témoignages.

Voilà une très bonne nouvelle, inspecteur, dit Harry Sweeney. Mais sans vouloir m'avancer, inspecteur, puis-je vous demander quel a été votre premier sentiment ? À propos des témoins, sur leurs déclarations ?

L'inspecteur chef Kanehara aspire l'air entre ses dents encore une fois, jette un regard aux deux autres officiers présents, puis se penchant en avant sur son siège, déclare : Comme je l'ai dit, il faut que nous réinterrogions les témoins concernés, mais – entre vous et moi, Harry, d'inspecteur à inspecteur – leurs témoignages semblent plutôt fiables. Deux d'entre eux en particulier, deux personnes du coin – le témoignage d'un dénommé Narushima et celui de Mme Yamazaki, je crois –, tous les deux ont vu un homme dont la description colle avec celle du président Shimoyama, à proximité des voies ferrées, tous les deux l'ont vu entre six et sept heures le soir du 5, ce qui corrobore ce que Mme Nagashima a déclaré à propos de l'homme qui a quitté l'auberge vers cinq heures et demie. Vous savez, il faut se rappeler, Harry, que ces gens-là n'ont pas l'habitude de voir des inconnus dans le coin, encore moins habillés comme l'était le président Shimoyama. Mais nous allons faire le nécessaire pour que vous receviez des copies de toutes les déclarations des témoins, Harry, ainsi vous pourrez vous faire votre propre idée.

Nous vous en serions très reconnaissants, inspecteur, dit Harry Sweeney. Je vous remercie, inspecteur.

L'inspecteur chef Kanehara hoche la tête, sourit et dit : Merci à *vous*, Harry. Nous sommes très sensibles à *votre* soutien. Qui plus est, nous ferons également en sorte de vous tenir informés – enfin, vous personnellement, Harry – de tous les développements pertinents, dès que nous en aurons été avisés et en aurons pris connaissance. Ce qui signifie que ce ne sera pas par la presse que vous comme moi apprendrons quoi que ce soit de nouveau.

Nous vous en serions très reconnaissants, inspecteur, répète Harry, portant les mains sur ses hanches avant de s'incliner avec une petite courbette. Je vous remercie, inspecteur.

L'inspecteur chef Kanehara secoue la tête, agitant plusieurs fois la main droite devant son visage. Je vous en prie, Harry, il est vraiment inutile de me remercier. Les choses auraient dû se passer comme ça depuis le début. Mais je vous promets personnellement que vous aurez une copie de tous nos rapports avant la fin de la journée.

Nous sommes impatients de les recevoir, inspecteur, répond Harry Sweeney.

L'inspecteur chef Kanehara se penche à nouveau en avant sur son siège pour les saluer brièvement et conclut : Maintenant, vous voudrez bien nous excuser, Harry, mais il faut que nous emmenions Mme Nagashima, son fils et la bonne au quartier général, pour enregistrer leur déposition.

Je comprends, inspecteur. Merci de nous avoir accordé cet entretien, inspecteur, dit Harry Sweeney, se levant en même temps que l'inspecteur chef Kanehara, les deux autres policiers et Susumu Toda.

J'espère vous revoir bientôt, Harry, dit l'inspecteur chef Kanehara, accompagnant Harry Sweeney et Susumu Toada dans la pénombre de l'étroit couloir, et bien entendu, ajoute-t-il, désignant du doigt l'inspecteur Hattori, n'oubliez pas que l'inspecteur Hattori ici présent reste à votre disposition, si je ne suis pas disponible, Harry.

Jour et nuit, précise l'inspecteur Hattori, s'inclinant devant Harry Sweeney, avec un sourire. À votre entière disposition.

Harry Sweeney s'arrête, se retourne dans la pénombre de l'étroit couloir pour regarder l'inspecteur Hattori et lui sourit avant de répliquer : Quelle conscience professionnelle, inspecteur !

Je ne fais que mon travail, dit l'inspecteur Hattori.

Comme chacun de nous, inspecteur, remarque Harry Sweeney. Puis retournant dans le *genkan* pour remettre ses chaussures, il sort à la suite de Susumu Toda dans le petit jardin, passe sous le porche de bois, traverse l'étroit fossé, et se retrouve dans la rue.

Qu'en penses-tu, Harry ? demande Susumu Toda, qui sort son paquet de cigarettes et en propose une à Harry Sweeney.

Harry Sweeney refuse d'un signe de tête, se retournant pour regarder dans la rue deux hommes qui sortent d'une autre voiture, prendre dans le coffre deux valises, les porter de l'autre côté de l'étroit fossé et passer sous le porche de bois avant de disparaître dans l'auberge minable et sinistre, ce lieu de rencontres et de rendez-vous minables et sinistres.

Harry ? dit Susumu Toda, lui proposant à nouveau une cigarette.

De nouveau, Harry Sweeney refuse d'un signe de tête, sort son propre paquet et dit : Je crois que la situation est plus simple maintenant pour nous, Susumu. Ou bien plus compliquée.

Ouais, mais on en est où, Harry ?

Harry Sweeney allume sa cigarette, en tire une bouffée et soufflant la fumée, secoue de nouveau la tête, sourit et dit : Je n'en sais rien, Susumu, vraiment rien. Tout ce que je sais, c'est qu'on a une bonne trotte à faire pour regagner la voiture, et une longue journée de boulot qui nous attend. Encore une autre sacrée longue journée de boulot.

La longue journée se transforme en une longue nuit, avec force cafés sous les néons du bureau : Harry Sweeney demande et obtient du chef Evans des effectifs supplémentaires : George, Dan et Sonoko ; deux traducteurs nippo-américains et une recrue locale sachant parler et taper en anglais ; puis Harry Sweeney attend que Bill Betz rentre de Norton Hall n'ayant rien obtenu d'autre que des promesses de partage d'information ; attend que Susumu Toda revienne du briefing qui a lieu en fin d'après-midi au quartier général de la police métropolitaine, d'où il doit rapporter les copies de tous les témoignages recueillis jusque-là, attend la parution des journaux du soir ; attend que les autres membres du personnel quittent leur poste, jusqu'à ce que le bureau soit vide, jusqu'à ce que la place soit complètement libre. Alors, Harry Sweeney, Bill Betz, Susumu Toda et l'un des traducteurs nippo-américains repoussent les tables et les chaises le long des murs du bureau 432 pour faire de la place ; puis Harry Sweeney, Bill Betz, Susumu Toda et l'un des traducteurs nippo-américains parcourent les couloirs du quatrième étage, allant de bureau en bureau pour trouver et rapporter trois tableaux noirs et une boîte de craies dans le bureau 432 ; puis Harry Sweeney, Bill Betz, Susumu Toda et l'un des traducteurs nippo-américains installent les tableaux noirs côte à côte dans le bureau 432 ; ensuite Harry Sweeney prend un bâton de craie dans la boîte et inscrit un titre en lettres capitales en haut de chacun des tableaux : DOMICILE DES SHIMOYAMA, MAGASIN MITSUKOSHI, SCÈNE DE CRIME ; puis il trace trois lignes verticales sur toute la hauteur de chacun des tableaux et une ligne horizontale en haut sur toute la largeur de chacun des tableaux, créant ainsi quatre colonnes sur chacun des tableaux ; puis en haut de chaque colonne, il inscrit : Date, Heure, Nom, Lieu ; puis Harry Sweeney distribue les copies des déclarations des témoins et les journaux parus jusqu'à présent ; il demande à Susumu Toda de se focaliser sur la maison des Shimoyama et le parcours jusqu'au magasin Mitsukoshi ; il demande à Bill Betz et à l'un des traducteurs nippo-américains de se focaliser sur le magasin Mitsukoshi ; lui et l'autre traducteur nippo-américain se chargeront du plus gros du travail, et concentreront leurs recherches sur la scène de crime. Avec pour instructions de lire attentivement l'intégralité des déclarations des témoins et des articles parus dans la presse, d'établir des listes de dates et d'heures, de noms et de lieux, de noter toutes les fois où Sadanori Shimoyama aurait été vu, de les inscrire à la craie dans les colonnes du tableau concerné. Après quoi, Harry Sweeney conclut : Maintenant, mettons-nous au boulot…

Et ils se mettent alors au travail ; ils travaillent, travaillent sans arrêt, tout au long de la soirée et de la nuit, lisant et traduisant les témoignages et les rapports, tout au long de la nuit jusqu'à l'aube, notant les dates et les heures, les noms et les lieux, listant toutes les apparitions de Sadanori Shimoyama à la craie dans les colonnes des tableaux concernés, jusqu'au lever du jour où ils peuvent enfin voir le travail accompli inscrit en toutes lettres, noir sur blanc, sur les trois tableaux, sous leurs yeux –

Les yeux brûlants, injectés de sang, épuisés, éreintés, morts de fatigue, tenant à peine sur leurs jambes, Harry Sweeney, Bill Betz et Susumu Toda fixent devant eux les trois tableaux avec leurs douze colonnes, le regard passant d'un tableau à l'autre, de gauche à droite, de colonne en colonne, de haut en bas, et puis retournant en arrière, reprenant au début, encore et encore, parcourant chaque tableau, chaque colonne –

C'est probablement parce que je suis crevé, déclare Bill Betz, mais cela n'a aucun sens pour moi, pas le moindre foutu sens. Enfin, je veux dire – on a ce type, Ōtsu – c'est le secrétaire d'Eisaku Satō, un membre de la Diète, un ancien ministre des transports, un ami de Shimoyama, ce qu'on pourrait appeler un témoin fiable – il prétend qu'il a vu Shimoyama coincé entre deux types à l'arrière d'une voiture, qui passait devant le bâtiment de la Diète, filant à toute vitesse vers Hirakawa-chō aux environs d'onze heures ce matin-là. Dans le même temps, à peu près à la même heure, au Mitsukoshi, on a des employés du magasin, des clientes et du personnel de maison qui tous affirment avoir vu Shimoyama déambulant dans le magasin, ou au sous-sol, près de l'entrée ou près du métro, soit tout seul soit en pleine conversation avec trois autres hommes. Mais pendant ce temps-là, deux petites heures plus tard, il descend d'un train à Gotanno, prend une chambre à l'auberge Suehiro où il fait une petite sieste.

Harry Sweeney hausse les épaules : Il arrive que les gens se trompent, Bill.

Ouais, dit Bill, comptant les noms qui figurent sur le tableau intitulé SCÈNE DE CRIME. Cinq, six, sept, huit personnes ? Pour le moment, jusqu'à maintenant. C'est le nombre de témoins qui affirment avoir vu Shimoyama rôdant près des voies cette nuit-là. Pour le moment.

Harry Sweeney hausse encore les épaules : On n'en est encore qu'au début, Bill.

Ouais, répète Bill Betz. Voilà où je veux en venir, Harry. La situation ne va faire qu'empirer. Au fur et à mesure. Il y aura encore plus de gens qui viendront se présenter, plus d'articles dans les journaux, plus de témoignages. Tu le sais, Harry. Tu sais comment ça se passe.

Harry Sweeney acquiesce, passant en revue les tableaux d'une colonne à l'autre. D'accord. Mais alors qu'est-ce que tu suggères, Bill ?

Je propose qu'on les laisse tout simplement se débrouiller tout seuls, répond Bill Betz. Qu'on ne se casse pas la tête à faire le travail à leur place.

Harry Sweeney se tourne vers lui en riant avant de lui dire : Et c'est ce que tu vas aller raconter à Sir Charles, ce que tu comptes faire, Bill ?

Bill Betz secoue la tête, sourit à Harry Sweeney et lui répond : Écoute, Harry, je ne veux pas faire d'histoire. Je dis simplement que l'affaire est mal partie. Et à mon avis, ça ne va faire qu'empirer. Et je ne vois pas pourquoi on devrait se mettre la rate au court-bouillon pour débloquer la situation.

Le regard de Harry Sweeney revient se poser sur les tableaux, sur les colonnes. Il hoche la tête et finit par dire : Je sais, Bill, je sais.

Mais, dis donc, Bill, avance Susumu Toda, montrant du doigt le tableau concernant le MAGASIN MITSUKOSHI puis passant à celui de la SCÈNE DE CRIME. C'est peut-être pas si mal parti que ça ? La voiture qui a été déclarée volée le matin du 5 devant le Mitsukoshi, elle est de la même couleur que celle que le secrétaire de Satō déclare avoir vue et aussi que celle qui a été aperçue près d'Ayase cette nuit-là.

Parce qu'elles sont toutes grandes et noires, c'est ce que tu veux dire, commente Bill Betz éclatant de rire.

On ne sait jamais, répond Susumu Toda. Si on trouve cette voiture volée, qu'on y relève des empreintes, ça permettra peut-être de résoudre l'affaire.

Tu rêves, réplique Bill Betz, rigolant de plus belle. Tu te vois enlever en plein jour le président de ces maudits chemins de fer, puis le balader dans toute la ville toute la sainte journée dans une voiture volée ? Tu crois vraiment que c'est ce qu'ils avaient prévu de faire, Sherlock ? Mon Dieu !

Peut-être qu'ils ont dû improviser, dit Susumu Toda. Peut-être que leur plan n'était pas tout à fait au point ?

C'est souvent le cas, remarque Harry Sweeney, le regard toujours tourné vers les tableaux avec leurs colonnes qu'il parcourt de haut en bas, de long en large, colonne après colonne, retournant en arrière, reprenant au début, encore et encore, parcourant chaque tableau, chaque colonne.

Inspecteur, intervient un des traducteurs nippo-américains, celui qui dit s'appeler George, en revenant du rez-de-chaussée, une nouvelle pile de journaux dans les bras. On vient de recevoir l'édition du matin.

Harry Sweeney regarde l'énorme pile de journaux que l'homme tient dans les bras, voit ses yeux rougis cernés de noir, aussi rouges et cernés de noir que ceux de toute l'équipe, puis son regard revient se fixer sur les tableaux et les colonnes, les trois tableaux et leurs douze colonnes, remplis de chiffres et de noms, inscrits en blanc sur le fond noir –

Allez, Harry, déclare Bill Betz. Tu n'as pas arrêté de toute la nuit. Il faut que tu fasses une pause. Harry, on en a tous besoin.

Harry Sweeney acquiesce. Je sais, Bill, je sais, on en a tous besoin.

C'est exactement ce que j'avais envie d'entendre, Harry, répond Bill Betz en riant, et prenant sa veste et son chapeau, il se dirige vers la porte, vers la sortie. Si quelqu'un me demande, je suis à la cantine et après, au lit…

Harry Sweeney s'écrie : Hé, Bill –

Ouais, ouais, répond Bill Betz sans s'arrêter en chemin, sans se retourner : Je sais et je t'en prie, Harry, inutile de me remercier.

Harry Sweeney sourit, se tourne vers Susumu Toda, Dan et Sonoko et leur dit : Ça vaut pour vous aussi, les gars. Vous avez tous bien besoin de faire également une pause. Et merci à vous.

À quelle heure voulez-vous qu'on revienne, inspecteur, demande Dan qui enfile déjà sa veste et prend son chapeau.

Harry Sweeney jette un œil à sa montre, au verre fêlé, aux aiguilles bloquées, et hausse les épaules : Susumu ?

Vous logez sur place, les gars ? demande Susumu Toda.

Non, répond George. On crèche à l'extérieur, à l'hôtel Yashima.

Alors, disons rendez-vous à une heure, déclare Susumu Toda après avoir regardé sa montre et en se tournant vers Harry Sweeney.

Mais Harry Sweeney est de nouveau plongé dans la contemplation des tableaux et des colonnes, des chiffres et des noms, et ne répond pas à Susumu Toda, ne voit pas les deux Nippo-Américains sortir.

Inspecteur, si je peux me permettre, inspecteur, intervient Sonoko qui se tient à côté d'Harry en face du deuxième tableau, celui du Mitsukoshi, et scrute les colonnes du tableau avant de regarder la feuille de papier qu'elle a en main.

Que se passe-t-il, ma jolie ? demande Harry Sweeney.

Voilà, inspecteur, lui dit Sonoko d'une toute petite voix. Je ne voudrais pas attirer des ennuis à l'autre personne, M. Bill, inspecteur, mais je crois qu'il a oublié ce rapport. Oublié de l'inscrire sur le tableau, inspecteur.

Ne vous inquiétez pas, dit Harry avec un petit rire. Ça ne serait pas la première, ni la dernière fois. Faites-moi voir –

Et Harry Sweeney prend la feuille de papier qu'elle lui tend, l'examine, lit le texte imprimé, le lit et le relit, puis regagne son bureau et passe en revue le tas de papiers accumulé sur son bureau, tous les articles de presse et les rapports entassés sur son bureau, les faisant voler dans tous les sens. Où est passé ce putain de –

Ce putain de quoi ? lui demande Susumu Toda. Qu'est-ce que tu cherches, Harry ? Tu as perdu quelque chose ?

Mon bloc-notes jaune, celui que je laisse toujours sur mon bureau.

Pourquoi ? lui demande Susumu Toda, qui s'approche du bureau en ramassant les papiers éparpillés sur le sol. Qu'est-ce qui se passe ?

Harry Sweeney, les yeux rivés sur son bureau, secoue la tête, puis prenant son veston, déclare : Laisse tomber. Appelle les types du garage et demande une voiture, s'il te plaît, Susumu. On sort…

Inspecteur, je suis désolée, inspecteur, dit Sonoko, complètement figée au milieu de la pièce, la tête basse, les poings serrés le long du corps en deux petites boules. J'ai fait quelque chose de mal, inspecteur ?

Harry Sweeney prend son chapeau, se dirige vers la jeune femme, lui relève gentiment le menton, la regarde droit dans les yeux, et lui dit alors avec un grand sourire : Non, ma jolie. Ce que vous avez fait, c'est bien. Mais n'en parlez à personne.

Dans l'ombre du grand magasin Mitsukoshi, près des portes de l'entrée sud du magasin, Ichirō s'arrête et gare la voiture.

Retour à la case départ, dit Toda en sortant de la voiture.

Harry Sweeney a commencé à ouvrir la portière et s'interrompt : Hé, Ichirō. Si je te demandais de m'attendre cinq minutes, mais que je ne revienne pas, pendant combien de temps tu m'attendrais ?

Pourquoi vous me posez cette question, inspecteur ? répond Ichirō en se retournant pour voir Harry sur la banquette arrière.

Je veux seulement savoir combien de temps tu resterais là à m'attendre avant d'appeler quelqu'un ?

D'appeler qui ? demande Ichiro

Mon bureau. Ou l'équipe du garage.

Mais pour leur dire quoi, inspecteur ?

Alors, tu resterais assis là toute la journée, à attendre, c'est ça ?

Inspecteur, si je peux me permettre, dit Ichirō, le chauffeur n'a fait que son travail, exactement comme tout un chacun.

Harry Sweeney hoche la tête : Je vois. Merci.

À votre service, inspecteur, dit Ichirō, se retournant sur son siège face au volant pour regarder fixement le paysage à travers le pare-brise.

Harry Sweeney sort de la voiture, traverse la petite rue transversale et rattrape Susumu Toda qui l'attend devant l'entrée sud du magasin –

Qu'est-ce que tu lui as dit ? demande Toda.

Harry Sweeney secoue la tête : Ichirō passerait toute la journée à nous attendre, même plusieurs jours, si on ne rentrait pas.

Ils feraient tous la même chose, pointant du doigt les chauffeurs au volant des autres voitures garées en file indienne le long de la façade sud du magasin. Ils ont l'habitude. L'habitude d'attendre.

Harry Sweeney hoche la tête, sort son calepin de la poche de son veston, feuillette quelques pages à rebours avant de déclarer : La police a pris la déclaration d'un chauffeur qui était garé derrière la voiture de Shimoyama, ce jour-là, tu sais. Tu l'as lue, je crois ?

Ouais, dit Toda qui sort son mouchoir pour s'éponger le visage, puis le cou. Ce type travaille comme chauffeur pour la compagnie Nippon Seiyaku. Ils ont un bureau ici, au quatrième étage. C'est pourquoi il est souvent garé dans le coin, il stationne presque tous les jours ici, je crois.

Et son témoignage corroborre celui d'Ōnishi, disant qu'il a vu Shimoyama sortir de sa voiture et entrer dans le magasin.

Ouais, dit de nouveau Toda. À une ou deux minutes près, par-ci par-là, ça colle parfaitement.

Harry Sweeney replonge le nez dans son calepin : Et à propos de l'autre voiture qu'il a vue ? La Prism 36 qui s'est arrêtée derrière la sienne, peu de temps après ? Il a déclaré avoir vu quatre ou cinq hommes en sortir, et suivre Shimoyama à l'intérieur du magasin.

Il n'y a que le chauffeur de la Nippon Seiyaku qui dit les avoir vus. Et trente minutes plus tard, il les a vus sortir.

La police a retrouvé la Prism à cette heure ?

Pas que je sache, dit Toda. Non.

Harry Sweeney hoche la tête : Bon, alors, allons-y –

Et Harry Sweeney et Susumu Toda entrent dans le grand magasin Mitsukoshi, par les portes tout de verre et d'or, maintenant grandes ouvertes en plein jour. Les mêmes portes qu'a empruntées Sadanori Shimoyama. Ils passent devant le rayon maquillage. Le même rayon où une vendeuse du magasin âgée de dix-neuf ans a cru voir un homme correspondant au signalement de Sadanori Shimoyama faire les cent pas avant de se diriger vers l'aile nord du magasin. Ils traversent le rayon articles divers. Le même rayon articles divers où un vendeur âgé de vingt ans a cru voir un homme correspondant au signalement de Sadanori Shimoyama se diriger vers les ascenseurs de l'aile nord du magasin. Ils se rendent au rayon chaussures. Le même rayon où un vendeur âgé de vingt et un ans a cru voir un homme correspondant au signalement de Sadanori Shimoyama s'arrêter un court moment pour regarder des sandales traditionnelles japonaises sur un présentoir. Puis ils empruntent l'escalier H dans l'aile nord du magasin, pour descendre au sous-sol au comptoir du service clientèle situé près des portes donnant sur le passage souterrain menant au métro. Le même comptoir où une employée âgée de trente-cinq ans – affectée au comptage du nombre de clients entrant dans le magasin en venant du métro – a cru voir un homme correspondant au signalement de Sadanori Shimoyama quitter le magasin à un moment entre dix heures et dix heures et quart, suivi par trois autres personnes. Elle n'est pas sûre que ces trois personnes accompagnaient l'homme correspondant au signalement de Sadanori Shimoyama, mais elle pense que ces trois hommes approchaient de la quarantaine et elle se rappelle particulièrement bien l'un d'entre eux, le visage bronzé, un costume noir fatigué et un chapeau de feutre crasseux. Harry Sweeney et Susumu Toda descendent la courte volée de marches menant aux portes de sortie du magasin, pour emprunter le passage donnant sur le métro. Ils s'arrêtent sur la dalle métallique fixée au sol qui marque le passage entre le magasin et le couloir du métro. La même dalle métallique où un certain nombre de dames d'âges divers ont cru voir un homme correspondant au signalement de Sadanori Shimoyama s'entretenir à voix basse avec trois autres personnes, à différents moments sur lesquels elles ne sont pas d'accord. Une de ces dames a décrit l'un des trois hommes, autour de la cinquantaine, assez petit, un mètre cinquante environ, le teint basané, avec un visage triangulaire et des lunettes à monture dorée, un costume foncé à rayures, une chemise blanche, le col ouvert. Il portait des chaussures pointues qui rebiquaient, a-t-elle précisé, et il avait une serviette –

Elle a cru que c'était un directeur d'école, dit Susumu Toda qui s'essuie le visage, et s'éponge le cou.

Harry Sweeney éclate de rire : Une école pour maquereaux, sans doute.

On se croirait dans un sauna ici, dit Toda, jetant un coup d'œil des deux côtés du couloir, observant les simples policiers et les inspecteurs s'activer au milieu des journalistes et des photographes de presse, parmi la foule des clients qui entrent dans le magasin et des banlieusards qui prennent le métro, au milieu des badauds et des curieux.

Harry Sweeney dévisage Susumu Toda : Ça va, Susumu ? T'as pas l'air en forme ?

Je me sens vraiment mal dit-il en s'épongeant de nouveau la figure. Je pense que j'ai dû choper la grippe d'été, ou quelque chose…

Harry Sweeney hoche la tête : T'es debout depuis trop longtemps, je m'en veux. Prends la voiture et rentre, va piquer un bon roupillon.

T'es sûr, Harry ?

T'inquiète, dit Harry. Vas-y.

Et Harry Sweeney s'en va et se faufile dans la foule des journalistes et des photographes, au milieu des clients et des banlieusards, des curieux et des badauds, emprunte le couloir du métro, passe devant le guichet jusqu'à ce qu'il aperçoive, après le salon de coiffure et le salon de thé, l'enseigne du CAFÉ HONG KONG.

Harry Sweeney prend la feuille de papier que Sonoko lui a remise, la consulte, la lit et la relit, puis, brandissant son insigne d'inspecteur, fend la foule de gens – serrés le long de la vitrine du café, faisant la queue deux par deux devant la porte – et entre dans l'établissement ; plein à craquer, envahi de fumée de cigarettes, le garçon et la serveuse courant dans tous les sens un plateau à la main en d'incessants allers-retours entre la cuisine et la salle.

Désolé, lui dit l'homme frisant la cinquantaine qui tient la caisse près de la porte. Mais nous sommes complets.

Harry lui montre son insigne d'inspecteur du Département de la sécurité publique. C'est une bonne chose pour vous, ça fait marcher le commerce, hein, l'affaire Shimoyama. C'est vous le patron ?

Oui, confirme l'homme qui se dandine d'un pied sur l'autre derrière sa caisse. Oui, c'est moi le patron. Je m'appelle Niide.

Harry sourit : Je vois que vous êtes très occupé, aussi je ne vais pas vous faire perdre votre temps, mais il faut que je vous parle et au personnel aussi.

Je vois, dit le patron. Ici ?

Harry Sweeney regarde autour de lui la pièce au plafond bas et lui montre une porte au fond de la salle. C'est la cuisine ?

Oui, répond le patron. Mais c'est très petit.

Harry Sweeney hoche la tête : Un par un, ça suffira bien.

On commence par qui ? demande le patron.

Harry lui sourit de plus belle : Le patron, d'abord, à vous l'honneur.

Le patron acquiesce, hèle le serveur et lui demande de venir tenir la caisse. Puis il précède Harry Sweeney le long de l'allée, entre les tables jusqu'au fond de la salle, avec les toilettes à droite, la cuisine à gauche, et entre les deux, une cabine téléphonique avec un annuaire et un cendrier –

C'est le seul téléphone du café ? demande Harry Sweeney.

Oui, confirme le patron. Vous avez besoin de passer un coup de fil ?

Harry Sweeney fait non de la tête.

Très bien, dit le patron qui hausse les épaules. Entrez –

Et Harry Sweeney pénètre à sa suite dans l'étroit passage sans fenêtre aux murs constellés d'huile qui fait office de cuisine où s'affaire l'homme aux trente-six bras, un homme mince d'âge moyen, dans un tablier plein de taches, qui fait sauter des oignons et de la viande dans une poêle, remue une casserole de curry épais, tout en remplissant des bols de soupe miso et de riz.

C'est Goto, le cuisinier, dit le patron avec un soupir. Vous voulez qu'il sorte pour qu'on puisse parler ?

Harry Sweeney refuse d'un signe de tête et demande au cuisinier : Vous avez vu le président Shimoyama au café ? Le matin du 5, quand vos collègues ont dit qu'il était venu ici ?

Non, dit le cuisinier, secouant la tête, sans lever les yeux de ses casseroles et ses poêles. On voit rien d'ici, inspecteur.

Mais vous, vous l'avez vu, dit Harry Sweeney se tournant vers le patron, ajoutant : En compagnie de quatre autres personnes, c'est ça ?

Le patron acquiesce : Comme je l'ai dit aux journalistes, et aussi à la police. Je crois que c'était lui, c'est tout, inspecteur.

Continuez. Racontez-moi ce que vous leur avez dit.

Le patron du café ferme les yeux, se passe la main sur la joue, puis, rouvrant les yeux, déclare : Il était environ dix heures, je crois. On ouvre à neuf heures et demie, à la même heure que le Mitsukoshi, mais je n'étais pas encore là, je suis arrivé seulement à dix heures. Quand je suis entré, il y avait cinq hommes, attablés là, bien habillés, vous voyez ce que je veux dire. En costume. Buvant du thé japonais, pas du café. Ils ont pris des gâteaux, je crois. Ils discutaient.

Vous pouvez me les décrire ?

Le patron pousse un gros soupir et secoue la tête avant de répondre : Je ne les ai pas vraiment bien vus, inspecteur. Deux d'entre eux frisant la quarantaine, un autre plus vieux, ça devait être le président Shimoyama. Quant aux deux autres, j'en sais rien.

Ils sont restés combien de temps ?

Le patron secoue à nouveau la tête. Mais Kazu-chan, la serveuse, c'est elle qui s'est occupée d'eux, elle pourrait vous en dire plus que moi.

Mais vous vous rappelez quand ils ont payé l'addition, peut-être ?

Non, inspecteur, fait le patron d'un signe de tête. Ils ont dû régler à leur table, inspecteur. Directement à Kazu-chan.

Vous avez gardé la note, sans doute.

Le patron secoue de nouveau la tête : Non, inspecteur. J'ai dû la donner à la police, inspecteur, la police japonaise.

Bon. Et vous vous souvenez de quelqu'un d'autre ? demande Harry Sweeney. Un autre client qui vous aurait marqué ce matin-là ?

Non, inspecteur. Pas ce jour-là, inspecteur, non.

Et parmi les habitués ? Vous devez en avoir ?

Le patron acquiesce : Oui, on en a. Mais pas à ce moment de la journée. C'est plutôt à l'heure du déjeuner qu'ils viennent, inspecteur.

Je vois, dit Harry Sweeney. C'est bon.

Le patron du café lui sourit : Vous voulez parler à Kazu-chan ?

Oui, répond Harry Sweeney. Mais d'abord, je veux voir le garçon.

Le patron hausse les épaules : Je vais aller le chercher, si vous en avez fini avec moi. Je serai devant, à la caisse, si vous êtes d'accord, inspecteur ?

Harry Sweeney acquiesce, prend son mouchoir pour s'éponger la figure, et aussi le cou, observant le cuisinier qui tranche, découpe, secoue ses casseroles de friture et de bouillon : Fait plutôt chaud par ici, hein ?

C'est bon pour ma ligne, plaisante le cuisinier.

Comment ça se passe avec le patron ? demande Harry. Il fait aussi attention à votre ligne, et au reste aussi ? Mais autrement, il est correct ?

Tant qu'on fait son boulot, dit le cuisinier en riant.

Excusez-moi, intervient un grand type maigre, frisant la trentaine, vêtu d'une chemise blanche avec un nœud papillon noir. Je m'appelle Kojima, c'est moi le serveur. Vous vouliez me parler, inspecteur ?

Harry Sweeney hoche la tête. Oui, et vous savez pourquoi ?

Au sujet du président Shimoyama, inspecteur ?

Harry Sweeney acquiesce de nouveau. Oui. Vous étiez de service le matin du 5, c'est exact, n'est-ce pas ?

Oui, inspecteur, répond le garçon.

Et vous aussi, vous avez vu dans la salle un homme correspondant au signalement du président Shimoyama, ce matin-là ?

Non, inspecteur, je ne l'ai pas vu. Pas personnellement.

Vous ne l'avez pas vu ? Pourtant vous étiez de service à ce moment-là ?

C'est vrai, Inspecteur, dit le serveur. Mais c'est l'heure où je prends ma pause d'habitude, ici dans la cuisine. M. Goto que vous voyez, il commence plus tard en principe. Alors, je reste ici dans la cuisine la plupart du temps, inspecteur.

Harry Sweeney hoche la tête. Et vous n'en sortez jamais ?

Ça m'arrive, inspecteur, fait le serveur. Mais pas ce matin-là, si je me rappelle bien. Je suis resté dans la cuisine.

Harry Sweeney regarde le serveur droit dans les yeux – ce grand type maigre, nerveux, qui n'arrête pas de tripoter son nœud papillon et son col trempé de sueur – et lui dit : Je vous demande de bien réfléchir, monsieur Kojima. Y a-t-il quelqu'un – un journaliste peut-être, ou alors un policier, ou bien votre patron –, est-ce qu'une personne vous a dit ce qu'il fallait dire ou de ne rien dire du tout à propos du matin du 5 ?

Non, inspecteur, répond le serveur qui secoue la tête.

Vous en êtes absolument sûr ?

Oui, inspecteur.

Harry Sweeney hoche la tête, puis, montrant du doigt la sortie de la cuisine, il ajoute : Bon alors, juste une dernière question. Le téléphone là-bas, vous avez vu quelqu'un s'en servir ce matin-là ?

Non, inspecteur, répond le serveur. Pas que je m'en souvienne, inspecteur.

Hochant de nouveau la tête, Harry Sweeney : Bon, d'accord, je vous remercie. Pourriez-vous demander à la serveuse de venir, s'il vous plaît ?

Le garçon acquiesce. Il s'apprête à sortir de la cuisine mais se ravise et demande : Kawada-san ne va pas avoir de problème, inspecteur ?

Harry Sweeney secoue la tête : Pourquoi me demandez-vous ça ?

Je ne sais pas, inspecteur, dit le serveur. Mais c'est une brave fille et elle travaille dur. C'est tout ce que je veux dire, inspecteur.

Harry Sweeney sourit : Inutile de vous inquiéter, mon gars. Contentez-vous de lui demander de venir dans la cuisine, s'il vous plaît.

Le serveur acquiesce, et faisant demi-tour, sort de la cuisine.

Kojima-kun, il a le béguin pour elle, dit le cuisinier, tout en remplissant une assiette de riz au curry.

À nouveau, Harry Sweeney s'essuie le visage et s'éponge le cou et demande : Et le patron, il en pince aussi pour elle ?

Je suppose que oui, dit le cuisinier rigolard. Les clients l'aiment bien, et c'est bon pour les affaires. Une jolie fille et –

Excusez-moi, inspecteur, vous avez demandé à me voir ?

Harry Sweeney se retourne et aperçoit dans l'encadrement de la porte une fille d'une vingtaine d'années, vêtue d'une robe noire avec un tablier blanc, les mains jointes sur son tablier. Harry Sweeney sourit, hoche la tête et lui dit : Oui, je vous remercie.

C'est au sujet du président Shimoyama, je suppose ?

Harry Sweeney, le sourire toujours aux lèvres, hochant toujours la tête, déclare : Mais inutile d'avoir peur de quoi que ce soit, ne vous inquiétez pas. Je veux seulement que vous me racontiez avec vos propres mots ce que vous avez dit à la police, et peut-être aussi que vous répondiez à quelques questions que je pourrais vous poser. C'est d'accord ?

D'accord, répond la serveuse. Je comprends. Eh bien, alors, c'était juste après l'ouverture du café, juste après neuf heures et demie, deux messieurs sont entrés dans la salle. L'homme qui ressemble au président Shimoyama, il portait un costume gris souris avec une chemise blanche. Je me rappelle qu'il n'avait pas de chapeau et il portait une paire de lunettes, avec un genre de monture à la Harold Lloyd, on les appelle comme ça. Je me rappelle aussi qu'il avait de drôles de sourcils. Des gros sourcils tombants, c'est pourquoi, quand j'ai vu sa photo dans les journaux, j'ai pensé que ça devait être lui.

Harry Sweeney hoche la tête : Et l'autre homme, il était comment ?

Je me souviens pas très bien de lui, je regrette, dit la serveuse. Vous voyez, ils étaient installés à une table près de la porte et celui qui ressemblait au président Shimoyama était assis dos à la porte, il était en face de moi quand j'allais et venais. Mais l'autre homme, lui, il faisait face à la porte et me tournait le dos, alors je ne l'ai pas vraiment bien vu. Mais j'ai l'impression qu'il était un peu plus jeune, proche de la cinquantaine, peut-être.

Mais ils n'étaient donc que deux ?

En fait, c'est ce que je croyais, dit-elle, mais le patron, quand il est arrivé, il a cru qu'ils étaient plus nombreux. Trois autres personnes, je crois, d'après lui.

Harry Sweeney lui demande : Mais vous n'êtes pas de cet avis ?

Je ne peux pas l'affirmer, dit-elle. En fait, il y avait bien trois autres personnes à la table voisine, juste de l'autre côté de l'allée. C'est vrai.

Mais vous n'êtes pas sûre qu'ils étaient ensemble ?

Non, dit-elle, secouant la tête. Je ne pense pas qu'ils étaient ensemble, en ce qui me concerne, je ne les ai pas vus se parler ni quoi que ce soit.

Mais les gens de cette table, ces trois autres clients, ils sont arrivés et partis séparément, alors ?

Je crois, oui, dit-elle. En fait, je ne suis pas sûre, mais je pense qu'ils ont dû arriver après les deux autres, et partir après eux aussi.

Harry Sweeney hoche la tête de nouveau, sourit de nouveau, puis demande : Donc, l'homme qui, d'après vous, aurait pu être le président Shimoyama et cette autre personne, ils avaient l'air comment ? Ils se parlaient comment ? Comme s'ils étaient amis peut-être ?

Pas vraiment, non, dit la serveuse. En fait, l'homme qui ressemblait au président Shimoyama, il n'a pratiquement rien dit. Il se contentait d'écouter. Avec les mains jointes, sur la table. Je m'en souviens parce que, quand j'ai apporté leur commande, il a dû retirer ses mains pour que je puisse poser les boissons sur la table. Pratiquement effondré, vous voyez ? L'air déprimé, en fait.

Comment ça, « déprimé » ?

Inquiet, quoi. Comme s'il venait d'apprendre une mauvaise nouvelle.

Harry Sweeney acquiesce : Je vois. Vous avez pu entendre ce qu'ils se disaient, des bribes de conversation ?

Pas vraiment, non, répond la serveuse. En fait, je n'arrivais pas à entendre quoi que ce soit quand l'autre homme parlait. Il ne faisait que chuchoter, la plupart du temps. Mais le président Shimoyama – je veux dire, l'homme qui lui ressemblait –, il se contentait de marmonner.

« Marmonner » ? Comment ça ?

Vous savez, dans le genre hum, hum, comme ça. Hum, hum.

Harry Sweeney hoche de nouveau la tête, dit de nouveau : Je vois. Et combien de temps ils sont restés, tous les deux ?

Pas plus d'une demi-heure.

Et ils ont payé à la table, c'est bien ça ?

Oui, dit la serveuse.

Et donc séparément d'avec les trois autres personnes, les clients assis à la table voisine, de l'autre côté de l'allée ?

Oui, répète la serveuse, hochant la tête. C'est la raison pour laquelle je suis pratiquement persuadée qu'ils n'étaient pas ensemble.

Harry Sweeney poursuit : Je m'excuse – mais qu'est-ce qu'ils ont commandé ?

L'homme qui ressemblait au président Shimoyama et la personne qui était avec lui ? Euh, l'autre personne a pris un thé japonais et l'homme qui ressemblait au président Shimoyama a commandé une boisson gazeuse.

Harry Sweeney hoche la tête : Est-ce qu'ils fumaient ?

Non, je ne crois pas.

Et lequel des deux a réglé la note ?

Désolée, inspecteur. Je ne sais pas. En fait, quand je suis repassée en sortant de la cuisine, l'argent était posé sur la table et ils étaient déjà partis. Mais c'est l'autre homme qui a réclamé la note, alors je suppose que c'est lui qui a dû payer.

Harry Sweeney hoche encore la tête, sourit encore et lui dit : Vous avez probablement raison. Maintenant, je vous demande de bien réfléchir, de réfléchir sérieusement, et de voir si vous pouvez vous rappeler qui d'autre se trouvait dans la salle ce matin-là ? Peut-être juste un peu avant leur arrivée au café ? Quelqu'un qui aurait pu utiliser le téléphone, celui qui se trouve juste à côté de la cuisine ?

Oui, répond Kazuko Kawada, la jeune serveuse de vingt ans du café Hong Kong, hochant la tête, tout en regardant Harry Sweeney droit dans les yeux, elle lui dit : Il y avait bien quelqu'un, c'est vrai. Qui se servait du téléphone. Comment vous le saviez ?

Harry Sweeney prend l'escalier et grimpant les marches deux par deux, remonte dans la rue. Il se dirige vers le sud en descendant la rue Ginza, au milieu de la foule habituelle à l'heure du déjeuner, traverse le pont Nihonbashi pour arriver au carrefour de l'avenue W. Il s'arrête au coin de la rue en face du grand magasin Shirokiya et enlève son veston. Il jette un coup d'œil par-dessus son épaule, puis tourne à droite, et remontant l'avenue W vers l'ouest, passe devant l'hôtel Yashima avant d'arriver à Gofukubashi. Il regarde à nouveau derrière lui par-dessus son épaule, puis traverse l'avenue W et se dirige vers le sud le long de la 5e Rue, passant devant l'entrée de la gare de Tokyo sur Yaesu avant d'arriver à Kajibashi. Il remet son veston en attendant de pouvoir traverser, prend ses cigarettes, en allume une et repart, remontant l'avenue Y, passant sous les voies de chemin de fer avant de parvenir à la 4e Rue. Il tourne à droite, traverse et remonte la rue jusqu'à la grande marquise de l'hôtel Yaesu. Il jette son mégot de cigarette dans le cendrier qui se trouve près de la porte de l'hôtel, puis se retourne pour regarder en bas de la 4e Rue. Il voit un homme qui attend au coin de la rue, à l'ombre de la banque Chiyoda. Il regarde ostensiblement l'inconnu au bout de la rue. L'homme tourne les talons et disparaît au coin de la rue, empruntant l'avenue Y. Harry Sweeney prend une autre cigarette et l'allume. Il reste sous la marquise pour la fumer tout en observant le coin de la rue où se trouve la banque Chiyoda. Harry Sweeney finit sa cigarette, la jette dans le cendrier, puis entre dans l'hôtel Yaesu. Il traverse le hall de l'hôtel pour prendre l'ascenseur, fait un signe de tête au liftier, entre dans la cabine et dit : Quatrième étage, s'il vous plaît.

Bien, dit le liftier.

Il faut dire « Bien, monsieur », lui fait remarquer Harry Sweeney.

Très bien, répond le garçon d'ascenseur sans se retourner, et il actionne la fermeture des portes, laissant passer un blanc avant de dire Monsieur.

Vous venez de prendre ce poste, hein ? dit Harry Sweeney s'adressant au liftier qui lui tourne le dos tandis que l'ascenseur monte.

Oui, dit le garçon d'ascenseur, avec un hochement de tête et un nouveau blanc avant de dire Monsieur.

Qu'il soit en uniforme ou en civil, poursuit Harry Sweeney, vous devez vous adresser à un homme en l'appelant « Monsieur » et à une dame en disant « Madame », c'est compris ?

Oui, monsieur, répond le liftier, acquiesçant d'un hochement de tête quand l'ascenseur s'arrête, quand il ouvre les portes : Quatrième étage, monsieur.

Merci, dit Harry Sweeney en sortant.

Ça porte malheur, vous savez, monsieur, déclare le garçon.

Harry Sweeney se retourne : Qu'est-ce qui porte malheur ?

Le chiffre quatre, dit le garçon avec un sourire. Au Japon, monsieur.

Harry Sweeney revient sur ses pas, bloque la fermeture des portes de l'ascenseur et, jetant un regard noir au liftier, lui dit : Vous parlez bien l'anglais, petit. Probablement pour avoir fréquenté une bonne école. Mais vous êtes insolent et vous faites preuve de mauvais esprit. Ce n'est pas ma faute si votre pays s'est fait botter le cul, ce n'est pas ma faute si vous devez faire un tel métier. Ce n'est pas ma faute, ni la vôtre d'ailleurs. Je le sais bien, petit. Alors, un peu moins d'insolence et de mauvais esprit et contentez-vous d'être aimable. D'accord ?

D'accord, dit le liftier. Monsieur.

Harry Sweeney dévisage le garçon d'ascenseur – son air de privilégié, son regard plein de ressentiment – puis, secouant la tête, il lui tourne le dos et emprunte le couloir qui mène à sa chambre.

Harry Sweeney prend sa clé, la glisse dans la serrure, la fait tourner et ouvre sa porte. Il claque la porte derrière lui. Traverse la chambre, ouvre les rideaux, et s'assied sur le lit. Il se déchausse, puis se relève. Il retire son veston, sa chemise et son pantalon. Il va au lavabo et ouvre les robinets. Il se lave et se rase. Il remet des pansements sur ses poignets et change de caleçon et de chaussettes. Il prend une chemise propre, une cravate noire et se rhabille. Il reprend son veston et son pantalon sur le lit et les enfile. Il revient au lavabo et prend sa montre, au verre fêlé, aux aiguilles bloquées. Il met sa montre par-dessus le pansement de son poignet gauche. Il tire sur ses poignets de chemise, ajuste les revers de son veston, puis resserre sa cravate. Il prend son chapeau et ses clés, ouvre la porte et sort de sa chambre. Il ferme la porte et se dirige le long du couloir vers l'ascenseur. Il passe devant l'ascenseur et emprunte l'escalier, descendant les quatre étages pour gagner le hall d'entrée de l'hôtel. Il traverse le hall, se dirige vers –

Monsieur Sweeney, inspecteur, l'interpelle Satō-san, le réceptionniste. Excusez-moi, mais vous avez du courrier, inspecteur.

Harry Sweeney se retourne, lui sourit et dit : Merci, Satō-san, je le prendrai plus tard. Faut que je file…

Et Harry Sweeney sort de l'hôtel Yaesu, et passant sous la grande marquise de l'hôtel, se dirige vers un taxi garé au coin de la rue. Il s'arrête un instant et jette un coup d'œil au bout de la rue où se trouve la banque Chiyoda. Il voit un homme qui attend au coin de la rue, à l'ombre de la banque. Il observe longuement l'homme au bout de la rue, l'homme qui attend patiemment, sans bouger, qui l'observe de son côté. Harry Sweeney ouvre la portière du taxi, s'assied à l'arrière, ferme la portière et dit : Au temple Seishoji, à Shiba, s'il vous plaît.

Ils sont venus, vêtus de noir et de blanc, par centaines, par milliers, formant une longue file, une queue immense qui s'étire tout le long de la rue jusqu'à l'orée du parc. Vêtus de noir et de blanc, par centaines, par milliers, une longue file, une queue immense qui avance, lentement, lentement, pas à pas, des heures durant, sous le soleil, le soleil de l'après-midi, vers la porte, vers le temple. Vêtus de noir et de blanc, par centaines, par milliers, une longue file, une queue immense qui avance, lentement, lentement, pas à pas, pendant des heures, sous le soleil, le soleil de l'après-midi, pour aller s'incliner devant le défunt en signe de deuil, pour honorer Sadanori Shimoyama ; pour rendre hommage à la personnalité publique, un homme qu'ils ne connaissaient pas, qu'ils ne connaissent que par ce qu'en dit la presse, peut-être même uniquement par les articles parus au moment de sa mort ; ou pour pleurer l'homme qu'ils connaissent, leur camarade de classe ou d'université, leur collègue ou leur patron, l'ingénieur ou l'administrateur, leur ami ou leur parent, leur cousin ou leur oncle, leur frère ou leur fils, leur mari ou leur père, tous sont venus en l'honneur de Sadanori Shimoyama.

Avançant lentement, lentement, pas à pas au milieu des tenues noires et blanches des centaines, des milliers de gens qui font la queue, louvoyant, évitant de pousser, sans bousculer, calmement, discrètement, Harry Sweeney se faufile dans le cortège funèbre, monte quelques marches et franchit le premier porche, fait de pierre et de bois ; lentement, lentement, calmement, discrètement, Harry Sweeney foule le gravier et gravit encore quelques marches avant d'arriver à une seconde porte qui donne sur le cœur du temple, où sont alignées, le long de l'allée centrale, des gerbes de fleurs et des couronnes posées sur des socles, dans l'odeur de l'encens, le murmure des sutras qui flottent dans l'air, les odeurs et les chants qui emplissent le temple tout entier, qui flottent jusqu'au-dessus de l'assistance éplorée, des milliers de personnes assemblées dans l'enceinte du temple où a lieu la cérémonie –

Dans la salle de cérémonie, plongée dans la pénombre, l'air envahi de nuages d'encens, résonnant du chant grave des sutras, Harry Sweeney reste au fond, contemplant les rangées de têtes baissées, observant les membres de la famille du défunt, en deuil, en costume noir et en kimono, leurs uniformes fraîchement repassés, tous assis sur les rangées de sièges situées de part et d'autre d'un autel drapé de blanc qui croule sous les fleurs, des couronnes géantes sur leurs trépieds entourent l'autel, surplombent l'autel, les membres de la famille du défunt, la famille en deuil. Harry Sweeney compte les couronnes et les gerbes de fleurs : les cent soixante couronnes et gerbes de fleurs, envoyées par l'empereur et le Premier ministre, par les membres du Cabinet et de la Diète, par le ministre des Transports et le quartier général, par les cadres et les employés de la Société des chemins de fer, par la direction et les membres des syndicats ; mais du fond de la salle, plongée dans la pénombre, Harry Sweeney n'a d'yeux que pour la famille du défunt, cette famille en deuil, Mme Shimoyama dans son kimono noir, ses quatre fils, dont trois portent l'uniforme de leur école, fraîchement repassé ; cette famille éplorée, amputée d'un de ses membres au milieu des fleurs, de l'encens et des chants, près de l'autel, devant l'autel drapé de blanc, couvert d'une masse de fleurs, où trône entourée de bougies une photographie, un simple portrait dans un cadre noir, bordé de noir, le portrait officiel d'un homme, d'un mari et d'un père, en complet, le portrait de Sadanori Shimoyama, cet homme au regard triste, si triste, qui fait face à sa famille en deuil, et qu'Harry Sweeney regarde, par-dessus les têtes courbées, dans la pénombre, du fond de la salle.

Harry Sweeney cligne des yeux, se frotte et s'essuie les yeux, s'incline devant l'autel, devant le portrait du défunt, puis sortant de l'ombre, quittant la salle, se dirige calmement, discrètement vers la sortie, traversant l'enceinte du temple, empruntant les marches et l'allée qui mènent aux portes, se faufilant dans la foule des centaines, des milliers de gens, de tous ces gens qui forment une longue file, une queue immense, pour regagner la rue, où il sort son paquet de cigarettes et –

Alors, ça, c'est vraiment le comble, dit le lieutenant-colonel Donald E. Channon dans le dos de Harry Sweeney. Non seulement la moitié de la police japonaise a été envoyée ici pour contrôler l'assistance, et qui plus est, notre propre inspecteur se trouve aussi sur place.

Harry Sweeney range son paquet de cigarettes, recule d'un pas et demande : Quelque chose ne va pas, colonel ?

Et comment, putain de bordel, dit le colonel Channon, rouge de rage, l'haleine chargée d'alcool. Vous croyez vraiment que c'est à son enterrement que vous allez choper son putain d'assassin, Sweeney ?

Harry Sweeney sourit : Je crois qu'on devrait trouver votre voiture et peut-être vous raccompagner chez vous, colonel…

Vous feriez mieux de trouver ces putains d'assassins, voilà ce ce que vous devriez faire, Sweeney, dit le colonel Channon, plantant deux doigts dans la poitrine d'Harry Sweeney, faisant voleter sa cravate. Au lieu de traîner à son enterrement comme un pauvre couillon.

Harry Sweeney s'écarte, regarde le colonel Channon bien en face et dit : Je devrais peut-être aller voir en personne ce qui se passe dans ce putain de nid de vipères dont vous m'avez parlé, colonel.

Oh, oh, on se calme, Sweeney, dit le lieutenant-colonel Donald E. Channon, secouant la tête, le menaçant du doigt. Un dessous-de-table par-ci, un graissage de patte par-là, c'est tout ce que je voulais dire. Je n'ai jamais parlé de tuer qui que ce soit.

Les loups ne se mangent pas entre eux, la loi du milieu, je crois qu'on appelle ça comme ça. C'est bien ça, colonel ?

Le lieutenant-colonel Donald E. Channon tente de regarder Harry Sweeney dans les yeux, de le menacer du doigt : De vous à moi, allez vous faire foutre, Sweeney, voilà ce que je voulais vous dire.

De vous à moi, je crois que vous devriez rentrer chez vous, colonel, dit Harry Sweeney et lui tournant le dos, il commence à s'éloigner –

Ne me tournez pas le dos, Sweeney, dit le colonel Channon agrippant Harry Sweeney, le tirant par la manche de son veston, le faisant pivoter pour lui faire face : Ne vous en allez pas quand je vous parle. Pas tant que je n'ai pas fini de vous parler, inspecteur !

Harry Sweeney pose la main sur celle du colonel Channon, calmement, mais fermement libère son bras de l'emprise du colonel Channon, fermement détache lentement les doigts du colonel Channon qui serrent la manche de son veston, puis recule lentement, très lentement, avant de dire : Allez-y, je vous en prie, colonel. Vous avez encore quelque chose à dire, colonel ?

Et comment, évidemment que j'ai encore quelque chose à dire, reprend le colonel Channon, hochant la tête, agitant le bras en direction du temple, de la porte du temple où se déroule la cérémonie : Je dis que vous devriez retourner là-dedans, arrêter ce putain de salopard communiste, voilà ce que j'ai à dire.

Et qui est ce putain de salopard communiste, colonel ?

C'est ce fumier d'Honda.

Honda, colonel ? Je suis désolé, mais…

Bon Dieu, Sweeney, dit le colonel Channon éclatant de rire. Pendant que vous étiez au fond du temple, lui, il se pavanait sur le devant de la scène. Ichizō Honda, le vice-président de leur putain de syndicat, qu'est-ce que vous croyez !

Vous voulez dire qu'il assiste aux obsèques, colonel ?

Y manque pas d'air, ce fumier, dit le colonel qui hoche la tête de plus belle, se dandinant d'un pied sur l'autre. Vous vous rendez compte ? Une putain de tête de mort au bout d'une perche, voilà de quoi il a l'air, avec ses cheveux gras plaqués en arrière, présentant ses condoléances, disant combien il est désolé, qu'il l'aimait beaucoup, qu'il avait beaucoup d'admiration pour le vieux Shimoyama. Maintenant qu'il est bel et bien mort, en pièces détachées sur les voies, comme si ce salopard ne savait pas qui l'avait tué, ce sale hypocrite, présentant ses condoléances, avec les mains encore tachées de sang, ce fils de pute, ce putain d'assassin communiste. C'est lui que vous devriez sortir à coups de pied dans le cul, son petit cul de sale jaune, Sweeney, voilà ce que vous devriez faire, cuisiner ce salopard. Le passer à tabac jusqu'à ce qu'il vous raconte ce que vous voulez savoir, qu'il vous dise quel est le salopard qui a fait ça, je suis sûr qu'il finirait par parler, Sweeney.

Harry Sweeney sort son calepin, prend son stylo et note le nom d'Ichizō Honda. Harry Sweeney ferme son calepin, laissant le stylo à l'intérieur, les range dans la poche de son veston. Puis, aplatissant la poche gauche de son veston, il déclare : Merci, colonel. Merci pour le tuyau, colonel.

Vous pouvez en mettre votre main au feu, Sweeney, répond le colonel Channon. La voilà, la clé de votre putain d'affaire, comme sur un plateau, je vous le dis.

Harry Sweeney hoche la tête, puis sourit au colonel Channon avant de conclure : Merci, colonel, je suis sûr que vous avez raison, Colonel. Il ne me restera plus qu'à régler les derniers détails…

Parce qu'il n'a pas dormi, parce qu'il n'y arrive pas, tout l'irrite, le démange, lui perce les oreilles, s'insinue en lui par tous les pores de la peau, lui perce le crâne, jusqu'à la moelle des os, les oiseaux dans le ciel, les moustiques dans l'air, les enfants dehors, les gens dans la rue, le bruit de pas sur les trottoirs et les crissements de pneus sur la chaussée des voitures qui roulent, tournent, ralentissent et freinent avant de se garer, une voix sortant d'un véhicule, le hélant de la vitre baissée. Hé, hé, une minute, inspecteur, arrêtez-vous !

Harry Sweeney s'arrête, interrompant sa longue marche sur le chemin de retour au bureau, se tourne vers la voiture qui se gare dans le virage, et aperçoit l'inspecteur Hattori, qui se penche à la vitre du siège avant côté passager, et Harry Sweeney demande : Qu'est-ce qu'il y a ?

Vous êtes difficile à trouver, inspecteur, répond l'inspecteur Hattori.

Harry Sweeney dévisage l'inspecteur Hattori, lui sourit et déclare : Pas tant que ça, apparemment, inspecteur.

Pas tant que ça apparemment, répète l'inspecteur Hattori en riant. Elle est bonne, celle-là, je trouve, inspecteur.

Que se passe-t-il, inspecteur ? Que puis-je faire pour vous ?

Vous pourriez faire un petit bout de chemin avec nous, répond Hattori. Si ça ne vous dérange pas, inspecteur ?

Où ça et pourquoi ?

Pas très loin, précise Hattori. En fait, juste au QG de la police. On a un témoin là-bas, que vous devriez voir, d'après l'inspecteur chef Kanehara. Enfin, si vous voulez bien, inspecteur, si vous avez le temps ?

Harry Sweeney acquiesce : Bien sûr.

Alors, montez, inspecteur, dit Hattori avec un large sourire. On y va.

Harry Sweeney ouvre la portière arrière du véhicule banalisé de la police et grimpe dans la voiture. Il ferme la portière et la voiture démarre, prend de la vitesse, personne ne pipe mot. Ils remontent vers le nord par l'avenue Mita, puis vers l'ouest par la 10e Rue, prenant à nouveau la direction du nord par l'avenue B, longeant les bâtiments du ministère de l'Éducation et celui des Finances, le ministère de la Construction et le ministère de la Justice, virant à gauche à la station de Sakuradamon avant de se garer devant le QG de la police –

Suivez-moi, inspecteur, dit Hattori en sortant de la voiture. Il allume une cigarette et guide Harry Sweeney dans le bâtiment, passant devant la zone d'accueil et prenant l'escalier, puis empruntant un grand couloir avec de nombreuses portes, toutes fermées, jusqu'à la dernière porte située tout au bout –

Par ici, inspecteur, dit Hattori avant de jeter sa cigarette dans un cendrier rempli de sable. Il frappe à la porte avant d'entrer, précédant Harry Sweeney dans le bureau, une petite pièce, spartiate, éclairée par une fenêtre étroite tout en longueur située en haut d'un des murs, avec quatre chaises et une table ; sur la table, un épais dossier sépare deux personnes assises à la table ; un homme et une femme, l'homme porte un uniforme, la femme un *monpe*[1]. L'homme en uniforme se lève, la femme en pantalon reste assise dévisageant Harry Sweeney et l'inspecteur Hattori.

Je vous présente Mme Take Yamazaki, dit Hattori, en tirant une chaise de sous la table : Asseyez-vous, inspecteur, écoutez ce qu'elle a à dire.

Harry Sweeney s'assied, salue la femme qui se trouve en face de lui, de l'autre côté de la table, regarde la femme assise en face de lui, ses vêtements élimés et son visage tanné par le soleil.

Il n'y a pas lieu de vous inquiéter, Take-san, déclare Hattori qui s'est assis à côté d'Harry Sweeney, adressant un large sourire à Take Yamazaki. Cet étranger est un inspecteur, il travaille au Haut Commandement général. Il est juste venu pour entendre ce que vous nous avez raconté, c'est tout.

Je vois, répond la femme avec un hochement de tête. Je comprends.

Très bien, dit Hattori, qui se penche en avant sur sa chaise et pose la main sur le dossier sur la table. Toujours le sourire aux lèvres, il ajoute : Donc, dites-lui simplement ce que vous nous avez raconté.

Bon, j'ai vu le président Shimoyama et…

1. Pantalon de paysanne.

Désolé, dit Hattori, interrompant la femme, lui souriant encore. Vous pouvez reprendre au début, s'il vous plaît, Take-san.

Bon, d'accord, reprend la femme. Ce soir-là, le 5, un peu après six heures je crois, ou peut-être plutôt vers six heures et demie, je marchais le long des voies de la ligne de Jōban. J'étais allée voir ma petite sœur et son mari. Elle habite en haut sur la route d'Ayase et moi à Gotanno Minami-chō, et le plus court chemin pour rentrer chez moi, c'est de suivre les voies de chemins de fer. C'est un peu dangereux, je sais, je ne devrais pas faire ça, mais c'est un raccourci. Beaucoup de gens le prennent, vous savez. Alors, je marchais le long des voies, celles qui vont vers l'ouest, qui vont à Ayase, dans l'autre sens, parce qu'il y a un peu moins de risque, vous voyez. Parce que, de l'autre côté, la voie va vers l'est, en direction de Senju, et les trains qui arrivent par-derrière dans votre dos, on les voit pas. Alors je marchais le long des voies en direction de l'endroit où il y a un pont, je regardais devant moi parce qu'il faut garder l'œil ouvert quand même, au cas où un train passerait, hein. Bon, alors, je regardais devant moi et je vois ce bonhomme, un monsieur, sur le remblai de la ligne de Tōbu, pour ainsi dire près de l'endroit où il y a le pont. Et il est sur le remblai, tout près des rails, tout près de l'endroit où il y a ce poteau métallique. Et je me dis que c'est dangereux, de rester planté là, c'est bizarre, quand même. Qu'est-ce qu'il peut bien faire là ? C'est un peu tard pour travailler dans les champs, surtout habillé comme ça, je veux dire, avec un costume gris, comme un homme d'affaires. Mais je suppose que j'ai dû le regarder trop longtemps, à me demander ce qu'il pouvait bien fabriquer, parce que, alors, il m'a vue en train de l'observer, et quand il m'a vue le regarder comme ça, nos regards se sont croisés. Alors aussi vite que je vous le dis, il détourne le regard et il descend du remblai, s'éloigne des rails et file dans le champ voisin. Ça a dû le rendre nerveux, que je le regarde comme ça, que je l'observe. Mais, quand moi aussi j'ai quitté le bord des voies, je l'ai revu, ma foi, il était accroupi par terre dans le champ, et il arrachait des plantes sauvages.

Ces herbes-là, dit l'inspecteur Hattori, tirant une enveloppe de sa veste, ouvrant l'enveloppe sur le dossier posé sur la table, la secouant délicatement pour en faire sortir le contenu et le déposer doucement sur la couverture du dossier, faisant tomber, une par une, cinq graines desséchées, de couleur vert pâle, de forme ovale. On les appelle *juzudama.*

Harry Sweeney se penche en avant sur son siège, regarde le dessus du dossier, examine les cinq graines desséchées, de couleur vert pâle, de forme ovale, et déclare : des larmes du Christ.

Une preuve dans toutes les langues, dit l'inspecteur Hattori. J'appelle ça comme ça, inspecteur. Une preuve…

Quittant des yeux les cinq graines desséchées, de couleur vert pâle, de forme ovale, Harry Sweeney se tourne vers Hattori et lui demande : Où l'avez-vous trouvée, cette preuve, inspecteur ?

Dans la poche droite du pantalon que portait le président Shimoyama le soir où le train lui est passé sur le corps, dit Hattori. C'est là qu'on l'a trouvée, inspecteur.

On frappe à la porte, la porte s'ouvre, et Harry Sweeney, levant les yeux, se retourne et aperçoit par-dessus son épaule l'inspecteur chef Kanehara dans l'encadrement de la porte. Harry Sweeney fait mine de se lever, mais l'inspecteur chef Kanehara l'arrête dans son élan, avec ces mots : Je vous en prie, Harry, restez assis.

Vous arrivez au bon moment, chef, dit l'inspecteur Hattori, montrant les cinq graines. J'étais juste en train de montrer à l'inspecteur Sweeney la preuve que nous avons trouvée, de lui faire part de notre découverte, comme vous l'avez demandé, chef.

L'inspecteur chef Kanehara hoche la tête, jette un œil aux graines posées sur le dossier, puis, se tournant vers Harry Sweeney, lui demande : Alors qu'est-ce que vous en pensez, Harry ? Entre inspecteurs ?

Pardon, chef, l'interrompt Hattori. Mais on n'en avait pas tout à fait terminé. Je ne lui ai pas encore dit ce que Sudō-kun et moi avons découvert.

L'inspecteur chef Kanehara hoche de nouveau la tête : Je vois. Alors, poursuivez, inspecteur Hattori. C'est important, Harry.

Oui, déclare Hattori, ramassant les cinq graines pour les glisser dans l'enveloppe qu'il remet dans sa poche. Puis il ouvre le dossier posé sur la table et en sort une photo avant de dire : Voilà, quand l'inspecteur Sudō et moi avons réinterrogé Mme Yamazaki ici présente – c'était à son domicile, en fait –, nous lui avons demandé de nous montrer l'endroit, l'endroit précis où elle a vu le président Shimoyama arracher ces plantes et voilà ce qu'on a découvert sur place, ce qu'on a vu de nos propres yeux –

Harry Sweeney se penche sur la photo, la photo que l'inspecteur Hattori tapotait du doigt, examine attentivement la photo où l'on peut voir au cœur d'une parcelle d'orge sauvage, une touffe de larmes du Christ, dont les tiges, les tiges décapitées n'ont plus leur inflorescence.

Une belle preuve, répète l'inspecteur Hattori. Et je suis persuadé que vous serez de mon avis, inspecteur. C'est bien ce qu'on appelle une preuve.

Harry Sweeney se recale sur son siège, regarde la femme en face de lui de l'autre côté de la table, qui, la tête basse, garde les yeux rivés sur ses mains, puis Harry Sweeney se tourne vers l'inspecteur chef Kanehara : Pourrais-je poser quelques questions à cette dame, inspecteur ?

L'inspecteur chef Kanehara acquiesce avec un sourire et dit : Bien entendu, Harry, faites donc. Vous êtes là pour ça.

Je vous remercie, inspecteur, dit Harry Sweeney qui sort son calepin et un stylo, se tourne vers la femme et lui dit : Comme l'inspecteur Hattori vous l'a déjà dit, il n'y a pas lieu de vous inquiéter, Mme Yamazaki. Juste une ou deux questions, c'est d'accord ?

Oui, répond la femme avec un hochement de tête.

Harry Sweeney s'incline légèrement, sourit et lui dit : Donc, cet homme que vous avez vu, vous avez dit qu'il portait un costume.

Oui, répète la femme. C'était un costume gris.

Et en ce qui concerne son chapeau ? Il était de quelle couleur ?

Euh, hésite la femme, qui lance un regard à l'inspecteur Hattori, puis à l'inspecteur chef Kanehara, et dit tout en secouant tête : Euh, j'ai pas vu de chapeau. Je crois pas qu'il portait un chapeau.

Harry Sweeney hoche la tête et, souriant toujours, déclare : C'est très bien. Comme je l'ai dit, inutile de vous inquiéter.

J'ai compris, confirme la femme avec un hochement de tête.

Bien, et sa chemise, elle était comment ?

Je ne me rappelle pas, dit-elle, secouant à nouveau la tête.

Bien, tout va bien. Et le reste de ses vêtements, vous vous rappelez ce qu'il portait ?

Oui, répond la femme, qui lance de nouveau un regard à l'inspecteur Hattori, puis à l'inspecteur chef Kanehara, et dit tout en opinant du chef : Ses chaussures. Il portait des chaussures marron, couleur chocolat. Ça me revient, parce qu'elles avaient l'air de coûter cher, en fait ; pas le genre de chaussures qu'on porte à la campagne, vous voyez ?

Cela fait sourire Harry Sweeney qui poursuit : Et en ce qui concerne sa corpulence, son âge, son visage ? Vous avez eu le temps de l'observer, n'est-ce pas ?

Oui, lui redit la femme. Pour ça, oui.

Alors on continue, pouvez-vous me le décrire, s'il vous plaît ?

Eh bien, il faisait plus vieux que moi, dans les quarante-six ou quarante-sept ans, je pense. Et il était assez grand, plus grand que la moyenne, mais je pourrais pas vous dire exactement sa taille, je suis désolée.

Tout va bien. Continuez…

Il était pâle, presque blanc, enfin, il avait le teint pâle. Pas comme s'il travaillait en plein air, vous voyez. Le visage un peu rond, joufflu, mais avec un grand nez, vous voyez, proéminent.

Vous pensez qu'il aurait pu être étranger ? Comme moi.

Non, non. Ça la fait rire. C'est pas ce que je voulais dire. C'était un Japonais, y a pas de doute là-dessus, il était japonais. J'en suis sûre.

Et ses yeux, ils étaient comment ? Vous avez dit que vous vous êtes regardés bien en face.

Noirs, c'est sûr. Un peu tristes.

Portait-il des lunettes ?

C'est à cause de ça, dit la femme qui lance de nouveau un regard à l'inspecteur Hattori, puis à l'inspecteur chef Kanehara. C'est pour cette raison que j'ai failli ne rien dire. Parce que je ne me rappelle pas s'il portait des lunettes et quand j'ai vu sa photo dans les journaux, dans tous les journaux, il avait toujours des lunettes, c'est vrai ? Mais, mon mari, il m'a dit que je devrais quand même en parler, aller au poste de police et dire ce que j'avais vu. Alors, je suis venue et je l'ai dit.

Et c'est une bonne chose pour nous que vous l'ayez fait, Take-san, dit Hattori. Une très bonne chose, n'est-ce pas, inspecteur Sweeney ?

Harry Sweeney acquiesce, sans quitter Mme Yamazaki des yeux, sans cesser de sourire, il lui dit : Bien entendu, c'est évident, madame Yamazaki. Encore une petite question ?

Oui, fait-elle. Allez-y.

Après avoir aperçu cet homme en train d'arracher des plantes, vous avez poursuivi votre chemin, mais est-ce que vous vous êtes retournée, avez-vous vu ce qu'il faisait ?

Oui, dit la femme. J'ai jeté un œil par-dessus mon épaule, effectivement.

Et qu'est-ce qu'il faisait alors ?

En fait, il s'en allait, qu'est-ce que vous croyez ? En direction de l'est, avec l'air un peu absent, je dirais.

Vous n'avez pas vu où il allait ?

Non, dit-elle. Je l'ai perdu de vue. Je l'ai plus revu. Jusqu'au jour où j'ai vu sa photo dans le journal, en fait. La peur que ça m'a foutue, je peux vous le dire, inspecteur. La peur de ma vie.

Harry Sweeney sent une main se poser sur son épaule, entend l'inspecteur chef Kanehara lui murmurer à l'oreille : Harry, il faut que j'aille voir le chef Kita. Mais il y a autre chose. Pouvons-nous sortir un instant ?

Harry Sweeney acquiesce. Puis regardant la femme de l'autre côté de la table, par-dessus la photo qui était posée sur le dossier ouvert, et toujours avec le sourire, il déclare : Merci, madame Yamazaki. Votre aide nous a été très précieuse.

À votre service, répond la femme.

Harry Sweeney se tourne vers Hattori, lui sourit également et ajoute : Je vous remercie, également, inspecteur.

De rien, répond l'inspecteur Hattori. Nous ne faisons que notre travail, inspecteur.

J'en suis bien conscient, dit Harry Sweeney, et il se lève, repousse sa chaise sous la table et quitte la pièce, fermant la porte derrière lui.

Alors, qu'est-ce que vous en pensez, Harry, lui redemande l'inspecteur chef Kanehara. De vous à moi, entre inspecteurs ?

Harry Sweeney hoche la tête et dit : Cette preuve, les plantes que vous avez trouvées, semble corroborer la déclaration de cette dame, inspecteur.

L'horaire aussi cadre avec les témoignages qu'on a recueillis au Ryokan Suehiro, poursuit l'inspecteur chef Kanehara. Et également, tous les autres témoignages qu'on a recueillis pendant l'enquête de voisinage, déclarant aussi l'avoir vu. Tout va dans le même sens. Tout concorde, Harry.

Sauf les résultats de l'autopsie, inspecteur.

Harry, Harry, dit l'inspecteur chef Kanehara. Vous le savez aussi bien que moi, ces types de la scientifique, ce ne sont pas des policiers, encore moins des inspecteurs. Ils connaissent bien leur partie, mais ne vont jamais sur le terrain, ils ne savent pas comment ça se passe, pas comme nous, Harry. Vous le savez bien, vous savez comment ils sont. En particulier, ces types de la faculté de médecine, qui ne jurent que par leurs livres et leurs titres.

Harry Sweeney hoche à nouveau la tête : Vous avez peut-être raison, inspecteur. Mais alors, que faites-vous des déclarations du procureur général ? Que je sache, aux dernières nouvelles, il était d'accord avec les types de la faculté de médecine et avec les conclusions du rapport d'autopsie, qu'il s'agissait bien d'un meurtre et non d'un suicide.

Laissez-moi faire, Harry, dit l'inspecteur chef Kanehara. Je vais aller voir le Patron maintenant, lui demander de faire intervenir le Dr Nakadate – vous vous souvenez de lui, Harry ?

Ouais, je vois qui c'est.

Un type bien, sérieux. Il a travaillé pour nous dans de nombreuses affaires et pas uniquement en bibliothèque ou au laboratoire, en fait. Sur le terrain, sur les scènes de crime, il était à notre écoute, il collaborait. Il va nous arranger tout ça, Harry, vous allez voir. Il va régler le problème.

Harry Sweeney secoue la tête, soupire avant d'ajouter : Vous voulez dire faire en sorte que ça passe pour un suicide, c'est ça ?

Je regrette, Harry, dit l'inspecteur chef Kanehara, acquiesçant. Ce n'est pas ce que vous vouliez entendre, c'est certain.

Harry Sweeney secoue de nouveau la tête : Tout ce que je veux, c'est savoir exactement ce qui s'est passé, inspecteur. Voilà tout, inspecteur.

Je sais, Harry. Je sais. Ce que je voulais dire, ce n'est pas ce que le Haut Commandement général veut entendre. Ils aimeraient qu'on leur dise qu'on va arrêter des syndicalistes, des membres du parti communiste, c'est évident, Harry.

Harry Sweeney soupire de nouveau : J'ignore ce qu'en pense tout le Haut Commandement général, inspecteur, mais en ce qui concerne le général Willoughby en particulier, c'est bien le cas, inspecteur.

Écoutez, Harry, dit l'inspecteur chef Kanehara. Vous me connaissez, vous connaissez la police japonaise. Aucun des nôtres ne porte les cocos dans son cœur, vous le savez, Harry.

Harry Sweeney acquiesce : Je le sais, inspecteur.

Mais s'il n'y a pas de preuve, Harry, on ne peut pas en inventer. Pourtant, j'aimerais bien qu'on en ait, vraiment. Vous pouvez me croire, Harry. Rien ne me ferait plus plaisir que de coffrer un bon paquet d'excités syndicalistes, et de tout foutre sur le dos de ces maudits cocos…

Harry Sweeney acquiesce de nouveau : Je le sais, inspecteur.

Surtout en ce moment, Harry…

L'inspecteur chef Kanehara se penche alors vers Harry Sweeney pour lui confier à voix basse : Comme je vous l'ai dit quand on était dans la salle d'interrogatoire, Harry, il y a autre chose, et ce n'est certainement pas ce que vous avez envie d'entendre, surtout le jour des funérailles de notre homme, Harry…

Harry Sweeney laisse l'inspecteur chef se pencher encore plus près de lui, le laisse murmurer à son oreille, puis, s'écartant, dévisage l'inspecteur chef Kanehara et, secouant la tête, finit par dire –

Merde, dit le chef Evans qui, de la fenêtre de son bureau, contemple, le regard fixe, le ciel, sombre et lourd, et secouant la tête, il répète par trois fois : Merde, merde, merde, Harry. Bon Dieu de merde, Harry ! Quelle merde !

Ouais, chef, répond Harry, fermant son calepin avant de le remettre dans la poche intérieure de son veston. C'est exactement ce que je me suis dit, chef.

Aucune possibilité que ce ne soit qu'une simple rumeur alors ?

Pas le moins du monde, en tout cas, si on en croit ce que l'inspecteur chef Kanehara a indiqué, non, chef, déclare Harry Sweeney. Comme je vous l'ai dit, il a exposé très clairement la situation, chef. Les problèmes d'argent, les somnifères, la pression au travail et comme si cela ne suffisait pas…

Une histoire de femme, soupire le chef Evans.

Cherchez la femme, comme disent les Français.

Et ça te fait rire, en plus, Harry, dit le chef Evans, tournant le dos à la fenêtre pour aller à la rencontre d'Harry Sweeney. Tu vois quelque chose de comique là-dedans ? Quelque chose qui m'aurait échappé ?

Non, chef, pas le moins du monde, dit Harry Sweeney, levant les bras au ciel, mains grandes ouvertes. À mon avis, c'est ce que la presse ne va pas manquer de dire, chef.

Pas la peine de t'inquiéter de ce que diront ces maudits journalistes, rétorque le chef Evans, toisant Harry Sweeney, le regardant de haut. Tu ferais mieux de te soucier de ce que notre satané général va dire. C'est n'importe quoi. Tu crois qu'il va avaler des conneries pareilles ?

Harry Sweeney hausse les épaules, regarde le chef Evans et dit : À vrai dire, chef, avec tout le respect que je vous dois, je me fous complètement de ce que le général va dire, chef.

C'est ça, t'as raison, dit le chef Evans, secouant la tête, regardant froidement Harry Sweeney. Eh bien, tu ferais mieux de faire gaffe, bon

Dieu. Si tu te fais un ennemi de cet homme-là, tu le regretteras toute ta vie, je te le jure. Mais si tu te mets dans ses bons papiers, tu pourras passer le reste de ta vie à péter dans la soie.

Ça puera quand même, soie ou pas.

Bon sang, mais qu'est-ce qui cloche chez toi ? dit le chef Evans, qui lui tourne le dos et regagne son bureau. C'est pas le moment de plaisanter, Harry. Ce n'est pas ce qu'il y a de mieux à faire, en tout cas, pas aujourd'hui.

Je regrette, chef, dit Harry Sweeney, se frottant les yeux, se frottant les joues. Je ne cherche pas à jouer au plus fin, pas avec vous, en tout cas, chef. Mais que puis-je faire, qu'y pouvons-nous ? Les faits sont ce qu'ils sont, chef, on ne peut rien y faire.

Je sais, répond le chef Evans, qui se rassied à son bureau, se frottant les yeux lui aussi, se pinçant l'arête du nez. Je comprends, mais tu sais bien comment ça se passe, Harry, ici, – dans ce pays, avec l'Occupation – un jeu du serpent et de l'échelle[1] géant, voilà ce que c'est, tu en es conscient, Harry. Avec des putains de serpents et de sacrées échelles.

Harry Sweeney hoche la tête, sourit et dit : Tout ce que je sais, c'est que ça fait longtemps que je n'ai pas grimpé le moindre échelon, chef.

Tu as raison, dit le chef Evans, regardant Harry Sweeney en face de lui de l'autre côté de son bureau. Voilà ce à quoi je veux en venir : si tu la joues fine, que tu fais bien les choses, si tu arrives à régler l'affaire – peu importe comment, on s'en fout –, tu peux être sûr que ça te fera grimper des échelons, Harry, j'en suis sûr. Très haut, vachement plus haut que tu le crois, putain.

Et ça me mènera où, chef ?

Où tu voudras, Harry. Là où tu voudras.

Sur le côté ombragé de la rue, à l'ombre des arbres du parc, Harry Sweeney ouvre la portière et monte à l'arrière de la voiture.

Désolé d'avoir dû t'appeler au bureau comme ça, Harry-san, dit Akira Senju tandis que la voiture démarre, à toute vitesse.

Harry Sweeney secoue la tête : Ça tombait très bien.

C'est ce que j'ai pensé, dit Akira Senju, tapant sur la cuisse de Harry Sweeney, lui pressant la cuisse. Je me suis dit : c'est un truc qu'Harry devrait savoir, qu'il faut qu'il sache sans tarder.

1. Jeu de société proche du jeu de l'oie.

Harry Sweeney hoche la tête, le regard tourné vers la vitre tandis que la voiture tourne à droite dans l'avenue W pour prendre la direction de l'est.

Ça ne pouvait pas mieux tomber, poursuit Akira Senju, sans relâcher la pression sur la cuisse d'Harry Sweeney, accentuant la pression. C'est ce que je me suis dit, Harry, quand j'ai entendu dans quel sens l'enquête allait, ou pas.

Harry Sweeney hoche de nouveau la tête, regardant la ville défiler sous ses yeux, la voiture filant dans la nuit, dans la nuit en direction du pont, le pont Eitai, traversant le pont qui surplombe le fleuve, le fleuve Sumida, filant de l'autre côté du fleuve, dans l'obscurité.

Un heureux hasard, ajoute Akira Senju, se reculant sur la banquette sans cesser de lui taper sur la cuisse. À la minute même où j'ai appris qu'ils avaient trouvé la voiture, l'endroit où on l'a découverte, je me suis dit : c'est trop beau pour être vrai, je dois rêver, un tel coup de bol. J'ai dû me pincer, Harry, pour y croire, vraiment me pincer, et alors, je t'ai passé ce coup de fil.

Pointant le doigt par-dessus son épaule vers la lunette arrière de la voiture, montrant les deux gros camions qui les suivaient, dont on entendait les moteurs dans la circulation, Harry Sweeney fait : Ce n'est pas le seul appel que tu aies passé.

Simple précaution, Harry, rien de plus, dit Akira Senju, qui tout en lui tapotant la cuisse, regarde droit devant lui, les yeux rivés sur la nuque du chauffeur qui ralentit, le convoi ralentissant aussi. On est à moins de dix minutes du centre-ville, Harry, et c'est déjà un autre monde.

S'arrêtant de l'autre côté du fleuve, dans l'obscurité, ils se garent. Akira Senju tape sur la cuisse de Harry Sweeney, puis ouvre la portière, et Harry Sweeney sort à sa suite. De l'autre côté du fleuve, dans l'obscurité, Harry Sweeney et Akira Senju, debout dans la lumière des phares de la voiture et des deux camions, observent le paysage au-delà d'un pont qui enjambe un fossé ; le pont, l'unique pont, qui enjambe le fossé, les douves. Ils aperçoivent les panneaux sur le pont, déchiffrent les inscriptions sur les panneaux : ENTRÉE INTERDITE – RÉSERVÉE AUX RÉSIDENTS – MORT À TOUS LES ESPIONS. Leur regard se porte au-delà des panneaux d'avertissement, s'attarde au-delà des douves, et ils découvrent une île ; une île fortifiée, une forteresse d'un autre monde –

Un Pyongyang miniature, dans les quartiers d'Edagawa, de Fukagawa, dans la circonscription de Kōtō : ni dans la ville, ni sur le fleuve, une île à la dérive, un monde à part. Huit rangées de baraquements en planches d'un étage, battus par les intempéries. L'arrière des bâtiments abîmé par les eaux du fleuve tout proche, ses boues et ses relents ; taudis aux façades fermées au reste de la ville, son venin et sa violence –

Tu vois la première baraque qui fait l'angle, de l'autre côté du pont, murmure Akira Senju. C'est une taverne, c'est leur poste de guet. Ils ont des cloches, ils ont des gongs. Ils nous observent, ils attendent qu'on fasse le premier pas.

Alors, dans la lumière des phares de la voiture et des camions, Akira Senju lève la main droite au-dessus de sa tête, et Harry Sweeney entend des hommes qui descendent des camions, sautant de l'arrière des camions, voit Akira Senju baisser la main, s'écarter pour ménager un espace entre eux et laisser la place à deux hommes et un jeune garçon –

Dans la lumière des phares de la voiture et des camions, Harry Sweeney se tourne pour regarder le jeune garçon, et découvre un gamin Zainichi, un jeune Coréen né au Japon, le visage couvert de sang, tuméfié, vêtu de hardes en loques, les mains attachées par une corde, une corde autour du cou.

Prends ton insigne de la Sécurité publique, Harry, murmure Akira Senju. Montre-le ostensiblement et suis-moi…

Et Harry Sweeney sort son insigne de la Sécurité publique, le brandit et suit Akira Senju, longeant les panneaux et leurs avertissements : ENTRÉE INTERDITE – RÉSERVÉE AUX RÉSIDENTS – MORT À TOUS LES ESPIONS – pour s'engager sur le pont.

Avant d'arriver au bout du pont, avant de mettre le pied sur l'île, Akira Senju marque un arrêt, et Harry Sweeney fait de même. Akira Senju et Harry Sweeney observent l'auberge qui se trouve à l'angle du bâtiment, fouillant du regard le poste de guet, avec ses cloches et ses gongs, plongé dans le noir, dans le silence de la nuit, l'œil aux aguets, sans bouger, et Akira Senju se met à crier : Vous me connaissez, vous savez qui je suis et vous voyez le gamin qui est avec nous, vous savez qui c'est. Vous pouvez le récupérer, ce soir même, si vous faites ce que je vous demande, si vous nous laissez parler avec son frère.

Alors, sur le pont, devant l'île, pour Akira Senju et Harry Sweeney, commence une longue attente, à observer l'auberge, sans quitter des yeux le poste de guet, une longue, longue, très longue attente…

Jusqu'au moment où une porte s'ouvre sur un des côtés de la taverne, et deux hommes, quittant leur poste de guet, sortent, deux hommes à la carrure imposante, et armés, l'un d'une machette, l'autre d'un pistolet. L'homme à la machette fait signe à Akira Senju et Harry Sweeney d'avancer et tous deux passent le pont pour pénétrer sur l'île et s'approchent des deux hommes armés –

Mauvaise nouvelle pour vous, dit l'homme au pistolet. Il n'est pas là.

Akira Senju hausse les épaules : Pour nous, c'est pas une mauvaise nouvelle, mais pour son petit frère, c'est pas très bon.

Quel dommage, c'est vraiment dommage, dit l'homme au pistolet tandis que d'autres hommes sortent de la taverne, émergeant de l'ombre, d'autres costauds armés. Mais en fait, qu'importe la mort d'un pauvre petit voyou quand on t'aura liquidé, toi l'Empereur de Shimbashi.

Akira Senju toise l'homme à la machette et celui au pistolet, et se tournant vers Harry Sweeney avec un sourire, réplique : Ouais, et lui, qu'est-ce que vous allez en faire, champions ? Vous comptez liquider un Américain, un inspecteur de police américain, c'est ça ?

Lui, on s'en fout, dit l'homme au pistolet. Il peut rentrer en courant au Haut Commandement général. C'est une affaire qui ne concerne que nous, Senju.

Harry Sweeney s'avance, regarde l'homme au pistolet droit dans les yeux et dit : Si quoi que ce soit nous arrive, à lui comme à moi, le général Willoughby se chargera de réduire en cendres cet endroit de merde, et vous avec. Hommes, femmes, enfants, Willoughby ne fera pas de quartier.

Akira Senju éclate de rire. Apparemment, les rumeurs se confirment : je suis indestructible, l'homme qu'on ne peut pas descendre.

Vous croyez ça ? dit l'homme au pistolet, s'avançant sous le nez d'Harry Sweeney, le dévisageant à son tour. On verra bien.

Harry Sweenney ne recule pas, soutenant son regard. Eh bien, vous pouvez toujours vous poser la question. Ou bien c'est ce qui arrivera. Ou bien vous nous donnez le frère. Vous avez le choix.

T'es sourd comme un pot, ou complètement idiot, le Yankee ? dit l'homme à la machette. On te l'a déjà dit, le frère n'est pas là.

Harry ne détourne pas le regard, il continue de fixer l'homme au pistolet et lui dit : Et alors ?

Alors quoi ? demande l'homme à la machette.

Où est-il, alors ?

On ne sait pas.

Harry Sweeney recule, son regard passant de l'homme au pistolet à l'homme à la machette, puis de l'homme à la machette aux autres costauds armés, avant de déclarer : Quelqu'un doit le savoir.

Sur cette île, dans ce pays étranger, au cœur de la nuit, dans l'air chargé d'humidité, l'homme au pistolet et l'homme à la machette, et les autres costauds armés, toisent Harry Sweeney, les yeux remplis de haine, le cœur rempli de haine, puis l'homme au pistolet secoue la tête, et leur dit : Leur père est mort, il reste seulement leur mère.

Ça fera l'affaire, dit Akira Senju.

C'est une *mudang*, précise l'homme au pistolet. Une chamanesse.

Je m'en contrefous, je me fous de savoir si c'est la réincarnation de votre foutue reine Min, dit Akira Senju. On veut la voir !

L'homme à la machette et les autres hommes se mettent à rire quand l'homme au pistolet réplique : Ah vous vous en foutez, eh bien vous allez voir –

Et l'homme au pistolet se retourne et emmène Akira Senju et Harry Sweeney, dans les allées qui cheminent entre les baraquements, l'homme à la machette et les autres hommes sur leurs talons, dans les allées entre les baraquements, dans l'air lourd, chargé de pestilences, au milieu des bruits de prières provenant de certaines maisons, au milieu des chants provenant de certaines maisons ; chants chrétiens et hymnes communistes, louanges divines et drapeau rouge – jusqu'au bout d'une autre allée longeant un autre bâtiment où l'homme au pistolet frappe à une porte avant de l'ouvrir, fait entrer Akira Senju et Harry Sweeney et annonce : Ces hommes sont là pour voir tes fils, Tante…

Un bandeau noir dans ses cheveux roulés en chignon, une vieille femme est agenouillée sur une natte au centre de la petite pièce, entourée de statuettes et de coupes, d'une lampe et d'une soucoupe, de bougies et d'huile, d'eau et de nourriture, avec un couteau d'acier, au manche entouré de rubans, rubans rouges et rubans blancs.

Où est votre fils aîné, Tante ? demande Akira Senju. Où est Lee Jung-Hwan ?

La vieille femme n'accorde pas un regard à Akira Senju, ne lui répond pas. Se penchant en avant, elle verse de l'eau dans un bol, met du *kimpche*[1] dans un autre, avec du poisson séché et des algues, puis des piments, des piments rouges, ajoutant des cendres, y mêlant du sel, verse de l'huile et allume la mèche, dans un jaillissement de flammes vacillantes, une colonne de fumée s'élève…

1. Mélange utilisé par les chamans pour entrer en transe.

On a volé une voiture devant le magasin Mitsukochi le matin du 5 juillet, dit Harry Sweeney. On a retrouvé la voiture tôt ce matin, près d'ici.

La vieille femme n'accorde pas un regard à Harry Sweeney, comme s'il n'existait pas. Elle s'incline en marmonnant…

M. Senju a beaucoup d'amis, on lui raconte pas mal de choses, poursuit Harry Sweeney. Il a entendu dire que votre plus jeune fils avait volé cette voiture garée devant le magasin Mitsukoshi. Il a trouvé votre jeune fils, il lui a parlé.

Mais la vieille femme ne regarde toujours pas Harry Sweeney, comme s'il n'existait pas. Marmonnant, puis commençant à psalmodier, elle se lève et se met à se balancer et puis à danser, danser et psalmodier, psalmodier –

Les douze portes sont toutes fermées –
Ouvrez-les, ouvrez-les –
Douze portes –
À ouvrir

Votre jeune fils, insiste Harry Sweeney, il a dit à M. Senju qu'il avait volé la voiture à la demande de son grand frère, pour Lee Jung-Hwan et ses amis.

Sur l'île fortifiée, dans cet autre monde, dans la baraque, dans cette pièce, à la lumière des flammes vacillantes, dans la fumée qui s'élève, la femme continue de danser, sa longue robe tourbillonnant dans les airs, elle danse en psalmodiant :

Ô esprits supérieurs, écoutez nos prières maintenant –
Nous qui ne sommes que des bêtes –
Dont la vie ne tient qu'à un fil –
Suspendus dans les airs !

Ce n'est pas votre jeune fils qui nous intéresse, poursuit Harry Sweeney. Vous pouvez le récupérer ce soir, il peut rentrer ce soir chez vous. Mais il faut que nous parlions avec Jung-Hwan.

À la lumière des flammes vacillantes, dans la fumée qui monte, tremblant de tout son corps, les yeux brillants – le corps et le regard libérés de tout poids, désincarnés, flottant librement au-dessus du sol et détachés de toutes contingences, la pièce n'existe plus et le plafond non plus, l'île s'est envolée, le monde n'existe plus, elle tourne et tourbillonne, légère et libre, sous les lunes et les soleils, sous les étoiles filantes et les nuages qui font la course, lunes montantes, lunes décroissantes, levers de soleil et couchers de soleil, devant les dieux, devant les esprits, leurs portes ouvertes, toutes ouvertes – les yeux brillants, tremblant de tout son corps, en une ronde mouvante, elle se frotte les mains l'une contre l'autre, les mains jointes pour communier, jointes pour prier.

Oh, protégez-nous, nous t'implorons,
De tous les démons
Accordez-nous votre protection et votre aide
Votre aide et votre sauvegarde !

Dites-nous seulement où se trouve Lee Jung-Hwan, dit Harry Sweeney. Dites-le-nous et votre jeune fils aura la vie sauve.

Dans le cercle de flammes et de fumée, au milieu des statues et des coupes, la femme se laisse tomber sur le sol et saisit une des coupes. Elle en prend quelques gorgées, garde le liquide dans la bouche, lève les yeux vers Harry Sweeney, le regarde fixement, et lui crache à la figure, et lui hurle au visage, poussant un cri perçant –

Arrière, démon –
Arrière

Dites-nous seulement où il est, s'écrie Harry Sweeney, essuyant la salive avec un pan de sa chemise. Il se penche vers la femme et, la regardant dans les yeux, il lui hurle au visage : Dites-nous où il est.

Sur le sol, au milieu du cercle où elle évolue, la femme se penche pour prendre le couteau dont le manche est entouré de rubans rouges et de rubans blancs, le saisit et lève le bras, pointant la lame sur Harry Sweeney, et lui lance d'une voix sifflante : Il habite chez vous, il travaille pour vous…

Où ça ? dit Harry Sweeney, repoussant l'arme et saisissant la femme par les épaules, la femme qui dodeline de la tête et lève les yeux au ciel, la secouant. Et prenant son visage entre ses mains, il martèle : Dites-moi où, nom de Dieu ! Où ?

Grimaçant, la femme se met à ricaner, à ricaner au nez de Harry Sweeney, lui marmonnant, lui murmurant : Il vit chez vous, il travaille pour vous. Dans la grande maison, sur la grande enceinte…

Ça suffit, dit Akira Senju, écartant Harry Sweeney de la femme, le tirant vers la porte, le poussant dehors, l'entraînant dans l'allée. Ça suffit.

Je vous avais bien dit que vous n'en tireriez rien, dit l'homme au pistolet, sous les rires de l'homme à la machette et des autres hommes restés dans l'allée, entre les baraques. Ici, vous n'êtes pas à Shimbashi, Senju.

C'est ça, répond Akira Senju, dévisageant l'homme au pistolet, le regardant droit dans les yeux. Eh bien, on verra bien si vous rigolerez autant dans vingt-quatre heures, *chonko*. C'est le délai que je vous donne.

Pour quoi faire ? demande l'homme à la machette.

Pour me livrer Lee Jung-Hwan, répond Akira Senju, sans accorder un regard à l'homme à la machette, fixant toujours l'homme au pistolet. Si vous me donnez le grand frère, le petit pourra rentrer. Mais si vous ne le trouvez pas, alors le petit mourra. Et vous avec.

Ses vêtements lui collant encore à la peau, les mains encore tremblantes, Harry Sweeney avale son verre de Johnnie Walker, son troisième double whisky, et levant la tête, montrant d'un geste son verre vide à Joe le barman au bout du bar de l'hôtel Dai-ichi, il dit : Fais vite, je t'en prie, Joe, tu sais qu'un homme peut mourir de soif.

Allez, Harry, répond Joe le barman. Quel que soit le problème, quelle que soit la femme, ça ne va pas arranger vos affaires, vous le savez bien, Harry.

Hé, pour qui tu te prends, Joe ? T'es curé ou barman ?

Peut-être juste un ami, Harry.

Peut-être, dit Harry en tapant d'une main sur le bar et montrant de l'autre les bouteilles sur les étagères derrière le comptoir. Mais peut-être que je n'ai pas besoin d'un ami, Joe, peut-être que c'est juste d'un autre verre que j'ai encore besoin, s'il te plaît, Joe.

Ça va aller, Joe, dit Gloria Wilson qui vient s'asseoir sur le tabouret à côté d'Harry Sweeney et lui tapote le bras, adressant un sourire au serveur. Je dois un verre à ce monsieur, alors on va dire que c'est le dernier, pour la route. Je me charge de le raccompagner ensuite, Joe.

Ah bon, dit Harry Sweeney, se tournant pour regarder la jeune femme aux grands yeux et au grand nez, qui a posé la main sur son bras. Vous comptez me ramener dans le Montana…

Gloria Wilson adresse un grand sourire à Harry Sweeney et lui dit : Évidemment, monsieur Sweeney, si c'est ce que vous voulez.

Mais pourquoi pas à Muncie, dans l'Indiana ?

Gloria Wilson se met à rire : À mon avis, je ne suis pas sûre que vous apprécieriez Muncie, dans l'Indiana, monsieur Sweeney.

Comment pouvez-vous savoir ce qui me plairait ? dit Harry Sweeney, se penchant sur Gloria Wilson, plongeant son regard dans les grands yeux de Gloria Wilson tandis que Joe le barman pose leurs boissons sur le bar.

Gloria repousse gentiment Harry Sweeney, le faisant pivoter pour le remettre face au bar devant leurs verres. Vous avez raison, monsieur Sweeney, je l'ignore totalement. Mais si on buvait nos verres et qu'on retournait à l'hôtel, qu'en pensez-vous ?

Vous voulez rentrer avec moi à mon hôtel ? dit Harry Sweeney prenant son verre sur le bar. Vous ne ressemblez vraiment à aucune des bibliothécaires que j'aie jamais connues, mademoiselle Wilson. Vous –

Monsieur Sweeney, je vous en prie, dit Gloria Wilson en riant. Qu'est-ce que vous croyez ? On habite au même hôtel, le Yaesu.

Ils sortent du taxi, passent sous la marquise et entrent dans le hall de l'hôtel Yaesu, Harry Sweeney appuyé contre Gloria Wilson, cette dernière le soutenant. Ils traversent le hall pour prendre l'ascenseur et Gloria Wilson sourit au liftier en uniforme.

Quatrième, c'est ça, demande le liftier, monsieur ?

Et le sixième, s'il vous plaît, précise Gloria Wilson.

Ah bon, dit le liftier, sans se retourner avant de fermer les portes. Si vous le dites, madame.

Mais qu'est-ce que vous insinuez par là, bon sang ? dit Harry Sweeney cherchant à se libérer de l'emprise de Gloria Wilson qui le retient par le bras, pour faire face au liftier. Excusez-vous, sur-le-champ, espèce de petit merdeux insolent !

Je suis désolé, dit le garçon sans même se retourner alors que l'ascenseur se met en marche. Je pensais que vous alliez au même étage, monsieur. Mes excuses, monsieur.

Veuillez immédiatement présenter vos excuses à cette dame, nom de Dieu ! dit Harry Sweeney qui cherche toujours à se dégager de l'emprise de Gloria Wilson pour faire face au garçon d'ascenseur.

Gloria Wilson qui le retient, lui disant : Laissez tomber, Harry, je vous en prie, Harry…

Toutes mes excuses, madame, dit le garçon quand l'ascenseur s'arrête, et actionnant l'ouverture des portes : Quatrième étage, monsieur.

Gloria Wilson pousse gentiment Harry Sweeney hors de l'ascenseur, jusque dans le couloir, puis remontant dans la cabine, elle lui dit avec un sourire : Bonne nuit, Harry.

Debout, dans le couloir, devant l'ascenseur, Harry Sweeney regarde Gloria Wilson et lui sourit : Bonne nuit…

C'est pas un bon étage, je vous l'avais dit, murmure le garçon d'ascenseur juste avant que les portes de la cabine ne se referment. Manque de bol, monsieur.

Harry s'élance pour empêcher les portes de se fermer, mais il est trop tard, l'ascenseur s'est remis en route vers le sixième étage. Harry Sweeney commence à jurer, secouant la tête, puis tournant le dos à l'ascenseur, il s'éloigne dans le couloir, en titubant, se cognant les épaules contre les murs, une fois à gauche, une fois à droite, avant d'atteindre la porte de sa chambre. Harry Sweeney prend sa clé dans sa poche, la fait tomber en la sortant, la ramasse, l'approche de la porte, tâtonnant pour trouver la serrure, la ratant, puis réussit à y insérer la clé, la fait tourner et finit par ouvrir sa porte. Titubant toujours, il passe la porte, piétinant au sol deux enveloppes glissées sous le seuil. Il remarque la présence des enveloppes en marchant dessus, les ramasse. Il regarde longuement les deux enveloppes, l'une postée d'Amérique, à son nom et à son adresse à l'hôtel, l'autre déposée sous sa porte avec juste son nom et le numéro de sa chambre. Harry Sweeney se remet à jurer, et repose les deux enveloppes à terre sur le seuil de la porte. Puis il sort dans le couloir et claque la porte. Il suit le couloir, en titubant, se cognant les épaules contre les murs, une fois à gauche, une fois à droite. Arrivé devant l'ascenseur, il appuie sur le bouton d'appel. Il attend que l'ascenseur arrive à son étage, attend que les portes de la cabine s'ouvrent et que le garçon d'ascenseur avec un grand sourire lui dise : Sixième étage, peut-être, monsieur ?

Alors Harry Sweeney avance le bras dans la cabine, agrippe le garçon d'ascenseur, le précipite dans le couloir, le projette contre le mur du couloir, et levant les poings, Harry Sweeney –

4

Jusqu'au dernier jour

---

11 juillet – 15 juillet 1949

Putain, pourquoi tu as fait ça, Harry ?

Harry Sweeney garde les yeux fermés, il reste face au mur sans se retourner. Allongé sur la couchette de sa cellule, il attend que les voix se taisent. Que la porte de la cellule se referme, que la clé tourne dans la serrure. Que les bruits de bottes s'éloignent, dans le couloir, jusqu'à la prochaine fois. Jusqu'à la fois suivante, où il entend à nouveau les bottes martelant le sol du couloir, la clé tourner dans la serrure et la porte de la cellule s'ouvrir et les voix qui reprennent –

Allez, Harry, parle, dis-nous ce qui s'est passé

Peut-être que ce sombre crétin se plaît ici.

La fois suivante, la troisième fois, il garde toujours les yeux fermés, reste face au mur, jusqu'à la fois suivante, la quatrième fois, où il entend le bruit des bottes, la clé, la porte, les voix, les mêmes voix qui lui posent toujours les mêmes questions, encore et encore, alors il ouvre les yeux, se retourne et voit les deux hommes qui se penchent vers lui, qui le regardent. La police militaire. Un des deux souriant, l'autre renfrogné, hargneux, toujours pareil, toujours la même méthode, et Harry Sweeney dit : Je vous emmerde.

Hé, dis donc, inutile de compliquer les choses, Harry, dit l'homme au sourire. Il ne s'agit que d'une plainte pour voie de fait.

Harry Sweeney secoue la tête : Une plainte pour voie de fait, eh bien ! Parce que je n'ai pas supporté l'insolence d'un sale petit Jap ?

Mince, alors tu n'es qu'un bon patriote, c'est ça que tu es, Sweeney, dit le hargneux. Qui passe ses journées à boire et ses nuits à se bagarrer, c'est ça ? Merde, on devrait peut-être te décerner une médaille pour avoir tabassé ce gamin japonais comme ça, c'est ce que tu penses ?

Je l'ai à peine touché, ce gamin.

Tu t'en souviens alors, Harry ?

Juste une tape sur la joue, une tape de rien du tout.

On ne dirait pas, à voir l'état dans lequel il est, Sweeney, pas d'après ce qu'il nous a raconté non plus. Quand on voit ce qui reste de sa bouche.

Harry Sweeney secoue la tête : C'est n'importe quoi !

Écoute, Harry, dit l'homme au sourire. Tu n'as qu'à faire ta déposition, et tu pourras sortir. On rédigera notre rapport, il suivra la voie hiérarchique. Tu te feras taper sur les doigts et puis c'est tout.

Ouais et faut espérer que tes poings auront eu le temps de cicatriser d'ici là, champion, dit le hargneux.

Harry Sweeney baisse la tête et regarde ses mains, les articulations de ses poings, noires et violettes, meurtries et tuméfiées.

Ouais, dit le hargneux, tu fais bien de les regarder, tes poings, Sweeney. Ça pourrait te faire réfléchir à la simple tape dont tu parlais tout à l'heure.

Harry Sweeney, regardant ses mains, secoue la tête : Je n'avais pas l'intention de…

On sait, dit l'homme au sourire, s'accroupissant auprès de Harry Sweeney. On sait que ce n'était pas prémédité.

Dans la cellule, sur la banquette, Harry Sweeney lève les mains, lève ses poings, aux articulations noires et violettes, meurtries et tuméfiées, à hauteur de visage, à hauteur de ses yeux. Il les regarde, fixement, les tournant et les retournant. Et il enfouit son visage entre ses mains, se couvrant les yeux de ses mains, se balançant d'avant en arrière, sur la banquette, dans la cellule, les larmes coulent sur ses mains, entre ses doigts, aux articulations noires et violettes, meurtries et tuméfiées, se balançant d'avant en arrière, et dit : Je suis désolé, je suis désolé, je suis désolé…

La nuit passe, le jour se lève, la nuit revient, le jour aussi, combien de nuits, combien de jours, il l'ignore, il est incapable de le dire. Mais muni d'une copie de sa déposition, les mains bandées, il passe sous la marquise, puis franchit la porte, entre dans l'hôtel Yaesu et traverse le hall. Il voit Satō-san derrière son comptoir, remarque qu'il détourne le regard, et il voit le reste du personnel de l'hôtel, qui détourne les yeux aussi. Il va s'arrêter, va dire quelque chose. Mais Harry Sweeney ne s'arrête pas, ne dit pas un mot. Il continue son chemin dans le hall jusqu'à l'ascenseur. Mais Harry Sweeney ne prend pas l'ascenseur, il préfère monter à pied. Monter l'escalier jusqu'à son étage, le quatrième étage, puis suivre le couloir jusqu'à la cage d'ascenseur. Parvenu devant la porte de l'ascenseur sur le palier du quatrième étage, Harry Sweeney s'arrête. Et devant le mur en face de l'ascenseur, Harry Sweeney déglutit et cligne des yeux. Il voit les marques sur les murs, il voit les taches dégoulinant le long du mur, et avalant sa salive, retenant ses larmes, il tend les mains et touche les marques et les taches. Met ses doigts sur les marques, passe les doigts sur les taches, avec les pansements sur ses mains, les pansements sur ses poignets. Harry Sweeney a du mal à respirer, à retenir ses larmes, à détourner les yeux des marques sur le mur, des taches sur les murs, à reprendre sa marche le long du couloir pour arriver à sa chambre. Devant sa chambre, devant la porte de sa chambre, Harry Sweeney sort sa clé, la glisse dans la serrure, tourne la clé et ouvre la porte de sa chambre. Il entre dans sa chambre, ramasse les deux lettres sur le sol. Il ferme la porte, pose les deux lettres sur le bureau. Il va s'asseoir sur le lit. Il enlève ses chaussures, puis se relève. Il enlève son veston, sa chemise et son pantalon. Il va jusqu'au lavabo et ouvre les robinets. Il enlève sa montre, au verre fêlé, aux aiguilles bloquées, et la pose entre les deux robinets. Il défait le bandage qui entoure les articulations de son poing gauche, il enlève le bandage qui entoure les articulations de son poing droit. Il les jette par terre. Il dégrafe l'épingle de nourrice qui maintient le pansement de son poignet gauche, dégrafe l'épingle de nourrice qui maintient le pansement de son poignet droit. Il les jette par terre et ferme les robinets. Il plonge les mains jusqu'aux poignets dans l'eau du lavabo, il les laisse tremper dans l'eau du lavabo. Il regarde l'eau qui dilue son sang, il sent que l'eau nettoie ses plaies. Il retire la bonde du lavabo, il regarde l'eau s'écouler, le long de ses poignets, entre ses doigts. Il sort les mains du lavabo, ramasse une serviette par terre. Il se sèche les mains avec la serviette, les poignets aussi. Il plie la serviette, la met sur le porte-serviettes. Il se dirige vers le bureau, il s'assied devant le bureau. Il regarde longuement les deux enveloppes posées sur le bureau : celle venant d'Amérique, avec son nom et l'adresse de l'hôtel, l'autre déposée à l'hôtel avec juste son nom et le numéro de sa chambre. Il prend la seconde et l'ouvre. Elle contient une simple feuille de papier qu'il déplie. Il lit l'unique phrase que contient la simple feuille de papier : On baisse le rideau, mais l'Unité Z n'y est pas pour rien. Il tord la simple feuille de papier, avec son unique phrase, il la jette par terre, prend la première enveloppe, l'ouvre et en sort plusieurs feuillets repliés. Il les parcourt entièrement. Toutes ces phrases, tous ces mots : Adultère. Déception. Judas. Luxure. Mariage. Ma religion. Espèce de traître. N'abandonnerai jamais. Pas question de divorcer. Je sais comment tu es, je te connais. Je te pardonne, Harry. Rentre à la maison, Harry. Reviens, s'il te plaît. Il pose la liasse de plusieurs pages, contenant toutes ces phrases, tous ces mots, la pose sur le bureau devant lui. Puis Harry Sweeney s'assied, pose les coudes et les bras sur le bureau, et regarde ses poignets et ses mains. Les cicatrices sur ses poignets et les plaies aux articulations de ses doigts. Puis Harry Sweeney lève les mains à hauteur de son visage, joint les mains paume contre paume. Et il incline la tête, et il ferme les yeux et il dit : Seigneur Jésus-Christ, Fils de Dieu, prends pitié de moi, pauvre pécheur…

Ça me brise le cœur, Harry, dit le colonel Pullman. Je ne peux pas vous dire à quel point cela me fait mal au cœur, fiston, de vous voir dans cet état, dans un pétrin pareil. Que diable, vous êtes un des meilleurs éléments de mon équipe.

De retour au quatrième étage de l'immeuble NYK, dans le bureau du colonel Pullman, Harry Sweeney, debout en face de lui, la tête basse, ne peut que dire : Je regrette, colonel.

On est deux dans ce cas, fiston, soupire le colonel Pullman. Il pose la lettre de démission sur son bureau et reprend en main le procès-verbal de police. Avec un nouveau soupir, il lève les yeux vers Harry Sweeney qui se tient en face de lui, et demande : Il n'y a pas que ça, alors, Harry ?

Harry Sweeney relève la tête et fixe le colonel Pullman, qui tient en main le procès-verbal de police, secoue la tête et finit par dire : Je commence à penser que c'est un signe, colonel, le signe qu'il est temps d'arrêter.

Un signe que vous avez travaillé trop dur, fiston, c'est tout ce que j'en pense, répond le colonel Pullman, agitant le procès-verbal sous le nez de Harry Sweeney. Bon sang, j'en ai parlé avec le chef Evans, avec Bill Betz, et aussi avec ce sacré Toda, ici même, et tous m'ont dit que vous ne dormiez plus, que vous enchaîniez des services de garde de vingt-quatre heures.

Baissant de nouveau la tête, Harry Sweeney regarde ses mains, les meurtrissures de ses articulations, hoche la tête et dit : Colonel...

Oui, je sais, tout le monde est sur les dents avec cette maudite affaire Shimoyama, j'étais là, n'oubliez pas, j'étais présent, fiston, quand le vieux, le général Willoughby vous a sonné les cloches. Et j'étais désolé pour vous, Harry, vraiment, fiston. Parce que je sais que vous êtes un officier consciencieux, un inspecteur efficace, Harry, et je comprends, vous étiez furieux, terriblement déçu, alors vous avez pris quelques verres de trop et...

Harry Sweeney secoue la tête : Colonel...

Je vous arrête, fiston, poursuit le colonel Pullman. Cela ne veut pas dire qu'il faut prendre les choses à la légère. Ce n'est pas mon intention. Et je sais que vous en êtes conscient, Harry, je m'en rends compte. Évidemment, c'est un sérieux avertissement, voilà ce que ça signifie, mais ça ne justifie pas une lettre de démission, fiston.

Colonel, je vous en prie, j'ai pensé que...

Écoutez-moi bien, Harry, ajoute le colonel Pullman, en reposant le rapport de police sur son bureau. Si vous partez maintenant, dans de telles conditions, avec ça dans votre dossier, avec ces antécédents, que pourrez-vous faire, fiston, où pourrez-vous aller ? Quel service voudra de vous quand vous rentrerez au pays, Harry ? Il n'y en aura pas un seul, voilà ce qui va se passer, fiston, avec un tel casier, vous le savez bien, Harry. Mais l'Occupation tire à sa fin, c'est évident, dans trois ans maximum, on sera tous partis. Et Dieu merci, fiston. Qu'ils se débrouillent pour régler leur bordel entre eux, voilà ce que je dis, Harry, c'est leur putain de pays, après tout. Alors, le mieux pour vous, c'est de rester sagement à votre place, de faire votre temps, fiston, sans faire de vagues, en vous abstenant de boire, Harry, et alors, vous pourrez partir avec un dossier de service impeccable et une belle lettre de recommandation de ma part, fiston, je m'y engage, fiston, c'est comme ça que ça se passera, Harry. Et vous pourrez vous faire engager dans n'importe quel service dans tout le pays, quelle que soit l'administration que vous choisirez, fiston. Même prendre un petit poste tranquille de shérif dans une petite ville bien calme, fiston, ça ne serait pas le bonheur, hein, Harry ?

Harry Sweeney relève la tête, cessant de regarder les meurtrissures de ses mains, et regardant le colonel Pullman droit dans les yeux et secouant la tête à nouveau, il déclare : Je regrette, colonel.

Écoutez, fiston, dit le colonel Pullman qui reprend la lettre de démission sur son bureau et la tend à Harry Sweeney. Vous êtes en colère, je le sais, je m'en rends bien compte, fiston. Mais je crois que vous n'avez pas toute votre tête, ou alors je me trompe. Quoi qu'il en soit, fiston, il m'est impossible de vous laisser partir tout simplement, comme ça, et d'accepter votre démission avec effet immédiat. Ça ne marche pas comme ça, Harry, vous le savez bien. Tout d'abord, vous devez me notifier officiellement votre intention, afin que je puisse vous faire remplacer, fiston. Mais voilà ce que je vous propose, Harry : je prends bonne note de votre intention de démissionner, de la date où vous m'en avez fait part ; de votre côté, vous reprenez votre lettre et vous la mettez dans votre poche. Et à la fin du mois, vous reviendrez me voir, à mon bureau, et vous me direz où vous en êtes, et si vous êtes dans le même état d'esprit, si vous avez toujours l'intention de démissionner. Vous avez compris, c'est clair, Harry ?

Et Harry Sweeney regarde le colonel Pullman, regarde la lettre qu'il tient en main, et Harry Sweeney acquiesce.

Alors, c'est bon. Rompez !

Harry Sweeney ferme la porte derrière lui et commence à s'éloigner dans le couloir. Il s'arrête, se retourne et revient vers la porte. Il s'arrête devant la porte du bureau du colonel Pullman, fermant le poing malgré la douleur que cela provoque. Il lève le poing pour frapper à la porte, mais renonce, baisse le bras, déglutit et s'éloignant de la porte, reprend le couloir pour regagner le bureau 432, le bureau du Département de la sécurité publique. Le calme règne dans les locaux, les tableaux noirs ont disparu, Betz et Toda aussi, pas le moindre signe de George et Dan, seule Sonoko est à son poste, les yeux baissés, les mains sur son clavier, en train de lire des rapports et de taper leur traduction à la machine. Harry Sweeney traverse la pièce, louvoyant entre les bureaux jusqu'à son poste et lui dit : Salut, où sont-ils tous passés, Sonoko ?

Oh, s'écrie Sonoko, lâchant son clavier dans un sursaut, portant la main à son cœur. Pardon, inspecteur –

Non, c'est moi qui suis désolé. Je vous ai fait peur.

Pardon, dit Sonoko en agitant les mains, reprenant son souffle. Je ne m'attendais pas à vous voir, inspecteur. Comment allez-vous, inspecteur ? J'espère que vous vous sentez mieux à présent, inspecteur ?

Harry Sweeney lui sourit : Moi aussi, j'espère. Je vous remercie.

Je pense qu'il doit y avoir quelque chose dans l'air, inspecteur, dit Sonoko. M. Toda a été malade, lui aussi, vous êtes au courant, inspecteur ?

Harry Sweeney acquiesce : Il est toujours absent ?

Non, non, inspecteur. Il ne devrait pas tarder à revenir. Je crois qu'il est juste descendu à la cantine, inspecteur.

Et le chef Evans et M. Betz ?

Eh bien, je crois que le chef Evans est à une réunion avec le procureur général, inspecteur, dit Sonoko. Mais je crains de ne pas être sûre de l'endroit où se trouve M. Betz, inspecteur. Voulez-vous que je me renseigne, inspecteur ?

Souriant toujours, Harry Sweeney lui dit : Non, ce n'est pas la peine, ma jolie, je suis sûr qu'il va revenir.

Sonoko regarde Harry Sweeney, lui sourit et ajoute : Puis-je faire quelque chose pour vous, inspecteur ? Voulez-vous boire quelque chose, inspecteur ? De l'eau, un café, peut-être, inspecteur ?

C'est très aimable, dit Harry Sweeney. Je prendrais bien un café, je vous remercie.

Très bien, répond Sonoko avec un grand sourire, bondissant de son siège. Votre café ne va pas tarder, inspecteur.

Merci, ma jolie, répond Harry Sweeney, lui retournant son sourire, puis, toujours le sourire aux lèvres, il regagne son propre bureau, il sourit encore en s'asseyant sur sa chaise, jusqu'à ce qu'il aperçoive les rapports de police et les journaux quotidiens empilés sur son bureau, qu'il trouve la liste des personnes et des numéros de téléphone à rappeler, s'il revenait, s'il revenait travailler. Harry Sweeney met de côté la liste des coups de fil à passer. Il se relève, va ouvrir la fenêtre, puis retourne à son bureau. Il enlève son veston, le pend au dossier de sa chaise, et se rassied. Il prend la pile de journaux, la retourne pour attaquer par le bas de la pile, et commence à les feuilleter, un par un, parcourant les grands titres : LA POLICE POURSUIT SON ENQUÊTE SUR LA MORT DE SHIMOYAMA / AUCUN ÉLÉMENT CONCRET POUR LA POLICE / LA POLICE ENQUÊTE SUR LE MYSTÉRIEUX APPEL REÇU AU SYNDICAT NATIONAL DES CHEMINS DE FER / LA VOITURE VOLÉE RETROUVÉE / LA MORT DE SHIMOYAMA DEMEURE UN MYSTÈRE / LE PRÉSIDENT DES CHEMINS DE FER A-T-IL ÉTÉ ASSASSINÉ OU S'AGIT-IL D'UN

SUICIDE ? / – AUCUN INDICE NE PERMET D'AFFIRMER L'UN OU L'AUTRE, DÉCLARE LE PROCUREUR GÉNÉRAL / LA MORT DE SHIMOYAMA RESTE UN MYSTÈRE / LES AUTEURS DE ROMANS POLICIERS DU JAPON SE SONT RÉUNIS : ROMAN KURODA PROMET DE FAIRE LA LUMIÈRE SUR « L'AFFAIRE LINDBERGH DU JAPON » / LA POLICE N'A TOUJOURS RIEN TROUVÉ À CE JOUR / SAISIE D'IMPORTANTS DOCUMENTS DANS LE COFFRE DE LA BANQUE CHIYODA / ON N'A PAS ENCORE RETROUVÉ LES LUNETTES, LA CRAVATE, L'ÉTUI À CIGARETTES DU DÉFUNT / LES RÉSULTATS DE L'AUTOPSIE CONTESTÉS – L'HEURE DU DÉCÈS EST INCERTAINE / L'ENQUÊTE DANS L'AFFAIRE SHIMOYAMA EST ÉLARGIE À D'AUTRES SECTEURS GÉOGRAPHIQUES / DÉCOUVERTE D'AUTRES FACTEURS TENDANT A CONFIRMER LA THÈSE DU SUICIDE / LE GOUVERNEMENT OFFRE UNE RÉCOMPENSE D'UN MILLION DE YENS POUR TOUTE INFORMATION DANS L'AFFAIRE SHIMOYAMA / L'INSPECTEUR CHEF KITA DÉCLARE QUE LA BOUE TROUVÉE SOUS LES CHAUSSURES EST UN INDICE IMPORTANT : ELLE EST IDENTIQUE AUX ÉCHANTILLONS PRÉLEVÉS SUR LE LIEU DU DRAME / LE SECRÉTAIRE DU CABINET CRITIQUE L'INSPECTEUR CHEF KITA : IL N'Y A PAS DE PREUVE FORMELLE QUE LA TERRE TROUVÉE SUR LES CHAUSSURES SOIT LA MÊME QUE CELLE DU LIEU DU DRAME / LE PROCUREUR GÉNÉRAL DEMANDE À LA POLICE D'ORIENTER L'ENQUÊTE VERS UN HOMICIDE / LA PROPRIÉTAIRE D'UNE MAISON DE THÉ APPARAÎT DANS L'ENQUÊTE…

Harry Sweeney se penche en arrière sur sa chaise, desserre sa cravate, défait le bouton de son col de chemise, et puis se redresse sur sa chaise. Il repousse la pile de journaux sur un coin du bureau, s'attaque au tas de rapports de police, le retourne pour commencer par le bas de la pile, et se met à les feuilleter, un par un, l'un après l'autre, relevant les phrases : Il n'y a pas eu de développements concrets dans l'affaire / Les recherches continuent sur les indices relevés / Les articles de presse concernant « les mystérieux appels téléphoniques » doivent être considérés comme relevant de l'imagination fertile des journalistes / Shimoyama fumait des cigarettes de la marque « Chikari » et, occasionnellement, une pipe de bruyère ; aucun de ces objets, pas plus que son briquet, n'a été retrouvé sur les lieux du crime / Il aurait déclaré à un employé des chemins de fer avoir besoin d'acheter un cadeau de mariage juste avant sa disparition / Des vérifications sont effectuées pour savoir si Shimoyama avait une police d'assurance, de quel montant et quels étaient les bénéficiaires, et s'il l'a souscrite récemment / Il n'y a pas eu de développement majeur dans l'affaire à l'heure qu'il est / On effectue des contrôles sur les trains qui sont passés sur le corps de Shimoyama pour retrouver des objets personnels tels que son briquet, son stylo Eversharp, sa pince de cravate et ses lunettes / Traduction de la lettre reçue par l'inspecteur chef Kanehara de la police métropolitaine le 10 juillet 1949, dans une enveloppe ordinaire postée à la poste centrale de Tokyo, Marunouchi, le 7 juillet 1949, rédigée sous la forme obsolète employée dans les rapports de l'administration du précédent gouvernement impérial : M. Shimoyama a été frappé par la Justice divine. Bien qu'il ait licencié 150 000 employés, il semble qu'il n'ait éprouvé aucune pitié pour eux. Ce fut un acte d'une grande brutalité perpétré pour la reconstruction du Japon. On dit que ceux qui ont perdu leur emploi seront engagés par des sociétés privées, mais ce ne sont que mensonges et pure propagande. Plus de la moitié des employés de la société Toshiba ont été renvoyés, condamnés à mourir de faim dans la misère. Il est évident que cet acte de brutalité n'a pas été accompli par le seul M. Shimoyama. Il y aura d'autres Shimoyama, il y aura encore plus de victimes. Mais rappelez-vous : le Ciel protège les miséreux. En conséquence, MacArthur lui aussi sera assassiné par ceux qu'on a laissés mourir de faim dans la misère. Vous pourriez vous aussi devenir une victime. Alors, abandonnez votre travail d'enquête. Non, poursuivez votre enquête comme vous en avez le devoir. Mais rappelez-vous : les efforts de M. Kanehara n'aboutiront à rien. / Les cheveux trouvés sur l'oreiller à l'auberge Suehiro censés appartenir à Shimoyama sont en cours d'analyse / À 11 h 30, le 5 juillet, un homme a été aperçu, près d'une cabine téléphonique en face de l'auberge Suehiro / En réponse à la demande du Département de la sécurité publique, un contrôle a démontré que les deux boutons du haut de la chemise de Shimoyama et de son tricot de corps tenaient encore au tissu alors que tous les autres boutons étaient arrachés. Cela semble confirmer pour la police métropolitaine que Shimoyama ne portait pas de cravate au moment de l'incident du train et que les deux boutons du haut étaient ouverts / Correction : Shimoyama utilisait un fume-cigarette et ne fumait pas la pipe contrairement à ce qui a été indiqué précédemment : l'objet est en bois, brun, avec un embout noir. Il n'a pas été trouvé à ce jour / On a procédé à une recherche d'empreintes dans la voiture volée, retrouvée près de Fukagawa. Une empreinte a été relevée sur le rétroviseur arrière. On n'a pas vérifié si elle correspondait à celle de Shimoyama ou d'un quelconque suspect à ce jour / Les recherches sur le lieu du drame ont été étendues aux égouts voisins et aux champs alentour / Les contrôles se poursuivent aux gares d'Ueno, d'Asakusa et de Kita-Senju pour trouver des traces de Shimoyama / Rapport sur l'identification de l'écriture de la lettre anonyme reçue par la police métropolitaine : l'expert TAHARA pense qu'il s'agit de l'écriture d'un jeune de type masculin, d'instruction et d'éducation ordinaire. L'écriture sur la première page est manifestement maquillée, mais pas sur les suivantes. Une encre ordinaire a été utilisée pour le pinceau. L'écriture sur l'enveloppe est la même que celle de la lettre / Suite à la suggestion du Haut Commandement général concernant la procédure d'enquête, des contrôles ont été effectués auprès de tous les commissariats du secteur concernant la présence de membres de syndicats dans la zone incriminée, aboutissant au résultat suivant : 17 membres du syndicat des chemins de fer, 2 anciens employés des chemins de fer, et 5 personnes soupçonnées de communisme, 1 communiste avéré. La zone de contrôle sera étendue au fur et à mesure des développements de l'enquête / Aucun élément n'a été découvert permettant de confirmer la théorie du meurtre / Réexamen de l'alibi de Mme Nobu MORISHTA en cours…

Harry Sweeney parcourt les rapports, un par un, il ne voit pas que Sonoko a posé une tasse de café sur son bureau, passant au suivant, sans se rendre compte que le café refroidit, un par un, sans se rendre compte que Toda est rentré au bureau, passant au suivant, sans entendre ce que dit Susumu Toda, passant au suivant, un rapport après l'autre, sans rien remarquer, sans rien entendre jusqu'à ce qu'il ait fini de passer en revue les rapports, jusqu'à ce qu'il entende Susumu Toda claquer des doigts et lui redire : Hé, Harry –

Salut, fait Harry Sweeney levant les yeux, se penchant en arrière sur sa chaise, s'étirant et bâillant. Se tournant vers Susumu Toda, il lui dit : Comment vas-tu, Susumu. Tu te sens mieux ?

Ça va, répond Susumu Toda. Mais, *toi*, comment tu vas ?

Pas trop mal. Mieux, en fait, je te remercie.

Tu as déjà vu le patron ?

Non, pas encore. Juste le colonel Pullman.

Comment ça s'est passé ? demande Susumu Toda. Bien ?

Harry Sweeney sourit : Je suis encore là !

D'accord, dit Susumu Toda qui jette un coup d'œil aux mains de Harry Sweeney avant de détourner le regard de ses blessures. D'accord.

Harry Sweeney se redresse sur son siège, cache ses mains dans son giron sous son bureau, et demande : Où est Bill ?

Il doit être avec la deuxième division d'enquête, dit Susumu Toda. Le patron lui a demandé d'assurer la liaison avec eux.

Je croyais qu'on leur avait retiré l'affaire ?

Pendant un jour seulement, précise Susumu Toda en riant. Je suppose que le général a mis la pression sur le chef Kita, alors Kita les a remis sur le coup, à la pêche aux syndicalistes et aux communistes du secteur.

Harry Sweeney acquiesce : Ouais, j'ai vu ça dans les rapports que j'ai lus. Ils ont trouvé quelque chose, quelque chose de concret ?

Eh bien, surprise, surprise, ils ont trouvé quelques ouvriers des chemins de fer, qui étaient affiliés à des syndicats, deux d'entre eux probablement cocos, comme tu as pu le constater. Mais rien qui les relie à Shimoyama, jusqu'à maintenant, que je sache.

Mais Bill est toujours là-bas ?

Je pense que oui, confirme Susumu Toda. Du moins, c'est ce qu'il a raconté au patron, qu'il allait les voir. Dis donc, il y a aussi ces Coréens.

Harry Sweeney fait pivoter sa chaise, se tournant pour regarder Susumu Toda debout devant lui, et lui demande : Quels Coréens ?

Attends, dit Susumu Toda. S'approchant du poste de Sonoko, il lui pose une question, prend un papier sur la pile de documents accumulés sur son bureau, puis revient vers Harry Sweeney et lui dit : Regarde –

Harry Sweeney prend la feuille que lui tend Susumu Toda. Il voit qu'il s'agit de la traduction du dernier rapport de police et en prend connaissance : À vingt-deux heures environ, le 5 juillet 1949, cinq Coréens se sont arrêtés à un stand de brochettes japonaises à la gare d'Ayase sur la ligne de train de Jōban (sur la voie souterraine, à environ dix minutes de marche du lieu où a été trouvé le corps de Shimoyama) où ils ont consommé une quinzaine de verres d'alcool japonais (semblable au gin). Selon les dires recueillis, les Coréens sont restés sur place jusqu'à vingt-trois heures quarante-cinq. Avant de partir tous ensemble, deux d'entre eux sont sortis aux environs de vingt-trois heures cinquante et se sont absentés pendant un petit moment avant de revenir. Il va falloir approfondir la question car il y a des discordances de temps sur l'heure à laquelle les deux Coréens ont quitté le stand de brochettes et où ils sont revenus.

On a reçu ça la nuit dernière, précise Susumu Toda. Mais Bill a pensé qu'il fallait suivre cette piste. Le patron aussi.

Harry Sweeney hoche la tête : Je m'en doute.

Qu'est-ce que tu en penses ? demande Susumu Toda à Harry Sweeney, devant la pile d'articles de presse et de rapports de police qui s'entassent sur son bureau.

Harry Sweeney pose le rapport concernant les cinq Coréens au-dessus de la pile de rapports de police et regardant la pile de rapports, de rapports de police et d'articles de journaux, secoue la tête, et déclare en soupirant : On tourne en rond…

Comment ça ? dit Susumu Toda. Qu'est-ce que tu veux dire –

Harry Sweeney montre les documents entassés sur son bureau : On tourne en boucle, comme le chiffre huit, une boucle dans un sens, puis une boucle dans l'autre, Susumu. Kita et la première division d'enquête penchent pour un suicide, le procureur et la seconde division d'enquête penchent pour un homicide, les légistes de la faculté de médecine parlent de meurtre, Nakadate à Keiō parle de suicide, le quotidien *Mainichi* soutient la thèse du suicide, le journal du matin *Asahi* penche pour un meurtre, ça va dans un sens, puis dans l'autre, meurtre puis suicide, et ça recommence, suicide puis meurtre, on tourne en rond…

Le général Willoughby ne voit pas les choses comme ça, en tout cas. Ni le patron. Ils sont persuadés qu'il s'agit bien d'un meurtre.

Harry Sweeney, baissant la tête, regarde ses mains, ses mains meurtries, en piteux état, acquiesce et, soupirant, répond : Je sais.

Je sais bien que tu le sais, dit Susumu Toda, regardant les mains de Harry Sweeney, ses mains meurtries, en piteux état. Mais qu'est-ce que tu comptes faire, alors ?

Moi ?

Oui, dit Susumu Toda. Toi.

Levant la tête, quittant des yeux ses mains meurtries, en piteux état, Harry Sweeney regarde fixement Susumu Toda et dit : Alors, maintenant, c'est « moi », plus « nous », c'est ça ?

Écoute, je suis désolé. Je ne voulais pas…

Harry Sweeney secoue la tête : Non, ne t'excuse pas, Susumu, c'est moi qui suis désolé, et je le pense vraiment. Je regrette, Susumu. J'ai merdé. À la fin du mois, je ne serai plus là –

Harry, ne dis pas ça…

Qu'est-ce que je pourrais dire d'autre ?

On fait tous des erreurs, dit Susumu Toda, hochant la tête, adressant un sourire à Harry Sweeney. Tu l'as dit toi-même.

Harry Sweeney secoue la tête et, montrant ses poings, il dit : Pas des erreurs de ce genre.

Je suis désolé, dit Susumu Toda. C'est ma faute si tu te sens encore plus mal maintenant, c'est peut-être ce que je cherchais à faire…

C'est ton droit le plus strict, Susumu –

Non, non, dit Susumu Toda. Ça ne m'arrange pas, ça ne t'arrange pas non plus, – ça ne *nous* rend pas service. Alors, allons, Harry, allons, qu'est-ce qu'on va faire *tous les deux* ?

Empruntant l'avenue Y, ils prennent la direction de l'est, passant par Kajibashi and Kyōbashi, par Sakurabashi et Hatchōbori. Avec toujours le jeune Shin au volant, Harry Sweeney à l'arrière de la voiture à côté de Susumu Toda. Ils traversent le pont de Takahashi, puis tournent à gauche pour sortir de l'avenue Y et filer vers le nord le long d'une rue étroite, en ligne droite, d'où partent des ruelles avec des maisons sur la droite et sur la gauche.

On arrive à Shinkawa, inspecteur, annonce Shin qui ralentit.

Avance encore un peu, demande Susumu Toda. Jusqu'au prochain carrefour au bout de la rue, où on croise l'avenue W, à Eita-dori.

Très bien, inspecteur, dit Shin, qui continue un peu plus loin avant de s'arrêter et de se garer derrière une grosse voiture noire –

Merde, s'exclame Susumu Toda en voyant le véhicule garé devant eux. Tu sais à qui appartient cette voiture, Harry ?

Harry Sweeney acquiesce : Évidemment.

T'es sûr que c'est une bonne idée ? demande Susumu Toda. Je veux dire, que le patron va pas trop apprécier…

Harry Sweeney hausse les épaules : Il faut bien que quelqu'un se charge de faire ces vérifications. On n'est pas obligé de croire tout ce qu'on nous raconte.

C'est juste que je n'aime pas ce type, dit Susumu Toda.

Harry Sweeney émet un petit rire : À mon avis, sa mère non plus. Allez, il faut qu'on y aille –

Et Harry Sweeney et Susumu Toda sortent de la voiture, ferment les portières et, une fois dans la rue, scrutent les environs, les ruelles transversales avec leurs maisons sur la droite et sur la gauche, sous un épais manteau de nuages chargés d'humidité, dans l'air lourd des relents d'égout du fleuve, le fleuve Sumida, un mélange d'odeurs de saumure et de merde.

Bon Dieu, dit Susumu Toda. C'est pas l'endroit rêvé pour oublier ses soucis, pour échapper au monde.

Ça dépend du genre de soucis qu'on a, du monde qu'on veut fuir, je suppose, dit Harry Sweeney, parvenu devant le *machiai*[1], un petit bâtiment en bois, de plain-pied, avec des volets et une porte, devant cet autre lieu de rencontres minables et de rendez-vous sinistres, cet autre lieu de rendez-vous secrets, ce *machiai*, connu sous le nom de Narita-ya.

Après toi, fait Susumu Toda, montrant d'un geste la lourde porte coulissante en bois –

Mais la lourde porte en bois s'ouvre alors pour laisser passer l'inspecteur Hattori qui sort de ce *machiai* connu sous le nom de Narita-ya, avec à sa suite un autre agent plus jeune. L'inspecteur Hattori fait un bond spectaculaire en arrière, portant la main à son cœur, clignant des yeux, avant de s'exclamer : Vous m'avez fait peur !

Excellent après-midi, également à vous, inspecteur, dit Harry Sweeney, avec un petit salut et un sourire narquois.

J'ai cru voir un revenant, sourit Hattori. J'ai entendu dire que vous nous aviez quittés, inspecteur.

Harry Sweeney lui rend son sourire : Faut pas croire tout ce qu'on raconte, inspecteur. Inutile de vous le préciser.

C'est bien vrai, dit l'inspecteur Hattori. À propos, comment va votre main, inspecteur ? On m'a dit que vous vous étiez blessé, aux deux mains en fait.

Harry Sweeney lève ses deux mains devant l'inspecteur Hattori, les tourne, les retourne et, serrant les poings, les met sous son nez en lui disant : Comme vous pouvez le constater, ça va beaucoup mieux, inspecteur, je vous remercie.

Ça fait plaisir à entendre, dit l'inspecteur Hattori, quittant des yeux les mains, les poings d'Harry Sweeney, pour regarder Harry Sweeney.

---

1. Maison de rendez-vous.

Mais vous devriez faire attention et ne pas les fourrer n'importe où. On ne sait jamais, la prochaine fois, vous pourriez tomber sur un os.

Avec un grand sourire, Harry Sweeney acquiesce et dit à l'inspecteur Hattori : Vous avez raison, on ne sait jamais, inspecteur.

Pardon de vous interrompre, messieurs, intervient Susumu Toda. Mais on doit bientôt rentrer, alors…

Bien sûr, bien sûr, dit l'inspecteur Hattori en se tournant vers Susumu Toda avec un sourire. Je suis désolé, *monsieur* Toda-san. Faudrait pas faire attendre le général, bien sûr. Mais avant d'entrer, avant que vous puissiez poser *vos* questions, pouvez-vous m'accorder encore quelques minutes de votre si précieux temps… ?

Dans la rue, devant le Narita-ya, sous l'épais manteau de nuages chargés d'humidité, dans l'air lourd des relents d'égout du fleuve, du fleuve Sumida, Harry Sweeney hoche la tête et dit : Je vous écoute –

Voyez, je suis très content que vous soyez là, inspecteur, et l'inspecteur chef Kanehara le sera aussi, j'en suis convaincu. Content qu'apparemment, vous preniez aussi au sérieux cette piste. Mais je sais que vous la prendrez encore plus au sérieux quand vous saurez ce que j'ai à vous dire, inspecteur, croyez-moi…

Harry Sweeney jette un coup d'œil à sa montre, au verre fêlé, aux aiguilles bloquées, soupire et dit de nouveau : Je vous écoute –

Désolé, désolé, s'excuse l'inspecteur Hattori avec un sourire. Je sais que vous êtes occupé, inspecteur, que vous devez rentrer pour voir le général et tout ce qui s'ensuit. Mais écoutez-moi ça : à la minute où on a entendu parler de cette Mme Mori et de son amitié avec le président Shimoyama, on a envoyé deux de nos hommes, pour se renseigner dans le voisinage, vous voyez…

En même temps que les journalistes du *Yomiuri* ? demande Susumu Toda. Ou tout seul, inspecteur ?

Monsieur Toda, réplique l'inspecteur Hattori toujours avec le sourire. L'inspecteur Sweeney sera certainement d'accord avec moi, les journalistes ont leur utilité. Enfin, si on sait comment les prendre. N'ai-je pas raison, inspecteur ?

Harry Sweeney soupire : Poursuivez, je vous en prie –

Bien sûr, bien sûr, dit Hattori. Donc, pour faire court, il y a trois ans, après la capitulation, cette femme, cette Mme Mori, cette amie du président Shimoyama, vendait des cacahuètes sur le trottoir, dans la rue, c'est comme ça qu'elle gagnait sa vie. Mais vous allez voir, maintenant, ce qu'elle est devenue, propriétaire de sa maison, et attendez de voir à l'intérieur. Ça ne paie pas de mine comme ça, hein ? Mais il y a une petite pièce, à l'arrière, avec deux lignes téléphoniques – vous vous rendez compte, combien ça peut coûter une ligne téléphonique ? Alors deux ! Ça veut dire pas mal d'argent, hein ? Y a donc quelqu'un qui a dû payer pour ça, c'est sûr. Et c'est pas son mari, sûr et certain. Alors, on a fait notre petite enquête, les journalistes du *Yomiuri* aussi, et on a entendu dire pas mal de choses, comme quoi à partir du moment où le président Shimoyama est entré dans le paysage, et il venait pratiquement tous les jours, à ce qu'on nous a dit, c'est alors qu'elle a tiré le gros lot, que la maison a été bâtie, que les lignes téléphoniques…

Harry Sweeney secoue la tête : On a déjà lu tout ça dans ces maudits journaux, vous savez. C'est pour cette raison qu'on est là –

Patience, inspecteur, un peu de patience, réplique Hattori, avec un sourire. Apparemment, la question est de savoir qui paie pour tout ça ? Parce que Shimoyama a de l'argent, bien sûr – beaucoup plus que moi, c'est certain –, mais autant d'argent ? C'est la question que je me suis posée, d'accord. Alors j'ai commencé à fourrer mon nez dans ses finances, voilà ce que j'ai fait. Et je peux vous avouer une chose, inspecteur : ça ne sent pas très bon.

Harry Sweeney prend son mouchoir, s'éponge le visage, s'éponge la nuque, et dit : Un peu comme l'endroit où nous sommes, en fait.

Exactement, inspecteur, reprend Hattori. Tout à fait comme cet endroit, et c'est précisément cet endroit qui m'a fait réfléchir. Vous voyez, alors, on a fait passer le mot aux prêteurs sur gages et consorts, pour voir s'ils avaient eu affaire à Shimoyama, et devinez quoi ? Il a pas mal fréquenté une officine pas loin d'ici, qui appartient à un certain Shōji Shioda, c'est comme la Banque du Japon. Les vases anciens, les kimonos de sa femme, ses bagues en diamant, en saphir, tout y est passé, il a essayé de lui fourguer toute la camelote.

Dans la rue, devant le Narita-ya, sous l'épais manteau de nuages chargés d'humidité, dans l'air lourd des relents d'égout du fleuve, du fleuve Sumida, Harry Sweeney regarde l'inspecteur Hattori et déclare : Ah bon, vraiment ?

Et comment, inspecteur ! répond Hattori, souriant toujours. Mais voilà le hic : la marchandise ne trouvait pas preneur. Vous voyez, n'étant pas japonais, vous ne pouvez pas le savoir, inspecteur, mais ce sont les acheteurs qui font les prix. Vous voulez tirer soixante ou soixante-dix mille yens de la bague en diamant de votre femme, mais vous ne les obtiendrez pas, non monsieur, ça ne marche pas comme ça. Et alors, vous comprenez ce que ça signifie, inspecteur ? Ça signifie que le vieux président Shimoyama, il est bien embêté, il a un sérieux problème, voilà ce que ça veut dire. Une femme, une maîtresse ; deux foyers à entretenir, pas d'argent. De bonnes raisons pour le pousser à...

Vous avez la moindre preuve de ce que vous avancez, *inspecteur* ? l'interrompt Susumu Toda. Des preuves tangibles ?

Oui, *monsieur* Toda. J'en ai, déclare l'inspecteur Hattori sans accorder un regard à Toda, ne regardant que Harry Sweeney, et, toujours le sourire aux lèvres, il ajoute : Mis à part les livres comptables et les registres que la société de Shioda tient, comportant les dates et les objets que le président Shimoyama leur a apportés pour essayer de les vendre, mis à part cette *preuve* écrite, les employés de la boîte aussi se rappellent que le président Shimoyama est venu dans la boutique, et se rappellent qu'il était accompagné d'une femme – une femme au teint très pâle, une femme mince, une femme qui avait tout l'air d'une geisha. Vous avez eu, comme moi, l'occasion de rencontrer Mme Shimoyama, inspecteur, c'est une vraie *dame*, une femme d'un excellent milieu, d'une grande classe, mais en aucun cas, on ne peut prétendre – si je puis me permettre – qu'elle a le teint très pâle, qu'elle est mince, encore moins qu'elle a l'air d'une geisha, qu'en pensez-vous, inspecteur ? Ce n'est pas votre avis, inspecteur ?

Dans la rue, devant le Narita-ya, ce lieu de rendez-vous secrets, Harry Sweeney s'avance face à l'inspecteur Hattori, le regarde droit dans les yeux et déclare : À mon avis, vous avez consacré de nombreuses heures de travail, et tous vos hommes aussi, à remuer la merde, à fouiller dans les ordures d'un homme dont les honorables légistes de la faculté de médecine pensent qu'il était déjà mort depuis trois heures avant qu'un train ne lui passe sur le corps, lui arrachant une partie du crâne, voilà ce que je pense, *inspecteur*, voilà ce qu'on peut dire.

Et bien, l'honorable docteur Nakadate de l'université de Keiō est d'un tout autre avis, comme vous le savez, réplique avec un haussement d'épaules l'inspecteur Hattori qui ne sourit plus. Mais, bon, vous savez, je me contente de vous dire ce à quoi les faits m'ont conduit, de vous dire ce que j'ai découvert, c'est aussi simple que ça, inspecteur. Parce que je me contente de faire ce qu'on me demande de faire, et d'aller où on me dit d'aller. Je suis comme ça, inspecteur.

Harry Sweeney toise l'inspecteur Hattori de la tête aux pieds, et il hoche la tête avant de déclarer : Ouais, vous êtes comme ça, inspecteur, c'est vrai. Mais avec une bien belle paire de chaussures neuves, en plus.

Mais, bordel, qui vous permet de me parler sur ce ton ? s'exclame l'inspecteur Hattori, s'avançant tout contre Harry Sweeney et le dévisageant. Vous rouez de coups des garçons d'ascenseur, vous passez la nuit en cellule de dégrisement, et après ça, vous venez me voir en montant sur vos grands chevaux, en jouant au grand monsieur, avec vos poings encore couverts de plaies, l'haleine chargée de whisky, pendant que je m'occupe de cette maudite affaire, que je résous cette putain d'affaire. Allez-vous faire foutre, vous et vos poings.

Oh, oh, intervient Susumu Toda, ainsi que l'autre agent plus jeune, s'interposant entre Harry Sweeney et l'inspecteur Hattori, pour les séparer. Allons, on est tous du même bord, dans cette affaire.

Je vous emmerde, vous et votre putain de bord, Toda, dit l'inspecteur Hattori, reculant, s'éloignant. Vous pouvez aller l'interroger ou rentrer chez vous, je m'en contrefous. Tout ça, c'est politique et compagnie.

Laisse tomber, Harry, dit Susumu Toda, posant les mains sur la poitrine d'Harry Sweeney, lui prenant le bras, retenant son poing. Laisse-le partir.

Et Harry Sweeney qui regarde l'inspecteur Hattori s'éloigner, regagner sa voiture, entend :

Ce putain de type s'est suicidé, lance l'inspecteur Hattori en entrant dans sa voiture. Ça ne serait pas le premier, ni le dernier – ça arrive tous les jours, *inspecteur*, tous les jours.

C'était à un arrêt de tramway, une main secourable s'est posée sur ma manche trempée, sous une averse de pluie torrentielle, proposant de m'abriter sous un parapluie, avec un mot aimable et un sourire triste, voilà le souvenir que je garde de notre rencontre, monsieur Sweeney, déclare la femme frêle, au teint pâle, dans son fin *yukata*[1] de couleur pâle.

Et pas sur le trottoir en vendant des cacahuètes, dit Susumu Toda, des cacahuètes ou d'autres charmes peut-être, alors ?

Les voisins aiment bien les commérages, vous savez, observe Mme Nobu Morishta, assise sur son coussin, posé à même le sol sur

1. Kimono d'été.

un tapis de nattes, entourée de spirales anti-moustiques et de fumée de tabac, sans accorder un regard à Susumu Toda, ne regardant que Harry Sweeney. Et bien sûr, les journaux ne peuvent s'empêcher de diffuser ces on-dit et ces racontars, les mensonges que ces gens racontent. Ça devrait être interdit, vous ne croyez pas, monsieur Sweeney ?

Harry Sweeney sourit et répond : C'est effectivement un délit, madame Morishta, de raconter des mensonges. Dans les journaux ou sous serment.

Vous savez, dit-elle, quand vous avez souri à l'instant, légèrement souri, vous lui ressembliez vraiment.

Je ressemblais à qui ?

Eh bien, au président, évidemment, à M. Shimoyama, dit Mme Nobu Morishta, baissant les yeux, baissant la tête, posant une main sur sa joue.

Alors, c'est juste des conneries, intervient Susumu Toda, tout ce que les voisins racontent, toutes ces histoires qu'on a lues dans les journaux, à propos de vous et du président Shimoyama ?

Dans son *machiai* de plain-pied, dans ce lieu de rendez-vous secrets, avec sa petite arrière-salle et ses deux lignes téléphoniques, Mme Nobu Morishta pose la main sur son cœur, et, relevant la tête, lève les yeux, non sur Susumu Toda, mais sur Harry Sweeney et dit : Je suis désolée pour Mme Shimoyama, les choses que les gens peuvent dire, les articles que les journalistes écrivent, je suis vraiment désolée pour Mme Shimoyama, à l'idée qu'elle puisse entendre ce que les gens disent, lire ce que les journalistes racontent, ce que les gens prétendent, ce que les articles sous-entendent, toutes ces allusions, ces insinuations, ça doit être terrible pour elle, n'est-ce pas, monsieur Sweeney ? Je suis vraiment désolée pour elle, monsieur Sweeney.

Dans ce cas, vous devriez faire une déclaration, dit Harry Sweeney. Expliquer clairement la nature de votre relation ?

La femme frêle au teint pâle resserre son fin *yukata* de couleur pâle, regarde Harry Sweeney, lui sourit et dit : Mais comment faire, monsieur Sweeney ? Comment feriez-vous vous-même, et qui le pourrait ? Décrire une relation avec des mots, trouver les mots pour décrire quelque chose d'inexprimable ? Ce qu'on n'a jamais dit, ce qu'on a seulement ressenti ? Bien sûr, je pourrais dire « nous n'étions que des amis, seulement amis », mais que veulent dire ces mots, que signifie le mot « ami », monsieur Sweeney ?

Eh bien, vous pourriez vous en tenir aux faits, soupire Susumu Toda. En commençant par nous donner les dates et le nombre de fois où vous vous êtes vus, vous et votre « ami » le président ?

Harry Sweeney acquiesce, souriant à Mme Nobu Morishta : Mon ami a raison, cela nous serait utile…

Bien sûr, je comprends, dit la femme frêle au teint pâle, hochant la tête, avec un sourire en direction de Harry Sweeney. Je suis intimement persuadée, je l'ai toujours été, que mon rôle sur terre, ma seule raison d'être, est d'aider les gens, d'aider les hommes, monsieur Sweeney.

Harry Sweeney ajoute, souriant toujours : Alors vous pourriez nous rendre service, me rendre service, en nous indiquant la fréquence des visites de M. Shimoyama : une fois par semaine, une fois par mois ?

Bien sûr, dit Mme Nobu Morishta qui ne sourit plus, mais qui soupire alors : Comme je l'ai déjà dit, comme je l'ai déclaré à la police, quand M. Shimoyama était ministre, je le voyais presque tous les jours. Il venait en voiture, juste après midi, et restait tout l'après-midi, mais jusqu'à six heures au plus tard.

Toujours en voiture et toujours seul ?

Oui, confirme la femme frêle au teint pâle. Toujours en voiture, la même voiture, une Buick noire ; je me rappelle très bien son numéro d'immatriculation, 41173, et le visage de son chauffeur, M. Ōnishi.

Alors, ce chauffeur, Ōnishi, intervient Susumu Toda, il attendait dehors dans la voiture, tout l'après-midi ?

Sauf le dimanche, murmure Mme Nobu Morishta, qui regarde Harry Sweeney, retenant ses larmes. Le dimanche, M. Shimoyama venait à pied.

Dans la petite pièce, sur le coussin carré, Harry Sweeney prend son mouchoir dans sa poche et le tend à la femme frêle au teint pâle : Et pour quelle raison ?

Merci, dit-elle en prenant le mouchoir, le serrant contre elle. Mais je regrette, je suis incapable de vous dire pourquoi.

Sans doute parce qu'il avait peur que les voisins se mettent à parler, remarque Susumu Toda. Comme il venait tous les jours…

Ça, c'était du temps où il était ministre, le coupe Harry Sweeney. Mais quand il a été nommé président –

Les choses ont changé, oui, acquiesce Mme Nobu Morishta. C'est ce qui arrive en général, n'est-ce pas, monsieur Sweeney ?

Harry Sweeney hoche la tête et demande : Comment ça s'est passé alors ?

Eh bien, il ne pouvait plus venir aussi souvent, seulement une à deux fois par mois et il ne s'attardait pas aussi longtemps, restait cinq ou dix minutes, juste le temps de boire une tasse de thé, avec une pâtisserie qu'il ne prenait d'ailleurs pas la plupart du temps, il n'y touchait pas.

Harry Sweeney hoche de nouveau la tête : Il avait changé, lui aussi ?

Oui, affirme la femme frêle au teint pâle, qui regarde Harry Sweeney, les yeux remplis de larmes, serrant dans sa main le mouchoir qu'il lui a donné, le tordant entre ses mains, elle murmure : Comme ils le font toujours, vous le savez bien, monsieur Sweeney.

Harry Sweeney acquiesce et détournant les yeux, regardant dans le vague, il lui demande : De quelle manière, madame ?

Son travail l'avait changé, le fait de savoir ce qu'il avait à accomplir. Ça l'effrayait, il craignait pour sa vie.

C'est ce qu'il vous a dit, il vous en a parlé ?

Oui, dit Mme Nobu Morishta, regardant fixement Harry Sweeney. La dernière fois…

Le regard d'Harry Sweeney revient sur Mme Nobu Morishta et il dit : Pardon, mais quand cela s'est-il passé ?

Il y a juste deux semaines, répond-elle. Le 28 juin, bien que cela me semble une éternité. Car vous voyez, monsieur Sweeney, je savais au fond de moi-même, je savais déjà que ce serait la dernière fois.

Harry Sweeney hoche la tête et attend –

Vous voyez, monsieur Sweeney, il m'a emmenée déjeuner, comme il faisait d'habitude, à notre endroit habituel, un restaurant de spécialité d'anguille à Shibamata, le Kawajin : c'était « notre restaurant », comme on dit, l'endroit où nous allions, où nous allions toujours auparavant, mais cela faisait longtemps que nous n'y allions plus, très longtemps, depuis des mois, vous comprenez…

Harry Sweeney hoche de nouveau la tête.

Et c'est à ce moment-là qu'il m'a confié qu'il craignait pour sa vie, qu'il m'a dit qu'il pensait qu'on allait le tuer…

Et que lui avez-vous répondu ?

J'ai ri, monsieur Sweeney. J'ai ri et je lui ai dit que de telles choses n'arrivaient plus de nos jours, pas dans le « Nouveau Japon », que ce n'était pas comme avant la guerre, où on commettait des assassinats, où on tuait des ministres et des personnalités officielles. Ça, c'était au temps du « Vieux Japon », et j'ai ri, pas dans le « Nouveau Japon », monsieur Sweeney.

Je suis désolé, murmure Harry Sweeney.

Vous comprenez alors, monsieur Sweeney, pourquoi je savais, je savais pertinemment que c'était la dernière fois, il me l'a dit lui-même.

Je suis désolé, répète Harry Sweeney.

C'est vraiment très gentil de votre part, de me parler comme ça, monsieur Sweeney, dit Mme Nobu Morishta. De toutes les personnes qui sont venues me voir, qui se sont assises sur mes coussins, vous êtes le seul à m'avoir dit que vous étiez désolé, il n'y a que vous qui l'ayez fait, monsieur Sweeney. Mais ce n'est pas à vous que M. Shimoyama s'est confié, vous ne pouviez pas savoir. Ce n'est pas vous qui n'avez pas été capable d'aider votre ami, vous n'êtes pas celui qui n'a pas su sauver son ami. La coupable, c'est moi, monsieur Sweeney, moi seule.

Je vous en prie, dit Harry Sweeney. Vous ne devriez pas…

Je ne devrais pas quoi, monsieur Sweeney ? C'est à moi qu'il s'est confié, c'est moi qui étais au courant. C'est moi qui n'ai pas aidé mon *ami*, qui n'ai pas su sauver mon *ami*…

Je vous en prie, répète Harry Sweeney, avec un pauvre sourire, tentant de la rassurer : Je suis persuadé que vous avez été là pour lui –

Là, encore, observe la femme frêle au teint pâle dans son fin *yukata* de couleur pâle. Vous l'avez encore fait, monsieur Sweeney.

Quoi donc, madame ?

Vous avez de nouveau souri, comme lui, le même sourire fugace, laconique comme si, tout comme lui, vous aviez oublié.

Oublié quoi ?

Oublié votre tristesse, monsieur Sweeney, oublié qui vous étiez, oublié qui vous êtes.

Ils prennent l'ascenseur pour remonter au quatrième étage du l'immeuble NYK, et Susumu Toda n'arrête pas de lui parler de la femme du Narita-ya, répétant : Mais tu crois vraiment toutes les conneries qu'elle raconte ? Cette vieille pute de geisha, qui joue la comédie, à se tordre les mains, se tamponner les yeux, à nous dire comme elle plaint Mme Shimoyama. En tout cas, ça ne l'a pas empêchée de mettre au clou les kimonos et les bagues de cette pauvre femme. Tu sais à qui elle me fait penser ? La bonne femme du Ryokan Suchiro, on dirait qu'elles suivent le même scénario, toutes les deux. Le même scénario.

Excuse-moi, Susumu, dit Harry Sweeney en sortant de l'ascenseur au troisième étage. Je te retrouve tout à l'heure.

Et Harry Sweeney laisse se refermer les portes de la cabine, étouffant les protestations de Susumu Toda, et arpente les couloirs du troisième étage de l'immeuble NYK, les couloirs de la section Histoire, FEC[1], SCAP qui occupe tout l'étage, déchiffrant les numéros et noms inscrits sur les portes tout en continuant d'avancer – des noms américains et des noms japonais – toutes les portes fermées, les bureaux plongés dans le silence, jusqu'à ce qu'il parvienne à la porte qu'il recherche, celle de la salle 330, celle de la bibliothèque. Harry Sweeney tape discrètement à la porte avant de l'ouvrir et d'entrer.

La bibliothèque de la section Histoire occupe une grande pièce haute de plafond avec trois murs couverts de rayonnages. Au centre de la pièce, trois grandes tables disposées en U forment un comptoir derrière lequel une dame japonaise d'un certain âge, à l'air distingué, s'entretient discrètement au téléphone. La dame lève la tête, aperçoit Harry Sweeney qui se dirige vers le comptoir, raccroche et regarde Harry Sweeney : Vous êtes à la bibliothèque de la section Histoire.

Je m'en doutais, dit Harry Sweeney avec un sourire.

La dame ne lui rend pas son sourire : Et donc…

J'aurais aimé parler à Mlle Wilson, répond Harry Sweeney, toujours le sourire aux lèvres. Je crois qu'elle travaille ici.

C'était le cas, mais plus maintenant.

Oh, fait Harry Sweeney. Je vois.

La dame le salue sèchement, pour clore la discussion : Bonne journée.

Euh, veuillez m'excuser, insiste Harry Sweeney. Savez-vous où je pourrais trouver Mlle Wilson ? Où elle a été transférée ?

La dame acquiesce : Elle est partie, elle est rentrée chez elle.

Chez elle ? dit Harry Sweeney. En Amérique ?

La dame acquiesce derechef : Je crois bien.

C'est un départ plutôt précipité, poursuit Harry Sweeney. Je l'ai vue il y a quelques jours à peine. Elle n'a rien dit…

La dame soupire : Un problème de famille, je crois. Mais je n'en sais pas plus, aussi inutile de me poser d'autres questions...

1. Far Eastern Commission : Commission d'Extrême-Orient.

Tiens donc, remarque un grand homme mince en civil, vêtu d'un costume sombre bien taillé, surgissant d'une des alcôves un livre à la main. Vous êtes bien Sweeney, n'est-ce pas ?

Oui, répond Harry Sweeney.

Dick Gutterman. L'homme se présente, et s'avançant, tend la main droite à Harry Sweeney. Nous nous sommes rencontrés la semaine dernière, dans le bureau du général Willoughby.

Je me rappelle, dit Harry Seeney lui serrant la main. Je n'avais pas réalisé que vous faisiez partie de l'équipe de la section Histoire.

Moi ? dit l'homme en riant. Vous plaisantez ! Je passe de temps en temps ici, histoire d'embêter Mlle Araki, pour lui emprunter un bouquin.

Vous projetez d'aller visiter Formose, on dirait ? fait Harry Sweeney, désignant l'atlas que l'homme tient dans sa main gauche.

L'homme baisse la tête, regarde le livre qu'il a en main, puis regarde Harry Sweeney et sourit : Je suis impressionné. J'ignorais que vous lisiez le japonais, monsieur Sweeney.

Comment auriez-vous pu le savoir ? répond Harry Sweeney.

Vous voyez ce que je veux dire…

Oui, je vois très bien, dit Harry Sweeney.

Désolé, s'excuse l'homme. Je ne voulais pas vous blesser.

Ne vous en faites pas, répond Harry Sweeney.

L'homme hoche la tête, retrouvant le sourire, et déclare : Alors, comment ça se passe ? L'affaire Shimoyama ? Ça avance ?

Je crois que c'est plutôt à vous que je devrais poser des questions, dit Harry Sweeney. C'était quoi, cette information de nature confidentielle dont vous avez fait mention au général la semaine dernière ?

À ce propos, vous devriez plutôt me remercier. Le général vous a lâché la grappe, du coup.

Et c'est uniquement pour qu'il me lâche la grappe que vous êtes intervenu ?

Écoutez, explique l'homme. Des rumeurs sont venues à l'oreille des gars de Hongō House. Je suppose que ce n'était pas très important – en fait, c'est bien ce que je pensais – mais je n'aime pas rester les bras croisés quand je vois un général passer un savon à quelqu'un, sauf s'il s'agit d'un autre général. Je donnerais n'importe quoi pour assister à un tel spectacle. Mais pas quand il s'agit d'un citoyen lambda comme vous, un simple civil. Vous n'avez vraiment rien fait pour mériter un tel traitement. Alors, je me suis dit, merde, vas-y, interviens.

Je vous dois des remerciements, alors, dit Harry Sweeney.

Laissez tomber, dit l'homme. À ma place, vous auriez fait la même chose, je sais que vous êtes ce genre d'homme.

En tout cas, merci, répète Harry Sweeney. Le devoir m'appelle, mais je suis content de faire votre connaissance dans de meilleures circonstances.

Moi de même, dit l'homme. Mais alors, qu'est-ce qui vous amène ici ? L'affaire Shimoyama ?

Non, répond Harry Sweeney en riant. Je cherchais quelqu'un, quelqu'un qui travaillait ici.

C'était un ami ?

À vrai dire, je ne sais pas, avoue Harry Sweeney, avec un sourire avant de se diriger vers la sortie. J'aurais bien aimé, ça aurait pu l'être. On ne sait plus très bien ce que le mot « ami » veut dire de nos jours.

Eh bien, sachez que vous pouvez compter sur moi, lui lance l'homme sur le pas de la porte. Si vous avez besoin de quoi que ce soit, monsieur Sweeney, n'hésitez pas, passez un coup de fil à Hongō House et demandez Dick Gutterman, d'accord ?

Le téléphone sonne, comme il s'en doute, comme à chaque fois, et il part, comme il sait qu'il le fera, comme à chaque fois : dans la grande voiture, le long des grandes avenues, traversant le fleuve, le fleuve Sumida, pour rejoindre un entrepôt où il n'est jamais allé et où il ne retournera jamais, au milieu de petites usines et de baraquements, dans un lieu qui pourrait se trouver ici ou là, n'importe où, un lieu qui est au milieu de nulle part aujourd'hui, à tout jamais et pour l'éternité, un endroit au milieu de nulle part, et à cet endroit, au milieu de nulle part, devant l'entrepôt, il sort de la voiture, comme il sait qu'il le fera, comme à chaque fois, et il observe l'entrepôt, un bâtiment de béton, de fer et de bois, mélange de gris, de rouille et de brun, avec des traînées noires sur le mélange de gris, de rouille et de brun, il sent, à chaque inspiration, les odeurs fétides de saumure et de merde, et à chaque expiration, l'odeur fétide de la lâcheté, mêlée de fierté, puis il se dirige vers la porte de l'entrepôt, pénètre dans l'entrepôt, comme il sait qu'il le fera, comme à chaque fois, passant entre les fûts de ferraille, les piliers métalliques et les chaînes qui pendent, traversant les flaques d'huile, au milieu de déchets épars et d'éclats de verre brisé avant d'arriver au fond de l'entrepôt, jusqu'au demi-cercle que forme un groupe d'homme en manches de chemise ou en tricot de peau, armés de leurs outils ou de leurs poings, un demi-cercle au centre duquel se trouve une chaise, comme il sait que ce sera le cas, il sait que ça se passera ainsi, avec un homme attaché à cette chaise, un homme dévêtu, complètement nu, tabassé et blessé, comme il sait qu'ils le feront, comme à chaque fois, comme il sait que Senju le fera, c'est toujours comme ça que ça se passe avec lui, et Harry Sweeney reste planté là, au fond de l'entrepôt, au milieu de nulle part, au milieu de ces hommes, devant cet homme, et Harry Sweeney ne prononce pas un mot, comme il sait qu'il le fera, c'est toujours comme ça que ça se passe avec lui, parce que Harry Sweeney ne dit jamais rien, Harry Sweeney ne fait jamais rien –

Il t'en a fallu du temps, dit Akira Senju. Mais Akira Senju ne lui accorde pas un regard, gardant les yeux fixés sur l'homme attaché à la chaise : Deux à trois heures de plus, et notre gars n'aurait pas tenu le coup. Et ç'aurait été dommage parce qu'il a des choses intéressantes à nous raconter.

Harry Sweeney observe l'homme assis sur la chaise, l'homme ligoté à la chaise, le câble qui retient sa poitrine et ses bras contre le dossier de la chaise, le câble qui lui enserre la poitrine et les bras, sa poitrine dénudée et ses bras nus, le corps dévêtu, complètement nu, la chair où l'on voit les traces des coups et des blessures, les marques des impacts et des tortures, la tête baissée cachant son visage, le sang qui coule sur sa poitrine, sang sur sang, et Harry Sweeney déglutit et finit par dire : Il ne me sera pas très utile s'il meurt.

C'est ce que je me suis dit, déclare Akira Senju. C'est que j'ai pensé, et j'ai dit aux gars, je leur ai dit, ça sert à rien de le faire mourir, les gars. Allez-y mollo, les gars, mollo. Mais, pour eux, c'est comme si la guerre n'était pas terminée, comme s'ils ne le savaient pas ; ils continuent le combat, ils sont comme ça, mes gars. Tu vois ce que je veux dire, Harry ?

Harry Sweeney s'avance dans le demi-cercle que forment les hommes, s'approche de l'homme ligoté sur la chaise, Harry Sweeney s'accroupit auprès de l'homme ligoté sur la chaise, avance la main vers l'homme ligoté sur la chaise. Harry Sweeney lève la tête de l'homme ligoté sur la chaise, sa tête au visage tuméfié, couvert de sang, couvert de larmes mêlées de sueur. Harry Sweeney scrute le visage de l'homme ligoté sur la chaise, son nez et ses pommettes fracturés, ses yeux clos tuméfiés ; ses oreilles tordues et arrachées, et voit sa bouche s'ouvrir sur un amas de bulles de sang et de dents brisées, et l'entend murmurer –

Aidez-moi, je vous en supplie.

Harry Sweeney lâche la tête de l'homme, qui retombe sur sa poitrine, puis Harry Sweeney se retourne, revient sur ses pas, regarde Akira Senju, déglutit de nouveau et dit : Nettoyez-le et amenez-le jusqu'à la voiture, *s'il vous plaît*.

Vous avez entendu ce qu'on vous a dit, les gars, lance Akira Senju tandis que Harry Sweeney passe au milieu d'eux, devant Akira Senju, au milieu des flaques d'huile, des déchets épars et des éclats de verre brisé qui jonchent le sol, entre les fûts de ferraille, les piliers métalliques et les chaînes qui pendent, entre des piles de caisses de tout ce qu'on peut imaginer ; fusils et bombes pour certains, drogues et alcools pour toutes les autres, avant de sortir de l'entrepôt, à l'extérieur du bâtiment aux teintes de gris, de rouille et de brun, dans l'odeur fétide de saumure mêlée de merde, et il s'adosse contre la voiture en attendant, pour fumer une cigarette, puis une autre et encore une autre, comme il a l'habitude de le faire, comme il le fait à chaque fois, jusqu'à ce qu'il entende un bruit de bottes, et une voix –

Et voilà le paquet, dit Akira Senju. Je te présente Lee Jung-Hwan. Il est tout à toi, Harry-san, tout à toi.

Lee Jung-Hwan n'est plus ligoté sur la chaise, il n'est plus complètement nu, il est accroché aux bras de deux hommes, qui lui ont remis ses vêtements déchirés et tachés de sang et d'huile, enfilé ses chaussures qui pendent à ses pieds, la tête baissée dissimulant son visage.

Harry Sweeney balance sa cigarette dans la poussière, regarde Akira Senju, hoche la tête et dit : Merci.

De rien, Harry, répond Akira Senju avec un sourire. Je te l'ai dit, je ne demande qu'à rendre service. Et qu'est-ce qu'on fait maintenant, *patron* ?

Harry Sweeney ouvre la portière arrière de la voiture : Mettez-le là. Je veux lui parler. Seul à seul.

Comme tu veux, *patron*, dit Akira Senju, claquant des doigts en direction des deux hommes qui soutiennent Lee Jung-Hwan. Et les deux hommes le traînent dans la poussière, le soulevant à moitié, le poussent dans la voiture, avant de le balancer sur le siège arrière.

Harry Sweeney ferme la portière, contourne l'arrière de la voiture, ouvre la portière opposée, puis s'installe à côté de Lee Jung-Hwan avant de refermer la portière.

Au milieu de nulle part, sur le siège arrière de la voiture, Harry Seeney regarde fixement le pare-brise avant, les yeux perdus dans la grisaille, la rouille et le brun des murs, et attend.

Merci, dit Lee Jung-Hwan, gardant la tête baissée, cachant son visage, d'une voix sèche et brisée.

Harry Sweeney continue de regarder fixement devant lui, les yeux toujours perdus dans la grisaille, la rouille et le brun des murs, et lui dit : Vous me remercierez quand nous serons sortis d'ici –

Quand nous serons sortis d'ici…

Les mots flottent dans l'air confiné et l'humidité ambiante de la voiture, flottent entre eux –

Où est mon petit frère ? demande Lee Jung-Hwan, d'une voix étranglée, la gorge nouée.

Harry Sweeney se tourne vers lui, cessant de contempler la grisaille, la rouille et le brun des murs à travers le pare-brise, il regarde fixement l'homme en sang, battu, brisé, penché près de lui et lui dit : Je ne sais pas.

Il est encore vivant ?

Autant que je sache, mais la seule façon d'en être sûr, la seule façon de lui sauver la vie et la vôtre, est de me raconter tout ce que vous savez sur la mort du président Shimoyama.

Ça ne me sauvera pas, dit Lee Jung-Hwan, relevant la tête, laissant voir son visage, ce qu'il en reste, et il regarde Harry Sweeney, avant d'ajouter : Et ça ne vous aidera pas, non plus.

Ça pourrait être utile à votre petit frère.

Peut-être, murmure Lee Jung-Hwan, tournant la tête, baissant à nouveau la tête.

Harry Sweeney se tourne lui aussi, replongeant son regard à travers le pare-brise, dans la grisaille, la rouille et le brun des murs, et attend sans dire un mot.

Vous faites partie du CIC[1] ? demande Lee Jung-Hwan qui garde la tête baissée, cachant son visage.

---

1. Counter Intelligence Corps : service de renseignement de l'armée de terre américaine pendant l'occupation du Japon.

Sécurité publique. Pourquoi ?

Le CIC n'appréciera pas ce que je vais dire.

Il regarde les murs teintés de gris, de rouille et de brun, le regard perdu dans la grisaille, la rouille et le brun des murs, quand Harry Sweeney déclare : Les gens du CIC n'aiment pas ce que la plupart des gens racontent. Ça fait partie de leur boulot, de ne pas aimer ce que les gens racontent.

Je sais. Mais c'est mon boulot de dire ces choses-là.

Vous êtes communiste, c'est ça ?

Je travaille au service du code à la Mission soviétique, répondit Lee Jung-Hwan, relevant la tête, montrant son visage.

Au milieu de nulle part, sur le siège arrière de la voiture immobile, Harry Sweeney, cessant de fixer la grisaille, la rouille et le brun des murs, regarde ce qui reste du visage de cet homme, ce nez cassé, ces pommettes écrasées, ces yeux clos tuméfiés, ces oreilles tordues et arrachées, cet amas de chairs noires, violettes et rouges, le reste du visage de cet homme, qui passe par toutes les nuances de noir, de violet de rouge, et il demande : Pouvez-vous le prouver ?

Pas tout de suite, pas ici, répond Lee Jung-Hwan, tirant sur ses vêtements déchirés et tachés de sang et d'huile, montrant ses poches vides. Mais si vous m'emmenez à votre bureau, il vous suffira de passer quelques coups de fil, pour vérifier, et avoir la preuve de ce que je dis.

Pour commencer, donnez-moi une bonne raison d'agir ainsi, et dites-moi ce que vous savez de la mort du président Shimoyama.

Là, maintenant ?

Oui.

Bon, d'accord, soupire Lee Jung-Hwan. D'accord. Voilà, en tant qu'employé au service du code, j'ai eu l'occasion de voir des communications officielles entre Moscou et Tokyo concernant Shimoyama…

Continuez –

Alors, c'était en avril, je crois, quand on a parlé pour la première fois du plan de licenciement, vous savez, les licenciements de masse, c'est à ce moment-là qu'on a reçu un ordre de Moscou. Il était adressé au lieutenant général Derevyanko en personne et donnait l'ordre à la Mission de gagner la confiance de Shimoyama, par tous les moyens possibles. Moscou suggérait que le meilleur moyen pour y arriver serait de fournir des informations confidentielles à Shimoyama, pour le mettre en confiance…

Sur le siège arrière de la voiture immobile, dans l'air confiné chargé d'humidité de la voiture, Harry Sweeney prend son calepin et un stylo dans la poche intérieure de son veston, l'ouvre et tout en écrivant, demande : Vous dites que c'est Derevyanko qui était chargé *en personne* de gérer *directement* cette opération ?

Non, répond Lee Jung-Hwan. Pas personnellement, non. C'est un type qui s'appelle Rosenoff, c'est lui qui est responsable de toutes les opérations secrètes à la Mission soviétique à Tokyo. Mais il en répond devant le lieutenant général Derevyanko, et devant Moscou aussi.

Alors c'est ce Rosenoff qui a géré l'opération ?

Oui, confirme Lee Jung-Hwan. Mais quelque temps après, Moscou a envoyé ce type, un certain Ariyoshi, pour s'occuper en personne de M. Shimoyama. Il a pris en charge l'opération et faisait un rapport quotidien à Rosenoff et Moscou.

Vous avez eu l'occasion de voir cet homme ?

Oui, répond Lee Jung-Hwan.

Vous pouvez le décrire –

À peu près le même âge que moi, je suppose, juste la trentaine. On pourrait le prendre pour un Chinois, mais je pense qu'il est japonais. Le visage allongé, avec de grosses lèvres, plutôt trapu, dans les cinquante-cinq kilos, je crois, un mètre soixante environ, peut-être un peu plus grand.

Harry Sweeney tourne la page de son calepin, et continuant à écrire lui dit : Continuez –

Donc, Ariyoshi avait un contact au sein du syndicat, le syndicat des cheminots. Ce type est communiste, mais personne ne le sait, et Ariyoshi fait en sorte que ce type entre en contact avec Shimoyama et commence à lui fournir des rapports confidentiels, certains authentiques, et la plupart non. Entre-temps, et là, c'est ce qui ne va pas plaire au CIC…

Continuez –

Il y a ce membre du CIC, il est aussi membre du parti communiste américain. Dans le même temps, ce type a également contacté Shimoyama, lui a demandé de lui fournir les informations confidentielles qu'il reçoit des syndicats – vous comprenez ?

Harry Sweeney arrête d'écrire, lève les yeux de son calepin, fixant à nouveau à travers le pare-brise la grisaille, la rouille et le brun des murs, et toutes les couleurs se mettent à tournoyer, tournoyer, de plus en plus vite, et Harry Sweeney hoche la tête et dit : Ouais.

Ils baladaient Shimoyama, le faisaient tourner en rond, poursuit Lee Jung-Hwan. Lui, il croyait transmettre les plans des syndicats, les plans secrets des communistes, au CIC, à vos services, le CIC étant censé les vérifier, vos services, feignant de le remercier. Mais pendant ce temps-là, jour après jour, le piège se refermait sur lui.

Dans l'air confiné chargé d'humidité de la voiture, Harry Sweeney cligne des yeux, se frotte les yeux, se pince l'arête du nez, puis replonge dans son calepin et, se remettant à écrire, il demande : En ce qui concerne le 5 juillet –

Oui, répond Lee Jung-Hwan parlant lentement, calmement. Fin juin, l'ordre est arrivé de Moscou, l'ordre d'exécuter M. Shimoyama et, plus précisément, de l'exécuter de façon à provoquer le plus grand désordre, pour créer d'énormes problèmes, tant au gouvernement japonais qu'au GHQ, prévoyant que cela entraînerait une immense réaction à l'encontre du parti communiste japonais et des mouvements syndicalistes, qui, à son tour, pousserait les communistes et les syndicats à adopter une politique de lutte violente et de révolution, en se lançant dans la bataille en avant-garde d'une révolte du prolétariat japonais.

Harry Sweeney arrête de nouveau d'écrire, lève les yeux de son calepin, le regard perdu, fixant à nouveau la grisaille, la rouille et le brun des murs, avant de conclure : Le tout commençant par l'enlèvement et l'assassinat du président Shimoyama.

Ouais, dit Lee Jung-Hwan.

Au milieu de nulle part, sur le siège arrière de la voiture immobile, Harry Sweeney tourne brusquement la tête, quittant des yeux la grisaille, la rouille et le brun des murs, et regarde fixement l'amas de chairs noires, violettes et rouges qui avait été le visage de cet homme, cet homme qu'on a tabassé, cet homme couvert de sang, avec toutes ses fractures, qui baisse la tête, et il lui dit : Un enlèvement et un assassinat auquel vous avez participé –

Non, proteste Lee Jung-Hwan. Non, non ! J'ai juste vu les communications, je les ai décodées, ou encodées.

Ce n'est pas ce que votre frère raconte –

Il n'a rien à voir là-dedans, dit Lee Jung-Hwan. Rien du tout –

Alors, pourquoi l'avoir entraîné avec vous ? Pourquoi lui avoir fait voler cette voiture à votre place ?

Je ne lui ai rien demandé et il n'a rien fait, répond Lee Jung-Hwan, levant les yeux vers Harry Sweeney, le regard suppliant, puis se tournant vers la vitre de la portière, regardant Akira Senju et ses hommes, je ne vois pas de quelle voiture ils parlent, de quelle voiture vous voulez parler, il veut parler, je vous en prie –

Devant le Mitsukoshi ?

Je vous en supplie, dit Lee Jung-Hwan, se tournant vers Harry Sweeney, secouant la tête, sa tête couverte de coups et de sang. C'est une erreur, il a commis une erreur. Mais laissez-moi seulement le voir, laissez-moi lui parler…

D'accord, calmez-vous, dit Harry Sweeney. Restez calme. Je reviens dans une minute –

Et Harry Sweeney sort de la voiture, contourne l'arrière du véhicule, pour se diriger vers l'entrepôt, l'entrepôt plongé dans l'ombre, et Akira Senju qui sourit.

Quelle histoire, hein, Harry, lance Akira Senju. Une sacrée histoire qu'il raconte, hein ? Je suis sûr que tu es impressionné, Harry-san !

Où as-tu planqué son frère ?

Impressionné et reconnaissant, j'espère, Harry…

Dans l'ombre de l'entrepôt, devant ses portes béantes, Harry Sweeney regarde Akira Senju droit dans les yeux et lui dit : Je t'ai demandé où est son frère ? Il faut que je lui parle.

Alors, là, Harry, ça va être un peu difficile.

Tu plaisantes ou quoi ?

C'est exactement ce que j'ai dit aussi, Harry, poursuit Akira Senju. Quand les gars m'ont raconté ce qui s'est passé, je leur ai dit : Vous plaisantez, les gars ? Faut être complètement idiot pour sauter de l'arrière d'un camion en marche dans le fleuve, le fleuve Sumida, avec les mains attachées. Faut être complètement idiot pour faire ça ! Je sais que le gosse était barjo, mais vous plaisantez ou quoi ?

Dans l'ombre de l'entrepôt, devant ses portes béantes, au milieu de la grisaille, la rouille et le brun des murs, couverts de traînées noires, Harry Sweeney se retourne pour regarder la voiture, le visage plaqué contre la vitre de la voiture immobile, ce qui reste d'un visage qui a les yeux fixés sur Harry Sweeney.

Tu veux lui annoncer, Harry, ou je m'en charge ?

Dans cet endroit au milieu de nulle part, au cœur de ce nulle part, où flotte cette puanteur de saumure, cette puanteur de merde, Harry Sweeney se tourne vers Akira Senju, Harry Sweeney fixe Akira Senju, Harry Sweeney serre les dents, et serrant toujours les dents, Harry

Sweeney déclare : Personne ne va rien lui dire du tout. Je l'emmène au bureau de la sécurité publique, et c'est toi, qui vas nous y conduire.

Bien sûr, Harry. C'est toi, le *patron*.

Dans l'immeuble NYK, au quatrième étage, dans le bureau 402, dans le bureau du colonel Pullman, faisant face au colonel assis à sa table de travail et auprès duquel sont également assis, aux côtés du chef Evans, Bill Betz et Susumu Toda, Harry Sweeney hoche la tête, remet le nez dans la déclaration qu'il a en main et commence à lire à voix haute : Le matin du 5, le président Shimoyama est arrivé en voiture à l'entrée sud du grand magasin Mitsukoshi et s'est rendu seul à pied jusqu'à l'entrée nord du magasin où Ariyoshi, Oyama, Kinoshita et Chin attendaient dans deux berlines noires. Je pense qu'il s'agit des voitures 9 et 10 – une Chevrolet noire et une Buick noire – qui font partie de la flotte de la Mission soviétique. Les plaques d'immatriculation ont été faites spécialement pour l'opération, l'une portait le numéro 1A2637, mais je ne me rappelle pas le numéro de la seconde. Ariyoshi et Oyama ont emmené le président Shimoyama dans la première voiture, l'ont fait s'asseoir entre eux deux. Les voitures ont traversé les quartiers de Ginza et de Shimbashi pour aller dans une propriété située dans le quartier d'Azabu, près de l'ambassade d'Union soviétique, où logent des membres du personnel de l'ambassade. Avant d'entrer dans la propriété, Oyama a asséné un coup dans les organes vitaux du président Shimoyama, utilisant une prise de karaté pour lui faire perdre connaissance. Une fois à l'intérieur du bâtiment, le président Shimoyama a subi une injection létale dans le bras droit. Dès que sa mort a été dûment constatée, il a été déshabillé et placé dans une baignoire où l'on a pratiqué une incision sur une veine de son bras droit pour le saigner à blanc. Son corps a été ensuite placé dans un sac en plastique et conservé dans le garage situé sur un côté de la propriété. Afin d'égarer les autorités chargées de l'enquête, un individu ressemblant au président Shimoyama a été employé comme leurre. Il s'agit d'un dénommé Nakamura, qui est à peu près de la même taille que le président Shimoyama. J'ignore où il habite, mais je pense que ça doit être dans le coin de Kansai. Il vient environ une fois par semaine à Tokyo pour retrouver deux autres individus du nom de Tokuda et Nosaka. Dans la propriété d'Azabu, on lui a fait endosser les vêtements du président Shimoyama et on l'a envoyé sur les lieux où le corps a été trouvé ultérieurement. C'est aux alentours de neuf heures du soir que le corps du président Shimoyama a été embarqué dans une des voitures précédemment mentionnées et emmené jusqu'à l'endroit où a eu lieu l'incident, après un arrêt dans un lieu inconnu, mais la voiture est arrivée environ à dix heures trente du soir sur place. Le véhicule s'est arrêté sous les voies de la ligne de Jōban, près de la prison de Kosuge. À ce moment-là, le dénommé Nakamura est arrivé et s'est déshabillé pour qu'on puisse remettre ses vêtements au cadavre. Une fois la chose faite, Nakamura est reparti dans la voiture. Le corps a ensuite été placé sur un chariot et transporté jusqu'à l'endroit où on l'a trouvé par la suite. Le corps a été disposé de façon à ce que le bras qui avait subi l'injection se trouve juste sur le rail. Dès que cela a été fait, trois personnes ont quitté les lieux, emportant le chariot. Trois autres individus sont restés dans les parages jusqu'au moment où le train est passé sur le corps du président Shimoyama. Les personnes présentes sur les lieux étaient : Ariyoshi, Oyama, Konoshita, Chin, un Russe et un Ukrainien. Les individus qui sont restés sur place étaient Ariyoshi, le Russe et l'Ukrainien. Afin de ne pas être arrêtés en cours de route, tous les hommes, excepté le Russe, portaient des uniformes américains et disposaient de faux papiers du CIC. Une voiture est venue reprendre les trois hommes, restés sur les lieux, à une heure et à un endroit convenus, mais j'ignore où et quand. J'ai établi un portrait des individus que j'ai cités – ARIYOSHI, OYAMA, KINOSHITA et CHIN – que vous trouverez en pièce jointe, et je vous ai dit tout ce que je savais, signé Andorushin, R.J.K.C. 125 (nom et matricule utilisés par la Mission soviétique), de mon véritable nom de naissance, Lee Jung-Hwan.

Harry Sweeney, ayant terminé sa lecture, lève les yeux du document, et attend, la pendule au mur égrenant ses tic-tac, il attend, les minutes passent et –

Eh bien, en voilà une histoire, Harry, déclare le colonel Pullman. Quelle histoire ! Qu'en pensez-vous, Evans ?

Je ne sais pas, colonel, répond le chef Evans. À mon avis, il faut suivre la voie hiérarchique, colonel, en référer au général.

Vraiment ? dit le colonel. Au général Willoughby ?

Puisque vous me le demandez, colonel, je pense que oui, dit le chef Evans. À mon avis, ça ne concerne pas la sécurité publique, colonel, c'est l'affaire du CIC.

Vraiment ? répète le colonel Pullman, qui se redresse et levant les yeux, regardant alternativement d'abord Bill Betz, puis Susumu Toda et enfin Harry Sweeney, il demande : Et vous, qu'est-ce que vous en pensez ?

Bill Betz hoche la tête : Je sais que ça a l'air invraisemblable, colonel – l'exsanguination, le leurre – comme dans un film, colonel, mais les faits sont là.

C'est ce que tu crois, dit Susumu Toda se tournant vers Bill Betz en riant. Mais le fait est qu'on n'en a pas la moindre preuve.

Pourtant, c'est bien toi qui nous as parlé de la voiture volée, et de tous ces témoins qui ont déclaré avoir vu de grosses voitures noires…

Sur d'autres lieux, réplique Susumu Toda, à des heures différentes.

Bill Betz secoue la tête : Et alors, peu importe si certains détails ne sont pas parfaitement cohérents. Il est possible qu'un témoin se trompe sur l'heure ou sur un lieu. Ça arrive, tu le sais pertinemment. Il se peut aussi que le rapport que les cocos ont envoyé à Moscou ne soit pas tout à fait exact, ou que ce gars, l'employé au code, n'ait pas tout gardé très précisément en mémoire, qu'il se soit trompé quand il nous a parlé. Et alors !

Eh bien, dit Toda, il se pourrait aussi que ce gars soit un menteur invétéré, un affabulateur de première, voilà.

Bill Betz secoue la tête : Alors, comme dit le chef, c'est au CIC de trouver le fin mot de l'histoire. Ça ne nous concerne pas.

Harry, intervient le colonel Pullman, c'est votre poulain, fiston. C'est vous qui l'avez trouvé. Qu'est-ce que vous en dites ?

Harry Sweeney hausse les épaules : Je regrette, colonel, mais je confirme tout ce qui vient d'être dit, ce que tout le monde dit. On n'a pas d'indices, aucune preuve, comme l'a remarqué Susumu. Mais comme Bill l'avance aussi, il y a quelques éléments qui pourraient faire sens. Alors, je suis du même avis que le chef Evans, colonel, je pense que cette affaire est du ressort du général et du CIC, colonel.

Ah bon, vraiment ? s'étonne le colonel Pullman, qui se lève de sa chaise et contourne son bureau pour prendre le document que tient Harry Sweeney, et jetant un œil à la déclaration de Lee Jung-Hwan, il secoue la tête et répète : Vraiment…

Le chef Evans, Bill Betz, Susumu Toda et Harry Sweeney regardent le colonel Pullman, patientent, tandis que la pendule au mur égrène ses tic-tac, gardant le silence, tandis que les minutes passent, une après l'autre, jusqu'à ce que –

Vous voyez, la différence entre vous et moi, déclare le colonel Pullman, c'est que vous êtes des civils et que moi, je suis un militaire. Un vieux militaire, mais toujours un militaire. Et vous voyez, je n'arrive pas à décider si cette histoire est du bidon ou pain bénit. Je ne saurais le dire, je l'ignore totalement. Mais s'il y a bien une chose dont je sois sûr, c'est que si je fais remonter cette histoire jusqu'en haut de la hiérarchie, comme vous semblez enclins à me le voir faire, si je transmets le dossier au général Willoughby, nous aurons bien de la chance si ça ne déclenche pas une putain de troisième guerre mondiale avant la fin de la journée.

Le chef Evans s'élève pour dire : Désolé, colonel. On n'a qu'à laisser tomber, oublier…

Attendez, chef Evans, l'interrompt le colonel. Ce n'est pas ce que je demande, pas du tout. Ce dont je veux m'assurer, si je fais remonter le dossier en haut de la hiérarchie, si le général commence à réclamer des têtes de communistes, à exiger qu'on fasse couler le sang des cocos, c'est uniquement qu'on ne lui a pas fourni un document bidon.

Le chef Evans acquiesce : Bien entendu, colonel. Absolument, colonel. Il vous faut des preuves, c'est évident, colonel.

Des preuves et de la discrétion, précise le colonel. Voilà ce qu'il me faut, chef Evans. Donc je vais m'appuyer sur cette déclaration et passer quelques coups de fil, en toute discrétion, voir si je peux trouver des informations sur l'un des noms qui sont cités. Entre-temps, les gars, vous allez vous replonger dans les rapports de police, dans les déclarations des témoins, et voir si vous trouvez des descriptions qui pourraient coller avec celles des hommes ou des voitures mentionnés dans le rapport.

Le chef Evans acquiesce de nouveau : Et si c'est le cas ?

Bon sang, vous irez les interroger, nom de Dieu, voilà ce que vous allez faire, chef Evans. C'est compris, tout est clair ?

Oui, colonel, aboient en chœur le chef Evans, Bill Betz, Susumu Toda et Harry Sweeney. Compris, colonel, tout est clair.

Très bien alors, dit le colonel –

Harry Sweeney intervient : Colonel… ?

Qu'y a-t-il, fiston ?

Harry Sweeney demande : Et si vous n'avez pas de preuve, si nous n'obtenons pas de résultat, si on ne trouve aucun élément, rien qui corrobore ? Que se passera-t-il, dans ce cas, colonel ? Qu'est-ce qu'on fera de lui ?

Alors, ce ne sera plus notre problème, fiston. Dans ce cas, nous relâcherons le bonhomme ou bien nous le livrerons à la police japonaise, et il faudra qu'il se débrouille avec eux. Dans tous les cas, ça ne nous concernera plus. C'est clair, fiston, compris ?

Oui, colonel, compris, colonel.

Très bien alors, conclut le colonel. Rompez !

Je ne sais pas, dit Kazuko Kawada qui est assise près de la porte dans le CAFÉ HONG KONG, le café vide de tout client, porte close, alors que le patron, le serveur et le cuisinier assis à la table d'à côté attendent de pouvoir rentrer chez eux, pressés de rentrer chez eux, regardant furtivement Harry Sweeney et Kazu-chan, tandis que Kazu-chan répète : Mais je ne crois pas. Je regrette.

Harry Sweeney consulte le signalement des quatre hommes et du leurre que Lee Jung-Hwan a donné dans sa déclaration, puis son regard revient sur la jolie jeune femme, qui porte encore sa robe noire et son tablier blanc, et Harry Sweeney lui demande : Mais vous continuez de penser que l'homme que vous avez vu ce matin-là, de croire que cet homme aurait pu être le président Shimoyama ?

Je pense que oui, répond Kazuko Kawada. À cause de ses lunettes à la Harold Lloyd, à cause de ses sourcils tombants, je crois bien que ça devait être lui.

Harry Sweeney hoche la tête, et tapotant la feuille de papier posée sur la table, la déclaration de Lee Jung-Hwan, lui repose sa question : Mais donc selon vous, les signalements donnés ne correspondent ni à l'homme assis à côté du président Shimoyama ni aux autres occupants de la table qui étaient de l'autre côté de l'allée centrale ce matin-là.

Je regrette, répète Kazuko. Mais les hommes que vous avez décrits, ils sont beaucoup plus jeunes.

Harry Sweeney hoche encore la tête, puis, baissant la voix, il lui demande : Et l'homme qui s'est servi du téléphone ce matin-là, vous ne vous rappelez vraiment pas –

Non, répond Kazuko Kawada, secouant la tête, clignant des yeux. Non, je suis désolée, vraiment désolée. J'ai beau essayer, je n'y arrive pas.

Harry Sweeney tend le bras par-dessus la table et lui touche la main, lui tapote la main. Ce n'est pas grave, ce n'est pas grave.

Je vous l'ai dit, reprend Kazuko Kawada, retirant sa main, prenant son mouchoir dans la poche de son tablier. Il me tournait le dos, je ne pouvais pas voir son visage…

À votre avis, c'était peut-être un étranger ?

Un étranger ? Comme vous ?

Peut-être un Coréen ?

C'est pas ce qui manque ici, par les temps qui courent, intervient le patron, M. Niide, qui est assis à la table de l'autre côté de l'allée. Ils en prennent à leurs aises ici, comme si le café leur appartenait.

Harry Sweeney se tourne vers M. Niide et dit : Mais vous acceptez bien leur argent, malgré tout ? Et vous les laissez se servir de votre téléphone, n'est-ce pas ?

Et alors ? répond M. Niide. Tant qu'ils peuvent payer, ça ne me pose pas de problème. L'argent n'a pas d'odeur.

Le regard de Harry Sweeney passe du patron au serveur et au cuisinier avant de revenir se fixer sur la serveuse et il demande : Donc, si quelqu'un veut se servir du téléphone, il faut qu'il demande l'autorisation, n'est-ce pas ? Et donc, ce matin-là, le matin du 5 juillet, si un de vos clients a demandé s'il pouvait se servir du téléphone, c'est à l'un d'entre vous qu'il s'est adressé ?

Effectivement, c'est ce qui a dû se passer, confirme le patron, hochant la tête, se tournant vers le serveur et le cuisinier. C'est ce qu'il a dû faire.

Alors, c'était lequel d'entre vous ? demande Harry Sweeney, se tournant lui aussi vers eux, regardant fixement le serveur –

Le serveur, le grand type maigre, tire nerveusement sur son col de chemise et déclare : D'accord, d'accord, c'était moi.

Toi ? s'étonne le patron. Mais pourquoi tu ne l'as pas –

Parce que vous n'êtes pas foutu de les payer correctement. Alors, il a empoché le prix de la communication, voilà pourquoi.

M. Kojima, le serveur, arrache son nœud papillon, le jette sur la table, plonge la main dans sa poche, en sort une poignée de pièces et les plaque sur le plateau de la table : Voilà, tenez, gardez tout, je m'en moque, dit-il en se levant.

Asseyez-vous, lui ordonne Harry Sweeney. Vous ferez votre sortie quand je partirai, quand nous en aurons terminé.

L'homme se laisse choir sur la banquette, jette un regard noir à Harry Sweeney, sans dire un mot, et attend.

De quoi avait-il l'air ?

Qui ça ? demande le serveur.

Votre sacré empereur du Japon, bien sûr, fulmine Harry Sweeney. De qui croyez-vous qu'il s'agisse, bon sang ?

J'sais pas, dit le serveur.

Harry Sweeney regarde l'homme droit dans les yeux et déclare : Ce matin-là, le 5 juillet, un peu après neuf heures et demie, mais il n'était pas encore dix heures, vous étiez dans la cuisine et un homme a passé la tête à l'intérieur pour vous demander s'il pouvait utiliser le téléphone. Je sais pertinemment qu'il l'a fait, pour la bonne raison que c'est moi qu'il a appelé – et donc, vous allez me dire à quoi ressemblait ce type, bon sang ?

Mais je ne sais pas, répond le serveur, se tournant vers Kazuko Kawada, la serveuse, qui n'arrive pas à retenir ses larmes. Je suis désolé, mais je ne me rappelle vraiment pas…

Il était vieux, ou jeune, vous devez bien vous rappeler quelque chose ?

Écoutez, j'étais en pleine préparation des commandes, dit le serveur. Les plats, les boissons. J'ai jeté un œil par-dessus mon épaule, j'ai pris son argent et puis il est parti…

Mais il vous a parlé, alors vous avez entendu sa voix –

Juste quelques mots. Dits d'une voix douce, avec politesse, il me semble. Mais c'est tout ce que je me rappelle…

Trop tard, murmure une voix d'homme, un Japonais, puis plus un mot, silence complet sur la ligne, et la communication s'interrompt.

Je regrette, dit le serveur.

Moi aussi, réplique Harry Sweeney, jetant un coup d'œil de l'autre côté de la table vers Kazuko Kawada, la serveuse qui, la tête basse, les épaules tremblantes, pleure à chaudes larmes dans son tablier. Harry Sweeney ferme son calepin, et le range avec son stylo dans la poche intérieure de son veston. Il ramasse la déclaration de Lee Jung-Hwan qu'il avait posée sur la table, la replie et la glisse dans l'autre poche de son veston. Reprenant son chapeau sur le siège d'à côté, il se lève. Jetant un dernier regard au personnel du CAFÉ HONG KONG, il secoue la tête, et quitte les lieux, en claquant la porte derrière lui.

Harry Sweeney emprunte le couloir souterrain qui mène au guichet de la station. Montrant son badge, il passe le portillon et prend l'escalier pour descendre sur le quai. Les trains en direction d'Asakusa côté gauche, ceux en direction de Shibuya côté droit, un courant d'air sort du tunnel faisant voleter les papiers et les mégots de cigarettes qui traînent sur le sol. Harry Sweeney retient son chapeau, le maintenant fermement sur sa tête tandis qu'un train arrive en gare en direction d'Asakusa, dans un vacarme de roues et de freins qui lui perce les oreilles. Harry Sweeney attend que les portes s'ouvrent, que les passagers descendent du train, que les voyageurs y montent, avant de pénétrer dans le wagon brillamment éclairé, les portes se ferment sur lui, et le train se met en marche tandis qu'Harry Sweeney traverse le wagon, puis le suivant, remontant toute la rame pour arriver en tête de train où il trouve un siège libre et s'assied avant d'enlever son chapeau. Il veut prendre son mouchoir pour s'essuyer le visage et le cou, mais il ne le trouve pas dans sa poche et il doit se servir de la manche de sa veste pour s'éponger le front et s'essuyer la bouche. Remettant son chapeau, il jette un œil autour de lui, vers l'avant et l'arrière du wagon, puis en face de lui, observant les passagers. Quelques hommes çà et là, certains avec un chapeau, d'autres agitant des éventails, certains en veston, d'autres portant cravate, somnolant ou lisant, un livre ou le journal. Couverture et dernière page, en main ou posé sur le siège d'à côté, un siège inoccupé. Harry Sweeney ramasse un journal abandonné et se met à lire les grands titres et les articles annoncés : LA POLICE PREND DES MESURES POUR TRAQUER LES HORS-LA-LOI : cette mesure n'est pas dirigée contre les syndicats, déclare Hepler, contrairement à ce que la Russie prétend / LES SOVIÉTIQUES SÈMENT LE CHAOS AU JAPON, LES USA DÉMENTENT ÉNERGIQUEMENT LES ACCUSATIONS PORTÉES CONTRE LES MESURES PRISES PAR L'ARMÉE D'OCCUPATION AMÉRICAINE : les communistes du pays ont pour instructions de semer la peur, l'insécurité, le chaos, déclare McCoy / LE JAPON DOIT RÉSISTER AU MOUVEMENT MENÉ PAR L'ARMÉE D'OCCUPATION SOVIÉTIQUE, DÉCLARE LE DÉPUTÉ YOSHIDA / LE PRÉSIDENT SHIMOYAMA A ÉTÉ ASSASSINÉ, DÉCLARE LE PROCUREUR GÉNÉRAL : cette mort étrange n'est qu'un coup monté.

Harry Sweeney arrête de lire, lève les yeux du journal, de ses titres et de ses articles. Le train est à l'arrêt, le wagon complètement vide.

Ils sont arrivés au bout de la ligne, au terminus d'Asakusa. Harry Sweeney remet le journal sur le siège d'à côté, se lève et descend sur le quai. Il prend l'escalier pour monter jusqu'à la sortie, montre son badge et passe le portillon. Empruntant le passage incliné, il passe devant l'entrée du sous-sol du grand magasin Matsuya, et grimpe l'escalier qui mène à la station d'Asakusa sur la ligne de Tōbu. Il gravit une deuxième volée de marches pour accéder aux quais et aux trains. Il montre son badge au guichet et se dirige vers le quai. Gagnant rapidement le bout du quai, il monte dans un train sur sa gauche, un train local sur le point de démarrer. Il ne cherche pas à s'asseoir, se contente de rester près de la porte, de regarder la porte qui se ferme et le train qui quitte la gare, sur la voie surélevée, le regard fixe contemplant le paysage derrière la vitre tandis que le train traverse le fleuve, le fleuve Sumida, contemplant le fleuve, contemplant le fleuve Sumida, depuis ce train jaune qui roule sur le pont métallique, traversant le fleuve, le fleuve Sumida, qui coule en contrebas, qui s'étale devant lui, si calme et si sombre, si doux et si chaud, comme une invitation chaleureuse, c'est tentant, si tentant, infiniment tentant, tellement tentant. Le fleuve, le fleuve Sumida, un homme qui disparaît, qui s'évanouit dans la nature, la folle tentation de disparaître, de se fondre dans les airs, dans la nuit, mais le fleuve disparaît, le Sumida a disparu, la tentation aussi, pour le moment. Harry cligne des yeux, cligne des yeux et essuie ses larmes, le train poursuit sa route le long de la ligne, s'arrête à toutes les stations, à Narihirabashi, puis Hifikune, il ferme les yeux, rouvre les yeux, tout au long de la ligne avec ses passages à niveau, une gare après l'autre, Tamanoi, filant vers Kita-Senju, puis passage d'un autre pont, un autre pont métallique qui traverse un autre fleuve, l'Arakawa, il ferme les yeux, rouvre les yeux, et le virage de la prison, la prison de Kosuge, jaillit de l'ombre, dans la nuit, noir sur noir, les voies grimpent à nouveau, surélevées, sur les remblais et sur les traverses. Harry Sweeney regarde fixement par la fenêtre de la portière, regarde sur sa droite en contrebas les rails de la ligne voisine, la jonction avec la ligne de Jōban, ils croisent la ligne de Jōban, ils sont tout près de la scène du crime, du lieu où il est mort, où le président Shimoyama est mort, Sadanori Shimoyama, là en bas, là sur les rails, qui sont juste là, en bas, qui défilent devant lui, en contrebas, sous ses yeux, qui défilent et l'attirent. Harry Sweeney cligne des yeux, c'est tentant, si tentant, Harry Sweeney essuie ses larmes, encore et encore, Sadanori Shimoyama qui l'attire…

Trop tard, murmure une voix d'homme, un Japonais, puis plus un mot, silence complet sur la ligne, et la communication s'interrompt.

Harry Sweeney descend à la gare de Gotanno. Il marche au milieu de la foule des hommes et des femmes, avec leurs serviettes et leurs sacs à main, qui se dirigent au bout du quai vers la sortie. Il montre son badge et passe le portillon. Tournant à gauche, il descend la rue principale de Gotanno en direction du sud, passe devant les cabanes en bois où l'on vend de la nourriture bon marché et des boissons fortes, à la lueur des lanternes qui flottent dans l'air lourd chargé d'une nuée noire de moustiques, puis devant un marchand de bonbons, et la boutique d'un quincaillier, un bureau de tabac et une épicerie, tous déjà fermés pour la nuit, fermés au monde. Il arrive à un carrefour, prend sur la gauche la direction de l'est, et se retrouve devant le Ryokan Suehiro. Il reste sur le trottoir d'en face, regarde de l'autre côté de la rue la haute palissade de bois, d'où seul dépasse le sommet de quelques arbres dans la pénombre, dissimulant le bâtiment en bois de deux étages de l'auberge misérable et lugubre, assombrissant ce triste lieu de rencontres sinistres et de rendez-vous minables, dissimulant ce sombre lieu de tromperie et de mensonges. Harry Sweeney tousse et se frappe la poitrine du poing, s'éclaircit la voix, crache sur le trottoir, puis se remet en marche, le long de la rue, sous les arches métalliques du pont, sous la ligne de chemin de fer de Tōbu, et parvient au poste de police de Gotanno Minami-machi.

Le jeune agent de police en uniforme, seul de garde derrière le petit comptoir du poste, cesse de contempler ses mains et relevant la tête, clignant nerveusement des yeux, lui demande : Vous désirez ?

Sécurité publique, annonce Harry Sweeney en sortant de nouveau son badge, brandissant son badge.

Bien sûr, bien sûr, veuillez m'excuser, dit le jeune agent, qui se lève derrière son comptoir et s'incline, avec un signe de tête. Je me souviens de vous, inspecteur. Que puis-je faire pour vous, inspecteur ?

Harry Sweeney remballe son badge et sortant son calepin, le feuillette et relevant la tête, demande : Mme Take Yamazaki ? Pouvez-vous m'indiquer comment me rendre à son domicile, s'il vous plaît ?

Bien sûr, bien sûr, répond le jeune policier, acquiesçant d'un signe de tête. Mais il vaudrait mieux que je vous accompagne, pour vous montrer où c'est, inspecteur ?

Secouant la tête, Harry Sweeney sourit et lui dit : Je vous remercie, mais ce ne sera pas nécessaire. Indiquez-moi seulement le chemin, je vous prie.

Je vois, dit le jeune policier, hochant à nouveau la tête, et d'un signe de la main droite, il lui montre la direction à prendre en sortant du poste de police. Donc, il faut que vous retourniez sous les voies de chemin de fer, puis traverser la route, et suivre la berge du fleuve vers le sud. Vous allez voir des rangées de maisons le long de la berge. C'est un peu comme un labyrinthe, et il vous faudra redemander votre chemin une fois sur place.

Harry Sweeney hoche la tête, remercie le jeune policier et, quittant le poste de police, se retrouve dehors dans la nuit, la nuit noire et son air lourd, chargé d'humidité, infesté de moustiques.

Attendez une minute, dit le jeune agent qui prend une lampe à pétrole portative équipant la police, l'allume et la tend à Harry Sweeney. Le mieux, c'est de prendre ça avec vous. Ça vous évitera de tomber dans le fossé ou dans les égouts…

Dans la lumière qui émane du poste de police et de la lampe de service, dans l'air lourd, chargé d'humidité, infesté de moustiques, Harry Sweeney se tourne vers le jeune policier et souriant, lui dit : Merci.

Vous savez, dit le jeune policier, d'une voix calme et douce en donnant la lampe allumée à Harry Sweeney, puis tendant ses mains ouvertes vers lui, montrant ses mains, et se frottant les doigts : Vous savez, je le sens encore sur mes mains. J'ai beau me les laver je ne sais combien de fois par jour, j'ai encore la sensation de toucher les morceaux de…

Les morceaux de quoi ? demande Harry Sweeney.

Les morceaux de chair, de son corps, murmure le jeune policier qui fixe ses mains, le bout de ses doigts. Sous la pluie, ce matin-là, quand on m'a demandé de ramasser ses vêtements, de les mettre dans ce carton, tout le long de la voie, tout le long de la voie, tout recouverts de boue, tout couverts de sang, il y avait des morceaux de peau, des morceaux de chair, encore attachés à ses vêtements, sur tous ses vêtements. Je les sens encore, je les sens toujours, sur mes mains, entre mes doigts, j'ai beau me laver les mains je ne sais combien de fois par jour, me brosser les doigts. J'ai encore cette sensation…

Je suis désolé, dit Harry Sweeney et il tend la main et la pose sur l'épaule du jeune policier, sur l'épaule du jeune homme, gentiment, en douceur. Je suis désolé.

Ça s'arrêtera un jour ? demande le jeune policier, cessant de regarder ses mains et ses doigts et levant les yeux vers lui. Vous croyez que ça s'arrêtera un jour, inspecteur ?

Je l'espère, répond Harry Sweeney d'une voix calme et douce au jeune policier avant de se tourner et de s'éloigner du poste de police, la lampe à la main, levant la lampe à bout de bras pour repasser sous le pont, sous les voies de chemin de fer, puis traverser la route, et se diriger vers le sud en suivant la berge du fleuve, au milieu de la nuit – avec ces choses qui bougent au milieu de la nuit, ces créatures qui grouillent dans l'obscurité, les moustiques qui le piquent, les chiens qui aboient – pour arriver jusqu'aux maisons, les rangées de maisons, certaines avec de la lumière aux fenêtres, les autres plongées dans l'obscurité, dans l'obscurité et le silence.

Harry Sweeney s'arrête devant l'une de ces maisons aux murs battus par les intempéries, couverts de moisissure, qui tiennent à peine debout. Il y a de la lumière et la radio marche, laissant un petit air mélancolique sourdre dans la nuit, qui se mêle aux odeurs de patate douce et d'excréments humains. Et Harry Sweeney frappe un coup sur les planches de bois de la porte coulissante avant de l'ouvrir : Excusez-moi… ?

Vous m'avez fait peur, s'écrie un vieil homme maigre en sous-vêtements, affalé sur le sol, le bas du corps engagé sous une table basse en piteux état, l'autre moitié reposant sur un mauvais coussin plein de taches. Un étranger !

Je suis vraiment désolé, dit Harry Sweeney. Jetant un regard circulaire sur la petite pièce unique, il voit une femme se dresser sur son lit caché dans un recoin sombre de la pièce et l'homme qui tente d'extirper ses jambes de sous la table basse, renversant la bouteille vide et les verres posés sur la table. Je cherche la maison de Mme Yamazaki… ?

Trop tard, dit le vieil homme maigre, toussant, à bout de souffle. Vous arrivez trop tard, à vrai dire.

Pourquoi donc ?

Ils ne sont plus là, vous ne voyez pas ? lui dit l'homme, lui montrant la pièce d'un grand geste circulaire de la main. Elle et son mari, ils sont partis.

Partis où ?

Dieu sait où, dit l'homme avec un petit rire. Mais je parie que c'est dans un coin agréable. Ils ont touché de l'argent, paraît-il.

Tu ne devrais pas parler comme ça, murmure la femme restée dans l'ombre. Tu n'en sais rien.

Tu peux la fermer, dit l'homme qui tousse de plus belle, le souffle court. J'en sais bien plus que toi, je peux te dire. J'ai bien vu, tous ces journalistes à qui elle parlait, toutes ces interviews qu'elle donnait, où elle leur racontait tout ce qu'ils voulaient entendre du moment qu'ils la payaient –

Arrête, dit la femme. Tu devrais pas dire des choses pareilles. Ça se passait pas très bien pour Take-chan. Elle a toujours eu la vie dure.

Et nous alors ? réplique l'homme. C'était dur pour tout le monde, tout comme aujourd'hui. Ça ne se passe pas si mal pour elle en ce moment…

Tu sais rien d'elle, lui dit la femme. Tu lui as jamais parlé. Moi si. Elle avait peur.

Peur ? demande Harry Sweeney.

Depuis son lit, dans l'obscurité, la femme continue : Ouais, elle avait peur. Elle m'a dit qu'elle aurait mieux fait de ne pas ouvrir la bouche, de ne pas s'en mêler. C'est son mari qui l'a poussée, qui lui a fait raconter tout ça…

Il a bien fait, ricane le vieil homme maigre. Ça n'a pas si mal tourné que ça pour eux, finalement. Ils ont pu se tirer d'ici.

Devant la porte, sur le seuil de la pièce, tenant sa lampe à bout de bras, Harry Sweeney s'adresse à la femme tapie dans l'ombre, au fond de son lit : Mais elle avait peur de quoi, de qui ?

Je ne sais pas, répond la femme qui se renfonce dans son lit et lui tourne le dos, dissimulant son visage dans l'ombre.

Tu parles que t'en sais rien, dit l'homme. C'est ce maudit policier qui lui a foutu la trouille, tout le monde le sait, et on sait tous pourquoi, pour la bonne raison qu'elle vendait du riz –

Ferme-la, crie la femme qui s'assied sur son lit pour lui faire face : Ferme-la, vieux connard !

Pourquoi ? ricane le vieil homme maigre. C'est pas un secret, ma parole. Tout le monde le sait, le flic aussi le sait. C'est comme ça qu'ils lui ont fait dire ce qu'ils voulaient, et faire tout ce qu'ils voulaient, c'est sûr. Parce qu'elle vendait du riz au marché noir.

J'arrive pas à y croire, que tu dises des choses pareilles, murmure la femme, secouant la tête tout en regardant Harry Sweeney, secouant la tête de plus belle tout en montrant Harry Sweeney du doigt. Tu sais pas qui c'est, t'as aucune idée de qui ça peut être, espèce d'idiot, espèce de vieux crétin. Si ça se trouve, tu viens juste de signer son arrêt de mort…

Trop tard, murmure une voix d'homme, un Japonais, puis plus un mot, silence complet sur la ligne, et la communication s'interrompt.

Et alors ? ricane l'homme qui se remet à tousser, le souffle court. On doit tous mourir un jour, c'est pas vrai ?

Sur le seuil de la pièce, devant la porte, Harry Sweeney se retourne et sort de cette maison aux murs battus par les intempéries, couverts de moisissure, qui tiennent à peine debout, et referme la porte coulissante, le petit air mélancolique qu'émet la radio couvert par des cris et des hurlements, l'odeur des patates douces a disparu, seule persiste l'odeur des excréments humains, encore plus prégnante que jamais, les moustiques plus féroces que jamais, les chiens aboyant encore plus fort que jamais, alors qu'Harry Sweeney descend l'allée, regagne la rive du fleuve et marche le long de la berge pour revenir vers le sud, Harry Sweeney revenant sur ses pas en direction du sud, au croisement des deux voies, à l'endroit où la ligne de Tōbu passe au-dessus de celle de Jōban –

Dans l'air lourd infesté de moustiques, tenant la lampe à une main, Harry Sweeney s'accroche de l'autre au remblai de la ligne de Jōban pour monter jusqu'au bord des rails. Dégoulinant de sueur, s'essuyant la main sur son veston, Harry Sweeney regarde en direction de l'ouest et il voit des lumières de l'autre côté du fleuve, de l'autre côté de l'Arakawa, les lumières de Kita-Senju. Puis se tournant vers l'est, et levant sa lanterne, Harry Sweeney voit le pont métallique où passe en surplomb la voie de la ligne de Tōbu, voit à ses pieds le ballast, les traverses, les rails sur la voie de la ligne de Jōban, les voit qui disparaissent après le virage, après le pont. Marchant entre les rails, passant par-dessus les traverses et sur le ballast, Harry Sweeney suit les rails jusqu'au virage, et passe sous le pont, sous les poutrelles d'acier, sous les voies, sous le pont et avance le long de la voie, parcourant la distance, un mètre, deux mètres, trois mètres, quatre, qui le sépare du lieu, de l'endroit même –

Au cœur de la nuit, dans l'air lourd infesté de moustiques, sur la voie, entre les rails et sur le ballast, ces morceaux souillés de pierres concassées, quelqu'un a déposé un bouquet de fleurs, de chrysanthèmes blancs noués d'un ruban noir, sur la voie, au cœur de la nuit, entre les rails et sur le ballast, déposé sur les lieux, pour marquer l'endroit même. Et au cœur de cette nuit, sur cette même voie, entre les rails, à même le ballast, Harry Sweeney s'accroupit et pose sa lampe, au cœur de la nuit, sur la voie, Harry Sweeney tend la main, pour toucher les fleurs, pour prendre une fleur dans sa main, et Harry Sweeney prend une fleur dans sa main, en caresse les pétales, tenant la fleur dans sa main, dans la nuit qui se met à vibrer, les voies qui se mettent à trembler, les rails à murmurer et le ballast à tressauter, de plus en plus vite, un train arrivant le long de la ligne, ses roues cavalant sur les rails, passant le virage et sous le pont, s'approchant –

Trop tard, murmure une voix d'homme, un Japonais, puis plus un mot, silence complet sur la ligne, et la communication s'interrompt.

Harry, Harry ! Qu'est-ce que tu fabriques, nom de Dieu –

Le bouquet à la main, Harry Sweeney ramasse la lanterne, saute hors des rails, s'écartant de la voie ferrée, s'écartant du train qui passe, détournant la tête, se détournant du train, tournant le dos aux voies, Harry Sweeney aperçoit deux lanternes, aperçoit deux hommes qui escaladent le remblai, qui viennent à sa rencontre, le jeune policier et Susumu Toda, tous deux grimpant péniblement tout en criant et l'appelant dans le vacarme du train et le fracas des roues, le jeune policier et SusumuToda parvenant en haut du remblai, courant le long des voies, le train s'éloignant sur ses rails, disparaissant dans la nuit, le jeune policier et Susumu Toda accourant vers Harry Sweeney, arrivant jusqu'à lui, Susumu Toda s'accrochant à Harry Sweeney, serrant contre lui Harry Sweeney, lui murmurant : Harry, le colonel, le chef…

Ils ne vous croient pas, dit Harry Sweeney. Nous n'avons pas pu trouver la moindre trace de vous dans les fichiers – de la personne que vous dites être, de ce que vous prétendez être –, pas la moindre mention et, bien entendu, la Mission soviétique nie totalement vous connaître ni savoir la moindre chose sur vous.

Dans le petit local de la réserve au sous-sol de l'immeuble NYK, assis sur une chaise désaffectée devant une table mise au rebut, ses plaies au visage encore enflées, mais recousues sous des pansements, Lee Jung-Hwan sourit et dit : Qu'est-ce que vous croyiez qu'ils allaient dire ? Que pouvaient-ils dire d'autre ?

Mais il n'y a pas le moindre début de preuve, dit Harry Sweeney, pas le moindre début de preuve pour étayer une seule de vos affirmations.

Lee Jung-Hwan, souriant toujours, secoue la tête : Mis à part le mort sur la voie de chemin de fer.

À cette heure, la police métropolitaine a reçu un flot ininterrompu de témoignages, poursuit Harry Sweeney. Ils ne cessent d'affluer, depuis que le gouvernement a promis une récompense, la police est débordée, complètement noyée.

Lee Jung-Hwan secoue la tête, pointant du doigt son visage, couvert de bleus et de plaies, avec les agrafes sous les pansements : Ce n'est pas moi qui suis venu vous voir, c'est vous qui êtes venu me chercher. Regardez-moi maintenant, regardez ce que ces salauds m'ont fait.

Dites-le à la police, à la police japonaise, répond Harry Sweeney. C'est à elle qu'on va vous remettre tout à l'heure.

Pourquoi ? Pour quelle raison ?

Pour que vous puissiez faire une déposition en bonne et due forme.

Mais je l'ai déjà fait – auprès de vous !

Cette affaire n'est pas du ressort du Département de la sécurité publique, dit Harry Sweeney. Ce sont les services de la police de la ville de Tokyo et le procureur général qui sont responsables de l'enquête. Vous leur raconterez ce que vous nous avez dit, ce que vous m'avez dit ; ils vous croiront peut-être.

Vous parlez qu'ils vont me croire ! Vous savez bien que non…

Je n'en sais rien, dit Harry Sweeney.

Lee Jung-Hwan tape du poing sur la table : Mais si, vous le savez –

Non, répond Harry. Demandez à parler à la deuxième division d'enquête ou au bureau du procureur général. Mais quand vous le ferez, assurez-vous de pouvoir leur fournir des preuves, hein ? Des preuves à l'appui de vos dires.

Lee Jung-Hwan s'effondre sur sa chaise, pose la tête entre ses bras sur la table et murmure : À quoi bon…

Eh bien, le fait est que, si vous ne pouvez pas, dit Harry Sweeney, si vous n'arrivez pas à fournir le moindre élément de preuve, s'ils ne croient pas votre histoire, ils vous enverront directement à Kosuge, à mon avis.

Lee Jung-Hwan se redresse : Pour quelle raison ? Pour avoir été tabassé et pratiquement laissé pour mort par le plus grand gangster de Tokyo ? C'est pour cette raison que je vais être foutu en prison ?

Parce que vous n'avez pas d'existence légale et que vous êtes un étranger en situation illégale, répond Harry Sweeney. Et donc que vous risquez d'être extradé. À moins que vous puissiez apporter une preuve tangible de ce que vous avancez.

C'est un terrible malentendu, dit Lee Jung-Hwan, regardant en face de lui Harry Sweeney de l'autre côté de la table, secouant la tête. Ce n'est pas comme ça que ça aurait dû se passer…

Les choses ne se passent jamais comme on voudrait, dit Harry Sweeney, repoussant sa chaise. Jamais.

Attendez, dit Lee Jung-Hwan. Et à propos de mon frère ? Vous avez dit que vous lui parleriez, que je pourrais le voir…

Je regrette, dit Harry Sweeney.

Quoi ? Qu'est-ce que ça veut dire, je regrette ?

Ça veut dire qu'il est mort. Je suis désolé.

Mais comment ça ? Quand ?

Il paraît qu'il s'est noyé, répond Harry Sweeney, qui agrippe le dossier de la chaise, serrant les poings au point de sentir la douleur dans les articulations de ses mains. Probablement en essayant de s'enfuir…

Lee Jung-Hwan s'effondre de nouveau sur sa chaise, la tête entre ses bras sur la table, le visage enfoui entre ses bras, les épaules secouées de sanglots, tremblant de tout son corps, gémissant, sanglotant, puis se redressant de tout son corps, tendant les bras et le visage vers le plafond, il se met à hurler : Non, non, non…

Je suis désolé, répète Harry Sweeney.

Putain, putain, putain ! Ils l'ont tué, les salauds. Ces putains de salopards, ils l'ont tué et ils m'ont piégé.

Harry Sweeney repousse son siège sous la table, s'éloigne, en répétant : Je suis désolé.

Attendez, dit Lee Jung-Hwan. Attendez…

Mais Harry Sweeney n'attend pas, ne se retourne pas, se dirige vers la sortie et il –

Je vous en prie. Il faut que vous m'aidiez…

Tourne la poignée de la porte et –

Écoutez-moi, s'il vous plaît…

Ouvre la porte et –

Je vous en prie, murmure Lee Jung-Hwan. Je travaille pour vous, pour Hongō House, je suis de la maison. Je fais partie de l'Unité Z.

Merci, mon gars, dit Harry Sweeney en baissant la vitre de la portière arrière de la voiture, puis il s'installe confortablement sur la banquette et ferme les yeux, bercé par une sonate dont il ne retrouve pas le titre, la voiture filant de bon matin, à travers la ville, empruntant l'avenue A, puis remontant l'avenue W, sous les voies de chemins de fer, traversant le carrefour de Gofukubashi, passant devant l'hôtel Yashima, tournant à gauche du grand magasin Shirokiya, puis traversant le fleuve à Nihonbashi, devant le grand magasin Mitsukoshi, qui ouvre tout juste ses portes, toutes de verre et d'or, avec ses deux lions de bronze montant la garde, la voiture poursuivant sa route sur Ginza, traversant Kanda, passsant par Manseibashi, puis par Suehirochō jusqu'au grand magasin Matzuzakaya, tournant sur la gauche à Hirokōji, remontant l'avenue N, puis descendant à droite une rue adjacente, puis empruntant une route secondaire, après une petite côte, la voiture s'arrête, se gare et Harry Sweeney, rouvrant les yeux, s'exclame tout à coup : Trop tard !

Désolé, inspecteur, dit Shin. Mais on est arrivés.

Harry Sweeney s'essuie la bouche et le menton, tire sur sa chemise pour la décoller de sa poitrine et regarde dehors par la vitre de la voiture, voit les hauts murs et les grands arbres, les grands murs rouges de brique anglaise et les immenses arbres vénérables, voit les portes et le panneau, les portes fermées et le panneau qui indique : DÉFENSE D'ENTRER – ACCÈS STRICTEMENT INTERDIT.

Le second mouvement de la sonate s'achève, le troisième mouvement commence passant du scherzo au lento, Harry Sweeney sourit, jette un coup d'œil à sa montre, avec son verre toujours fêlé, ses aiguilles toujours bloquées, cligne des yeux et, souriant toujours, ouvre la portière et dit : Je reviens dans cinq minutes.

II

LE PONT DES LARMES

5

J moins quinze à J moins onze

20 juin – 24 juin 1964

Toc-toc. Toc-toc. Toc-toc. Toc-toc…

Murota Hideki sursaute, s'ébroue et ouvre les yeux. Le cœur battant, le souffle court, il déglutit, s'étouffe, hoquette et tousse. Il s'essuie la bouche, s'éponge le menton, cligne des yeux, les paupières battantes, regarde son bureau, au plateau poisseux couvert de marques brunes, sur lequel reposent un verre sale et une bouteille à moitié vide, relève la tête et jette un coup d'œil circulaire sur la petite pièce, son petit bureau aux murs jaunis, avec ses étagères poussiéreuses et ses placards vides. Son bureau, sa société, un mélange de crasse et de poussière.

Toc-toc. Toc-toc. Toc-toc…

Posant les mains sur son bureau, il se redresse et repousse sa chaise. Il se lève et va à la fenêtre. Il la ferme, refoulant le bruit de la ville, la puanteur du fleuve et ses relents, le bruit des chantiers de construction et des trains, cette puanteur permanente, ce vacarme incessant. Émanations du passé et bruits du présent : les relents d'Edo et le tumulte des jeux Olympiques.

Toc-toc. Toc-toc…

Regagnant son bureau, il se rassied sur son siège, le col trempé, la chemise collante. Il prend son mouchoir et s'éponge le cou. Il tente de décoller sa chemise de son tricot de corps, d'aplatir ses cheveux pauvres, l'odeur de ses vêtements et de sa chevelure combattant les relents de l'évier à l'angle de la pièce, de la poubelle près de la porte, du cendrier sur son bureau, de son haleine chargée d'alcool. Cet arrière-goût, ces relents, toujours ces mêmes relents. Il prend une cigarette dans le paquet qui traîne sur son bureau, l'allume. Se pinçant le bout du nez, il inhale la fumée, se masse les tempes du bout de ses doigts nicotinés et ferme les yeux, replongeant dans ce rêve, un mélange de crasse et de poussière, de relents et de bruits, et cet arrière-goût, cette odeur –

Toc-toc...

Cet arrière-goût persistant, ces relents fétides –

Il ouvre les yeux, écrase sa cigarette et demande : Qu'est-ce que c'est ?

La porte s'ouvre et un jeune homme mince, vêtu d'un costume cintré gris satiné, entre dans le bureau. Il jette un rapide regard circulaire à la pièce en désordre, s'attardant un peu trop longtemps sur les bouteilles d'alcool chinois bon marché, accordant le même traitement à Murota Hideki, puis souriant, il lui demande : Je suis bien au bureau d'enquête Kanda ?

C'est ce qui est indiqué sur la porte, dit Murota Hideki.

Et donc vous êtes Murota-san, le propriétaire ?

Et unique employé. Une autre question ?

Veuillez m'excuser, dit le jeune homme, posant son attaché-case hors de prix flambant neuf. Glissant la main dans son veston, il sort un porte-cartes en métal argenté, en extirpe une carte de visite et le remet dans la poche de son veston. S'approchant du bureau, il tend sa carte des deux mains, s'incline légèrement et déclare : Je me présente, Hasegawa.

Murota Hideki rentre son ventre avant de se lever. Il se penche sur son bureau pour prendre la carte que lui tend l'homme. Il regarde son nom, sa profession, le poste qu'il occupe précédant le nom de la société qui figurent sur la carte. Hochant la tête, il tend la main pour rendre la carte à son interlocuteur et lui dit : Ça ne m'intéresse pas.

Le jeune homme fronce les sourcils : Mais vous ne...

Ouais, je sais, l'interrompt Murota Hideki. Vous êtes rédacteur. Vous travaillez pour une société de presse qui édite un hebdomadaire bien connu. Mais je ne parle pas à la presse. C'est mauvais pour les affaires.

L'homme jette à nouveau un coup d'œil circulaire au bureau, déclarant cette fois d'un ton railleur : On voit que les affaires marchent bien en ce moment.

Bien ou mal, peu importe, c'est mon problème, pas le vôtre, répond Murota Hideki balançant la carte de visite qui tombe par terre. Une ou deux fois par an, un petit crâneur dans votre genre en costume cintré se pointe le bec enfariné à mon bureau pour me demander deux sortes de choses : si je peux lui vendre des détails salaces sur une célébrité, ou lui fournir des éléments croustillants de mon expérience de détective privé pour pimenter un article qu'il prépare. À chaque fois, dans un cas comme dans l'autre, je leur réponds exactement ce que je vais vous dire : vous vous adressez à la mauvaise personne, allez vous faire voir.

Le jeune homme se penche pour ramasser sa carte de visite. Toujours à deux mains, il la représente à Murota Hideki, s'inclinant cette fois-ci plus longuement et encore plus bas avant de dire : Je vous prie de m'excuser. Je vous présente toutes mes excuses. Mais je vous remercie car maintenant je suis convaincu que vous êtes la bonne personne à qui m'adresser. Et je vous serais très reconnaissant de bien vouloir m'écouter, du moins de prêter attention à ce que j'ai à vous dire. S'il vous plaît.

Murota Hideki regarde l'homme qui se tient devant lui, qui lui tend sa carte, la tête baissée. Levant les yeux au ciel, il soupire, puis, se carrant sur son siège, finit par dire : C'est bon, asseyez-vous.

L'homme relève la tête et remercie Murota Hideki. Conservant sa carte en main, il s'assied, sourit et lui demande : Est-ce que, par hasard, le nom de Kuroda Roman vous dit quelque chose ?

Murota Hideki acquiesce : C'est un écrivain, non ?

Je suis impressionné, dit le jeune homme. Vous lisez beaucoup ?

Murota Hideki secoue la tête : Seulement la presse.

Alors, vous devez avoir une bonne mémoire.

Malheureusement non, dit Murota Hideki avec un sourire. Mais, dans la mesure où vous travaillez dans la presse, il y avait de bonnes chances que je tombe juste.

Alors, vous ne vous souvenez pas de Kuroda Roman ? Vous n'avez donc jamais lu un de ses livres ?

Non, désolé !

Il n'y a pas de quoi, répond l'homme. Très peu de gens le lisent de nos jours. Il a eu une certaine popularité pendant quelque temps pendant l'ère Taishō[1]. Par la suite, il a souffert de problèmes psychiatriques et on n'a plus entendu parler de lui. Il n'a pratiquement rien publié avant et pendant la guerre, si ce n'est une ou deux traductions, c'est tout. Mais *après guerre*, comme on dit, quelques livres de lui ont été édités. Des policiers, des histoires de meurtres, ce genre de choses. Je me suis dit qu'étant donné votre profession, il y avait peut-être une chance que…

Pas du tout mon genre de lectures, dit Murota Hideki.

Ah bon, remarque le jeune homme qui le regarde avec un grand sourire. Mais vous avez été dans la police, si je ne m'abuse ? Pendant la guerre, après la guerre ? On dit que les policiers aiment lire ce genre d'ouvrages. J'ai pensé que vous auriez peut-être pu –

1. Règne de l'empereur Taishō Tenno de 1912 à 1926.

Murota Hideki soutient le regard du jeune homme. Ignorant son sourire, il déglutit et lui demande : Qui vous a raconté ça ?

Raconté quoi ?

Que j'étais dans la police.

Eh bien, c'est lui.

Qui ?

Kuroda Roman, répond l'homme, détournant le regard mais souriant toujours. Enfin, pas directement, mais dans un de ses livres. Il parle de vous dans l'un d'entre eux : *Le Barbe-Bleue de Tokyo : le désir d'un démon.* C'est celui à propos de –

J'imagine très bien de quoi il s'agit, dit Murota Hideki.

Mais vous ne l'avez pas lu, poursuit le jeune homme, qui hoche la tête. De fait, vous n'avez pas raté grand-chose. Ce n'est pas un très bon livre. Et vous n'y êtes cité que très brièvement. À propos de la façon dont –

J'ai été révoqué, conclut Murota Hideki.

Pour conduite inconvenante, c'est ça.

Pour avoir baisé une petite pute pendant le service, précise Murota Hideki, regardant fixement l'homme en face de lui, de l'autre côté de son bureau, ce jeune homme mince dans son petit costume cintré gris satiné.

Exact, dit l'homme.

Murota Hideki reprend son paquet de cigarettes sur le bureau, en sort une et l'allume. Il en tire une bouffée et, soufflant la fumée en direction de l'homme, déclare : Ce n'est pas un secret. On en a parlé dans quelques journaux, du moins une version de l'affaire. Il y a de ça à peu près vingt ans. Voilà en ce qui me concerne. Maintenant, à vous de me raconter votre petite histoire, monsieur le rédacteur, dites-moi ce qui vous amène ici ? Ou vous comptez rester encore longtemps assis sur votre chaise, à me faire perdre mon temps ?

Désolé. Je vous prie de m'excuser, répète le jeune homme. On est partis du mauvais pied. Je voulais juste dire que je savais que vous aviez été dans la police. Et je n'ignore pas que vous avez perdu votre boulot, mais ça s'est passé il y a longtemps. Je sais également que vous savez vous montrer discret. Et qu'on peut vous faire confiance.

Murota Hideki ne dit pas un mot. Il jette un coup d'œil à sa montre, qui retarde encore, encore une perte de temps.

L'homme toussote, s'éclaircit la voix, puis reprend : Désolé, je vais aller droit au but : Kuroda Roman a disparu. Sans laisser de trace. Et nous aimerions que vous le retrouviez.

Et qui est exactement ce « nous » ?

Notre maison d'édition.

Pour quelle raison ? demande Murota Hideki. Vous l'avez dit vous-même, personne ne sait plus qui est ce bonhomme, plus personne ne lit ses livres de nos jours.

C'est inhabituel, explique le jeune homme, baissant la voix. Et complètement stupide, mais un de mes prédécesseurs a accordé à Kuroda une avance substantielle pour un bouquin à paraître. Et les propriétaires de la maison d'édition, c'est compréhensible, aimeraient récupérer cet argent. Ou bien le manuscrit.

Murota Hideki écrase son mégot, lève les yeux sur son interlocuteur, secoue la tête et répète : Ça ne m'intéresse pas.

Pourquoi ? lui demande le jeune homme, fronçant les sourcils.

Enquête préliminaire à un contrat de mariage, procès en divorce, problème d'assurance, ça c'est mon domaine, indique Murota Hideki. Rien de compliqué, pas de recouvrement de créances, ce n'est pas ma spécialité.

Non, non, non, intervient le jeune homme. Ce n'est pas ce que nous vous demandons de faire. Nous voulons juste que vous le retrouviez, c'est tout.

Murota Hideki secoue à nouveau la tête. Mais vous ne voulez pas savoir ce qu'il est devenu, s'il n'a pas de problème, n'est-ce pas ? Vous voulez juste récupérer votre argent, c'est ça ?

Oui, confirme l'homme. Mais vous n'aurez pas à vous occuper de cela. Ce sont nos avocats qui s'en chargeront

Si on le trouve.

Si *vous* arrivez à le trouver, précise le jeune homme, à nouveau tout sourire. Voilà pourquoi je suis ici, à vous faire perdre votre temps.

Sans lui rendre son sourire, Murota Hideki dévisage l'homme et lui dit : Uniquement parce qu'il a parlé de moi dans un de ses foutus livres ? C'est pour cette raison que vous êtes venu me trouver ?

Pas que pour ça, dit l'homme qui continue de sourire. En fait, c'est moi qui ai eu l'idée de m'adresser à vous. Voilà, je pensais que vous connaissiez peut-être Kuroda Roman, que vous l'aviez peut-être rencontré dans le temps, autrefois.

Sans quitter l'homme du regard, sans sourire, Murota Hideki secoue à nouveau la tête : Mais ce n'est pas le cas. Je n'ai jamais rencontré ce bonhomme, jamais entendu parler de lui.

Aucune importance, dit le jeune homme, qui se penche pour prendre son attaché-case. Ça aurait pu être un avantage supplémentaire, être utile, mais ce n'est pas l'essentiel. Ce qui importe le plus, c'est que je suis persuadé que *vous* êtes la personne qu'il nous faut pour trouver notre homme.

Murota Hideki reprend une cigarette dans son paquet et l'allume : Que dit la police ? ils savent qu'il a disparu ? Sa famille, ses amis ont signalé sa disparition ?

Non, répond l'homme en ouvrant son attaché-case.

Murota Hideki aspire une bouffée de sa cigarette, souffle la fumée, puis sourit et dit : Un type très populaire, votre écrivain, on dirait ?

Dans le passé. Pendant une brève période.

Quand l'avez-vous vu pour la dernière fois ?

Moi ? demande l'homme. Je ne l'ai jamais vu, jamais rencontré.

Murota Hideki tire une autre bouffée de sa cigarette, souffle la fumée, puis soupire et dit : Génial. Et depuis combien de temps il a disparu… ?

Environ six mois, je crois…

Vous *croyez* ?

Nous n'en sommes pas sûrs, dit le jeune homme qui sort une grande enveloppe brune de son attaché-case.

Écoutez, monsieur… euh… Hasegawa ?

Oui ? dit le jeune homme.

On n'est pas dans un de vos romans policiers, on n'est pas au cinéma. Tokyo est une grande ville, qui s'étend de jour en jour, et le pays est vraiment immense. Croyez-moi, c'est un grand pays pour se perdre, et six mois une période assez longue pour quelqu'un qui a disparu, surtout si cette personne ne veut pas être retrouvée. À mon avis, votre homme n'a pas disparu, il n'est pas perdu, il n'a simplement pas envie qu'on le retrouve.

Monsieur Murota, dit l'homme, son attaché-case sur les genoux, son enveloppe à la main. Je suis bien conscient qu'on n'est pas dans un roman. Je sais qu'on n'est pas au cinéma. Mais il faut que nous trouvions cet homme, nous voulons récupérer notre argent, et cela, le plus rapidement possible. Si vous ne voulez pas vous en charger, nous confierons l'affaire à quelqu'un d'autre.

Murota Hideki écrase sa cigarette. Ce n'est pas ce que j'ai dit. Mais ce serait manquer à mon devoir de conseil de ne pas vous prévenir des difficultés que comporte la recherche de personnes disparues.

J'apprécie votre honnêteté, répond le jeune homme. Mais nous sommes tout à fait conscients des difficultés inhérentes à cette recherche.

Murota Hideki regarde l'homme bien en face et, un sourire aux lèvres, déclare : Vous savez combien ça peut coûter, alors ?

Oui, acquiesce le jeune homme, hochant la tête. Et nous sommes prêts à payer ce qu'il faudra, peu importe ce que vous demanderez.

Souriant toujours, Murota dit : Bien, je veux être payé en dollars. Cinquante dollars par jour, plus les frais.

Les frais payables en yens ? demande le jeune homme.

Murota Hideki acquiesce : Le tout en liquide.

Bien entendu, dit l'homme. Mais il faut également que je vous dise qu'il y aura une prime importante si l'affaire est résolue le 4 juillet avant minuit.

De combien ?

Cinq mille dollars, précise le jeune homme. En liquide.

Murota Hideki dévisage l'homme, ce jeune homme, ce type qui dit s'appeler Hasegawa, et il émet un sifflement avant d'ajouter : Vous voulez vraiment qu'on le retrouve !

Nos propriétaires le veulent, confirme l'homme. Oui.

Murota Hideki jette un œil au calendrier sur son bureau, puis son regard revient sur le jeune homme : Qu'y a-t-il de si pressé ?

Le contrat concernant le manuscrit, pour lequel des avances ont été versées, expire le 4 juillet à minuit.

Murota Hideki regarde à nouveau son calendrier, puis levant la tête, ajoute : Et si l'affaire n'est pas *résolue* à ce moment-là ?

Alors, nous n'aurons plus besoin de vos services.

Murota Hideki acquiesce, hoche la tête, et dit : Évidemment, il y a une autre possibilité, une éventualité qu'à mon avis, vos propriétaires ont sûrement dû envisager : il se peut que votre homme soit mort.

Bien sûr, dit le jeune homme. Mais mort ou vif, il faut que ces sommes nous soient impérativement reversées, soit par l'intéressé lui-même, soit par ses héritiers s'il est décédé. Et donc, si vous pouvez nous apporter la preuve qu'il est mort, vous recevrez quand même votre prime.

Avant le 4 juillet ?

Avant le 4 juillet à minuit, effectivement.

Murota Hideki regarde à nouveau son calendrier, prend son calepin et un stylo, ouvre son calepin, regarde le jeune homme et dit : D'accord, pour commencer, j'aurai besoin d'informations –

Pardon, l'interrompt le jeune homme. Les préliminaires ont pris plus de temps que prévu et je dois malheureusement –

C'est vous qui m'avez sollicité…

Et je vous prie de m'excuser, répète le jeune homme qui pose sur le bureau la grande enveloppe brune devant Murota Hideki, puis fouillant dans son attaché-case, il en sort une seconde enveloppe, l'ouvre et se met à compter deux cent cinquante dollars en diverses coupures. Il pose les billets en pile sur le bureau à côté de la grande enveloppe brune. Ensuite, il se met à compter dix-huit mille yens, aussi en diverses coupures, les pose également en pile sur le bureau devant Murota Hideki avant de dire : Dans cette grande enveloppe, vous trouverez tous les renseignements en notre possession concernant Kuroda Roman. La somme que je vous remets représente cinq journées de travail, avec un acompte en yens pour vos frais.

Murota Hideki hoche la tête et dit : Merci.

Je vous en prie, dit l'homme. Je repasserai vous voir dans cinq jours, le jeudi 25 à dix heures, pour faire le point et vous redonner de l'argent.

Murota Hideki hoche à nouveau la tête : Merci.

Le jeune homme sourit et sort de son attaché-case un document dactylographié. Il le pose au-dessus de l'enveloppe et des billets, sur le bureau, devant Murota Hideki et lui dit : Je vous serais obligé de bien vouloir inscrire votre nom et votre adresse à l'endroit prévu et puis d'apposer votre tampon. Uniquement pour accuser réception des fonds. Je vous en apporterai une copie quand je reviendrai jeudi.

Murota Hideki complète le formulaire avec son nom et son adresse, puis prend son *hanko*[1] dans le tiroir du haut de son bureau et l'appose sur le document comme demandé.

Merci, dit l'homme, en reprenant le document. Il le met dans son attaché-case qu'il ferme à clé, sourit et conclut : À jeudi !

Murota Hideki ne se lève pas, il se contente de lui rendre son sourire et de hocher la tête tout en le regardant se diriger vers la porte, l'ouvrir et se retourner, s'incliner et le remercier.

---

1. Sceau personnel.

Une dernière chose, dit Murota Hideki.

Oui ? dit l'homme, jetant un coup d'œil à son poignet, à ses boutons de manchettes et à sa montre. Oui ?

Ce manuscrit ? Ce bouquin pour lequel, m'avez-vous dit, un de vos prédécesseurs a *stupidement* accordé une si grosse avance…

Oui ? répète le jeune homme.

Ça parlait de quoi ?

L'affaire Shimoyama, il me semble, dit l'homme, soupirant, avant d'ajouter : Je suis sûr que vous vous en souvenez…

Oui, dit Murota Hideki. Je m'en souviens.

Mais, pour ne rien vous cacher, dit l'homme, personne ne croit qu'il l'ait effectivement écrit, ni même qu'il l'ait terminé. Et cela nous convient parfaitement. On préférerait récupérer nos fonds.

Je vois, dit Murota Hideki hochant la tête, regardant le jeune homme qui s'incline de nouveau, qui le remercie de nouveau avant de sortir du bureau et de fermer la porte derrière lui.

L'homme est parti.

L'homme est parti et Murota Hideki se lève, se dirige vers la porte et colle l'oreille contre la porte vitrée. Il écoute : l'homme s'éloigne dans le couloir et descend l'escalier.

Murota Hideki ouvre la porte. Il va dans le couloir, jusqu'au bout du couloir, les escaliers sur sa gauche, les toilettes sur sa droite. Il entre dans les toilettes, passe devant le lavabo, le cabinet et l'urinoir pour aller à la fenêtre. La fenêtre est entrouverte, elle est tout le temps entrouverte, Murota Hideki l'ouvre en grand, jette un œil à l'extérieur pour voir la rue en contrebas –

Pour voir ce type –

Le type qui dit s'appeler Hasegawa, le type qui, sortant de l'immeuble, s'approche d'une vieille voiture grise garée dans la rue, probablement une Toyopet Master, mais certainement pas un taxi. Le type ouvre la porte arrière, mais ne monte pas dans la voiture. Il se penche à l'intérieur, cela dure une minute ou deux. Puis il ferme la portière et la voiture démarre, passe devant le sanctuaire et disparaît sous les voies de chemin de fer. Le type qui dit s'appeler Hasegawa regarde la voiture qui s'éloigne, sort son paquet de cigarettes, en allume une, puis il traverse la rue, longe les voies de chemin de fer vers le sud en direction de la gare, sa cigarette à la main, sans son attaché-case, l'homme disparaît, hors de sa vue.

Menteur, marmonne Murota Hideki, tournant la tête et se dirigeant vers l'urinoir. Il baisse sa fermeture éclair et pisse un coup. Il remonte sa fermeture éclair et va au lavabo. Il ouvre le robinet et prend de l'eau dans le creux de sa main. Il s'asperge le visage, il se mouille le cou. Il capte brièvement son reflet sous la crasse, sous la crasse du miroir au-dessus du lavabo : cinquante-deux ans, le cheveu rare, bouffi et un look de merde. Il sourit et dit : Pas que le look, une vraie merde.

Il ferme le robinet, se sèche les mains sur son pantalon ; sortant son mouchoir, il trouve au fond de sa poche un paquet de cigarettes écrasé. Il s'essuie et se sèche le visage, remet son mouchoir dans sa poche, garde le paquet de cigarettes, il en reste une, complètement tordue. Il porte la cigarette à sa bouche, froisse le paquet de cigarettes vide, le jette dans la corbeille en ferraille sous le lavabo et se tâte tout le long du corps : les poches de devant de son pantalon, celles de derrière, la poche de sa chemise, rien. Il se regarde à nouveau dans la crasse de la glace, la cigarette tordue à la bouche qu'il n'a pu allumer et dit : Sacré menteur !

Il dit au revoir au miroir, au revoir aux toilettes et retourne dans le couloir, rentre dans son bureau, regagne sa table de travail et se rassied. Il soulève les billets, il soulève l'enveloppe. Il repousse son agenda, son stylo. Il regarde sous le calendrier, sous les cendriers. Il cherche parmi les stylos et les crayons, fourrage sous les bouts de papier et autres merdouilles qui traînent sur son bureau. Il ouvre le tiroir supérieur du bureau, farfouille dans le tiroir, sort une liasse de cartes de visite et les passe en revue une par une, secouant la tête. Il fourre les cartes de visite dans le tiroir qu'il referme. Il repousse sa chaise, regarde en dessous, regarde sous son bureau. Il se relève, fait le tour du bureau et regarde sous l'autre siège de l'autre côté de son bureau, regarde par terre, soulève des magazines, des journaux puis les repose par terre, dans la poussière et sur les taches, il répète : Imbécile, imbécile, imbécile.

De nouveau, il secoue la tête, se traite de tous les noms, puis se dirige vers les étagères murales. Il prend l'annuaire, le pose sur son bureau. Il s'assied et ouvre l'annuaire. Il le feuillette, trouve le nom de la maison d'édition, le numéro de téléphone de la société. Il décroche le combiné, insère le doigt dans le premier trou du cadran et compose le numéro. Il entend la sonnerie au bout de la ligne, écoute la standardiste qui décline le nom de la société et il dit : Hasegawa-san, je vous prie. J'ignore dans quel service il travaille actuellement, désolé.

Et qui dois-je annoncer ? demande la fille.

Murota Hideki, dit-il. Murota.

Je vous remercie, répond la fille. Ne quittez pas –

Et Murota Hideki patiente, le combiné coincé entre l'oreille et l'épaule, il reprend sa cigarette tordue, cherche son briquet –

Je suis désolée, lui dit la fille, Hasegawa-*kacho* n'est pas à son poste, il est probablement absent du bureau aujourd'hui. Mais si vous voulez lui laisser votre numéro, je ne manquerai pas de le lui transmettre.

Non merci, c'est inutile. J'essaierai de le rappeler lundi, dit Murota Hideki avant de raccrocher. Il allume sa cigarette, en tire une bouffée, puis souffle la fumée qui se répand sur son bureau, flotte au-dessus des billets. Il contemple la liasse, puis la ramasse. Il se met à compter les dollars une première fois, puis recommence, un par un, regarde chaque billet à la lumière, la lumière qui vient de la fenêtre, la lumière qui vient du fleuve. Puis il les repose sur le bureau, écrase sa cigarette et se penche pour ouvrir le dernier tiroir de son bureau. Il y prend une enveloppe et glisse les dollars à l'intérieur. Il cachette l'enveloppe, la laisse tomber dans le tiroir qu'il referme. Il ramasse les yens restés sur son bureau et fait le compte des billets. Puis se tournant, il prend son portefeuille dans la poche de sa veste accrochée au dossier de son siège, l'ouvre et y insère la majeure partie des billets. Il remet son portefeuille dans la poche de sa veste, il plie ensuite le reste des billets en deux et les glisse dans sa poche de pantalon. Il prend une autre cigarette dans le paquet resté sur son bureau, allume sa cigarette et regarde la grosse enveloppe brune qui repose sur son bureau, où s'étire dans la lumière du matin une forme oblongue, l'ombre d'une bouteille de vin chinois bon marché à moitié pleine. Il regarde la bouteille de vin bon marché à moitié pleine à la lumière qui vient de la fenêtre, la lumière du fleuve, et il se met à sourire, hochant la tête en se disant : Bon, pourquoi pas ?

Murota Hideki saisit la bouteille et la débouche. Il l'approche du verre, du verre vide, puis, inclinant la bouteille, il le remplit. Il lève son verre dans la lumière, la lumière qui vient de la fenêtre, la lumière du fleuve, et il contemple le vin, le vin à la robe mordorée, il sourit face à son verre de vin, puis le porte à sa bouche, y trempe ses lèvres, puis, levant son verre, il sirote son vin, qui humecte ses lèvres, lui emplit la bouche, et le gosier, coulant le long de sa gorge, ce vin moelleux à la robe mordorée qui descend, qui descend le long de sa gorge, puis il se verse un autre verre, le lève, le déguste, sirotant son vin, ce vin moelleux à la robe mordorée, la pièce, ce bureau moelleux aux teintes mordorées, le monde, cette vie moelleuse aux teintes mordorées, buvant et fumant, parlant tout seul, disant : Peu importe qu'il ne soit pas celui qu'il dit être, qu'il prétend être : mais son argent, ses dollars sont bien réels, eux, il y en a bien assez pour toi et moi, pour faire la fête, tous les deux, ma Nori-chan, ouais, on va fêter ça ce soir, ma Nori-chan…

Alors, souriant, éclatant de rire, Murota Hideki pose son verre vide à côté de la bouteille vide et prend la grande enveloppe brune qui repose sur son bureau. Il ouvre l'enveloppe, y plonge la main et en sort un tas de papiers, une épaisse liasse de papiers. Il prend les documents un par un, feuillette les pages entièrement dactylographiées couvertes d'un texte dense, remplies de caractères et de chiffres, de dates et de noms, de récits et de biographies, de listes de titres de livres, de photocopies d'articles, qu'il passe en revue, l'un après l'autre, tous ces documents, toutes ces pages qu'il consulte de long en large, de haut en bas, l'une après l'autre, tous ces caractères, ces chiffres, qui composent le passé d'un homme, le spectre d'un homme, qu'il se passe et repasse d'une main à l'autre, tous les souvenirs et les spectres de cet homme, cet homme, Kuroda Roman –

Merde, tu dois bien être là, quelque part, dit Murota Hideki, laissant tomber l'épaisse liasse de papiers sur son bureau, fronçant les yeux, se massant les tempes, rouvrant les yeux et fixant le tas de documents, il secoue la tête et dit : Mais où donc ?

De nouveau, Murota Hideki sursaute, s'ébroue et rouvre les yeux. Toujours le cœur battant, le souffle court, il hoquette et tousse, puis tend la main, saisit le combiné et dit : Allô, allô… Noriko ?

Il entend une pièce tomber, une ambiance de gare, puis une voix qui demande : Murota-san ? C'est moi, Nemuro. Je suis à la gare de Kanda. Si vous avez du nouveau pour moi, je peux passer vous voir à votre bureau.

Ouais, dit Murota Hideki tout en s'épongeant le menton. Mais retrouvons-nous plutôt au sanctuaire à côté.

Quand ? demande Nemuro. Tout de suite… ?

Dans dix minutes, répond Murota Hideki et il raccroche. Il se frotte les yeux, puis se tapote les joues et soupire. Se penchant en avant, il regarde son calepin ouvert sur son bureau, consulte brièvement les quelques notes qu'il a prises concernant Kuroda Roman ; laissant toute la glose sur son œuvre aux critiques littéraires, il s'est concentré sur l'homme, sur les détails de sa vie : dates et lieux, famille et amis, les lieux importants et les personnes intéressantes – pour donner du corps aux faits, de la matière à la personne. Il ferme son calepin laissant son stylo à l'intérieur, puis rassemble les documents concernant Kuroda Roman et les remet dans la grande enveloppe brune. Il se penche et ouvre le dernier tiroir de son bureau, dépose la grande enveloppe brune sur celle contenant les dollars, puis referme le tiroir. Il se lève, prend sa veste pendue au dossier de sa chaise et l'enfile. Il prend son calepin et son paquet de cigarettes, les met séparément dans une poche différente de sa veste et se dirige vers la porte. Il ouvre la porte, passe dans le couloir, se retourne et prenant ses clés dans la poche de son pantalon, ferme la porte à clé. Il emprunte le couloir et se rend aux toilettes. Il baisse sa fermeture éclair et pisse dans l'urinoir. Il remonte sa fermeture éclair et va au lavabo. Il ouvre le robinet et prend de l'eau dans le creux de sa main. Il s'asperge le visage, il se mouille le cou. Reprenant de l'eau avec sa main, il se rince la bouche et crache dans le lavabo. Il ferme le robinet, s'essuie les mains sur sa veste, prend son mouchoir et s'essuie et se sèche le visage. Il se regarde dans la glace crasseuse, se lisse les cheveux de la main, s'apitoyant sur lui-même, *Shikata nai*[1]… C'est ce que tu es… C'est ce que tu fais…

Cessant de se regarder, il quitte les toilettes, descend les escaliers, traverse l'entrée de l'immeuble et sort dans la rue. Dans la grisaille et l'humidité d'un samedi après-midi – le genre de samedi après-midi, se dit-il, à te donner envie de mourir, marmonnant, à se demander si on n'est pas déjà mort – prenant à droite, il descend la rue, puis tournant à nouveau à droite, il passe sous le porche de pierre, descend les marches et entre dans le sanctuaire, le sanctuaire de Yanagimori.

Nemuro Hiroshi est déjà là : vieilli et amaigri par les soucis et la peur, il se tient la tête baissée devant l'un des petits autels. Il termine sa prière, s'incline profondément, puis, se tournant, aperçoit Murota Hideki.

Murota Hideki le salue, puis se dirige vers les deux bancs de pierre devant la scène destinée au *kagura*[2]. Il s'assied au bout d'un banc et

---

1. Expression japonaise signifiant « on ne peut rien y changer ». C'est le nom donné à la mentalité japonaise de résignation face aux conditions de vie difficiles durant l'Occupation américaine après la Seconde Guerre mondiale.

2. Kagura (littéralement « agrément des dieux ») est un rite artistique shintoïste, consistant en une danse théâtrale.

Nemuro Hiroshi au bout de l'autre et tous deux s'adossent contre les hautes parois de bois de la scène qui les surplombe et les encadre. Il y a un espace de moins d'un mètre entre eux, entre l'extrémité des deux bancs de pierre, entre les deux hommes, personne d'autre dans le sanctuaire, seulement par moments le bruit de la circulation automobile sur Yanagihara-dōri, sur leur droite, le bruit plus régulier des trains passant sur le pont derrière eux, au-dessus d'eux, la scène et le sanctuaire, des mouettes blanches traversant le ciel noir pour plonger dans le fleuve Kanda sur leur gauche, les chats du sanctuaire errant comme des somnambules de-ci de-là, de-ci de-là, dans l'air étouffant de l'après-midi.

Alors ? demande Nemuro Hiroshi.

Je suis désolé, dit Murota Hideki, se penchant en avant pour caresser un des chats qui passe entre ses jambes, se frottant contre son pantalon. Trois ou quatre fois, il passe la main tout le long de l'échine du chat, le chat qui se trémousse, le chat qui ronronne, puis il regarde Nemuro Hiroshi, l'homme qui se mord l'intérieur des joues, qui se tient les genoux, qui se balance tout doucement d'avant en arrière sur son banc. Murota Hideki arrête de caresser le chat, se redresse bien droit sur son banc, il écoute les trains qui passent sur le pont derrière eux, il observe les mouettes qui s'élèvent dans le ciel au-dessus d'eux, et il attend.

Il attend que Nemuro Hiroshi lui demande, lui demande comme ils le font tous, de lui donner des détails, des détails qui ne leur serviront à rien, qui ne leur feront pas de bien, aucun bien, mais qu'ils croient qu'ils devraient savoir, ils veulent toujours savoir, insistent toujours : Je vous en prie. Dites-moi tout, je veux savoir…

Alors, comme à chaque fois, Murota Hideki sort son calepin, le feuillette, puis lit les notes qu'il a prises, il lui précise l'heure à laquelle elle est partie de leur appartement, quel tramway elle a pris, devant quel grand magasin elle a attendu, l'heure à laquelle l'homme est finalement arrivé…

Elle l'a attendu autant de temps, remarque Nemuro Hiroshi.

Et comme à chaque fois, Murota Hideki ne fait aucun commentaire, il se contente de lire ses notes, le nom du cinéma, combien de temps ils sont restés dans la salle –

Quel était le titre du film ? demande Nemuro Hiroshi.

Murota Hideki précise : *Hakujitsumu*[1].

Ça a dû vous plaire, marmonne Nemuro Hiroshi.

1. *Hakujitsumu* (*Daydream*), film érotique réalisé par Tetsuji Takechi en 1964.

Murota Hideki secoue la tête et dit : Pas vraiment, je ne suis pas resté tout le temps dans la salle. Je suis allé me chercher un café.

Et ensuite, dit Nemuro Hiroshi, après avoir passé l'après-midi à voir un porno, je suppose qu'ils…

Murota Hideki hoche la tête et acquiesce : Oui.

Où ça ? demande Nemuro Hiroshi.

Une auberge du côté de Yoyogi.

Ça a duré combien de temps ?

Ils se sont dit au revoir en quittant l'auberge à cinq heures, ils sont donc restés moins de deux heures sur place.

Moins de deux heures, ricane Nemuro Hiroshi. Ça lui laissait le temps de rentrer à la maison pour me préparer à dîner, pour m'accueillir dans le *genkan*, me disant qu'elle m'avait fait couler un bain, m'incitant à me prélasser dans mon bain, puis de me servir une bière et mon dîner, me demandant comment s'était passée ma journée, espérant que ça ne m'avait pas trop stressé, tout en me mentant sur son propre emploi du temps de la journée, de sa journée inintéressante, encore imprégnée de son odeur, rêvant de lui, lui parlant dans son sommeil, gémissant dans son sommeil.

Je suis désolé, répète Murota Hideki, comme à chaque fois, refermant son calepin, comme à chaque fois, attendant la question suivante, la question qu'ils posent toujours, parfois plus tôt, parfois plus tard, mais qu'ils ne manquent jamais de lui poser, tôt ou tard, ils lui demandent –

C'est qui ?

Je ne peux pas vous le dire, répond Murota Hideki, comme il le fait toujours, comme il l'a toujours fait depuis la fois où il a eu le malheur de répondre, la seule et unique fois où il l'a fait.

Nemuro Hiroshi se tourne vers Murota Hideki, l'inquiétude et la peur s'effaçant de son regard, disparaissant pour laisser la place à cet inéluctable mélange corrosif d'humiliation et de colère : Vous ne pouvez pas ou vous ne voulez pas ?

Je ne vous le dirai pas.

Mais vous savez qui c'est ?

Oui, répondit Murota Hideki. Mais il vaut mieux que vous ne le sachiez pas.

Pourquoi ?

Parce que ça ne vous fera aucun bien.

Parlant et criant tout à la fois : C'est moi que ça regarde.

Non, lui dit Murota Hideki, aussi calmement et gentiment que possible : C'est ma responsabilité, et j'ai décidé que vous n'aviez pas besoin de savoir. Je vous en prie, faites-moi confiance, cela vaut mieux pour vous.

Il jaillit presque du banc, pratiquement à deux doigts de toucher Murota Hideki : Alors, c'est quelqu'un que je connais.

Non, lui redit Murota Hideki, toujours aussi calmement et gentiment que possible. Ce n'est pas une personne que vous connaissez.

Alors dites-moi seulement qui c'est, dit Nemuro Hiroshi, prenant son portefeuille dans sa veste, sortant son portefeuille : Je vous donnerai plus d'argent.

Murota Hideki lève lentement la main, repousse le portefeuille brandi devant lui, et dit : Ce n'est pas une question d'argent, le problème, c'est vous, monsieur Nemuro, et ce que vous pourriez faire si j'étais assez stupide pour vous dire le nom de cet homme.

Que voulez-vous dire ?

Que vous pourriez décider d'aller voir cet homme, et de faire quelque chose qui vous causerait des ennuis et m'en causerait aussi par la même occasion, dans la mesure où j'aurais été assez bête pour vous donner son nom. Voilà ce que je veux dire.

Je vois, dit Nemuro Hiroshi. Je vois.

Murota Hideki hoche la tête : Bien.

Oui, je vois, dit Nemuro Hiroshi, se tournant à nouveau vers Murota Hideki, le regardant bien en face, s'en prenant à Murota Hideki, comme ils le font souvent, comme bon nombre le font, le regardant droit dans les yeux et l'invectivant : Alors, ce n'est pas à cause de moi, n'est-ce pas ? C'est de vous qu'il s'agit, pour vous protéger, hein ? Et moi, qu'est-ce que je deviens dans tout ça ? Comment je peux me protéger, Murota-san, moi, ma femme et mon mariage contre cet homme ? Cet homme que je ne connais pas, mais que ma femme connaît, oui, elle le connaît, et vous aussi, vous le connaissez. Eh bien, vous qui savez tout, qui en savez tant, dites-moi ce que je dois faire ? Allez, allez, dites donc au cocu ce qu'il doit faire.

Murota Hideki se frotte les yeux, les joues, le visage, puis soupire : Vous avez terminé ?

Nemuro Hiroshi détourne les yeux, fixe ses chaussures plantées dans le gravier, le chat le regarde aussi et l'observe.

Murota Hideki se penche vers lui, pose la main aussi délicatement et gentiment que possible sur la cuisse de cet homme en colère, effondré, assis à ses côtés et lui dit : Écoutez, comme je vous l'ai indiqué lors de notre premier entretien, quand un homme ou une femme soupçonne son conjoint de le tromper, quatre-vingt-dix-neuf fois sur cent, ils ont habituellement raison. Mais la plupart du temps, ça ne dure pas : un feu de paille de cinq minutes, et puis c'est fini, une bonne fois pour toutes.

La plupart du temps, dit Hiroshi Nemuro, gardant son portefeuille serré dans sa main, regardant le chat. Mais pas tout le temps.

Pas tout le temps, non. Mais cette fois-ci, oui.

Qu'est-ce que vous en savez ? dit Nemuro Hiroshi, qui se tourne vers Murota Hideki, le dévisage, cherchant à lire sur son visage, dans ses yeux, à savoir si c'est faux, s'il lui ment : Comment pouvez-vous en être sûr ?

Haussant les épaules, Murota Hideki dit : Je ne vous révélerai jamais son nom, mais je peux vous dire qu'il a une belle situation, comme vous, mais sa femme est enceinte et ils ont un petit garçon. Il ne va pas abandonner tout ça, pas pour votre femme.

Alors, il ne me reste plus qu'à attendre ? demande Nemuro Hiroshi. À attendre la fin du feu de paille, c'est ce que vous êtes en train de me dire ?

Murota Hideki hoche de nouveau la tête : Si vous n'avez pas l'intention de divorcer, si vous l'aimez toujours, et c'est apparemment le cas, alors oui. Si ça peut vous consoler, vous pouvez lui rendre la pareille.

Lui rendre la pareille ? Qu'est-ce que vous voulez dire ?

Murota Hideki regarde sa montre, sa montre qui retarde. Payez-vous une petite pute de chantier. C'est pas ce qui manque, avec les jeux Olympiques…

C'est pas la même chose, vraiment ! peste Nemuro Hiroshi. De payer pour ça, de payer une vieille pute sur le retour…

Il commence à crachiner, à pleuvoir sur Murota Hideki, son estomac se met à grogner, à gargouiller. Il se lève et dit : Il est temps de grandir, soyez raisonnable. Il paie pour ça, vous aussi vous payez pour ça. On paie tous pour ça.

Murota Hideki se lève, commence à monter les marches pour sortir du sanctuaire, abandonnant cet homme, ce pitoyable petit bonhomme, cet impudent, sa maudite voix forte –

C'est ce que vous feriez, vous, Murota ? Si votre femme vous trompait, baisait avec un autre homme ? Vous iriez vous payer une pute, c'est ça que vous feriez, vraiment ? C'est tout…

Murota Hideki s'arrête, revient sur ses pas, redescend les marches, rentre dans le sanctuaire, revient vers l'homme et le toise, ce petit bonhomme pathétique, cet impudent, qui soutient son regard, ce petit bonhomme pathétique, cet impudent, avec un petit sourire narquois, un air dédaigneux, sur son petit visage pathétique, impudent, et Murota Hideki dit, lui dit : Ma femme est morte.

Nemuro Hiroshi ne détourne pas le regard. Il ne cille pas. Il continue de regarder Murota Hideki, les yeux levés vers lui, de le dévisager, des larmes plein les yeux, l'aveuglant, battant des cils, les larmes coulant le long de ses joues alors qu'il sanglote : S'il vous plaît, je ne veux pas la perdre…

Murota Hideki ne lui dit pas qu'il l'a déjà perdue, qu'elle est déjà partie, ne lui dit pas qu'il ne la condamne pas, pas le moins du monde. Murota Hideki se contente de rester debout devant lui, de baisser la tête vers lui, et de lui mentir : Vous n'allez pas la perdre.

Mais vous y veillerez, n'est-ce pas ? dit l'homme, essuyant ses larmes, s'essuyant les joues, ouvrant son portefeuille et en sortant trois billets de dix mille yens. Levant la main, il tend les billets à Murota Hideki, tandis que des gouttes de pluie se mettent à tomber sur les billets, sur sa main, sur l'homme et sur Murota Hideki, sur le sanctuaire et sur la ville –

La ville ancienne, la ville nouvelle, la même ville –

Je vous demande d'y veiller.

Il pleut encore et il est affamé, alors il marche vite, longeant les voies ferrées, à l'abri du talus, descendant l'avenue Yasukuni, puis passant sous les voies et continuant dans l'avenue Yasukuni, il traverse le carrefour et les voies du tram, Kanda-Sudachō et Ogawamachi, jusqu'au bout de l'avenue pour arriver dans le quartier des bouquinistes de Jimbōchō. Toujours sous la pluie, toujours le ventre creux, trempé comme une soupe et crevant de faim, il passe d'une librairie à l'autre, d'un bouquiniste à l'autre, d'échoppe en échoppe, de rayon en rayon tout le long de l'avenue Yasukuni, jusqu'à ce que dans une petite rue transversale, au bout d'une allée, dans une librairie à l'enseigne Gen'ei-dō, dans une pile près de la porte, il trouve le livre qu'il cherche. Il prend le livre avec deux autres dans la pile entassée près de la porte, puis va au fond du magasin, pose les trois bouquins sur le comptoir et demande : Je vous dois combien ?

Le vieil homme derrière le comptoir lève les yeux du livre qu'il était en train de lire, remonte ses lunettes sur son nez, puis jetant un regard aux trois livres de poche sur le comptoir, prend le *Barbe-Bleue de Tokyo : la luxure du démon*, puis *L'affaire Teigin : l'hiver du démon*, et *Adresse inconnue*, les ouvre un par un, retourne chaque livre, regarde le prix indiqué au dos de chaque livre, le prix griffonné au crayon au dos de chaque livre. Le vieil homme lève les yeux, remet à nouveau ses lunettes en place, puis sourit avant d'annoncer : Quatre-vingt-dix yens, s'il vous plaît.

Tenez, dit Murota Hideki, qui lui tend l'appoint avec un sourire.

Le vieil homme se baisse pour prendre un sac en papier sous le comptoir, met les livres dans le sac et remarque : Kuroda Roman serait-il par hasard revenu à la mode ces temps-ci ?

Que voulez-vous dire ? demande Murota Hideki.

Eh bien, vous êtes la seconde personne ce mois-ci à m'acheter ses bouquins, répond le vieil homme en tendant le sac à Murota Hideki.

Toujours le sourire aux lèvres, Murota Hideki lui dit : Laissez-moi deviner : c'était un jeune homme mince dans un costume flambant neuf.

Mauvaise pioche, l'ami Holmes, répond en riant le vieil homme, hochant la tête. C'était un étranger.

Vous plaisantez ?

Pas du tout, dit le vieil homme, hochant à nouveau la tête, repoussant ses lunettes sur son nez. Ça m'a étonné.

Murota Hideki jette un coup d'œil circulaire à la petite boutique tout en longueur, avec ses rangées et ses piles de livres entassés du sol au plafond, des piles et des piles de livres, et demande : Vous avez souvent la visite d'étrangers à la boutique, alors ?

Dans le temps, dit le vieil homme. Après la guerre, pendant l'Occupation. Mais plus de nos jours, pas encore.

Murota Hideki, toujours avec le sourire, lui demande : Pas encore ?

Avec les jeux Olympiques, fait le vieil homme, hochant la tête, on ne sait jamais…

Vous avez raison, dit Murota Hideki acquiesçant en se dirigeant vers la sortie. On ne sait jamais.

Il faut espérer qu'ils voudront tous acheter des livres de Kuroda Roman, ajoute le vieil homme en riant. On en a une caisse pleine en réserve.

Son paquet coincé sous le bras gauche, Murota Hideki ouvre la porte de la boutique et remarque : Il a eu son heure de gloire.

Un court moment, il y a longtemps de ça.

C'est ce qu'on m'a dit, conclut Murota Hideki en sortant de la boutique, fermant la porte derrière lui, avant de repartir dans la ruelle sous la pluie.

Il remonte la petite rue, en emprunte une autre, puis encore une autre et se retrouve dans l'avenue Suzuran. Il traverse, entre au restaurant Le Yangtze, prend un journal sur le porte-revues près de la porte, puis s'assied à une table au fond de la salle. Il commande un bol de nouilles chinoises froides, une assiette de riz frit, six gyōza, un verre de bière et une demi-bouteille de vin chinois. Il mange les gyōza avec sa bière, en lisant le journal du soir, un article sur l'arrestation de l'assassin des taxis de Hokkaidō, sur les manifestations des *Zengakuren*[1] et le divorce de Sawako Ariyoshi[2], passant rapidement sur les nouvelles concernant les jeux Olympiques, la construction dans le coin d'une nouvelle autoroute et d'une nouvelle ligne de train ailleurs. Après avoir fini ses gyōza et sa bière et avoir lu tout le journal du soir, il replie le journal et va le remettre sur le porte-revues, puis retourne s'asseoir à sa table. Il prend une cigarette dans son paquet et l'allume, puis extrait de son sac en papier un des trois livres de poche, l'exemplaire en piteux état du *Barbe-Bleue de Tokyo*. Il mange son riz frit, boit son vin chinois, fume plusieurs cigarettes, commande encore du vin, une autre demi-bouteille tout en feuilletant le livre, il cherche le passage où son nom est cité jusqu'à ce qu'il tombe dessus, et il se met alors à lire la page, le paragraphe qui commence ainsi : *Murota Hideki est originaire de la préfecture de Yamanashi. Mais après avoir été renvoyé de la police pour conduite inappropriée, après s'être retrouvé sans travail, Murota Hideki n'est pas retourné dans sa famille à Yamanashi. Murota Hideki est resté à Tokyo. Et c'est là qu'il vit encore dans une vieille maison de bois mitoyenne à Kitazawa, pas très loin de la gare de Shimo-Kitazawa, la même vieille maison de bois mitoyenne que l'inspecteur Nishi a trouvée dans l'annuaire en cherchant son adresse, la même vieille maison de bois mitoyenne…*

Il reprend une cigarette, il boit encore un verre et poursuit sa lecture, sautant un peu plus loin dans l'ouvrage, passant en revue tous les

---

1. Fédération japonaise des associations d'autogestion étudiantes, une ligue étudiante créée au Japon le 6 juillet 1948. Elle est célèbre pour être à l'origine de nombreuses manifestations.

2. *Sawako Ariyoshi*, née le 20 janvier 1931 à Wakayama et morte le 30 août 1984 à Tokyo, est une écrivaine japonaise.

noms cités, ceux de tous ces fantômes – *les inspecteurs Nishi et Minami, les commissaires Mori et Adashi, les filles, les filles assassinées, Abe Yoshiko et Midorikawa Riuko, et l'assassin, leur meurtier, Kadaira Yoshio* – tous ces noms, tous ces fantômes, en quête de son nom, de son nom à elle, jusqu'à ce qu'il le trouve, là sur cette page, jusqu'à ce qu'il la voie, en noir et blanc, qu'elle lui apparaisse *sortant de l'ombre, de derrière le rideau miteux, vêtue d'une robe-tablier jaune à rayures bleu marine*, il la retrouve et il l'entend, entend à nouveau sa voix qui répète : *je ne prétends pas être morte, je ne suis pas un fantôme.*

Mais ils vont revenir te chercher…

Murota Hideki frissonne, sursaute, puis il décolle sa joue, son oreille et ses cheveux du sac en papier qui contient les livres de poche. Il se redresse sur sa chaise, ouvre les yeux, se frotte la joue, les yeux et puis les deux joues, il les frotte fort puis se donne de bonnes claques. Il baisse les yeux et regarde le sac de livres sur son bureau, le combiné qui est à côté du sac et qui bourdonne sur son bureau, sur le plateau de son bureau. Il saisit le combiné, le porte à son oreille et il entend le murmure, le murmure des disparus, des disparus et des morts. Il déglutit, il cligne des yeux, renifle et dit : Allons, allons, non, non. Ne te remets pas à pleurer comme une fontaine. Il secoue la tête, dans tous les sens, il cligne des yeux et ravale ses larmes et renifle, puis remet le combiné en place, sur son socle, sur son support. Il se lève et contourne son bureau. Il ramasse sa chemise et sa veste par terre, sa chemise fripée et sa veste trempée et les enfile. Il tâte les poches de sa veste, vérifiant qu'il a bien son calepin et son portefeuille et sourit et se dit : Ça pourrait être pire, les choses peuvent toujours être pires. Il va à la fenêtre, vers la lumière, entrouvre la fenêtre, le jour commence à poindre.

Toc-toc, Tacatac, tacatac…

Même le dimanche, se dit-il, en sortant de son bureau. Il ferme la porte, donne un tour de clé, puis prend le couloir et descend l'escalier, les quatre volées de marches. Dans la petite entrée, il va voir s'il a du courrier dans la rangée de boîtes à lettres métalliques alignées le long du mur. Il passe en revue les tracts publicitaires et les factures, remet le tout en vrac dans sa boîte à lettres et referme brutalement le couvercle. Puis il sort de l'immeuble, descend quelques marches et se retrouve dans la rue, c'est le matin, un matin nuageux, bruyant et plombé.

Tacatac, tacatac, bing-bang.

Mais il ne tourne pas à droite, il ne va pas au sanctuaire ni sous les voies ferrées. Il ne va pas à Manseibashi pour prendre le tram, ni à Kanda pour prendre un train. Il se dirige vers l'est et tourne au coin de la rue en direction du nord, traverse le pont d'Izumibashi, qui passe sur le fleuve Kanda, le fleuve plus sombre que jamais, son odeur pestilentielle encore pire que jamais. Il continue de marcher vers le nord en traversant Akihabara, et arrive à Okachimachi, au milieu de la foule et du bruit, des joueurs de pachinko[1], des chantiers des jeux Olympiques, même le dimanche, un pays en quête d'or : l'or des pachinko contre l'or olympique.

Bing-bang, tacatac....

Il contourne Ueno[2], évite Ueno – la foule des théâtres et du zoo, la foule du parc et des expositions – il emprunte des rues transversales, des petites rues, il passe à Shitaya et continue par Inarichō, toujours en direction du nord, il traverse le parc de Showa-dori, traverse Sakamotochō, la ville s'assombrissant, plus de bois et plus de verdure, la ville se fait plus silencieuse, les sons étouffés, il n'y a plus de bruit, tandis qu'il passe sous la gare d'Uguisudani, pour arriver dans un lieu rempli d'ombres, un endroit où règne le silence, il s'approche de plus en plus près, des ombres et du silence.

Ils reviendront te chercher...

Jusqu'à ce qu'il atteigne ce lieu rempli d'ombres, ce lieu où règne le silence, il est maintenant dans ce lieu rempli d'ombres, ce lieu où règne le silence ; Murota Hideki est à Negishi.

Il prend son mouchoir et s'essuie le cou, il écarte sa veste de sa chemise, puis sa chemise de son maillot de corps, puis son maillot de corps qui lui colle à peau, et s'éponge de nouveau le cou. Il remet son mouchoir dans sa poche et sort son calepin. Il l'ouvre et le feuillette jusqu'à la page où il a noté l'adresse. Il se la répète deux fois à voix haute. Il ferme son calepin, le remet dans sa veste et avance dans la rue principale, l'avenue Kototoi, il cherche un plan du quartier, un guide du quartier. En face d'un temple, il trouve un plan du quartier, un plan à moitié effacé sur un vieux panneau de bois, les

1. Pachinko : machine de jeu, sorte de croisement entre un flipper et une machine à sous.

2. Ueno : quartier du nord-est de Tokyo.

petits numéros des adresses inscrits à la main dans de petits carrés noirs imprimés, formant un labyrinthe de centaines de petits carrés noirs sur le mauvais panneau de bois délabré. Il trouve son adresse, le petit carré noir qu'il recherche, et reprenant son calepin et son stylo aussi, il esquisse un plan rudimentaire des alentours de l'adresse, le petit carré noir qu'il recherche. Conservant son calepin ouvert à la main, il se remet en marche sur l'avenue, puis tourne à droite, s'éloignant de Kototoi-dōri, pour suivre une rue transversale, qui tient plus de l'allée que d'une rue. Il descend l'allée, sombre et étroite, entrant dans un dédale d'allées, une odeur d'encens flottant dans l'ombre, une sensation de deuil au milieu du silence, des allées sombres qui sinuent au milieu des temples de tombes moussues, passant devant des maisons aux jardins envahis de mauvaises herbes, solitaires et oubliées, il s'enfonce de plus en plus loin dans ce dédale, ce labyrinthe d'allées, tristes et sinueuses, jusqu'à ce qu'il s'arrête, s'arrête devant une maison encore plus retirée que toutes les autres, et il reste figé devant cette maison plus isolée que les autres, au milieu de ce dédale, au cœur de ce labyrinthe, car il a trouvé, trouvé la maison de Kuroda Roman, cachée et qui se dissimule.

Dans ce lieu que l'ombre préserve, que le silence garde, ce lieu en retrait, refuge et exil, il voit un mur bas, caché par des arbustes, enfoui sous les mauvaises herbes, une haie de bambous qui se dresse derrière le mur, les buissons et les mauvaises herbes, une haie qui dissimule le jardin et la maison derrière les bambous, qui empêchent de voir quoi que ce soit ou qui que ce soit à l'intérieur quand on est dans la rue ou à l'extérieur, aux yeux du monde entier, aux yeux de Murota Hideki. Il range son calepin dans la poche de sa veste, prend son mouchoir et s'éponge le cou, puis s'approchant de la haie, il tente de voir ce qu'il y a de l'autre côté, d'apercevoir quelque chose à travers les trous de la haie où les bambous sont brisés, éclatés, au sol, à travers les plantes grimpantes et les calebasses, entre les plantes et les arbustes, les fourrés et les taillis de myrte et de grenadiers, de pruniers et de pins, regardant ce jardin, tout en nuances de couleurs, cherchant à voir où pourrait se trouver la maison, à l'apercevoir dans ce jardin rempli d'ombres, ce puits de silence, l'explorant, plongeant son regard dans les différentes nuances de couleurs, ces teintes mouvantes, passant du pâle au gris, puis au sombre, où grouillent des lézards et des mille-pattes dans la pénombre, dans ce puits de silence, où les moustiques se mettent à bruire, à résonner à ses oreilles, à le piquer, à pomper le sang de ses veines, sur son cou, son oreille, sa joue, son –

Merde, dit-il, et reculant, il s'écarte de la haie et du mur, des taillis et des herbes folles, pour retomber dans la poussière de l'allée, et agitant son mouchoir devant son visage, essuyant les piqûres de moustiques, il regarde s'il saigne, et jure de plus belle : Putains de bestioles !

Il range son mouchoir, reprend son calepin et son stylo et, longeant la haie, il se met à faire un plan des lieux, avançant de cinq, six, sept pas, il tourne au coin de l'allée, à l'angle que forment le mur et la haie de bambous, dessine la limite du mur, son contour jusqu'au moment où il arrive à un endroit où il y a un trou dans le mur, un espace entre les bambous, bouché par des buissons plus hauts, comblé par des mauvaises herbes énormes, les taillis et les mauvaises herbes dissimulant un portail, le portail permettant d'accéder à la maison. Il enjambe les buissons et les mauvaises herbes, se fraie un chemin au milieu des tiges et des branchages, repoussant les taillis et les mauvaises herbes, les tiges et les branchages, avançant d'un pas, puis de deux et de trois avant d'atteindre le portail, de pouvoir le toucher. C'est un portail de bois, d'un vieux bois dense, plus haut que lui, plus haut qu'un homme, couvert d'un auvent, un auvent de chaume et de branchages. Sous cet auvent, aux rebords en pente, au milieu des taillis et des mauvaises herbes, au milieu des tiges et des branchages, des fleurs et des feuilles, il tâte à l'aveugle le bois du portail, cherchant une poignée, une poignée pour ouvrir le portail. Mais il n'y a pas de poignée, pas de poignée au portail. Il peste et pousse le portail, mais le portail ne bouge pas, ne s'ouvre pas. Il jure de plus belle et se remet à pousser, puis serrant le poing, il donne des coups dans le portail, tape du poing sur le bois, tape de plus en plus fort, et jure de plus en plus fort –

Putain, c'est pas la peine d'insister, dit-il, repassant dans les taillis et les mauvaises herbes et retournant dans l'allée, dans l'ombre et le silence. Il range son calepin et son stylo, reprend son mouchoir, l'agite de nouveau pour chasser les moustiques, éponge encore la sueur sur son cou, tout en fixant le portail, secouant la tête et se traitant de crétin, crétin, crétin.

Il tousse et crache dans la poussière de l'allée puis se tourne et revient au coin de l'allée, longeant la haie de bambous, il tourne au coin suivant, puis encore une fois dans une autre allée, il longe un autre mur bas, une autre haie de bambous, tous deux bien entretenus et taillés, derrière lesquels on entend des chants d'oiseaux, et un homme qui siffle, qui siffle avec les oiseaux. Murota Hideki s'arrête, s'arrête devant le portail de cette maison, ce portail et cette maison qui ne sont pas cachés, que l'on peut voir. Il ouvre le portail, passe le seuil et dit : Veuillez m'excuser, je suis désolé…

Vous désirez ? dit un vieil homme chauve, vêtu d'un kimono d'été, qui se tient sur la véranda de sa maison, où quatre ou cinq cages à oiseaux sont accrochées à la rambarde.

Murota Hideki s'avance de deux ou trois pas sur les grandes pierres qui dallent l'allée du jardin, réitérant ses excuses : Je suis désolé de vous déranger, mais j'aimerais m'entretenir avec votre voisin, Horikawa-san, l'écrivain Kuroda Roman.

Ce n'est pas votre jour de chance, dit le vieil homme chauve, haussant les sourcils, un sourire aux lèvres tout en fermant l'une des cages.

Apparemment, il n'est pas chez lui, dit Murota Hideki. Vous ne sauriez pas où il se trouve, par hasard ?

J'aimerais bien, dit le vieil homme, hochant la tête. Ça fait des mois que mon fils cherche à lui parler.

Ah bon ! Et pourquoi ?

On a reçu une offre d'achat pour ce terrain, répond l'homme en montrant sa maison et son jardin. Une société immobilière veut y construire des immeubles avec un parking. C'est une proposition intéressante, mais ils veulent aussi son terrain, le terrain de Horikawa, sinon cela ne les intéresse pas.

La société n'a pas réussi à le joindre alors ?

Personne n'y est arrivé, dit le vieil homme chauve, hochant à nouveau la tête. Vous devez être la troisième ou la quatrième personne qui cherche à le voir cette année.

Il est très demandé.

Pas lui, dit le vieil homme en riant, mais son terrain. C'est un dingue. La dernière fois que je l'ai vu, il broutait les fleurs de son jardin.

Vraiment ?

Ouais, confirme l'homme, hochant la tête et se tournant, il montre le fond de son jardin. Il y avait un trou dans la clôture au bout là-bas, entre nos deux jardins. Ma femme m'a demandé de le boucher, elle s'imagine qu'il y a des renards dans son jardin. Je lui ai dit que le seul renard du coin, c'est ce vieux fou de Horikawa-san.

Mais alors, vous l'avez vu ?

Pour ça oui, dit le vieil homme chauve. Je l'ai vu marcher à quatre pattes, broutant les pétales des fleurs, buvant l'eau de son bassin, c'est ce qu'il faisait, en parlant à son ours en peluche…

Son ours en peluche ?

Vous savez, dit le vieil homme, tout sourire en regardant les oiseaux dans leurs cages et leur faisant des signes. Ce genre d'animal empaillé, ces jouets pour les gosses.

Murota acquiesce d'un signe de tête et dit : Ouais, je vois ce que vous voulez dire. Mais d'après vous, il s'adressait vraiment à cet ours en peluche ?

Incroyable, n'est-ce pas ? dit le vieil homme. Mais je ne pourrai jamais l'oublier, je l'entends encore dire : Sada-chan, Sada-chan, il disait, tu dois avoir soif, prends de l'eau, Sada-chan.

Ça devait être le nom de son ours, dit Murota Hideki. Y a personne d'autre qui vit ici avec lui ?

Pas ces derniers temps, dit le vieil homme chauve. Du moins, pas à ma connaissance. Pourtant il a été marié, il y a longtemps de ça.

C'est ce qu'on m'a dit, confirme Murota Hideki. Vous savez ce qui est arrivé à sa femme, alors ?

Elle s'est suicidée, dit le vieil homme, baissant la voix, se tournant vers les oiseaux dans leur cage, hochant la tête.

Dans l'ombre et le silence, à nouveau dans l'ombre et le silence, Murota Hideki avale sa salive et cligne des yeux, cligne des yeux et avale sa salive avant de déclarer : La pauvre !

Ouais, répond le vieil homme.

Murota Hideki cligne de nouveau des yeux et lui demande : Vous l'avez rencontrée, vous avez eu l'occasion de la voir ?

Non, dit le vieil homme chauve. Il m'est arrivé de l'entendre parfois, en train de jouer du samisen[1]. C'était une geisha, vous savez, enfin une ancienne geisha. Sa famille l'a déshérité quand il s'est marié avec elle, ils ont rompu tous liens avec lui, ils n'ont jamais voulu le revoir, à ce qu'on m'a dit.

C'est ce qu'on m'a dit à moi aussi, dit Murota Hideki, hochant de nouveau la tête. Et c'était quand, alors, la dernière fois que vous l'avez vu ?

---

1. Luth à trois cordes, instrument traditionnel japonais.

Dans son jardin, vous voulez dire ?

Oui, cette fois-là.

Il y a un an ou deux, peut-être.

Et depuis, vous ne l'avez pas revu ?

Non, répond le vieil homme chauve, tout en tapotant les barreaux d'une des cages. Je me suis dit qu'ils avaient dû le rembarquer. Aussi loin que je m'en souvienne, il faisait régulièrement des allers-retours à l'asile.

Vous savez lequel ?

Non, dit le vieil homme, secouant la tête, souriant en regardant l'oiseau dans sa cage. Si on savait où il est, mon fils aurait filé le voir là-bas sur-le-champ pour lui demander de signer et vendre le terrain.

Il pourrait ne pas être d'accord, remarque Murota Hideki en désignant d'un coup d'œil la maison, jetant un regard circulaire au jardin, cette belle maison ancienne, ce magnifique vieux jardin.

Certes, répond le vieil homme. Mais à mon avis ça devrait l'intéresser quand il apprendra ce qu'on nous en offre, la somme qu'on nous propose.

Ça doit être une bonne offre, alors, dit Murota Hideki.

En effet, répond le vieil homme chauve dans son kimono d'été sur la véranda de sa maison, et levant la tête, il demande à Murota Hideki : Mais pourquoi voulez-vous le voir ?

Murota Hideki sort son portefeuille de la poche de sa veste, prend une carte de visite et s'avance vers la véranda, lui tend sa carte et précise : Il doit de l'argent à son éditeur, voilà pourquoi.

Je vois, dit le vieil homme qui prend la carte de visite et la lit. Voilà qui est intéressant, très intéressant.

Pourquoi donc ?

Parce que cela veut dire qu'il sera d'autant plus enclin à vendre, répond le vieil homme. Si vous arrivez à mettre la main sur lui…

Sans doute, dit Murota Hideki en riant. Si je le retrouve.

Attendez une minute, ajoute le vieil homme chauve, avant de disparaître dans sa maison, sa belle maison ancienne.

Murota Hideki hoche la tête, et patiente dans l'ombre et le silence, et il se tourne pour regarder au fond du jardin, la haie au bout, la haie qui sépare cette maison du jardin et de la maison voisine, la maison de Kuroda Roman.

Voici la carte de visite de mon fils, lui dit le vieil homme de retour sur la véranda, et il lui tend en même temps un carnet pas très épais, tout gondolé. Vous devriez prendre ça aussi…

Murota Hideki acquiesce, regarde le carnet, puis, relevant la tête, il dit au vieil homme chauve : Merci, mais qu'est-ce que c'est ?

Son carnet d'adresses, répond le vieil homme, souriant et hochant la tête. Du moins, c'est ce que je crois.

Murota Hideki acquiesce de nouveau et ouvrant le carnet, le feuilletant, lui demande : Comment se fait-il…

Il lui arrivait parfois de jeter des choses par-dessus la haie, dans notre jardin, dit le vieil homme chauve en riant. Vous vous rendez compte ? On essayait bien de les lui rendre, mais c'était la croix et la bannière pour lui faire ouvrir sa porte.

Je vois ce que vous voulez dire, répond Murota Hideki.

Enfin, quand il lui arrivait d'être chez lui, poursuit le vieil homme. Mais mon fils l'a consulté, il a même essayé d'appeler quelques numéros, pour voir s'il arrivait à retrouver sa trace.

Sans succès ?

Les premiers numéros qu'il a appelés, répond le vieil homme, les gens n'avaient jamais entendu parler de lui, alors il a laissé tomber. À mon avis, vous aurez sans doute plus de chance, vous qui êtes du métier, on ne sait jamais.

Vous avez raison, dit Murota Hideki, hochant la tête. On ne sait jamais. Je vous remercie.

Surtout tenez-nous au courant, dit le vieil homme chauve, si vous arrivez à mettre la main sur lui.

Je n'y manquerai pas, dit Murota Hideki et levant la carte de visite, avant de s'en aller, il répète : Je vous remercie.

Du haut de sa véranda, au milieu de ses cages, le vieil homme le hèle et lui demande : Vous allez où maintenant ?

À l'asile, répond Murota Hideki sans se retourner, sans regarder derrière lui, passant le portail pour regagner l'allée.

Il ferme le portail derrière lui, glisse la carte de visite dans son portefeuille, qu'il range dans la poche de sa veste et ouvre le petit carnet, le carnet d'adresses, faisant défiler les pages, passant de la feuille des syllabes A-KA-SA-TA – NA- MA et s'arrêtant à la page des MA, il lit la liste des noms, des noms qui commencent par MA, MI, MU…

Murota – 291-3131

À Negishi, dans cette allée, au cœur de ce labyrinthe, dans le carnet d'adresses de Kuroda Roman, sur une feuille gondolée de ce petit carnet, il découvre son propre nom, il voit son numéro de téléphone personnel, puis revenant en arrière, il feuillette à nouveau le carnet dans l'autre sens, passant de NA à TA, et il parcourt la page, la liste, la liste des noms qui commencent par TA, TI, TU, TE, TO…

~~*Tominaga 291-3131*~~

Et dans l'ombre et le silence, dans ce lieu en retrait, refuge et exil, il lit son nom, son nom à elle, et son numéro à lui, barré d'un trait, un trait barrant son nom à elle, un trait barrant son numéro à lui, dans le silence et l'ombre…

Revenir te chercher.

Il descend du train de Keiō à la gare de Hachimanyama. Il va aux toilettes de la gare. Il pisse un coup, puis va au lavabo. Il sort de la poche de sa veste une cravate qu'il noue autour de son cou, prend ses lunettes dans une autre poche et les met sur son nez. Il ouvre le robinet et se lave les mains, puis les sèche sur le devant de sa veste et de sa chemise. Il sort des toilettes et quitte la gare. Il se rend dans une pâtisserie où il achète les deux gâteaux les plus petits et les moins chers du magasin. Il traverse les voies, et se dirige vers le sud le long d'une petite rue tranquille, puis tourne à gauche et entre par la porte ouest dans l'hôpital Matsuzawa de la ville de Tokyo, plus connu sous le nom d'hôpital psychiatrique Matsuzawa, sa boîte de gâteaux à la main, s'inclinant avec un sourire devant le gardien dans sa guérite qui lui rend son sourire et s'incline à son tour en lui disant : Bonjour. Il remonte l'allée qui mène à l'entrée principale du centre de soins cliniques. Il grimpe les marches, entre dans le bâtiment et fait comme s'il était complètement perdu, sa boîte de gâteaux dans une main, se grattant la tête de l'autre, se tournant dans tous les sens, l'air affolé derrière ses lunettes –

Vous cherchez l'accueil ? lui demande une jeune infirmière.

Il hoche la tête et lui sourit : Oui, effectivement. Pourriez-vous…

C'est par là, lui dit-elle et elle guide Murota Hideki le long d'un couloir, jusqu'à un comptoir où elle le laisse face à une femme d'un certain âge, à l'air revêche.

Bonjour, dit Murota Hideki en déposant sa boîte de gâteaux devant elle sur le comptoir.

Elle jette un regard courroucé à son paquet de gâteaux, lève les yeux et d'un ton acerbe lui demande : Vous désirez ?

Veuillez m'excuser, répond Murota Hideki. Je ne suis pas de Tokyo. Je viens de Yamanashi. C'est la première fois que je viens ici, enfin pas à Tokyo, mais dans cet hôpital. Je suis là pour affaires, en voyage d'affaires, vous comprenez, pas avec l'hôpital, mais à Tokyo. Et pendant que je suis sur place, à Tokyo pour mes affaires, ma mère et ma tante m'ont demandé si je pouvais en profiter pour passer voir mon oncle. Enfin, si j'avais le temps parce que je n'étais pas vraiment sûr de pouvoir me libérer, étant donné que je ne pouvais pas savoir comment mes affaires allaient marcher. Mais il se trouve que –

Quel nom ? dit-elle, la bouche pincée serrant les dents, des dents tachées du rouge à lèvres qui a déserté ses lèvres il y a un bon bout de temps.

Murota Hideki, répond-il en s'inclinant.

Pas le vôtre, lui crache-t-elle. Le nom du patient, cet oncle que vous voulez voir.

Tamotsu, dit Murota Hideki. Oncle Tamotsu.

Son nom, soupire-t-elle, son nom de famille.

Oh, pardon, fait-il. Horikawa, Horikawa Tamotsu.

L'infirmière à l'air revêche jette un regard glacial à Murota Hideki, s'attardant sur son costume et sa chemise fripés, sa cravate et ses lunettes, son visage bouffi et pas rasé. Il lui sourit mais elle ne lui rend pas son sourire. Il pose la main sur sa boîte de gâteaux trônant sur le comptoir et elle jette à nouveau un regard au paquet, puis lève les yeux sur Murota Hideki. Il lui adresse un autre sourire, elle ne lui sourit toujours pas, mais soupirant de plus belle, elle dit : Horikawa Tamotsu ? Attendez une minute…

Elle se lève et va dans un bureau situé à l'arrière du comptoir, le laissant en plan, tandis qu'il tripote et tapote la boîte de gâteaux.

C'est bien ce que je pensais, dit-elle en retournant s'asseoir derrière le comptoir, un sourire aux lèvres, en jubilant, un dossier ouvert à la main. Votre *oncle* Tamotsu n'est pas ici.

C'est vrai ? fait Murota Hideki, se grattant la tête, se tirant le lobe de l'oreille.

Oui. *C'est vrai.*

Pardon, dit Murota Hideki. Vous en êtes sûre ?

Oui, dit-elle. J'en suis *sûre,* absolument *sûre*.

Attendez une minute, dit Murota Hideki, qui fouille dans une de ses poches, puis dans l'autre, et encore dans une autre, qui se tâte partout. Mais ma mère et ma tante m'ont bien dit que c'était le nom de son hôpital. Je l'ai même inscrit quelque part. Je suis persuadé qu'il s'agit bien de cet hôpital. Je suis sûr que c'est le bon endroit.

Il *était* là, dit-elle. Mais il n'y est plus maintenant. Vous êtes bien au bon hôpital, mais il n'est plus ici, plus maintenant.

Mais elles m'ont donné le nom du docteur, le nom de son docteur, insiste Murota Hideki, continuant à fouiller dans ses poches. Elles m'ont demandé de parler à son docteur… Le docteur, docteur, ah, comment il s'appelle ? Où ai-je mis cette lettre…

Il n'est plus à l'hôpital, lui redit-elle. Vous êtes venu trop tard.

Mais ce n'est pas possible, dit Murota Hideki. On nous aurait prévenus, on aurait dû nous le dire. Là où il allait, où il devait aller. C'est qu'il est vraiment très malade, vous savez. Pauvre vieil oncle Tamotsu…

Derrière Murota Hideki, il y a une file de personnes qui attendent, qui font la queue derrière Murota Hideki, qui s'impatientent et s'énervent, regardant de façon insistante la réceptionniste, la réceptionniste qui, en retour, serre les dents et secoue la tête.

Vous en êtes vraiment sûre… vraiment ?

VOYEZ VOUS-MÊME ! glapit-elle en postillonnant, lui tendant brutalement le registre ouvert sur le comptoir à côté de la boîte de gâteaux. Puis, se tournant vers la file de gens qui attendent derrière Murota Hideki, elle s'adresse avec un grand sourire à la première personne de la queue : Vous désirez… ?

Murota Hideki plisse les yeux, se gratte la tête, et tournant le registre vers lui, regarde la page grande ouverte sous ses yeux et lit en remuant les lèvres les noms inscrits ainsi que les dates, tout en continuant à plisser les yeux, à se gratter le crâne, puis il hoche la tête, il hoche la tête en refermant le registre et le remettant en face de la réceptionniste, attendant qu'elle en ait terminé avec les gens qui font la queue, il se contente de rester là, d'attendre, d'attendre qu'elle reprenne le registre et qu'elle lui dise d'une voix triomphante : Vous voyez bien.

Oui, répond Murota Hideki, d'une petite voix triste tout en fouillant de nouveau dans ses poches, cherchant dans toutes ses poches. Mais je me demande si je pourrais parler un petit moment avec son docteur ? Juste dire quelques mots au docteur Nomura, je vous en prie ?

Non, ce ne sera pas possible, répond la réceptionniste qui se lève pour ranger le registre.

Et si je revenais demain ?

Elle se dirige vers la porte du bureau situé derrière le comptoir. Se retournant, elle le regarde et soupire : Ce n'est pas la peine, il a pris sa retraite en mars. Lui non plus n'est plus à l'hôpital.

Murota secoue la tête, encore une fois, et tournant le dos s'éloigne du comptoir.

Attendez une minute, crie-t-elle.

Murota Hideki se retourne, lui sourit et dit : Oui ?

Vous avez oublié vos gâteaux.

Souriant toujours, lui adressant son plus beau sourire, il lui dit : Vous pouvez les garder. Je les avais apportés pour mon oncle Tamotsu. Prenez-les, je vous en prie.

Elle regarde le paquet, puis son regard revient sur Murota Hideki, et secouant la tête, elle lui dit : Non merci. Reprenez-les, rapportez-les à Yamanashi à votre mère et votre tante.

Murota Hideki revient vers le comptoir, reprend sa boîte de gâteaux, et, hochant la tête, s'incline devant la réceptionniste et dit : Merci pour votre aide, merci beaucoup.

Je vous en prie, répond-elle. Au revoir.

Il s'incline encore une fois, puis s'en va, quitte le comptoir, prend le couloir, traverse l'entrée et descend les marches du centre de soins cliniques, remonte la grande allée qui mène à la sortie, sourit et salue le gardien dans sa guérite qui lui retourne son salut avec un sourire et lui dit : *Otsukaresama desu*…[1].

Murota Hideki hoche la tête, puis tourne à gauche et repart vers le sud le long de la petite rue tranquille longeant les murs et les arbres qui abritent les bâtiments de l'hôpital Matsuzawa, ces hauts murs et ces grands arbres qui dissimulent les pelouses et les bassins de l'hôpital, qui recouvrent comme un linceul les patients, les malades hospitalisés. Il tourne de nouveau à gauche à l'angle du poste de police

1. C'est en fin de journée, lorsque les collègues quittent le bureau, qu'on peut leur dire *otsukaresama desu*. Au lieu de dire simplement « au revoir, à demain », on les remercie pour le travail accompli.

de Hachimanyama et marche le long d'un sentier pavé poussiéreux, suivant une haute clôture métallique qui marque la limite de l'hôpital Matsuzawa, regardant à travers les barreaux de la clôture, il contemple au bout d'un terrain de base-ball les grands arbres, toujours plus de grands arbres, qui cachent et enterrent tout. Il tourne à gauche au coin suivant et arrive dans un parc, un tout petit parc. Dans ce parc, il s'assied sur un banc, dans ce tout petit parc désert, et il ouvre sa boîte de gâteaux. Il prend le premier gâteau et l'enfourne dans sa bouche, l'avale tout rond, puis il mange le deuxième gâteau, c'est son premier repas de la journée. Il s'essuie la bouche et les lèvres pleines de crème, se lèche les doigts et prend une cigarette. C'est la première de la journée et il en tire une bouffée et souffle la fumée. Il finit sa cigarette, écrase son mégot dans la poussière de l'allée, puis enlève ses lunettes et retire sa cravate, les remet dans les poches de sa veste. Il prend son calepin et son stylo. Il ouvre le carnet et note des noms et des dates, remuant les lèvres tout en écrivant, prononçant à voix basse d'autres noms et d'autres dates tout en écrivant : *Inspecteur chef Mori, en juin 1946, licencié et devenu fou, interné à l'hôpital psychiatrique Matsuzawa.*

Il arrête d'écrire, ferme son calepin et son stylo et les remet dans sa veste. Il reprend une cigarette, en tire une bouffée et souffle la fumée en direction du ciel. Murota Hideki regarde le ciel tout là-haut, le ciel qui recouvre au loin l'est de la ville, un ciel couvert et gris, au-dessus de Kitazawa, les nuages dans le ciel de Kitazawa et ses vieilles maisons de bois mitoyennes plongées dans l'ombre et dans le passé, un passé lointain, très lointain, depuis des lustres, dans l'ombre et dans le passé. Il jette sa cigarette dans la poussière, l'écrase sous sa chaussure, puis se frotte et s'essuie les yeux. Il se relève, ramasse la boîte de gâteaux vide sur le banc et va la jeter dans une poubelle en béton. Il sort du petit parc, tourne à gauche et se dirige vers le nord par une autre petite rue bien calme, bordée de murs et d'arbres, les murs et les arbres qui entourent le côté est de l'hôpital. En arrivant près d'un parc, un autre petit parc, il tourne à droite et il suit les voies de la ligne de Keiō pour gagner la gare de Kami-Kitazawa. Il achète un ticket et se rend sur le quai, attend l'arrivée d'un train dans lequel il monte. Il s'assied dans le wagon et ferme les yeux, ne regarde pas par la fenêtre, ne voit pas disparaître les maisons, remplacées bientôt par des appartements dans des immeubles, des tours, des quartiers d'immeubles tandis que le train se dirige vers Shinkuju –

Furimukanaide onegai[1]

Il sort de la gare, traverse la foule, la foule des salles de jeux et de cinéma, des milk-bars et des clubs de jazz. Il monte l'escalier qui mène à un café en étage. Il consomme un café, avec une tartine de pain beurré, puis commande un verre de bière et un plat de pâtes à la napolitaine. Il mange ses spaghettis, boit sa bière, en commande une autre, puis un whisky à l'eau. Il boit et fume, regarde sa montre, sa montre qui retarde, le temps qui ne passe pas, il tue le temps en attendant qu'il trépasse, il se regarde dans la glace embuée des toilettes étriquées du café et se dit : *Shikata nai…*

Il descend d'un autre train dans une autre gare dans un autre faubourg à l'ouest de Shinkuju. Cette fois-ci, il ne met ni sa cravate ni ses lunettes, il n'achète pas de gâteaux. Il sort son calepin et revérifie l'adresse, l'adresse et l'itinéraire. Il range son calepin dans la poche de sa veste et se remet en route, reprenant le chemin qu'il a emprunté dans la soirée de vendredi dernier, ce vendredi soir où il a suivi l'homme jusqu'à chez lui, jusqu'à sa maison, son foyer heureux. Peut-être parce que c'était un peu plus tard, qu'il faisait alors plus sombre, ou peut-être parce que c'était un vendredi et non un dimanche, mais il a l'impression maintenant que l'endroit lui avait paru plus agréable, le quartier plus plaisant. À la lumière du jour, ce n'est qu'une vilaine petite baraque en béton, dans un hideux lotissement de banlieue avec sa ridicule petite palissade devant son petit carré d'herbe jaune, qui avait meilleure allure dans le noir, bien plus plaisant la nuit.

Murota Hideki met ses lunettes de soleil et se pique un cure-dents au coin des lèvres. Puis il ouvre le vilain portillon et remonte la ridicule petite allée. Il y a de la lumière dans le séjour, la télévision est allumée, un match de base-ball à l'écran, on sent les effluves du dîner, et on entend la famille qui parle à voix basse, les odeurs d'une famille, les voix d'une famille. Il appuie sur la vilaine sonnette de la vilaine porte vitrée, un peu trop longtemps, juste un petit peu trop, et il écoute la sonnerie qui résonne dans la petite maison de cette famille, il entend des petits pas qui courent vers la porte. Deux petites mains ouvrent la porte et une petite tête se lève pour regarder Murota Hideki. Relâchant

1. Veuillez ne pas vous détourner.

la pression sur la sonnette, il retire son cure-dents de sa bouche, pose une large main sur la petite tête du petit bonhomme, et le regardant par-dessus ses lunettes de soleil, il lui demande : Ton papa est là ?

Évidemment que le Papa est là, il le voit, il le voit arriver dans la petite entrée, l'air inquiet, rempli d'appréhension. Il voit également la Maman, dans l'encadrement d'une porte au fond de l'entrée, l'air inquiet, pleine d'appréhension elle aussi. Tous deux l'air inquiet et remplis d'appréhension, parce qu'ils voient Murota Hideki, ils le voient devant la porte de leur maison, sur le pas de la porte de leur maison, sur le seuil de leur foyer, leur petite maison familiale, leur petite maison heureuse, avec ses lunettes de soleil et son cure-dents, Murota Hideki qui a la main posée sur la tête de leur premier-né, leur précieux petit garçon, l'enfant tournant la tête vers son père, le père l'arrachant à l'homme qui se tient à leur porte, poussant son précieux petit garçon dans le fond de l'entrée, pour qu'il rejoigne sa mère, les bras de sa mère. Alors, son père fait face à Murota Hideki et lui demande : Que voulez-vous… ?

Murota Hideki regarde par-dessus l'épaule de l'homme, dans le fond du couloir, il a les yeux fixés sur la femme tandis qu'il décline au mari son propre nom et celui de sa société, puis souriant il ajoute : C'est bien vous, n'est-ce pas ?

Qui êtes-vous ? demande l'homme. Que voulez-vous ?

Derrière ses lunettes de soleil, le regard toujours fixé sur la femme, Murota Hideki se mouille les lèvres, puis toujours avec le sourire, répond : Avoir une petite conversation dans votre jardinet.

L'homme jette un coup d'œil à sa femme, sa femme enceinte qui s'inquiète et entoure son fils de ses bras, puis l'homme se retourne, sort dans le jardin, ferme la porte vitrée derrière lui et suit Murota Hideki dans la petite allée qui mène au portillon, et là, il s'arrête et demande : Une petite conversation à quel sujet ?

Une petite conversation à propos de votre petite femme.

À propos de ma femme ?

Elle est très jolie, votre femme, dit Murota Hideki, regardant la maison tout en se frottant l'entrejambe. Une très jolie femme.

L'homme est plus grand et bien plus jeune que Murota Hideki, mais ce n'est pas un dur, ce n'est qu'un petit employé. Toutefois, l'homme serre déjà les poings, se met en position d'attaque, avec des intentions qu'il vaut mieux éviter –

Plus jolie que Nemuro Kazuro, lance Murota Hideki qui le regarde maintenant, avec un sourire. C'est mon avis, mais, bien sûr, vous avez eu plus souvent que moi l'occasion de vous en rendre compte. Avec toutes les deux.

L'homme ne serre plus les poings, il ne se prépare plus à l'attaque. Il reste planté au sol, le cœur battant, cherchant l'air tout en balbutiant, répétant : Que voulez-vous ?

Eh bien, répond Murota Hideki mâchonnant son cure-dents. C'est la question, n'est-ce pas ? Qu'est-ce que je veux ? Vous voyez, ça pourrait être pas mal de choses, en fait. Beaucoup de choses que vous pourriez me donner, des informations, des informations sur votre société, qui pourraient se révéler bénéfiques pour moi et mes amis, si nous étions intéressés par la Bourse et les actions, si c'était notre passion. Ou bien je pourrais vous demander de l'argent, aussi.

Combien ? soupira l'homme.

De quoi ?

D'argent.

Murota Hideki sourit, il rit et pose la main sur l'épaule de l'homme, presse l'épaule de cet homme, et lui dit : Je ne veux pas de votre argent.

Le visage empreint de peur, le regard craintif, l'homme fixe Murota Hideki et demande : Mais que voulez-vous alors ?

Souriant toujours, lui pressant toujours l'épaule, Murota Hideki se penche vers l'homme et déclare : Votre parole.

Ma parole pour quoi faire ? demande l'homme.

Vous allez me promettre que vous allez rentrer chez vous, dans votre jolie petite maison et dire à votre femme, votre jolie petite femme enceinte, que tout va bien, que je ne suis qu'un type qui a entendu dire par des amis que vous cherchiez à acheter une voiture, une voiture bon marché, un type qui ne fait que passer dans le quartier, dans le voisinage. Mais que vous m'avez dit que vous n'étiez pas intéressé et qu'il était inutile de repasser. Vous pensez être capable de lui dire ça, que vous vous en souviendrez ?

Oui, dit l'homme. Mais –

Mais, et c'est le plus important, ajoute Murota Hideki, agrippant l'homme par l'épaule, serrant très fort, il y a une chose que vous ne lui direz pas, une chose dont vous ne parlerez jamais, mais que vous ne devrez jamais oublier, une chose que vous devrez vous rappeler, ne jamais oublier…

Quoi, quoi donc… ?

Vous allez me donner votre parole que vous ne reverrez jamais Nemuro Kazuko, c'est compris ?

L'homme se met à hocher la tête, en signe d'acquiescement, et dit : Oui, oui, bien sûr, bien sûr. Mais après un court instant de réflexion, à se poser la question, il ajoute : Mais elle va chercher à me joindre, j'en suis sûr, je sais qu'elle va le faire, c'est toujours elle qui m'appelle, jamais moi. Qu'est-ce que je vais bien pouvoir lui dire, alors ?

Dites-lui ce qui s'est passé, la vérité : dites-lui qu'un grand type affreux avec des lunettes noires s'est pointé dimanche soir chez vous, à votre domicile. Dites-lui que ce grand type affreux avec ses lunettes noires vous a vus tous les deux vendredi soir à Yoyogi ressortir de votre parfait petit nid d'amour. Que ce grand type affreux sait qui vous êtes, connaît vos noms à tous les deux, qu'il vous a suivis jusque chez vous, et qu'il sait où vous habitez tous les deux. Qu'il a frappé comme un forcené à votre porte et vous a demandé de l'argent, beaucoup d'argent.

Oui, mais si elle ne me croit pas ? demande l'homme, secouant la tête. Qu'est-ce qui se passera si elle ne me laisse pas tranquille ?

Eh bien, moi non plus je ne vous lâcherai pas, et je ne la lâcherai pas non plus, dit Murota Hideki. Votre argent et sa petite chatte, parce que c'est ce que je veux et c'est ce que je prendrai. Et si vous ne laissez pas tomber et si elle non plus ne laisse pas tomber, alors j'irai tout raconter à votre femme et à son mari. C'est ce que vous voulez, Casanova ?

Non, non, dit l'homme, roulant les yeux tout tremblant.

Murota Hideki tapote l'épaule de l'homme, lui sourit et dit : Mais elle va certainement vous croire, parce que vous allez tout faire pour ça. Et à ce moment-là, elle vous laissera tranquille, et je vous ficherai la paix, à vous et votre famille. On est bien d'accord ?

Oui, confirme l'homme d'un hochement de tête.

C'est bon, dit Murota Hideki. Maintenant vous allez bien me regarder une dernière fois, puis vous retourner, remonter votre petite allée jusqu'à votre petite porte, pour rentrer dans votre petite maison et retrouver votre petite femme, votre petit garçon et reprendre le cours de votre gentille petite vie.

Le temps de rentrer à Kita-Senju, le temps de regagner son immeuble, le temps de monter au pas de course l'escalier extérieur en métal rouillé accolé au vieux bâtiment de bois, de se précipiter dans le couloir humide et sombre, de déverrouiller sa porte, d'enlever et de balancer sa veste dans la pièce, de prendre sa cuvette en plastique, son drap de bain et son vieux rasoir posés au-dessus du placard à chaussures dans l'étroit boyau de son *genkan*, de claquer et de refermer sa porte à clé, de repartir dans le couloir, de descendre l'escalier, de filer au coin de la rue et de passer la tête derrière le rideau accroché dans l'encadrement de la porte, il arrive juste avant la fermeture du bain public. Mais la vieille grand-mère derrière le comptoir rit et l'invite à entrer d'un signe de la main : Vite, dépêchez-vous, espèce de vieux pue-la-sueur !

Murota Hideki éclate de rire, remercie la vieille bique et enlève ses chaussures avant de pénétrer dans l'établissement. Il se déshabille, jette ses vêtements dans un panier, puis muni de sa cuvette, de son drap de bain et de son rasoir, entre dans la grande salle du bain public. Il traverse la vapeur pour aller à un bout de la salle, fait couler de l'eau au robinet pour rincer un tabouret, s'accroupit sur le tabouret et s'enduit les mains de savon, puis le visage et commence à se raser. Il se rase la barbe, puis se rince le visage. Il reprend du savon pour se savonner le corps. Il frotte et il frotte, se nettoyant encore et encore. Pour éliminer la sueur, la saleté et la crasse de tout son corps, la sueur, la saleté et la crasse de la ville. Puis il remplit et reremplit sa cuvette trois ou quatre fois, pour se rincer, pour éliminer toute trace de savon et de mousse sur son corps, faire disparaître la sueur, la saleté et la crasse. Et puis il s'entoure de son drap de bain, rince le tabouret et entre dans le grand bain. Enjambant le rebord, il s'assied dans l'eau, salue d'un signe de tête les quelques hommes encore présents dans le bain, et fermant les yeux, il s'enfonce dans l'eau, de plus en plus profond.

Allez, c'est l'heure de partir, crie la vieille bique depuis la porte. Vous n'avez peut-être pas envie de rentrer chez vous, mais moi, j'aimerais bien rentrer à la maison !

D'accord, d'accord, rigole Murota Hideki qui ouvre les yeux. Il n'y a plus que lui dans l'eau ; il remonte à la surface, sort du bain. Dégoulinant, il se dirige vers l'endroit où se trouvent les tabourets et le robinet, fait couler l'eau et remplit sa cuvette, se rince tout le corps à l'eau, puis s'essuie à l'aide de son drap de bain. Il rince et essore son drap de bain, ramasse sa cuvette et son rasoir, sort de la salle d'eau et se rend au vestiaire. Il prend une serviette sur la pile près de la porte. Il s'essuie, s'habille et puis se donne un coup de peigne. Il reprend sa cuvette, son drap de bain et son rasoir et jette la serviette dans la corbeille à côté de la porte. Il se baisse pour remettre ses chaussures, dit merci et bonsoir à la vieille grand-mère qui est en train de fermer boutique, puis, passant la tête derrière le rideau, il sort de l'établissement de bain public et se retrouve dans la rue.

Il va au bout de la rue, achète une bouteille de bière, trois paquets de cigarettes et du poulpe séché dans une boutique du quartier, puis tourne au coin de la rue pour rentrer chez lui. Il remonte son escalier de ferraille rouillé, va au bout du couloir sombre et humide, où flottent les relents fétides et agressifs des toilettes communes du palier. Il ouvre sa porte, remet la cuvette, le drap de bain et le rasoir au-dessus du placard à chaussures, ferme la porte, enlève ses souliers avant d'entrer dans la pièce et dit : *Tadaima*[1].

À tâtons, il trouve l'interrupteur et allume la lumière, dépose la bière, les cigarettes et le poulpe séché sur la table basse, au milieu de la petite pièce pauvrement éclairée. Il retourne dans le *genkan*, reprend le drap de bain dans la cuvette et ramasse sa veste sur le sol. Il va jusqu'à l'unique fenêtre de la pièce dont le store de papier *shoji* translucide pend lamentablement déchiré. Il dispose le drap de bain sur un cintre qu'il accroche au cadre du store, puis pend sa veste à un crochet fiché dans le mur. Il se déshabille de nouveau, enlève sa chemise, son pantalon, ses chaussettes et son caleçon. Il pend son pantalon à un autre crochet, puis met un caleçon propre. Ramassant ses vêtements sales, il fait une boule de sa chemise, son pantalon, ses chaussettes et ses sous-vêtements, et les fourre dans un coin où s'entassent de vieux sous-vêtements, des chaussettes et des chemises. Contournant la table basse, il va jusqu'à l'évier situé près du *genkan*, prend un verre sur une étagère et s'installe sur le plancher devant la table basse. Il ouvre la bouteille de bière, remplit son verre qu'il boit, tout en mâchonnant un morceau de poulpe. Il se penche et ramasse sur les nattes sales une serviette élimée qui traîne sur le sol. Il s'éponge le visage et le cou, puis noue la serviette autour de son cou. Il se verse un deuxième verre, tout en écoutant les bruits des radios et des conversations, qui viennent des appartements voisins. Il reprend une gorgée de bière, la bière qui est déjà tiède, et ça l'énerve. Il se lève, retourne prendre dans la poche de sa veste pendue au crochet son briquet, le carnet d'adresses de Kuroda Roman ainsi que son calepin et son

1. Bonjour (quand on rentre chez soi).

stylo. Il les rapporte et les pose sur la table basse avant de se rasseoir par terre. Il boit sa bière, mange son poulpe et fume tout en feuilletant le carnet d'adresses de Kuroda Roman, examinant les noms et les numéros de téléphone inscrits sur chaque page. Il recopie les noms et les numéros de téléphone sur son propre calepin, tout en buvant sa bière, en mâchonnant son poulpe et en fumant. Une fois qu'il a fini sa bière, il se verse un verre de *shōchū*[1] qu'il est allé prendre sous l'évier, auquel il ajoute des prunes en saumure qu'il conserve dans un bocal sous l'évier, et il remue le mélange avec une paire de baguettes qui traîne sur l'évier, tout en établissant une deuxième liste de noms et de numéros inscrits dans le carnet d'adresses de Kuroda Roman, une liste de noms et de numéros plus anciens, et il se ressert d'autres verres de *shōchū* mélangé avec des prunes en saumure –

Chéri, murmure-t-elle, qu'est-ce que tu fais ?

Il répond : Il faut que je retrouve cet homme.

S'il te plaît, ne fais pas ça, dit-elle, je t'en prie, arrête.

Mais il se sert un autre verre de *shōchū*, avec une prune qu'il a coupée en tout petits morceaux avec les baguettes, et il en prend une grande gorgée avant de dire : Non, non, il faut que je trouve celui qui a vendu la mèche, la grande gueule qui a parlé de nous, qui nous a dénoncés.

Il y a longtemps, dit-elle, cela fait déjà si longtemps.

Il se prépare un autre verre, avec d'autres morceaux de prune, il boit et boit encore, puis dit : Peut-être pour toi, mais pas pour moi.

Des pleurs, dit-elle, cela finira par des pleurs.

Et alors ? dit-il, reprenant la bouteille, se versant un nouveau verre, encore un verre. Dès le début, il y a eu des pleurs, il y a toujours des pleurs –

Toujours les miens, dit-elle, pas les tiens.

Il saisit les baguettes, les brise en écrasant le reste des prunes dans son verre, en insistant, sans arrêt, en répétant : J'ai besoin de savoir, j'ai besoin de savoir, J'AI BESOIN DE SAVOIR.

Chéri, je t'en prie, cela ne te servira à rien.

Levant les yeux, il ne regarde plus les prunes écrasées, les baguettes brisées, le verre en morceaux, la mare de *shōchū*, les éclats de bois et les traces de sang, son regard se porte sur l'évier répugnant qui refoule,

---

1. Alcool japonais distillé à partir de riz, d'orge et différentes céréales, de patates douces, etc.

sur l'unique brûleur de son réchaud couvert de graisse, sur le tas de vieux vêtements crasseux qui traînent dans la poussière sur les nattes effilochées, sa veste tachée et son pantalon répugnant accrochés contre les murs jaunis de crasse, dans la lumière pauvre de l'ampoule à nu, qui pendouille au milieu des taches du plafond délabré, dans l'air vicié, gorgé d'humidité, envahi par les moustiques, cherchant ce qui n'est pas là, en quête des absents, s'adressant à des fantômes, leur parlant dans leur silence, il dit et répète : Et alors ? Et alors ? Qu'est-ce que j'ai à perdre ?

L'affaire Shimoyama ? dit Yokogawa Jirō, à l'hôtel Yama no Ue à Ochanomizu. Assis sur un des canapés en bois de cerisier tapissé de cuir noir, dans un salon du hall de l'hôtel, il parade sur son siège comme s'il était sur un trône, une paire de lourds rideaux de velours rouge derrière lui ajoutant une touche royale à la scène. Mais en guise de couronne, il porte un béret noir, des lunettes perchées sur le front et un lourd kimono vert sombre et avec son béret, on dirait plutôt un auteur de manga à succès que le fondateur et président du Club des auteurs de romans policiers du Japon. Le visage plus rond, les lèvres plus charnues que sur ses photos, il accuse ses soixante-trois ans bien tassés. Il tire une nouvelle bouffée de son gros cigare, reprend une gorgée de son whisky, puis l'avalant, Yokogawa Jirō déclare : Oui, je crains que ce soit ça qui ait précipité la chute de ce pauvre vieux Kuroda-sensei[1].

À la Cour de l'Empereur des Mystères, Murota Hideki hoche la tête, sirote son verre de whisky et patiente. C'est l'heure calme du déjeuner d'un lendemain de cuite, au deuxième jour de la saison des pluies, le lundi 22 juin 1964.

Le temps a passé depuis, dit Yokogawa Jirō après avoir repris une gorgée de whisky. Mais par moments, il me semble que c'était hier.

Murota Hideki hoche à nouveau la tête, reprend lui aussi une gorgée de son verre et patiente.

Je n'oublierai jamais ce jour, au cours de cet été, l'été de l'affaire Shimoyama et des incidents de Mitaka et Matsukawa[2], ça devait être en août, je crois. Nous avions organisé une réunion des auteurs de

1. *Sensei* est un terme *japonais* qui est en général traduit par « maître/professeur ».
2. Accidents de chemins de fer dus à des sabotages.

romans policiers du Japon, au Tōyōken, au septième étage de l'immeuble Daiichi-Seimi Sōgo à Kyōbashi, c'est là que se tenaient nos assemblées à l'époque. Mais cette fois-là, c'était spécifiquement pour débattre de l'affaire Shimoyama, nous avions invité la presse et prié certains auteurs de donner leur avis, d'exposer leurs théories sur l'affaire, et à la fin, il était prévu de voter pour décider s'il s'agissait d'un crime ou d'un suicide, si le président Shimoyama avait été assassiné ou s'était donné la mort volontairement. C'était le grand sujet de discussion du moment, suicide, assassinat, à l'époque, si vous vous en souvenez… ?

Murota Hideki acquiesce et dit : Je m'en souviens.

Je n'oublierai jamais la scène, reprend Yokogawa Jirō. Juste à la fin de la réunion, après le vote, les portes se sont brusquement ouvertes et Kuroda Roman a surgi comme un diable dans la salle. Vous ne pouvez pas imaginer dans quel état ce type était. Son *yukata*[1] grand ouvert, on pouvait voir son caleçon, ses *geta*[2] à la main, les pieds nus crevassés, ensanglantés, complètement échevelé, le regard affolé, les yeux exorbités, c'est tout juste s'il n'avait pas l'écume aux lèvres, complètement délirant et bafouillant qu'il avait résolu l'affaire, qu'il avait élucidé le mystère de Shimoyama.

Murota Hideli demande : Qu'est-ce qu'il disait ?

J'étais à l'autre bout de la salle, répond Yokogawa Jirō, secouant la tête. Et je n'ai pas pu vraiment entendre ce qu'il racontait, mais apparemment, d'après ce qu'on m'a dit par la suite, il délirait totalement à propos de la chronologie des événements, prétendant que c'était dans la chronologie que résidait le mystère de la solution.

Murota Hideki dit : La solution du mystère ?

Non, répond Yokogawa Jirō, secouant de nouveau la tête. C'est l'inverse, « le mystère de la solution ». Je me rappelle que les gens ont répété exactement cette expression par la suite. Mais à ce moment-là, il s'est mis à haranguer la foule des participants, les écrivains et les journalistes qui commençaient à s'en aller, disant que pour nous, c'était juste un passe-temps, comme une sorte de puzzle, que ça n'avait pas vraiment d'importance. Et il avait en partie raison, vous savez, mais juste après,

---

1. Léger kimono d'été porté à la fois par les hommes et par les femmes.

2. Chaussures traditionnelles du Japon. Bien que plus rares aujourd'hui, elles sont encore portées avec des vêtements comme les yukatas.

il a été interné, je crois. Ce n'était pas la première fois d'ailleurs, ni la dernière, d'après ce j'ai entendu dire.

Mais vous l'avez revu par la suite, Sensei… ?

Un autre verre ? suggère Yokogawa Jirō, montrant d'un geste son verre vide et la bouteille de whisky à son nom, juste à côté du seau à glace sur la table en cerisier qui les sépare.

Merci infiniment, acquiesce Murota Hideki. Se penchant sur la table, il prend la bouteille de whisky, enlève le bouchon et remplit leurs deux verres, puis, avec la pince à glace, y ajoute deux glaçons pour chacun.

Yokogawa Jirō tire encore une longue bouffée de son gros cigare, puis prend son verre fraîchement rempli, en boit une bonne rasade et, hochant la tête, reprend : Deux ou trois fois peut-être, il me semble. Mais cela fait déjà un bout de temps. C'est la raison pour laquelle j'ai été quelque peu surpris quand vous m'avez appelé, surpris qu'il ait mon numéro de téléphone. Car nous n'étions pas particulièrement proches. Et je ne crois pas qu'il l'ait été de qui que ce soit.

Puis-je vous demander à quelle occasion vous l'avez revu ces deux ou trois fois, à quelle date cela a eu lieu et à quel endroit ?

Eh bien, laissez-moi réfléchir, dit Yokogawa Jirō, levant les yeux vers le lustre au plafond, pinçant ses grosses lèvres luisantes, puis regardant de nouveau Murota Hideki de l'autre côté de la table en cerisier recouverte d'un plateau de verre, il hoche la tête et précise : Une fois, c'était juste après sa sortie de l'hôpital, je m'en souviens, parce que j'ai été très étonné de le voir, je ne savais pas qu'il en était sorti. Ça devait être fin 1955, à mon avis.

Murota Hideki lui demande : Et ça se passait où ?

À l'hôtel Impérial, à la soirée de fin d'année du Shinpi Shōbō, dit Yokogawa Jirō avec un petit rire. Le seul moyen qu'ils avaient trouvé pour faire venir des participants, c'était d'organiser leur réunion à cet endroit.

Vous avez discuté avec lui ?

Oh, oui, dit Yokogawa Jirō, qui s'en amuse, mais qui, hochant la tête, ajoute : En fait, je l'ai surtout écouté parler…

Et qu'est-ce qu'il vous a raconté, vous vous en souvenez ?

Qu'est-ce que vous croyez ? remarque Yokogawa Jirō qui ne rit plus. De quoi pouvait-il bien parler ? De l'affaire Shimoyama !

Et qu'est-ce qu'il racontait à ce sujet, Sensei… ?

Il n'arrêtait pas de parler d'une huile, de l'huile qu'on avait trouvée sur les vêtements du président Shimoyama, des analyses qui en avaient été faites, des différentes sortes d'huile, des usines d'où elles auraient pu provenir, de l'endroit où ces usines étaient situées, mais il parlait tellement bas, tellement vite qu'on n'arrivait pas à le suivre. Même avec la meilleure volonté du monde, c'était impossible de le suivre.

Dans le salon de l'hôtel Yama no Ue, pendant cette heure calme du déjeuner d'un lendemain de cuite, au deuxième jour de la saison des pluies, Murota Hideki demande : Mais vous n'aviez pas envie de...

Écoutez, je l'aimais bien, ce qui n'était pas le cas de tout le monde, déclare Yokogawa Jirō, en contemplant le bout de son gros cigare, puis levant les yeux sur Murota Hideki, hochant la tête, il ajoute : C'est la raison pour laquelle j'ai accepté de vous rencontrer pour en discuter avec vous.

Et je vous en suis très reconnaissant, Sensei, dit Murota Hideki. Je n'avais pas l'intention de vous reprocher quoi que ce soit ou de vous blesser…

Non, non, dit Yokogawa Jirō, secouant la tête, agitant son cigare sous son nez, je ne vous reproche rien. Ce que je veux dire, et je dois le reconnaître, Kuroda-sensei a été la première personne à parler des Américains, du Haut Commandement général, à dire qu'une unité au sein du Haut Commandement général était impliquée dans la mort du président Shimoyama. Évidemment, c'est ce que la majorité des gens pensent de nos jours, mais Kuroda Roman a été le premier à avancer cette thèse, à en parler officiellement et à écrire sur le sujet.

Murota Hideki regarde de l'autre côté du plateau de verre qui recouvre la table en cerisier et demande : Vous êtes aussi de cet avis, Sensei… ?

Moi ? s'exclame Yokogawa Jirō, secouant la tête tout en écrasant son cigare dans le lourd cendrier de verre. Ça fait longtemps que j'ai cessé de me poser des questions sur l'affaire Shimoyama.

Murota Hideki hoche la tête et dit : Je vois. Donc, à quelle autre occasion avez-vous revu Kuroda-sensei, ou quand l'avez-vous vu pour la dernière fois ?

Probablement, au moment où j'ai arrêté de penser à cette affaire, dit Yokogawa Jirō, hochant la tête avec un petit rire. Ça devait être à l'occasion du dixième anniversaire de la mort du président Shimoyama, donc le 5 juillet 1959, il y a six ans de ça. Une sorte de cérémonie a été organisée à Ayase, sur la scène de crime, comme on dit. Et il y assistait.

Vous lui avez reparlé ce jour-là ?

Non, pas cette fois-là, dit Yokogawa Jirō, et, saisissant son verre de whisky, il en prend une grande rasade.

Murota Hideki hoche la tête, et patiente.

Il était venu avec ce type, Terauchi Kōji. À mon avis, c'était plutôt malencontreux. Vous savez de qui il s'agit… ?

Murota Hideki hoche de nouveau la tête et dit : Vaguement, je pense. J'ai vu son nom figurer dans certains articles de presse…

Ouais, dit Yokogawa Jirō. C'est dans ce milieu que vous le trouverez, si ça vous intéresse. Mais je ne vais pas perdre mon temps à parler de lui, il est hors de question que je gaspille ma salive à ça, si ce n'est pour dire que c'est un imposteur patenté, un mythomane doublé d'un escroc. Mais Kuroda-sensei avait l'air totalement sous son emprise.

Veuillez m'excuser, Sensei, murmure un jeune homme en costume gris, un autre jeune homme mince dans un costume gris, s'approchant de Yokogawa Jirō : Votre chambre est à votre disposition, Sensei.

Bien, bien, dit Yokogawa Jirō, qui renvoie le jeune homme d'un geste de la main, avant de saisir son verre de whisky et de le finir.

Vous résidez à l'hôtel ? lui demande Murota Hideki.

Yokogawa Jirō pose son verre, essuie sa grosse bouche lippue, et, secouant la tête, répond : Je viens là pour écrire tout simplement. Vous avez entendu parler du « confinement », Murota-san ?

Murota Hideki secoue la tête en signe de dénégation.

C'est lorsqu'un éditeur enferme un écrivain dans une chambre d'hôtel pour le couper du monde extérieur, de toutes les distractions et les tentations, afin qu'il rende son nouveau manuscrit dans les délais impartis.

Il y a des lieux de confinement beaucoup plus désagréables, remarque Murota Hideki en regardant le hall de l'hôtel et le personnel empressé.

Yokogawa Jirō soupire, et, s'extirpant du canapé de cuir noir, déclare : Si vous voulez vraiment trouver Kurota Roman, il va falloir vous plonger dans l'affaire Shimoyama.

Je vois, dit Murota Hideki, qui pose son verre, se lève et s'incline. Je vous remercie, Sensei.

Yokogawa Jirō pose la main sur l'épaule de Murota Hideki et ce dernier lève les yeux vers lui –

Vous m'avez dit que vous étiez dans la police, remarque Yokogawa Jirō, fixant Murota Hideki. Et vous me dites maintenant que vous travaillez en tant que détective privé, et donc je suis persuadé que vous savez combien une enquête peut devenir une véritable obsession. Mais cette affaire, c'est différent. Non seulement elle vous obsède, mais elle vous vide de toute votre énergie, elle vous prive de toute perspective, et finit par vous empêcher de réfléchir, de raisonner. Et c'est pour cela qu'on parle du « mal de Shimoyama », parce que ça vous contamine, ça vous infecte, et ça vous hante.

Murota Hideki déglutit, acquiesce et dit : Et c'est donc ce qui, à votre avis, est arrivé à Kuroda-sensei…

J'en suis persuadé, répond Yokogawa Jirō, pressant l'épaule de Murota Hideki. Mais pour commencer, il n'avait pas toutes les cartes en main, si vous voyez ce que je veux dire.

Murota Hideki hoche de nouveau la tête et dit : Oui.

J'espère que c'est bien le cas pour vous, dit Yokogawa Jirō et, retirant sa main de l'épaule de Murota Hideki, il lui dit en partant : Alors, faites attention à vous, Murota-san, regardez bien où vous mettrez les pieds quand vous vous plongerez dans l'affaire Shimoyama, parce que Kuroda Roman, lui, ne l'a pas fait, et c'est le drame de sa vie.

Il redescend de la colline, sous la bruine, et retourne à Jimbōchō, ses librairies, leurs rayons et leurs piles de livres, passant d'un magasin vendant des livres neufs à l'échoppe d'un bouquiniste, en quête de tous les ouvrages qu'il pourrait trouver sur l'affaire Shimoyama, et il achète tous les livres qu'il trouve sur l'affaire Shimoyama – *La marée noire* de Inoue Yasushi (1950) ; *Pour résoudre le mystère de l'affaire Shimoyama* de Doba Hajime (1952) ; *Conspiracy : Post-war inside Stories* de Ono Tatsuzo et Okazaki Matsuhide (1960) ; *Le piège* de Natsubori Masamoto (1960) ; *The Black Mist over Japan* de Matsumoto Seicho (1962) ; *The Case of the Mysterious Death of President Shimoyama* de Miyagi Otoya et Miyagi Fumiko (1963) – puis chargé de son paquet de livres, il retourne sous la bruine dans les petites rues qui mènent à l'avenue Hahusan et au Sankōen, où il s'installe au comptoir, son sac de livres à ses pieds, et commande une assiette de gyōza, un plat de nouilles sautées et une bouteille de bière, qu'il mange tout en buvant et en lisant le journal, sans toucher à ses bouquins, il lit le journal qu'il a pris sur le porte-revues, des histoires de pickpockets et de suicides, de gangsters et de base-ball, les Géants ont battu les Hirondelles, les Hirondelles de Kokutetsu, l'équipe de la Société nationale des chemins de fer, encore les chemins de fer, impossible d'y échapper –

Tchou tchou, tchou tchou…

Il termine ses gyōza, ses nouilles et sa bière, ramasse son paquet de livres, remet le journal sur le porte-revues, règle sa note et quitte le restaurant. Il reprend sa marche sous la bruine et les averses sur l'avenue Yasukuni, traverse Ogawachi et Kanda-Sudachō, le long des rues et des rails du tramway, puis passe sous les voies ferrées, le chemin de fer et ses voies, qui longe l'avenue Yanagihara, devant le sanctuaire Yanagimori, descend toute la rue et arrive devant chez lui, l'immeuble Yanagi…

Tagadam, tagadam, tchou-tchou

Il monte péniblement les quelques marches de l'entrée de l'immeuble, son paquet de livres à la main. Il regarde s'il y a du courrier pour lui dans la rangée de boîtes à lettres métalliques. Il jette un rapide coup d'œil aux prospectus et factures de fournitures qu'il refourre dans sa boîte qu'il referme brutalement. Puis il crapahute au premier, deuxième, troisième et quatrième étage, son paquet de livres à la main. Arrivé en haut de l'escalier, il s'arrête aux toilettes, pose son paquet de livres près du lavabo, se traîne jusqu'à l'urinoir, ouvre sa braguette et pisse longuement, pisse un bon coup. Puis il remonte sa fermeture éclair, reprend son sac de livres et sort des toilettes. D'un pas pesant, il va jusqu'au bout du couloir, sort sa clé, ouvre la porte et entre dans son bureau –

Tacatac, tacatac, bing bang

Il ferme la porte, et aussi sa fenêtre, pour refouler le bruit et les odeurs, le vacarme des chantiers, la puanteur du fleuve. Il dépose son paquet de livres sur son bureau, puis s'affale sur sa chaise et s'allume une cigarette. Il fume sa cigarette, soupire et ouvre son paquet de livres, les sort un par un, les feuillette, un par un, tournant les pages, attentivement, parcourant ces pages qui parlent de suicides, de meurtres, de meurtres ou de suicides, de suicides ou de meurtres, qui ne parlent que de ça, il ne voit que ça à toutes les pages, sur toutes ces pages, ces pages qui ne parlent que de meurtres, que de suicides, remplies de descriptions de scènes de crime ou de suicides, de descriptions de cadavres, cadavre d'un suicidé ou d'une victime de meurtre, tout au long de ces pages qu'il consulte, pleines de rapports de police et de rapports d'autopsie, de signalements de meurtres, de signalements de suicides, il n'y a que ça tout au long de ces pages qu'il parcourt, des pages entières de témoignages, de déclarations de témoins, de dépositions d'un nombre incalculable de témoins, témoins d'un meurtre ou d'un suicide, des pages entières de complots et de théories, les théories et les complots, de meurtre avec préméditation ou de complicité de meurtre, les théories sur les suicides, dus au stress, au stress ou à la folie, ou commis par les communistes, les communistes ou les Américains, meurtre ou suicide, suicide ou meurtre, il continue de lire jusqu'à ce que la lumière du jour disparaisse et que la pièce soit plongée dans l'obscurité et qu'il n'entende plus que le bruit d'un train, d'un train qui passe sur les rails, un train qui passe sur un corps, le bruit de ce train –

Tchou, tchou

Dans son bureau plongé dans l'obscurité, il se lève, abandonnant sa lecture, se dirige vers le mur et appuie sur l'interrupteur. À la lumière de l'ampoule électrique, debout au milieu de la pièce, il contemple son bureau, le jaune des murs et la saleté du sol, la poussière des étagères et le vide de ses placards. Il soupire, revient à sa table de travail, se rassied lourdement sur sa chaise et reprend une cigarette. Il retourne à ses livres, qu'il reprend l'un après l'autre, page après page, parcourant des pages entières de noms, sans trouver celui de Kuroda Roman, pas la moindre mention de Kuroda, alors qu'il tombe sur certains noms, le nom de personnes qu'il connaît, le nom de policiers, le nom d'inspecteurs, d'hommes qu'il a rencontrés, qu'autrefois il a connus personnellement. Il pioche une autre cigarette dans son paquet et regarde son téléphone. Il allume sa cigarette, en tire une bouffée et regarde fixement son téléphone. Il finit sa cigarette, écrase son mégot et ouvre son propre carnet d'adresses. Il le feuillette et trouve le nom et le numéro. Il regarde longuement le nom et le numéro et, levant la tête, garde les yeux rivés sur le téléphone. Se décidant, il tend la main vers l'appareil, saisit le combiné et commence à composer le numéro, *Shikata nai…*

Putain, j'aurais jamais cru que je dirais un jour une chose pareille, bredouille Hattori Kansuke. Mais putain, merci les jeux Olympiques.

Cela fait trois ou quatre heures qu'ils picolent dans une atmosphère humide et pesante, au comptoir humide et poisseux d'un petit bar louche, sous les voies de chemin de fer à Yūrakuchō. Pendant la première heure, ils n'ont consommé que de la bière en se congratulant, avec force tapes dans le dos et des ça fait combien de temps, ça fait trop longtemps, bien trop longtemps qu'on ne s'est pas vus, et ça ne devrait pas se passer comme ça avec les amis, on a toujours été amis, quoi qu'il arrive, c'était il y a longtemps, un sacré bout de temps, et maintenant, tu te rappelles machin chose, et comment il s'appelle déjà, du temps où on était deux jeunes recrues, on faisait une sacrée paire de branleurs, tous les deux, hein ? C'est pas comme maintenant, je te dis, nom de Dieu, pas comme maintenant, rien que des types qui sortent de l'université, des petits fils à papa, qui ont jamais rien porté de plus lourd que leurs baguettes à leur bouche, ouais, avec leurs putains de bouquins et de manuels et leurs putains d'examens, voilà comment ça se passe aujourd'hui, et deux pauvres couillons comme nous, on n'aurait aucune chance de nos jours, je veux dire, deux espèces de bouseux ignares comme nous, putain, je savais à peine écrire mon nom quand je suis entré dans la police, je te dis, ma parole, t'as bien fait de quitter la police, Hideki, c'est ce que t'as fait de mieux, enfin pas la façon dont ça s'est passé, non, non, c'était une erreur, une putain d'erreur, en fait, qui n'a pas profité de la situation à un moment ou un autre, hein ? De toute façon, t'étais pas marié ou quoi que ce soit, et elle non plus, elle était pas mariée non plus, hein ? Alors, y avait pas de mal à se faire du bien, quel mal y avait, moi je peux te le dire, aucun mal, c'est ce que j'ai dit, je leur ai dit à ce moment-là, ouais, y a pas de mal à ça, mais c'est de la faute de ce merdeux, de ce maudit Kodaira. Un sacré psychopathe, ce type, hein ? Cet enculé pouvait pas la garder dans son pantalon plus de dix secondes, c'est pas vrai ? Un putain d'obsédé sexuel, je te dis. Je me suis toujours demandé, j'aurais bien aimé savoir, combien de nanas il a baisées, il a bien dû s'en taper des centaines, au moins. Un sacré obsédé ! Je me suis toujours demandé ce qui était arrivé à sa femme, ouais, tu la connaissais ? C'était un beau brin de fille, sacrément mignonne, et elle devait y passer au moins cinq à six fois par jour, avec un baiseur comme lui, je te promets, ça a dû lui manquer après quand il est parti, une sacrée perte, quel dommage, une belle femme comme ça, qui en veut et qui n'est pas satisfaite. Putain, ça fait du bien de te voir, Hideki ! Ça fait vraiment du bien, de te voir, bon Dieu, tu peux pas savoir…

Pareil pour moi, répond Murota Hideki, hochant la tête avec un grand sourire, prenant tout son temps pour boire sa consommation, tout son temps, mais continuant à commander des verres, des verres destinés à

Hattori Kansuke, en hochant la tête toujours le sourire aux lèvres, des verres de bière puis de *shōchū*, continuant sans arrêt d'abreuver l'inspecteur Hattori.

Une soirée comme ça, Hideki, tu peux pas savoir comme ça me fait du bien, de passer une soirée avec toi, avec un type comme toi, un vieux de la vieille, qui sait ce que c'est, comment ça se passe, un type comme toi, parce que je dois te dire : cette maudite affaire me rend fou, complètement cinglé, ça va faire bientôt quatorze mois que ça dure, quatorze mois de dingue que je viens de vivre, sans le moindre jour de repos, sans une foutue minute de répit. Le pauvre petit Yoshinobu-kun…

Ce malheureux petit garçon, dit Murota Hideki en commandant une nouvelle tournée de *shōchū*, hochant la tête tout à l'écoute de l'inspecteur Hattori Kansuke qui n'arrête pas de parler, de parler et de parler de cette affaire – l'enlèvement de Murakoshi Yoshinobu, le petit Yoshinobu-kun qui à l'âge de quatre ans a été kidnappé dans un parc près de chez lui dans le quartier de Taitō en mars de l'année dernière, une affaire qui a sidéré la nation tout entière, cette affaire qui a entraîné la police au bout de ses forces, une affaire toujours en cours, une affaire pas encore résolue, le pauvre petit Yoshinobu-kun n'ayant pas été encore retrouvé –

Je rêve de lui, tu te rends compte ? Je rêve que je l'entends j'entends sa voix, sa petite voix qui m'appelle, qui m'appelle, moi, mais c'est seulement sa voix que j'entends, je ne vois pas son visage, ni l'endroit où il est, c'est seulement sa voix, juste sa voix, sa petite voix qui m'appelle, c'est tout ce que j'entends, juste sa voix, sa petite voix qui m'appelle, tu comprends ? Et parfois, dans mes rêves, dans ces rêves, je m'approche, de plus en plus près de sa voix, sa petite voix, je le sens presque, je pourrais presque le toucher, presque le sauver, mais alors, juste quand je suis là, tout près de l'endroit où la voix se trouve, tout près de là où il est, de l'endroit où il est, c'est juste à ce moment-là que je me réveille, en nage et haletant comme le putain de fou que je suis, je me réveille, je me réveille et puis je lis dans ces maudits journaux, ouais, que nous sommes tous des incapables, comme si on ne le savait pas déjà, comme si on l'ignorait, au fond de nous-mêmes, comme si on ne s'en rendait pas compte, comme si on n'avait pas envie de trouver ce pauvre petit gamin, comme si on n'y pensait pas tout le temps, chaque minute de chaque jour, tous les jours de notre vie, on ne pense plus qu'à ça, on ne parle plus que de ça, on en rêve tout le temps, je te dis, j'aurais jamais cru que je penserais une chose pareille, mais, putain, merci les jeux Olympiques, heureusement qu'il y a les jeux Olympiques, parce que autrement, ils nous lâcheraient plus, ces putains de bâtards de journalistes, ces salauds…

C'est pire que pour Teigin ou Shimoyama, dit Murota Hideki qui pense que c'est le moment, le moment de –

Sept mois, ricane Hattori Kansuke. C'est tout ce que ça a pris, pour Teigin. Du meurtre aux aveux, juste sept putains de mois. Rien à voir avec ça…

Mais pour Shimoyama ?

Mais je m'en fous complètement de Shimoyama, grogne Hattori Kansuke. Hier comme aujourd'hui, politique et compagnie, c'est tout ce que c'était, politique et compagnie, rien d'autre que ça, hier et encore maintenant. Le type s'est supprimé, tout le monde le sait, un point c'est tout, putain !

C'est quand même embêtant que les gens en parlent encore de nos jours, remarque Murota Hideki, hochant la tête en versant une petite larme de *shōchū* dans son propre verre et une grande rasade dans le verre de Hattori Kansuke. Pourtant, tu en étais absolument convaincu, n'est-ce pas ?

Convaincu ? ricane Hattori Kansuke en prenant son verre. Convaincu ? Mais putain, c'est moi qui ai prouvé qu'il s'agissait d'un suicide !

Ah ouais ? demande Murota Hideki.

Hattori Kansuke se tourne sur son tabouret de bar, passe son verre de la main droite à la gauche. Il lève la main droite sous le nez de Murota Hideki et commence à tendre les doigts, l'un après l'autre :

Primo : c'est toujours la famille qui en sait le plus ; je suis allé chez eux, le jour de sa disparition. La première chose que sa femme m'a dite, c'est qu'il avait dû se tuer, « j'espère qu'il ne s'est pas supprimé », qu'elle a dit, tu vois, alors moi, je lui ai dit qu'il fallait pas dire des choses pareilles, évidemment. Mais en fait, ce que je regrette le plus, dans cette maudite affaire, c'est qu'on n'ait pas écouté sa femme, écouté ce qu'elle nous a dit au début.

Deuzio : il avait une maîtresse, ou une ex-maîtresse, si tu préfères. Mais cette bonne femme, elle l'a saigné à blanc, lui demandant tout le temps de l'argent, lui faisant vendre des trucs, mettre des trucs au clou. Jusqu'à la bague de sa femme, qu'il a vendue à un prêteur sur gages, et son kimono aussi, tout ça pour que cette bonne femme, cette ancienne geisha, soit bien gentille et douce avec lui, jusqu'à ce qu'il soit ruiné.

Tertio : Une femme, quatre fils, une maîtresse et plus un foutu radis, sans parler de son boulot, et de tous ses emmerdements, pas étonnant que le bonhomme se fasse de la bile, qu'il soit stressé, qu'il ait plus toute sa tête, qu'il se mette à dérailler. Alors, je suis allé à l'hôpital, celui réservé aux employés des chemins de fer, j'ai parlé avec son docteur, son docteur personnel, j'ai vu le dossier du bonhomme, de mes propres yeux, et bingo, c'était marqué noir sur blanc au 1er juin 1949, diagnostic : une putain de dépression nerveuse. Le docteur lui a donné du Brobalin pour l'aider à dormir, pour le calmer. Mais le mec est devenu accro au truc, tu vois ? C'est le toubib qui me l'a dit, le mec n'arrêtait pas de revenir à l'hôpital lui en réclamer. Il en prenait de sacrées doses, alors c'est pour ça que sa femme était persuadée qu'il s'était suicidé. C'est ce qu'elle pensait, elle me l'a dit, elle croyait qu'il avait dû faire une overdose. Suicidaire, elle le savait.

Quatro : les témoins, vingt-trois putains de témoins, si je me rappelle bien, c'est le nombre de témoins qu'on a vus défiler, entre le Mitsokushi jusqu'à Gotano et Ayase. Y en a deux au moins qui étaient vraiment crédibles en ce qui me concerne, et qui auraient dû en convaincre plus d'un. Cette vieille grand-mère, qui l'a vu près de la voie ferrée, et puis s'asseoir à côté des voies, en train de cueillir des plantes, voilà ce qu'il faisait. Elle m'a emmené voir le coin, elle m'a montré l'endroit, c'était juste là qu'elles se trouvaient, ces foutues plantes, avec la tige coupée au ras des fleurs, et devine quoi ? Les fleurs qui étaient sur ces tiges, ces fameuses plantes, on les a trouvées dans ses putains de poches, pas vrai ? Sur son cadavre. Bon sang, hier comme aujourd'hui, pour moi ça suffisait pour clore cette maudite enquête. Alors, qu'est-ce que tu veux de plus, qu'est-ce qu'il te faut de plus ? Mais si ça ne te suffit pas, j'en ai encore sous le coude, un tas de putains de preuves. Y a cet autre type, un mec du coin, bonne situation, un gars respectable, il l'a vu lui aussi, nous a décrit son costume, décrit ses chaussures. Tu vois, notre cadavre portait des chaussures de luxe couleur chocolat avec des semelles crêpe. Alors, on a emmené notre gars, ce témoin, au quartier général et on lui a montré les chaussures, on lui a montré le costume et, bien sûr, il a dit, c'est le costume que j'ai vu, c'est bien ces chaussures-là que j'ai vues.

Et de cinq : ces crétins de la police scientifique, qui ne jurent que par la science, qui prétendent que tout prouve qu'il s'agit d'un assassinat, ils savent rien du tout. Je vais pas te refaire tout le film, ça serait trop chiant, je te fais la version courte : le docteur Nakadate, de l'université de Keiō, il était persuadé et il a prouvé qu'il s'agissait tout simplement d'un suicide, et qu'en ce qui concerne les analyses de sang, avec tous leurs putains de tests au luminol, les traces de sang qu'on a trouvées sur les voies, ici et là et dans tous les coins, tout ça c'est de la connerie, tu sais ce que c'était ? Du sang menstruel qui venait des toilettes des trains, c'est tout ce que c'était –

L'inspecteur Hattori Kansuke replie ses cinq doigts sur la paume de sa main et serre le poing. Il brandit le poing sous le nez de Murota Hideki, le garde un moment, un long moment, un trop long moment sous le nez de Murota Hideki, puis lentement l'inspecteur Hattori Kansuke ouvre la main et, tendant ses doigts écartés sous le nez de Murota Hideki, lui dit tout aussi lentement : Ces cinq doigts, ça veut dire que le type s'est tué, point final, affaire classée.

Putain ! s'exclame Murota Hideki qui lève son verre pour porter un toast et hoche la tête. T'as résolu cette maudite affaire comme un chef, ouais.

Hattori Kansuke secoue la tête, replonge le nez dans son verre et déclare : Pour ce que ça m'a rapporté. J'étais la dernière roue du carrosse, tu sais, personne ne m'a écouté…

Ils pensaient tous que c'était un coup des cocos, alors ?

Ça les aurait bien arrangés, ouais. Surtout ces putains de Ricains, ouais, et certains de nos gouvernants aussi. MacArthur et Yoshida, ça leur aurait bien plu, et ils auraient jubilé, si les rouges étaient coupables et qu'on avait pu le prouver…

Tes supérieurs ont dû sacrément vous mettre la pression…

Tu peux pas t'imaginer à quel point, remarque l'inspecteur Hattori Kansuke, secouant de nouveau la tête. Bon sang, je te le dis, j'ai failli finir comme toi, vraiment, ils voulaient me foutre à la porte, ces enfoirés. Parce que, tu me connais, je suis pas du genre à rester assis à rien foutre, à me laisser faire. J'arrêtais pas de leur dire et de leur redire, c'est un suicide, il s'est suicidé, alors, ils m'ont muté, ouais, pour me faire taire, pour que je ferme ma putain de gueule, ils en ont muté plein d'autres – tu te rappelles l'inspecteur chef Kanehara ?

Murota Hideki secoue la tête : Non… ?

Il était à la tête de la première division, c'était mon patron, un bon patron, un bon inspecteur. Il a vu ce qu'il a vu, compris ce que c'était, compris qu'il s'agissait d'un suicide, juste un putain de cas de suicide. Eh ben, ils l'ont muté lui aussi, l'ont muté à Sanya, dans un commissariat minable au fin fond d'un trou perdu. On traite pas les gens comme ça, un homme bien, loyal, putain, un grand flic comme lui !

Murota Hideki acquiesce : T'as raison…

Ouais, dit Hattori Kansuke, hochant la tête en tapotant le bras de Murota Hideki. Pas besoin de te dire que…

Pas la peine, déclare Murota Hideki avec un soupir, puis souriant, il ajoute : C'est vraiment bizarre, tu sais…

Quoi donc ? demande Hattori Kansuke qui s'empare de la bouteille et remplit leurs verres, vidant la bouteille.

Eh bien, tu vois, comment maintenant, de nos jours, dans tout ce que tu peux lire sur Shimoyama, tous les bouquins sur l'affaire, on accuse tout le temps les Américains, le Haut Commandement général, c'est pas vrai ?

L'inspecteur Hattori se tourne sur son tabouret, lève les yeux de son verre pour regarder Murota Hideki et remarque : On dirait que tu lis pas mal de bouquins sur Shimoyama ?

Moi ? répond Murota Hideki avec un petit rire. Lire des livres ? Putain, t'oublies que je viens de Yamanashi ! Je voulais dire tout ce qu'on *entend*, tout ce que racontent ces maudits gauchistes sur l'affaire…

Hattori Kansuke hoche la tête, se met alors à rire, brandit la bouteille vide, et fait signe à la Mama-san de leur en apporter une autre, puis baissant la voix, riant toujours, il dit : En réalité, tu sais qui est à l'origine de cette histoire à la con, de cette foutue conspiration des Américains ? C'est ce type, Kuroda Roman, ce putain d'écrivain – t'en as déjà entendu parler ?

Je viens de Yamanashi, répète Murota Hideki, secouant la tête en signe de dénégation. Qu'est-ce tu crois… ?

En fait, c'est lui qui a commencé à en parler, ce type, ce Kuroda Roman, à parler du Haut Commandement général, de l'Unité Z, je crois ? Mais le type était complètement fou, complètement à la masse, fou à lier. En parlant de mecs qui perdent la boule, lui, ça faisait longtemps qu'il avait perdu tous ses boulons, sacrément longtemps !

Ah bon, vraiment ? demande Murota Hideki.

Ouais, confirme Hattori Kansuke en riant. Et je suis bien placé pour le savoir, parce que moi, je l'ai rencontré, ce mec, putain, et pas qu'une fois…

Murota Hideki se tourne sur son tabouret et regarde Hattori Kansuke, son visage cramoisi et marqué par l'alcool, sa bouche grande ouverte et humide, sa putain de grande gueule, grande ouverte et humide, et Murota Hideki lui dit, lui répète : Vraiment… ?

Ouais, lui répond encore Hattori Kansuke, s'enquillant un autre verre, puis s'essuyant les lèvres, les lèvres et la bouche, sa putain de grande bouche. Encore plusieurs fois…

J'aurais jamais cru que mon vieux plouc de copain s'acoquinerait un jour avec des écrivains, dit Murota Hideki en riant, secouant la tête, puis prenant une cigarette, il l'allume, chope son verre, en sirote une gorgée et attend, il attend que cette grande gueule, cette putain de grande gueule se remette à parler –

Mais non, pas du tout, c'est *lui* qui n'arrêtait pas de nous coller aux basques, de traîner au commissariat, ce mec, de nous casser les pieds, tu vois ? Alors, un jour, mon patron, Kanehara, il me dit d'aller lui parler, putain, de régler le problème avec lui une bonne fois pour toutes, pour qu'il arrête de la ramener. Donc, moi et lui, moi et Kuroda, on va déjeuner un jour, c'est lui qui paie, alors il m'emmène dans un de ces restaurants à la mode, à Hibiya Park, le Matsumotoro, ça s'appelait, tu vois lequel je veux dire… ?

Murota Hideki secoue la tête en signe de dénégation.

Riz au curry, c'est leur spécialité, mais pas le genre de curry que ta mère te fait, je peux te dire. Bref, je lui raconte toute l'histoire dans le détail, l'affaire Shimoyama, comme je l'ai fait avec toi, pas vrai ? Lui expliquant tout ce qui prouve qu'il s'agit bien d'un suicide, et il hoche la tête, tout du long, il dit qu'il est sacrément d'accord, complètement d'accord, ouais, ouais, ça devait être un suicide, ça pouvait être qu'un suicide, alors je me suis dit ça y est, c'est bon, mission accomplie, je reverrai plus cet emmerdeur.

Manque de bol, hein, dit Murota Hideki en riant.

Tu crois pas si bien dire. Tu vois, parce que après, ce vieux con pense qu'on est les meilleurs amis du monde, copains comme cochons, comme si on était des vieux potes ou je ne sais pas quoi, lui et moi. Il me lâche plus, ce connard. Appelant le commissariat, déboulant à l'improviste, me disant qu'il a découvert une nouvelle preuve, puis encore une autre, incapable de la fermer, le con. Incroyable…

Mais, putain, qu'est-ce que t'as fait alors ?

Eh ben, qu'est-ce que je pouvais bien faire ? On pouvait pas continuer à le laisser venir au commissariat, nous appeler sans arrêt, c'était pas possible. Alors, je lui donnais rendez-vous de temps en temps, tu comprends, j'allais le voir de temps en temps, pour lui tenir compagnie, en quelque sorte. Et, il avait beau être taré, c'est vrai, mais il avait de l'argent, tu vois ? Alors, la plupart du temps, on allait dans des endroits sympas, d'accord ? Bonne bouffe, bonne cave, mais, tu sais, faut pas te faire d'illusion, c'était quand même une sacrée corvée, de l'écouter, avec toutes ses théories à la con, toutes ses foutues théories de conspiration à la con…

Murota Hideki secoue la tête, s'allume une autre cigarette, reprend une petite gorgée de son verre, et, en riant, demande : Et ça a duré combien de temps comme ça… ?

Jusqu'à ce que j'aille chez lui, dit Hattori Kansuke, secouant la tête tout en soupirant.

Dans sa maison ?

Ouais, juste après la gare d'Ueno, sur le chemin de celle d'Uguisudani, précise Hattori Kansuke, secouant la tête tout en soupirant de plus belle. Faut voir l'endroit, un putain d'endroit vraiment bizarre, tu peux me croire. Et ça, c'est juste le jardin, vu de l'extérieur. Bon sang, je te jure, je savais qu'il était complètement à la masse, c'est vrai, mais quand je suis rentré là-dedans, à l'intérieur de la maison, alors là, putain –

Quoi ?

Une des pièces, elle était entièrement consacrée à Shimoyama, comme un vrai musée de l'affaire, des murs entiers tapissés de photos, de cartes, de graphiques, putain, j'étais complètement estomaqué. Je veux dire, j'avais jamais rien vu de pareil, faut le voir pour y croire. Et encore, c'était que les murs, d'accord, une sacrée déco, tu vois, mais quand il s'est mis…. Oh et puis merde, qu'il aille se faire foutre. À quoi bon parler de ce bonhomme, hein ? C'est de l'histoire ancienne, tout le monde s'en fout.

Ouais, t'as raison, dit Murota Hideki, opinant d'un signe de tête, mais insistant quand même : Mais qu'est-ce que t'as fait quand t'étais…

Dans cette foutue baraque ? marmonne Hattori Kansuke. Mais, merde, qu'est-ce que tu crois que j'ai foutu ? Je me suis tiré dare-dare, le plus vite possible, et j'ai tout fait pour ne plus jamais revoir ce vieux con.

Qu'est-ce qu'il est devenu ?

Mais, putain, pourquoi tu veux savoir ce qui lui est arrivé ?

Murota Hideki rit, lui tape dans le dos et lui dit : Hé, t'énerve pas ! C'est toi qui as commencé à me raconter cette histoire, à me faire un tableau de l'affaire, comme un putain de maître du *rakugo*[1] et puis, tout d'un coup, tu t'arrêtes, tu la boucles complètement, et tu me laisses sur ma faim. Je me demandais juste ce qu'il était devenu, ton bonhomme, c'est tout.

Tu sais, ce qui aurait pu lui arriver de mieux, et j'espère que c'est le cas – une putain de concession perpétuelle.

Oh, t'exagères, dit Murota Hideki en riant de plus belle, le bras autour de l'épaule de Hattori Kansuke, lui serrant l'épaule : Faut pas souhaiter la mort de quelqu'un…

Tu l'as jamais rencontré, tu le connaissais pas, dit Hattori Kansuke. Si tu l'avais vu, si c'était le cas, et que tu n'aies pas un cœur de pierre, alors tu penserais probablement la même chose…

Ah bon ?

Ouais, soupire Hattori Kansuke, plongeant les yeux dans son verre, faisant tourner le *shōchū* dans son verre. La dernière chose que j'ai entendu dire, c'est qu'on lui faisait subir tous les jours des électrochocs de cinq cents volts, là-bas à l'asile de fous Matsuzawa.

Putain…

Ouais, une putain de perte d'énergie, voilà le résultat. Tu sais ce qu'on raconte, on dit que le seul traitement efficace pour la folie…

Non, dit Murota Hideki. Qu'est-ce qu'on dit… ?

Hattori Kansuke lève les yeux de son verre, se tourne vers Murota Hideki. Le visage toujours cramoisi et marqué, mais plus par l'alcool, pas plus saoul que le tabouret sur lequel il est assis, il dévisage Murota Hideki, tend les mains vers lui, lui prend le visage entre ses deux mains et lui dit : Le seul traitement pour la folie, c'est la mort.

Il est ivre et la pluie aussi. Il a raté le dernier train, le dernier train de la nuit. Il a assez d'argent, plein son portefeuille, suffisamment pour

1. Forme de spectacle littéraire japonais humoristique qui date du début de l'époque Edo.

prendre un taxi, pour regagner son bureau, pour rentrer chez lui. Mais il n'en fait rien, il ne fait rien de tout de ça. Il est ivre et la pluie aussi. Tombant sur les trottoirs, pataugeant dans les flaques, l'homme et la pluie se précipitent aux carrefours, éclaboussent les voies de tramway, giclent sous les ponts de chemin de fer, aspergent les voies ferrées. Il est ivre et la pluie aussi. Ils traversent la ville martelant la chaussée, en pleine nuit, sans s'arrêter, se dirigeant vers le nord, ils se déversent sur toute la ville, toute la nuit, sans s'arrêter, l'homme et la pluie, tombant à verse sur les rues transversales, coulant dans les petites rues, dans les vallées de la ville, au fin fond de la nuit. Il est ivre et la nuit aussi. La ville s'assombrit de plus en plus, la nuit est de plus en plus silencieuse, tout est plus sombre, plus silencieux, la ville et la nuit, tout dégouline et tout déborde, l'homme et la pluie, il commence à y voir plus clair, les nuages commencent à s'éloigner, mais toujours ivre, toujours ivre, l'homme et la pluie, jusqu'à ce qu'ils arrivent en ce lieu, qu'ils reviennent en ce lieu, ce lieu où règne l'ombre, où règne le silence, ce lieu de silence et d'ombre, ce lieu toujours silencieux, noyé dans l'ombre, mouillé et détrempé. Il est ivre et la pluie aussi.

Au milieu du labyrinthe, trempé et désespéré au cœur de ce labyrinthe, il chancelle et trébuche, se frayant un passage entre les grands buissons, entre les mauvaises herbes géantes, tombant et trébuchant dans l'allée, dans la boue, il se fraie un chemin, entre les arbustes et les mauvaises herbes, et arrive péniblement à toucher le bois, le bois du portail, et reculant pour prendre de l'élan, il s'élance et, pesant de tout son poids, il tente d'enfoncer le portail d'un coup d'épaule, à la force de l'épaule, pesant sur le bois, le bois du portail, poussant de toutes ses forces, sur le bois pour faire céder le portail.

Chéri, chéri, que fais-tu…

Dans un craquement sec, le bois cède, alors que retentit le tonnerre, et au milieu des éclats de bois et des éclairs, entre les coloquintes et les plantes grimpantes, fendant la végétation et piétinant les feuilles mortes, Murota Hideki passe au travers du portail, le portail qui s'ouvre sur le jardin et le passé d'un homme.

C'était il y a si longtemps, si longtemps à présent…

Dans le jardin, dans le passé d'un homme, ce jardin silencieux rempli d'ombres, aux couleurs changeantes, aux nuances multiples, qui passent du pâle au gris, puis du pâle au sombre, Murota Hideki se relève, se remet debout sur ses jambes, se frottant les mains et époussetant ses vêtements pour en chasser les feuilles et la poussière, cherchant les pavés, au milieu des mauvaises herbes, les pavés de l'allée, couverts de mousse, qui mènent à la maison, la maison de l'homme –

Mes pleurs, pas les tiens...

Passant à travers le feuillage, le feuillage des arbres, puis atteignant une deuxième couche de végétation, celle des plantes plus basses, la pluie tombe, dans l'ombre et le silence, émettant des flic-flac, des plic-ploc quand elle tombe sur les feuilles, puis sur le sol, quand elle tombe dans les vieux bassins de pierre tapis dans l'ombre sur sa droite, dans le bassin ornemental plongé dans le silence sur sa gauche, tandis qu'il remonte l'allée, envahie de mauvaises herbes, recouverte de mousse ; pas à pas, il avance d'une démarche hésitante sous une voûte de ramures touffues, les branches basses d'un pin, qu'il écarte en se baissant pour se faufiler jusque –

Cela finira dans les pleurs...

Dans l'ombre du jardin, dans le silence du jardin, du fond de la pénombre, du fond de ce silence, la maison, la maison de l'homme apparaît, menaçante.

Dans les pleurs...

Plus sombre que l'ombre, plus intense que le silence, ensevelie sous une chape de plantes grimpantes, envahie par les mauvaises herbes, la vieille maison de bois, sa pauvre véranda décatie, ploie devant lui, se penche vers lui, elle l'attend, elle lui souhaite la bienvenue –

Dans les pleurs...

Franchissant le dernier pavé de l'allée, il monte sur la véranda, sur le plancher gondolé de la véranda, et il foule, doucement, délicatement, d'un pas prudent, la démarche hésitante, sur toute sa longueur, le plancher gondolé de la véranda, aux lattes disjointes, qui tremblent sous lui, sous ses pas ; doucement et délicatement, il s'approche des volets, les volets de la maison, pose la main sur les volets et essaie d'ouvrir les volets, l'un après l'autre, empoigne un des volets, il tire dessus, force pour ouvrir un des volets, les volets de la maison, la maison de l'homme –

Chéri, je t'en prie, ne fais pas ça, chéri, je t'en prie, arrête...

Agrippant un des volets, le forçant à s'ouvrir, le bois craquant, le ciel tonnant, le volet cède et Murota pénètre dans la maison –

Chéri, je t'en prie, cela ne te mènera nulle part...

Dans la maison de l'homme, debout, aux aguets, dans la pénombre, dans le silence, l'ombre d'un homme, le silence d'un homme, il reste là et écoute, le bruit de la pluie tombant sur le toit, le toit de la maison, la pluie qui s'infiltre dans la maison, qui tombe goutte à goutte quelque part dans la maison, puis il se met en quête à tâtons, dans la pénombre, dans le silence, tâtant les murs et passant la main sur les meubles, cherchant à tâtons jusqu'à ce qu'il trouve une bougie, une bougie sur un chandelier. Il sort son briquet de sa poche et allume la bougie, la prend et l'élève, la flamme vacillant, oscillant quand il fait le tour de la pièce, la bougie à la main, éclairant la pièce et les murs, les murs et les meubles, une table occidentale et ses deux chaises, une bouteille de vin recouverte de poussière et un verre, les vestiges d'un repas sur la table, la nourriture sur l'assiette, complètement desséchée, devenue trop dure pour les cafards, les cafards qui rampent parmi les mille-pattes grouillant sur les nattes qui recouvrent le sol, les lézards qui se tortillent sur les murs, fuyant son ombre, son ombre monstrueuse qui se projette sur les murs, qui longe les murs, qui se dirige vers la porte, qui ouvre la porte coulissante –

Je t'en prie, cela ne te mènera nulle part…

Passant d'une pièce à l'autre, d'une pièce vide qui sent le moisi à la suivante, protégeant d'une main la flamme de sa bougie, de l'autre il fouille dans les moindres recoins, l'intérieur de tous les placards, passant d'une pièce à l'autre tandis que la pluie tombe sur le toit, le toit de la maison, la pluie qui s'infiltre dans la maison, qui tombe goutte à goutte quelque part dans la maison, la maison de l'homme, la pluie qui s'infiltre et goutte derrière une porte, la porte de bois –

Cela ne te mènera nulle part…

La porte de bois au fond du couloir, la porte qui donne sur une aile indépendante de la maison, il fait coulisser cette dernière porte de bois, l'odeur de camphre est si prégnante qu'elle lui brûle le nez, qu'elle lui pique les yeux tandis qu'il lève la bougie, la flamme de la bougie, il cligne des yeux, battant des cils, écarquillant les yeux en découvrant, quand il entre dans la pièce et jette un coup d'œil circulaire à la pièce, les murs recouverts de photos, de plans, de graphiques, il fait le tour de la pièce qu'il examine, cette grande pièce tellement encombrée qu'elle paraît minuscule, bourrée de piles de livres, de livres et de documents, des masses et des masses de documents, de livres et de documents, et une maquette à l'échelle représentant un fleuve et ses berges, un pont et un tunnel, un pont et un tunnel ferroviaire, des voies de chemin de fer qui passent sur le pont et sous le tunnel, un modèle en acier moulé d'une locomotive à vapeur D51 s'engageant sous le tunnel, tractant un train de marchandises sous le tunnel, le long des voies qui se dirigent vers un homme, une petite figurine masculine couchée sur les rails, morte sur les rails.

Tchou, tchou, tagadam, tchou, tchou, tougoudoum, tchou, tchou…

Dans la fumée de la bougie, l'odeur de camphre, Murota Hideki détourne le regard de la maquette, de ce qu'elle représente, la reconstitution de la scène du crime, et revient vers le bureau, le bureau de l'homme, un meuble chinois en bois de rose, au style dépouillé sur lequel ne se trouvent qu'un vase ébréché en céladon contenant quelques fleurs fanées desséchées et un lutrin en teck, où repose une liasse de feuillets manuscrits, ouverte et qui attend, qui l'attend –

Ploc, ploc ! Ploc, ploc…

Fait la pluie qui traverse le plafond de la pièce, la pluie qui goutte dans un coin de la pièce, Murota Hideki approche la bougie du lutrin, du manuscrit, une paire de lunettes à monture d'écaille repose sur les feuillets, ses grosses branches brunes pointées vers le haut, attendant que l'homme, l'écrivain revienne, regagne son bureau, reprenne son travail –

Plonk, plonk, plonk, plonk, plonk…

La pluie qui redouble tombe du plafond sur le sol de la pièce, une pluie d'été qui inonde le coin de la pièce, qui ruisselle sur les murs. Murota Hideki pose le bougeoir, le pose sur le bureau, il soulève les lunettes, les met sur le côté, la bougie tremblotant, sa flamme vacillant, Murota Hideki prend le manuscrit sur le lutrin, à la lueur vacillante de la bougie, de la flamme qui se meurt, Murota Hideki tenant le manuscrit, tourne les pages une par une, les tourne pour revenir au début, au tout début du manuscrit jusqu'au titre, et dans la lueur mourante de la bougie, sur le point de s'éteindre, Murota découvre le titre de l'ouvrage et le nom de l'auteur –

Natsuame Monogatari, ou *Les contes des pluies d'été*, de Kuroda Roman, avec le concours de Shimoyama Sadanori.

6

J moins dix à J moins six

25 juin – 29 juin 1964

Sima Quian (env. 140 – env. 86 avant J.-C.), auteur du Shiji *(*Mémoires historiques*) est un homme qui s'est entêté à vivre dans la honte. Alors qu'aucune personne de haute condition n'aurait supporté de survivre, cet homme l'a fait. Poussé dans ses derniers retranchements, totalement conscient du rejet et du sentiment de dégoût qu'il provoquait chez les autres, même après sa castration, il persista dans son intention de continuer à vivre en ce bas monde, se nourrissant et dormant dans la douleur qui habitait son corps tout entier, s'obstinant avec ténacité à écrire le* Shiji*, à l'écrire pour effacer sa honte, mais plus il avançait dans son écriture, plus la honte qu'il éprouvait grandissait. Mais peut-être est-il plus facile de continuer à vivre dans la honte qu'on peut l'imaginer, car, moi aussi, je vis perpétuellement dans la honte…*

Après la défaite, la capitulation, puis l'Occupation, quand les jours sont devenus des semaines, devenus des mois, devenus des années – en temps de paix, j'avais déjà le cœur brisé – aujourd'hui, je marche sur une route encore plus désolée chaque jour – mon toit est complètement percé, et laisse passer la lumière de la lune et la pluie, les vêtements que je porte et la peau sur mes os servent d'auberge aux puces et aux poux. Malgré cela, comme les esprits de la nuit le conseillent, saoule-toi tant que tu es vivant, car nul ne verse de vin sur la tombe de Liu Ling[1]*. Et ainsi, je poudrerai mon visage, je peindrai un sourire sur mes lèvres, je ferai don de mon costume le moins élimé et je jouerai de ma flûte dragon imaginaire, je tambourinerai sur mon tambour en peau de lézard imaginaire, j'irai arpenter la ville.*

1. Poète et lettré chinois réputé pour son amour de la boisson.

Bien qu'il soit peut-être difficile de le croire ou même de l'imaginer de nos jours, en ces jours d'Occupation, cette ville occupée était avide de lecture, se grisait de mots et, de ce fait, était devenue une vraie mine d'or pour les écrivains et les traducteurs. Et tandis que mes frères calligraphes et mes compagnons de plume semblaient trouver pépite sur pépite, tomber sur un filon après l'autre, comme toujours je ne ramassais que du gravier, ne tamisais que du sable, on refusait ma prose, on se riait de mes vers. Heureusement, le Haut Commandement général devait donner son aval au moindre mot avant qu'il soit imprimé. Donc, tout texte à paraître devait être d'abord traduit en anglais et bien qu'aucun éditeur ne veuille me confier la rédaction d'articles pour leurs publications, ils faisaient de temps en temps appel à moi – sans doute parce qu'ils n'avaient personne d'autre sous la main – pour traduire en anglais la prose de mes contemporains. C'était le seul os qu'il me restait à ronger, les dernières miettes dont je devais me contenter pour subsister. Cependant, je suis parvenu à survivre et subsister, et en ce temps de l'Occupation, cette ville occupée était un lieu de débauche et de décadence pour qui savait à quelle porte frapper, dans quel trou se terrer surtout si l'on n'était pas trop regardant sur ses fréquentations et les lieux où aller boire ; comme on dit, on ne peut pas tout avoir. Et donc, quand j'avais réussi à récolter une maigre avance sur un contrat de traduction pour tel ou tel éditeur, le visage poudré et les lèvres peintes, je partais immédiatement en quête d'une porte où frapper, d'un trou où me terrer, cherchant à transformer mes maigres gains en tabac et en boisson, à boire, boire, boire…

Ceux d'entre nous qui suivent le Chemin de la Coupe aux Lèvres connaissent bien ses courants et marées qui nous emportent sur des fleuves et le long de rivières parfois étranges et souvent sombres. Et ce fut donc au cours d'une nuit au début de l'été de leur année mille neuf cent quarante-neuf que ma petite coupe vide et moi échouâmes dans un lieu encore plus étrange et sombre que jamais…

La journée avait commencé assez normalement, même plutôt agréablement. Je m'étais mis récemment à pondre des livres sur des affaires criminelles à la demande insistante d'un certain M. Shiozawa, le propriétaire de la maison d'édition Shinpi Shōbō. Le premier volume avait plutôt bien marché et cet après-midi-là, j'avais soumis à l'éditeur le manuscrit d'un second tome. M. Shiozawa semblait se réjouir de l'événement, et proposa d'abord, pour fêter la remise du manuscrit, de boire un verre ou deux de son whisky personnel qu'il gardait dans son bureau, puis, à mon initiative, je dois l'avouer, nous nous rendîmes au Bar Bordeaux à Ginza. Après cela, nous étions alors tous deux fin saouls et affamés, il a poursuivi ses largesses en m'emmenant dîner au Hachimaki Hokada, et, bien entendu, j'étais ravi de pouvoir profiter de tout ce que cette vénérable institution avait à offrir, me régalant autant que faire se peut de leur excellent saké jusqu'à l'heure de la fermeture de l'établissement. Alors, bien que, comme on dit couramment, la nuit ne fasse que commencer, M. Shiozawa ne tenait déjà pratiquement plus sur ses jambes, et s'il n'avait pas été dans un tel état, et si je ne l'y avais pas poussé, il ne fait aucun doute qu'il ne m'aurait alors jamais invité à se joindre à lui pour boire un dernier verre…

Et c'est ainsi que nous partîmes titubant dans les rues de Ginza, au milieu de la circulation et de ses néons, passant par le parc Hibiya, filant le long des allées du parc, au milieu des arbres et de leurs ombres, puis débouchant dans la rue, la rue des bâtiments gouvernementaux, des ministères des Finances, de la Construction et de la Justice, pour arriver à un certain endroit le long d'un immeuble, à une volée d'escalier, des marches qui menaient à une porte, une porte grise métallique sans poignée qui ne portait aucune inscription. Et là, en bas de ces marches, au pied de la porte, M. Shiozawa se mit à chercher au fond de ses poches son portefeuille qu'il finit par trouver et ouvrir pour en sortir une sorte de plaque de métal, de la taille d'une carte de visite, totalement vierge, aussi fine qu'une lame de rasoir. Me regardant, il me fit un clin d'œil, puis se retournant, il se baissa et glissa la carte en métal sous la porte. Quelques instants plus tard, la porte s'ouvrit vers l'intérieur, et deux grands costauds, bien habillés, de type asiatique, mais qui, à mon avis, n'étaient pas japonais, nous saluèrent, rendirent sa carte en métal à M. Shiozawa, et nous menèrent le long d'un couloir nu au sol de béton jusqu'à une autre volée de marches qui menaient à une autre porte, celle-ci en bois ciré et qui s'ouvrit à notre arrivée. Aussitôt, deux autres grands costauds, aussi bien habillés que les premiers, mais l'un japonais et l'autre de type eurasien, nous souhaitèrent la bienvenue sur un fond de musique et de conversations, au milieu des odeurs de cigarettes et d'alcool. On pouvait apercevoir une seconde salle au fond d'un autre couloir, mais beaucoup moins long. M. Shiozawa m'emmena au bout de ce petit couloir, éclairé et tapissé d'une épaisse moquette, dans cette pièce d'où parvenaient les bruits de musique et de conversations et les odeurs de cigarettes et d'alcool. S'arrêtant avant d'entrer dans la salle, M. Shiozawa se tourna vers moi, mit la main devant sa bouche et murmura : « Bienvenue, bienvenue au Shikinjō, Sensei… »

Le Shikinjō – la bien nommée Cité interdite – était bien plus qu'un club, c'était plus qu'une simple boîte de nuit, mais un ensemble disparate de lieux divers, un labyrinthe souterrain de petits recoins et d'alcôves faiblement éclairés, disposés en étoile autour d'un vaste espace central avec un bar bien garni occupant un pan de mur entier, des tables et des chaises installées au centre de la pièce, une scène occupant le fond de la salle. Un mélange étrange de bar britannique et de taverne bavaroise, une atmosphère de speakeasy de Chicago transposé dans le vieux Shanghai, une ambiance accentuée par la présence sur scène d'une artiste imitant Zhou-Xuan[1] *qu'accompagnait un orchestre japonais dans son interprétation de « Crazy World » tandis que des serveurs en veste blanche impeccable allaient de table en table, des hôtesses en kimono ou en robe longue papillonnant d'un client à l'autre.*

Et il faut voir quels clients ! Car, c'est évident, c'étaient les clients – ces groupes de membres avec leurs amis – qui attiraient le regard de tout un chacun sur le chemin du bar. Car en ce temps de l'Occupation, dans cette ville occupée, l'Orient à genoux subissait l'Occident, courbant le dos, mais en ce lieu, ils se mêlaient les uns aux autres, à touche-touche, s'asseyaient les uns près des autres, se parlant à l'oreille, se tapant dans le dos et se serrant les mains, avec un hochement de tête et un clin d'œil, formant une belle bande de canailles : anciens officiers de l'armée impériale, bureaucrates, politiciens, hommes d'affaires et yakuzas, des hommes que je croyais en train de moisir en prison, que je croyais déjà morts – tout ce beau monde se frottant à des officiers et des civils américains, échangeant des bons mots et leurs cartes de visite, échangeant des plaisanteries et leurs relations, levant leur verre, portant des toasts au Nouveau Japon, tout comme au Vieux Japon, dans leur repaire souterrain, son air enfumé, un air chargé d'électricité, et, il faut le dire, profondément sinistre.

« Ne regardez pas comme ça, Sensei, murmura M. Shiozawa alors que nous étions accoudés au bar, en me tendant un verre d'un excellent

1. Chanteuse et actrice chinoise. Surnommée *La voix d'or*, elle fut l'une des artistes chinoises les plus populaires des années 1930 et 1940.

whisky américain hors d'âge, On ne vient pas ici pour réfléchir, mais pour boire un verre… »

« Vous avez bien raison, répondis-je. Entièrement raison. »

Et pour boire, nous bûmes, nous bûmes des whiskys secs, puis des cocktails, des Sazerac, nous en bûmes, nous en bûmes, d'abord au whisky, puis au cognac, préparés selon la recette traditionnelle, les dégustant dans les règles. Et verre après verre, les flots de whisky et les flux de cognac nous entraînèrent vers d'autres fleuves, sur d'autres pentes, et c'est ainsi que je me retrouvai au fond d'une alcôve à une table occupée par quatre personnes, quatre hommes plongés dans une partie de cartes, absorbés par leur jeu, avec leurs cartes et leur argent, leurs paquets de cartes et de billets, à siroter mon Sazerac en les regardant jouer.

« Joignez-vous à nous, proposa l'homme qui tenait la banque, un Japonais à l'air respectable âgé d'une soixantaine d'années, en me proposant un paquet de cartes. Nous jouons au pharaon. Le jeu est ouvert à tout le monde… »

« À tout le monde, mais pas à un écrivain comme moi, dis-je, Car je suis fauché comme les blés. »

« Comme les blés, mon cul », déclara en riant l'unique Américain assis à la table, dans son uniforme de l'armée, sa casquette de commandant repoussée en arrière sur le crâne. En attendant son tour pour jouer, il avait sorti son pistolet de son étui et le faisait tourner autour de son index. Après avoir été servi en cartes, il bascula en arrière sur sa chaise, qui ne reposait plus que sur deux pieds, mâchonnant son cigare en examinant son jeu. Il ressemblait à un personnage tout droit sorti d'un western d'Hollywood, sauf sur un point, il ne buvait pas. « Bon Dieu, ajouta-t-il riant toujours, j'étais persuadé que tous les écrivains japonais vivaient dans d'immenses et luxueuses vénérables demeures sur la route de Kamakura. »

« Malheureusement, non, je le regrette bien, croyez-moi », répondis-je.

« Bon Dieu, mon vieux, poursuivit l'Américain riant encore. Vous devez être le dernier écrivain sans le sou de tout Tokyo, mon pauvre ami. »

« Si seulement, j'étais vraiment, dis-je, vraiment le dernier écrivain… »

Et ce fut alors que germa dans les brumes alcoolisées qui m'empoisonnaient l'esprit un plan machiavélique et pervers. Ce fut probablement l'allusion à Kamakura, oui, certainement, ce fut la seule mention de Kamakura qui me fit venir à l'esprit la vision de mes contemporains, de mes rivaux, dans leurs maisons de Kamakura, leurs superbes maisons, se rendant à Tokyo pour s'en mettre plein les poches et rendre leur petit nid de Kamakura encore plus douillet et confortable, touchant toujours plus de commissions et d'avances, se pavanant dans toute la ville, comme des paons sur une terre désolée, paradant et plastronnant, les poches pleines, le portefeuille bourré à craquer, se sustentant et buvant, le ventre rond, la vessie prête à exploser, avant de retourner en train, par le dernier train du soir, sur la ligne de Yokosuka, de rentrer à Kamakura, assis tous ensemble dans la dernière voiture, entre eux, entre amis, buvant et riant, médisant et critiquant, comptant leur fric, leur pognon, dans leur soi-disant petit club privé, le club du « Dernier », du dernier wagon du dernier train du soir.

« Si seulement ce dernier train et son dernier wagon, éructai-je dans un flot de bile acariâtre, si seulement il pouvait dérailler, se renverser, tous périraient au passage, ils disparaîtraient tous, alors je deviendrais réellement le dernier écrivain, tous mes soucis, toutes mes peines seraient alors terminés, prendraient fin… »

« Inutile d'ajouter un mot », dit l'Américain hochant la tête, et, me faisant un clin d'œil, il désigna du doigt ses voisins, les deux Japonais assis à sa droite. « Mes deux amis, ici présents, ont une certaine expérience de la pose de bombes sur les voies de chemin de fer et des déraillements de trains. »

« Vraiment ? » murmurai-je, écarquillant les yeux pour mieux voir dans la pénombre les deux Japonais assis à sa droite – l'un portant un bandeau sur l'œil, l'autre une balafre sur la joue, deux anciens mercenaires, deux fantômes d'espions, tirant sur leur cigarette, serrant leurs cartes contre leur poitrine.

Toussant pour m'éclaircir la gorge, j'ajoutai : « Pardonnez-moi, car je ne voudrais pas paraître impudent, mais une bombe sur une voie de chemin de fer susciterait de nombreuses questions, à mon avis. »

« Mais de toute évidence », déclara l'homme qui tenait la banque, « la plupart des gens mettraient ça sur le dos des cocos. »

« Bon Dieu », remarqua l'Américain en riant, « compte tenu de la situation actuelle, ce serait peut-être l'occasion ou jamais de faire d'une pierre deux coups et de débarrasser le terrain une bonne fois pour toutes de ces salopards de communistes – Boum ! »

Toussotant, me raclant de nouveau la gorge, je poursuivis : « Pardonnez-moi, messieurs, mais je crains que, dans l'ivresse, mon imagination... »

« Ou alors, on pourrait agir plus subtilement, proposa l'homme à la balafre du fond de l'alcôve. Les éliminer un par un ? »

« Ça pourrait se faire », dit son compagnon au bandeau.

« Ouais, conclut l'Américain, hochant la tête, un sourire aux lèvres. Ouais, planter les graines de l'insécurité, et récolter la peur et la paranoïa... »

« Dites-nous », demanda l'homme qui tenait la banque, se tournant vers moi, « si vous deviez choisir parmi vos contemporains, un de vos rivaux, un écrivain que vous aimeriez voir disparaître, qui serait l'heureux élu, quel nom nous donneriez-vous ? »

« Quelle drôle de question ! » m'exclamai-je, tentant de me lever de mon siège, de quitter cette table, cet antre, cette alcôve infernale, cet horrible enfer, semblable à celui où le docteur Faust s'était autrefois fourvoyé. Mais comme ce pauvre docteur Faust, j'avais commis la même faute, car il était trop tard, trop tard, bien trop tard, beaucoup trop tard –

« Une question ardue, c'est vrai ! » gloussa le diable américain, me saisissant le bras, me recollant sur mon siège dans ce lieu infernal. « Mais, allez, mon vieux, crachez le morceau – dites-le ! »

« Yogogawa Jirō », murmurai-je d'une voix gémissante.

« Un excellent choix », dit l'homme qui tenait la banque, acquiesçant en direction de l'Américain. « C'est un dégénéré et un pervers, Jack, et ça serait une bonne leçon pour tout le monde. »

Le commandant Jack avait repris son pistolet en main, et tapait du barillet le bord de la table, réfléchissant à voix haute « Mais comment procéder ? »

« En le faisant passer pour un suicide », dit l'homme à la balafre du fond de l'alcôve. « Un suicide dans un lieu public... »

« On l'attire, on l'enlève », dit son compagnon au bandeau. « Puis on lui fait une piqûre, on l'anesthésie... »

« On attend la nuit, le dernier train du soir, poursuit l'homme à la balafre du fond de l'alcôve. On met son corps sur les rails, et puis on laisse le train faire le reste... »

« Et voilà le travail ! » conclut le commandant Jack, hochant la tête, agitant son pistolet, s'adressant en gesticulant aux trois hommes à sa

table, aux trois autres hommes, et moi, fourbe et cruel, plein de vices, moi je leur fis signe de lever leur verre avec moi, de lever nos verres pour porter un toast « AU SANG SUR LES RAILS ! ».

Toc toc, toc toc, toc toc, toc toc…

Le cœur battant, le souffle court, Murota Hideki s'agite, sursaute, déglutit, crache et tousse. Il ouvre les yeux, relève la tête, émergeant du coussin de feuillets du manuscrit resté sur son bureau, s'essuie la bouche, s'essuie le menton, puis essuie le manuscrit, essuie les traces de salive et de bave, et clignant des yeux, il se redresse et –

Drôle de rêve que vous faisiez.

Clignant encore des yeux, Murota Hideki dévisage les deux hommes qui se tiennent devant lui, dans son bureau ; l'un un peu plus jeune et plus mince que lui, l'autre beaucoup plus jeune et plus mince, tous deux vêtus du même imperméable, avec la même coupe de cheveux et la même expression sur le visage. Murota Hideki secoue la tête, tend le bras cherchant ses cigarettes et sourit : Y a que des flics pour entrer comme ça sans frapper…

Ouais, et y a que des bons à rien comme vous, *nandemo-ya*[1], pour roupiller comme ça, la tête sur son bureau empestant l'alcool, dit le plus jeune des deux hommes.

La nuit a été longue, dit Murota Hideki, retournant le manuscrit côté vierge sur son bureau. C'est pas un crime, que je sache ?

Le plus âgé des deux sourit et déclare : Peut-être, ça dépend de ce que vous avez fait la nuit dernière, qui vous a obligé à vous coucher si tard.

Je suis allé boire dans un bar.

Quel bar, où ça ?

Une boîte à Yūrakuchō, Au Terrier des lapins.

Vous y êtes allé seul ?

Non.

Qui était avec vous, alors ?

Murota Hideki se penche, écrase son mégot de cigarette, regarde les deux flics, son regard allant de l'un à l'autre, puis souriant encore, leur

1. Homme à tout faire, factotum.

dit : Mon vieil ami, Hattori Kansuke, l'inspecteur, Hattori Kansuke, de la première division d'enquête.

Haussant les sourcils, le plus jeune des deux flics se tourne vers son collègue plus âgé. Le plus âgé des deux a toujours les yeux fixés sur Murota Hideki : Et à quelle heure vous êtes-vous quittés avec votre vieil ami ?

Eh bien, vous savez, on a pas mal bu, dit Murota Hideki, s'adressant toujours le sourire aux lèvres, souriant, aux deux flics. Alors, je suis incapable de vous dire exactement à quelle heure, mais vous pourriez peut-être poser la question à l'inspecteur Hattori…

Ne vous inquiétez pas, dit le plus vieux des deux. Je vais le faire, mais c'est vous que j'interroge pour l'instant, alors, à quelle heure – je ne vous demande pas l'heure exacte à la minute près – vous êtes-vous quittés approximativement ?

Murota Hideki souffle tout l'air qu'il avait dans les joues, hausse les épaules et dit : Le dernier train était parti, alors peut-être vers les une heure du matin.

Ensuite, qu'est-ce que vous avez fait ?

Je suis rentré à pied ici, répond Murota Hideki en montrant d'un geste de la main son bureau, sa table de travail. J'ai lu un petit peu, je me suis endormi.

Tout seul, hein ?

Ouais, dit Murota Hideki, souriant, haussant encore les épaules. Malheureusement, je n'ai pas de secrétaire.

Ni de femme de ménage, réplique le plus jeune des deux flics, content de son bon mot, montrant du doigt le bureau au cas où on n'aurait pas compris l'humour de sa remarque.

Ne lâchant pas Murota Hideki des yeux, le flic le plus âgé ne sourit pas : Il pleuvait vachement fort hier soir vers les une heure du matin.

Je m'en suis rendu compte, dit Murota Hideki, tirant sur sa chemise qui lui colle à la peau. J'étais trempé comme une soupe...

Alors pourquoi rentrer à pied, et ne pas prendre un taxi ?

Vous savez comment ça se passe, dit Murota Hideki. Une bonne marche, en plein air, rien de tel pour vous éclaircir les idées, ça m'a semblé une bonne idée sur le moment.

Et maintenant, dit le flic le plus âgé, un petit sourire narquois au coin des lèvres, vous pensez toujours que c'était une bonne idée ?

Murota Hideki soupire, lève les bras au ciel et déclare : Écoutez, vous allez enfin me dire pourquoi vous êtes là ? Ou bien…

Ou bien quoi ? lui demande le vieux flic.

Murota Hideki hausse de nouveau les épaules, rit et ajoute : Vous allez rester longtemps plantés là pendant que je reste assis sur ma chaise à me demander quel crime vous croyez pouvoir me reprocher que je n'ai pas commis ? Ou alors, pour éviter de nous faire perdre notre temps, je devrais peut-être commencer par appeler mon vieil ami, l'inspecteur Hattori…

C'est votre carte de visite ? demande le vieux flic, sortant de sa poche un sachet en plastique scellé, tendant le sac qui contient sa carte à Murota Hideki derrière son bureau. Il s'agit bien de votre carte professionnelle ?

Murota Hideki prend le sac contenant la carte, sa carte de visite froissée, chiffonnée, le retourne dans sa main, puis levant la tête, regarde le vieux flic et lui dit : Eh bien, étant donné que vous êtes effectivement dans mon bureau, à me parler en personne, je constate que vous avez été assez malins tous les deux pour trouver ça tout seuls.

Vous êtes le seul à faire le malin ici, répond le flic le plus âgé. Contentez-vous de répondre simplement à la question : est-ce bien votre carte de visite ?

Oui, confirme Murota Hideki qui, hochant la tête, rend le scellé contenant sa carte au flic le plus âgé, en souriant. De toute évidence.

De toute évidence, ouais, dit le flic le plus âgé qui regarde la carte sous scellé entre ses doigts, agitant le sachet en plastique qu'il tape contre la paume de son autre main, hochant la tête, souriant lui aussi en levant les yeux sur Murota Hideki avant d'ajouter : Alors peut-être pourriez-vous nous expliquer comment cette carte de visite qui, *de toute évidence*, est la vôtre, selon vos dires, comment se fait-il que nous l'ayons trouvée au creux de la main d'un cadavre de femme ?

Murota Hideki avale sa salive, fixant le sachet scellé contenant sa carte de visite froissée, chiffonnée. Il secoue la tête.

En fait, pour être *précis*, ajoute le vieux flic. Dans la main du cadavre d'une femme *nue*…

Murota Hideki déglutit de nouveau, regardant toujours fixement la carte de visite froissée, chiffonnée dans le sachet scellé que tient ce policier, et secoue la tête de plus belle.

Dans la main du cadavre d'une femme nue qu'on a trouvé sur le trottoir sous le balcon de son appartement situé au quatrième étage…

Murota Hideki lève les yeux vers le flic –

Ouais, poursuit le vieux flic, soutenant le regard de Murota Hideki, hochant la tête, Sur le trottoir sous le balcon de son appartement du quatrième étage à Higashi-Nakano…

Nemuro Kazuko, dit Hideki Murota. Elle est morte ?

Ouais, répond le vieux flic. Finalement.

Qu'est-ce que vous voulez dire par là ?

Quand elle est tombée de son balcon du quatrième étage, elle a atterri sur le capot d'une voiture garée en bas de l'immeuble, et son corps a rebondi avant de retomber sur le trottoir et elle est morte un moment plus tard sans avoir repris connaissance, et ça vaut peut-être mieux pour vous.

De nouveau, Murota Hideki avale sa salive, secoue la tête, puis demande : Pourquoi dites-vous que « ça vaut peut-être mieux » pour moi ?

Parce que, *de toute évidence*, elle aurait sans doute pu alors nous expliquer – entre pas mal d'autres choses – la raison pour laquelle elle a sauté ou on l'a poussée nue du haut du balcon de son appartement du quatrième étage, en tenant serrée dans sa main votre foutue carte de visite, Murota-san…

Qu'est-ce que son mari vous a dit ?

Hé, dites donc ! remarque le vieux policier. Vous n'êtes plus flic, et pour le moment, vous êtes le suspect d'un probable assassinat, c'est tout ce que vous êtes, alors ce n'est pas à vous de nous poser des questions, d'accord ?

Murota Hideki hoche la tête. Je ne suis pas suspecté d'assassinat, et vous le savez pertinemment. Autrement, vous m'auriez déjà embarqué pour me cuisiner dans une cellule à Nakano ou au poste dont vous dépendez.

Le plus jeune des deux flics s'avance face au bureau et lui lance : Vous vous prenez pour qui, bordel ?

Écoutez, petit malin, déclare le vieux flic, retenant son collègue par le bras, tout en regardant Murota Hideki droit dans les yeux : La seule raison pour laquelle on ne vous embarque pas pour vous cuisiner, c'est votre alibi. Et vous avez intérêt à ce que votre vieux pote de la première division nous donne la même version de la nuit dernière que vous, parce que, autrement, vous allez le sentir passer, et on ne va pas vous rater. Mais vous ne nous avez toujours pas dit comment votre carte de visite a pu se trouver dans la main de la morte, et alibi ou non, vous feriez mieux de nous le dire là maintenant, d'accord ?

Murota Hideki lève à nouveau les bras, parlant le plus doucement, le plus calmement et le plus lentement possible : D'accord. Écoutez, la seule raison pour laquelle je vous ai parlé de son mari, c'est uniquement parce que c'est à *lui* que j'ai donné ma carte. Elle, je ne l'ai jamais rencontrée, je ne lui ai jamais adressé la parole. C'est son mari qui avait ma carte, pas elle, c'est tout.

Et alors, comment se fait-il qu'il ait eu votre carte ?

Il m'a téléphoné, il y a quelques semaines, m'a demandé un rendez-vous, il est venu à mon bureau, je lui ai donné ma carte.

Alors, c'était donc votre client, hein ?

Murota Hideki soupire, sourit et dit : Allons, vous savez bien que je ne peux pas vous le dire – le droit à la vie privée, vous savez ce que c'est.

Allez vous faire foutre, vous et votre droit à la vie privée, Murota.

Pas le mien, le *sien*, précise Murota Hideki. Si ça ne tenait qu'à moi, je vous dirais tout ce que je sais. Je n'ai rien à cacher, mais lui, il pourrait me coller un procès au cul et, comme vous le voyez bien, je n'ai pas les moyens de me payer un avocat, qui plus est, ça nuirait à ma réputation professionnelle et je n'aurais plus de boulot.

Vous en avez déjà tant, remarque le flic le plus jeune avec un petit rire.

Écoutez, déclare Murota Hideki, s'adressant au flic le plus âgé, je ne cherche pas à vous dire, à vous et votre petit copain, comment vous devez faire votre boulot, mais si vous alliez parler avec son mari, pour lui demander pourquoi il a fait appel à moi et pourquoi sa femme avait ma carte ?

Eh ben, dis donc, merci pour le conseil ! dit le jeune flic. Comme si on n'avait pas déjà pensé à le faire !

Et alors, qu'est-ce qu'il vous a dit ?

Soupirant, le plus vieux des deux flics secoue la tête et réplique : Vous êtes dur de la feuille ou juste le dernier des crétins ? Je vous l'ai dit, putain, c'est pas à vous de poser les questions.

Bon, écoutez, dit Murota Hideki. Je regrette, je veux juste dire que s'il vous a parlé, s'il vous a parlé de moi, et que vous me dites ce qu'il vous a raconté, alors je peux vous dire tout ce que je sais, c'est tout ce que je veux dire parce que je veux vous aider.

Ne vous inquiétez pas, répond le flic le plus âgé, remettant le scellé et la carte chiffonnée et froissée dans la poche de son imperméable, puis sortant une carte de visite à son nom de la poche de son costume, il la balance sur la liasse de feuillets du manuscrit posé sur le bureau. Vous allez avoir de nombreuses occasions de nous aider à découvrir la raison pour laquelle votre carte de visite s'est trouvée dans la main du cadavre dénudé de Mme Nemuro Kazuko, de nombreuses occasions, croyez-moi…

Prenant la carte sur le tas de feuilles du manuscrit, Murota Hideki acquiesce d'un hochement de tête.

Entre-temps, poursuit le flic le plus âgé, toisant Murota Hideki, vous pourriez avoir une pensée pour Nemuro Kazuko, penser à elle qui est tombée nue du balcon de son appartement au quatrième étage, penser à son corps qui a rebondi sur le toit d'une voiture garée sous son balcon avant de finir sur le trottoir, serrant dans sa main votre carte de visite et réfléchir à son « droit à la vie privée » à elle qui gisait nue sur le trottoir, avec votre foutue carte de visite dans la main, et penser à peut-être pouvoir lui apporter votre aide, en nous aidant à l'aider. Et peut-être alors vous déciderez-vous à prendre votre téléphone pour m'appeler au numéro qui figure sur cette carte, et il vaudrait mieux que vous songiez à le faire avant que ce soit nous qui vous rappelions, parce que la prochaine fois, il se pourrait bien qu'on vienne vous embarquer, vous et votre foutu droit à la vie privée, pour une petite séance de judo sur tatami…

Rangeant la carte près de son téléphone, Murota Hideki hoche de nouveau la tête en signe d'acquiescement.

Ça vous fait pas mal de sujets de réflexion, dit le flic le plus âgé, en se dirigeant vers la porte. Et à mon avis, la réflexion n'étant pas votre point fort, nous allons vous laisser maintenant pour que vous puissiez vous y mettre tout de suite, vous laisser réfléchir, seul avec vos pensées, à penser à Nemuro Kazuko.

Murota Hideki regarde les deux flics sortir de son bureau, laissant la porte ouverte derrière eux, tandis que l'un d'entre eux sifflote la *Marche funèbre* en s'éloignant dans le couloir pour prendre l'escalier –

Murota Hideki se lève, quitte son bureau. Il se précipite vers la porte, sort dans le couloir, va jusqu'au bout du couloir le plus rapidement possible. Entrant dans les toilettes, il va jusqu'aux cabinets, tombe à genoux, se penche sur la lunette, et se met à rendre, à rendre et à vomir, avec des haut-le-cœur, à vomir, et à rendre, il veut prendre du papier mais il n'y en a pas. Il s'essuie la bouche et le menton du revers de la main, puis se racle la gorge et crache, s'essuie de nouveau la bouche du revers de la main, sur son poignet de chemise, et se racle encore la gorge avant de recracher. Il se relève péniblement pour saisir et tirer la chasse. Il sort des cabinets, se dirige vers le lavabo et ouvre le robinet. Il prend de l'eau dans le creux de ses mains et la porte à ses lèvres, à sa bouche. Il se rince la bouche et crache, se rince la bouche et crache une deuxième fois, puis encore une fois, puis reprenant de l'eau dans ses mains, il se lave et se rince les mains et le visage. Il ferme le robinet, s'essuie les mains sur le devant de sa chemise, se passe les mains encore humides dans les cheveux, ses cheveux pauvres, mais il ne regarde pas le miroir, aujourd'hui il ne se regarde pas dans le miroir crasseux, pas aujourd'hui.

Il sort des toilettes, retourne dans le couloir, regagne la porte de son bureau au fond du couloir. Il entend le téléphone qui sonne dans son bureau, mais il ne presse pas le pas. Il rentre dans son bureau, claque la porte sur son passage, le téléphone continue de sonner. Il se dirige vers le classeur, ouvre un tiroir, le téléphone continue de sonner. Il prend une bouteille de vin chinois bon marché, et referme brutalement le tiroir. Il emporte la bouteille de vin jusqu'à son bureau, tire sa chaise, le téléphone sonne toujours, il continue de sonner. Il s'affale sur sa chaise de bureau, pose la bouteille de vin chinois bon marché sur le manuscrit, le téléphone sonne toujours. Il regarde la bouteille, fixe la bouteille, puis jette un coup d'œil sur le téléphone, puis son regard revient sur la bouteille, le téléphone s'est arrêté de sonner. Il saisit la bouteille, la débouche. Il repose la bouteille, prend le verre sale resté vide sur son bureau. Il incline la bouteille et remplit son verre. Il repose la bouteille, lève son verre dans la lumière, la lumière qui vient de la fenêtre, la lumière du fleuve, la triste lumière grise qui vient de la fenêtre, du fleuve, la triste lumière grise de la pluie qui tombe sur la fenêtre, qui coule le long de la vitre et il contemple le vin, le vin dans son verre, le verre de vin, épais et sombre, et il cligne des yeux, il cligne des yeux. Il renifle, avale sa salive, puis porte le verre à sa bouche, y trempe ses lèvres, puis, penchant son verre, il goûte le vin, s'en humecte les lèvres, ce vin lui emplit la bouche, et le gosier, ce vin sombre et épais qui coule le long de sa gorge, qui descend, qui descend le long de sa gorge, un verre après l'autre, il penche son verre qu'il remplit, et engloutit, il engloutit, à grandes lampées, un verre après l'autre, la pièce, ce bureau aux murs jaunis, l'odeur du fleuve, les égouts et les toilettes, les relents et la puanteur, les vêtements qu'il porte, sa peau et sa chair, l'homme qui est à l'intérieur, cette boue sombre et lourde, le monde, sa vie, le monde et la vie de cet homme, cette boue sombre et lourde, de l'intérieur et de l'extérieur, le sang glacé qui circule en lui, le sang sur ses mains, encore frais sur ses mains, cette boue sombre et lourde, le sang sur ses mains, encore frais sur ses mains, il boit et fume, clignant des yeux, et descendant, verre après verre, qu'il engloutit, clignant des yeux, une cigarette après l'autre, clignant des yeux et engloutissant, le vin et les larmes qu'il verse, dans la triste lumière grise de la pluie qui tombe sur la fenêtre, les larmes qui coulent sur son visage, le sang sur ses mains, encore frais sur ses mains, à nouveau sur ses mains, le sang sur ses mains, à nouveau sur ses mains, encore sur ses mains.

Je me fis des reproches, je m'en fais encore, alors et maintenant, de ce moment-là à l'instant, au moment où, à l'instant même, on émit la nouvelle, sur les ondes, avec un roulement de tambour qui résonna comme la chute d'un symbole, sur les ondes, à la radio, dans les grésillements et crachotements, la voix, cette voix qui disait, qui annonçait la nouvelle foudroyante, qui disait Le président a disparu, et je sus, je compris alors, et je sais, j'en suis encore conscient, que j'avais fait, j'avais commis une chose effroyable, une terrible, terrible, terrible chose, et je bondis de mon bureau, attrapai mon chapeau, pris mes ailes à mon cou pour détaler de chez moi, dans la rue, foncer à travers les rues, une rue après l'autre, je m'enfuis dans le crépuscule, pour me précipiter, me précipiter au grand magasin, mais le magasin était fermé, alors je fis le tour du magasin, courus jusqu'aux statues des lions, et je m'adressai aux lions, mais les lions ne voulurent pas me répondre, je suppliai et les implorai, mais les lions ne voulurent rien entendre, indifférents à mes prières, à mes supplications, alors j'abandonnai les lions, descendis des lions pour parcourir les rues, me précipiter dans les rues, à grandes foulées, à tire-d'aile, fonçant à travers les rues, une rue après l'autre, fonçant dans le parc et ses allées, au milieu des arbres et de leur ombre, je courus et me précipitai, descendis la volée de marches qui menait à la porte d'acier gris et je tapai, cognai contre la porte, les mains en sang à force de donner des coups à cette porte, mais la porte ne voulut pas s'ouvrir, alors remontant les marches, je courus et fonçai, à grandes foulées, à tire-d'aile, au coin de la rue, remontant la rue jusqu'au poste de police pour leur dire, pour supplier la police de m'écouter, je vous en supplie écoutez-moi : ils l'ont attiré, ils l'ont enlevé, lui ont fait une piqûre pour l'anesthésier. Je sais qu'ils l'ont fait, je sais juste qu'ils l'ont fait, des capitalistes japonais et des militaires américains, un homme avec une cicatrice et son copain avec un bandeau sur l'œil, ils attendent qu'ils fasse nuit, le dernier train de la nuit, je sais qu'ils vont, je sais juste qu'ils vont mettre son corps sur les rails, et que c'est le train, le dernier train qui fera le travail, c'est ce qu'ils ont l'intention de faire, je le sais, je connais leur plan, mais on a le temps, il est encore temps, je le sais, alors je vous en prie, arrêtez les trains, faites arrêter la circulation des trains, pour éviter que le sang coule, que son sang coule sur les rails, je vous en prie, je vous en supplie, faites arrêter les trains pour sauver la vie de cet homme, car il est encore temps, on a le temps, je sais qu'on a encore le temps, mais la police ne m'écouta pas, elle se contenta de rire, ça les faisait rire, rire, alors ils me renvoyèrent, me jetèrent à la rue, au milieu de la nuit, me bourrant les côtes de coups de poing et le derrière de coups de pied, à la rue, au milieu de la nuit, mais je ne voulais pas laisser tomber, je ne pouvais pas abandonner, alors je me ressaisis, me relevai, m'époussetai et me relissant les ailes, je repartis, repris ma course, car on avait le temps, il était encore temps, je le savais, et je fonçai à travers les rues, passant devant le palais pour aller à la gare, la gare de Tokyo, fendant la foule pour entrer dans la gare, suppliant le personnel, plaidant auprès du personnel pour qu'il arrête, qu'il arrête, qu'il veuille bien arrêter les trains, la circulation des trains, criant et hurlant S'IL VOUS PLAÎT ARRÊTEZ LES TRAINS ! *Mais, une fois encore, personne ne m'écouta, une fois encore personne ne voulut m'écouter, le personnel me tournant le dos ou me menaçant – moi, moi, moi – d'appeler la police, de me signaler à la police et de me faire arrêter, pour quoi, pour quelle raison, pour causer un scandale, pour trouble à la tranquillité, quelle tranquillité quelle tranquillité, dis-je,* QUELLE SORTE DE TRANQUILLITÉ, *demandai-je, cet homme a été attiré dans un piège et enlevé, on l'a piqué pour l'anesthésier, il s'agit de votre président, ils attendent en ce moment que le train arrive, ils attendent le dernier train de la nuit pour placer son corps sur les rails, que le train arrive, que le dernier train de la nuit passe pour que le sang, son sang coule sur les rails, je vous en prie, je vous en prie, hurlant* S'IL VOUS PLAÎT, ARRÊTEZ LES TRAINS ! *Mais, une fois encore, ils ne m'écoutèrent pas, une fois encore ils ne voulurent pas, ne surent pas m'écouter, faisant la sourde oreille ou par stupidité, je me demandai, je me demande encore, car ils persistaient à me tourner le dos, à me menacer, alors je retournai dans la rue, au milieu de la nuit, trop las pour courir, trop épuisé pour survoler cette ville de sourds, cette ville d'idiots, ils étaient en train de mettre son corps sur les rails, d'allonger son corps sur les rails, je le savais, je le savais, et en regardant ma montre, je sus que nous n'avions plus le temps, en regardant ma montre, plus le temps maintenant, quand j'ai entendu le sifflet des trains, des derniers trains de la nuit, partant en direction du nord, du sud, de l'est et de l'ouest, les derniers trains de la nuit, traversant la ville, la ville des sourds, la ville des idiots, avançant sur les rails, roulant sur les voies, se dirigeant vers le corps, le corps gisant sur les rails, quelque part, tout près, tout près d'ici, dans cette ville de sourds, cette ville d'idiots, quelque part dans la ville, quelque part au cœur de la nuit, alors que je consultai de nouveau ma montre, ma montre qui s'était arrêtée, le temps était passé, il n'y avait plus le temps, le temps s'était enfui, il était* TROP TARD, TROP TARD, *la pluie, la pluie, qui tombait, goutte à goutte, tombant sur la ville, cette ville de sourds, cette ville d'idiots, cette nuit de pleurs, cette nuit de sang, larmes qui coulent et sang qui coule, qui tombe sur moi, coulant le long de mes joues, larmes coulant sur mes joues, qui se déversent sur moi, sur mes mains, le sang sur mes mains tandis que j'arrivais près du pont, du pont des Pleurs, des pleurs et de l'au revoir, de l'adieu, et là, ce fut là, sur le pont des Pleurs, alors que les larmes coulaient sur mes joues, sur le lieu de l'exécution, l'ancien lieu de supplices, le sang sur mes mains, frais sur mes mains, ce fut là, à cet endroit que j'entendis les sirènes au cœur de la nuit, qui traversaient la ville, au cœur de la nuit, s'approchant de moi, puis me dépassant, pour traverser le pont, le pont des Pleurs, traversant les lieux, les lieux du crime, trop tard, trop tard, se dirigeant vers le nord et l'est, évidemment, évidemment, là où la boussole montre le nord et l'est, ses aiguilles pointant les démons, les démons et la mort, en direction de la mort, la mort,* LA MORT, *tandis que les pleurs s'écoulaient sur mes joues, et le sang sur mes mains, trop tard, trop tard, j'en suis conscient, je le savais, je me précipitai, je m'envolai, au cœur de la nuit, sous la pluie, en direction du nord et de l'est, je me précipitai, m'envolai, traversant le fleuve, le fleuve Sumida, suivant les sirènes, le hurlement des sirènes, au nord et à l'est, vers la mort, vers la mort, je courus et volai, traversant un autre fleuve, le fleuve Arakawa, alors que la nuit devenait l'aube, dans la lumière qui pointait à l'est, je parvins enfin, trop tard, trop tard, enfin j'arrivai, je vis à travers les larmes qui me brouillaient la vue, les doigts de mes mains, les doigts sanglants de mes mains sanglantes, je vis, ce que je vis, c'étaient les morceaux, je vis les morceaux de l'homme, sur les rails, sur les rails, en pièces sur les rails, les morceaux de l'homme, de l'homme sur les rails, sur les rails, les morceaux, mais pas de sang, mais pas de sang, pas de sang sur les rails, le sang sur mes mains, mes mains, son sang sur mes mains, alors et maintenant, je compris, je sais :* *SON SANG REPOSE SUR MES MAINS.*

Chéri, chéri, que fais-tu…

Il se lave, se lave et se relave les mains, encore, encore et encore, il se lave, se lave et se relave les mains, secoue la tête, secoue la tête et se prend la tête entre les mains, se frotte, se masse les tempes. Il reprend de l'eau au creux de ses mains, s'asperge une fois encore le visage, la tête et les cheveux, puis ferme le robinet, se passe les mains sur le visage, sur les cheveux, s'essuie sur sa chemise et ressort des toilettes. Empruntant le couloir, il regagne son bureau et prend le manuscrit qu'il a laissé sur sa table de travail, ouvre le dernier tiroir du meuble, met le manuscrit sous l'enveloppe contenant les dollars, puis referme le tiroir. Il consulte sa montre, sa montre qui retarde, puis saisit un stylo sur son bureau, il déchire une feuille de son calepin. Il écrit quelques mots à l'attention de ce type, Hasegawa, puis prend sa veste encore humide sur le dossier de sa chaise, ses clés et son paquet de cigarettes qui traînent sur son bureau. Il enfile sa veste en sortant de la pièce, ferme sa porte à clé et insère la note à l'attention du fameux Hasegawa dans l'encadrement de la porte, puis prend le couloir et descend l'escalier, du quatrième au rez-de-chaussée et quitte l'immeuble –

Ça finira par des pleurs, par des pleurs…

Dans la grisaille de cette matinée au ciel bas et lourd, dans l'air humide et pollué de la ville, il traverse le fleuve pour se rendre à la gare, fait la queue pour prendre un ticket, monte les escaliers pour se rendre sur le quai, et fait à nouveau la queue pour entrer dans le wagon. Pressé et compressé dans la masse des voyageurs, le train de ferraille jaune l'emmène vers l'est, traversant la ville, suivant le fleuve qu'il ne peut voir, au milieu des immeubles et des palais qu'il ne peut voir, pressé et compressé dans la masse des voyageurs, membres, chair et os, tout enveloppés dans leurs vêtements, sous leur peau qu'il peut sentir, leur odeur qu'il peut sentir, leurs secrets et leurs mensonges, pressés et compressés et tassés bien serrés, sous leurs vêtements, sous leurs peaux, ces secrets et ces mensonges, tous ces secrets et ces mensonges, ils puent, ils puent tous, il pue aussi dans ses vêtements, dans sa peau –

Chéri, je t'en prie, arrête…

Pressé et compressé, il s'extirpe du wagon, atterrit sur le quai, descend les escaliers et passe le portillon. Il sort de la gare, toujours porté par la foule, ces colonnes de travailleurs, une armée de fourmis, en chemise blanche et pantalon noir, marchant en cadence, se rendant au travail, à leur bureau, à leur chaise, à leur poste. Il trouve la société qu'il cherche, pousse la porte et se dirige vers l'accueil. Il indique le nom de la personne qu'il veut voir à la jeune femme au comptoir, la jolie jeune femme qui, réticente, le regarde d'un air suspicieux. Il lui précise qu'il s'agit d'une urgence, d'une affaire personnelle, alors elle lui demande son nom, et il lui donne un nom qui n'est pas le sien, un faux nom. La jolie jeune femme, réticente et suspicieuse, lui demande d'aller s'asseoir et de patienter. Il la remercie et s'éloigne du comptoir, mais ne s'assied pas. Il sort son paquet de cigarettes et s'en allume une, l'observant tandis qu'elle prend son téléphone et passe son appel, il fume sa cigarette en attendant que l'homme saute de sa chaise derrière son poste de travail, sorte de son bureau en toute hâte, prenne l'ascenseur pour se rendre à l'accueil en toute hâte, se précipite hors de l'ascenseur pour gagner le comptoir, aussi blanc que sa chemise qui lui colle à la peau, salue la jeune personne derrière le comptoir et vienne se planter devant lui, lui murmurant, d'une voix implorante : Mais qu'est-ce que vous venez faire ici ?

Que lui avez-vous dit ? dit Murota Hideki.

Reprenant difficilement son souffle, l'homme secoue la tête, et murmure : Rien. Je n'ai pas eu de ses nouvelles…

Murota Hideki dévisage l'homme, cet homme inquiet, apeuré, en chemise blanche et pantalon noir, à l'accueil de sa société florissante, son petit garçon chéri à l'école, sa jolie petite femme enceinte à la maison dans leur adorable petit intérieur, cet homme bouleversé qui tremble devant lui, et Murota Hideki sourit et déclare : Eh bien, j'ai une bonne nouvelle à vous annoncer, Roméo : Vous n'entendrez plus jamais parler d'elle.

Comment pouvez-vous dire ça ? marmonne l'homme, secouant de nouveau la tête. Comment pouvez-vous en être sûr… ?

Un sourire toujours aux lèvres, Murota Hideki prend l'homme par les épaules, l'attire vers lui et lui pressant l'épaule, il lui dit : Nemuro Kazuko est morte.

Non, non, soupire l'homme, dans un souffle, l'homme qui perd son âme qui l'abandonne, quittant son corps, la carapace de l'homme s'effondre. Non, non…

Si, si, si, si, affirme Murota Hideki qui soutient l'homme, ce qui reste de l'homme, annonçant à ce qui reste de l'homme : La nuit dernière, elle est tombée de son balcon, a atterri sur le toit d'une voiture, son corps a rebondi avant de tomber sur le trottoir, elle est morte.

Veuillez m'excuser, intervient la jolie jeune femme de l'accueil qui a quitté son poste pour se diriger vers eux, tandis que d'autres personnes s'arrêtent près de la réception pour les regarder. Tout se passe bien ?

Murota Hideki relâche l'homme, qui s'effondre sur un des sièges de l'accueil, qui se recroqueville, en boule, brisé, éploré, sur son siège, puis regardant la jeune femme et les autres personnes qui contemplent la scène, Murota Hideki hoche la tête et déclare : Non, pas du tout.

Et Murota Hideki s'en va, abandonnant l'homme, l'homme brisé, éploré, tout ce qui reste de cet homme, laissant derrière lui la jeune femme et les gens, la jolie jeune femme et les gens qui contemplent la scène, il s'en va et quitte l'accueil, passe la porte de la société, cette société florissante, sort et retourne dans la rue, une autre rue tout aussi florissante, retourne dans la ville, cette ville prospère, florissante, et renaissante –

En pleurs, en pleurs…

Il ne retourne pas à la gare, il ne reprend pas le train, un autre maudit train de ferraille, pressé et compressé dans la masse des voyageurs et de leurs secrets, et de leurs mensonges. Il ne prend ni tramway, ni bus, ni même un taxi, mais il marche, il se contente de marcher, s'éloignant des immeubles d'affaires, des bureaux, des boutiques et des magasins, des grands magasins et des salles de cinéma, il part en direction du nord, d'abord vers le nord, puis vers l'ouest, passant par des rues où il y a de petites maisons, des rangées de petites maisons de bois, où s'alignent aussi des rangées de pots de fleurs, fleurs et carillons à vent, bien qu'il n'y ait pas de soleil ce jour-là, pas un souffle de vent non plus, il avance sur la route dans la grisaille de cette matinée où le ciel est toujours aussi bas et lourd, dans l'air encore humide et pollué de la ville, au milieu des bruits de chantiers, les constructions continuent, montant jusqu'au ciel et dans les airs, il marche, marche jusqu'au pied de la colline et il commence à gravir, à gravir la colline. Il ne regarde pas en l'air, gravissant la colline, les yeux rivés sur la route, au revêtement brut rainuré, suivant les minces rainures qui montent jusqu'au sommet de la colline. À mi-chemin, il s'arrête pour s'essuyer le visage, s'éponger le cou tandis qu'un taxi et un fourgon mortuaire passent lentement à côté de lui en sens inverse, descendant la pente de la colline –

Chéri, je t'en prie...

Il remet son mouchoir dans sa poche, sort une cigarette de son paquet et l'allume. S'asseyant sur le rail du garde-fou, il fume. Il entend des bruits d'enfants, qui crient, rient, s'amusent, hurlent et pleurent, montant ou descendant la colline, il ne sait pas. Il entend aussi des corbeaux qui croassent, dans le coin, tout près, mais il ne sait pas non plus d'où les bruits viennent. Il jette son mégot de cigarette, l'écrase sur le sol, et d'un coup de pied l'envoie dans une des rainures du revêtement brut, puis se met en marche, il grimpe, grimpe, gravissant la colline, jusqu'au sommet, au sommet de la colline, et levant les yeux, il aperçoit les immeubles –

Je t'en prie, arrête...

Les immeubles en béton de quatre étages, les rangées d'immeubles en béton de quatre étages tous identiques en haut de la colline bétonnée de la banlieue de cette ville bétonnée, tous de la même taille, de la même couleur, les mêmes teintes de gris et de vert, le même nombre de portes à chaque étage, quatre portes à chacun des quatre étages. Il prend son mouchoir, s'éponge de nouveau le visage et le cou, et se dirige vers les immeubles, fait le tour des immeubles par-derrière. Sur son chemin, il croise des enfants à bicyclette, des enfants qui font du patin à roulettes, des femmes avec des poussettes et d'autres sans. Il arrive derrière un des immeubles, longe l'arrière du bâtiment, traverse un parking vide, où aucun véhicule ne stationne, sans une seule voiture, sans enfants, sans mères de famille. Il ne lève pas les yeux, ne baisse pas les yeux, il se contente de marcher le long de l'immeuble jusqu'à l'endroit, l'endroit où, levant la tête, il regarde au quatrième étage, le balcon du quatrième étage, puis il baisse la tête pour regarder sur le sol, la tache sur le sol, sur le sol en béton –

Chéri…

Il s'éponge une fois encore le visage, puis refait le tour du bâtiment pour entrer dans l'immeuble, un trou béant sans porte dans la façade de béton, passe devant les boîtes à lettres en bas de l'escalier, les seize boîtes à lettres métalliques, alignées en deux rangées de huit près de l'escalier, il attaque la montée, grimpe les marches de béton, une, deux, trois, quatre volées de marches. Arrivé en haut de l'escalier, il s'essuie de nouveau le visage, range son mouchoir, et emprunte le couloir en béton, le passage à claire-voie. Arrivé au bout du couloir, il s'arrête devant une porte métallique blanche, encadrée de vert. Il déglutit, avale sa salive, puis appuie sur la sonnette en plastique blanc et attend. Puis il entend un verrou qu'on tire, voit la porte qui commence à s'ouvrir, qui s'ouvre devant lui, perçoit une odeur d'encens venant de l'intérieur tandis que le visage d'un homme apparaît devant lui, un homme qui lui demande : Vous désirez… ?

Murota Hideki recule d'un pas, s'éloignant de la porte et de l'homme, cet homme vêtu d'un costume noir avec une cravate noire, pas rasé, les yeux injectés de sang. Murota Hideki s'incline légèrement et déclare : Veuillez m'excuser, pourrais-je parler à Nemuro Hiroshi, je vous prie ?

Oui, répond l'homme en costume noir, cravate noire, pas rasé avec les yeux injectés de sang, cet homme que Murota Hideki ne connaît pas, n'a jamais rencontré auparavant. C'est moi, Nemuro.

Au quatrième étage de cet immeuble de béton, dans ce passage à claire-voie, devant la porte métallique grande ouverte d'où parvient une odeur d'encens, devant cet homme qu'il ne connaît pas, qu'il n'a jamais rencontré auparavant, Murota Hideki cille des yeux, il cille des yeux puis bafouille : Veuillez m'excuser, j'ai dû me tromper…

Que voulez-vous dire ? demande l'homme.

Je suis désolé, répond Murota Hideki qui s'incline de nouveau, brièvement, rapidement et se retournant, commence à s'éloigner…

Attendez, dit l'homme qui sort sur le palier et tente d'attraper Murota Hideki, de l'arrêter –

Murota Hideki, trop rapide, plus rapide que lui, ne s'arrête pas, et le distance…

Mais l'homme, qui a enfilé ses chaussures, le poursuit, s'exclamant : Je sais qui vous êtes. C'est vous, c'est vous ! Le policier dont m'a parlé la police, le nom sur la carte –

Murota Hideki se met à courir, dévalant les escaliers, une, deux, trois, quatre volées de marches…

Arrêtez, arrêtez ! s'écrie l'homme, qui hurle derrière lui. C'est vous, c'est vous. L'homme qui –

Une fois en bas de l'escalier, passant près des boîtes à lettres, sortant de l'immeuble, dévalant la pente de la colline…

Qui a tué ma femme –

Le plus rapidement possible, aussi vite que possible, le visage aussi rouge que le sang sur ses mains…

Assassin !

Tokyo était plongé dans les ténèbres, les ténèbres étaient revenues sur Tokyo, une obscurité ancienne et secrète qui n'avait jamais disparu, qui demeurait, silencieuse dans les recoins, tapie dans les pièces, sous les planchers et sous les escaliers, en silence, en suspens, derrière les rideaux, derrière les portes, dans les boiseries d'un sanctuaire, la poche d'un uniforme, de l'autre côté du soleil, dans la moiteur d'une poignée de main, le silence entre les mots, les temps morts vides de sens des promesses et des discours, derrière les sourires, montrant les dents, dans les rires creux, le noir des regards froids qui dans l'éclat d'un œil était de retour, tout était replongé dans le noir, noyé dans l'obscurité, de nouveau dans les ténèbres, qui recouvraient Tokyo, s'abattant sur Tokyo, noyé dans les nuages et le déluge, dans un brouillard épais et dense, sous les roulements de tonnerre, les sifflets des trains qui agitaient la nuit, qui perçaient dans la nuit, réveillant, dit-on, MacArthur dans son lit, qui, terrorisé dans le noir, pâle et blanc de peur, s'écriait : Les vieux soldats ne meurent jamais, ne meurent jamais, tandis que Blackie et Uki, Brownie et Koko hurlaient à la mort de concert avec leur maître, l'empereur aussi, son autre toutou, le mort vivant, dit-on, dont on raconte que cette nuit-là, vêtu de son kimono rouge, il se leva rempli d'effroi pour allumer la lanterne des morts, les lumignons d'Obon[1] *en l'honneur de l'âme des défunts, l'âme inquiète des défunts, dans le*

1. Obon est un rite qui commémore les ancêtres, célébré au milieu du mois d'août au Japon.

murmure des prières à la lueur des lanternes, les morts qui disent : Nous nous fondons dans l'ombre, dans l'ombre, mais jamais, jamais nous ne disparaissons, nous patientons en silence, avant de revenir, de revenir, dans un nuage épais et dense en une vague immense, recouvrant Tokyo, s'abattant sur Tokyo, noyé dans les ténèbres, sous un déluge de pluie qui s'abat sur les voies du chemin de fer et sur les policiers, au cœur de la nuit et sous la pluie, qui tombe si fort et dru, les policiers vacillant sous les trombes d'eau, qui ramassent les morceaux de son cadavre sur les rails, les morceaux de sa chair gisant sur les rails, qui glissent et tombent à terre, dans la boue, ramassant les morceaux de son corps, les morceaux de sa chair, dégringolant le long des remblais, disséminés çà et là, les policiers penchés sur le cadavre, courbant le dos, pliant les jambes, les policiers et le corps éparpillé sur le sol, en un ballet macabre, répétant les mêmes gestes, ceux de l'ankoku, une danse des ténèbres au cœur de la nuit, dans les ténèbres, qui recouvrent Tokyo, qui envahissent Tokyo et qui m'envahirent moi aussi, car j'étais là, oui, j'étais là au cœur des ténèbres, sous les torrents de pluie, sur la scène du crime, l'auteur du crime, trempé, ruisselant sous la pluie, avec son sang sur mes mains, recroquevillé sous la pluie, en pleurs dans les fourrés, gouttes de sang et larmes mêlées, en pleurs, je prononçai ces mots : Si je pouvais réveiller les morts, ressusciter cet homme qui gît sur les rails, les morceaux de son corps, les morceaux de sa chair, faire disparaître le corps de la scène du crime, faire en sorte qu'il ne soit pas la victime de ce crime ; oui, tout de suite, sur-le-champ, ce fut alors, dans la profondeur de ces ténèbres, sous ces torrents de pluie, oui, ce fut alors à cet instant que, tapi dans la pénombre au milieu des fourrés, que je fis le serment et déclarai : Je vais prendre les morceaux de son corps, les morceaux de sa chair, je vais les rassembler, les recoudre tous ensemble, mot après mot, phrase après phrase, je vais les réunir, reconstruire cet homme, ligne par ligne, une page après l'autre, je vais faire se lever ce mort, ressusciter cet homme, chapitre après chapitre, je vais écrire un livre sur ce crime –

Je vais réparer cette injustice !

Merde, merde, merde, s'exclame-t-il, claquant le combiné sur son socle après avoir laissé sonner dans le vide le numéro qu'il a composé et qui n'est plus attribué, le numéro de téléphone inscrit sur la carte de visite de l'homme qu'il croyait être Nemuro Hiroshi. Espèce d'abruti, sombre crétin de merde, merde, merde,

Chéri, je t'en prie, ne fais pas ça, dit-elle...

Ne me dis pas de ne pas le faire, reprenant la bouteille pour se resservir un verre. S'il te plaît, pas aujourd'hui –

Mais cela ne te fera aucun bien...

Et alors ? répond-il, agitant le verre qu'il a en main, renversant l'alcool sur son bureau. Il n'y a rien qui m'apaisera !

Alors, chéri, laisse tomber...

Laisser tomber ? ricane-t-il. Mais merde, comment pourrais-je laisser tomber alors que ça me colle à la peau, qu'ils ne me lâcheront jamais –

Il s'est servi de toi, comme ils l'ont toujours fait...

Je sais qu'il s'est servi de moi, dit-il, en vidant son verre, puis reprenant la bouteille, il se ressert un verre, et secouant la tête, il ajoute : Inutile de me le répéter, je sais foutrement bien qu'il l'a fait, je sais que c'est toujours comme ça qu'ils agissent, c'est ce qu'ils font, comme si c'était la seule chose que je sois foutu de faire, à quoi je puisse servir, les gens comme moi, qui n'existent que pour être exploités, les gens comme nous –

Ils t'ont vu venir, chéri, ils...

M'ont vu venir, ouais, c'est ça, dit-il, hochant la tête, sirotant son verre, contemplant son bureau, le manuscrit qui est étalé sur son bureau, relevant la tête et le regardant fixement, il murmure : Tu as raison, ils m'ont vu venir –

Ils t'ont piégé, dit-elle...

Reposant son verre, il saisit le manuscrit et hochant la tête de plus belle, Murota Hideki ajoute : Tout comme ils l'ont piégé.

Je tapai, tapai à la porte de sa maison de Den-en-chōfu, tapant si fort que les articulations de ma main se mirent à rougir, la peau à vif, jusqu'à ce qu'enfin, M. Shiozawa se décide à entrouvrir sa porte, me demandant dans l'entrebâillement : Que se passe-t-il donc, Sensei, pour que vous frappiez ainsi ? Vous allez réveiller les morts !

« Exactement[1] » *dis-je, m'engouffrant dans la brèche, mon manuscrit à la main, ôtant précipitamment mes* geta *dans son* genkan, *avant d'entrer à l'intérieur de la maison. C'est la raison de ma visite !*

1. En français dans le texte.

« En tous les cas, prenez la peine d'entrer, Sensei », me dit M. Shiozawa, me suivant le long du grand couloir qui menait à son immense bureau. « Vous rendez-vous compte de l'heure qu'il est, Sensei ? »

« Je sais pertinemment l'heure qu'ils disent qu'il est », marmonnai-je, m'affalant sur sa splendide chaise longue tapissée de velours. « Mais qu'ils sachent bien qu'ils ne m'auront pas. Je sais qu'il est trop tard, trop tard ! »

« Ou peut-être un peu trop tôt », remarqua M. Shiozawa, un sourire aux lèvres, tout en frottant ses yeux chargés de sommeil avant de refermer son peignoir.

« Lisez donc ça », m'exclamai-je, jaillissant de la chaise-longue, balançant dans sa direction la liasse de feuillets qui retomba sur la table basse qui nous séparait. « Vous me direz ensuite s'il est peut-être un peu trop tôt ou en fait BEAUCOUP TROP TARD ! »

« Bien entendu », dit M. Shiozawa, qui, le sourire toujours aux lèvres, rassemblait la liasse de feuillets. « C'est toujours un honneur et un plaisir de lire votre prose, Sensei, même à une heure aussi indue de la nuit, avant l'aube. Mais, je vous en prie, rasseyez-vous et reprenez votre calme – vous semblez aussi excité qu'un trublion russe. »

« Russe, ah ah ! » m'esclaffai-je. « Et pourquoi pas, pourquoi pas ! Et si ce n'est russe, pourquoi pas chinois ? N'importe quel communiste fera l'affaire ! »

« Mon cher, très cher Sensei, je vous en prie, dit M. Shiozawa d'une voix douce et aimable, sur un ton calme, mettant ma liasse de papier en pile sur la table basse qui nous séparait avant de se diriger vers son meuble bar bien garni. Puis-je vous suggérer de prendre un petit cognac en guise de petit déjeuner pour calmer vos nerfs en attendant que je lise votre manuscrit ? »

« Je ne refuse jamais ce genre de proposition, comme vous le savez », répondis-je.

« Une qualité qu'en tant qu'éditeur, nous apprécions chez tout auteur », déclara M. Shiozawa qui me tendit un grand verre de cognac, avant de s'asseoir en face de moi et de prendre le manuscrit sur la table basse.

« Vous ressentirez aussi le besoin d'un bon verre de cet alcool, dis-je en levant mon verre de cognac pour le remercier. Quand vous aurez lu – »

« Le Club des assassins », *dit M. Shiozawa lisant à voix haute le titre qui figurait sur la première page du manuscrit qu'il tenait en main, hochant la tête : « Un bon titre, Sensei... »*

« Un bon titre pour un conte macabre, déclarai-je. Un récit qui crache la vérité à la figure de nos dieux, d'antan et d'aujourd'hui, ceux qui nous gouvernent et nous ont envahis, à la figure de tout le monde, des coupables que nous sommes ! »

« Mais, je vous en prie, mon cher Sensei, dit M. Shiozawa, tournant la page de titre, détendez-vous en dégustant votre cognac et n'hésitez pas à vous resservir si vous désirez, et laissez-moi découvrir cette vérité en silence. »

« Pas un mot de plus », dis-je, mettant le doigt sur mes lèvres, et portant mon verre à mes lèvres, je m'installai confortablement sur la chaise longue, puis allant me resservir un autre verre, je déambulai dans l'immense bureau tandis qu'il lisait, jetant un œil admiratif sur les livres de sa bibliothèque, contemplant les kakemonos qui ornaient les murs de la pièce, appréciant la qualité de son cognac, la taille de ses bouteilles d'alcool, me demandant vaguement comment diable il se faisait qu'une personne comme lui, un simple éditeur qui publiait de si mauvais livres, comme les miens d'ailleurs, puisse posséder tous ces ouvrages, tous ces tableaux, un bureau immense dans une si belle maison, et tout en reprenant un verre de son cognac pour en tester la qualité, ce dont il ne manquait pas, je ne saisissais pas très bien la raison pour laquelle nos envahisseurs, nos occupants n'avaient pas réquisitionné cette maison, sa magnifique demeure, me demandant vainement ce qu'il avait bien pu dire ou faire, le prix qu'il avait dû payer pour repousser nos envahisseurs, nos occupants, ces loups barbares, loin de sa porte –

« Bien, bien, bien », déclara M. Shiozawa, reposant mon manuscrit sur la table basse, levant les yeux vers moi, il ajouta : « En voilà une histoire, Sensei, et vous avez droit à toutes mes félicitations, Sensei. »

« Je ne suis pas venu ici pour que vous me félicitiez, tout comme je n'écris pas dans cet unique but », bredouillai-je, conscient de ne plus avoir les idées très claires, me renfonçant dans sa chaise longue, me rendant compte que je ne tenais pas vraiment sur mes jambes. « Je suis venu vous mettre au défi de publier ce texte si vous en avez le courage... »

« Bien entendu, bien entendu, dit M. Shiozawa. Mais vous ne m'en voudrez pas, cher Sensei, je vous en demande pardon à l'avance, si

en tant qu'éditeur, je me vois, cher Sensei, dans l'obligation de vous demander des preuves – quelle preuve vous avez de ce que vous avancez ? »

Je pris une longue aspiration avant de m'exclamer : « Des preuves, vous me demandez de vous apporter des preuves ? La preuve se situe dans l'air que nous respirons – vous ne le voyez pas, vous ne le sentez pas, vous ne l'éprouvez pas dans l'air ambiant, nous sommes en mille neuf cent quarante-neuf, d'après eux, et le gaz, ce gaz qui nous anesthésie se répand dans l'air, agissant comme un puissant narcotique – réveillez-vous mon vieux, réveillez-vous ! »

« Vous pouvez être rassuré, mon cher Sensei, grâce à vous, je suis complètement réveillé, dit M. Shiozawa. Mais comme vous le savez fort bien, vous ne pouvez l'ignorer, je suis légalement tenu, en tant qu'éditeur, de soumettre tout ce qui doit paraître à la censure du Haut Commandement général. Toutefois – »

« Vous n'oserez pas, grommelai-je. J'en étais sûr, j'en étais sûr ! »

« Sensei, laissez-moi terminer, je vous en prie, dit M. Shiozawa, se penchant sur sa chaise pour reprendre mon manuscrit. Il y a un moyen, si vous voulez bien m'écouter… »

« Je suis tout ouïe, répondis-je, portant la main à mes oreilles, les écartant largement. Tout ouïe… »

« Vous pourriez peut-être envisager de modifier les noms, de traiter le sujet comme une fiction, une œuvre d'imagination, en quelque sorte ? »

« Une fiction ? répétai-je, relâchant mes oreilles endolories, me redressant sur mon siège, réfléchissant. Une fiction… »

« Cela pourrait tempérer le stylo rouge de la censure, poursuivit M. Shiozawa, hochant la tête. Et nous pourrions alors publier… »

« Pourquoi pas, pourquoi pas ? dis-je, déclarai-je. Après tout, comme le dit Cao Xueqin[1]*, la vérité devient fiction quand la fiction est vraie. »*

« Et le réel devient non réel là où l'irréel est réel », ajouta M. Shiozawa, hochant la tête de plus belle en tapotant mon manuscrit.

« Exactement », *dis-je en riant.*

« Toutefois, me fit remarquer M. Shiozawa en baissant la voix, comme dans L'Histoire d'une pierre, *n'oubliez pas, cher Sensei, que des*

1. Écrivain chinois (vers 1715-1763), auteur du *Rêve dans le pavillon rouge*.

lecteurs mal intentionnés pourraient se poser des questions sur l'origine de votre récit... »

« N'ayez aucune crainte, dis-je, riant toujours, je ne me fais aucun souci à ce sujet. »

« C'est à votre sujet que je me fais du souci, mon très cher Sensei, déclara M. Shiozawa. Rappelez-vous, je vous en prie, rappelez-vous que ce n'est pas pour rien qu'on dit que celui qui parle sent ses lèvres se glacer... »

« Pouah, m'exclamai-je en riant de plus belle, je préfère encore sentir mes lèvres se glacer qu'avaler une dent avec mon sang ! »

« Voilà qui est bien parlé, Sensei, conclut M. Shiozawa, tapotant mon manuscrit. Tout comme les mots que vous employez dans votre récit, de bien jolis mots. Mais entre deux maux, le froid sur vos lèvres et la dent dans votre estomac, espérons que nous ne serons pas obligés d'appeler un médecin... »

Il a trouvé la maison, au nord de l'hôpital, dans un secteur agréable de la ville, au sommet d'une colline, la colline qu'il est en train de gravir –

Arrête ! Arrête ! lui murmure-t-elle. Reviens...

Il n'est plus possible de revenir en arrière, marmonne-t-il en grimpant sur la colline, une autre grande colline, mais celle-ci n'est pas bétonnée, c'est une jolie colline boisée couverte de grandes maisons bourgeoises.

Je t'en prie, dit-elle. Tu es sur le Chemin de l'Erreur...

Mais il a atteint le sommet de la colline, la plus grande maison de ce quartier de privilégiés. Arrivé devant la grande palissade de bois, devant son portail traditionnel, il sort son mouchoir. Il s'essuie le visage, il s'éponge le cou. Il range son mouchoir, prend sa cravate dans la poche de sa veste et la met à son cou –

La corde pour te pendre...

On verra bien, on verra bien, se dit-il avec un petit rire, et il prend ses lunettes dans l'autre poche de sa veste et les met sur son nez. Il ouvre la porte, passe sous l'auvent du portail, entre dans le jardin et emprunte l'allée dallée, un autre chemin de pierre dans un autre jardin planté d'arbres, qui mène à une autre magnifique demeure traditionnelle. Il fait glisser la porte coulissante de la maison, pénètre dans le *genkan* et lance : Je suis désolé, veuillez m'excuser...

Une femme d'un certain âge, vêtue d'un kimono austère, s'approche en traînant des pieds du fond d'un couloir plongé dans l'ombre : Oui ?

Le docteur Nomura est-il là ? demande Murota Hideki, rajustant ses lunettes, adressant un sourire à son interlocutrice.

Le visage pâle, les lèvres pincées, le regard noir et glacial, elle dévisage Murota Hideki : Qui êtes-vous ?

Je m'appelle Horikawa, répond Murota Hideki.

Un éclair métallique, un bref éclair métallique passe dans le regard cave de la femme : Vous désirez ?

J'aimerais m'entretenir avec le docteur Nomura, répond Murota Hideki, le sourire toujours aux lèvres. À propos de mon oncle, Horikawa Tamotsu.

Baissant les yeux, la femme au regard noir incline très légèrement la tête : Je regrette. Mon père est maintenant à la retraite.

Je sais, dit Murota Hideki. Et je suis vraiment désolé de me présenter sans avoir prévenu, je regrette de devoir le déranger alors qu'il ne travaille plus. Mais, voyez-vous, je crains que mon oncle ait disparu.

La femme lève les yeux, un air de profond mépris au coin des lèvres : Eh bien, votre oncle n'est pas ici.

Je ne pensais pas le trouver là, répond Murota Hideki, toujours le sourire aux lèvres, qui, debout dans l'entrée, regarde derrière la femme, apercevant au fond de la pièce une scultpure représentant un oiseau de proie sur une console, remarquant un téléphone sur un autre meuble, et souriant toujours, il ajoute : Mais j'aimerais quand même parler à votre père.

La fille baisse les yeux, baisse la tête et lui redit : Mon père est à la retraite. Il n'aura pas la moindre idée de l'endroit où peut se trouver votre oncle. Donc, au revoir, monsieur.

Restant face à elle, mais ne souriant plus, Murota Hideki retire ses lunettes, les remet dans la poche de sa veste, puis la regardant droit dans les yeux, il insiste : J'aimerais lui poser la question en personne.

Ce ne sera pas possible, répond la femme, avec un très léger trémolo dans la voix. Mon père n'est pas en bonne santé.

Mon oncle non plus, mon oncle Tamotsu.

Il ne reçoit pas de visite.

Alors, vous devriez verrouiller votre portail et fermer votre porte à clé, dit Murota Hideki qui, avançant d'un pas, se penche légèrement vers elle. Car n'importe qui pourrait, comme moi, croire le contraire.

Dans la pénombre de l'entrée de sa maison bourgeoise, sans bague à son doigt, sans mari ni fils dans la demeure ou dans la vie, cette fille dévouée fait un tout petit, tout petit pas en arrière, cherchant à fuir, mais pour aller où, se tourner vers qui, elle sait qu'elle ne peut aller nulle part, qu'il n'y a personne d'autre, nulle part, personne d'autre ici que lui, et la bouche sèche, la voix brisée, elle répète : Qui êtes-vous ?

Je vous l'ai déjà dit, lui répond-il. Je suis juste quelqu'un qui veut parler à votre père, le docteur Nomura.

Et je vous l'ai expliqué, lui redit-elle, d'une voix qui a perdu de sa superbe, d'une voix suppliante. Ce n'est pas possible.

On peut jouer à ce petit jeu toute la journée, réplique Murota Hideki qui s'avance vers elle, qui marche sur elle, pour entrer dans le corps de la maison. Mais je finirai bien par lui parler.

Elle se ressaisit, reprenant sa respiration, et d'une voix ferme, elle fait une dernière tentative, une dernière fois : Si vous ne partez pas sur-le-champ, j'appelle la police…

Non, vous ne ferez pas ça, dit Murota Hideki qui avance encore d'un pas et pénètre à l'intérieur de la maison, alors qu'elle fait demi-tour, lui tourne le dos, mais trop tard, elle trébuche, tombe face contre terre, heurtant le plancher de bois avec un bruit sourd qui résonne…

Arrête ! Arrête…

Qui résonne dans la maison, dans la maison silencieuse, tandis qu'il se baisse pour saisir par-derrière le col de son kimono et la retourner comme une crêpe, et agrippant son kimono, il la traîne dans l'entrée, et elle porte la main à son cou, luttant pour détacher les doigts de la main de Murota qui s'agrippe à son col, le col de son kimono qui l'étouffe, elle bat des jambes, ses chaussettes blanches, ses jambes blanches soulevant les pans de son kimono alors qu'il la traîne le long du couloir jusqu'au téléphone, se servant de sa main libre pour arracher la prise de l'appareil –

Arrêtez, je vous en prie, arrêtez, la femme qui étouffe tente de crier, mais Murota Hideki s'acharne, ne s'arrête pas, il la tire, il la traîne, passant une pièce à l'autre, ouvrant les portes coulissantes une après l'autre jusqu'à la dernière porte pour arriver dans la chambre, la chambre qu'il cherche, la chambre où se trouve le docteur qu'il cherche, couché sur un futon qui repose sur les nattes recouvrant le sol de la pièce, la tête sur son oreiller, le regard dirigé vers la porte, vers l'apparition dans l'encadrement de la porte, Murota Hideki qui entre dans la pièce, balançant la fille, la faisant tournoyer dans la pièce au-dessus du sol en direction du docteur, de son père, elle s'étale sur le sol, s'affale sur les nattes, rampant en direction du futon, se dirigeant vers son père, bredouillant, puis toussant, criant et hurlant : Laissez-nous tranquilles, je vous en prie, laissez-nous tranquilles.

Murota Hideki sort son mouchoir, s'essuie le visage et s'éponge le cou. Il range son mouchoir, prend son paquet de cigarettes. Il allume une cigarette et remet son paquet dans sa poche. Il fume sa cigarette, jetant un regard circulaire à la pièce, la grande chambre avec une grande fenêtre qui donne sur le grand jardin et ses grands arbres. Il finit sa cigarette, se dirige vers une niche où se trouve un vase rempli de fleurs. Il se penche, enlève le bouquet qu'il pose à même le bois sur l'étagère de la niche, puis jette son mégot dans le vase. Se redressant, il se tourne vers l'homme allongé sur le futon, la fille soutenant le père, tous deux ont le regard fixé sur lui, ne le quittant pas des yeux et il leur dit : Je ne partirai pas avant que vous me disiez ce que je veux savoir. Si vous ne vous exécutez pas, si vous refusez de parler, je vais devoir faire en sorte que, tous les deux, vous finissiez par me dire ce que je veux savoir.

Mais je vous l'ai déjà dit, il est malade, il ne travaille plus, plaide la fille qui se serre contre son père. Il ne sait rien.

Murota Hideki s'approche, s'accroupit près du futon, à côté de l'homme et de sa fille, et regardant le vieil homme droit dans les yeux, il déclare : Ce n'est pas vrai, n'est-ce pas, docteur Nomura ? Vous savez beaucoup de choses.

Clignant des yeux, larmoyant, la voix rauque rongée par le cancer, le vieillard regarde Murota Hideki et lui dit : Que voulez-vous savoir ?

Je veux savoir la vérité au sujet de Kuroda Roman, répond Murota Hideki, s'adressant à lui d'une voix douce et calme. Je veux savoir ce qu'il lui est arrivé et où il est.

S'il n'est plus à l'hôpital, s'il n'est pas chez lui, déclare le docteur, pris d'une quinte de toux, alors j'ignore où il se trouve.

Murota Hideki cherche une carafe d'eau et un verre. Il verse de l'eau dans le verre. Il le tend à la fille et aide l'homme à soulever sa tête de l'oreiller afin qu'il puisse boire le verre que tient sa fille.

Merci, dit le vieil homme tandis que Murota Hideki l'aide à reposer sa tête sur l'oreiller.

Murota prend le verre de la main de la fille, puis il se tourne vers son père et s'adressant à lui sur le même ton doux et calme, lui dit :

La dernière fois qu'Horikawa a été autorisé à quitter l'hôpital, c'est vous qui lui avez accordé cette autorisation. Tout comme la dernière fois où il a été hospitalisé, c'est vous qui avez signé son bulletin d'admission. Et toutes les fois où il est entré ou sorti de l'hôpital, c'est vous, toujours vous, docteur Nomura, qui à chaque fois avez signé ses bulletins d'hospitalisation et de sortie.

Tant de fois, murmure le vieil homme, qui ferme les yeux, les larmes perlant au coin de ses paupières. Je ne me rappelle pas.

Je vous en prie, intervient la femme, posant la main sur le bras d'Hideki. Il est incapable de s'en souvenir…

Murota caresse la main de la femme, puis sèche les larmes qui coulent au coin des yeux de son père. Peu importe qu'il ne s'en souvienne pas. Cela doit figurer dans ses dossiers, il doit avoir pris des notes manuscrites, n'est-ce pas, docteur ?

Mais j'ignore où il se trouve actuellement, dit de nouveau le vieil homme, qui a ouvert les yeux et fixe le plafond.

Mais vous devez savoir qui l'a fait admettre à l'hôpital, répond Murota Hideki, et connaître la personne qui l'a fait interner, n'est-ce pas ?

Le vieil homme tourne la tête, fixant Murota Hideki de ses yeux mourants, secouant la tête et cillant des yeux, il murmure : Ce n'est pas ce que vous croyez…

Alors dites-moi ce que je dois croire –

Papa, papa, supplie la fille, tendant les bras vers son père, cherchant à l'empêcher de parler –

Murota Hideki, l'attrapant par son kimono, l'écartant, la repousse en arrière.

Qu'est-ce que ça peut faire, maintenant, dit le vieil homme qui referme les yeux. Je vais mourir, je le sais…

Papa, papa, non…

Parlez.

Je n'étais pas son docteur, je ne l'ai jamais soigné.

Papa, s'il te plaît, ne fais pas ça, je t'en supplie…

Qui était son médecin ?

Un Américain…

Ne dis rien, papa…

Qui ?

Il s'appelait Morgan, dit le vieil homme qui rouvre les yeux, regardant Murota Hideki droit dans les yeux. Le docteur Morgan.

Vous ne vous en tirerez pas comme ça, hurle la fille, la femme qui tient le verre à la main –

Je sais, dit Murota Hideki, attendant que le verre qu'elle tient dans sa main se fracasse sur sa tête. Je le sais, je ne vais pas m'en tirer.

Les téléphones n'arrêtaient pas de sonner dans les bureaux, les bureaux des hommes à la solde de l'Occupant, pieds et poings liés à la solde de l'Occupant : il faut dire que le battage que j'avais organisé pour faire remuer ce panier de crabes avait eu le résultat escompté et plutôt bien marché, à mon avis, c'est ce que je me disais ; j'avais annoncé à la presse qu'il s'agissait d'un crime, un meurtre abject : je m'étais vanté auprès de la presse, je m'étais vanté de savoir qu'il s'agissait d'un crime ; j'avais juré devant tout le monde que j'allais résoudre ce crime, le Crime du Siècle ; j'avais écrit Le Club des assassins, *une œuvre de fiction, une fiction qui décrivait la réalité ; et puis j'avais attendu, attendu que les crabes se mettent à remuer, et à sortir de leur panier et à ramper sur le sol, et c'est ce qu'ils avaient fait, crapahutant sur le ventre, sortant de leur nasse, ils étaient là, ils arrivaient…*

« Attendez un instant… oui, vous, monsieur. »

Tard, dans la nuit, il faisait encore chaud, dans la chaleur humide d'une nuit d'été, moins d'un mois après le meurtre, une voix glaciale me souffla le long de la colonne vertébrale, me figeant sur place, me paralysant complètement. Depuis le bas de la colline, je les avais repérés qui rampaient sur la pente, se dirigeant vers moi, disparaissant puis resurgissant dans les nappes de brouillard qui flottaient, voletant de-ci de-là, mais je n'avais pas entendu le bruit de leur pas, et ce fut seulement quand ils s'approchèrent de moi, cette voix, cet ordre :

« Attendez un instant… »

Comme le croassement d'un corbeau dans le noir, comme le cri d'un héron dans la nuit ; l'étranger dans le train qui vous dévisage froidement, intensément, l'air méprisant, le regard plein de haine.

« Oui, vous, monsieur… »

Cette voix s'adressait à moi, cet ordre m'était destiné, me figeant sur place, me paralysant complètement. Émergeant de la brume dense qui flottait sur le cimetière de la colline en cette nuit d'été, un, deux, trois, quatre hommes, quatre fossoyeurs, en file indienne, passèrent près de moi ; le premier était grand et maigre, vêtu d'un manteau de filets tissés de brouillard aux couleurs de la nuit ; le deuxième, petit et ventru, ricanant et murmurant, la main devant sa bouche, parlait tout seul ; le troisième, l'air arrogant, d'âge moyen, les cheveux déjà blancs, flottait dans un vieux kimono dont les pans traînaient sur le sol tandis qu'il passait devant moi, détournant le regard ; le quatrième et dernier de la file, corpulent et l'air martial, s'agrippait au bas du kimono de son prédécesseur, se dissimulant dans l'ombre du troisième homme, le plus ténébreux des quatre hommes, dont je savais que c'était sa voix qui m'avait figé sur place, dont l'ordre m'avait stoppé net, et je me tournai vers eux sur leur passage, me retournai pour leur demander :

« C'est à moi que vous vous adressez ? »

Le premier, le deuxième, le troisième et le quatrième homme, en file indienne, s'arrêtèrent plus bas, à deux, trois, quatre pas de moi, sans se retourner pour me regarder, pour croiser mon regard, mais le dernier d'entre eux, le quatrième homme qui fermait la marche, lâcha le kimono du troisième homme et se mit au garde-à-vous.

« C'est à vous que je parle. »

Une condamnation cinglante à un chien qui aboie, sa réponse sonnait à la fois comme un reproche et une menace, un souffle venu de l'enfer, me défiant et me terrorisant, figeant la nuit et glaçant l'air, me fascinant et m'incitant à poser la question –

« Que voulez-vous ? »

Il ne se tourna pas, ne se retourna pas pour me répondre, mais regardant, fixement devant lui, le bas de la colline, il déclara –

« Je veux vous parler. »

« À quel sujet ? »

En bas de la colline, sur la voie de chemin de fer, un train arrivait venant d'Ueno, le dernier train de la nuit, se dirigeant vers Nippori, ses roues lançant des éclairs dans la nuit au milieu de nuages de vapeur, sifflant, hurlant, indifférent au cœur de la nuit.

« On baisse le rideau », dit-il, au milieu des jets de vapeur, des hurlements, la sonnerie du téléphone, la voix qui murmure au bout de la ligne. « Mais l'Unité Z n'y est pas pour rien. »

Personne ne vous a suivi ?

Non.

Sous un ciel crépusculaire, sur un banc, cachés sous les arbres du parc Hibiya, deux hommes sont assis côte à côte : l'un est vêtu de la tenue blanche des anciens combattants, une canne à la main, une casquette sur le crâne, le regard dissimulé sous de grosses lunettes aux verres fumés ; le second porte un bandage souillé autour du crâne, des taches de sang séché sur sa veste et sa chemise. Terauchi Kōji regarde Murota Hideki, puis il détourne les yeux et lui demande : Qu'est-il arrivé à votre tête ?

Les gens n'aiment pas les questions que je leur pose.

Mais vous persistez à leur en poser.

Oui, répond Murota Hideki.

C'est la raison pour laquelle vous vous êtes mis à ma recherche, que vous m'avez appelé, pour me poser des questions qui ne vont pas me plaire.

Votre nom et votre numéro figuraient dans le carnet d'adresses de Kuroda Roman, dit Murota Hideki. On parle de vous dans les journaux. Vous avez l'air d'aimer parler.

Terauchi Kōji fait pivoter le pommeau de sa canne entre ses mains, et déclare en riant : J'ai fait le choix de me dissimuler au grand jour, Murota-san. Ça ne leur facilite pas la tâche, bien au contraire. Mais ces quinze dernières années, je n'ai pas cessé de regarder par-dessus mon épaule, m'attendant à ce qu'on me pousse par-derrière sur un quai de gare bondé, du haut des marches d'un escalier bien raide ou au coin d'une rue passante. Cela fait quinze ans que ça dure, quinze ans que je vis un tel cauchemar, me cachant au grand jour, avec mon air d'« aimer parler ». Mais, si c'est ce que vous croyez…

Je m'efforce de ne rien croire, dit Murota Hideki. Je veux juste trouver Kuroda Roman, lui poser une question, écouter sa réponse et puis foutre le camp de cette maudite ville, loin de tout ça.

L'air est lourd sans un souffle de vent, l'atmosphère étouffante, le ciel s'assombrissant de minute en minute, Terauchi Kōji se remet à rire dans le noir avant de déclarer : Vous êtes bien naïf, Murota-san. Et si je pouvais me montrer aussi naïf que vous, je vous conseillerais d'oublier le maître Kuroda, d'oublier toutes les questions que vous vous posez et de foutre le camp sans tarder, sur-le-champ, de partir tant qu'il est encore temps.

Murota se tourne et regarde l'homme qui est assis à ses côtés sur le banc, cette silhouette pâle dans l'obscurité qui règne sur le parc et dit : Cela ressemble à une menace – est-ce que vous me menacez, Terauchi-san ?

Non, dit Terauchi Kōji, qui tourne vers lui sa casquette à visière et ses lunettes aux verres fumés. Pas du tout.

Murota Hideki tapote la cuisse de la silhouette pâle assise à ses côtés sur le banc, sourit et déclare : Tant mieux. Parce que je n'ai pas l'intention d'aller ailleurs avant d'avoir trouvé Kuroda Roman, de lui poser mes questions, et vous ne partirez pas non plus, Terauchi-san, avant d'avoir répondu aux questions que je vais vous poser.

C'est pour cela que je suis ici, que je suis venu, répond Terauchi Kōji. Mais je n'ai pas encore entendu la moindre question, juste un tas de –

Où est-il – où se trouve Kuroda Roman ?

Terauchi Kōji tourne sa casquette à visière et ses lunettes aux verres fumés face à l'obscurité du parc, l'ombre de ses arbres, et souriant toujours, il répond : Je l'ignore et je m'en réjouis.

C'est vrai ? Et pourquoi donc ?

Parce qu'il est peut-être dans un endroit où ni vous ni moi, aucun de nous ne peut aller, où eux ne peuvent donc pas l'atteindre, un lieu où ils ne peuvent se rendre, hors de leur portée, voilà pourquoi.

Eux, ils, leur portée, dit Murota Hideki qui lui saisit la cuisse, accentuant la pression. C'est vous.

L'homme ne tressaille pas, il se contente de rire, dans le noir, et ajoute : C'est ce que vous croyez ?

Je vous l'ai déjà dit, reprend Murota Hideki, je ne crois rien. Mais j'ai des yeux et je sais ce que je vois : soit vous êtes l'un des leurs, et vous travaillez pour eux, soit vous êtes un escroc, un mythomane et un charlatan.

Dans l'atmosphère de plus en plus suffocante du parc, sans le moindre souffle d'air, dans la nuit de plus en plus noire, Terauchi Kōji déclare : Je ne suis pas un des leurs, je n'ai jamais travaillé pour eux, et je ne suis pas non plus un escroc, ni mythomane, ni charlatan. Mais pour mon malheur, je connaissais l'un d'entre eux et il m'a raconté ce qu'ils avaient fait cette nuit-là, cette terrible nuit de juillet 1949, cette nuit qui a changé le cours de l'histoire. Je ne suis pas communiste, n'éprouve pas la moindre sympathie pour ce mouvement, Murota-san, mais ils avaient désobéi aux ordres et assassiné un innocent, un homme honorable, un bon Japonais. Et alors, j'ai pris une décision, de mon propre chef, sans rien demander à personne, j'ai décidé de faire savoir ce qu'on m'avait confié, de faire connaître la vérité sur ce qui s'était passé.

Mais pourquoi avoir choisi Kuroda Roman ? s'insurge Murota Hideki. Pourquoi l'avoir entraîné dans cette galère, lui plutôt qu'un autre ?

Je lui ai donné le choix, je l'ai prévenu. Et il a pris sa décision. Mais il était déjà complètement foutu, complètement ravagé – tout comme vous, qui êtes également complètement foutu, complètement ravagé, Murota-san, comme moi, complètement foutu, complètement ravagé aussi – mais il y a quinze ans de cela, cela fait pratiquement quinze ans aujourd'hui, que nous nous sommes assis au cœur de la nuit sur ce banc, sur ce même banc dans ce parc, et je l'ai prévenu –

« Trop tard, il est trop tard… »

« Non, non », m'écriai-je, bondissant du banc, courant aussi vite que possible dans l'ombre des arbres, jusqu'aux portes du parc, marmonnant, priant « Il n'est jamais trop tard, trop tard… ».

Mais je n'arriverai pas à temps, j'arriverai en retard, je le savais, fourrant ma montre dans la manche de mon yukata, *là où se trouvait déjà la liasse de papier, contenant mes notes sur le crime, les détails qu'il m'avait confiés, la vérité qu'il m'avait révélée et une fois hors du parc, je courus jusqu'au coin de la rue et regardai à droite puis à gauche, mais il n'y avait pas de bus, ni de taxi, seulement des voitures et des camions : « C'est bien ma veine ! »*

Les feux allaient changer au carrefour, je me mis à traverser la rue, mais parvenu au milieu de la chaussée, alors que les feux étaient encore au vert et que les véhicules circulaient encore, la bride d'une de mes geta *se rompit.*

Bondissant, j'enlevai mes deux geta, *me penchai, les ramassai et, pieds nus, piquai un sprint pour sauver ma peau, pour atteindre l'autre côté de la chaussée, et je faillis, de justesse et ironiquement, me faire renverser par un taxi avant de m'écrouler sur le trottoir d'en face dans un concert de klaxons et de coups de sifflet, de sifflets de la police et de hurlements –*

« Eh vous, là-bas – oui vous là-bas, au coin de la rue : STOP ! »

Bon Dieu, non, pas maintenant, me dis-je, et je me relevai d'un bond, m'inclinai profondément en direction du policier de l'autre côté de la chaussée, puis tournai au coin de la rue, et détalai, mes geta *dans une main et serrant de l'autre la manche de mon* yukata, *fonçant toujours pieds nus dans les rues transversales et les ruelles menant au quartier de Ginza, passant devant les grands magasins et les étalages des marchands de rue, puis à Kyōbashi, fredonnant tout du long le final de l'ouverture de* Guillaume Tell, *pour me donner du courage, garder la tête haute, pour m'empêcher de penser. « Trop tard, il est trop tard... »*

Jusqu'à ce que, enfin, enfin, hors d'haleine, la bouche sèche, boitillant sur mes pieds endoloris, ensanglantés, je parvienne à grimper les marches et passer la porte tournante du foyer de l'immeuble du Daiichi Seimei Sōgo, où je faillis m'affaler sur le panneau indiquant que la réunion mensuelle du Club des auteurs de romans policiers avait lieu dans les salons du Tōkōyen au septième étage, m'accrochant au panneau, soulagé qu'il n'ait pas encore été enlevé, que la réunion ne soit pas encore terminée. Mais il n'y avait pas de temps, pas de temps à perdre, plus une minute à perdre, et je lâchai le panneau, et clopinai jusqu'aux cabines des ascenseurs, pour m'apercevoir finalement qu'ils étaient tous en panne. « Manque de chance, c'est bien ma veine. »

Levant la tête pour regarder, en haut, en haut, en haut, en haut, en haut, en haut, en haut, les vitraux de la verrière du plafond du dernier étage de l'immeuble, je poussai un soupir et titubant sur les marches, relevai les pans de mon yukata *et sifflotant l'air du* Vol du bourdon, *je me mis à monter, monter, monter, monter, monter, monter, monter une première, une deuxième, une troisième, une quatrième, une cinquième, une sixième, une septième volée de marches pour atteindre les imposantes portes à double battant du Tōyōken, qui étaient closes, en haut, en haut, en haut, en haut, en haut, en haut, en haut, au septième étage et que, rassemblant mes dernières forces, je parvins à ouvrir avant de pénétrer, titubant, dans la pièce en claironnant un sonore « TA-TAA ».*

Mais alors, au fond de la salle, envahie d'un épais nuage de fumée de cigarettes, j'arrivai juste au moment où le très apprécié auteur à succès, fondateur et président du Club des auteurs de romans policiers du Japon, prononçait ces paroles : « Ainsi se termine notre réunion extraordinaire, consacrée au débat sur la mort du défunt M. Shimoyama, le président de la Société des chemins de fer du Japon... »

« Non », m'écriai-je du fond de la salle. « Non ! »

« Merci à tous d'avoir participé et contribué à animer ce débat des plus passionnants... »

« Attendez », m'exclamai-je. « Attendez ! »

« Au plaisir de vous retrouver le mois prochain »

« Je sais qui est le coupable ! »

« Otsukaresama[1]. »

« Je sais qui l'a tué, qui a tué le président Shimoyama », hurlai-je, tout en tapant mes geta *l'une contre l'autre. « Il faut que vous m'écoutiez – »*

Mais les membres du Club des auteurs de romans policiers du Japon ne m'écoutaient pas, ils ne prêtèrent pas l'oreille –

« Parce qu'ils ont l'intention de commettre d'autres assassinats, et en commettront bientôt d'autres, mais il est encore temps, encore temps, il n'est pas trop tard, pas trop tard, car on a encore le temps, on a encore le temps – car je suis le Mystère –

Mais les membres du Club des auteurs de romans policiers du Japon ne faisaient pas attention, cela ne les intéressait pas de connaître –

« Le Mystère de la Solution »

Les membres du Club des auteurs de romans policiers du Japon, remballant leurs affaires, se dirigeaient vers la sortie –

« Arrêtez, arrêtez », hurlai-je d'une voix perçante. « Cela vous est égal ? Pour vous, il ne s'agit que d'un divertissement – »

Pressés d'aller dîner et boire un verre, de nombreux verres, ils passaient près de moi –

« Un jeu de patience pour le train, un quiz avant d'aller se coucher ? »

M'ignorant, ne m'accordant pas un regard, comme si je n'existais pas, comme si je n'étais pas là –

« Mais je sais que vous me voyez, je sais que vous m'entendez et je sais ce que vous pensez – »

Riant, plaisantant, potinant et commérant : cette vieille gloire, il n'a jamais eu de succès, saoul comme d'habitude, saoul et fou à lier, même pas auteur de roman policier, ce n'est pas un écrivain, on peut pas appeler ça un écrivain, ce qu'on appelle vraiment écrire, voilà ce qu'ils pensaient, ce qu'ils disaient –

« Je sais, je sais, ne croyez pas que je ne le sais pas – »

Me laissant seul, m'abandonnant dans cette salle, avec mon yukata *honteusement béant sur le devant, tenant entre mes mains ensanglantées et tachées d'encre mes* geta *en loques, seul, seul, de nouveau seul –*

1. Formule de politesse très employée au Japon qui n'a pas d'équivalent en français (merci de vos efforts…).

« Allez-y, ignorez-moi donc », murmurai-je, luttant pour retenir mes larmes, mes larmes de rage et de chagrin, de culpabilité et de tristesse, « mais je vous le prouverai, vous allez voir – »

« Mon livre sera publié et je serai maudit ; je serai maudit, mais vous aussi, vous tous, nous serons tous maudits – »

« Maudits... »

Bien malencontreusement, le temps d'essuyer les larmes qui coulaient le long de mes joues, de me ressaisir et de rajuster mon yukata, *et de descendre clopin-clopant du septième, du sixième, du cinquième, du quatrième, du troisième, du deuxième, du premier jusqu'au rez-de-chaussée, jusqu'au foyer, l'immeuble du Daiichi Seimi Sōgo n'était plus éclairé que par la lune brillant derrière les vitraux de la verrière, les portes battantes de l'entrée ainsi que les deux portes adjacentes fermées pour la nuit et bloquées par une chaîne : « C'est bien ma veine... »*

Je tirai sur les chaînes et secouai les portes pour vérifier que j'étais bel et bien piégé, puis m'appuyai la tête contre les parois de verre des portes pour scruter à l'extérieur les rues désertes plongées dans la nuit de la capitale apparemment abandonnée, en quête d'un éventuel passant qui ne se présenta pas. « Comme par hasard, typique... »

Après je ne sais combien de temps et m'étant fait à l'idée que toute la ville avait dû aller se coucher tôt, tout en maudissant mon manque de chance à répétition, j'abandonnai ma contemplation des rues désertées et entrepris de trouver un autre moyen de sortir de l'immeuble.

Sur le comptoir de l'accueil de l'immeuble se trouvait un téléphone ; un coup de chance inespéré pour changer, me dis-je en décrochant le combiné.

« Quel numéro demandez-vous ? » questionna l'opératrice.

« Excusez-moi », murmurai-je, « en fait, je ne veux pas appeler un numéro. Il se trouve que je suis enfermé à l'intérieur de l'immeuble Daiichi Seimei Sōgo à Kyobashi et je vous serais extrêmement obligé de bien vouloir prévenir les autorités compétentes de cet état de fait. Je vous remercie. »

« Allô ? Pouvez-vous parler plus fort, je vous prie ? »

« Je suis désolé, repris-je d'une voix normale. Mais je suis enfermé à l'intérieur de l'immeuble Daiichi Seimei Sōgo à Kyobashi et s'il vous plaît, pourriez-vous, je vous prie, alerter les personnes responsables de la situation dans laquelle je me trouve, du pétrin dans lequel je suis ? »

« Allô, allô ? Y a quelqu'un ?

— « Oui, oui, m'écriai-je. Je vous parle ! »

Mais la communication s'interrompit.

Je reposai le combiné sur son socle, puis décrochai de nouveau le téléphone.

« Quel numéro demandez-vous ? » répéta la même opératrice.

« Je m'appelle Kuroda Roman », hurlai-je au bout du fil. « Et je suis enfermé à l'intérieur de l'immeuble Daiichi Seimei Sōgo à Kyobashi. Pourriez-vous, je vous prie, je vous en prie, prévenir les autorités compétentes et le faire immédiatement ! »

« Ce n'est pas drôle », dit l'opératrice.

« J'en suis bien conscient », répondis-je en riant.

Mais la communication s'interrompit de nouveau.

Alors, je levai le camp et parcourus les couloirs du rez-de-chaussée de l'immeuble Daiichi Seimei Sōgo, arpentant tous les couloirs, essayant d'ouvrir toutes les portes, essayant toutes les poignées de porte sur mon chemin, mais toutes étaient fermées, bel et bien fermées : « Bien ma veine. C'est bien ma veine… »

Je retournai au comptoir de l'accueil, jetai un œil au téléphone, mais abandonnant cette option, je pris mes geta*, et regardai mes pieds, mes pauvres pieds abîmés, ensanglantés, mes pieds sales et poussiéreux, et déclarai : « Je regrette, mes chers pieds, je suis vraiment désolé… »*

Et sans me précipiter, cette fois-ci, je clopinai jusqu'au premier étage, puis parcourus les galeries de la mezzanine, passant devant les restaurants fermés, essayant d'ouvrir toutes les portes sur mon passage, m'y reprenant même à deux fois, juste au cas où, jusqu'à ce que…

« Eurêka ! »

La poignée de la porte des toilettes des dames s'enclencha, et la porte s'ouvrit. Les lumières étaient éteintes et tout était calme à l'intérieur, mais par mesure de prudence, préférant ne pas prendre de risques, je clamai à voix haute : « Désolé, c'est une urgence... »

Il n'y eut pas de réponse.

Je trouvai l'interrupteur sur le mur, allumai la lumière, entrai dans les toilettes et découvris, juste en face de moi, sur le mur donnant vers l'extérieur, une fenêtre, une grande fenêtre, une grande fenêtre qui s'ouvrait. Je me penchai par la fenêtre, aperçus en contrebas une allée à environ trois mètres cinquante du sol et me dis : « Ça aurait pu être pire… »

Je regardai dehors le long du rebord de la fenêtre et, là, dans l'angle, au coin de la fenêtre, je remarquai le gros tuyau d'une canalisation apparemment solide qui descendait tout le long du mur jusqu'au sol : « Ça aurait pu être pire, encore bien pire en fait. »

Je revins vers les lavabos, ouvris un robinet, me lavai la figure et lissai ma chevelure hirsute. Puis détachant les brides de mes geta, *celle qui était cassée et celle qui tenait encore, je m'en servis pour attacher fermement les manches de mon* yukata *et empêcher leur contenu de s'échapper. Ensuite je relevai les deux pans de mon* yukata, *les nouai ensemble et coinçai le nœud dans la ceinture de mon* obi[1]. *Puis je montai sur le cadre de la fenêtre et m'avançai sur l'étroit rebord extérieur, et m'accrochant au cadre métallique de la fenêtre, effectuai un demi-tour pour me retrouver face aux toilettes et commençai à longer centimètre par centimètre le rebord de la fenêtre pour atteindre l'angle et la canalisation de descente. Et là, m'agrippant toujours de la main gauche au cadre de la fenêtre, j'étendis les doigts de ma main droite en direction de la descente d'eau. Dès que mes doigts touchèrent la canalisation, je me penchai légèrement en arrière et, lâchant le cadre de la fenêtre, je parvins, le cœur battant à tout rompre, à m'accrocher des deux mains au tuyau. « Béni soit le Seigneur ! Alléluia ! »*

Juste sous le rebord de la fenêtre, courant parallèlement à l'horizontale, une autre canalisation était raccordée à la descente d'eau principale et, toujours agrippé à deux mains au gros tuyau, je m'accroupis et du pied droit cherchais à tâtons à atteindre l'endroit où les deux canalisations se raccordaient. Mission accomplie, mon pied gauche quittant le rebord de la fenêtre vint rejoindre mon pied droit le long de la canalisation, tous deux joints autour du tuyau de descente. Mon pauvre pied droit et mon pauvre pied gauche, tous deux en mauvais état, agrippés à la canalisation, j'entamai péniblement la descente du tuyau, bénissant le ciel que par un heureux hasard j'aie passé une bonne partie de mon enfance à grimper aux arbres dans mon jardin ; loin d'avoir été une perte de temps, cela se révélait aujourd'hui une pratique particulièrement bénéfique –

« Sensei… »

« Qu'est-ce que… » dis-je, levant la tête en direction de la voix au-dessus de moi, apercevant la face de lune hirsute d'un étrange

---

1. Ceinture de kimono. Selon sa couleur et la nature du tissu, elle symbolise une origine, un statut social ou un niveau d'expérience.

personnage au teint sombre, qui me regardait de la fenêtre des toilettes, agitant une liasse de papiers entre ses pattes –

« Vous avez perdu ça », dit la face de lune, « avec votre mystère de la solution. »

« Qu'est-ce que… », répétai-je, mais à ce moment-là, je sentis la canalisation qui commençait à bouger, à se détacher du mur et à dégringoler, m'entraînant dans sa chute…

Eh merde ! dit Murota Hideki. Il raccroche le téléphone, regarde l'heure à sa montre, sa montre qui retarde. Il prend le verre sur son bureau, avale les dernières gouttes de vin. Reposant son verre, il ramasse le manuscrit, le remet dans le tiroir de son bureau. Il ferme le tiroir d'un coup de pied et se lève.

Toc, toc. Toc, toc. Toc, toc. Toc, toc…

Il regarde de nouveau l'heure, sa montre retarde toujours. Il prend sa veste sur le dossier de son siège et l'enfile, ramasse ses clés et ses cigarettes qui traînent sur son bureau. Il s'apprête à partir et se retourne –

Tacatac, tacatac, toc, toc.

Jetant un regard circulaire, il contemple le petit local aux murs jaunis, avec ses étagères poussiéreuses et ses placards vides, le plateau poisseux de son bureau couvert de marques brunes, le verre et la bouteille vides, tous deux vides. Il cligne des yeux, battant les paupières, tente de sourire, sort dans le couloir, et ferme la porte sans la verrouiller –

Toc toc, tacatac, toc toc…

Il va au bout du couloir et entre dans les toilettes, passe à côté du lavabo, du cabinet et de l'urinoir. Il ouvre la fenêtre en grand, jette un coup d'œil par la fenêtre, regarde en bas, dans la rue. Il se retourne, regarde l'heure à sa montre, sa montre qui retarde. Il se dirige vers l'urinoir, ouvre sa braguette et pisse un coup, un bon coup. Il remonte sa fermeture éclair en allant au lavabo. Il ouvre le robinet et se mouille les mains. Il se lave les mains, se lave et se relave les mains, puis se regarde dans le miroir, la glace crasseuse au-dessus du lavabo : cinquante-deux ans, le crâne dégarni, la tête entourée d'un bandage, empâté, ramolli, irrémédiablement décati –

Bing bang, tacatac…

Reprenant de l'eau dans le creux de ses mains, il s'asperge le visage, se lave le cou. Il ferme le robinet, se sèche les mains sur son pantalon, sur le devant de sa chemise. Il met la main dans sa poche, et sort son mouchoir, son mouchoir taché de sang, de son sang. Il s'éponge et s'essuie le visage avec son mouchoir taché de sang, remet son mouchoir dans sa poche, et sort son paquet de cigarettes. Il prend une cigarette, l'allume, en tire plusieurs bouffées, soufflant la fumée dans le miroir, la fumée qui recouvre la glace, la crasse qui recouvre le miroir, noyant son reflet dans le miroir, son visage noyé dans un nuage de fumée. Il tente de sourire, d'en rire encore, mais il n'y arrive pas et il cligne des yeux, battant des paupières et dit : Bande de menteurs –

Mais tu le savais, chéri, tu savais que c'étaient...

Des sales cons, balance-t-il à travers la fumée, en direction du miroir, puis tournant le dos, émergeant du nuage de fumée, il jette un coup d'œil à sa montre, sa montre qui retarde, puis laisse tomber son mégot de cigarette dans le lavabo, qui disparaît dans la bonde, et il sort des toilettes, dans le couloir et descend l'escalier, les autres volées de marches de l'escalier, sort de l'immeuble dans la rue, traverse et va se dissimuler dans l'ombre, l'ombre de cette matinée, dans l'allée en face de son immeuble, et il guette –

Ne fais pas ça, chéri, s'il te plaît, s'il te plaît...

Dans l'allée plongée dans l'ombre, l'ombre du matin, sous un ciel lourd et menaçant, chargé de nuages inquiétants, comme prêts à mordre, au milieu des odeurs pestilentielles émanant du fleuve, du fleuve et des cheminées, du vacarme des chantiers de construction et de la circulation des trains –

Tchou tchou, tougoudoum, tchou tchou...

Il guette et patiente, guettant l'arrivée de la voiture, attendant que la voiture, une vieille voiture grise arrive dans la rue, avançant doucement, tout doucement le long de la rue. Il observe la voiture qui se gare devant son immeuble, voit la portière côté passager s'ouvrir et un homme descendre de la voiture, un jeune homme mince dans un costume cintré gris satiné. Il regarde le jeune homme qui ferme la portière, qui grimpe les marches menant à son immeuble, et alors –

Ne fais pas ça, chéri...

Murota Hideki sort de l'ombre, traverse la rue en courant et s'approche de la voiture, de la porte arrière de la voiture. Ouvrant la portière, il grimpe à l'intérieur, sur le siège arrière, où se trouve un homme, un vieux monsieur, un très vieux monsieur, vêtu d'un costume croisé blanc, et hurle : Je sais qui vous êtes –

Ce vieux monsieur, ce très vieux monsieur dans son costume croisé blanc immaculé, lunettes rondes aux verres teintés, coiffé d'un panama, sourit à Murota Hideki tandis que le chauffeur bondit à l'arrière de la voiture, saisissant Murota Hideki pour le faire sortir du véhicule –

Vous m'avez piégé, glapit Murota Hideki à la face de ce vieux, très vieux monsieur. Vous avez piégé Kuroda et –

Le type qui prétend s'appeler Hasegawa sort alors de l'immeuble, bondit dans la rue, et unissant ses forces à celles du chauffeur, éjecte Murota Hideki hors de la voiture pour l'éloigner de l'homme, le jette sur le trottoir, le plaque sur le sol, l'immobilisant complètement, et lui arrache le col de sa chemise tandis que le vieux, très vieux monsieur sort de la voiture et pose un pied sur le trottoir, Murota Hideki maintenu solidement plaqué sur le sol, tandis que le vieux, très vieux monsieur s'accroupit près de Murota Hideki, prend dans la poche intérieure de son costume croisé une petite boîte oblongue recouverte de velours, d'où il sort une seringue –

Je sais, je sais, hurle Murota Hideki, plaqué sur le sol, maintenu fermement par quatre bras au sol, des mains lui bloquant le visage, l'obligeant à tourner la tête, pour faire saillir les veines de son cou, qui palpitent, nues, nues et apparentes, s'offrant à la seringue, à l'aiguille de la seringue, C'est vous qui avez piégé Shimoyama, vous qui avez assassiné Shimoyama.

7

J moins cinq à J moins un

30 juin – 4 juillet 1964

Oui, j'étais en train de tomber, oui, de tomber, basculant la tête la première, de tout mon long dans le vide, plongeant dans l'obscurité, en une chute lente tandis que la canalisation s'écartait du mur, se détachait lentement du mur, je sombrai, tombant, tombant lentement de la fenêtre et de son rebord, tombant, tombant lentement le long de murs, d'autres murs, d'étagères remplis de livres et de placards, de cartes et de photos, accrochées, placardées sur les murs, des cartes de la ville, la ville occupée, des photos du meurtre, de la scène de crime, tombant, tombant lentement, frôlant des bouteilles et des bocaux sur des étagères, une bouteille portant une étiquette « PREUVES », une bouteille avec une étiquette « TÉMOINS », un bocal avec une étiquette « FICTION », un autre portant l'étiquette « VÉRITÉ » et tandis que je tombais, tombais lentement dans l'obscurité, passant près des étagères, je tendis le bras pour prendre le bocal, le bocal avec l'étiquette « VÉRITÉ », je le saisis, pris le bocal sur l'étagère, le bocal avec l'étiquette « VÉRITÉ, le plus gros et le plus lourd des bocaux que j'aie jamais vus, vus ou pris en main, tenus dans ma main, mais tandis que je tombais, tombais lentement, quand j'ôtai le couvercle pour ouvrir le bocal, à ma grande déception, regrettant aussitôt mon geste, toutes les vérités s'envolèrent, s'échappant vers le ciel, tout là-haut dans le ciel, remontant vers l'endroit d'où j'étais tombé moi-même, flottant dans l'obscurité, en un arc-en-ciel de papillons, de plumes et de pétales, et tandis que je faisais de mon mieux, jonglant avec le bocal et son couvercle, je tentai d'attraper une vérité, un papillon, une plume ou un pétale au moins, au moins une vérité, le bocal portant l'étiquette « VÉRITÉ », ce bocal vide à présent, glissa entre mes doigts, m'échappa des mains, tourbillonnant, dans le vide, tombant lentement, très lentement en spirale, dans le noir, vers le sol.

« Attention, m'écriai-je. Faites attention, en bas ! »

Mais aucune réponse ne me parvint d'en bas, je n'entendis que l'écho de ma propre voix, ma voix s'écriant dans l'obscurité : « Attention... »

Mais trop tard, il était trop tard, quand me parvint l'écho de ma voix, résonnant comme un avertissement dans l'obscurité, car badaboum, je m'écroulai sur un tas de bocaux brisés, puis badaboum, quelque chose me chuta sur la tête et je me rappelai –

Rien de plus, sauf que je ne tombais plus, que je n'étais plus dans le noir, que je n'étais pas écroulé sur un amas de bocaux brisés, ni sur un tas d'ordures au fond d'une allée, on m'avait ramassé, on m'emportait…

J'ouvris les yeux : j'étais affalé sur le siège arrière d'une grosse berline, avec un terrible mal de crâne, j'avais mal partout, tandis que la voiture fonçait à travers la ville au milieu de la nuit.

« Dieu merci, vous avez repris connaissance, Sensei, dit la voix du chauffeur à l'avant alors que j'essayais de me redresser sur la banquette arrière. Mais si j'étais vous, je resterais allongé. Vous avez l'air d'avoir fait une sacrée chute. »

Je hochai la tête, mais ce simple geste me fit souffrir. Je parvins toutefois à cligner péniblement des yeux, tentant de focaliser mon regard sur le chauffeur ; le chauffeur, courbé sur son volant, trop massif même pour une voiture de cette importance, vêtu d'une capote militaire qui n'aurait pas été de circonstance en mars, et l'était encore moins en ce début juillet – si l'on était toujours début juillet –, portait des gants fourrés. Mais nous n'étions pas en hiver, on devait être en été, car je transpirais à grosses gouttes, complètement trempé, dégoulinant de sueur dans mon yukata sale détrempé –

« Désolé de ce qui vous est arrivé, Sensei », déclara le chauffeur. « Mais si je n'étais pas allé au fond de cette allée pour répondre à l'appel de la nature, et si je n'étais pas allé satisfaire ce besoin naturel, je ne serais jamais tombé sur vous. Une chance finalement… »

« Merci », répondis-je, tournant la tête, levant le nez, pour ne plus sentir les effluves nauséabonds émanant de mon yukata, me tournant vers la fenêtre malheureusement close.

« Ce n'est rien, Sensei, dit le chauffeur. J'aurais fait la même chose pour n'importe qui. Mais dans votre cas, étant donné qui vous êtes, c'est un honneur pour moi, je suis un de vos admirateurs. »

« Vraiment ? »

« Oh, oui, dit le chauffeur, j'ai grandi en lisant vos livres, Sensei. Les personnages de vos œuvres étaient comme une famille pour moi, c'est eux qui ont pratiquement fait mon éducation, vraiment. »

« Merci », répétai-je. « Merci. »

« Non, non, c'est moi qui devrais vous remercier, Sensei. En fait, c'est drôle que je sois tombé sur vous ce soir, parce que je me disais récemment, je me demandais : qu'a-t-il bien pu advenir de Kuroda Roman ? On n'entendait pratiquement plus parler de vous, ces derniers temps, Sensei. Mais je comprends, maintenant. Parce que, ne le prenez pas mal, Sensei, je me rends compte que vous devez avoir des problèmes. J'espère, et veuillez excuser ma franchise, car je vous admire vraiment, j'espère seulement que vous n'aviez pas l'intention de faire quelque chose de stupide, là-bas au fond de cette allée, du haut de cette fenêtre et... »

« Non, non, dis-je. Ce n'est pas ce que vous croyez. Je suis tombé. »

« Bon, d'accord, dit le chauffeur. Ça arrive parfois. »

« Non, mais c'est vrai, précisai-je. Je me suis retrouvé enfermé à l'intérieur de l'immeuble. Je participais à la réunion du Club des auteurs de romans policiers du Japon... »

« Quelle chance ! dit le chauffeur. Oh, comme je vous envie, Sensei. J'aurais aimé être une petite souris pour me faufiler dans la salle, vous savez. Je parie que vous discutiez de l'affaire Shimoyama ? »

« Effectivement, c'est cela. »

« Je m'en doutais ! dit le chauffeur. Je parie que vous avez dû échafauder pas mal de théories pendant cette réunion, n'est-ce pas ? »

« Oui, pas mal. »

« Mais vous savez ce qui me chagrine ? »

« Non », répondis-je.

« Les gros titres dans la presse comme LA VOITURE UTILISÉE PAR LE SUSPECT EST L'INDICE PRINCIPAL, *et la façon dont certains de vos collègues écrivains accusent le chauffeur, je ne parle pas de vous, Sensei. Du moins, je ne crois pas que vous suspectiez le chauffeur, n'est-ce pas, Sensei ? »*

« Non, ce n'est pas le cas. »

« C'est bien ce que je pensais, dit le chauffeur. Vous êtes bien trop intelligent pour ça, je sais. Mais un de vos collègues, dont je tairai le nom – mais c'est un auteur célèbre –, a donné une interview à un journal où il prétend que la mort du président Shimoyama est une affaire

criminelle et que le témoignage de son chauffeur, comme il est dit dans le journal, est très discutable. Il soupçonne le chauffeur d'avoir été victime d'un chantage ou de menaces et le considère comme le principal suspect dans cette affaire. Quel imbécile, c'est complètement idiot ! »

« Absolument ». J'abondai dans son sens.

« Et ce n'est pas parce que je suis chauffeur, moi aussi, que je dis ça, comme si tous les chauffeurs, dont je fais partie, appartenaient à une sorte de confrérie secrète. C'est juste parce que je connais ce boulot. Et si ce type dit qu'il est resté à roupiller dans sa voiture devant le grand magasin Mitsukoshi pendant cinq ou six heures, je le crois. Parce que c'est comme ça que ça se passe dans notre profession. »

« Bien sûr ! » dis-je.

« C'est vraiment dommage que vous ne soyez pas revenu à vous un peu plus tôt, remarque le chauffeur, parce qu'on est passé tout à l'heure juste devant le Mitsukoshi, vous savez, un des lieux où le crime a été commis, ce n'est pas très loin d'ici, quand vous étiez encore dans les pommes. »

« C'est vrai ? » répondis-je, regardant attentivement par la fenêtre, incapable de dire où nous étions, la voiture roulant trop vite, accélérant tellement que l'habitacle me semblait rétrécir tandis que le corps du chauffeur prenait de plus en plus de place.

« Mais, si je puis me permettre, poursuivit le chauffeur, sans me laisser le temps de lui dire ni oui ni non, je trouve que les romanciers, même aussi doués que vous, devraient s'en tenir à la fiction, ne pas se mêler de ce qui se passe dans la vraie vie, je veux dire, vous plus que tout le monde, Sensei, devriez savoir qu'il vaut mieux ne pas se mêler d'une véritable affaire criminelle – »

« Où allons-nous ? » demandai-je.

« Oh, je suis désolé, Sensei. Vous ne vous rappelez probablement pas, dans l'état où vous étiez, mais je vous ai dit que je vous ramenais chez vous. »

« Chez moi ? Vous savez où j'habite ?

« À Negishi, c'est bien ça, Sensei ? répondit le chauffeur, si je me rappelle bien… »

« Oui. Je vous remercie. »

« Je vous en prie, Sensei, déclara le chauffeur. Je suis à votre disposition, Sensei. Mais, attention, accrochez-vous, que se passe-t-il… ? »

Tout à coup, le chauffeur freina violemment et les pneus crissèrent quand la voiture s'arrêta brutalement, m'envoyant valdinguer en avant, me précipitant hors de mon siège, et je me cognai la tête contre le dossier du siège avant. « Ouïe ! »

« Pardon, Sensei, je suis désolé, dit le chauffeur. Je suis sûr qu'il s'agit d'une opération de routine, d'une simple formalité, inutile de s'inquiéter. »

Me redressant sur mon siège, me tenant le cou, je jetai un coup d'œil par la fenêtre, le grand magasin Matsuzakaya se trouvait sur ma droite, et je me rendis compte que nous étions à Ueno, pas très loin de chez moi, et que je serais bientôt à la maison, chez...

Toutes mes excuses, Sensei, pour ce qui vient de se passer...

La porte arrière gauche s'ouvrit et un jeune type, l'air mauvais, vêtu d'une tenue militaire, probablement un Coréen, monta à l'arrière de la voiture, sur la banquette arrière, à côté de moi, puis claqua la portière.

« Désolé, dis-je poliment, mais je crains que cette voiture soit déjà occupée, n'est-ce pas, chauffeur ? »

Se tournant vers moi, le jeune me saisit à la gorge de la main gauche, de la droite m'asséna deux grands coups de poing dans le ventre, m'écrasa brutalement le visage contre la vitre de la portière avant de dire : « Pleins gaz, chauffeur. »

Écroulé sur la banquette arrière, me tenant le ventre, le visage plaqué contre la vitre, je regardai par la fenêtre, derrière un rideau de larmes, tandis que la voiture se remettait en route, puis prenant sur la gauche passait devant l'étang de Shinobazu où les lotus avaient refermé leur corolle s'endormant pour la nuit, puis, tournant plusieurs fois sur la gauche, entamait la montée de la colline, puis une descente jusqu'à ce qu'apparaissent de hauts murs et de grands arbres qui projetaient leurs ombres dans la nuit, et tout ce que j'entendais, c'était le jeune type qui fredonnait la Marche funèbre *tandis que la voiture ralentissait devant un portail à double battant avec des panneaux indiquant : ACCÈS RÉSERVÉ : ENTRÉE STRICTEMENT INTERDITE, puis la voiture passa ces portes d'entrée, les battants se refermant sur son passage, et remonta une grande allée de gravier qui menait jusqu'à un grand manoir, un bâtiment que je reconnus, l'ancienne résidence de la famille Iwasaki –*

« Je suis désolé, mais je n'habite pas ici », murmurai-je.

« À partir de maintenant, si ! » s'esclaffa le jeune.

Le chauffeur arrêta le moteur, descendit de la voiture et vint ouvrir la porte arrière.

Levant les yeux vers lui, je lui dis : « Je crains qu'il s'agisse d'une terrible méprise. »

« Je crains que non », dit le chauffeur.

« Arrête de pleurnicher et sors de là », me dit le jeune, m'extirpant du siège arrière, de la voiture, et me balançant sur le gravier, sur le gravier pointu et coupant.

« Lève-toi ! »

« J'ai pas envie », dis-je, restant couché sur le gravier, le visage contre le sol, cherchant à enfouir ma tête dans le sol, un trou où fuir hors d'ici.

« Donne-moi un coup de main pour le rentrer », ordonna le jeune au chauffeur et, ensemble, ils me retournèrent comme une crêpe, me prirent chacun par un bras et une jambe, et me portèrent, me tordant et me contorsionnant jusqu'à l'intérieur, jusque dans l'ancienne demeure de la famille Iwasaki, connue maintenant sous le nom de Hongō House.

« Ma disparition va inquiéter », me lamentai-je.

« Dans tes rêves », dit le jeune, ricanant de plus belle.

« Les gens vont se poser des questions ! »

« Pour ce qui est des questions, vous avez raison, il y en aura », s'exclama une voix familière, la voix d'un Américain, juste une seconde avant que –

Une avalanche de coups de poing pleut sur lui, sur les pavés en pleine rue, ils le tabassent et le rouent de coups, en plein jour, le ramassent et le jettent à l'arrière de la voiture, complètement sonné sous les coups et par la piqûre, et groggy, il perd connaissance –

Ne te défends pas, chéri, ne te bats pas…

À la dérive, tandis qu'ils démarrent, il se laisse emporter, l'esprit flottant, le jour qui tombe, la ville qu'on traverse, l'esprit flottant, reprenant connaissance par moments, et puis replongeant dans le noir, complètement parti –

Laisse-toi faire, laisse-les faire ce qu'ils veulent…

Ils l'extirpent de la voiture, de l'arrière de la voiture, le tirent et le hissent en haut d'un escalier, le traînent le long de couloirs, ses genoux heurtant les marches, son corps heurtant les murs –

Nous pourrions alors trouver le bonheur, chéri

Ils le balancent, le jettent encore et encore sur des tatamis et des planchers cirés, son corps est balancé, jeté, puis enroulé dans un futon, bien serré dans un futon, ils l'immobilisent et l'étouffent, encore et encore –

Chéri, nous pourrions être heureux –

Immobilisé et étouffé –

Heureux et morts.

Dans une pièce du sous-sol, sous la maison, au sous-sol de Hongō House, dans cette petite pièce, qui ressemble à une cellule, ils me ligotèrent sur une chaise, m'attachèrent à un bureau, me mirent de force un stylo dans la main –

Et me dirent : « Je veux que vous écriviez toute l'histoire. »

« Il veut que vous écriviez toute l'histoire. »

Deux personnes dans la pièce, cette petite pièce, au sous-sol de la maison, au sous-sol de Hongō House : l'une avec un imperméable noir, l'autre un imperméable blanc, tous deux masqués, portant des masques : l'imper noir porte un masque avec un sourire, l'imper blanc un masque sans sourire –

« Qui ? Quoi ? Quand et où ? »

« Et comment ? et pourquoi ? »

« Qui a fait quoi et à quel endroit ? »

« Qui a fait quoi et quand ? »

La lumière baisse, de plus en plus et s'éteint, la lumière se rallume, éclairant tout ; c'est comme ça que le temps passe, au sous-sol de la maison, à Hongō House, où l'atmosphère est toujours la même, il fait toujours mauvais temps ; c'est ainsi que le temps passe en ce lieu.

« Qui ? Quoi ? Quand et où ? »

« Qui-quoi-quand-et-où ? »

« QUI ? QUOI ? COMMENT ? POURQUOI ? »

« QUIQUOICOMMENTPOURQUOI – »

La lumière baisse et s'éteint, la lumière se rallume, éclairant tout ; il fait toujours mauvais temps, de plus en plus mauvais temps, ici le temps passe ainsi, il n'y a pas de saison, pas d'automne aux feuilles qui tombent, il n'y a que moi qui tombe –

« Alors ? »

« Rien. »

« Il a écrit quelque chose ? »

« Non. »

« Alors il n'a rien écrit ? »

« Non. »

« Pas ce que nous voulions lire ? »

« Pas ce que nous voulions lire. »

« Il n'a rien dit ? »

« Non. »

« Alors, il ne l'a pas dit. »

« Pas ce que nous voulions entendre ? »

« Pas ce que nous voulions entendre. »

« Mais il a pleuré ? »

« Oh, oui, il a pleuré. »

« Et il a hurlé ? »

« Oui, il a hurlé. »

« Il a crié grâce ? »

« Oui, il a crié grâce. »

« Comment ? Qu'est-ce qu'il a dit ? »

« Il a dit, je le cite : Tout ce que je vous donne n'est jamais suffisant. »

« Vous êtes sûr que c'est ce qu'il a dit ? »

« C'est ce qui a été noté. »

« Vous n'étiez pas présent ? »

« Non, je n'étais pas là. »

« Donc, vous ne pouvez pas l'affirmer ? »

« Je ne peux pas l'affirmer. »

« Et il pourrait avoir dit, par exemple : Tout ce que vous me donnez n'est jamais suffisant. »

« Il aurait pu le dire. »

« Il aurait pu dire quoi ? »

« Tout ce que vous me donnez n'est jamais suffisant. »

« Vraiment ? Ce salopard a dit ça ? »

« C'est ce que ce salopard a dit. »

« D'accord. Il va falloir le travailler au corps. »

Hier, vous avez attaqué et agressé M. Shiozawa, le président de la maison d'édition Shinpi Shōbō. Il y a deux jours, un ancien combattant, un certain Terauchi Kōji, a été découvert poignardé à mort dans le parc d'Hibiya. On a trouvé le couteau avec lequel ce crime a été commis dans un tiroir de votre bureau à Kanda. La veille, vous vous êtes introduit dans la maison du docteur Nomura, vous avez agressé sa fille et proféré des menaces à l'encontre du docteur. Entre-temps, l'inspecteur Hattori nous a déclaré qu'il ne vous avait pas vu, qu'il ne vous avait pas vu depuis quinze ans, et la propriétaire du bar Au Terrier des lapins à Yūrakuchō nous a affirmé que son établissement était fermé ce soir-là, la nuit où Nemuro Kazuko est tombée de son balcon, serrant dans sa main votre carte de visite, la nuit pour laquelle vous n'avez pas d'alibi. En outre, nous ignorons où se trouve votre conjointe de fait, Tominaga Noriko.

Murota, qui fixe les menottes à ses poignets, lève la tête. Il regarde, au-dessus des hommes assis en face de lui, au-dessus de la tête des hommes qui se tiennent debout derrière eux, il regarde sur le mur, en haut du mur de la pièce au plafond bas, il regarde l'endroit où le plafond fait angle avec le mur, la fente étroite et longue qui fait office de grille d'aération, une grille métallique noire protégée à l'extérieur par de gros barreaux.

Alors, parle, dit un des hommes.

Mais Murota Hideki ne dit rien, il continue de fixer la grille d'aération en haut du mur, il regarde les gouttes qui tombent de derrière les barreaux. Flic-flac, flic-floc –

Parle, crie un autre homme.

Un liquide noir s'écoule, goutte à goutte, le long des barreaux de la grille d'aération, perles noires comme de l'encre, ou du pétrole, dégoulinant le long du mur, réfléchissant la lumière crue de l'ampoule nue, et virant au rouge, un rouge rubis profond, les gouttes s'écoulent en un petit ruisseau qui devient –

Avoue, hurlent-ils.

Un flot écarlate, incarnat, un flot de sang, du sang, une rivière de sang, qui jaillit comme un torrent, Murota Hideki voit le sang qui coule le long du mur, qui forme une flaque sur le sol, coulant de plus en plus vite le long du mur, une flaque dont le niveau commence à monter, atteignant ses chaussures, et celles des autres, recouvrant ses chaussures, leurs chaussures à tous –

Avoue. Avoue…

Mais Murota Hideki tape des pieds, ses pieds qui pataugent dans le sang, dans les flaques, les flaques de sang, ramant au milieu des éclaboussures dans cette mer de sang, où la marée monte, atteignant maintenant ses chevilles, leurs chevilles à tous, et Murota bondit de sa chaise, fait des bonds dans cette mer de sang, cette marée de sang qui monte jusqu'à ses mollets, leurs mollets à tous, puis atteint ses genoux, et les leurs, puis ses cuisses et les leurs, et Murota Hideki lève la tête, regarde le plafond, le plafond bas de la pièce, brandit ses menottes vers l'ampoule au plafond, dans la lumière crue de l'ampoule, les flots de sang, cette marée de sang lui monte jusqu'à la taille, leur monte jusqu'à la taille, puis jusqu'à la poitrine, leurs poitrines à tous –

Avoue !

Plongé alors jusqu'au cou dans le sang, puis jusqu'au menton, le sang atteignant ses lèvres, Murota Hideki lèche le sang sur ses lèvres, le sang qui lui emplit la bouche, il le goûte, l'aspire, le sang qui coule dans sa gorge, le sang qui coule dans son ventre, il boit ce sang, il avale ce sang, ce sang d'un rouge sombre, rubis profond, ce flot écarlate, incarnat, la pièce, cet endroit d'un rouge sombre, rubis profond, cette vie d'un rouge sombre, rubis profond, qui noie tout, l'engloutissant, cette vie, sa vie dans le sang, dans le sang, Murota Hideki se noie maintenant dans le sang.

Pour me travailler au corps, mon corps, mon pauvre corps, oh oui, ils l'ont bien travaillé : piqué pour me calmer, puis aspergé pour me faire reprendre connaissance, giflé pour mieux me réveiller, bourré de coups de poing dans les côtes, de coups de pied dans les tibias, me serrant le cou jusqu'à m'asphyxier, une nouvelle piqûre, une injection pour m'endormir, ligoté et puis traîné, d'un pilier à un autre, d'une pièce à l'autre, puis d'une voiture à l'autre, de maison en maison : de Hongō House à Yokohama, puis de Yokohama à une autre résidence à Kawasaki, de Kawasaki retour à Tokyo, dans une grande villa de banlieue, à Den-en-Chōfu, toujours ligoté sur une chaise ou sanglé sur un lit jusqu'à ce que je n'en puisse plus, plus du tout, que je ne supporte plus, plus rien du tout.

D'abord, j'essayai de me pendre au lustre à l'aide de ma ceinture, mais le lustre céda. Ensuite, je tentai de me pendre dans les toilettes, mais ma ceinture se rompit. Finalement, ayant réussi à me faire prêter une paire de ciseaux par un cuisinier compatissant, je m'enfermai dans la salle de bains, je brisai le miroir, puis à l'aide des ciseaux et des bris de glace, je voulus me supprimer. Mais l'espèce humaine est bien faible et fragile, si faible et fragile, qu'avant d'accomplir l'irréparable, je m'étais évanoui et tombai à terre, hélas, n'ayant toujours pas réussi à quitter ce bas monde.

Fâcheux et bons samaritains, ou bien sadiques et tortionnaires, peu importe le nom qu'on veut bien leur donner, il y avait toujours sur place quelqu'un pour vous sauver la vie, pour briser la porte de la salle de bains, pour vous couvrir de pansements, vous gaver de comprimés, pour vous sangler sur votre lit à barreaux, pour brancher le courant et appuyer sur l'interrupteur.

Brancher, et puis débrancher, débrancher, et puis rebrancher, encore et encore, jour après jour, encore et encore, nuit après nuit, ils actionnaient sans relâche l'interrupteur, m'observant tandis que je me convulsais, me convulsais et me tordais, me tordais et me débattais, à chaque décharge, les décharges électriques qu'ils m'envoyaient dans le cerveau, le crâne couvert d'électrodes, une décharge après l'autre, dans le crâne, dans le cerveau, un courant qui me vrillait le cerveau, le crâne, allumant, éteignant, éteignant et rallumant le courant, un courant qui vrillait mon cerveau, me plongeant dans le noir.

« Lâchez-moi, hurlai-je. Relâchez-moi ! »

« Si ça peut vous faire plaisir », me répondaient-ils parfois, ce qu'ils faisaient même parfois, me reconduisant chez moi, me ramenant à la maison, où je retrouvais mon bureau, ma plume et mes papiers. Mais à peine avais-je pu saisir mon stylo, me remettre à écrire, qu'ils tapaient à ma porte, venant me murmurer à l'oreille :

« Juste pour vérifier comment vous allez… »

Et ils me rembarquaient, me débattant et hurlant, pour me ramener, ligoté et sanglé, me remettre dans l'aile des forcenés, le nid de coucous de l'hôpital psychiatrique Matsuzawa.

« Pour vous protéger contre vous-même… »

Avec mes caleçons souillés, ligoté par des sangles de cuir, voilà où je me retrouvais, c'était bien moi, marinant dans mes propres excréments, m'étouffant dans mon propre vomi, jour après jour, nuit après nuit, le seul bruit que j'entendais était celui de la pluie et d'un réveil – plic-tic, ploc-tac, luttant pour garder le moral, tentant de garder espoir –

Plic-tic, ploc-tac…

Et alors que la pluie tombait et que le temps passait – plic-tic, ploc-tac –, par une fin d'après-midi nuageuse, comme c'est le cas aujourd'hui, tandis que je gisais, amarré sur mon lit, tanguant sur les vagues de mon port de souvenirs et de rêves, me rappelant le temps passé, plongé dans de vieux rêves, ce fut alors, dans le concert des gouttes de pluie et des tic-toc du réveil, passant au-dessus des murs de l'hôpital et à travers les barreaux de ma fenêtre, que j'entendis, je vous le jure –

Tchou-tchou, tougoudoum…

Abandonnant le refuge du port de mes rêves, je me forçai à ouvrir les yeux et à regarder les taches au plafond, les toiles d'araignées dans les coins, et là, je vis que les couleurs changeaient, viraient, s'étalaient, se mettant alors à couler –

Un moment s'était à peine écoulé qu'un éclair pâle et soudain apparut et qu'un coup de tonnerre retentit si fort que mon lit en fut secoué et ma carcasse aussi, on n'entendait plus le bruit de la pluie, le réveil s'était arrêté, seul résonnait dans la pièce le bruit d'un train –

Tchou-tchou, tougoudoum, tchou-tchou, tougoudoum. TCHOU-TCHOU TOUGOUDOUM. TCHOU-TCHOU TOUGOUDOUM…

De plus en plus fort, de plus en plus vite, de plus en plus près, faisant trembler les murs, le plafond et le plancher de la pièce, le bruit du train, l'odeur du train, la fumée qui passe par la fenêtre, la vapeur s'inflitrant à travers les barreaux tandis que je me débattais dans ma camisole et mordais mon bâillon, certain, complètement persuadé que c'était la fin, l'air sentant la graisse, le pétrole, le charbon et l'électricité, la lumière qui emplissait la pièce, les lumières du train, qui roulait sur les voies, qui avançait sur les rails, passait par le tunnel de la fenêtre de ma chambre, s'enroulait autour des barrreaux de ma fenêtre, les voies de chemins de fer et les rails qui passaient sur mon lit, sur mon corps, les rails et la voie de chemin de fer arrivant enfin à destination, au bout de la ligne où j'étais, la fin, la fin de la ligne.

TCHOU-TCHOU TOUGOUDOUM, TCHOU-tchou, chut…

Ce fut alors, en ce lieu, oui à ce moment-là et à cet endroit, au bout de la ligne, que m'apparut la bienheureuse lune de ma sauvegarde, qui ôta le bâillon imbibé de salive de ma bouche ensanglantée, posa son doigt frais sur mes lèvres gercées, approcha ses lèvres douces de mes oreilles couvertes de pansements, murmurant, murmurant d'une voix douce : « Chuuut, on se calme… »

Mais je n'arrivais pas à me calmer – des larmes grosses comme des citrouilles roulaient sur mes joues ; suffoquant, je cherchais à reprendre mon souffle, tentant désespérément de trouver mes mots, arrivant jusqu'à sa langue, et la mienne, tandis que je sanglotais, le suppliant : « Laissez-moi vous embrasser, mon cher, cher Sadanori… »

Car en ce lieu au bout de la ligne, au bas de ma camisole, me délivrant de cette contrainte, me massant les chevilles et les poignets, se trouvait Shimoyama Sadanori…

« Venu pour vous délivrer », murmura-t-il. « Mais il faut faire vite, je n'ai pas le temps de vous expliquer, il faut se presser. »

Et Sadanori m'aida à quitter mon lit, à prendre pied sur le sol, à me tenir debout et, me guidant, à passer un caleçon propre puis un peignoir blanc, m'emmena jusqu'à la porte…

« Attendez », dis-je. « Mon manuscrit. »

« Où est-il ? » demanda Sadanori, cherchant dans ma cellule.

« Là-bas », dis-je lui montrant un coin de la pièce. « Sous le crucifix abandonné, sous ces vases remplis de fleurs fanés. »

« C'est ça ? » demanda Sadanori, soulevant les deux vases pour prendre l'énorme volume.

« Exactement », répondis-je, me tapant du doigt la tempe, lui lançant un clin d'œil complice. « Judicieusement camouflé en annuaire téléphonique. »

« Plus un mot », m'intima Sadanori, qui, le livre sous son bras, fit tourner la clé dans la serrure et ouvrit la porte, et me prenant par la main et me précédant : « Veuillez me suivre. »

Et ce fut ainsi que nous sortîmes dans le couloir – ce couloir plein de cris étouffés et de hurlements réprimés, de lits de contention et de draps à sangles, applaudis par les grondements du tonnerre et les flashes des éclairs, sans apercevoir la moindre infirmière, le moindre gardien, pas âme qui vive, tous partis pour la nuit –, passant de chambre en chambre, nous échappant de notre monde de papier plein de mots, sortant du livre, traversant les murs de papier des pages, de toutes les fictions, frappant aux portes –

Toc, toc. Toc, toc. Toc, toc. Toc, toc…

Murota Hideki se convulse, de nouveau secoué de mouvements sporadiques, ouvrant les yeux, le cœur battant. Il déglutit, s'étouffe, hoquette et tousse, postillonne et tousse, déglutit et s'étouffe, ne cessant de cracher et de tousser, sans arrêt, encore et encore, car il lui est impossible de se lever, il ne peut pas s'asseoir. Il est sanglé sur son lit, les poignets et les chevilles attachés aux barreaux du lit. La seule chose qu'il puisse faire, c'est cracher et tousser, luttant pour ne pas s'étouffer avec sa langue et attendre que cela passe, avant de refermer les yeux, que tout finisse par passer.

Toc, toc. Toc, toc. Toc, toc…

Les cris étouffés et les hurlements réprimés, les lits de contention et les draps à sangles, dans les couloirs, derrière les portes, dans ce lieu où règne la folie, en ces temps de folie…

Toc, toc. Toc, toc…

Il n'entend pas la clé qui tourne dans la serrure, qui ne fait qu'un tour, qu'un seul tour, si c'est bien ce qui se passe. Il n'entend pas la porte s'ouvrir, s'ouvrir, s'ouvrir d'un seul coup, si c'est bien ce qui se passe. Mais il sent qu'on desserre les sangles qui emprisonnent sa poitrine, qu'on détache les sangles sur ses poignets et ses chevilles, et ouvre les yeux, ouvre grand les yeux et aperçoit une silhouette au clair de lune –

Toc, toc…

À la clarté de la lune qui baigne sa cellule, il se redresse sur son lit. Lentement, il glisse ses jambes hors du lit, et pose doucement les pieds par terre. Tremblant et tenant à peine sur ses jambes, Murota Hideki se hisse de son lit et regarde la silhouette qui a surgi de l'ombre devant lui, un vieillard squelettique, pieds nus, vêtu d'une chemise d'hôpital blanche, qui tient un livre sous son bras gauche et un ours en peluche dans la main.

Kuroda-sensei, je présume, demande Murota Hideki.

Oui, oui, répond-il, lui souriant tristement. Pour mon malheur. Mais, allons, allons, il faut nous dépêcher, les portes vont bientôt se refermer et nous, nous sommes invités à une séance…

Une séance ? s'étonne Murota Hideki.

Le livre toujours calé sous son bras, Kuroda Roman lève légèrement la main et agite son ours en peluche. L'ours en peluche regarde Murota Hideki, avec un sourire triste tandis qu'il ajoute : Pour quoi ? La séance en mémoire de ma mort, cela fera quinze ans demain, et le mystère de sa solution…

Quittant la chambre, empruntant le couloir, ils marchent, main dans la main, tous deux pieds nus dans leur chemise d'hôpital, sous la houlette d'un ours en peluche et d'un livre, sous les éclairs qui déchirent le ciel, dans le tonnerre qui gronde – C'est la tempête de l'histoire, murmure Kuroda Roman, lui donnant un léger coup de coude, avec un clin d'œil affligé –, ils descendent ensuite un escalier de pierre, une volée de marches après l'autre, traversent les cuisines, arrivent au sous-sol, traversent la chaufferie, suivant les conduites pour arriver devant une porte où est indiqué sur un panneau : DÉPARTEMENT DES SCIENCES PARANORMALES –

Après vous, dit Kuroda Roman en ouvrant la porte devant Murota Hideki. Faites attention à la marche…

L'intérieur de la pièce est faiblement éclairé, il y règne une chaleur étouffante. Cependant Murota Hideki, guidé par Kuroda Roman, trouve une place où s'asseoir autour une grande table ronde, entre un malade qui apparemment est occidental, et un autre apparemment japonais, qui lui semble vaguement familier, mais qui ne le regarde pas, ne semble pas le reconnaître, indifférent à ce qui l'entoure, mais –

Mesdames et messieurs, annonce un autre inconnu, allumant une bougie au centre de la table ronde. Je suis le professeur Peck, chef de ce département, et je suis très heureux de pouvoir vous présenter ce soir, madame Hop…

Le professeur Peck, qui n'a pas très bonne mine, tourne la tête pour saluer, avec un sourire, une dame au visage rond, chevelure rousse, assise à ses côtés, puis ajoute : Comme vous devez le savoir, madame Hop est un des plus célèbres médiums de notre temps…

Ce sont des émigrés russes de la première heure, murmure Kuroda Roman, se penchant sur la nappe noire qui recouvre la table, pardessus l'épaule de l'Occidental, en direction de Murota Hideki. Venus de Berlin, en passant par Harbin[1] avant de revenir à l'Est. Croyant au mauvais sort et adeptes de la sorcellerie, de la numérologie et de la démonologie, persuadés de l'existence des points noirs et du mauvais œil ; la puissance des symboles et des signes. Excellent –

1. Ville chinoise de Mandchourie construite par des émigrés russes au début du XXe siècle et où se réfugièrent des tsaristes après la révolution d'Octobre, mais également berceau du Parti fasciste russe.

Silence, s'il vous plaît, s'exclame le professeur Peck. Madame Hop a besoin de se sentir dans une atmosphère spirituelle avant de pouvoir exercer ses pouvoirs, aussi joignons nos mains maintenant et détendons-nous complètement pour nous concentrer…

Dans le faible halo de lumière dispensé par la bougie, Hideki regarde les personnes autour de la table, observant les huit personnes qui s'y trouvent – à part l'ours en peluche que Kuroda-sensei serre contre lui – qui joignent leurs mains, et Murota donne à son tour sa main au Caucasien qui se trouve à sa droite et à l'Asiatique sur sa gauche, leurs mains comme les siennes sont chaudes, chaudes et moites, leurs doigts, leurs paumes. Mais tenant leurs mains, dans le faible cercle de lumière jaune, Murota a du mal à se concentrer, à garder ses yeux clos, il jette furtivement de rapides coups d'œil aux tentures de velours noir, aux cartes et aux stylos et graphiques qui recouvrent la table, à la multitude de mégaphones et de microphones qui pendent au-dessus de la table, accrochés au plafond, mais –

Concentrez-vous sur une chose, murmure le professeur Peck et sur une seule chose, videz votre esprit de tout ce qui l'encombre à l'exception de cet objet, et uniquement de l'objet…

Continuant d'observer ce qui se passe dans la pièce, Murota Hideki voit le professeur Peck quitter la table, se diriger vers un vieux phonographe, tourner plusieurs fois la manivelle, puis revenir s'asseoir à sa place tandis que les accords d'un enregistrement légèrement rayé du *Rêve d'amour n° 3* de Liszt interprété par Arthur Rubinstein se font discrètement entendre dans le sinistre bunker –

Nous vous appelons, dit Mme Hop. Qui peut et veut nous parler… ?

Le *Rêve d'amour* se termine, le silence se fait, l'attente commence, puis de légers coups se font entendre, à espaces réguliers, comme si quelqu'un tapait sur la table –

Toc, toc, toc, toc

Ils sont passés de service en service, arpentant un couloir après l'autre, passant de chambre en chambre, ouvrant et fermant des portes, soulevant des draps par endroits, des oreillers à d'autres, tournant des têtes pour voir leur visage à la lumière, la lumière de leur lampe, puis poursuivant leur chemin, patiemment, un étage après l'autre, descendant des volées d'escaliers, traversant les cuisines, pour arriver au sous-sol, passant près des chaudières, suivant les tuyaux, jusqu'à –

Toc, toc…

Ils sont là ! s'écrie Mme Hop tandis que la table se met à bouger, à trembler, à tanguer et s'élever. Les Messagers sont là.

Dans la pièce, il fait chaud, puis froid, puis chaud de nouveau, et de nouveau froid, par vagues, en une marée de flux et de reflux, de courants, de courants maléfiques, hum, hum, des courants maléfiques qui bourdonnent, bourdonnent, de plus en plus fort, quelque chose s'approche, s'approche, arrive –

Y a-t-il quelqu'un ? demande une voix d'homme qui pourtant n'a rien d'humain, sortant du plus gros et du plus noir des mégaphones qui surplombe la table et ses occupants, bientôt rejointe par d'autres voix, tout aussi désincarnées, provenant de tous les autres mégaphones, qui déclarent toutes en chœur : *Nous avons demandé : Y A-T-IL QUELQU'UN ?*

Oui, balbutie Mme Hop. Nous sommes là.

Qui êtes-vous ? chuchote le chœur. *Qui est ce « nous »… ?*

Mme Hop interroge du regard le professeur Peck qui, à son tour, se tourne vers le médecin étranger assis à sa gauche et lui demande : Docteur Morgan ?

Le docteur Morgan lève les yeux de son carnet de notes, remet ses lunettes en place, redresse son nœud papillon, et s'éclaircissant la voix, déclare : Bien sûr, alors, dans le sens contraire des aiguilles d'une montre, il y a moi-même – le docteur Morgan, médecin consultant à l'hôpital Matsuzawa, spécialiste de l'examen et du traitement de longue durée des malades mentaux, puis à ma gauche, le professeur Peck et Mme Hop, qui ont suivi l'enseignement de Gurdjieff et d'Ouspensky, reconnus dans leurs domaines de compétence, comme vous le savez, sans doute. Puis à leur droite, nous avons l'un de nos plus anciens patients, un ancien inspecteur de police du nom de Minami, bien qu'il n'ait pas prononcé un mot depuis le jour où il a été interné, en 1946. À ses côtés, nous avons un nouvel arrivant, Hideki Murota, accusé de plusieurs meurtres, mais qui fait l'objet d'une expertise psychiatrique pour savoir s'il peut être jugé. À côté de Murota, se trouve un ressortissant étranger dont l'identité est incertaine et qui lui aussi n'a pas prononcé un mot depuis qu'il est entré à l'hôpital il y a maintenant une dizaine d'années. Puis nous avons Tamotsu Horikawa, plus connu sous le nom de Roman Kuroda, qui a fait de fréquents séjours dans notre établissement.

Enfin, à ma droite, il y a Sadamichi Hirasawa, l'homme qui a été accusé des épouvantables empoisonnements de masse de Teigin en 1948. Au début, M. Hirasawa a avoué avoir commis ces crimes, puis s'est rétracté, mais a toutefois été condamné à mort. Il est actuellement hospitalisé chez nous dans le cadre de l'évaluation de son état psychiatrique en rapport avec le procès en appel de sa condamnation à mort.

Médecine occulte, murmurent les voix.

Le docteur Morgan arrange de nouveau son nœud papillon, regarde les mégaphones, s'éclaircit la voix et dit : Maintenant vous savez qui nous sommes, mais vous, qui êtes-vous ?

Nous sommes des légions, répondent les voix des mégaphones en pouffant, puis éclatant de rire : *Car nous sommes très nombreux.*

Très drôle, dit le docteur.

Drôle ? ricanent les voix. *Vous trouvez ça comique ? Eh bien, vous allez en avoir du COMIQUE –*

Instantanément, la table se soulève, puis brusquement bondit vers Mme Hop, le professeur Peck et le docteur Morgan, les heurtant à hauteur de poitrine, les renversant, les faisant tomber de leur chaise, renversant toutes les cartes, les stylos et les graphiques, tous les objets sur la table, sauf la bougie qui reste en place au milieu de la table, sa flamme vacillant toutefois, manquant de s'éteindre à tout moment, jusqu'à ce que la table retombe sur ses pieds.

Sans dire un mot, le docteur et le professeur aident Mme Hop à se relever, puis à se rasseoir, tous les trois sont maintenant retournés à leur place autour de la table, et de nouveau, il fait chaud dans la pièce, puis froid, puis chaud de nouveau, et de nouveau froid, par vagues, en une marée de flux et de reflux, de courants, de courants maléfiques, hum, hum, qui bourdonnent de nouveau, bourdonnent, de plus en plus fort, qui reviennent –

Nous sommes ici à cause de vous, murmurent et marmonnent les voix, venant toujours des mégaphones, mais cette fois différentes, complètement différentes, des voix tristes, tellement tristes, étouffées, réprimant leurs sanglots. *À cause de vous…*

Merci, dit le docteur Morgan. Nous sommes –

Taisez-vous, hurle la voix qui provient du plus grand des mégaphones. *Il y a un ennemi parmi vous, peut-être plusieurs…*

D'un endroit proche, ou peut-être d'une autre chambre, plus loin, d'un autre monde, où l'on est en l'année zéro, coincé à l'année zéro, toujours zéro, un nouvel air, une chanson sort d'un mégaphone :

Oh si bravement, en route pour la Victoire…

Dans la mesure où nous avons fait le serment de nous battre et quitté notre pays, brame le gramophone. *Qui peut mourir sans avoir montré son vrai courage / Chaque fois que j'entends les trompettes de notre armée en marche, Je ferme les yeux et je vois des vagues et des vagues de drapeaux en marche qui vont au combat…*

La terre et sa végétation sont en flammes, tandis que nous quittons les plaines / Nos casques portant l'emblème du Soleil-Levant, du Soleil-Levant, Soleil, Soleil, Soleil…

Le disque est rayé, la température de la pièce grimpe de plus en plus, il fait encore plus chaud qu'au début, et une forte odeur d'ail se répand dans la pièce, une odeur tellement forte que cela pique les yeux et les lèvres des participants, l'homme qui s'appelle Minami étreint la main de Murota Hideki, la serre très fort, si fort qu'il lui écrase les doigts de la main gauche, mais alors, brusquement, le disque s'arrête, le grésillement aussi, et la température chute, l'odeur pestilentielle d'ail se dissipe, l'air devient de plus en plus froid, glacial, on entend des dents qui claquent, des femmes qui gémissent et sanglotent –

Après la guerre, après guerre[1] *comme vous le dites – c'est ce qu'il dit, qu'ils disent, que tout le monde dit – mais nous avons toujours vécu l'après-guerre, nous sommes encore après guerre.*

Vaincu dès la naissance, colonisé pour toute la vie, j'ai toujours été, je suis encore un vaincu. Ayant toujours vécu, et vivant encore sous l'Occupation –

L'Occupation que vous nous imposez, votre Occupation, la vôtre.

C'est moi qui l'ai fait naître cette mort qui est la mienne. Mon sang à moi, ma mort à moi. Qu'elle entre en moi, cette mort qui est la mienne. Qu'elle me vole mon nom, cette mort qui est la mienne ! Mais je vous la dois aussi, cette mort qui est la mienne –

Dans la neige, dans la boue. Sous les branches. Devant le sanctuaire. Dans le genkan. *À la banque. Dans une rue en Chine, dans une garde-robe à Tokyo. Provoquée par votre poison. Par vos écrits.*

Dans le chagrin, murmure Kuroda Roman.

1. En français dans le texte.

Il ne reste plus rien, sanglote l'homme qui s'appelle Hirasawa. Rien d'autre que le chagrin. Il ne reste plus rien…

C'est de votre faute, s'écrient les voix des femmes, qui gémissent et sanglotent toujours. *Et vous seul…*

Anata, ma chérie…

Mais à présent la température remonte tandis que les voix des femmes, leurs lamentations, leurs pleurs commencent à faiblir, pour être remplacés par une sorte de sifflement qui se transforme en un grondement – *raaahh* – *raaaah* – un déluge de parasites déferlant dans la pièce, qui leur glacent le sang – *raaah, raaah* –, qui résonnent dans leurs veines, qui les laisse exsangues –

Nous avons froid, nous sommes trempés, disent les enfants, des voix d'enfants, qui demandent ensuite : *Vous ne nous voyez pas ? Nous sommes sur le pont, nos petites têtes passées dans l'espace étroit qui sépare les garde-fous métalliques, au-dessus de la gare de triage qui s'étend sous nos pieds, nous sommes fascinés par ce que nous voyons et nous entendons, pétrifiés devant le spectacle des trains.* Tchoutchou, tougoudoum, *qui font* tchoutchou, tougoudoum. *Nous aimons observer les manœuvres et les opérations d'aiguillage, les petits trains qui poussent des wagons de marchandises dans tous les sens, raccordant un wagon à l'autre, puis le dernier à la motrice, rassemblant les bogies, composant les convois, ces longs, longs trains, puis attendant que la chaudière de la locomotive monte en pression, que le charbon brûle et que la vapeur s'élève, que le sifflet se fasse entendre et que les roues commencent peu à peu à se mouvoir, et à tourner, le train se dirigeant vers le pont, dans notre direction, passe sous le pont, jusqu'en dessous de nous, nous enveloppant d'une épaisse fumée noire, et nous courons de l'autre côté du pont, au milieu des nuages de fumée et de vapeur, pressant nos visages contre les parois métalliques du garde-fou, pour contempler le train qui s'éloigne, dans un nuage de fumée et de vapeur, qui s'éloigne sur les rails au loin vers une destination inconnue, très loin, très très loin.* Tchoutchou, tougoudoum, tchoutchou, tougoudoum. *Nous avons trois ans. Nous ne nous lassons pas de rester sur ce pont, de regarder ce qui se passe, d'observer les trains.* Tchoutchou, tougoudoum, tchoutchou, tougoudoum. *On pourrait rester ici toute la journée, tous les jours, s'ils nous laissaient le faire, s'ils nous laissaient le faire. Mais ils ne nous laissent pas le faire* – Tchoutchou, tougoudoum, tchoutchou, tougoudoum – *car ils nous assassinent...*

La pièce du sous-sol est submergée par le bruit, le vacarme des roues et des sifflets, noyée dans d'épais nuages noirs de fumée et de vapeur, qui percent les oreilles, noircissent le visage de tous les participants assis autour de la table, mais tout à coup, encore une fois, tous les bruits et les hurlements, la fumée et la vapeur s'estompent, disparaissant dans l'ombre, dans les coins, laissant alors la place au bruit de la pluie, à l'odeur de la pluie, d'une pluie d'été, qui flotte dans l'air, accompagnée d'une nuée de moustiques, et de nouveau, leur sang ne fait qu'un tour, dans leurs veines, les laissant exsangues.

Admirez ce paysage estival, murmure une voix provenant du mégaphone, d'abord tout doucement, puis s'élevant peu à peu : *Au bout du long tunnel de la frontière, la ville vaincue, occupée apparaît de nouveau, du fond de la nuit blanche, de nouveau un paysage d'une nuit d'été, mille neuf cent quarante-neuf. Fleuve. Berge. Pont. Carrefour. Voie de chemin de fer. Rails. Route. Chemin. Champs et étangs. Murs de prison et cabane. Sur ces lieux. C'est eux. Ils arrivent. L'été, la nuit, près du fleuve, le long des voies ferrées, avant que la pluie tombe et que le train arrive. Ils arrivent : trois ou quatre hommes le long de la voie ferrée, vêtus de noir, en tenue sombre, chaussés de bottes, de bottes qui ont foulé la poussière des terres de Chine, des terres de Mandchourie, d'Amérique, et la terre des Indiens, traversant les plaines de l'Histoire, de Wounded Knee à Nankin, et tout ce qui est arrivé avant, pendant, et tout ce qui arrivera, qui doit arriver : ils arrivent ici, près du fleuve, le long de la voie ferrée, tenant un enfant par la main, ils l'emmènent, un Garçon Qui Aime Les Trains...*

Qui se laisse emmener sans résistance, reprennent en écho d'autres voix sur les mégaphones, *après avoir été piégé, puis ligoté et emmené...*

Sur la voie de chemin de fer, sur les rails, il vous cherche des yeux, vous cherche, vous appelle...

Mais voilà que les signaux viennent de repasser au vert, et le train vient de repartir de la gare, annonce une voix grinçante, métallique, provenant du plus grand, du plus sombre des mégaphones, et répète : *Les signaux sont passés au vert, le train a quitté la gare...*

À ce moment-là, la table se remet à bouger, se remet à s'agiter, et puis commence à osciller, de plus en plus vite, et l'équipe médicale comme les patients se lâchent les mains et tentent de s'agripper à la table, de se retenir au plateau de la table –

Mais voilà que le charbon s'est transformé en feu, que l'eau redevient vapeur, que les roues se remettent en marche, tournant, encore et encore, tournant...

Et à nouveau, le bruit, le vacarme des roues et des sifflets, et d'épais nuages noirs de fumée et de vapeur envahissent la pièce en sous-sol, et, à nouveau, percent les oreilles, noircissent le visage de tous les participants qui tentent en vain de retenir la table, la table qui bouge, qui oscille maintenant, de plus en plus vite, qui s'emballe de plus en plus, s'emballe...

Les roues de la locomotive traversent le fleuve, passent sous le pont, tandis que le sol tremble, et que les rails vibrent, hum, hum...

Piégé, puis ligoté et emmené, sanglote une autre voix, triste, terriblement triste. *Ils l'ont allongé, sur la voie, sur les rails où il frissonne, le corps tremblant, mais il ne bouge pas, il ne se lève pas, car il attend, il attend...*

C'EST VOUS QUE NOUS ATTENDONS ! hurle une voix horrible, provenant du plus grand, du plus sombre des mégaphones qui surplombe la table qui tressaute, qui s'emballe –

Il vous attend, c'est vous qu'il attend...

Lequel d'entre vous, implore l'autre voix, triste, terriblement triste, *lequel d'entre vous osera oublier son armure, son uniforme pour grimper à bord de la locomotive de l'histoire – non pour conduire ce train, mais pour arrêter sa course –, lequel d'entre vous appuiera sur le frein, enclenchera le signal d'alarme ?*

Trop tard, trop tard, gémissent les voix des défunts tandis que la table, échappant aux mains des vivants, bondit en l'air et retombe en spirale, s'écrasant au milieu du cercle des participants, qui sont propulsés en tas, blessés dans leur chair, au milieu des éclats de bois de la table et des chaises, réduits en charpie, recouverts de cendres et de pétrole, de pluie et de sang, noyés dans la fumée et le silence, complètement hébétés et prostrés, alors que près d'eux, pourtant au loin, une horloge proche, mais à distance, sonne les douze coups de minuit du Quatre Juillet Mille Neuf Cent Soixante-Quatre, et la fin des quinze années du délai de prescription, la clôture définitive du dossier d'enquête concernant la mort de Sadanori Shimoyama et au milieu des éclats de bois, le corps meurtri, Murota Hideki, les paupières battantes, rouvre les yeux, s'étouffant, suffoquant – cherchant en vain à reprendre son souffle, il voit une larme perler au coin de l'œil de l'ours en peluche, puis entend, venant de sa droite, une voix, la voix d'un étranger –

Trop tard, murmure Harry Sweeney.

III

La Porte de Chair

8

La dernière saison de l'ère Showa

Automne et fin, 1988

L'empereur se meurt. De jour en jour, d'heure en heure, les aiguilles de sa montre Mickey Mouse retardent de plus en plus. À la télévision et à la radio dans les journaux et leurs suppléments, les bulletins de santé établis trois fois par jour par les médecins de la cour détaillent ses constantes : température, pouls, tension et capacité respiratoire – jusqu'à la description des selles de l'empereur, leur nature et leur consistance, tout est révélé, partagé et répété. Tout est dit, tout se sait, rien n'est caché, rien n'est dissimulé. Il gît là, au cœur de la ville, au cœur du Japon, derrière les douves et les murailles, les portes et les cours intérieures de son palais, dans un palais à l'intérieur de son palais, dans une chambre au second étage, un vieil homme âgé de quatre-vingt-sept ans, très affaibli mais qui résiste, qui refuse de partir, qui lutte pour rester en vie, heure après heure, jour après jour, qui s'accroche à la vie, le plus long règne de l'histoire –

Effrayée et terrifiée de ce qui va se produire, une voix se fait entendre dans l'obscurité, avant le lever du jour, sa propre voix au cœur de la nuit, avant l'aube, éveillé par les sirènes, les sirènes des voitures de pompiers, n'arrivant pas à dormir à cause de la pluie qui n'arrête pas de tomber, une pluie insistante, avant le lever du jour, avant l'aube, déjà réveillé, encore éveillé. C'est tout le temps comme ça, il est toujours éveillé, encore éveillé, encore éveillé. Au cours de ces heures noires, fixant le plafond, ou regardant sa montre sur sa table de chevet, les aiguilles lumineuses avançant d'abord trop lentement, et puis trop vite, les forbans de la nuit qui le privent de sommeil, déclenchant la sonnerie de son réveil, empêchant le marchand de sable de passer. Fixant le plafond, regardant sa montre, pendant ces longues heures pénibles passées dans le noir, il essaie de s'immerger dans ses souvenirs, d'y retrouver des bribes de citations et de passages, à demi enfouis, presque oubliés : notes sonores comme une houle qui se déchaîne au loin /*shhhh, shhhhh*, comme le vent qui disperse la pluie / notes si légères qu'elles s'évanouissent, presque totalement / *whooou, whooou*, comme des voix de fantômes qui se répondent / *shhhh, shhhhh, whooou, whooou* / des voix de fantômes sous la pluie –

Voyez, ils reviennent, un par un, avec la peur dans son demi-sommeil, les rideaux entrouverts, leurs bordures grises, qui finissent enfin par blanchir, une lueur, un rai de lumière, qui s'étire finement et prêt à s'étendre, il s'assoupit, il fait jour, la lumière revient, mais il somnole, il rêve à présent, trop tard il rêve : une rue sordide, une ruelle minable, dans ce pays ou dans l'autre, une clôture de bois, une maison à volets, la maîtresse de maison, loin de son pays et perdue dans ses pensées, elle écrit une lettre à la faible lueur d'une bougie qui fume, entourée de femmes qui pleurent, dans l'ombre, qui sanglotent autour d'elle, *whooou, whooou…*

En panique, sursautant, sentant une griffure sur son visage en sueur, Donald Reichenbach se réveille, réveillé, de nouveau éveillé. Grete a ouvert la porte de sa chambre, sauté sur son lit, lui léchant le visage, réclamant sa pitance. Oui, oui, je sais, je suis désolé, dit-il. Ton fainéant de papa devrait être debout, sortir de son lit. Je sais, je sais.

Il se tourne doucement sur le côté pour dégager sa poitrine et faire glisser sur le lit le chat dont les griffes sont accrochées à sa veste de pyjama avant de décrocher délicatement les griffes du tissu. À regret, il repousse les couvertures et, sortant du lit, prend son temps pour se lever. Prenant ses lunettes sur sa table de nuit, il les met, puis ramasse sa montre qui repose sur le livre posé au chevet de son lit, consulte le cadran et les aiguilles, l'attache à son poignet en disant : Ça fait longtemps que ton fainéant de papa aurait dû se lever, on sait, des ventres affamés attendent leur pitance.

Virevoltant et miaulant, Grete mène la marche tandis qu'il traîne ses pantoufles sur les nattes qui recouvrent le sol de la chambre pour se rendre dans le salon-salle-à-manger-cuisine. Il se penche et ramasse sa gamelle vide et son bol d'eau sur le plancher ciré et se dirige vers l'évier. Il fait couler de l'eau chaude dans la gamelle et le bol qu'il rince puis essuie consciencieusement. Il laisse couler l'eau jusqu'à ce qu'elle soit froide, remplit le bol, puis ouvre la porte du placard au-dessus de l'évier. Sur une étagère, les boîtes de nourriture pour chat sont alignées et rangées par ordre afin de pouvoir alterner entre les trois variétés que Grete daigne consommer. Ce matin, il attrape une boîte de thon, la *Sélection du jour*, l'ouvre et remplit la gamelle qu'il pose par terre avec le bol d'eau, la maîtresse des lieux le gratifiant d'un très bref *Miaou-rci*. Tu es fâchée, hein, mais ton fainéant de papa s'est excusé. Et puis quoi encore ?

Haussant les épaules, il retourne à l'évier, rince la boîte de conserve vide, la met dans le sac en plastique à côté de la poubelle, le sac en plastique réservé aux canettes et boîtes de conserve vides, les boîtes de son chat et ses canettes de bière. C'est un grand sac, toujours plein. Il se dirige vers le petit plan de travail carré qui sépare l'évier de la cuisinière, ouvre la boîte de café moulu et prépare son café du matin. Il met la cafetière en route, retourne dans sa chambre, ouvre les rideaux en grand et entrouvre légèrement la porte du balcon. Il fait gris dehors, un temps gris et morne, une petite pluie fine tombe sur les arbres de l'autre côté de la rue. Quittant sa chambre, il passe dans la pièce suivante, son bureau, dont il entrouvre également la porte du balcon. Il jette un bref coup d'œil désabusé au travail inachevé qui traîne sur son bureau, aux piles de livres qu'il n'a pas lus, avant de retourner dans son salon-salle-à-manger-cuisine et d'allumer le radio-cassette argenté posé sur la table, qu'il branche sur la radio. Au programme de la Promenade musicale du matin de la station NHK, passe le quintette à cordes n° 1 de Mozart, qui en est au dernier mouvement. Il regarde à nouveau l'heure à sa montre, puis, se dépêchant, va prendre dans son réfrigérateur un croissant qu'il met à réchauffer dans le petit four qui trône au-dessus du frigo. Il prend une assiette dans le placard situé sous le plan de travail et un couteau et une fourchette dans le tiroir. Revenant au réfrigérateur, il l'ouvre et en sort un pot de confiture d'abricot de la marque autrichienne Staud, dont il a acheté deux bocaux chez Meidi-ya à Kyōbashi, comme il le fait chaque mois sans exception – confiture demain, confiture hier, *et* confiture aujourd'hui, avait-il coutume de dire, mais plus maintenant. Le four bipe. Il pose son pot de confiture sur le plan de travail, prend son assiette et y fait glisser rapidement son croissant brûlant. Il repose son assiette, ouvre le pot de confiture et en prend une généreuse cuillérée pour accompagner son croissant. Il remet la confiture au frigo, regrettant un peu, comme toujours à ce moment-là, que le beurre ne soit plus pour lui qu'un souvenir agréable du passé, un plaisir aujourd'hui interdit. Emportant son assiette et ses couverts, il les pose sur la table et revient dans la cuisine pour éteindre la cafetière et se servir un café. Il retourne se mettre à table avec sa première tasse de café qui ne sera pas la dernière de la journée, et s'assoit au moment où s'achève le quintette à cordes, et, souriant, il déclare : Quelle organisation ! Même si ce n'est que moi qui le dis.

Il cherche Grete du regard, mais, une fois avalée sa gamelle du matin, elle est partie se recoucher dans la chambre.

Tu rouspètes toujours quand je m'en vais, tu fais la tête quand je reviens, dit-il alors que la radio diffuse le bulletin d'information de sept heures, et il se met à couper son croissant en trois. Mais il ne faut pas te plaindre si je décide d'aller déjeuner dehors quand tu me négliges comme ça.

Il prend un mouchoir en papier dans le distributeur près de la radio et s'essuie les doigts. Avec son couteau, il commence à étaler la confiture sur ses morceaux de croissant en écoutant le dernier bulletin de santé établi le matin même par les médecins du palais : l'empereur a subi une transfusion de deux cents centilitres de globules blancs, pour éviter un risque d'hémorragie interne. Toutefois, a déclaré le chef du service des affaires générales de l'agence de communication du palais impérial, cette transfusion a été effectuée principalement en raison de son anémie plus que pour compenser une éventuelle perte de sang.

Il mange son premier morceau de croissant à la confiture, prend une première gorgée de café, et dit : Le prochain, ce sera moi, tu sais, et alors qu'adviendra-t-il de toi ? Ils n'acceptent pas les animaux chez les Kanehara, tu sais.

Il prend le deuxième bout de croissant à la confiture, l'enfourne, et s'essuie avec un deuxième mouchoir en papier. La transfusion a permis de faire tomber la température de l'empereur qui est redescendue à 37 °C pour la première fois depuis mardi. L'Empereur s'est senti suffisamment bien pour regarder à la télévision les trente dernières minutes du marathon olympique, ainsi que la cérémonie de clôture. Il a bien de la chance, se dit-il avec un peu d'amertume, il avait prévu de regarder la diffusion de la cérémonie avec Kanehara, mais sous l'emprise de l'alcool, ils avaient eu une sérieuse prise de bec à propos de la conduite des athlètes américains et l'organisation des retransmissions des jeux de Séoul et s'étaient séparés en mauvais termes le samedi soir. Il soupire, reprend une gorgée de café puis mange le dernier bout de son croissant. Il prend un troisième mouchoir en papier dans la boîte et finit son café au moment où on annonce à la radio que les pourparlers entre la Corée du Nord et la Corée du Sud devraient reprendre le 31 octobre, augmentant les chances d'améliorer les relations entre les deux pays en dépit du boycott des jeux Olympiques par la Corée du Nord.

Ce n'est pas demain la veille, n'est-ce pas, mon chat, dit-il à haute voix, tout en regardant la porte de sa chambre, sentant qu'il commence à pleurer. Il prend un autre mouchoir en papier dans la boîte, s'essuie les yeux, puis ramasse tous les mouchoirs dont il s'est servi sur son assiette, se lève de table, va mettre son assiette, avec les mouchoirs, son couteau et sa tasse de café dans l'évier. Il jette les mouchoirs et les miettes de croissant dans la poubelle en plastique, puis commence à laver son assiette, son couteau et sa tasse, tout en pleurant à chaudes larmes. Il s'essuie les joues avec les mains mouillées, puis se sèche les mains, et essuie son assiette, son couteau et sa tasse. Il renifle, il soupire, puis range l'assiette dans le placard sous l'évier, le couteau dans son tiroir, mais laisse sa tasse près de la cafetière électrique sur le plan de travail

Je suis désolé, dit-il en entrant dans la chambre, regardant Grete qui dort sur le lit défait. Papa est de très mauvaise humeur et il ne sait pas pourquoi. Il ouvre la penderie, prend une chemise et un pantalon sur un cintre, puis des chaussettes et des sous-vêtements dans un tiroir. Ça n'a pas l'air de t'intéresser, mais j'ai un terrible pressentiment. Je me demande vraiment pourquoi.

Richard Strauss a succédé au bulletin d'information – Dieu soit loué – et, traversant son salon-salle-à-manger-cuisine avec ses vêtements sous le bras, il entre dans la salle de bains, malheureusement c'est sa *Sonate pour violoncelle opus 6* qui est diffusée, pas particulièrement réjouissante, surtout en ce moment. Il enlève son haut de pyjamas et commence sa toilette, puis enfile un tricot de corps, enlève son bas de pyjamas et enfile son caleçon, souhaitant ne pas devoir, à chaque fois qu'il entend du Richard Strauss, une musique qu'il apprécie et aime tout particulièrement, se rappeler ce que Toscanini disait à son propos – *En ce qui concerne Richard Strauss, je salue bien bas le musicien, mais l'homme ne mérite pas qu'on le salue…*

Il sent tout à coup qu'il a du mal à respirer, son cœur est pris de palpitations, et il pleure de nouveau. Il s'agrippe au bord du lavabo, essaie de retrouver une respiration normale, en attendant que ses palpitations passent. Il cligne des yeux, il essuie ses larmes avec ses doigts, puis cligne de nouveau les yeux et se voit dans le miroir au-dessus du lavabo. Il fixe le reflet de ce vieil Américain de soixante-quatorze ans, seul dans la salle de bains d'un appartement au quatrième étage dans le quartier de

Yushima, à Tokyo, et il regarde son reflet dans les yeux, voit ses lèvres bouger et l'entend dire : Mais tu sais parfaitement pourquoi, n'est-ce pas, mon cher ? Tu sais sacrément bien pourquoi –

Whoooou, whoooou, disent des voix de fantômes, les fantômes se remettent à parler, les ombres te cernent de nouveau, *whooou, whooou.*

Allez-vous-en, dit-il, fermant les yeux. S'il vous plaît.

Mais où pourrions-nous aller, que pourrions-nous faire ? Partout où tu es allé, nous sommes allés ; quoi que tu aies fait, nous l'avons fait ; partout où tu iras, nous viendrons…

Les yeux clos, il dit : S'il vous plaît, non.

Écoute, disent-elles, écoute : le téléphone sonne.

Tu as reçu l'appel, tu t'exécutes : et tu cours, tu te précipites chez Frank, dans son palais, voir le Grand Sorcier du Palais des Taupes, au cœur noir de notre blanc sépulcre, au milieu du siècle de l'ère américaine, entre le mémorial de Lincoln et le monument de Washington, près du miroir d'eau, juste une cabane en ruines qui s'écroule avec un toit de tôle au milieu d'une rangée de bâtiments provisoires du ministère de la Guerre, voilà le Palais des Taupes, voilà à quoi il ressemble à l'époque : on te fait descendre dans des couloirs humides, flic, flac, le long de tuyaux qui fuient, de l'eau qui goutte, plic, ploc, sous un éclairage vacillant, grouillant de vermine, cliquetis dans l'obscurité, stries dans l'ombre, on te laisse mariner dans la salle d'attente, flic flac, plic, ploc, en compagnie de deux femmes, chacune assise sur une chaise, devant une table, deux femmes, une forte et une maigre, vêtues de noir, s'abritant chacune sous un parapluie noir, dont la poignée est scotchée à un portemanteau, pour l'une, et à un lampadaire, pour l'autre, plic, ploc, flic, floc, elles tricotent de la laine noire, la tête baissée, elles ne lèvent pas les yeux de leur ouvrage ; elles surveillent le passage, ce sont les gardiennes de la porte, la porte du directeur, la porte de Frank.

Les minutes passent, tic, tac, deviennent des heures, enfin la maigre se lève, se dirige droit vers toi, les yeux toujours baissés, sans lâcher son tricot, elle murmure : On vous attend. Frappez une fois, puis patientez.

Et tu te lèves et tu vas devant la porte, tu frappes une fois et tu patientes –

Entrez, te crie une voix, *sa* voix, de derrière la porte, la porte en bois. Entrez, vous dit-on, et tu t'exécutes, tu entres.

Entrez, Don, entrez donc, dit Frank, debout derrière son bureau dont il fait le tour pour venir te serrer la main avant de fermer la porte, et il te prend par le coude, te fait asseoir sur l'unique siège en face de son bureau, et retourne trôner derrière le sien, derrière les piles de documents qui s'entassent sur son bureau, une carte du monde est accrochée sur le mur derrière lui, couverte de punaises et encadrée, barbouillée de couleurs, avec de nombreuses zones bleues, quelques-unes en rouge, des zones noires et des traits jaunes.

Frank sort une bouteille de Johnnie Walker Label Rouge d'un tiroir de son bureau, la débouche et te propose : Un scotch, Don ?

Oui, dis-tu. Merci, monsieur.

Frank hoche la tête, Frank sourit et te verse un verre de whisky qu'il te tend : Allen dit beaucoup de bien de vous, Don. Il dit que vous êtes l'homme qu'il me faut, exactement l'homme de la situation.

Merci, monsieur, réponds-tu.

Frank t'offre une cigarette, qu'il allume en même temps que la sienne, puis déclare : Allen et Jim sont tous les deux d'accord. Ils m'ont dit que vous parlez la langue, et le chinois, que vous avez fait vos études à Cambridge en Angleterre. Ils disent que vous avez fait du bon travail en Europe, également.

C'est très gentil de leur part, monsieur, dis-tu.

Frank écrase sa cigarette, se lève, se tourne vers la carte, et pose la paume de la main sur l'Asie, colorée en rouge et en jaune, avant de déclarer : Notre gentillesse nous a coûté la moitié de la Corée, et va nous faire perdre la Chine. Mais il est hors de question qu'on perde le Japon, Don. Le sang qu'on a versé, les vies qu'on a perdues. Pas question, bordel de merde, qu'on perde le Japon, Don. Terminé, le temps de la gentillesse, vous avez compris, Don ? C'est bien clair, Don ?

Oui, monsieur, dis-tu. C'est clair.

Frank te regarde fixement, Franck hoche la tête. Il descend son whisky, tu descends le tien. Il t'en verse un autre, s'en sert aussi un autre, secoue la tête et poursuit : Le pays est une véritable poudrière, Don. Une étincelle, Don, une saloperie d'étincelle et tout explose, Don, et on perd tout !

Tu bois et tu acquiesces, puis tu dis : Mais que fait le SCAP, monsieur ?

Le SCAP, c'est ça le putain de problème, Don, c'est pour ça que j'ai besoin de vous là-bas, Don. Mac est trop occupé à jouer au Tout-Puissant avec les indigènes, pendant que ses grands prêtres mènent leurs petites guerres personnelles, s'en mettent plein les poches et se tapent des indigènes. Ça ne me pose pas de problème, Don, ça m'est complètement égal, sauf que Mac ne nous laisse pas le champ libre, ils font tout pour nous tenir à l'écart, lui et son petit chien de garde, Willoughby. Dès le premier jour, ils nous ont barré la route, Don, ils nous ont claqué la porte au nez, Don, nous ont totalement ignorés et laissés dans le noir, ne partageant aucune information, ne faisant rien pendant que sous leur nez, ce putain de pays passe entièrement sous la coupe des cocos.

Je comprends, dis-tu, hochant la tête, et puis tu bois ton deuxième verre.

Il remplit de nouveau ton verre, et le sien aussi, te regardant toujours dans les yeux, et ajoute : Vous me suivez, Don, vous suivez vraiment ? Parce que je le vois venir, putain, Don, je ne vois que ça, parce que je l'ai déjà vécu, Don, j'ai déjà connu ça dans le passé – et se tournant vers la carte affichée sur le mur, tapant de la paume de la main sur la carte –, en France, en Italie et en Grèce, putain, dans l'Europe tout entière, Don. J'ai dû plonger les mains dans la merde ces trois dernières années, j'en ai eu plein les mains, de la merde et du sang. La mission Argonaute, trahie, les infirmières massacrées –

D'ici à Shanghai, et on a été dépouillés par des gangsters, bernés par les cocos, mais plus question que ça recommence, pas au Japon, Don, pas pendant que je serai à mon poste, Don, pas au Japon.

Oui, monsieur, non, monsieur, tu réponds. C'est évident, monsieur.

Frank se rassied, ingurgite son whisky, puis, hochant la tête, il reprend : Là-bas, nous sommes sourds, muets et aveugles, Don. Sourds, muets et aveugles. Vous serez nos yeux et nos oreilles, Don, celui qui nous dira la vérité, Don, celui qui nous dira ce qui se passe vraiment là-bas.

Oui, monsieur, bien sûr, monsieur, et quelle sera ma couverture, Monsieur ?

Frank déplace la bouteille de whisky, ouvre un dossier, y jette un œil et annonce : Officiellement, un remplacement à la section économique.

Je vois, monsieur, réponds-tu, mais tu ajoutes : Mais en ce qui concerne le général Willoughby, sera-t-il au courant, monsieur ?

Frank referme le dossier, ouvre la bouche et se met à rire avant de répondre : Votre grand-mère était bavaroise, si je ne m'abuse, Don ? Vous avez fait vos études à Cambridge, en Angleterre, n'est-ce pas ? Le baron de Willoughby sera bien trop content de vous faire de la lèche pour se préoccuper de savoir qui vous a envoyé sur place et pourquoi, vous ne croyez pas, Don ?

Oui, tu acquiesces. Je vois, monsieur, merci, monsieur.

Hochant la tête, Frank rit de plus belle, puis il se lève et dit : Reprenez le couloir, allez voir le docteur, puis vous irez à Arlington prendre le premier avion en partance, Don. Pas une minute à perdre, Don, hein ?

Oui, monsieur, tu acquiesces encore, en te levant. Merci, monsieur.

Je compte sur vous, Don. Au revoir, Don.

Tu ouvres la porte, tu fermes la porte, clic-clac, tu repasses dans la salle d'attente, le long d'un autre couloir humide, flic-flac, jusqu'à une autre porte, tu frappes et tu attends encore qu'on te dise –

Entrez, soupire une voix, une voix lasse, derrière cette autre porte, en bois elle aussi. Alors tu t'exécutes, et tu entres, tu entres là aussi.

On a ouvert trente-six nouveaux postes, ces derniers six mois, vous savez, déclare le vieux docteur, en montrant les dossiers qui encombrent son bureau. Suffit d'avoir du sang dans les veines et qu'il circule, pour faire l'affaire – alors comment vous appelez-vous et où est-ce qu'on vous envoie, fiston ?

Donald Reichenbach, docteur, tu réponds, à Tokyo, docteur.

Pas rasé, les manches de sa blouse pleines de taches d'encre et de traces de sang, le docteur lève le nez de ses dossiers, te dévisage et dit : Eh bien, j'espère que vous tiendrez plus longtemps que votre prédécesseur.

Qu'est-ce qu'il lui est arrivé ? tu lui demandes.

Souriant, il répond : Il s'est pendu, à ce qu'on m'a dit.

Oh, tu t'étonnes, et tu ajoutes : Je vois, docteur.

Le sourire toujours aux lèvres, le docteur se lève et poursuit : Vous n'êtes pas sujet aux hallucinations, vous n'entendez pas de voix, j'espère ?

Pas dernièrement, docteur, tu réponds sur le ton de la plaisanterie.

Ça ne le fait pas rire, pas même sourire. Il prend un adipomètre et son stéthoscope, et en pantoufles, s'approche de toi en traînant des pieds, hoche la tête et te dit : Baissez votre caleçon, enlevez aussi vos chaussettes, et je vais vous examiner, voir comment vous vous portez en ce moment, voir qui on va envoyer là-bas, cette fois-ci.

Inspirez, dit le docteur Morgan. Et maintenant retenez votre respiration…

Les pieds ne touchant pas le sol, Donald Reichenbach est assis en caleçon sur le drap qui recouvre la table d'examen dans une petite salle de la clinique médicale internationale, inspirant, retenant sa respiration, les yeux baissés sur son ventre rond, sur sa peau et ses imperfections et ses taches, ses vieilles cicatrices.

Et maintenant, expirez, s'il vous plaît.

Rejetant les épaules en arrière, il se redresse, rentre son ventre et expire, les yeux larmoyant de nouveau.

Le docteur Morgan retire les embouts de son stéthoscope de ses oreilles. Il se rassied sur son siège tournant devant son petit bureau et demande : Vous ne fumez plus, j'espère ?

Je fais toujours pénitence, répond Donald Reichenbach, hélas.

Vous buvez toujours autant ?

Bien moins, répond Donald Reichenbach.

Le docteur Morgan secoue la tête, fronce les sourcils et demande : Ce bien moins, ça veut dire exactement quoi en moins ?

Plus de whisky, juste un seul verre de *shōchū* occasionnellement le vendredi, si c'est toujours autorisé, doc ?

Vous prenez de la bière ?

Si vous m'en proposez, répond Donald Reichenbach, tout content de son bon mot. La bière, ça ne compte pas, n'est-ce pas ?

Le docteur Morgan soupire. Vous avez repris du poids et votre tension artérielle a augmenté. Le surpoids est mauvais pour votre cœur et vos poumons.

Je vieillis, je vieillis, dit Donald Reichenbach avec un sourire. Je retrousse le bas de mon pantalon[1].

Le docteur Morgan sourit en retour au vieil homme en caleçon et chaussettes perché sur la table d'examen et lui dit : Effectivement, mais on peut toujours retarder le moment du grand départ, si on y met du sien.

Les deux hommes ont à peu près le même âge, ils sont là dans le pays depuis pratiquement aussi longtemps.

Mais mieux vaut ne pas abuser de l'hospitalité qu'on nous accorde, dit Donald Reichenbach. Ce serait du dernier mauvais goût.

---

1. Référence au poème de T.S. Eliot : « The Love Song of J. Alfred Prufrock ».

Cela fait rire le docteur Morgan. Ne soyez pas aussi mélodramatique, Donald. Vous n'avez pas encore soixante-quinze ans, mon vieux. Pensez à l'Empereur – il a presque quinze ans de plus que vous. Pourquoi vous croyez-vous obligé de prendre tout au tragique, bon sang ?

Qui aurait cru qu'un petit bonhomme aussi maigrichon tiendrait le coup aussi longtemps ? remarque Donald Reichenbach qui se penche pour récupérer ses vêtements dans la corbeille en plastique au pied de la table d'examen.

Le docteur Morgan se remet à rire : Allons, allons ! S'il ne s'est pas fait harakiri à l'époque, ce n'est pas maintenant qu'il va se presser de disparaître, que croyez-vous ? C'est un vrai résistant, notre *Tennō*[1].

Il prend son tee-shirt dans la corbeille et, l'enfilant par la tête, il demande : Il en a encore pour combien de temps, à votre avis, vous qui êtes du métier ?

Aussi longtemps qu'ils auront besoin de lui, je suppose, pour s'organiser, que tout soit en ordre, bien en place.

Donald Reichenbach enfile son pantalon et le remonte. Ils ont eu tout le temps nécessaire.

Allons donc ! réplique le docteur Morgan. Ils sont totalement incapables de planifier quoi que ce soit à l'avance, vous le savez bien. Ils croient toujours que le pire n'arrivera pas, et puis, quand ça se produit, que c'est inéluctable. Qu'on ne peut rien y faire, et cetera, et cetera.

Donald Reichenbach remonte la fermeture éclair de sa braguette, boutonne son pantalon et attache sa ceinture. *Shikata ga nai.*

C'est plutôt contagieux, remarque le docteur Morgan, regardant Donald Reichenbach. Extrêmement contagieux.

Enfilant sa chemise, Donald Reichenbach commence à la boutonner : Vous pensez qu'il va tenir jusqu'au nouvel an ?

C'est un survivant, dit le docteur Morgan. Nous sommes tous des survivants, nous qui avons traversé tout ça. Il le fallait bien, n'est-ce pas ?

Tous n'ont pas survécu, Doc.

Non, Don, pas tous, mais *nous*, oui et on continue.

Donald Reichenbach remonte son col de chemise, passe sa cravate autour du cou pour la nouer. Je me demande parfois comment nous avons bien pu faire pour survivre, et pourquoi on s'est donné tant de mal pour ça.

1. Titre d'Empereur du Japon.

Ça vous a été si difficile ? remarque le docteur Morgan. Et ça l'est encore pour vous ?

Donald Reichenbach ramasse sa montre dans le fond de la corbeille et la remet à son poignet. Vous non ?

Depuis que je travaille ici, il ne se passe pas un jour sans que je sois confronté à la plus grande contradiction de la nature humaine.

Qui est… ?

L'homme est un être autodestructeur, mais qui lutte sans arrêt pour se préserver, dit en riant le docteur Morgan. Depuis la nuit des temps.

Le téléphone interne sonne une fois sur le petit bureau et une lumière rouge s'allume sur le combiné, comme il le fait apparemment tous les quarts d'heure.

Donald Reichenbach jette un coup d'œil à sa montre, puis, levant la tête, regarde le docteur Morgan et baissant la voix, il dit : Mes cauchemars sont revenus.

C'est la rançon du sommeil, malheureusement.

J'ai reçu une lettre d'Amérique, d'une femme.

Vous n'avez vraiment pas de chance, dit le docteur Morgan, tout content à son tour de son bon mot.

Elle est ici en ce moment, elle m'a appelé ce matin, murmure Donald Reichenbach, de nouveau la larme à l'œil. Elle veut me voir, elle dit qu'il faut qu'elle me parle.

À quel sujet ?

Eh bien, c'est justement là le problème, elle ne me l'a pas précisé.

Le docteur Morgan se lève et lui dit : Mon cher Donald, vous êtes une véritable institution à Tokyo, une célébrité locale, qu'il faut voir et rencontrer. C'est tout à fait normal qu'elle veuille faire la connaissance du Grand Traducteur.

Des mots des autres, répond dédaigneusement Donald Reichenbach. Dans dix ou vingt ans, tout se fera par ordinateur.

Le docteur Morgan jette un coup d'œil à sa montre, et dit : Ça ne vaudra pas grand-chose, et donc, personne ne s'y intéressera.

Comme les poèmes et la prose que j'écris, soupire Donald Reichenbach. Que tous les éditeurs refusent, sans même prendre de gants, d'ailleurs.

Le docteur Morgan a ouvert la porte. Mon cher Donald, vous ressemblez de plus en plus à votre mère – ne m'avez-vous pas dit qu'elle était incapable de se soucier d'autre chose que de ses propres malheurs ?

Vous ne comprenez pas, dit Donald Reichenbach, qui sort son mouchoir de sa poche et se tamponne les yeux. J'ai un affreux pressentiment, c'est horrible, un terrible pressentiment…

Le docteur Morgan lui donne une petite tape dans le dos. Il l'aide à se redresser, le poussant gentiment vers la porte, vers la sortie et, en riant, lui dit : Mon cher Donald, depuis le temps que je vous connais, dès le premier jour, il ne s'est pas passé un jour sans que vous ayez un horrible pressentiment, un terrible pressentiment.

Transi de peur et angoissé, le vol te rend anxieux, tu es nerveux, et ça ne fait que commencer, ce n'est que le début du voyage, de la mission. Le voyage de Washington à Los Angeles se fait sur un vol régulier, normalement programmé. Le vol de Los Angeles à Tokyo, c'est une autre paire de manches, ne figure sur aucun programme de vols. Il part au milieu de la nuit, d'une nuit en Amérique, en plein milieu du siècle, de l'ère américaine, d'une piste située à l'écart de l'aéroport : vingt-trois passagers se dirigent vers la piste avec leurs bagages, se présentent devant un hangar entouré de fil barbelé, gardé par une sentinelle : le local est plongé dans le noir, la porte verrouillée, tu poses ta valise, ton porte-documents par terre et tu regardes ta montre, tu te ronges les ongles.

Ne vous inquiétez pas, te dit la sentinelle. Ces enfoirés de pilotes ne se pointent que quand ça leur chante. Alors, autant rester assis sur vos bagages en attendant.

Tu enlèves ton chapeau, le balances sur ta valise, sors ton paquet de cigarettes de la poche de ton imperméable, prends une cigarette, cherches dans les poches de ton manteau, de ta veste ton briquet que tu finis par trouver, tu allumes ta cigarette, puis levant les yeux vers le ciel, soufflant la fumée en direction des étoiles, tu la regardes flotter vers la lune, une lune d'été, et tu attends.

Dix cigarettes plus tard, une heure plus tard, le commandant de bord, son second et deux autres membres d'équipage arrivent devant la porte du hangar ; le commandant et son second échangent des plaisanteries avec la sentinelle, se moquant des passagers assis sur leurs valises près de la porte, puis ils entrent dans le baraquement, allument la lumière et puis, vingt bonnes minutes plus tard, ils disent à la sentinelle de faire entrer ces connards à l'intérieur, tous en même temps.

Tu écrases ta cigarette par terre, tu prends ton chapeau, tu le mets, puis tu prends ta valise et ton porte-documents et te diriges vers la porte, et tu entres dans le hangar ; tu vas t'asseoir sur un banc étroit, et tu écoutes les instructions du commandant de bord concernant les mesures de sécurité habituelles :

Bon, votre attention, bande d'enfoirés, le C-54 est un excellent avion. Mais même les meilleurs coucous du monde peuvent se planter un jour, et on va voler la plupart du temps au-dessus de l'eau, au-dessus de l'océan. En ce qui me concerne, je n'ai jamais vu un C-54 se planter, mais si ça devait arriver, voilà ce que vous devez faire, espèces d'enfoirés, attrapez la première chose jaune qui vous tombera sous la main parce que tout le matériel de sauvetage est peint en jaune, et tout ce qui est jaune flotte. C'est tout ce que vous avez besoin de savoir, bande d'enfoirés, tout ce que vous devez retenir –

Tout ce qui est jaune flotte.

Tu prends ta valise, ton porte-documents, suis le commandant, l'équipage, tes compagnons de voyage qui sortent du hangar, pour longer le terrain de l'aéroport jusqu'à la piste où la masse sombre du Douglas C-54 Skymaster à l'arrêt vous attend, accroupi sur le tarmac.

Tu laisses ta valise avec les autres empilées sur la piste sous la carlingue, puis tu empruntes la passerelle pour monter dans l'avion, tu t'arrêtes en haut des marches, tu mets la main sur le rebord de ton chapeau, le maintenant fermement sur ta tête, et tu te retournes pour regarder le paysage, mais il fait nuit noire, tout est plongé dans le noir, tu lèves les yeux pour regarder les étoiles dans le ciel, mais il n'y en a pas, elles ont disparu, elles se cachent dans le noir, tu te retournes, enlèves ton chapeau, entres dans l'avion : ce C-54 est un porteur de troupes et n'est équipé que de banquettes, il n'y a pas de siège individuel. Tu vas t'asseoir sur un des bancs de toile qui court le long des flancs de l'avion, deux sangles pendent au-dessus de ta tête : tu te tournes à gauche, salues la personne sur ta gauche, tu tires sur une des deux sangles et la fais passer sur ton épaule gauche, tu te tournes à droite, salues la personne sur ta droite et tu tires sur la deuxième sangle et la fais passer sur ton épaule droite, tu poses ton chapeau sur ton porte-documents, ton porte-documents qui repose sur tes genoux, puis tu tires sur la sangle du côté gauche et sur celle du côté droit et tu les attaches solidement ensemble, tu t'adosses contre la paroi métallique de la carlingue, tu attends.

Le second sort de la cabine de pilotage, parcourt l'allée centrale de l'appareil ; il hurle quelque chose aux passagers en passant près d'eux, puis lève le pouce en l'air en passant près d'eux et ils lèvent le pouce en retour quand il passe près d'eux : il te crie quelque chose en passant près de toi, quelque chose que tu n'entends pas quand il passe près de toi, il lève le pouce en l'air quand il passe près de toi, et tu lèves le pouce en retour quand il passe près de toi.

Alors la carlingue du Douglas C-54 Skymaster se met à vibrer, de plus en plus fort, et puis le Douglas C-54 Skymaster émet des bruits de ferraille, et le Douglas C-54 Skymaster se met en branle, roule de plus en plus vite le long de la piste d'envol, de plus en plus vite, puis le Douglas C-54 Skymaster décolle et monte, de plus en plus haut, dans le noir, de plus en plus haut dans le ciel, encore plus haut, toujours plus haut, tout là-haut, quittant la terre, quittant l'Amérique, la terre qui est en dessous de toi, qui est maintenant derrière toi, l'Amérique qui est en dessous et derrière toi maintenant, tout en bas au sol, tapie dans le noir, un trou dans le sol, un tombeau ouvert.

Tu relâches un peu ta prise sur ton porte-documents et ton chapeau, te cales contre la paroi de la carlingue, posant ta tête contre le métal, tu sens les vibrations, le pouls de l'appareil, tu entends le vrombissement, le bourdonnement des moteurs ; la tête en arrière, les yeux fermés, tu te laisses alors porter, emporter par le bourdonnement et le vrombissement au-dessus de l'eau, au-dessus de l'océan, de Los Angeles à Honolulu, le vrombissement et le bourdonnement au-dessus de l'obscurité qui règne sur l'eau et le silence de l'océan, le vrombissement, le bourdonnement qui augmente et décroît, suivant les courants et les marées, le vrombissement et le bourdonnement, au-dessus de l'eau en traversant l'océan, de Honolulu à Midway, le vrombissement et le bourdonnement au-dessus de l'eau qui roule et l'océan qui grossit, ses courants et ses marées, ces vrombissements, ces bourdonnements, de Midway à Wake Island, au-dessus des cadavres, des morts engloutis, ces vrombissements, ces bourdonnements, qui ont sombré par grand fond, ballottés par les vagues, déchiquetés, démembrés, le cadavre rongé jusqu'aux os et qui murmurent et qui geignent, au milieu des courants et des marées, dans leurs navires, dans leurs avions, d'une côte à l'autre, dans les épaves de leurs navires, les épaves de leurs avions, les morts américains, les morts japonais, dans l'abîme, au fond de l'océan, qui murmurent et gémissent –

Shhhhh, shhhhh, whooou, whooou...

Tu ouvres les yeux, tu relèves la tête : l'avion est secoué, odeur d'huile, odeur de carburant : l'avion vibre : tes paumes sont moites de sueur, la salive te coule le long du menton : l'avion pique : tu sens un goût de cuir sur tes lèvres, ta salive a un goût de sel : l'avion descend : tu t'essuies les mains et le menton.

Le second ressort du poste de pilotage, oscillant d'un côté à l'autre de l'allée centrale, passant près des passagers comme tout à l'heure pour leur dire quelque chose, levant le pouce en l'air, comme tout à l'heure, à chaque fois qu'il s'adresse à eux, il ramasse ton chapeau qui est tombé par terre, et te crie à l'oreille. Tu ferais bien de t'accrocher à ton chapeau, mon pote. Le commandant amorce notre atterrissage à Guam.

Tu lèves le pouce, lui aussi : tu t'accroches à ton porte-documents, tu tiens fermement ton chapeau, te redresses sur ton siège, et fermes les yeux, et tu les gardes fermés jusqu'à ce que tu sentes que les roues du Douglas C-54 Skymaster ont touché le sol, rebondissant brutalement sur la piste de la base aérienne de l'armée américaine à Guam.

Y a encore tout un tas de bridés dans le coin qui ignorent que la guerre est finie, qui ne savent pas qu'ils ont perdu la guerre, annonce le commandant, alors vous avez intérêt, bande d'enfoirés, à rester dans l'enceinte de la base, dans vos casernements, et de ne pas aller vous balader dans la jungle. Parce qu'on ne viendra pas vous rechercher, et on ne vous attendra pas, non plus. Notre vol part à minuit, que vous soyez là ou non, bande d'enfoirés.

Toi et tes compagnons de voyage crapahutez sur un chemin boueux sous une pluie battante jusqu'à votre quartier : un bâtiment aux toit et murs criblés d'impacts de balles, un escalier dont les marches sont amputées de gros morceaux de pierre qui mène à ta carrée, au bout d'un couloir au second étage : une sentinelle, en tenue de combat, une carabine à l'épaule, fait les cent pas le long du couloir, chaque fois qu'il arrive au bout du couloir, il prend une bouffée du cigare qu'il repose ensuite sur le rebord d'une fenêtre : il te lance : Si tu essaies de t'introduire dans le quartier des femmes, je te descends illico, tu peux me croire, j'hésiterai pas.

Tu fermes la porte de ta carrée, poses ton porte-documents par terre à côté du lit de camp, tu enlèves ta veste, tu la pends au crochet derrière la porte, tu mets ton chapeau par-dessus, et tu t'assieds au bord du lit bas inconfortable et tu ouvres ton porte-documents, en extrais deux dossiers, ainsi que l'exemplaire du *Dit du Genji*[1] dans la traduction de Waley ; tu

1. Œuvre majeure de la littérature japonaise du XIe siècle.

poses le livre à côté de toi sur le lit, ensuite tu ouvres le premier dossier que tu commences à lire, le dossier de ton prédécesseur, le Pendu, ses rapports et ses contacts, puis tu refermes le premier dossier et tu ouvres le second, le dossier qui ne comporte que des chiffres, des numéros de pages, des numéros de lignes, des numéros de mots. Tu te réfères au livre posé à côté de toi, que tu as ouvert sur le lit, cherchant les pages, les lignes et les mots, allant du dossier au livre, faisant des allers-retours entre le *Dit du Genji* et le dossier, décodant le dossier et transposant le texte jusqu'à ce que tu n'en puisses plus, que tu estimes avoir assez travaillé, et tu refermes le dossier, tu remets les deux dossiers et le livre dans ton porte-documents que tu refermes avant de le poser par terre à côté du lit de camp, tu retires tes bottes, les ranges à côté de ton porte-documents, tu te lèves et tu ouvres ta chemise, dégrafes ton pantalon, puis tu t'allonges sur le lit bas inconfortable et tu attends : tu attends dans la lumière grise de l'après-midi qui règne dans la pièce, travaillant ta légende, répétant ton rôle, mémorisant ce que tu devras dire, les mensonges que tu devras raconter, ton histoire qui n'est qu'un tissu de mensonges. Allongé sur ton lit bas inconfortable, tu ne dors pas, tu attends dans la lumière grise du soir qui règne dans la pièce, tu attends ton vol pour Tokyo, la grande première, le spectacle qui va commencer –

La sentinelle tape sur toutes les portes le long du couloir du second étage : Debout là-dedans, bande de feignasses…

Toi et tes compagnons de voyage vous revenez sur le chemin boueux dans la nuit noire pour vous entasser dans un petit local qui sent le renfermé où l'on vous passe un court métrage sur l'amerrissage forcé d'un Douglas C-54 Skymaster en plein océan ; le commandant rallume la lumière et dit : Ça n'arrive jamais, mais c'est pour vous rappeler, bande d'enfoirés, que tout ce qui est jaune flotte…

De retour dans le Skymaster, harnaché sur ton siège, tu braques le regard sur le bidon jaune qui contient une réserve de carburant, arrimé au sol près de la sortie de secours, le second te tape sur l'épaule, te crie à l'oreille : Encore parmi nous aujourd'hui, mon pote ?

Tu hoches la tête, tu lèves le pouce en l'air, il hoche la tête, il lève le pouce sous ton nez, puis s'en va. Tu tiens ton porte-documents et ton chapeau bien serrés contre toi, te cales sur le banc et tu sens de nouveau les vibrations de l'appareil, de plus en plus fortes, entends des bruits de ferraille, de plus en plus forts, les tremblements et le pouls de l'appareil, qui accélère, le vrombissement et le bourdonnement des moteurs de l'avion qui monte, monte de plus en plus haut, tu relâches ta prise sur ton porte-documents et ton chapeau, tu poses la tête contre la paroi du petit hublot sur ta gauche, et tu fermes les yeux, tu fermes les yeux, et dans tes oreilles résonne un chant, tu les entends chanter, ils murmurent et gémissent –

Les morts, les morts

Shhhhh, shhhhh, whooou, whooou...

Tu rouvres les yeux, l'intérieur de l'appareil est inondé de lumière, c'est le matin, tu redresses la tête ; l'avion est secoué, une fois encore tes paumes sont moites de sueur, la salive te coule le long du menton : l'avion vibre, tu t'essuies les mains et le menton une fois encore, l'avion pique, l'avion descend, tu tournes la tête pour regarder par le petit hublot sur ta gauche, l'avion effectue un virage, tu aperçois le mont Fuji, l'avion décrit un cercle, tu ne vois plus le mont Fuji, le second te tape sur l'épaule droite et tu te retournes : le second te tend ton chapeau et hurle : Tu devrais le tenir en laisse, mon pote !

Tu lèves le pouce vers lui, il secoue la tête en te regardant, reprend l'allée centrale pour regagner la cabine de pilotage ; l'éclairage intérieur de l'avion commence à baisser, tu serres ton porte-documents et ton chapeau encore plus fort contre toi, te redresses sur ton siège : à l'extérieur, la couverture nuageuse est de plus en plus dense, l'avion se remet à vibrer, à être secoué, chahuté, et tu refermes les yeux, une fois encore tu les gardes fermés jusqu'à ce que tu sentes que les roues du Douglas C-54 Skymaster ont touché le sol, rebondissant brutalement sur la piste de la base aérienne d'Haneda, à Tokyo.

Bienvenue au Japon, monsieur Reichenbach, te souhaite le jeune militaire américain au bureau d'accueil de la base aérienne d'Haneda en te rendant ton passeport, ton permis de séjour, tes certificats de vaccination et ton bon de logement.

Merci, lui dis-tu.

De rien, répond-il. À présent, il faut que vous preniez le bus de la compagnie aérienne du Nord-Ouest pour vous rendre au centre de Tokyo. Le bus est juste sur votre gauche en sortant du bâtiment. C'est un bus direct, qui vous emmènera jusqu'à Ginza, au centre-ville. Vous descendrez à l'arrêt de Ginza, et là, après avoir traversé la rue, vous irez directement en face au bureau du Grand Prévôt. Parce qu'il faut que vous vous présentiez dès votre arrivée au bureau du Grand Prévôt. C'est la première formalité que vous devez accomplir. Tant que vous ne l'aurez pas fait, votre séjour ici sera considéré comme illégal. Alors, faites en sorte d'accomplir cette démarche en priorité, dès maintenant, avant de faire quoi que ce soit d'autre. C'est bien clair pour vous ? Vous avez compris, monsieur ?

Oui, réponds-tu. C'est clair, je vous remercie.

De rien, conclut le militaire.

Tu ranges ton passeport, ton permis de séjour, tes certificats de vaccination et ton bon de logement dans ton porte-documents, que tu refermes et que tu prends sous le bras, tu poses ton imperméable sur ton bras, ramasses ton chapeau sur le comptoir, le mets sur ta tête et, saisissant ta valise, tu quittes la base aérienne d'Haneda. Une fois dehors, tu tournes à gauche, tu vois l'arrêt du bus de la compagnie aérienne du Nord-Ouest ; tu poses ta valise, ton porte-documents, enlèves ton chapeau et sors ton mouchoir pour t'essuyer la figure, puis le cou, tu ranges ton mouchoir et tu reprends ta valise et ton porte-documents, et te diriges vers l'arrêt du bus de la compagnie aérienne du Nord-Ouest. Tu tends ta valise au préposé aux bagages, puis retires ta veste, ton chapeau et reprends ton mouchoir, tu montes dans le bus, tu traverses tout le bus pour t'installer à l'arrière, tu ranges ton porte-documents sur le porte-bagages au-dessus de ta tête, tu plies ton imperméable et le poses sur ton porte-documents, et puis tu t'assieds, poses la tête contre la vitre et fermes les yeux ; tu entends le bus qui démarre, tu sens la vitre du bus qui vibre, tu rouvres les yeux, regardes par la fenêtre, aperçois le réseau de câbles noirs qui pendouille en l'air, tu fermes les yeux, tu sens le bus qui passe dans un nid-de-poule, tu rouvres les yeux, tu vois une mer de toits rouges de rouille, et tu refermes les yeux, puis tu sens que le bus fait une embardée, rouvrant les yeux, tu regardes encore par la fenêtre, vois des bandes de jeunes partout à l'entour et tu refermes encore les yeux, le bus s'arrête, tu rouvres les yeux, le contrôleur hurle : Ginza !

Tu présentes ton passeport, ton permis de séjour, tes certificats de vaccination et ton bon de logement au jeune militaire américain derrière le comptoir principal du bureau du Grand Prévôt : il fait défiler les pages, feuillette les papiers et les documents, tamponne ton passeport, ton permis de séjour, tes certificats de vaccination et ton bon de logement, puis te dit : Maintenant, veuillez passer au comptoir suivant, monsieur.

Tu passes au comptoir suivant, au jeune militaire américain suivant. Il prend tes empreintes, main gauche, main droite ; tu nettoies tes doigts pleins d'encre noire, te diriges vers un autre comptoir, où un autre jeune militaire américain te mesure, te pèse et te tend une ardoise sur laquelle est écrit à la craie Reichenbach Donald/276522, il te demande de te mettre devant un mur blanc, et tu te mets devant le mur blanc, de tenir l'ardoise et tu tiens l'ardoise ; il prend une photo, il te prend en photo, et te dit : C'est terminé. Veuillez repasser au comptoir principal, monsieur.

Tu retournes au comptoir principal, le jeune militaire américain te rend ton passeport, ton permis de séjour, tes certificats de vaccination et ton bon de logement, puis souriant, il te dit : Bienvenue à Tokyo, monsieur Reichenbach.

Merci, réponds-tu.

De rien, dit le militaire. Maintenant, il faut que vous alliez faire viser votre bon de logement auprès du bureau du logement. Ils vérifieront que l'adresse qui est inscrite sur le bon dont vous disposez est toujours la bonne. La plupart du temps, c'est le cas, mais il arrive parfois qu'il y ait une erreur. Et si une erreur a été commise, alors il faudra que vous reveniez ici pour qu'on puisse régulariser la situation. J'espère que ce ne sera pas le cas. Le logement qui vous a été attribué est un des meilleurs de la ville. Vous auriez pu plus mal tomber, croyez-moi, monsieur.

Encore une fois, tu lui dis : Merci.

Je vous en prie, monsieur, répond le militaire ; alors il te regarde remettre ton passeport, ton permis de séjour, tes certificats de vaccination et ton bon de logement dans ton porte-documents, te regarde pendant que tu le fermes, le mets sous ton bras, ton imperméable par-dessus, puis prendre ta valise. Il te regarde sortir par la porte à double battant du bureau du Grand Prévôt, puis, cessant de te regarder, il retourne derrière son bureau ; il ne voit pas que tu as fait demi-tour et que tu l'observes en train de décrocher le téléphone sur son bureau, composer un numéro à quatre chiffres, que tu le vois patienter, puis que tu l'entends parler, que tu l'entends dire : Il est là, chef. Oui, chef, à l'hôtel Dai-ichi, chef.

Oui, je suis là, murmures-tu, en cette journée d'été, *l'été de l'année dix-neuf cent quarante-huit*, et je vais rester longtemps, longtemps après ton départ, longtemps après que vous serez tous partis, Je serai toujours là.

Il sort du métro à la station de Kasumigaseki et monte lentement les escaliers raides qui mènent à la sortie sous la bruine quotidienne. Il aime passer par le parc Hibiya, surtout quand il pleut. Mais aujourd'hui, il ouvre son parapluie, passe devant les bâtiments gouvernementaux, le palais de justice de Tokyo et le quartier général de la police à Sakuradamon, et rejoint la foule qui traverse les douves et passe par les portes du jardin de Kōkyo-gaien et les alentours du palais impérial. Au loin, il aperçoit les longues files d'attente du public qui patiente sous des parapluies multicolores, attendant de pouvoir pénétrer sous le chapiteau dressé à côté de la Porte de Sakashitamon où se trouvent les registres sur lesquels ces âmes bien intentionnées pourront inscrire leurs vœux de rétablissement à l'empereur. Mais il ne va pas se mêler à la file d'attente, son parapluie noir d'étranger paraîtrait totalement incongru dans cette mer de couleurs vives et d'espoirs de la population locale. Faisant demi-tour, il se dirige vers Nijūbashi, passant près de la foule agenouillée et des gens qui restent debout, sans se soucier des flaques et de la pluie, le parapluie baissé, ils ne se protègent pas, oubliant qu'ils ont un parapluie, les mains jointes et inclinant la tête, devant le palais impérial, devant sa majesté qui se meurt. Il repasse sur les douves pour regagner Hibiya-dōri, et puis pour la première fois depuis il ne sait plus combien de temps, il se fait fort – mais fort de quoi, il se demande bien – de passer devant l'immeuble de la Dai-ichi Mutual Life Insurance, l'ancien palais du *shōgun* aux yeux bleus, le quartier général du SCAP. Mais il ne fait que passer, ne s'attarde pas sur les traces du bon vieux temps, pas aujourd'hui. Non, il tourne directement à gauche et remonte une rue adjacente pour rejoindre Yūrakuchō et l'immeuble Denki.

Il prend l'ascenseur nord pour aller au Club des correspondants de presse étrangers situé au vingtième étage, passe rapidement aux toilettes, avant d'emprunter le petit couloir qui mène à l'accueil. Avec le sourire, il tend son parapluie et son imperméable à la nouvelle employée dont il a oublié le nom, puis entre dans le bar principal. Il est encore tôt, la clientèle du déjeuner n'est pas encore arrivée, et il peut choisir sa table. Il s'installe près de la fenêtre au fond du bar, le dos tourné à la salle.

Du haut du vingtième étage, il regarde par la fenêtre la mer de nuages et de brouillard, les nuages si bas et denses qu'on ne voit plus les gratte-ciel, effaçant toute trace de modernité, ramenant la ville au ras du sol, de nouveau dans la boue et le brouillard, exactement comme quand…

Il se lève brusquement, se cognant presque dans Hanif, qui manque de lâcher la carte et le verre d'eau qu'il apporte. Il s'excuse, Je suis désolé, Hanif, vraiment désolé, mais j'ai oublié quelque chose.

Pas de problème, monsieur, répond Hanif avec un sourire. Pas de problème. Vous comptez revenir, vous voulez que je vous garde votre table ?

Je regrette, dit-il. Mais je ne crois pas que ce soit nécessaire, mais merci, en tout cas, Hanif.

Pas de problème, monsieur, redit Hanif.

Il quitte rapidement le bar, revient au comptoir de l'accueil. Il donne son ticket de vestiaire plastifié à la nouvelle employée. Elle lui apporte son imperméable et son parapluie. Embarrassé, il marmonne des excuses en enfilant son imperméable et lui dit au revoir. Il reprend le petit couloir qui mène à l'ascenseur et appuie une fois sur le bouton d'appel, puis une deuxième fois –

Mon vieux Donald, s'exclame derrière lui une voix bien connue, empreinte de l'accent typique des écoles privées britanniques. Y a le feu quelque part ?

Jerry, comment vas-tu ? soupire-t-il, tendant mollement la main.

C'est à *toi* qu'il faut poser la question, cher ami, grimace Jerry Haydon-Jones qui ne lui lâche pas la main. Je te croyais mort et enterré, mon vieux. En train de manger les pissenlits par la racine.

Il retire sa main. Pas complètement, Jerry, pas encore.

Je te taquine, mon vieux, rigole Jerry qui lui assène une bourrade dans le bras. Ne prends pas cet air malheureux, mon ami. En fait, la semaine dernière quand je me suis permis d'évoquer le mystère de tes disparitions avec les copains au bar, Bernie, je crois que c'est lui, m'a dit : Ne t'inquiète pas pour ce bon vieux Donald, Jerry, a-t-il dit, il doit être quelque part en train de s'en mettre plein les poches. Un cadeau d'entreprise par-ci, une conférence dans le privé par-là, inutile de te faire du souci, Jerry, Oncle Sam sait gâter ses ouailles, pas comme cette perfide Albion qui vous traite comme des mendiants. Allez, avoue tout au père Jerry, tu étais où : New York, Washington… En Virginie ?

L'ascenseur s'est arrêté et puis est reparti, porte béante, porte close, à vide en attendant que quelqu'un le prenne. Il appuie une fois encore sur le bouton et déclare : J'étais tout simplement ici, Jerry, ni mort, ni plus riche, malheureusement.

Allons, allons, ne fais pas cette tête, pas à moi, réplique Jerry Haydon-Jones, le prenant fermement par le bras, tentant de l'empêcher de remonter dans l'ascenseur. Viens raconter tout ça à Oncle Jerry en dégustant deux ou trois verres d'eau de feu.

Il dégage son bras, son coude vient heurter Jerry, et il répond : Rien ne me ferait plus plaisir, Jerry, mais il faut vraiment que je m'en aille.

C'est aussi urgent que ça ? dit Jerry, feignant, peut-être, d'être vexé et indigné, puis l'attrapant de nouveau par le bras, lui serrant très fort le bras. Mais tu dois absolument me promettre qu'on se reverra, mon vieux, et qu'on se verra bien vite, c'est d'accord ?

Bien entendu, Jerry.

J'ai ta parole ?

Tu peux me faire confiance, Jerry, je ne tarderai pas à revenir te voir.

Alors, tout est pardonné, conclut Jerry Haydon-Jones en lui relâchant le bras. Pour le moment.

Merci, dit-il en s'engouffrant dans la gueule de l'ascenseur, alors que les portes se ferment –

Mais ne m'oblige pas à venir te sortir de ton trou…

Se frottant le bras tandis que l'ascenseur le ramène en lieu sûr, il a le souffle coupé, le cœur battant. Espèce de vieil imbécile, sacré imbécile ! Tu détestes cet endroit. Tu ne l'as jamais aimé, et tu ne l'aimeras jamais. Il tourne à droite en sortant de l'ascenseur et se retrouve sous la pluie à Yūrakuchō. Il ouvre son pépin, se mêle aux centaines d'autres parapluies qui s'agitent et s'entrechoquent, à droite et à gauche, d'est en ouest, pour se frayer un chemin sur le trottoir. Un nombre incalculable de parapluies, une foule de personnes, qui le bousculent, manquant presque de le faire tomber, enfin presque, mais de justesse. Il arrive au bord du trottoir, tente de reprendre son souffle. Un taxi éclabousse le bas de son pantalon pendant qu'il attend que le feu passe au vert. Il marche dans une flaque en descendant du trottoir et a de l'eau plein ses chaussures. Un homme lui fonce dessus quand il traverse, il se fait presque arracher ses lunettes par le parapluie d'un passant et il se fait injurier par tous les deux. Ces gens ignorent-ils que l'empereur est en train de mourir en haut de la rue, qu'un règne touche à sa fin ? Il sent qu'il va se mettre à pleurer en passant sous les voies de chemin de fer, se dirige vers le quartier de Ginza, où les trottoirs sont plus larges, Dieu soit loué. Mais il préférerait marcher à l'abri du feuillage des arbres, et non sous un parapluie, accablé d'injures, regarder les fleurs, leurs pétales émaillés de gouttes de pluie, et non cette foule, ces visages, fais-les disparaître, mon Dieu, je t'en supplie, Seigneur. De plus en plus dégoulinant de pluie, trempé de sueur, il arrive au carrefour de Sukiyabashi et à la bouche du métro. Il baisse son parapluie, le replie et l'attache, puis descend l'escalier, il manque de glisser, parvient de justesse à se raccrocher à la rampe, juste à temps, au dernier moment. Il s'arrête, le temps de reprendre son souffle, que son cœur retrouve un rythme normal, puis, faisant extrêmement attention, il descend prudemment les dernières marches de l'escalier et, redoublant de précaution, il se dirige vers le quai de la ligne d'Hibiya, achète un ticket, passe le portillon et se rend sur le quai, attendant sous terre, pensant à toutes les choses qu'il aurait aimé faire à Ginza, feuilleter les livres sur les rayonnages de la librairie Kiōbunkwan et chez Jena Books, acheter des petits pains fourrés à la pâte de haricots rouges et des croissants au beurre à la pâtisserie Kimuraya, s'offrir une bouteille de vin français dans les grands magasins Mitsukoshi ou Matsuya ; même déjeuner d'une Bockwurst en buvant une bière blanche au Lion Beer Hall. Eh bien, dit-il à voix haute tandis que la rame démarre, essayant de ne pas se poser de question, luttant pour ne pas se plaindre, Ce sera pour une autre fois, une autre fois.

Ces heures, les premières heures, sous couverture, passent, deviennent des jours, sous couverture, ces jours, les premiers jours, deviennent des semaines, tu vis sous couverture, à Shimbachi, à l'Hôtel Dai-ichi, dans ta toute petite chambre ; à Nihonbashi, dans l'immeuble Mitsui, dans ton tout petit bureau, tu es encore sous cellophane, ça fait partie du processus, la couverture, l'attente, ça fait aussi partie du processus, l'attente sous couverture : l'hôtel est sur écoutes, ton bureau est sur écoutes, tu le sais, tu le sais : contente-toi de faire ton travail, d'accomplir ta journée de travail à la section diplomatique, chargé des relations économiques, où tu compiles des statistiques, rédiges des rapports, établis des graphiques, qui sont tous envoyés à Washington et au Département d'État, après avoir été auparavant envoyés à l'état-major de Mac : Mac et ses hommes, ils ne font pas confiance, méprisent les petits trouillards dans ton genre, qui ont passé la guerre planqués à Foggy Bottom[1] ; mais au moment de ton arrivée, au cours de l'été mille neuf cent quarante-huit,

1. Quartier de Washington dont la plus grande partie est occupée par le Département d'État des États-Unis (équivalent du ministère des Affaires étrangères) qui est appelé par métonymie « Foggy Bottom ».

la section diplomatique est principalement composée d'arrivistes des Affaires étrangères, avec même un saupoudrage d'anticommunistes fanatiques, et l'hostilité et la méfiance qui règnent entre le GHQ et le SCAP commencent à diminuer : tout le monde chante la même chanson, éliminer les communistes et marche arrière, du moins en public, si tu veux conserver ton boulot, ton travail de jour : alors tu lis les journaux, les pages de la rubrique financière, tu analyses des bilans, des tonnes et des tonnes de bilans de sociétés, et tu rédiges des rapports sur la déconcentration, le démantèlement des conglomérats et des cartels japonais ; pendant des heures, à longueur de journées, des semaines pluvieuses durant, tout au long des mois de canicule, sous couverture, cet été-là passé sous couverture à attendre patiemment, tout cela participe du processus –

Shhh, shhhhh, whooou, whooou....

Au crépuscule, pratiquement chaque soir, tu regagnes ta toute petite chambre à l'hôtel Dai-ichi à Shimbashi ; au début, tu prends le bus, le bus réservé au personnel de l'Occupation, mais ensuite, de temps à autre, tu décides de rentrer à pied ; la ville est alors une ville de vaincus, une ville ravagée par le marché noir, la prostitution et la pauvreté, et certains soirs, il t'arrive très souvent, quand tu rentres dans ta chambre et que tu t'assieds au bord de ton lit, de pleurer. Tu pleures sur ces hommes et ces jeunes gens qui mendient une cigarette et du chocolat près des magasins réservés au personnel de l'armée d'occupation, sur ces femmes et ces jeunes filles qui vendent leur corps et leur cœur sous les ponts de chemins de fer, dans l'ombre des parcs, tu pleures sur la destruction de cette ville, la destruction de cette nation, oui, tu pleures, mais tu travailles, aussi, dans cette minuscule petite chambre qui ne semble plus aussi petite, tu apprends la langue, tu étudies la culture, la civilisation de cette nation et son histoire, dans des livres d'occasion que tu trouves à Kanda et Jimbōchō[1], au cours des balades que tu fais pendant tes jours de congé : au marché aux poissons de Tsukiji et dans le quartier animé d'Ikebukuro, mais, le plus souvent, à Ueno et son parc, dans les temples funéraires et les cimetières, envahis par les mauvaises herbes et laissés à l'abandon, avec leurs clôtures défoncées, tu passes des heures au milieu des tombes et des fantômes, des stèles couvertes de mousse, essayant délicatement de dégager les inscriptions gravées dans

1. Quartier des bouquinistes de Tokyo.

la pierre, de déchiffrer leurs témoignages mélancoliques, à travers les larmes que tu verses, aveuglé, tes larmes et les leurs, les larmes d'une nation occupée.

Shhhh, shhhhh, whooou, whooou…

Ils sanglotent, et tu sanglotes aussi, tu sanglotes, mais tu veilles, tu surveilles et tu observes, tu observes et tu tâtes le terrain : pendant ces balades que tu fais, tu tâtes le terrain, vérifiant que personne ne t'épie : dans les gares sur les quais, tu ne prends pas le premier train qui se présente, tu le laisses partir sans monter à bord, t'accroupissant pour nouer ton lacet, puis tu attends que tous les voyageurs soient montés dans le train suivant, et tu te glisses dans le wagon juste avant que les portes se referment ; tu laisses passer deux gares, tu descends à l'arrêt suivant et tu montes dans le train qui part dans la direction opposée sur le quai d'en face, parcourant toute la ligne de Yamanote jusqu'à Ueno, cette ligne qui présente l'avantage d'accomplir un cercle, et tu tournes en rond, montant et descendant du train, tâtant le terrain, vérifiant que personne ne te surveille.

Shhhh, shhhhh, whooou, whooou…

Jusqu'à ce que tu sois sûr, autant que faire se peut, que personne ne t'épie, que personne ne te regarde plus que nécessaire et quand l'été indien laisse la place au début de l'automne, tandis que tu es allongé sur ton lit à l'hôtel, c'est alors que tu décides que tu as assez attendu, que tu as été suffisamment patient, assez patient et prudent : tu te lèves, tu sors ton porte-documents de sous ton bureau, tu l'ouvres, tu en extrais soigneusement les deux dossiers qu'il contient, et tu t'assieds à ton bureau, tu allumes la lampe, tu prends une cigarette, puis avec les plus grandes précautions tu ouvres le premier dossier, cherchant attentivement le cheveu que tu t'es arraché et que tu as placé à l'intérieur. Il est bien là, se trouve encore là, en évidence entre les pages du dossier. Tout en fumant, tu regardes fixement le cheveu, tu relis le contenu du dossier, puis éteignant ta cigarette, tu refermes le premier dossier et ouvres le second, trouves le cheveu que tu t'es arraché et que tu as placé à l'intérieur, il est là, bien là ; tu prends le *Genji* de Waley dans la rangée de livres calés sur ton bureau. Tu ouvres le livre, tournes les pages pour trouver le chapitre intitulé Yugao ; une fois que tu y es, tu trouves la page et le paragraphe qui décrit une rue misérable, une maison isolée, les lignes et les mots, tu reviens au dossier, tu retournes dans le livre, passant du dossier au *Dit du Genji*, puis te reportes au dossier, décodant le dossier et transposant le texte jusqu'à ce que tu sois sûr et certain que tu as tout vérifié, et tu refermes le dossier, tu ranges dans ton porte-documents les deux dossiers où tu as remis en place les cheveux, ton porte-documents sous le bureau et remets le *Dit du Genji* de Waley à sa place dans la rangée de livres calés sur ton bureau ; tu te relèves, abandonnes ton bureau et vas te rallonger sur ton lit et tu attends : dans la lumière tamisée de la chambre enfumée, travaillant ta légende, répétant ton rôle, mémorisant ce que tu devras dire, les mensonges que tu devras raconter, ton histoire qui n'est qu'un tissu de mensonges. Allongé sur ton lit bas inconfortable, tu ne dors pas, tu attends que le rideau s'ouvre, laissant passer la lumière du jour, demain c'est la première, le jour où le spectacle va vraiment commencer, le jour où tu iras voir la maison des morts.

Hier matin, la température de l'empereur est montée à plus de 38 °C pour la première fois depuis le 19 septembre et il a subi une nouvelle transfusion de sang dosée à deux cents centilitres sans globules blancs à la suite de la découverte de signes d'hémorragie interne. À l'heure de la conférence de presse du soir, l'état de l'empereur est stationnaire et il semble aller mieux ; sa température est tombée à 37,4 °C, son pouls bat à 84 pulsations par minute, sa pression artérielle est à 13/7 et sa fréquence respiratoire est de 18 par minute. Kenji Maeda, chef du service général de l'Agence de la maison impériale, a déclaré que la hausse de température de l'empereur pourrait être la double conséquence d'une inflammation de la partie haute de l'appareil digestif et d'une réaction à la suite des nombreuses transfusions de sang. Depuis le 19 septembre, l'Empereur a reçu un total de cinq mille sept cent quinze centilitres de sang.

Tu entends ça, dit Donald Reichenbach qui jette un regard dans la chambre à coucher tandis qu'il s'essuie les doigts sur un mouchoir en papier. Cinq mille sept cent quinze centimètres cubes de sang – ça veut dire que son sang impérial a été complètement remplacé jusqu'à la dernière goutte.

Une bonbonne d'oxygène a aussi explosé à côté de la chambre où l'empereur gît, gravement malade, mais le bruit de l'explosion n'a pas dérangé le vieux monarque de quatre-vingt-sept ans. Des membres du palais ont indiqué qu'un plombier qui effectuait des travaux de rénovation à l'hôpital du palais impérial a été sérieusement blessé quand la bonbonne a explosé au cours d'une inspection des lieux. Toutefois, selon une déclaration officielle, Sa Majesté n'a rien entendu.

Inconscient jusqu'à la fin, remarque Donald Reichenbach en portant son assiette, son couteau et sa tasse dans l'évier. Il fait sa petite vaisselle et l'essuie, puis range son assiette, son couteau et sa tasse en écoutant la suite des informations du matin, sur la défaite du gouvernement de Pinochet, le débat électoral entre les sénateurs Bentsen et Quayle qui briguent la vice-présidence.

Défendant ses qualifications, Quayle a déclaré qu'il a autant d'expérience que John F. Kennedy quand il s'est présenté à la présidence. Bentsen a répliqué : Sénateur, je connaissais Jack Kennedy. C'était un de mes amis. Sénateur, vous n'êtes pas Jack Kenned –

Il éteint la radio et va dans sa chambre, il se souvient de Stanford, de ce matin à Stanford, car c'était le matin sur la côte du Pacifique quand le président Kennedy a été assassiné. Il avait été invité à donner une série de conférences sur la littérature classique japonaise, il était quand même allé à sa conférence programmée le matin. C'eût été incorrect de ne pas le faire, s'était-il dit sur le moment, et il pense encore la même chose aujourd'hui. Mais les étudiants n'étaient pas de son avis, tous ces beaux jeunes gens et belles jeunes filles de Californie, éclatant de santé, aux yeux bleus attristés par la nouvelle, faisant la fine bouche devant son manque de tact. Il sourit et prend une cravate écarlate sur le portant de sa penderie et, pouffant de rire, il se tourne vers Grete qui dort sur son lit et dit : Allons, allons, ne sois pas jalouse, Gre-chan chérie, mais Papa a rendez-vous pour déjeuner, il doit se mettre sur son trente et un.

Mais lorsqu'il rentre dans son salon-salle-à-manger-cuisine, avec ses vêtements sous le bras, il cesse de sourire et de rire, en arrêt devant son radio-cassette posé sur la table. Richard Strauss succède au bulletin d'information, mais ce sont les *Vier letzte Lieder*, ses Quatre derniers Lieder qui sont diffusés, comme par hasard, *comme par hasard*. Ça le reprend, le souffle coupé, le cœur brisé, les larmes aux yeux, il se rassied à la table, serrant ses vêtements contre lui, se pelotonnant, se laissant bercer par Elisabeth Schwarzkopf, George Szell et l'Orchestre radio-symphonique de Berlin qui interprètent « Le Printemps », « Septembre », « L'Heure du sommeil » et finalement « Au crépuscule » : Dans la peine et la joie, nous avons marché main dans la main, de cette errance nous nous reposons maintenant dans la campagne silencieuse / Autour de nous les vallées descendent en pente, le ciel déjà s'assombrit, seules deux alouettes s'élèvent, rêvant dans la brise parfumée / Approche, laisse-les battre des ailes, il va être l'heure de dormir, viens, que nous ne nous égarions pas dans cette solitude / Ô paix immense sereine, si profonde à l'heure du soleil couchant, comme nous sommes las d'errer –

Lâchant ses vêtements, il s'essuie le visage, s'essuie les joues et les yeux, de ses deux mains, puis il tend le bras pour éteindre la radio, mais elle est déjà éteinte…

serait-ce déjà la mort[1] ?

Tu te rases devant la petite glace au-dessus du petit lavabo de ta chambre d'hôtel, scrutant sur le miroir le reflet de ton cou, tes joues et ta lèvre supérieure ; tu te laves la figure, tu t'essuies, puis tu prends ton peigne et tu te coiffes, les yeux rivés sur les dents du peigne qui se reflètent dans le miroir, sur tes cheveux dans le miroir. Tu t'habilles et tu rectifies ton nœud de cravate devant la glace, ne regardant que ton nœud de cravate, que le tissu de ta cravate, que la cravate nouée à ton cou. Tu es conscient d'éviter de voir ton propre regard, tes yeux dans le miroir, tu évites de te regarder dans les yeux, pour ne pas voir l'angoisse dans ton regard, le reflet de ta peur dans la glace ; tu détournes les yeux du miroir et tu vas prendre ta veste, tu l'enfiles, tu prends ton chapeau accroché à la patère sur le mur, ton porte-documents sous le bureau, et tu quittes ta chambre d'hôtel, te retournant pour verrouiller la porte. Tu vas jusqu'au bout du couloir et tu prends l'escalier qui descend dans le hall de l'hôtel. Tu traverses le hall et tu quittes le Dai-ichi pour aller à Shimbashi, par une matinée de fin septembre, dans une atmosphère encore étouffante de chaleur ; la luminosité a déjà changé, les jours raccourcissent, mais c'est toujours la même routine, ça ne doit pas changer, ça fait partie du processus ; le processus c'est la routine, la routine c'est le processus : tu vas à la gare de Shimbashi, tu montes sur le quai de la ligne de Yamamote, tu laisses passer le premier train qui se présente, tu te baisses pour renouer ton lacet, puis tu attends que tous les passagers soient montés dans le train suivant pour te glisser dans le wagon juste avant que les

1. Poème de Joseph von Eichendorff ayant inspiré à Richard Strauss son quatrième Lied, traduit par Gil Pressnitzer et paru dans la revue *Esprits Nomades*.

portes se ferment ; tu laisses passer deux gares, tu descends à l'arrêt suivant et tu montes dans le train qui part dans la direction opposée, retournant là d'où tu viens, passant par Yurakucho jusqu'à Shimbashi, puis par Hamamatsushō et Tamachi jusqu'à Shinagawa ; tu descends à Shinagawa, vas sur le quai opposé, comme précédemment, tu ne montes pas dans le premier train qui passe, tu te baisses pour renouer ton lacet, puis tu attends que tous les passagers soient montés dans le train suivant pour te glisser dans le wagon juste avant que les portes se ferment ; comme précédemment, tu laisses passer deux gares, tu descends à l'arrêt de Hamamatsuchō et tu sors de la gare, assuré autant que faire se peut que tu n'es pas surveillé, que tu n'as pas été suivi ; tu prends par Daimon pour te rendre sur le site du temple Zōjō-ji et Taitōku-in, un des mausolées de la ville dédié aux Togugawa, où six shōguns[1] sont enterrés : mais contrairement à Ueno, le mausolée et le temple ont été incendiés et détruits pendant les bombardements de mai 1945 et trois ans plus tard, l'endroit où se trouvait ce trésor national n'est plus que cendres et ruines, de grands troncs d'arbres calcinés gisant encore à l'endroit où ils se sont écroulés, les racines à l'air, les branches brûlées jusqu'à la dernière feuille ; dans une atmosphère morne et silencieuse, sous un ciel gris chargé de nuages, tu traverses ce champ de ruines et de cendres, marchant au milieu des ruines du temple et du mausolée, au milieu des autres tombes, cachées sous le feuillage de bambous envahissants et les mauvaises herbes, laissées à l'abandon, mais aujourd'hui tu ne t'attardes pas, au milieu des tombes et des fantômes, des stèles recouvertes de mousse, ce n'est pas le moment, aujourd'hui, tu dois poursuivre ton chemin, aveuglé, les larmes aux yeux, tes larmes et les leurs…

Shhhh, shhhhh, whooou, whooou…

Tu sors de l'autre côté, abandonnant les morts et leurs sépultures, sur l'avenue B, tu t'arrêtes sur un côté de la rue, tu sèches tes larmes, et tu attends, et tu regardes autour de toi, vérifiant que personne ne te surveille, que personne ne t'a suivi : un bus réservé au personnel de l'Occupation passe dans la rue, tu t'éloignes, puis tu regardes derrière toi : des vélos et des cyclopousses passent devant toi ; une charrette chargée de bidons d'excréments, tirée par deux bœufs, passe dans l'autre sens, mais personne ne surgit de l'ombre dans ton dos, venant de la terre des morts ; tu traverses, te frayant un passage sur la chaussée

1. Titre de celui qui détenait le pouvoir militaire et civil au Japon de 1192 à 1867.

entre les vélos, le camion bizarre, puis tu t'arrêtes sur le trottoir d'en face, encore une fois tu regardes autour de toi, là non plus personne ne surgit de l'ombre de l'autre côté de la rue, de cet endroit de mort, tu t'éloignes, quittes la rue principale, tournes dans une rue adjacente qui mène à Morimoto-chō : un dédale de ruelles et de maisons, certaines grandes, d'autres petites, certaines incendiées, d'autres intactes, certaines reconstruites et d'autres non, des parcelles clairsemées de terrains vagues là où s'élevait autrefois une maison ou un magasin, tu avances dans ce mélange de destruction et de reconstruction : par endroits, flotte une odeur de cuisine, d'un déjeuner qu'on prépare, le bruit soudain de literie qu'on secoue par la fenêtre pour l'aérer, des femmes en *monpe* qui battent les tapis de leur maison et rentrent à l'intérieur en te voyant passer, se détournent en attendant que tu sois parti, à chaque coin de rue, à chaque carrefour, tu t'arrêtes, tu te retournes et tu attends, tu regardes autour de toi, vérifiant encore et encore que personne ne te surveille, que personne ne te suit jusqu'à ce que tu arrives à l'endroit, que tu arrives devant la maison ; mais tu ne t'arrêtes pas, tu continues de marcher, dépassant la maison, cette maison isolée, jusqu'au bout de la rue, une rue sordide, tu vas jusqu'au coin de la rue. Là tu t'arrêtes, et tu attends, et tu regardes aux alentours, puis tu te remets en route, tu refais le tour du pâté de maisons, pour vérifier une seconde fois, et tu recommences, pour vérifier une troisième fois que personne ne t'épie, que personne ne te suit ; alors tu reprends la rue sordide, tu retournes à la maison isolée, tapie derrière un mur de pierres, humide et haut, un portail de bois aux lattes complètement vrillées : tu ouvres le portail et tu entres dans le jardin, laissé à l'abandon, envahi de mauvaises herbes, d'où part une allée à moitié cachée, presque effacée. Tu fermes le portail, et te retournant, tu regardes la maison : une maison de deux étages, aux murs qui ont été jaunes autrefois, aujourd'hui délavés par les intempéries et la guerre, avec des traînées noires de suie dues à un incendie, les volets ouverts, défoncés, pendant dans le vide, les vitres des fenêtres du second étage brisées, orbites sombres sur un crâne blafard ; elle te regarde, elle t'attend, cette maison jaune.

La maison des morts –

Shhhh, shhhhh, whooou, whooou…

Tu remontes l'allée à moitié cachée, presque effacée, tu t'approches de la maison, la fenêtre de la façade te regarde, elle t'attend ; une main en visière devant les yeux, tu cherches à voir à travers la vitre, tu distingues un épais matelas à même le sol, une table, trois chaises et un placard. Tournant la tête, tu scrutes le jardin, laissé à l'abandon, envahi de mauvaises herbes ; tu aperçois les pots de fleurs empilés, des grands pots et des petits, tous ébréchés ou cassés ; tu t'approches des pots, tu t'accroupis, et tu te mets en quête ; sous une pile de pots renversés, endommagés, tu trouves un petit tas de terre mélangé à de la cendre ; sous ce tas de saletés, tu trouves la clé ; prenant la clé, tu te relèves et vas jusqu'à la porte de la maison, tu mets la clé dans la serrure, tu la fais tourner et tu appuies sur la poignée de la porte ; tu ouvres la porte et entres dans la maison, à l'intérieur de la maison jaune, la maison des morts, tu avales ta salive, mais tu ne dis rien ; tu écoutes la respiration de la maison, tu l'entends qui murmure, qui chuchote

Shhhh, shhhhh, whooou, whooou…

Tu entres dans le vestibule, fermes la porte derrière toi, en face de toi il y a un escalier en mauvais état au fond du hall, et au fond du hall, à droite, une petite pièce vide, une cuisine et des toilettes, toutes deux en bon état, utilisables, à gauche, une grande pièce qui donne sur la façade ; tu entres dans la pièce, tu appuies plusieurs fois sur l'interrupteur, le courant marche. Tu aperçois le téléphone, la radio sur la grande table ; tu décroches le combiné, tu entends la tonalité ; tu allumes et éteins la radio, la radio fonctionne, tout est en état de marche, tout fonctionne, tout est branché –

Shhhh, shhhhh, whooou, whooou…

Tu prends une chaise posée devant la table, tu l'installes en face de la fenêtre, puis tu t'assieds : dans cette maison jaune, la maison des morts, tu t'assieds et tu attends, tu attends qu'ils arrivent, qu'ils reviennent, tu attends leur retour –

Shhhh, shhhhh, whooou, whooou…

Qu'ils reviennent te voir, assis sur ta chaise, ta chaise devant la table, en train d'attendre, surveillant la porte, la porte de la maison, regardant ta montre de temps à autre, les aiguilles de ta montre, qui brillent dans l'obscurité de la maison jaune, cette maison des morts ; et tu attends, tu surveilles, la porte de la maison, les aiguilles de ta montre ; tu t'es peut-être trompé d'heure, il est trop tôt, ou trop tard, ce n'est pas le bon moment, une fois de plus.

Il arrive en avance, même sans le vouloir, il ne peut pas s'en empêcher. Ce qui croît soudain périt le lendemain, c'est ce qui t'attend, sa mère avait coutume de dire. Mais elle aussi est en avance, cette fameuse Julia Reeves qu'il ne connaît pas, assise dans un coin près de la fenêtre donnant sur l'étang, elle regarde en direction de l'entrée, le visage plongé dans l'ombre, lui faisant un signe de sa main blanche. Tu ne sais pas dire non, c'est ton problème, sa mère et bien d'autres personnes le lui ont souvent dit, parfois gentiment, plus souvent méchamment, agacés par ses jérémiades et ses regrets. Mais, cela dit, lui est-il déjà arrivé de ne pas éprouver de regrets ?

Vous êtes donc une amie d'Anthony, dit-il après lui avoir serré la main, échangé des banalités, les banalités d'usage.

Souriant, elle répond : Il m'a suggéré de vous écrire quand je lui ai annoncé que j'avais l'intention de venir. C'est très aimable de votre part d'avoir accepté de me rencontrer, de prendre le temps. Merci.

De prendre le temps, répète-t-il avant de sourire. Eh bien, on s'efforce toujours d'être accueillant.

Elle hoche la tête. Vous devez avoir accueilli des centaines de personnes, dit-elle, depuis tout ce temps.

Avant de leur dire adieu ensuite, répond-il et souriant toujours. Oui, je suppose que c'est ce que j'ai dû faire, depuis tout ce temps.

Elle sourit. C'est peut-être ce qui vous plaît, dit-elle, dire bonjour, et puis au revoir, avant de pouvoir leur dire *adieu.*

On finit par s'y habituer, je suppose, dit-il, souriant toujours. Mais je ne sais pas, vous devez avoir raison. Peut-être en suis-je devenu friand, depuis tout ce temps.

Elle sourit de nouveau, demandant : Comment ça, friand ?

Les départs sont de tels délicieux tourments, déclare-t-il d'un ton magistral, et puis précisant : pour certains du moins.

Elle hoche la tête et dit : Vous savez, si je n'avais pas été au courant, je n'aurais jamais deviné que vous étiez originaire de Pennsylvanie. Vous n'avez pas la moindre trace d'accent américain, en fait vous avez plutôt l'accent anglais.

Plus anglais que les Anglais, dit-il, se retenant difficilement de sourire, un léger rictus au coin des lèvres. C'est ce que me disaient mes amis, mes compagnons d'études à Cambridge.

Et vous avez gardé l'accent de Cambridge, dit-elle avec un sourire, depuis tout ce temps-là.

Ce n'est qu'une de mes nombreuses coquetteries, j'en ai peur, dit-il. Pour – comment dit-on de nos jours – surcompenser, oui, c'est ça, surcompenser.

Elle hoche la tête et demande : Pour surcompenser quoi ?

Le fait d'avoir un grand-père bavarois et un nom allemand, dit-il. Les gens sont méfiants, vous savez, ils peuvent se montrer très méchants.

Elle sourit et dit : Mais pourtant vous avez conservé votre nom, votre famille n'en a jamais changé. De nombreuses personnes l'ont fait.

Je crois que mon grand-père et aussi mon père, dit-il, je crois qu'ils auraient trouvé ça plutôt déloyal.

Elle hoche la tête et dit : Une trahison.

Non, répond-il sur un ton plutôt emphatique – avec un sourire du genre il ne faut pas pousser –, et il déclare : Beaucoup trop dramatique.

Elle sourit et dit : Vous n'en avez jamais ressenti le besoin ?

Dites donc, vous êtes drôlement curieuse, a-t-il envie de lui dire, mais finalement il lui demande avec un sourire : Le besoin de quoi faire ?

De changer de nom.

Non, répond-il, et il ajoute en souriant : Juste pour surcompenser, même « après tout ce temps ».

Elle sourit de nouveau et dit : Je suis désolée. Je me rends compte que je vous ai blessé. Mais vous avez l'air en bonne santé et, j'espère que vous ne m'en voudrez pas de parler ainsi, vous faites beaucoup plus jeune que votre âge.

On pardonne toujours une flatterie, dit-il en riant, pouffant même de rire. Mais vous ne diriez sans doute pas ça en me voyant remonter avec mes courses la rue Muen-zaka – nom qui signifie la côte des Morts – et je suis sûr que je dois ressembler à l'un d'entre eux, un des Morts.

Elle hoche la tête. La côte de *l'Oie sauvage*[1], dit-elle. Et vous vivez tout en haut – c'est extraordinaire !

C'est extraordinaire que vous connaissiez Ōgai, dit-il avec un sourire. Je dois avouer que je crains qu'il soit plutôt négligé, par rapport à d'autres.

Elle sourit et dit : Les Morts oubliés.

À vrai dire, dit-il, pour être plus précis, plus près de la vérité, le nom Muen-zaka vient probablement de Muen-ji, un temple qui se trouvait sur la colline et qui, dit-on, était voué aux âmes des voyageurs morts

1. Œuvre de Mori Ōgai, célèbre écrivain japonais de l'époque Meiji.

dans l'ancien Japon, dont la famille à l'étranger ignorait la disparition, et dont personne n'avait réclamé ni veillé les dépouilles.

Elle hoche la tête et dit encore : C'est extraordinaire.

Effectivement, dit-il, hochant la tête. Je suppose que j'ai plutôt de la chance, malgré la côte. La résidence Iwasaki est de l'autre côté de la rue, je peux même la voir de mes fenêtres, du moins pendant l'hiver quand les arbres perdent leurs feuilles. Il n'y a pas beaucoup de gens qui peuvent admirer un Bien Culturel important de leur fenêtre.

Elle sourit, elle dit : Hongō House.

Qui diable êtes-vous ? a-t-il envie de lui demander en la regardant, pour la première fois, en la regardant vraiment, pour voir à quoi elle ressemble vraiment : une bouche assez grande et des lèvres légèrement charnues qui lui mangent le visage, le nez et les yeux, aussi, ses yeux qui le regardent, qui l'observent : que diable voulez-vous de moi, mais il ne lui pose pas la question et, se contentant de rougir, il prend le menu et lui demande : Et si on commandait ?

Qu'y a-t-il de bon ?

De bon, de bon ? répète-t-il, en tournant les pages en papier glacé du menu du Seiyoken comme il l'a déjà fait si souvent, comme il le fait à chaque fois qu'il vient, mais se demandant si ça ne pourrait pas être la dernière fois, pourquoi il a l'impression que cela pourrait être la dernière fois, clignant des yeux en lui disant, comme il l'a déjà fait si souvent. Le bœuf émincé est rarement décevant.

Elle hoche la tête et dit : C'est tentant.

C'est la spécialité de la maison, dit-il, souriant en refermant le menu, et il fait signe à la serveuse. Et je prends habituellement une bière. Je ne devrais pas, mais j'en prendrai tout de même une. Et vous ?

Elle sourit et dit : Pourquoi pas.

Hayashi rice futatsu, dit-il à la serveuse, souriant, *to biiru-o nihai, onegai shimasu.*

Se tournant vers la serveuse, Julia Reeve sourit et dit : *Sumimasen, yaapari watashi-wa tai no winemushi-o kudasai.*

Nomimono wa, demande la serveuse

Toujours avec le sourire, elle répond : *Daijōbu, arigatō.*

Shōshō omachi kudasai, dit la serveuse qui reprend leur menu, adressant un large sourire à Donald Reichenbach.

Se penchant, Julia Reeves pose les mains sur la table, puis sourit et dit : N'ayez pas l'air si vexé. On est vendredi.

Au moins, vous n'êtes pas végétarienne, dit-il.

Elle hoche la tête et dit : Certainement pas. J'ai vécu au Texas.

Ah, vraiment ? dit-il. Mais vous n'êtes pas originaire du Texas.

Elle hoche de nouveau la tête et dit : Non.

Mais d'où venez-vous alors ? lui demande-t-il à son tour.

Elle sourit et dit : D'ici et là.

Et sur une carte, où pourrais-je trouver votre ici et là, dit-il en souriant sans rien lâcher.

Elle hoche la tête et dit : Mon père était dans l'armée.

Ah, vraiment, dit-il. Au Japon ?

Brièvement, répond-elle en souriant. En permission.

Il était au Vietnam, dit-il.

Elle sourit de nouveau et dit : Porté disparu.

Je suis désolé, dit-il, reprenant : Je suis vraiment désolé.

Elle hoche la tête et dit : Vous avez été militaire, bien sûr.

Oui, dit-il. Mais dans une guerre bien différente.

La serveuse revient, leur apportant leurs plats avec deux petits bols de salade, et la bière qu'il a commandée.

Julia Reeves prend son couteau et sa fourchette, puis, souriant à Donald Reichebach, elle dit : *Itadakimasu*[1].

À votre santé, dit-il, levant son verre de bière.

Elle pose ses couverts, prend son verre d'eau, trinque avec lui, hoche la tête et dit : Santé.

Ça ne porte pas bonheur, vous savez, dit-il.

Elle sourit et dit : Je sais.

Vous ne croyez pas à la bonne fortune, alors, dit-il.

Elle hoche la tête et dit : Non. Et vous ?

Pas de nos jours, non, dit-il avant de boire une gorgée de bière. Puis il pose son verre et prend ses couverts.

Ils mangent en silence, échangeant des sourires de temps à autre jusqu'à ce qu'elle ait presque terminé son assiette, alors qu'il a déjà fini, et il en profite pour lui demander, avant qu'elle ne reprenne la parole : Et qu'est-ce qui vous amène au Japon ?

Elle mange son dernier morceau de poisson à la sauce au vin, pose son couteau et sa fourchette, puis s'essuie délicatement la bouche avec

---

1. Au Japon, on dit au commencement du repas "itadakimasu" en joignant les mains pour remercier les animaux ainsi que les végétaux qui nous permettent de vivre.

sa serviette. Elle prend une gorgée d'eau, puis, hochant la tête, elle dit : Ma mère.

Oh ! s'exclame-t-il, s'efforçant de ne pas pousser un soupir de soulagement, ni de sauter de joie. Vous auriez dû le dire. Elle aurait pu déjeuner avec nous.

Souriant, elle répond : Elle n'aurait pas été de très bonne compagnie, je crains. Elle a un cancer, en phase terminale.

Oh, répète-t-il, s'excusant de nouveau : Je suis désolé.

Elle hoche la tête et ajoute : Elle n'en a plus pour longtemps.

Elle est à Tokyo ? demande-t-il. Elle vit au Japon ?

Secouant de nouveau la tête, elle déclare : Non. Dans l'Indiana.

Et vous êtes ici, a-t-il envie de lui dire quand la serveuse vient débarrasser leurs assiettes, leur demandant s'ils veulent commander un dessert, et il secoue la tête, et déclare : Je ferais mieux de m'abstenir, non merci.

Hochant la tête, Julia Reeves lui dit : Mais vous prendrez bien une autre bière. Pour me tenir compagnie pendant que je bois mon café.

Eh bien, si vous insistez, lui répond-il avec un sourire.

Elle lui sourit également, puis confirme : J'insiste.

Il commande une bière pour lui et un café pour elle, sans être contredit cette fois-ci, puis, se tournant vers Julia Reeves, il sourit et répète : Je suis vraiment désolé pour votre mère.

Elle hoche la tête et dit : Elle a vécu ici.

Au Japon ? demande-t-il bêtement, élevant le ton inutilement.

Elle sourit et répond : Pendant l'Occupation.

Je vois, dit-il, saisissant, comprenant alors, au moment où la serveuse leur apporte son café et sa bière, lui arrachant presque le verre des mains avant qu'elle ne le pose sur la table.

Hochant la tête, elle ajoute : Elle vous connaissait.

Votre mère ? s'étonne-t-il, gardant son verre à la main.

Souriant, elle dit : Gloria Wilson.

J'ai bien peur…, commence-t-il, alors qu'un signal d'alarme sonne à ses oreilles, comme un coup de poignard en plein cœur. Cela fait tellement longtemps, je le crains. Je suis désolé.

Hochant la tête, elle poursuit : Elle connaissait également votre femme.

Ma femme ? dit-il haussant à nouveau le ton.

Elle sourit et lui dit : Oui.

Mary, dit-il.

Un sourire toujours aux lèvres, elle affirme : Oui, Mary.

Ma femme, répète-t-il, portant son verre à sa bouche, son verre qu'il a déjà vidé.

Elle hoche la tête et lui propose : Vous voulez un autre verre ?

Non, merci, répond-il en regardant sa montre, relevant sa manche pour voir l'heure. Ce ne serait pas raisonnable, ordre de la Faculté.

Elle penche la tête, insistant : Allez, j'insiste, laissez-vous tenter !

Bon, eh bien, si vous insistez, murmure-t-il avant de sortir son mouchoir, d'enlever ses lunettes, se tamponnant les yeux tandis qu'elle commande une autre bière. Merci.

Elle l'observe tandis qu'il range son mouchoir dans sa poche et remet ses lunettes ; elle attend que la bière arrive sur la table, qu'il en prenne une gorgée, puis, souriant, elle poursuit : Elles sont restées en contact.

Vous l'avez donc rencontrée, dit-il. Ma femme.

Elle secoue la tête. Non, dit-elle.

Je vois, répond-il, ajoutant une nouvelle fois : Je suis désolé. Cela fait si longtemps. Je suis vieux et plutôt confus, j'en ai peur.

Souriant, elle dit : Il n'y a pas de quoi.

Mais si, soupire-t-il, tenant son verre à deux mains. Je crains d'être complètement perdu. Il va falloir que vous m'éclairiez.

Je suis là pour ça, assure-t-elle, souriant toujours.

Alors, je vous en prie, dit-il. Aidez-moi, s'il vous plaît.

Hochant la tête, elle poursuit : Ma mère m'a dit que vous sauriez…

Je saurais quoi ? demande-t-il – mais tu sais, tu sais pertinemment quoi – tandis qu'elle tend les mains pour lui faire lâcher son verre, et prendre ses mains moites dans les siennes, les serrer entre les siennes.

Ce qui est arrivé à Harry, dit-elle avec un sourire.

Harry qui ? bredouille-t-il.

Ne faites pas l'imbécile, cher monsieur, Harry Sweeney.

Il lui lâche les mains, mais elle l'a devancé et ses mains, ses bras retombent lourdement, balayant le verre de bière qui tombe de la table et se brise par terre.

Elle a besoin de savoir, il faut que je puisse le lui dire.

Des têtes se tournent, les clients observent la scène. La serveuse arrive en courant alors qu'il se lève, s'excusant auprès de la serveuse et de l'assistance, sortant son portefeuille pour régler –

Elle sait que vous savez…

Jetant un billet de dix mille yens sur la table, il repousse sa chaise, écartant d'un geste la serveuse et vacillant, se précipite vers la porte, vers la sortie et dehors

C'était vous le chef de station, bon sang.

On est tous fous ici, dit-elle. Je suis folle. Vous êtes fou.

Dans la maison jaune, la maison des morts, dans la pénombre de la grande pièce, assis sur une chaise devant la table, tu entends le portail du jardin qui s'ouvre, des bruits de pas dans l'allée, puis la clé qui tourne dans la serrure et la porte s'ouvrir et se refermer ; tu la vois entrer dans la pièce, elle est grande, plus grande que toi, blonde, plus blonde que toi, elle garde sa main gauche dans la poche de son manteau, tu la regardes qui s'avance dans l'ombre, venir s'asseoir à la table et tu l'entends qui te parle, prononcer ces paroles ; alors, tu lui souris, tu lui dis : Comment savez-vous que je suis fou ?

Il faut l'être pour oser venir ici.

Et pourquoi dites-vous que vous êtes folle ?

Parce que j'espérais bien que vous viendriez, répond-elle, gardant sous la table sa main gauche toujours dans sa poche, elle te tend sa main droite par-dessus la table, sa main pâle dans la lumière pauvre, alors elle te sourit et te dit : Parce que je suis Mary.

Dans la pénombre, par-dessus la table, tu prends sa main que tu serres dans la tienne et tu dis : Et moi, c'est Donald.

Elle garde ta main dans la sienne, ne la lâche pas, la serrant bien fort et elle dit : Frank pense que nous devrions nous marier.

Mais on se connaît à peine. On est très loin de chez nous. Que va dire votre mère ?

Serrant ta main encore plus fort, elle ne te lâche pas la main, gardant toujours sous la table son autre main toujours dans sa poche, elle te regarde droit dans les yeux et dit : Je lui ai déjà posé la question, Donald.

Et qu'est-ce qu'elle a répondu ? murmures-tu.

Que croyez-vous qu'elle ait dit ?

Dans la maison jaune, la maison des morts, assis sur ta chaise, ta main gauche sur la table, à plat sur la table, tu avales ta salive et finis par dire : J'espère qu'elle est d'accord.

Tout à fait, Donald, elle est d'accord, et moi aussi, dit-elle, te pressant la main une bonne fois avant de la relâcher, puis elle sort de sa poche sa main gauche armée d'un pistolet. Elle le dépose sur la table, et, toujours en souriant, ajoute : Pour le travail, très cher.

Oui, réponds-tu, le cœur battant encore, le dos ruisselant de sueur, sans regarder l'arme, souriant juste à ta future femme. Pour le travail, Mary.

Se levant, laissant le pistolet sur la table, elle se dirige vers le placard, l'ouvre, en sort une bouteille et deux verres, revient à la table, pose la bouteille et les verres à côté de l'arme : elle débouche la bouteille, remplit les deux verres, puis t'en tend un avant de lever le sien : Tous mes vœux de bonheur !

Tu te lèves, sans regarder l'arme, brandis ton verre et trinques avec elle : Tous mes vœux de bonheur !

Elle porte le verre à ses lèvres, toi aussi, mais tu ne bois pas, elle non plus. Tu attends, tu l'observes ; elle attend, elle t'observe ; alors, elle sourit, l'air triste, puis elle commence à boire, une longue gorgée, puis elle finit par sourire, l'air joyeux et dit : Les mariages heureux reposent sur la confiance, cher Donald.

Alors, trinquons à la confiance, ma chère, réponds-tu, et tu avales ton verre cul sec, puis tu la regardes faire de même. Tu veux prendre la bouteille, mais elle pose la main sur ton bras –

Il faut qu'on s'y mette, dit-elle, et elle prend ta tête entre ses mains, passe la main dans tes cheveux, s'approche de ton visage, pose ses lèvres sur les tiennes, vos bouches se rejoignent, vos langues se trouvent : dans la maison jaune, la maison des morts, alors vous vous mettez au travail, au travail.

Im Abendrot, im Abendrot[1], il est assis sur un banc, *son* banc près de l'étang de Shinobazu, *meiner Heimat, meiner Heimat*, où il boit des canettes de bière qu'il a emportées dans un sac en plastique, *wir trinken dich morgens und mittags, wir trinken dich abends*, plongeant la main dans le sac, descendant une bière après l'autre, *wir trinken und trinken*[2].

---

1. *Am Abenrot meiner Heimat* : Au crépuscule, dans mon pays…

2. Les mots en italique sont extraits du poème de Paul Celan : *Fugue de mort (Todesfuge) :*

Nous te buvons le matin, nous te buvons le midi, nous te buvons le soir ; nous buvons et buvons (traduction de Gil Pressnitzer).

Il boit à petites gorgées, regardant droit devant lui les lotus de l'étang, flétris et fanés, morts sur pied, leurs tiges brunes toutes frêles et rabougries en fin de vie, il boit, le regard fixe : *wir trinken and trinken.* La dernière canette éclusée jusqu'à la dernière goutte, de retour dans le sac plastique, vide et écrasée, il noue les deux poignées du sac, assure le tout avec un élastique. *Im Abendrot, im Abendrot*, il se lève, revenant sur ses pas, refait le chemin en sens inverse, de l'étang à la poubelle, où il jette son sac plastique, puis de l'étang à la sortie du parc, où il attend au carrefour, au croisement de l'avenue Shinobazu et de la Route 452, que le feu passe au vert, qu'il change de couleur.

Il traverse la chaussée, et tourne à gauche au milieu des néons et du béton, louvoyant dans les ruelles fourmillant de restaurants et de bars, une odeur de viande grillée et de poissons frits flottant dans l'air, dans un dédale de ruelles, où l'on peut se faire masturber ou sucer, puis il prend l'avenue Kasuga, traverse l'avenue et continue dans une rue transversale, où se trouve un *izakaya*[1], *son izakaya*, espérant, son dernier espoir.

Il salue le patron, fait un signe de tête aux habitués, puis s'assied au comptoir, un grand comptoir en forme de L, pas trop près de la télévision, mais pas trop loin non plus. Il commande des amuse-gueules et une assiette de friture de chinchards. Le patron lui apporte sa bouteille personnelle de *shōchū*, la pose devant lui avec un verre et deux glaçons. Il remercie le patron et se verse une rasade, une bonne rasade d'alcool, puis se tourne pour en prendre une gorgée et regarder la télévision : l'état de santé de l'empereur se dégrade, sa tension artérielle a chuté. À cause des nombreuses perfusions qu'il a subies, les médecins ont du mal à trouver une veine en état de supporter de nouvelles transfusions. Mais malgré la détérioration de son état, l'empereur est toujours conscient. Le pauvre homme, le pauvre, se dit-il mais il ne fait aucun commentaire, pas ici. Il s'autorise à sourire discrètement tandis qu'il picore dans les assiettes d'amuse-gueules tout en sirotant son verre et regardant la fin des informations, écoutant les autres nouvelles : Bush a gagné les élections, et le Premier ministre Takeshita lui a adressé les sincères félicitations de la Nation japonaise qui « est extrêmement heureuse et se

1. Un petit bistrot, ouvert en général de dix-sept heures à minuit, avec juste quelques tables et un long comptoir. L'accueil est toujours chaleureux, la clientèle est faite d'habitués, qui ont souvent leur bouteille en réserve.

réjouit » de l'élection du vice-président. Et ancien directeur de la CIA, marmonne-t-il dans sa barbe en regardant sa montre, se demandant s'il va venir, et s'il ne vient pas, ce qu'il pourrait faire, ce qu'il va bien pouvoir faire.

Tu t'es remis à fumer, lui fait remarquer Kanehara d'un ton acerbe en s'installant au comptoir sur le siège vide à côté de Donald Reichenbach. Tu as dit que tu avais arrêté. Tu as juré que tu ne fumais plus.

Donald Reichenbach soupire, écrase sa cigarette et dit : Je suis désolé. J'ai oublié que j'avais arrêté.

Ça m'est égal, dit Kanehara. Il commande une bière, s'allume une cigarette, souffle la fumée et dit : Tu peux faire ce que tu veux.

Donald Reichenbach se tourne légèrement vers Kanehara, lui touche gentiment le bras et dit : S'il te plaît, ne sois pas comme ça.

Comme quoi ? ricane Kanehara, en s'écartant.

Tu sais bien, dit Donald Reichenbach, clignant des yeux, cherchant son mouchoir dans sa poche. Si froid.

Écoute, lui dit entre ses dents Kanehara, se tournant vers Donald Reichenbach, dissimulant sa bouche derrière sa main qui tient sa cigarette. Si tu fais encore une scène, je me lève et je m'en vais.

Donald Reichenbach avale sa salive, enlève ses lunettes, se tamponne les yeux, essuie ses lunettes et les remet. Il regarde en l'air, au bout du comptoir, lève son verre vide et fait signe au patron de lui redonner un peu de glace, s'il vous plaît.

Et si tu dois te saouler à mort encore une fois, je m'en vais, marmonne Kanehara dans sa barbe. J'ai horreur de ça.

Je n'ai pas l'intention de me saouler, encore moins de mourir, dit Donald Reichenbach, s'efforçant de sourire, en attrapant la bouteille de *shōchū*. Je suis vraiment très content, vraiment tellement content que tu sois venu. À vrai dire, je n'étais pas sûr que tu viendrais. Merci.

Tu es déjà saoul, Donald, ça se voit et ça se sent, dit Kanehara qui enlève la bouteille des mains de Donald Reichenbach, verse juste quelques gouttes sur les glaçons avant d'ajouter : À vrai dire, après la façon dont ça s'est passé la dernière fois, je n'avais pas l'intention de venir, je n'avais vraiment aucune envie de venir, Donald, et je ne l'aurais pas fait si tu ne m'avais pas dit que c'était urgent.

Oui, répond Donald Reichenbach, tenant son verre à deux mains, mais ne le levant pas. Et merci, je te remercie d'être venu, et je suis désolé, tellement désolé pour la dernière fois, vraiment.

Kanehara vide sa bière pression, regarde sa montre, puis commande un autre verre et demande : Qu'y a-t-il donc de si urgent ?

C'est au sujet de Grete, dit Donald Reichenbach.

Kanehara s'allume une autre cigarette, souffle la fumée en direction du plafond, secoue la tête et dit : Non.

Qu'est-ce que ça veut dire, non ?

Non, Donald, je ne vais pas venir relever ton courrier, arroser tes plantes, et nourrir ton maudit chat et changer sa putain de litière encore une fois pendant que tu vas te dorer la pilule au soleil, Donald.

Donald Reichenbach cligne des yeux, essaie de s'empêcher de pleurer, les larmes envahissant son canal lacrymal, puis, avalant sa salive, tentant de retenir les sanglots dans sa voix, dit, s'efforce de dire : Je t'en prie, c'est juste pour Gre-chan, s'il m'arrivait quelque chose, je m'inquiète de savoir ce qu'il adviendrait d'elle –

Si tu te fais vraiment autant de souci, répond Kanehara, serrant de nouveau les dents, alors putain, arrête de boire comme un trou et de fumer comme un pompier. Parce que je ne vais pas m'occuper d'elle. Ni de toi.

Donald Reichenbach se rend compte qu'il frissonne, qu'il tremble. Il s'accroche au comptoir, regarde ses mains et murmure : S'il te plaît, Yoshi, je t'en prie.

Non, dit Kanehara, posant brutalement son verre sur le comptoir, et il se lève, puis s'en va –

Les têtes se tournent, les clients regardent la scène, encore une fois. Le patron secoue la tête, déclare à Donald Reichenbach que c'est la dernière fois, que ça a assez duré, ne remettez plus les pieds ici, ne revenez plus avec lui. Alors Donald Reichenbach se lève, les yeux pleins de larmes, rouge de honte et il s'excuse, se confond en excuses, paie l'addition et longe le comptoir, sur toute sa longueur, le grand comptoir où tout le monde se tait, soulève le rideau de perles, fait coulisser la porte et sort de l'*izakaya*, dans la ruelle.

Je ne céderai plus à ton chantage, dit Kanehara, qui l'attend dans la ruelle, en se tournant vers lui. J'en ai assez, c'est tout.

Ce n'est pas du chantage !

Qu'est-ce que c'est, alors, Donald ?

Je t'aime.

Non, tu ne m'aimes pas. Tu n'as jamais aimé et tu n'aimeras jamais personne d'autre que ce maudit chat.

S'il te plaît, ne dis pas ça…

Qu'est-ce que je devrais dire, à ton avis, Donald ?

Je ne sais pas, mais…

Merci ? C'est ça que tu veux que je te dise ?

Non. Jamais de la vie. J'aimerais juste, je voudrais….

Quoi ? Qu'est-ce que tu veux dire ?

Dans la ruelle, menant à la grand-rue, Donald Reichenbach tend les bras, ouvrant grand les bras et les paumes de ses mains vers Yoshitaka Kanehara, et dit : Je voudrais juste, je voudrais que tu m'aimes autant que je t'aime.

Ferme-la, hurle Kanehara. Ferme-la. Ce n'est pas de l'amour, ça n'a jamais été de l'amour, pointant du doigt l'allée, de l'autre côté de la rue – dans ce parc, dans l'obscurité, tu m'as attiré dans l'ombre, tu as ouvert ma braguette, tu as baissé mon pantalon et tu m'as sucé la bite, sans me regarder, juste ma bite – ça aurait pu être n'importe qui – n'importe qui.

C'est le souvenir que tu en gardes ? Vraiment…

De quoi d'autre pourrais-je me souvenir ? C'est comme ça que ça s'est passé.

Ce n'était pas comme ça…

Si, c'était comme ça. J'étais juste un mec qu'on suce dans le noir, dans le parc. Ça aurait pu être n'importe qui d'autre, Donald.

Au début, peut-être, mais…

Mais quoi ? Et puis quoi ? Ta pute, puis ton infirmière, ta cuisinière, ta femme de ménage, la nounou de ton maudit chat ? Tout ça juste parce que j'ai été assez bête, que j'ai fait l'erreur de te revoir, et puis, aussi, de me laisser attendrir par tes larmes, toutes les larmes que tu verses –

Non, murmure Donald Reichenbach, frissonnant, tremblant, s'écartant de Yoshitaka Kanehara, s'éloignant en titubant dans l'allée en direction de la rue –

Ouais, c'est ça, tire-toi, s'écrie Kanehara dans son dos. Tire-toi, comme tu le fais toujours, pour aller voir Zaza, pour noyer ton chagrin, pour essuyer tes larmes dans l'entrejambe d'un sale petit jeune – t'imagine pas que je ne suis pas au courant, Donald, et ne t'avise pas de me rappeler, jamais.

Il reste planté au carrefour, attendant non pas que le feu change de couleur, mais qu'une main, une main vienne se poser sur son bras, mais la main ne vient pas ; le feu passe au vert et il traverse, frissonnant encore, tremblant encore, la vue brouillée, incapable de réfléchir, il traverse la rue : précipité et chahuté, ballotté et bousculé par la foule de la Bulle[1], ses derniers passants, qui ne montrent aucun respect pour le mourant, l'agonisant, le presque-mort : il manque de tomber, il s'en faut de peu, il finit par arriver au coin de la rue, retrouve l'équilibre, puis repart en chancelant, s'éloignant de la grand-rue, il tourne dans une rue adjacente, repasse sous la lumière des néons, avance dans la fumée sous les lanternes, et regagne l'avenue Shinobazu, qu'il traverse pour arriver à l'étang –

L'étang, le parc, plongés dans le noir, *son* étang, *son* parc, sombres et silencieux, silencieux, tellement silencieux, il prend le chemin le plus long, fait le grand tour, marche à rebrousse-temps, dans le sens contraire des aiguilles d'une montre, ne tenant pas compte de la logique des horloges, prenant son temps, cette fois-ci : l'étang à sa gauche, la ville sur sa droite, laissant derrière lui l'entrée des cinémas porno, les portes de service des hôtels bon marché, sous les arbres, dans l'obscurité, les balançoires, les toboggans, et aussi sous les arbres, dans l'obscurité, les sans-abri dans leurs cartons, sous les plastiques qui leur servent de couvertures, de plus en plus nombreux, jour après jour, une nuit après l'autre, ils reviennent, ils reviennent toujours. Arrivant devant le zoo, la sortie qui mène au zoo, il tourne, il repart sur la gauche, pour atteindre l'île Benten, il fait le tour de l'esplanade du temple Benten, aux teintes rouges et or qui brillent dans l'atmosphère encore chaude de la nuit, où flotte une odeur d'encens dans le bruissement des tiges, des tiges des lotus fanés, qui craquent dans la nuit, dans la nuit : *In der Nacht, der Nacht*, tout autour du temple, derrière le temple, il tourne, continue sur la gauche, *von Dunkel zu Dunkel*[2], fait le tour du plan d'eau réservé aux bateaux, revient par l'allée des Hortensias, retournant vers son banc, retrouvant *son* banc, le bruissement des tiges, des tiges des lotus fanés, et la tentation, l'envie de boire *: wir trinken dich morgens und mittags, wir trinken dich abends,* de boire et de ne plus penser, *in der Nacht, der Nacht*, mais non, pas ce soir. Ce soir, il ne s'arrête pas, il poursuit son chemin, s'éloigne de son banc et de ses tentations, *von Dunkel zu Dunkel*, délaissant l'étang, quittant le parc, *son* étang, *son* parc, il sort dans la rue, attend pour traverser, pour traverser l'avenue Shinobazu, pour revenir sur la colline, *sa* colline –

1. Bulle immobilière qu'a connue Tokyo au début des années 1970.
2. En allemand dans le texte.

Remontant la colline des Morts, il marche, personne ne se souvient de lui, personne ne veille son corps, personne ne le réclame, il marche lentement, grimpe lentement jusqu'au sommet, repassant à l'ombre des grands arbres, les arbres des jardins de Kyū-Iwasaki-tei, le vent agite leurs branches, il continue de grimper, toujours plongé dans l'ombre, repassant devant les murs, les murs de brique et de pierre, lentement, lentement, il poursuit sa marche dans l'obscurité, le long de ces murs, tentant de ne pas penser, de ne pas se laisser envahir par ses pensées, de les enfermer dans l'obscurité de cette prison de briques et de pierres : *von Dunkel zu Dunkel*, elle sourit, elle –

Non, bredouille-t-il à voix haute, parvenu au sommet de la colline et puis encore non, quand il s'arrête pour reprendre son souffle, trouver un second souffle, pour que son cœur se calme, retrouve son rythme normal. Non, dit-il, non, puis il tourne à gauche et encore à gauche, puis à droite et traverse la rue étroite, juste en face, pile devant son immeuble aux murs blancs dans la nuit, le vent et maintenant la pluie ; dans le hall de l'immeuble, d'un jaune doux et chaleureux, chaleureux et rassurant, passant devant les boîtes à lettres, ne vérifiant pas s'il a du courrier, il se dépêche maintenant, il monte vite en ascenseur jusqu'à son étage, longe le couloir qui mène à sa porte, la clé déjà dans la main, dans la serrure, il fait tourner la clé, la poignée, la porte s'ouvre, il entre, ferme la porte et la verrouille, s'adosse contre la porte dans l'obscurité de l'entrée, il reprend son souffle, puis allume la lumière, cligne des yeux et appelle, de nouveau en larmes : *Tadaima*[1], Gre-chan, *Tadaima*, Papa est rentré, *tadaima*…

Okaerinasai[2], ronronne-t-elle, se frottant contre ses mollets, ses chevilles, passant entre ses jambes, les jambes de son pantalon. Il se baisse et la prend dans ses bras, enlève ses chaussures, traverse l'entrée. Il la porte, la caresse, tandis qu'il passe de l'entrée au parquet ciré du salon-salle-à-manger-cuisine plongé dans le noir, pour aller dans sa chambre, foulant les nattes qui recouvrent le sol pour gagner son lit, et tout en la caressant encore et encore, il dit :

Je sais que tu as faim, mon cœur, mais il faut qu'on parle, qu'on réfléchisse, toi et moi, Gre-chan et Papa…

Le vent, la pluie battant contre la fenêtre, contre les carreaux de la fenêtre, sous la pâle lumière nocturne, dans l'obscurité de la chambre,

---

1. Bonsoir.
2. Bienvenue, content que tu sois rentré.

il s'écroule sur le lit, tenant la chatte contre lui, contre sa poitrine, la serrant dans ses bras, elle ronronne quand il lui caresse la tête, le dos, il sent sa chaleur sous sa fourrure, la chaleur de tout son corps, il frissonne et tout en soupirant, il murmure : Ne t'inquiète pas, ma chérie, ne t'inquiète pas. Papa va trouver une solution, chérie, un moyen de se sortir de tout ça…

Le vent souffle de plus en plus fort, la pluie tape contre la fenêtre, de plus en plus fort, contre les carreaux, Grete ne ronronne plus, elle plonge ses yeux de chat dans les siens, dans l'obscurité, le regardant droit dans les yeux, le transperçant, au plus profond de son être, lui demandant…

Eine Gretchenfrage[1], ses yeux l'interrogent dans l'obscurité, au cœur de la nuit, du vent et de la pluie : une question que lui pose Gretchen, une question difficile, dans le vent, la pluie, dans son cœur, dans son âme : une question de foi, de foi en Dieu, au plus profond de son cœur et de son âme, le vent et la pluie, déclenchant une tempête : *wieder ein Sturm*[2], une nouvelle tempête.

Dans un tourbillon, Don et Mary, un véritable coup de foudre, sont mariés un mois plus tard. Mary veut que tu quittes l'hôtel Dai-ichi, que tu t'installes dans la maison, la maison jaune, la maison des morts : Mary travaille pour la station de radio des forces armées et ils sont d'accord, d'accord pour que tu ailles t'installer avec elle, les services diplomatiques sont aussi d'accord, pour que tu ailles t'installer avec elle. Le Haut Commandement général traîne un peu des pieds, mais finalement donne aussi son accord, pour que tu ailles t'installer avec elle dans la maison, la maison jaune qui vient d'être fraîchement repeinte, les escaliers sont réparés, les pièces à l'intérieur nettoyées et aérées ; ce n'est plus la maison des morts, c'est devenu la maison des jeunes mariés. Mary trouve un cuisinier qu'elle engage, elle engage aussi une femme de ménage, et même un jardinier. Mary a de l'argent, vieille fortune ou nouvelle source, argent propre ou argent sale, elle n'en parle pas, tu ne poses pas de question. Beaucoup d'argent et de relations, Mary connaît tout le monde, et tout le monde la connaît : elle ouvre grand les portes de la maison, la maison jaune, tient table ouverte,

1. En allemand dans le texte.
2. En allemand dans le texte.

pratiquement tous les soirs et les week-ends ; un tourbillon, une vie sociale très animée : ça fait partie du travail, mon cher, dit-elle, ça fait partie du tout, Don : les apéritifs et les dîners, les réceptions et les fêtes ; Don et Mary, mais surtout Mary, commencent par apprivoiser l'Occupation et les Occupés, charment l'Occupation et les Occupés : écoutant les conversations et les menus propos, encourageant les confidences, les langues à se délier et partageant les secrets : ça fait partie du travail, mon cher, c'est notre boulot, Don. Les longues soirées, suivies de longues nuits à se remémorer et à prendre en note, à faire le tri des informations et établir des rapports : voilà ce en quoi le travail consiste, la routine et le procédé ; notre mode de vie, notre vie ensemble, ensemble avec Mary, pris dans un tourbillon, de jour comme de nuit, jour après jour, une nuit après l'autre, un tourbillon qui nous entraîne de l'automne à l'hiver, de l'hiver au printemps, le monde tourne, le vent souffle, le vent du changement dans un monde qui bouge : Whittaker Chambers témoigne devant la Commission des activités antiaméricaines, accusant Harry Dexter White, Alger Hiss et d'autres personnes d'activités communistes, la République de Corée est instituée, puis la République populaire démocratique de Corée est proclamée : le procès de dix dirigeants du Parti communiste américain commence à Foley Square à New York ; le président en titre Harry Truman, réélu, en dépit des sondages, battant Thomas E. Dewey, Strom Thurmond et Henry A. Wallace ; le Tribunal militaire international pour l'Extrême-Orient prononce la condamnation à mort de sept membres de l'armée et du gouvernement japonais ; le 23 décembre 1948, les sept accusés sont exécutés par pendaison à Tokyo à la prison de Sugamo ; Give'em Hell[1] Harry voulait qu'on publie dans la presse des photos des accusés, pendus par le cou ; Doug le Planqué, le César américain, s'oppose à Rome, Mac ne veut pas s'aliéner ni humilier la société japonaise, n'a jamais approuvé les procès, faisant siennes les dernières déclarations de Hideki Tōjō : les gouvernements des États-Unis et de Grande Bretagne ont commis des erreurs irréversibles. Premièrement, ils ont détruit le Japon qui constituait une barrière contre le communisme, deuxièmement, ils ont permis à la Mandchourie de devenir une base pour le communisme ; troisièmement, ils ont divisé la Corée en deux et ont créé un conflit en Asie du Sud-Est. En conséquence, les gouvernements des États-Unis et de

1. Fais leur vivre l'enfer, surnom de Harry Truman.

Grande Bretagne doivent assumer leurs responsabilités et résoudre ces problèmes ; donc je me réjouis d'apprendre la réélection du président Truman, car il va falloir que la situation soit redressée et résoudre ces problèmes. Par ordre du pouvoir militaire des États Unis, le Japon a renoncé à toutes ses forces armées : ce serait une sage décision si tout le reste du monde faisait la même chose. Sinon, cela créera un paradis pour les criminels où la police ne travaillera plus et les criminels pourront agir à leur guise. Je pense qu'il est nécessaire que les hommes se débarrassent de leur cupidité si nous voulons qu'il n'y ait plus de guerre sur terre. Malheureusement, dans le monde actuel, aucun autre pays n'a renoncé à la cupidité, ni à la guerre, ce qui tendrait à prouver qu'il est impossible au genre humain de renoncer à la cupidité ni à la guerre. Dans ces conditions, une troisième guerre mondiale est inévitable, et les parties concernées seront principalement les États-Unis et l'Union soviétique. Ces deux grandes puissances ont des systèmes de valeurs complètement différents, et il leur sera impossible d'éviter les conflits. Le terrain des hostilités de la troisième guerre mondiale se situera en Extrême-Orient, en Chine, en Corée et au Japon. Dans ces conditions, je demande aux États-Unis de s'engager à protéger un Japon désarmé. Il ne fait aucun doute que cette responsabilité incombe aux États-Unis. S'il vous plaît, trouvez une voie pour permettre aux quatre-vingts millions de Japonais de survivre ; le vent du changement dans un monde qui change, un vent froid, un monde froid, blanc et rouge, un tourbillon de rouge et de blanc. De jour comme de nuit, un jour après l'autre, nuit après nuit, jusqu'à ce qu'une nuit, elle vienne frapper à ta porte, entre dans ta chambre, s'assoie sur ton lit, te tende un dossier, un dossier ouvert, une photo et qu'elle te dise, que Mary te dise : C'est lui, Don, c'est cet homme –

9

La dernière station

Été 1949 – hiver 1988

L'Homme-qui-aime-les-trains quitte sa maison de style anglais à Kami-ikegami, dans l'arrondissement d'Ōta, tous les matins entre huit heures et quart et huit heures et demie. Tous les matins, il monte dans la berline Buick de 1941, immatriculée sous le numéro 41173, la voiture de fonction qui lui a été allouée par la Société des chemins de fer, conduite par son chauffeur attitré, Onishi. La plupart du temps, il demande à Onishi de l'emmener directement à son bureau au siège de la Société nationale des chemins de fer japonais à Marunouchi, au centre de Tokyo. Il a récemment été nommé président, le tout premier président de la toute nouvelle Société des chemins de fer japonais, récemment créée ; pour l'Homme Qui Aime les Trains, qui a toujours aimé les trains, on pourrait penser que ce poste est l'aboutissement de tous ses rêves, des rêves d'enfant de l'Enfant Qui Aimait les Trains –

À l'école, on le surnommait Tetsūdo-sensei, « Professeur Chemin de Fer » à cause de son aptitude à énumérer – de mémoire, par cœur – le nom de toutes les gares du Japon, de Wakkanai à Hokkaidō à Kagoshima au Kyushu, mais pas seulement le nom des gares, mais également des passages entiers d'horaires, le nom et les numéros de toutes les locomotives et le nombre de wagons de voyageurs composant tel ou tel train. Plus tard, quand il obtint son diplôme d'ingénieur à l'université impériale de Tokyo et commença à travailler au bureau des chemins de fer du ministère des Transports, on l'appelait « la Chouette », d'une part à cause de la monture à la Harold Lloyd des lunettes qu'il portait, d'autre part parce qu'il avait l'habitude de tourner lentement la tête pour regarder la personne qui lui adressait la parole. Tout au long de sa carrière, il a toujours été très populaire auprès de ses collègues ; il s'abstenait de boire à cause de ses problèmes d'estomac, mais il avait trouvé le moyen de compenser ce handicap social en faisant toutes sortes de tours de magie. Il avait la réputation d'être très attaché à sa mère ; lors de l'entretien qu'il dut passer pour entrer au ministère des Transports, quand on lui a demandé quelle était la personne qu'il respectait le plus au monde, il avait répondu : Ma mère, monsieur. C'est également un très bon père pour ses quatre fils et un bon mari pour sa femme ; quand il dut partir pendant deux ans à l'étranger pour voir tous les chemins de fer du monde entier, de février 1936 à décembre 1937, il envoya environ six cent cinquante lettres et cartes postales à sa femme et ses enfants qui étaient restés chez eux au Japon. De retour au Japon, le projet d'ordonnance sur le service national et la loi de mobilisation ont décrété l'état de guerre de toute la nation ; en 1939 il fut détaché auprès du ministère des Armées, nommé au troisième bureau du quartier général impérial (transports et communications) ; il fut envoyé en « mission » à Karafuto, Manshūkoku, en Chine, en Corée et dans l'Indochine française, puis plus tard à Hong Kong, en Thaïlande, à Singapour, et deux fois en Malaisie et aux Indes – Orientales néerlandaises. En juin 1941, il occupait le poste de directeur technique au bureau de la planification du cabinet du Premier ministre, où il était responsable des transport et il eut une vision : pour gagner la guerre, il fallait assurer l'efficacité des moyens de transport ; et pour y parvenir, moderniser et standardiser les moyens de transport, seuls les progrès scientifique et technologique permettraient de parvenir à cette modernisation et cette standardisation ; pour atteindre le plus rapidement possible ce but, il fallait créer et financer une nouvelle Agence gouvernementale technologique. À la suite de la campagne de lobbying qu'il exerça avec succès auprès des fonctionnaires, des hommes politiques et de l'armée, l'Agence technologique fut créée en janvier 1942 et il fut nommé à la tête du département principal de la première section en charge des affaires générales, qui contrôlait tous les secteurs de l'Agence. L'ensemble de ses supérieurs, de ses subordonnés et de ses collègues était d'accord pour dire qu'il possédait la rare qualité d'allier les compétences d'un ingénieur à celles d'un gestionnaire : il était capable de faire passer des notions scientifiques et techniques à des esprits peu doués dans ces domaines, particulièrement auprès des militaires. Il avait la réputation d'étudier les antécédents de toutes les personnes qu'il était appelé à rencontrer – où elles étaient nées, quelles écoles et universités elles avaient fréquentées – et on disait qu'il avait hérité ce talent de son père, qui exerçait la profession de juge. Mais sa famille savait que toutes les magouilles et tous les complots de la gent politicienne et militaire avaient un effet néfaste sur sa santé : il dut être hospitalisé en de nombreuses occasions pour surmenage et des ulcères d'estomac. Sa famille savait que son seul désir était que la guerre se termine pour pouvoir reprendre son poste au ministère des Transports ; il se languissait, les trains et les chemins de fer lui manquaient, leur manque ne faisant qu'augmenter, renforcer son enthousiasme et sa passion. Fin 1944, son vœu se réalisa et il put réintégrer le ministère des Transports, où il fut promu directeur des services, mais cela ne comblait qu'une partie de ses vœux : bien que la défaite parût inévitable, il fallait que la guerre se termine ; une nuit après l'autre, les bombardements aériens se faisaient de plus en plus violents, et de jour en jour, il devenait de plus en plus difficile de continuer à faire circuler les trains ; il fallait que les trains circulent, car c'était ce qui permettait au pays de continuer à vivre, mais, écrivait-il, si je dois mourir, et je suis persuadé que cela arrivera, alors je préférerais, et souhaite même, mourir au service de ce qui m'est le plus cher : les chemins de fer.

Mais il ne mourut pas, pas plus que, et c'est en grande partie grâce à lui, ses chemins de fer. Après la défaite et la reddition, pendant la période troublée qui s'est ensuivie et puis l'Occupation, quand la remise en état et le maintien du réseau ferroviaire étaient une question de vie ou de mort, il connut alors sans doute le meilleur moment de sa carrière, son heure de gloire : les dommages subis par les infrastructures ferroviaires, la destruction des voies et du matériel roulant étaient immenses, confinant au désastre. Mais il institua alors et fit appliquer ses « diagrammes d'horaires alternatifs » permettant aux trains de voyageurs et de marchandises d'utiliser chacun leur tour les mêmes voies à circulation unique, de circuler à la même vitesse, à intervalles réguliers. C'était une idée d'une grande simplicité, mais lui seul y avait pensé et il avait réussi à persuader le ministre d'accepter cette méthode et de la faire appliquer. Son diagramme d'horaires alternatifs se révéla être le seul moyen pour permettre au pays de maintenir un système de transports fiable tout en réparant les infrastructures et en augmentant leur capacité. Il réussit à sauver les chemins de fer, et permit ainsi à la nation et au peuple japonais de survivre. En reconnaissance de ses services, il fut nommé directeur des chemins de fer de Tokyo en mars 1946, puis vice-ministre des Transports en avril 1948 et, enfin, le premier président de la toute nouvelle Société nationale des chemins de fer japonais en juin 1949, avec une voiture de fonction et son chauffeur personnel.

Mais l'Homme Qui Aime les Trains n'est pas particulièrement intéressé par les voitures. Aussi, certains matins, entre huit heures et quart et huit heures et demie, quand il monte à l'arrière de la berline noire, de la Buick de 1941, immatriculée sous le numéro 41173, il demande à Onishi de le déposer à la gare de Shinagawa. Il aimerait bien prendre le train tous les jours ; il pense que tous les employés de la Société nationale des chemins de fer, y compris la direction, devraient prendre le train tous les jours pour se rendre au travail. Mais il a peur, s'il prend le train tous les jours, de faire perdre son emploi à son chauffeur, comme beaucoup d'autres employés qui ont été licenciés ou qui sont sur le point de l'être, comme l'a exigé le grand quartier général du Commandement suprême des forces alliées ; chaque fois qu'il entre dans la gare de Shinagawa, quand il monte les escaliers pour aller sur le quai et quand il grimpe dans le wagon, il lui est impossible de ne pas remarquer les grands titres à la une de tous les journaux :

POUR LE JAPON, LE TEMPS EST VENU DE MOINS DÉPENDRE DE L'AIDE AMÉRICAINE, DÉCLARE DODGE / SELON LUI, CELA FAIT LONGTEMPS QUE LE JAPON VIT AU-DESSUS DE SES MOYENS – le gouvernement doit réduire les dépenses à tout prix, déclare-t-il / LES SYNDICATS CONFIRMENT QU'ILS VONT SE BATTRE – La lutte sera dure / LE GOUVERNEMENT PRÉVOIT DES COUPES CLAIRES DANS LES EFFECTIFS DE L'ORDRE D'UN DEMI-MILLION – le projet de loi sur la réforme administrative sera examiné par la Diète la semaine prochaine / IL EST CONSEILLÉ AU PERSONNEL D'OCCUPATION DE NE PAS SORTIR / les communistes et les travailleurs fêtent le 1er mai pour la quatrième fois depuis la fin de la guerre / UNE RÉDUCTION D'EFFECTIFS À HAUTEUR DE 267 000 EMPLOIS EST PRÉVUE / la loi limite le nombre d'emplois à 871 000 dans les chemins de fer / LICENCIEMENTS MASSIFS APRÈS LE PASSAGE DE LA LOI / 419.000 licenciements prévus dans la fonction publique / LE NOUVEAU CHEMIN DE FER SE MET AU TRAVAIL : La Société nationale des chemins de fer japonais nouvellement créée a ouvert ses bureaux hier avec à sa tête l'ancien vice-ministre des Transports, Sadanori Shimoyama, « le Veinard » qui a été nommé président.

On ne l'appelle plus Tetsūdo-sensei, ni « la Chouette », on l'appelle maintenant « le Veinard ». Mais debout dans le wagon, en allant à son bureau, quand il lit les manchettes des journaux, conscient de la tâche qui l'attend, sachant qu'il va devoir licencier cent mille employés de la société, sachant le prix que ces cent mille employés et leurs familles vont devoir payer, que lui et sa propre famille devront payer, sur ordre du gouvernement, sur ordre du grand quartier général du Commandement suprême des forces alliées, il ne se sent pas le moins du monde « veinard » ; il a l'impression d'être maudit, condamné, il ressent cela depuis des mois : je n'en suis pas sûr, a-t-il confié à un ami en mai, mais je crois que je vais peut-être être nommé président. Et si c'est le cas, les licenciements auxquels je vais devoir procéder seront une rude tâche. Il se pourrait même que je sois tué. Quand il a été nommé président, lorsque le président du syndicat national des cheminots l'a félicité, il a dit : J'ai honte. Je me balade toujours avec ma lettre de démission dans la poche. Pour la remettre au bon moment. Les licenciements de masse sont inévitables, a-t-il confié à sa petite sœur, en présence de sa femme, mais il est injuste que celui qui renvoie tant de monde puisse conserver son poste et je donnerai donc ma démission en juin. Je vais abandonner le monde de la bureaucratie, a-t-il dit à un autre de ses amis. Retourner dans ma ville natale et me reposer pendant deux ans. Mais il ne peut pas démissionner, il n'arrive pas à se reposer, il n'arrive plus à dormir, dit-il au docteur du Tetsudō Byōin de Tokyo, l'hôpital réservé au personnel du réseau ferré, à cause des « problèmes de grèves ». Le médecin a diagnostiqué « une légère dépression nerveuse accompagnée d'une gastrite », lui a prescrit une série de piqûres de vitamines, une solution glucosée et du Brobalin pour l'aider à dormir. Malgré cela, il n'arrive toujours pas à dormir, ni à se reposer pas plus qu'à démissionner. On ne lui en laisse pas l'occasion, on a besoin d'un bouc émissaire : j'ai la tête sur le billot, confie-t-il à un vieil ami. Comme l'agneau qu'on sacrifie…

Maudit et condamné, il se sent menacé et surveillé, et il a raison : il est dans le collimateur, on le surveille : quand il se rend au bureau, dans sa voiture ou dans le train, à son bureau et aux réunions auxquelles il assiste, les réunions avec ses collègues et avec les syndicats, avec les hommes politiques et avec le grand quartier général, quoi qu'il fasse, où qu'il aille, il est tout le temps sous surveillance, surveillé par les syndicalistes, surveillé par le personnel du grand quartier général et surveillé par les personnes que Mary et toi avez recrutées, et par d'autres personnes encore, surveillé par des gens que tu n'as pas recrutés, des gens que tu ne connais pas : durant l'été 1949, tout le monde surveille l'Homme Qui Aime les Trains, surveille Sadanori Shimoyama, « le Veinard ».

Vous avez plutôt de la chance, Donald, dit le docteur Morgan.

Eh bien je n'en ai pas l'impression, Doc, pas la moindre impression.

Eh bien, vous devriez pourtant, répond le docteur Morgan. Avec tout ce que vous fumez et buvez, tout que vous persistez à faire. Parce que vous n'avez rien de grave, Donald, du moins physiquement, rien de bien sérieux. Tout se passe dans votre tête, mon cher.

Mais vous me donnerez quand même plus de cachets ?

Oui, mon cher, soupire le docteur Morgan, retournant à son petit bureau et prenant son stylo.

Donald Reichenbach avale sa salive, puis demande : Pourriez-vous m'en prescrire beaucoup plus, pour m'éviter de devoir revenir ?

Volontiers, dit le docteur Morgan en riant. Il cesse d'écrire, détache une feuille de la liasse d'ordonnances, avant d'ajouter : Mais vous devez me promettre de ne pas faire de bêtises, rien de dramatique, mon cher.

Donald Reichenbach prend l'ordonnance, secoue la tête, et répond avec un sourire : Bien sûr que non, Doc. Merci.

Vous n'avez pas l'intention de jouer au général Nogi, dit le docteur Morgan riant encore. De nous rejouer *Kokoro* à Yushima quand le vieux Hirohito finira par rendre l'âme.

Donald Reichenbach sourit avant de répondre : Ce n'est plus qu'une question de temps maintenant, je suppose, Doc.

Ce n'est jamais qu'une question de temps, remarque le docteur Morgan en se levant pour aller ouvrir la porte.

Donald Reichenbach avale de nouveau sa salive avant de dire : Je l'ai vue, vous savez ? Cette femme dont je vous ai parlé.

C'est une bonne chose, mon cher, dit le docteur Morgan, devant la porte ouverte. C'est bien de sortir, de voir de nouvelles personnes, ça nous maintient jeune.

Donald Reichenbach réplique : Pas dans ce cas.

Ah bon, réplique le docteur Morgan, regardant ostensiblement sa montre et le couloir. La rencontre a été décevante, cher ami ?

C'est la fille de Gloria Wilson – vous vous souvenez d'elle, Doc ? Elle m'a demandé des nouvelles d'Harry Sweeney, voulait savoir ce qui lui est arrivé. Elle sait ce que je faisais, Doc, qui j'étais. Elle a même parlé de Mary…

Le docteur Morgan referme la porte. Il revient près de Donald Reichenbach qui est toujours assis sur le bord de la table d'examen. Donald, dit-il, Gloria Wilson n'a jamais eu d'enfant, cela fait vingt ans qu'elle est morte du cancer. Comme s'appelle-t-elle, cette bonne femme ?

Julia Reeves, m'a-t-elle dit, répond Donald Reichenbach, sortant son mouchoir de sa poche. Comment savez-vous qu'elle est morte ?

Le docteur Morgan secoue la tête, soupire et dit : Ne vous mettez pas à pleurnicher, Donald, vous la connaissiez à peine.

Ce n'est pas pour ça que je pleure, dit Donald Reichenbach, ôtant ses lunettes pour s'essuyer les yeux. Mais comment êtes-vous au courant ?

Si vous voulez le savoir, c'est Mary qui me l'a appris.

Vous êtes resté en contact ?

Cela fait rire le docteur Morgan. Ne me dites pas que vous êtes jaloux ?

Je ne suis pas jaloux, je veux juste savoir…

Le docteur Morgan secoue encore la tête et dit : Cartes de Noël, un petit mot, ce genre de choses, quoi –

Cher Miles, Gloria Wilson est morte. Joyeux Noël et Bonne Année, Amitiés, Mary, quelque chose comme ça ?

Écoutez, je ne me rappelle pas, dit le docteur Morgan. Mary m'a juste écrit qu'elle avait entendu dire que Gloria était morte, c'est tout. Ça devait être dans une de ses dernières lettres, probablement la dernière, d'ailleurs.

Donald Reichenbach remet ses lunettes, range son mouchoir et lui dit : Mais vous ne m'en avez jamais parlé.

Enfin, Donald, soupire le docteur Morgan. Il serait temps de grandir, mon cher. Il n'est jamais trop tard.

Donald Reichenbach regarde avec insistance le docteur Morgan : Vous croyez, Doc ? J'espère que vous avez raison. Mais en ce qui concerne Harry ?

Sweeney ? Que voulez-vous savoir, Donald ?

Mary vous a-t-elle aussi parlé de lui ?

Non, dit le docteur Morgan. Pourquoi l'aurait-elle fait ?

Vous savez ce qui lui est arrivé, Doc.

Et elle aussi, tout comme vous.

Donald Reichenbach, gardant les yeux braqués sur le docteur Morgan, dit : Non, je sais seulement ce que *vous* m'avez dit qu'il lui était arrivé.

Donald, dit le docteur Morgan, baissant la voix. Ce que je vous ai dit qu'il lui était arrivé *est* ce qui s'est passé : dès qu'il a été suffisamment bien, il a été réexpédié aux États-Unis.

Et ensuite, Doc, ensuite quoi ?

Je ne sais pas, Donald.

Est-il toujours vivant ?

Je ne sais pas, Donald, honnêtement, je n'en sais rien.

Et vous vous en fichez.

Et c'est ce que vous devriez faire, Donald, d'accord ?

Donald Reichenbach hoche la tête, puis, descendant de la table d'examen, il ajoute : Mais elle ne s'en fiche pas.

Qui ?

Donald Reichenbach, braquant son regard sur le docteur Morgan, sourit avant de dire : Cette fameuse Julia Reeves. Mais ne vous inquiétez pas, Doc, c'est ce que je vais lui dire.

Qu'est-ce que vous allez lui dire ? demande le docteur Morgan lui barrant la route.

Juste ce que vous m'avez dit, doc.

À votre place, Donald, dit le docteur Morgan, baissant de nouveau la voix, je ne lui parlerais pas, ou je ne la reverrais pas.

Elle n'arrête pas de m'appeler. Elle sait où j'habite.

Eh bien, à votre place, Donald, répète le docteur Morgan, je lui dirais que, si elle continue à vous appeler et à vous harceler, vous contacterez l'ambassade et la police japonaise.

Mais pourquoi lui dire ça ?

Parce qu'à mon avis, ça ressemble à du chantage, Donald.

Donald Reichenbach regarde le docteur Morgan d'un air étonné et dit : Pourquoi serait-ce du chantage, Doc ? Si ce que vous dites est vraiment ce qui s'est passé, je n'ai rien à craindre.

Oh, ne vous faites pas plus bête que vous ne l'êtes, Donald, répond le docteur Morgan. Si elle ne cherche pas à vous faire chanter, alors c'est probablement une espèce de journaliste ou d'écrivain ou je ne sais quoi. De toute façon, vous le savez aussi bien que moi, toutes les pièces du dossier sont encore classifiées.

Donald Reichenbach sourit et dit : Dans l'intérêt de la sécurité nationale, bien sûr, Doc ?

Sur le petit bureau, la sonnerie du téléphone interne se fait entendre une fois, puis le voyant rouge s'allume.

Exactement, dit le docteur Morgan, jetant un coup d'œil au téléphone avant de rouvrir la porte. Et si vous devez la revoir ou lui reparler, ne vous laissez pas intimider et dites-lui d'aller poser ses questions à Washington ou au Département d'État.

Donald Reichenbach jette un coup d'œil à l'ordonnance qu'il tient en main, puis relève la tête et dit au docteur Morgan : Vous savez ce que Reeves veut dire en vieil anglais, Miles ?

Non, Donald, je l'ignore.

Donald Reichenbach sourit, puis, clignant des yeux, clignant encore des yeux, il dit : un lieutenant ou un huissier.

Voici la liste des hommes dont nous voulons nous débarrasser, les noms de ceux dont il doit s'assurer qu'ils seront compris dans la prochaine charrette de licenciements, dis-tu en lui tendant l'enveloppe par-dessus la table basse, par-dessus les deux tasses de café et le cendrier qui te sépare de Kōji Terauchi.

Kōji Terauchi travaillait aux chemins de fer avant la mobilisation générale et son incorporation. Il a été fait prisonnier en Mandchourie et interné dans un camp de prisonniers de guerre communistes. Après son rapatriement, comme des milliers d'autres anciens cheminots, il a été réintégré et a retrouvé son poste dans les chemins de fer. Et comme des milliers d'autres, il s'est inscrit au Syndicat national des cheminots, et a adhéré au Nihon Kyōsan-tō, le Parti communiste japonais, ou du moins c'est ce qu'il raconte, à ce qu'il dit –

Kōji Terauchi est l'un des hommes que Mary a trouvés et recrutés, une des dix-huit recrues qu'ils ont pu engager avec le budget que Frank leur a alloué, dans la limite autorisée par Washington au Palais des Taupes –

Kōji Terauchi prend l'enveloppe, hoche la tête, et demande en souriant : C'est la même liste que celle que je vous ai remise ?

Avec quelques ajouts, tu réponds.

Mon nom figure toujours dessus ?

Oui, dis-tu. Mais ne t'inquiète pas, tu as fait du bon travail jusqu'à maintenant. Et ce n'est pas encore terminé. Tout va bien se passer.

Il acquiesce : Merci.

Tu allumes une autre cigarette, souffles la fumée, puis, baissant la voix, tu demandes : Alors quand et où aura lieu la prochaine rencontre ?

Il montre des signes de nervosité, il a l'air anéanti – enfin, vous avez vu ces affiches « À MORT SHIMOYAMA » dans toute la ville ? Il a aussi reçu des menaces de mort, par courrier et par téléphone – donc il insiste pour que ça se passe dans un lieu public, un grand magasin, soit le Shirokiya soit le Mitsukoshi.

Tu acquiesces, tu demandes : Quand ?

Le lendemain matin de la première fournée de licenciements, dit Terauchi. De bonne heure, avant qu'il aille travailler.

Tu acquiesces, éteins ta cigarette, remets ton paquet dans ta poche, prends ton chapeau et te lèves : Dès que tu sauras l'heure et l'endroit précis, passe un coup de fil à la maison jaune, d'accord ?

Hé, dit-il. Et mon argent ?

Tu te penches vers lui, souris et lui dis : C'est Mary qui s'occupe des questions d'argent, pas moi, tu le sais.

S'il vous plaît, murmure-t-il. Je suis fauché. Je n'ai plus un rond.

Tu sors une poignée de yens de la poche de ton pantalon, tu prends quelques billets, les poses sur la table : C'est tout ce que j'ai sur moi. Paie l'addition et garde la monnaie.

Eh ben, dis donc, merci, dit-il, jetant un coup d'œil aux billets sur la table, avant de rire. Vous ne lésinez vraiment pas pour battre les cocos.

Tu reprends ton paquet de cigarettes dans ta poche, tu le poses sur les billets et ajoutes : Ne les gaspille pas, hein ? On est en guerre et je dois retourner au front.

Tu mets ton chapeau et tu t'en vas, tu sors du café HONG KONG dans le couloir du métro. Mais tu ne prends pas l'escalier pour remonter dans la rue, pour rentrer au bureau, dans ton tout petit bureau de l'immeuble Mitsui. Non, tu regardes l'heure à ta montre, tu scrutes le couloir, les visages, les yeux et les oreilles des passants, des clients qui vont dans le grand magasin et des passagers qui vont prendre le métro. Tu vas du café jusqu'au guichet, achètes un billet, puis passes le portillon, descends l'escalier et te rends sur le quai.

Tu restes sur le quai, regardes les passagers qui descendent et montent dans les rames, qui viennent de l'est, qui partent à l'ouest. Mais tu ne montes dans aucune de ces rames, tu attends la prochaine, tu attends que tous les passagers soient montés dans celle qui va en direction de Shibuya, puis tu te glisses à bord juste avant que les portes se referment. Tu ne t'assieds pas, tu restes debout laissant passer les stations de Nihonbashi, Kyōbashi et Ginza, et tu sors à Shimbashi. Tu prends l'escalier mais tu ne sors pas de la station. Tu vas aux toilettes et tu pisses un coup. Tu sors des toilettes, tu scrutes encore les voyageurs, leurs visages, leurs yeux et leurs oreilles, puis tu descends l'autre volée de marches, pour aller sur le quai du métro qui va en direction de l'est. Tu restes sur le quai, te penches pour nouer tes lacets et tu ne montes pas dans la rame qui passe. Tu attends que tous les passagers soient montés dans le train suivant, puis te glisses à bord juste avant que les portes se referment. Tu t'assieds, enlèves ton chapeau, sors ton mouchoir et t'essuies le visage, puis le cou. Tu ranges ton mouchoir, tu remets ton chapeau, regardes le wagon d'un bout à l'autre puis à droite et à gauche de l'allée centrale, observant les femmes avec leurs paniers vides, les hommes qui lisent le journal, les gros titres des journaux,

LES ÉMEUTIERS MENÉS PAR LES COMMUNISTES ONT CRÉÉ DES TROUBLES DANS LE NORD DU JAPON – les agitateurs ont pris d'assaut des postes de police à Taira, Koriyama / LES CHEMINOTS SONT PRÉVENUS : PAS DE RECOURS À LA FORCE – le président Shimoyama rappelle aux cheminots que le mot d'ordre des syndicats les incitant à avoir « recours à la force » est illégal / LES ACTES DE SABOTAGE AUGMENTENT DANS LES CHEMINS DE FER – Quatre cas à Tokyo : des jets de pierres sur des trains de voyageurs ont été signalés sur la ligne de Joban / LE GOUVERNEMENT PRÊT À INTERVENIR EN CAS D'URGENCE – nous pouvons gérer la situation après la vague de licenciements, dit le ministre / ENDOCTRINEMENT COMMUNISTE – les rapatriés qui ont subi une rééducation n'ont pas dit la vérité à ce sujet / UNE ENQUÊTE EXIGÉE SUR LES ACTIVITÉS COMMUNISTES : le Parti communiste japonais accusé de préparer une insurrection au Japon : Révolution par les armes probablement en août ou septembre –

— tandis que le métro te ramène de Ginza, par Kyōbashi et Nihonbashi, jusqu'à Mitsukoshi-mae et puis à Kanda où tu te lèves brusquement, sors rapidement du wagon, juste au moment où les portes se ferment, puis de nouveau, tu attends sur le quai, tu te penches et renoues les lacets de tes chaussures. Te relevant, tu remontes le quai, tu passes le portillon, parcours l'allée qui mène à l'escalier que tu grimpes pour sortir du métro dans la rue. Tu t'arrêtes un moment, de nouveau tu sors ton mouchoir, t'essuies le visage et le cou, ranges ton mouchoir. De nouveau, tu regardes l'heure à ta montre, puis tu achètes des cigarettes, deux paquets à un kiosque dans la rue. Tu t'allumes une cigarette, tu commences à marcher, mais sens des gouttes de pluie, d'abord quelques gouttes de pluie, puis une véritable averse. Tu éteins ta cigarette, fais demi-tour et retournes dans le métro, achètes un autre ticket, passes un autre portillon et montes l'escalier qui mène au quai de la ligne de Chūō. Tu attends sur le quai, t'essuies encore le visage et le cou et regardes les trains qui arrivent et s'en vont, les trains qui partent en direction de la station de Tokyo, les trains qui vont à Tachikawa. De nouveau, tu laisses passer les premiers trains, de nouveau, tu attends que tous les passagers soient montés dans le wagon, puis tu te glisses à bord juste au moment où les portes se referment. Dans le train qui va à Tachikawa, tu restes debout, tu ne t'assieds pas dans ce train, tu ne regardes pas les gros titres des journaux que lisent les passagers. Tu regardes fixement par la fenêtre, tu regardes la pluie qui tombe, la pluie d'été qui tombe, en attendant que le métro arrive à la station où tu vas descendre, c'est la prochaine, Ochanomizu.

Il s'est levé avant que le train entre dans la station d'Ochanomizu, a plié l'édition japonaise du *Times* qu'il a laissé sur le porte-bagages au-dessus des sièges, où il attendra la personne qui pourra lire en anglais, si le cœur lui en dit, l'article sur la manifestation contre le régime impérial qui a attiré une foule de sept cent cinquante personnes à Yūrakuchō. Mais l'empereur, inconscient, résiste encore, se dit-il en sortant du wagon, marchant sur le quai avant de prendre l'escalier roulant très raide. Il s'agrippe à la main courante en caoutchouc rouge et s'efforce de ne pas regarder en bas dans le vide en montant, le long des affiches publicitaires de l'hôtel Hilltop vantant ses nombreux restaurants. Cela fait combien de temps maintenant, se demande-t-il, trois mois ? Qu'il s'accroche à la vie, à la stupéfaction des médecins de la cour, très impressionnés : juste au moment où ils pensaient, sans oser le dire, bien sûr, qu'il allait rendre son dernier souffle, voilà qu'il revient à lui, ressuscitant des morts, assoiffé de sang, toujours plus de sang au fur et à mesure qu'il s'accroche à la vie, se cramponne à la vie, à la vie. Une source d'inspiration pour tout le monde, marmonne-t-il une fois en haut de l'escalier roulant. Il passe le portillon, puis tourne à gauche et monte les petites marches qui mènent au centre commercial du sous-sol, passe sous les arcades devant le café Cozy Corner, la pharmacie et sort par les portes automatiques. Ou peut-être a-t-il simplement peur de ce qui va se passer, pense-t-il alors, une fois arrivé au pied d'une volée de grandes marches qui mènent en ville, à l'air et à la lumière, et de ce qui l'attend. Il soupire, puis lentement, très lentement, se met à monter l'escalier qui débouche dans la rue, s'arrêtant pour reprendre son souffle de temps en temps, de plus en plus souvent, montant lentement, lentement, jusqu'en haut des vingt-deux marches. Si ça dure encore, ça va nous gâcher Noël et le nouvel an, se dit-il en se redressant pour reprendre son souffle, faisant semblant de regarder les étalages de montures de luxe de lunettes de marques étrangères dans la vitrine d'un opticien, puis il déclare à voix haute : Et on ne peut pas permettre ça maintenant, n'est-ce pas, Gre-chan ?

Il avale sa salive, il cligne des yeux, une fois, deux fois, mais cela ne sert à rien, à rien. Il fouille dans la poche de son manteau, sort son mouchoir, enlève ses lunettes, se tamponne les yeux, ses yeux pleins de larmes, pleurnichant, oui, Morgan a raison, pleurnichant, il n'y a pas d'autres mots pour ça, mais passer un dernier Noël ensemble, est-ce vraiment trop demander ?

Il prend une grande inspiration, puis expire, s'essuie les yeux, essuie ses lunettes, puis remet ses lunettes, range son mouchoir et parlant à voix haute, il dit : Bien sûr que non ! Papa a promis.

Levant les yeux, face à la vitrine, il voit les gens – les clients et le personnel du magasin – qui l'observent maintenant, qui le dévisagent fixement : eh bien, qu'ils regardent, qu'ils jouissent du spectacle. Les gens regardent toujours ici, ils l'ont toujours fait et continueront à le faire ; il songe à leur tirer la langue, pour les narguer. Mais s'apprêtant à le faire, sur le point de s'exécuter, il voit son reflet sur le verre de la vitrine du magasin, sur les lunettes exposées dans la vitrine, son propre reflet, une multitude de reflets, qui le regardent, le dévisagent, lui renvoyant son image : Tu ne veux pas nous voir, nous regarder, lui murmurent-ils, mais tu nous vois, oui, tu nous vois, ils rient maintenant, et nous, nous te voyons, oui, nous aussi, nous te voyons –

Rapidement, tournant le dos à la vitrine, à l'étalage et aux lunettes, il fuit les regards, les regards insistants, ces yeux et ces regards qui l'observent, le poursuivent tandis qu'il monte les cinq dernières marches qui débouchent dans la rue. Il s'arrête pour reprendre son souffle, observant le flot de la circulation – les camions et les taxis, les voitures et les bus, les bicyclettes et les gens – qui s'écoule sur le pont Hijiri-bashi, le pont sacré, puis ayant repris sa respiration, il tourne à droite, prend la légère petite descente qui mène au carrefour de Kōbai-zaka. Là, il s'arrête de nouveau, non pas pour reprendre son souffle, mais pour contempler les dômes et les cloches, les deux dômes vert pâle, les cloches noires silencieuses, qui gardent les heures et le temps, qui se taisent. Il avale sa salive, cligne de nouveau des yeux, prend une longue aspiration, et il se remet en marche, tourne au coin de la rue, traverse au carrefour de Kōbai-zaka et se dirige vers les portes noires de la Nikorai-dō, la cathédrale de la Sainte-Résurrection. Là, il fait un nouvel arrêt pour reprendre son souffle, attendant que son cœur se calme, déglutissant, clignant encore des yeux, puis il franchit le portail qui donne sur le parvis, le grand parvis bétonné, longeant les bancs et le séminaire pour atteindre les marches de la cathédrale, les cinq marches de pierre qui montent jusqu'à ses portes, ouvertes sans distinction aux pratiquants, au public, aux curieux et aux touristes : Et toi, qui es-tu, se dit-il tristement, souriant tristement, quel homme es-tu aujourd'hui ?

Levant la tête, il regarde les murs blancs de la cathédrale, l'arche qui surplombe ses portes, la croix orthodoxe en métal, la fresque du Christ et des Saintes Écritures, puis soupire en montant lentement, péniblement, les cinq grandes marches de pierre, qui mènent aux portes de l'édifice ; combien de marches ai-je montées aujourd'hui, se dit-il, se demandant combien de marches le Christ a dû gravir, combien de barreaux sur l'échelle de sa Divine Ascension ? Ça lui revient en mémoire – oui, c'est bien ça, il y en avait trente, trente degrés, trente étapes à franchir – en s'arrêtant, en haut des marches, pour reprendre son souffle, pour se signer, à la manière des orthodoxes, en mémoire des trente années, des trente années que le Christ a passées sur terre, la première marche qu'il dut franchir étant de renoncer à vivre sur terre, la plus dure sur le chemin de sa Divine Ascension, il le sait et il se signe, se signe une nouvelle fois, avant de pénétrer dans la cathédrale.

Une dame japonaise d'un certain âge, vêtue d'un kimono couleur de rouille, est assise derrière une longue table étroite au croisement du narthex et de la nef. Devant elle sont étalés des livres et des calendriers, des cartes postales et des cierges. Levant la tête, elle sourit à Donald Reichenbach, lui souhaite la bienvenue et lui propose un dépliant sur la cathédrale et un cierge à allumer. Cela fera cent yens, s'il vous plaît.

Il lui tend un billet, mais refuse poliment de prendre le dépliant et le cierge avant de dire : En fait, j'espérais voir le père Ylia – est-il là aujourd'hui, par hasard… ?

La dame lui sourit, hoche la tête, lui demande d'attendre, s'il vous plaît, se lève, quitte son poste et s'éloigne à petits pas dans l'obscurité des profondeurs de la nef.

Donald Reichenbach la regarde s'éloigner, disparaître dans l'obscurité, puis laisse vagabonder son regard, levant les yeux vers le dôme, penchant la tête en arrière, jetant un regard circulaire, puis ses yeux descendent le long des murs, sur les vitraux et les icônes, les chandeliers, et les coulées de cire figées en refroidissant qui descendent le long des cierges éteints, qui ne brillent plus. Peut-être devrait-il en allumer un, au moins un, pense-t-il, un cierge pour Gre-chan, sa Gre-chan chérie, finalement. Il retourne à la table, fouillant dans sa poche pour trouver de la monnaie, puis remarque, à côté des piles de livres et des cierges, une petite boîte en bois, déchiffre l'inscription qui figure sur la boîte, destinée aux dons pour les victimes et les survivants du dernier tremblement de terre qui a frappé l'Arménie : combien de morts a-t-on annoncé ? Trente, quarante, cinquante mille morts, c'est bien ça ? Mais quelle importance quand un vieil homme est en train de mourir de causes naturelles dans son palais doré au centre de Tokyo, hein ? Sortant la main de sa poche de pantalon, il cherche son portefeuille dans son manteau. Il ouvre son portefeuille, prend un billet de dix mille yens, puis un deuxième, les plie en deux, puis en quatre et les glisse dans l'étroite fente qui se trouve sur le dessus de la boîte –

C'est très généreux de votre part, Donald, dit le père Ilya qui sort de l'ombre, tendant ses deux mains dans l'obscurité. Et c'est un plaisir de vous voir, aussi.

Le plaisir est pour moi, mon père, dit Donald Reichenbach, qui sourit avant de prendre et d'embrasser la main du père Ilya. Merci.

Non, merci à vous, Sensei, répond en riant le père Ilya, retenant la main de Donald Reichenbach dans la sienne, et il se tourne vers la dame qui est revenue s'installer à son poste : Satō-san, aujourd'hui, c'est un de mes vieux amis qui nous honore de sa visite, le grand professeur Reichenbach, le célèbre traducteur et érudit qui a enseigné à Columbia, Stanford et dans notre propre université de Tokyo et de Keiō.

La dame se lève, s'incline et se lance dans un flot d'excuses, puis d'exclamations et de compliments, protestant même quand Donald Reichenbach s'incline à son tour, rougissant, marmonnant qu'il n'en mérite pas tant, que sa carrière n'a rien d'exceptionnel, qu'il est maintenant à la retraite…

Ça fait combien de temps ? demande le père Ilya, laissant la dame derrière sa table, entraînant Donald Reichenbach vers les portes pour sortir de la cathédrale. Cinq ans ? Davantage…

Je ne sais pas, dit Donald Reichenbach en passant sous l'arche et la croix de métal, secouant la tête : J'ai oublié…

Le père Ilya sourit : Comme beaucoup d'entre nous – mais vous prendrez bien le temps de boire un thé ou quelque chose de plus corsé ? J'ai toujours une bonne bouteille dans ma chambre.

Je vous remercie, mon père. Rien ne me plairait plus, dit Donald Reichenbach. Mais d'abord, ça ne vous dérange pas de rester un peu dehors ? Ces derniers temps, je passe beaucoup trop de temps enfermé, à la maison.

Le père Ilya hoche la tête, sourit de nouveau et dit : Volontiers, Donald, comme vous voulez, Je vous en prie, après vous…

Et les deux hommes – ces deux vieillards, l'un japonais, l'autre américain – commencent à descendre à pas lents, très lentement, les marches de pierre et traversent le parvis bétonné, passant devant les bâtiments du séminaire, pour aller s'asseoir côte à côte, très près l'un de l'autre, leurs bras et leurs genoux se touchant presque, sur un banc de ciment froid, sous un palmier rabougri tout tordu, près des grilles métalliques noires.

Excusez-moi, Donald, dit le père Ilya en jetant un coup d'œil à sa montre, et se relevant aussitôt. Si vous n'y voyez pas d'inconvénient, c'est l'heure de la fermeture. Je vais rapidement aller fermer les portes, pour épargner cette tâche à Satō-san et nous éviter des visites importunes.

Dans la lumière faiblissante de cet après-midi de décembre, Donald Reichenbach secoue la tête, puis regarde son vieil ami – du moins, le Japonais qu'il connaît depuis le plus long temps au Japon – aller fermer les portes, sa chevelure et sa barbe toujours aussi longues et fournies, grisonnantes à présent, presque blanches, d'un blanc neigeux, le dos courbé, aussi, sa soutane traînant par terre. Malgré tout, il marche d'un bon pas, bien mieux que toi, que moi, se dit-il en le regardant fermer les portes puis revenir vers le banc.

Vous savez, Donald, si vous m'aviez appelé pour annoncer votre visite, dit le père Ilya, se rasseyant un sourire aux lèvres, on aurait pu se retrouver au Rogovski[1], ou bien au Kamiya[2], comme au bon vieux temps…

Donald Reichenbach hoche la tête et dit : Je sais, mon père, je suis désolé, c'est idiot, je sais, mais c'est juste que je n'aime pas laisser Grete trop longtemps toute seule, en ce moment, particulièrement le soir.

Bien sûr, dit le père Ilya. Elle va bien ?

Riant, Donald Reichenbach hoche de nouveau la tête : Oui, elle va bien, merci. C'est moi qui suis un vieil imbécile.

Le père Ilya se tourne vers Donald Reichenbach, le voit prendre son mouchoir dans sa poche, enlever ses lunettes et se tamponner les yeux, puis essuyer ses lunettes et attend qu'il ait replié son mouchoir, l'ait remis dans sa poche avant de lui demander, le plus gentiment possible : Qu'est-ce qu'il y a, Donald, que s'est-il passé, qu'est-ce qui ne va pas ?

Donald Reichenbach secoue la tête : Je ne sais pas.

Je pense que vous le savez parfaitement, dit le père Ilya. Et je pense que vous avez envie d'en parler : c'est pour ça que vous êtes venu me voir, n'est-ce pas ?

Donald Reichenbach secoue de nouveau la tête, puis dit : Je suis désolé, mon père. Je ne sais pas pourquoi je suis venu, je l'ignore, je suis désolé.

Je pense que vous le savez, répète le père Ilya, tendant les mains pour prendre la main de Donald Reichenbach entre les siennes, lui tenant, lui serrant doucement, délicatement, la main : Vous le savez, Donald, vous le savez parfaitement. Comme vous savez pourquoi cela fait si longtemps, tant de temps a passé depuis votre dernière visite, Donald.

Donald Reichenbach soupire, acquiesçant d'un signe de tête : Oui.

Le passé, dit le père Ilya. Notre passé.

Donald Reichenbach déglutit, cligne des yeux, baissant la tête, regardant sa main, sa main entre les mains du prêtre, puis avalant péniblement sa salive, clignant de nouveau des yeux, il hoche de nouveau la tête avant de dire : Ça me revient tout le temps, encore et encore, sans arrêt, sans cesse.

Je sais, Donald, mais ça passera, ça passera…

J'espère que c'est seulement à cause de ce satané empereur, depuis le temps qu'il agonise – pourquoi s'accroche-t-il comme ça à la vie au lieu de se laisser mourir ?

---

1. Restaurant russe de Tokyo.
2. Le plus vieux bar du Japon, ouvert en 1880.

Vous avez raison, dit le père Ilya. Il aurait dû mourir il y a des années, le jour de la capitulation. Mais on approche de la fin, Donald.

Vous croyez, vraiment ? Vraiment ?

Oui, Donald. Croyez-moi.

Et puis après….

Alors on passera à autre chose, dit le père Ilya. Et nous aussi. Les choses vont changer, pas seulement ici…

Qu'est-ce que vous voulez dire, mon père ? Où ?

Vous savez bien où, Donald : *là-bas*.

Donald Reichenbach secoue la tête, se tourne vers le prêtre, sa main toujours entre les siennes, et secouant toujours la tête, dit : Non, ne dites pas ça. Je vous en prie, ne parlez pas comme ça.

Ça a déjà commencé à changer, vous le savez, Donald, mais plus vite qu'on le veut, plus vite que vous le pensez, Donald.

Mais pas tout, pas vraiment tout ?

Si, Donald, tout change, murmure le père Ilya, le dégel crée des inondations qui emportent tout sur leur passage.

Sur le parvis bétonné, au crépuscule de décembre, Donald Reichenbach déglutit, retire sa main de celles du prêtre, ferme les yeux, secoue de nouveau la tête, puis soupire avant de dire : Quel gâchis, un gâchis insensé, bon sang….

On n'était pas censés savoir, Donald.

Donald Reichenbach ouvre les yeux, se tourne vers l'homme assis à ses côtés, cet homme dans sa soutane noire, avec ses cheveux blancs, une chaîne en argent autour du cou : Quelle différence cela aurait-il fait pour vous, si vous aviez su, si vous l'aviez su ?

J'ai fait ce que je pensais devoir faire, à ce moment-là, dit ce Japonais dans sa soutane de pope. C'est ce que nous avons tous fait, Donald, ce que nous pensions devoir faire, à ce moment-là.

Mais vous vous trompiez, Kaz, nous nous trompions tous.

On ne le savait pas, Don, pas à ce moment-là.

Mais nous n'avons commis que des erreurs, tout ce qui s'est passé s'est révélé néfaste. C'était une folie de notre part…

Quel était ce vers d'Alice, ce vers que vous aimiez particulièrement, Donald ? dit le père Ilya. « Comme des guirlandes fanées cueillies en un pays lointain[1]… »

---

1. Extrait d'*Alice au pays des merveilles*, traduction de Jacques Papy.

De nouveau, Donald Reichenbach secoue la tête, soupire, puis riant, il dit : C'est ce que vous vous racontez ? Pour arriver à vous supporter… ?

My ne v'izgna'i[1], répond le père Ilya, étreignant le tissu de sa soutane, tirant sur la croix au bout de sa chaîne. *My v poslan'i*[2].

Sauf que la mission n'a été qu'une série de mensonges, dit Donald Reichenbach. Seul l'exil était vrai, est réel.

Levant la tête, le père Ilya regarde Donald Reichenbach, lève les mains, les paumes tournées vers Donald Reichenbach, lui dit d'une voix douce, gentiment : Vous n'avez pas besoin de partir, Donald. Je vous en prie, restez ici, avec moi, avec le Christ dans la maison de Dieu…

Pour accomplir une autre mission, mentir encore ? Allez vous faire foutre, dit Donald Reichenbach, qui lui tourne le dos et s'en va…

Le déluge est imminent, Donald, dit le père Ilya, tandis que Donald Reichenbach ouvre les portes. Je vous en prie, Donald, je peux vous aider à tenir le coup, à deux on y arrivera…

Donald Reichenbach franchit les portes noires, se tourne pour les refermer.

Je vous en prie, Donald, vous allez être emporté, complètement balayé.

Donald Reichenbach jette un regard entre les barreaux de fer, regarde cet homme dans sa soutane avec sa chaîne autour du cou, assis sur son banc en ciment sur le parvis bétonné, dans l'ombre de la cathédrale, son arche et sa couverture, et sourit, puis il se retourne et lentement, et s'en va lentement, descendant la pente, la colline, pour retourner en exil.

Dans la moiteur de la nuit noire, dans l'humidité de la maison jaune, c'est le 4 juillet, jour de l'indépendance, mille neuf cent quarante-neuf, et tu es seul, mais pas vraiment seul, pas vraiment là, pelotonné sur ton lit, ton lit à une place, en compagnie de tes livres, tous tes livres, tes livres japonais, tu lis et tu t'instruis, tu apprends, tu traduis, plongé dans le *Genji* – toujours *Le Dit du Genji* : quand vient la nuit, durant la nuit, tu aimes te plonger dans les versions du *Genji* que Yosano[3] et Tanizaki[4] ont

1. En russe dans le texte : Nous ne sommes pas en exil. Citation de Dimitri Merejkovski, écrivain russe émigré en France après la révolution.

2. Nous sommes en mission, citation *dito*.

3. Écrivaine japonaise qui a adapté *Le Dit du Genji* en langue moderne.

4. Écrivain japonais qui a traduit *Le Dit du Genji* en japonais moderne.

traduit en japonais moderne, tu aimes les comparer – dans la mesure de tes moyens – avec le texte original et par-dessus tout, tu aimes te perdre, te laisser emporter par ces mots, ces caractères, dans leur monde, quand vient la nuit, toute la nuit, amoureux, épris de ce monde différent, tu es un autre, quand vient la nuit, au cœur de la nuit. Tu lèves les yeux de tes livres, tes livres japonais, et tu reviens sur terre, dans ce monde, tu entends une voiture se garer dans la rue, puis le silence, dans le silence, un long silence, tu attends, l'oreille aux aguets : tu entends une portière de voiture qui se ferme, la porte du jardin qui se ferme, ses talons qui claquent quand elle remonte l'allée, puis ses clés dans la serrure, la porte qu'elle claque, ses escarpins qu'elle balance par terre, ses pas quand elle monte l'escalier chaussée seulement de ses bas, tu la regardes passer le pas de ta porte, se laisser tomber sur ton lit, tes livres, tes jambes, tomber sur le dos, les yeux grands ouverts, la bouche grande ouverte, Mary glousse, puis éclate de rire : Bon 4 juillet, Donny – je t'ai manqué, mon petit canard ? Terriblement, non ?

Tu fermes tes livres, tes livres japonais, te redresses sur ton oreiller, tu lui caresses les cheveux, ses cheveux humides, et souriant tu lui dis : *Inconsolablement, naturellement*[1].

Merci, glousse-t-elle, *mon cher mari*[2].

Son rouge à lèvres a bavé, sa robe est remontée, tu joues avec une mèche de ses cheveux et demandes : Molly a passé une bonne soirée ?

Pour ça, oui, rit-elle. Elle s'est bien amusée !

Ça se sent…

Allons, allons, dit-elle se tournant sur le côté, pour te regarder, te sourire, t'atteindre, te toucher, te pincer, te tirer la joue. Ne sois pas aussi coincé, mon cher Donny.

Ça te fait rire. Alors, vas-y, raconte…

Eh bien, dit-elle, roulant sur le ventre, toujours sur tes jambes, te regardant toujours, te souriant toujours. Il y a eu les défilés, puis des discours, un feu d'artifice et des chants, tous les chants patriotiques : « The Star-Spangled Banner », « God Bless America », « America the Beautiful », « My Country, 'tis of Thee » – et elle se met à fredonner, et puis à chanter – Sweet land of liberty, of Thee I sing ; / Land where my fathers died, /Land of the pilgrims'pride, From ev'ry… –

1. En français dans le texte.
2. En français dans le texte.

Chut, murmures-tu, te redressant soudain, mettant un doigt sur ses lèvres, collant l'oreille contre la vitre, pour écouter ce qui se passe dans la rue –

De nouveau, une portière de voiture claque, la porte du jardin claque aussi, un bruit de bottes remontant l'allée, quelqu'un frappe à la porte, tape contre la porte, cogne de plus en plus fort à la porte, ta porte –

Ne bouge pas, dis-tu, la repoussant pour dégager tes jambes, faisant tomber tes livres sur le sol, tu prends ton peignoir, tu l'enfiles, sors de la chambre, descends l'escalier –

En bas de l'escalier, tu t'arrêtes, tu prends une longue inspiration, tu fermes ton peignoir, puis te diriges vers la porte, plaques ton oreille, ta bouche, contre le bois de la porte, et tu murmures : Qui est là ?

Tu entends une voix qui te dit : C'est moi, Terauchi.

Tu ouvres la porte, la porte qu'elle n'a pas fermée à clé : tu l'aperçois dans l'encadrement de la porte, dans le noir de cette nuit humide, le visage pâle dans la nuit, vous êtes tous deux aussi pâles de crainte, d'effroi, tu dis : Bon sang, qu'est-ce que tu fiches –

Pardon, dit-il. Mais il faut qu'on parle –

Laisse-le entrer, Don, dit Mary, dans ton dos, qui a descendu l'escalier derrière toi, et se met à côté de toi près de la porte ; elle a remis son manteau, elle garde sa main gauche dans la poche de son manteau –...

Tu ouvres grand la porte et le fais entrer, tu l'emmènes dans la grande pièce, le fais s'asseoir à la table pendant que Mary ouvre un placard pour sortir une bouteille et trois verres, les pose sur la table, débouche la bouteille, remplit les trois verres, puis avec un sourire demande : Vas-y, parle, Kōji…

Il hoche la tête, prend une gorgée de son verre, puis se met à débiter, à toute vitesse : Ils vont le tuer, tuer Shimoyama, c'est ce qu'ils disent, demain matin, c'est ce que j'ai entendu. Il faut prévenir…

Qui…, demande Mary.

Il lève les yeux, vous dévisageant tous les deux, d'abord Mary et puis toi, puis revenant sur Mary avant de dire : Shimoyama, le président Shimoyama.

Oui, dit Mary. Mais qui va le tuer ?

Il reprend une gorgée d'alcool, l'avale, en renverse, ça dégouline, puis essaie de parler, bredouillant : Je ne sais pas vraiment qui –

Tu prends son verre, tu lui enlèves sa boisson des mains, la poses sur la table, puis l'attrapant par les bras, plongeant ton regard dans le sien, le maintenant par les bras, les yeux braqués sur lui, tu dis : Prends ton temps, Kōji, prends ton temps, et recommence tout depuis le début, et raconte-nous tout, dans le détail, absolument tout –

Il acquiesce d'un mouvement de tête, son regard allant de l'un à l'autre, puis revenant sur toi. Tu lui souris, tu lui lâches les bras, tu baisses les yeux et tu attends, tu attends qu'il reprenne –

Ce soir, j'étais au club des cheminots de Tokyo, dit-il, à Yūrakuchō dans la soirée, quand j'ai vu ce type, c'était un de mes supérieurs dans l'armée de Kwantung, en Manchourie, mais je ne l'avais pas revu depuis, bien que j'aie appris qu'il était rentré et où il habitait, j'avais entendu dire qu'il s'en sortait bien, que tout se passait bien pour lui, et…

Comment s'appelle-t-il ? demande Mary.

Son regard passant de Mary à toi puis revenant sur Mary, Kōji Terauchi murmure : Shiozawa, il est éditeur maintenant.

Continue, lui redemande Mary, hochant la tête avec un sourire.

Alors, vous voyez, on commence à discuter, en buvant un verre, à échanger, à partager des souvenirs, sur la guerre, les gens qu'on connaissait, ceux qui sont morts, ceux qui ont survécu, et puis après, les « qu'est-ce qu'il fait, qu'est-ce qu'il devient », et puis tout ce genre de choses, ce qu'on est devenu, ce qu'on pense de la Chine, des Russes, de l'Amérique et du Japon, vous savez, bien sûr, ensuite on passe à la situation actuelle, avec Yoshida, le gouvernement, les chemins de fer, les grèves, les cocos et les rouges, toute la merde qui se passe, ce qui devrait se passer, ce qu'on devrait faire, ce qu'il faudrait faire, ce qu'il faut faire, et on était déjà complètement saouls, ouais, lui plus que moi, quand il a dit, qu'il s'est soudain penché vers moi, pour me murmurer à l'oreille : On aurait besoin d'un type comme toi, Terauchi, c'est sûr, un homme qui a servi son pays, son empereur, qui aime toujours son empereur, son pays et qui veut voir son empereur, son pays retrouver…

Et qu'est-ce que tu as répondu ? demande Mary.

J'ai dit, comme vous m'avez bien dit de le faire, dit-il, si quelqu'un me faisait des propositions, lançait une allusion, exactement comme vous m'avez dit d'agir. Alors j'ai dit, si je peux être utile, je suis disponible, si je peux faire quelque chose, et il hoche la tête, mais ensuite, tout doucement, j'arrivais à peine à l'entendre, il me dit : Tu te rappelles, quand on était en Chine, comment c'était au Mandchoukouo, parfois on devait faire des saloperies, des trucs qui nous plaisaient pas, mais on n'avait pas le choix, on devait les faire, ces saloperies, pour la bonne cause, pour faire avancer les choses, pour que les choses s'arrangent, pour l'empereur, pour le Japon, tu te rappelles ?

Tu regardes fixement cet homme, ce type qui prétend s'appeler Kōji Terauchi, qui est assis à ta table, dans ta maison, ta maison jaune, et tu dis, tu lui demandes : Et tu t'en souviens ?

Chut, dit Mary. Laisse-le terminer.

Kōji Terauchi, le type qui prétend s'appeler Koji Terauchi, regarde d'abord Mary et puis toi, puis de nouveau Mary, et hochant la tête, il poursuit : Ouais, je me rappelle, on se rappelle tous, et c'est ce que je lui ai dit. Oui, je me rappelle, et alors il a hoché la tête, il hoche la tête et me dit : Bien, c'est bien, Terauchi, parce que c'est pareil, toujours la même chose, dit-il, hier à Mandchoukouo, aujourd'hui à Tokyo, c'est le même combat, c'est la même guerre, et il va falloir faire des saloperies, des trucs qu'on n'aime pas, si on veut gagner la bataille, pour gagner la guerre, pour l'empereur, et pour le Japon, tu es bien d'accord, Terauchi, tu es d'accord ?

Et bien sûr tu lui as dit d'accord, lui dis-tu, tu lui as répondu oui.

Il te regarde, puis regarde Mary, il hoche la tête et dit : Bien sûr, j'étais d'accord, j'ai répondu oui, comme vous m'avez dit de le faire…

Mais laisse-le donc terminer, Don, dit Mary. Je t'en prie –

Merci, dit-il, merci, parce que c'est le passage, le passage que vous devez entendre, parce qu'alors, il a dit, dit-il, la seule façon de battre les rouges, d'écraser les cocos, et de gagner cette bataille, et ensuite cette guerre, c'est de dresser les Japonais, le monde entier, contre les rouges et les cocos, et pour y arriver, il faut choquer la population, que les gens soient scandalisés, atterrés, horrifiés, et le seul moyen, le seul moyen pour y parvenir, c'est de prendre pour cible un type bien, de sacrifier un type bien.

Sadanori Shimoyama, tu murmures.

Ouais, répond-il. Il a dit, je connais le président Shimoyama, j'ai fait sa connaissance, à Manchukuo, il y a longtemps de ça, mais il s'est souvenu de moi, a pris mon appel, écouté ce que j'avais à dire, les informations que j'avais, sur les cocos et les rouges du syndicat, du syndicat des cheminots, et donc il veut me voir, parce qu'il me fait confiance, il m'a demandé de venir le voir demain, demain matin, au grand magasin Mitsukoshi, celui de Nihonbashi…

Empoignant Kōji Terauchi, ce type qui dit s'appeler Kōji Terauchi, tu lui hurles aux oreilles : C'est un tas de conneries. Soit il te fait marcher, soit c'est toi qui nous fais marcher.

Alors pourquoi je serais venu ici, rétorque-t-il. Pourquoi je vous raconterais tout ça, pourquoi je vous dirais de prévenir Shimoyama ?

Lâche-le, Don, dit Mary, te prenant le bras, pour libérer le type.

Bon sang, dis-tu, mais c'est un tas de conneries, un ramassis de conneries. Comme par hasard, il tombe sur ce type, qu'il dit ne pas avoir vu depuis la fin de la guerre, ce type, qui comme par hasard connaît Shimoyama et qui est –

Ferme-la, Don, te hurle Mary, et puis, sur un ton plus modéré, elle ajoute : S'il te plaît, Don, laisse-le finir, laisse-le nous dire ce que ce bonhomme voulait, pourquoi de toute évidence c'est à Terauchi qu'il a choisi de parler…

Parce qu'il sait que j'ai retrouvé mon poste aux chemins de fer, dit Kōji Terauchi. Il sait que je suis syndiqué, c'est pour ça qu'il veut que j'aille avec lui au rendez-vous, pour rassurer Shimoyama, pour l'aider à persuader Shimoyama de nous suivre –

Pour aller où, demandes-tu, où ?

Il ne l'a pas dit.

Kōji, demande Mary, à voix basse, en douceur. Tu penses que ce type sait que tu travailles pour nous ?

Non, répond Kōji Terauchi.

Tu en es sûr ?

Oui, dit-il. Il me l'aurait dit autrement, j'en suis certain.

Hochant la tête de nouveau, Mary acquiesce, puis lui pose la question : Et demain matin, à quelle heure est le rendez-vous et où a-t-il lieu ?

À neuf heures quarante-cinq, dit-il. Au pied de l'escalier central au rez-de-chaussée du magasin.

Mary te regarde, puis se retournant vers Kōji Terauchi, elle demande : A quelle heure et à quel endroit aviez-vous prévu de vous retrouver, Shimoyama et toi ?

Il te regarde, puis se retourne vers Mary et dit : Vers neuf heures trente, mais au Shirokiya, pas au Mitsukoshi.

Bien, dit Mary. C'est une bonne chose : cela veut dire que Shimoyama n'a pas renoncé au rendez-vous qu'il avait avec toi et qu'il a l'intention d'aller ensuite au Mitsukoshi rejoindre ce Shiozawa.

Pas si vite, tu dis, te retournant vers ce type, ce type qui dit s'appeler Kōji Terauchi : Qu'est-ce que tu lui as raconté ? Qu'est-ce que vous avez convenu, tu lui as dit que tu en serais ?

Oui, dit-il, ajoutant ensuite : Qu'est-ce que je pouvais faire d'autre ?

Bien, répète Mary. C'est très bien, Kōji, tu as fait ce qu'il fallait, bien joué. Bon, on ne change rien à nos plans.

Quoi ? dis-tu, puis : Il faut que –

Écoutez, dit-elle, s'adressant à vous deux. Il faut que l'on donne la liste à Shimoyama, ensuite, Kōji pourra le prévenir.

Mais qu'est-ce qu'on fait pour Shiozawa ? demandez-vous, tous les deux en même temps.

Dans la moiteur de la nuit noire, dans l'humidité de la maison jaune, toujours enveloppée dans son manteau, gardant sa main dans la poche, Mary te regarde, vous regarde tous les deux, te sourit, vous sourit à tous les deux, avant de dire : Je m'occupe de Shiozawa, les gars, dit-elle. Faites-moi confiance.

Après tout, ajoute-t-elle en riant, se tournant vers toi, te regardant dans les yeux : On est tous du même bord dans cette histoire – d'accord, Don ?

Non, dit-il, secouant tristement la tête, souriant tristement. Pas de confiture aujourd'hui, pas de confiture demain, en remettant le pot sur l'étagère, clignant des yeux, encore une fois, puis se retournant, il erre dans les rayons, passant de l'un à l'autre. Même Meidi-ya, ce magasin, son magasin favori, semble se retenir, se contraindre, comme en deuil, déjà en deuil. Pas de décorations de Noël, pas de cantiques de Noël en musique d'ambiance, non, pas cette année. C'est la même chose partout, dans toute la ville, la nation entière courbe le dos, prostrée, atteinte de la dépression du chrysanthème, les ventes de cadeaux de fin d'année et de cartes de vœux sont en baisse, les gens hésitent, se demandent s'il convient d'envoyer ou non des cartes pour souhaiter comme cela se fait traditionnellement leurs bons vœux, alors que l'empereur est malade. Il n'est pas malade, il est mourant, dit-il, bien que personne d'autre n'ose prononcer ces mots, puis murmurant tout bas, parlant tout seul, il est peut-être déjà mort. Pas étonnant qu'un nombre record de personnes – principalement des jeunes, suivant la déclaration à la presse du type du bureau du tourisme japonais – ait réservé des vols pour l'étranger. Qui pourrait leur en vouloir ? Au moins, se dit-il, jetant un coup d'œil au panier qu'il a en main, Meidi-ya n'a pas annulé sa commande de *Stollen* ; comme avait coutume de dire sa mère qui n'appliquait pourtant pas souvent le précepte : Il faut savoir apprécier les moindres bienfaits, mon cher Donald. Et une fois au comptoir, à la caisse, les deux employés, pleins d'attentions, emballent soigneusement, puis mettent dans un sac son vin, ses saucisses, le chou rouge et le stollen, ils semblent plutôt soulagés, même ravis de prendre son argent, ne manifestant pas le moindre effarement devant son manque de dignité, pas choqués le moins du monde. Ils lui sourient même, lui sourient gentiment et le remercient en lui tendant son sac, le prévenant qu'il est lourd, lui recommandant de faire attention, s'il vous plaît, faites attention. Et c'est ce qu'il fait, il fait attention en sortant du magasin, disant au revoir à ce magasin, son magasin préféré, et il s'en va, il descend les escaliers qui mènent au métro, s'arrêtant d'abord en haut des marches pour reprendre son souffle, puis, faisant attention, prenant ses précautions, s'accrochant à la rampe, il commence à descendre, doucement, tout doucement, l'escalier, puis il suit le couloir, le couloir du métro jusqu'au distributeur de billets. Il achète un ticket, puis passe lentement le portillon, avant de descendre précautionneusement, en tenant la rampe, le deuxième escalier qui donne sur le quai de la station de Kyobashi.

Sur le quai, sous terre, il pose son sac, son sac qui pèse, reprend son souffle en attendant l'arrivée du métro, le métro de la ligne de Ginza, qui le ramènera à Ueno, auprès de Grete, à la maison. Il cligne des yeux, cligne plusieurs fois des yeux, puis sent le vent qui s'engouffre sur le quai, sortant du tunnel, soulevant les pans de son manteau, ses cheveux rares. Il se tourne, se penche, ramasse son sac, son sac qui pèse, et regarde le métro qui arrive, les portes s'ouvrir, les gens descendre rapidement, puis, traînant les pieds, il entre péniblement dans le wagon, le wagon bondé, regardant à droite puis à gauche, cherchant un coin, une place où s'asseoir, pour souffler. Une jeune femme se lève, lui offre son siège et il rougit, s'incline et la remercie, n'osant pas refuser, s'asseyant à sa place, les joues encore rouges, il le sent, rouges comme une tomate : *tomato-ojiisan*, non, toujours *gaijin-tomato-ojiisan,* il le sait. Pas étonnant que les gens l'observent, regardent dans sa direction, se posant des questions, se demandant pourquoi il est là, ce vieux type bizarre, cet étranger au teint pâle, le visage luisant, tout rouge avec à ses pieds un sac rempli de produits alimentaires étrangers bizarres, qu'est-ce qu'il fout ici, pourquoi il est encore là ? Tous ces regards, tous ces yeux inquisiteurs, qui disent, qui disent tous : Tu ne te rends pas compte, tu ne sais pas que tu n'es plus le bienvenu, il est temps que tu rentres chez toi, que tu t'en ailles et que tu disparaisses. Les portes s'ouvrent, le métro arrive à Nihonbashi, la jeune femme descend. Il la salue, inclinant la tête, la remerciant encore, et bien qu'elle ne l'ait pas vu, ne s'en soit pas rendu compte, cela le réconforte, il se sent mieux. Mais cela ne dure pas, non ça ne dure pas longtemps, il y a de plus en plus de monde, de gens qui montent en poussant dans le wagon, eux aussi le regardent, le dévisagent, il a le souffle coupé, la poitrine oppressée, il cherche sa respiration, dans l'atmosphère humide, la touffeur du wagon. Il se lève pour sortir, il faut qu'il sorte, mais les portes se ferment, se sont déjà refermées, le métro démarre, repart déjà. Il se faufile au milieu des passagers, les frôlant à peine, malgré les regards de travers qu'on lui jette, il le voit bien, ils le fusillent du regard, mais il s'en moque, ça lui est égal, il s'appuie contre la porte, la tête contre la vitre de la porte, dans l'obscurité du tunnel, du tunnel creusé sous la terre, attendant que la lumière du jour revienne, de se retrouver à l'air libre sur le quai, le quai de la prochaine station, priant pour que le métro arrive enfin à la prochaine station, et que les portes, les portes s'ouvrent, se rouvrent enfin –

Bousculé, ballotté, quand il descend du wagon, les gens poussant et passant autour de lui, il manque de glisser, de tomber, mais il se rattrape, il ne tombe pas, il est sur le quai, va s'en aller, puis soudain il se retourne, se précipite sur les portes du wagon, les portes qui se ferment, se referment sous son nez, le train démarre, quittant la station, emportant son vin, ses saucisses, son chou rouge et son *Stollen*, envolés, partis au loin.

Et merde, merde, merde, dit-il, passant les mains, les doigts sous ses lunettes pour s'essuyer les yeux, sécher ses larmes, et il s'écrie à voix haute : *Baka, baka, baka*, espèce de crétin, sombre crétin !

Il s'essuie, se sèche les yeux, de ses mains, de ses doigts, puis avale sa salive, soupire, et s'en va, laissant derrière lui l'endroit où le train a emporté ses courses, et marchant lentement, il va au bout du quai jusqu'à l'escalier, qu'il se met à monter doucement, tout doucement, une marche après l'autre, une marche à la fois, s'arrêtant de temps en temps pour reprendre son souffle, reprendre sa respiration, se maudissant, se maudissant tout au long de la montée, jusqu'à ce qu'il arrive en haut de l'escalier et qu'il passe le portillon, cherchant le bureau, le bureau des objets trouvés – ne t'inquiète pas, Gre-chan, ce vieil idiot de Papa va leur demander d'appeler toutes les stations de la ligne ; ils vont trouver le sac, notre sac de courses et le mettre de côté pour nous,

Gre-chan chérie, ne t'inquiète pas, nous sommes au Japon – mais où se trouve ce maudit bureau, le bureau des objets trouvés, se demande-t-il, regardant d'un côté puis de l'autre, dans toutes les directions et –

On est à Mituskoshimae[1], il s'en rend compte maintenant, il vient de réaliser, en apercevant au bout du couloir, sous le plafond bas du couloir qui mène au magasin, le grand magasin Mitsukochi, avec ses colonnes de marbre, son sol carrelé. En panique, sous le choc, il regarde au loin, au fond du couloir, ce recoin, ces ombres, il regarde, voit et connaît ce qu'il voit, reconnaît l'endroit, cet endroit, c'était là, à cet endroit, dans ce coin, ces ombres, cet endroit qui n'existe plus, mais qui est encore là, dans ce recoin, les ombres qui chuchotent et murmurent : tu ne nous vois pas, disent-elles, mais nous te voyons, oui, nous, nous te voyons, dans cet endroit qui n'existe plus, plus maintenant, mais qui est encore là, toujours là, où on te voit, oui, nous, nous te voyons –

Shhhh, shhhhh, whooou, whooou...

Non, non, dit-il, mais il sent, sent alors le sol bouger, puis trembler sous ses pieds, sent les dalles du carrelage qui bougent, qui se soulèvent, sous ses pieds, des dalles d'un autre temps, des dalles d'un autre lieu qui bougent, tremblent, se soulèvent, sous ses pieds, de dessous ses pieds, qui le projettent en arrière, qui l'attirent vers le sol, mais à ce moment-là, en cet instant, revenant au présent, retrouvant le présent, il sent une main, une main qui se pose dans son dos, sur son bras, qui le relève, qui l'aide à se remettre debout, qui le soutient, et il se retourne, se retourne lentement, il la voit sourire, il l'entend dire : Cette apocalypse est-elle un événement privé, ou peut-on aussi en profiter ?

Vous me suivez –

Secouant la tête en signe de dénégation, elle répond : Non, pas du tout, je passais dans le coin, et je vous ai aperçu, vous étiez en train de sourire, et puis vous vous êtes mis à sangloter, parlant tout seul, en train de vous morigéner, je suis venue pour vous aider.

J'ai perdu quelque chose, que j'ai laissé quelque part, c'est tout.

Hochant la tête, elle répond : Pas quelque chose, mais quelqu'un.

Qu'est-ce qu'il fout ? lances-tu, sortant de l'ombre, de l'ombre du grand magasin Shirokiya, venant au-devant de Terauchi.

1. Station du métro de Tokyo.

Il consulte sa montre, secoue la tête et dit : Je ne sais pas. Ça ne lui ressemble pas. D'habitude il n'est jamais en retard.

Merde, dis-tu. Merde. On y va.

Et vous partez, en courant, tous les deux, en courant, ce matin-là, descendant Ginza Street, traversant le fleuve, sur le pont de Nihonbashi, traversant la rue, jusqu'au magasin, le grand magasin Mitsukoshi, jusqu'à l'entrée sud du magasin : des voitures sont alignées le long du trottoir de la petite rue, garées à la queue leu leu : longeant la file de voitures, passant devant une berline Buick noire, immatriculée 41173, où le chauffeur somnole, il n'y a personne à l'arrière de la voiture.

Merde, murmures-tu.

Dans l'ombre, l'ombre qui règne dans la petite rue, l'ombre portée du magasin, Terauchi s'éponge le visage, le cou, regarde de nouveau l'heure, secoue la tête et dit : Qu'est-ce qu'on fout maintenant ?

On y va, répètes-tu, traversant la rue, te dirigeant vers les portes du magasin –

Il dit : Mais Mary a dit –

On s'en fout, dis-tu, et tu entres dans le magasin, chapeau baissé sur les yeux, mais regardant dans tous les coins, d'un côté, puis de l'autre, et tu chuchotes : Mais où est-ce qu'il peut bien être, bon sang ?

Au pied du pilier central du rez-de-chaussée du magasin, Terauchi s'éponge de nouveau le visage, le cou aussi, regarde encore une fois sa montre, et dit : Peut-être qu'il nous a posé à tous un lapin ?

Alors, qu'est-ce qu'il fout, son chauffeur, à attendre dehors ? dis-tu, regardant ta montre toi aussi : On arrive trop tard…

Ou alors, Mary l'a peut-être prévenu ?

Dans ce cas-là, où peuvent-ils bien être ? dis-tu et tu plonges la main dans ta poche de veste, en sors ton stylo et ton calepin, en déchires une page, griffonnes un nom et un numéro, puis tends la feuille griffonnée à Terauchi : Descends au sous-sol, au café, le café Hong Kong, l'endroit où on se rencontre d'habitude, il y a un téléphone là-bas. Fais ce numéro et demande qu'on te passe ce type.

Sweeney ? demande Terauchi, qui déchiffre ton message.

Oui, tu confirmes. C'est un inspecteur de police, de la sécurité publique. Le type est connu, c'est lui qui a démantelé les réseaux du grand banditisme.

Mais qu'est-ce que je vais bien pouvoir lui dire, bon sang ?

Dis-lui que le président Shimoyama a été enlevé, kidnappé au Mitsukochi de Nihonbashi.

On n'en est pas sûrs…

Bien sûr que si, nom de Dieu, dis-tu. Alors, va passer ce foutu coup de fil, et attends-moi là-bas, lui lances-tu, avant de recommencer à regarder partout dans le magasin, le rez-de-chaussée du magasin, ton chapeau toujours baissé sur les yeux, scrutant, regardant dans tous les coins, d'un côté, puis de l'autre, longeant le rayon parfumerie, celui des produits divers, puis le rayon chaussures : passant devant les présentoirs et les comptoirs de verre, aux multiples reflets, sous l'éclairage trompeur : par deux fois, tu crois l'avoir vu, l'avoir repéré qui marche devant toi, persuadé, absolument certain que c'est bien lui quand tu presses le pas pour le rattraper, et que tu te rends compte, en te retournant, que tu t'es trompé, et tu te demandes une fois de plus : Où a-t-il bien pu passer, pu aller, quand tu vérifies dans les toilettes, t'assures qu'il n'est pas aux toilettes, puis tu descends au sous-sol, par l'escalier H, sans cesser de chercher à droite et à gauche, dans tous les coins, passant au comptoir du service client, puis gagnant la sortie, les portes donnant sur le couloir qui mène au métro, certain qu'il doit être là, quelque part, bon sang, toujours à l'intérieur du magasin.

Je l'ai trouvé, je l'ai trouvé, dit Terauchi qui arrive à ta rencontre du fond du couloir.

Tu l'empoignes, tu lui demandes : Où ?

Au café…

Il est avec qui ?

Shiozawa…

Merde ! Ils t'ont vu ? demandes-tu.

Il secoue la tête et répond : Non, je crois pas. J'étais au téléphone quand ils sont arrivés…

Alors, tu as pu parler à Sweeney ?

Il secoue de nouveau la tête et dit : Non, j'attendais de pouvoir le faire, j'étais sur le point de le faire, quand ils sont entrés tous les deux, Shimoyama et Shiozawa, alors j'ai raccroché. Je ne savais pas ce que je devais faire, je ne voulais surtout pas qu'ils me voient, tu comprends, alors j'ai juste raccroché…

Mais ils sont toujours à l'intérieur ?

Hochant la tête, il dit : Je suppose, ils viennent juste de commander quelque chose à boire, ils sont en pleine conversation, ils ne donnent pas l'impression de vouloir partir…

Tu as vu quelqu'un d'autre ? demandes-tu, regardant autour de toi, d'un bout à l'autre du couloir. T'as reconnu quelqu'un d'autre ?

Il secoue la tête et dit : Non. Juste ces deux-là.

D'accord, dis-tu, continuant de regarder autour de toi, d'un bout à l'autre du couloir, dans le passage, réfléchissant, t'interrogeant.

Qu'est-ce qu'on fait ? demande Terauchi.

On attend et on surveille.

Et en ce qui concerne Mary ?

Tu as vu Mary ?

Il secoue de nouveau la tête et dit : Non.

Bon, d'accord, réponds-tu. Maintenant, tu vas faire ce que je te dis : tu restes là-bas, près de cette colonne là-bas, et tu surveilles la porte du Hong Kong et tu attends, pendant que je surveillerai d'ici.

Et quand ils sortiront, on fait quoi ?

Tu fais ce que je te demande, lui répètes-tu. D'accord ?

Eh merde, marmonne-t-il, s'éloignant, secouant toujours la tête, pour aller derrière la colonne, se poster derrière la colonne, pour surveiller la porte du café et attendre, attendre et surveiller –

Et surveiller, et attendre, et surveiller ; tu regardes sans cesse ta montre, surveilles la porte, attendant et surveillant, réfléchissant, t'interrogeant. Qu'est-ce que tu vas bien pouvoir faire quand –

La porte du café s'ouvre : Shimoyama et l'autre homme, qui doit être Shiozawa, sortent, se serrent la main, puis partent chacun de leur côté. Shimoyama se dirige vers l'entrée du métro, Shiozawa vers l'escalier qui débouche dans la rue.

Merde, dis-tu, te précipitant vers Terauchi, l'empoignant et lui ordonnant : Vite, donne-moi la liste !

Il prend une enveloppe dans la poche intérieure de sa veste, me la tend et me dit : Qu'est-ce qu'on fait maintenant ?

Toi, tu suis Shiozawa.

Mais qu'est-ce que tu…

Tu te rues au guichet, tu pousses le portillon et tu dévales les escaliers, trébuchant presque, tombant presque, sur le quai : un train en direction de l'est, pour Asakusa, et un autre en direction de l'ouest, pour Shibuya, tous deux arrivant à quai, en même temps, le quai déjà bondé, encombré ; tu te fraies un passage dans la foule, te cognant, bousculant les gens, les gens qui descendent, les gens qui montent à bord, scrutant la foule, regardant les visages, les cheveux, les vêtements ; tu remarques un costume d'été, clair, une tête découverte, le profil d'un visage, la branche d'une paire de lunettes sur une tempe, une monture à la Harold Lloyd ; tu vois ce type de dos qui monte dans le train, le train qui va en direction de l'est, le train pour Asakusa ; tu sautes dans ce train, le même train, deux wagons plus loin que celui où le type est monté, les portes se referment, manquant de te coincer le bras ; tu tires sur ta veste pour la dégager, et tu traverses le wagon, ton wagon, pour aller dans le wagon suivant, tu vas jusqu'au bout du wagon suivant, tu restes près de la porte qui relie les deux wagons, le tien et le sien, et tu observes le type : l'Homme Qui Aime les Trains, Sadanori Shimoyama « le Veinard », debout dans le wagon, qui se tient à une poignée, ballotté, secoué, d'avant en arrière, par les mouvements du train, la tête basse, le visage dans l'ombre, plongé dans ses pensées, dans l'ombre. Tu mets l'enveloppe contenant la liste dans la poche de ta veste en attendant, puis tu prends ton mouchoir et t'éponges le visage et le cou, tu remets ton mouchoir dans la poche de ton pantalon, puis tu regardes de nouveau par la vitre, dans le wagon d'à côté, observant le type dans le wagon d'à côté, cet Homme qui Aime les Trains tandis que le métro poursuit sa course, passant aux stations de Kanda, Suehirochō, Hirokōji, puis Ueno, s'arrêtant à chaque station, mais le type ne bouge pas. Le métro continue, Inoricho, Tawaramachi, jusqu'à Asakusa, jusqu'au bout de la ligne. Tu t'éponges encore le visage et le cou, vite, vite, remets ton mouchoir dans ta poche, sors l'enveloppe contenant la liste et tu suis le type, ce Shimoyama, qui sort du wagon, sur le quai, jusqu'au bout du quai et prend l'escalier. Arrivé en haut de l'escalier, quand il passe le portillon, tu tends une pièce en t'excusant au contrôleur et tu suis ce type, ce Shimoyama, qui monte ves la sortie : ne lâchant pas des yeux l'arrière de sa tête, sa nuque, son costume, son costume clair, jetant des coups d'œil derrière toi, de temps en temps, de temps en temps, pour vérifier et revérifier que tu n'es pas suivi, que personne dans ton dos n'a les yeux rivés sur toi, sur ta nuque, sur ton costume pendant que tu suis ce type, ce Shimoyama, qui passe devant l'entrée du sous-sol du Matsuya, cet autre grand magasin, ton enveloppe contenant la liste toujours à la main, tu attends le moment, le bon moment pour taper sur l'épaule de ce type, ce Shimoyama, pour lui taper sur l'épaule et lui remettre la liste ; mais il reste mêlé à la foule, il y a un monde fou, et il prend l'escalier qui monte à la station de métro de la ligne de Tōbu, achète un ticket, un autre ticket, et se dirige vers d'autres escaliers, une seconde volée de marches pour se rendre sur le quai, le quai de la station de la ligne de Tōbu. Tu te dis, merde, mais merde, où est-ce qu'il va, et tu prends aussi un ticket, et tu le suis, vite, vite, grimpant les marches deux par deux, pour arriver au portillon, passer sur le quai ; tu repères le type dans la foule, au milieu de la foule, qui attend de monter, puis qui monte dans un wagon : merde, tu ressasses, mais merde, tout en regardant derrière toi, revérifiant derrière toi, qu'il n'y a pas de regards, de regards fixés sur toi, quand tu montes dans le wagon, de cet autre métro, à deux voitures d'écart quand les portes se referment ; là encore, tu traverses le wagon, ton wagon, puis tu passes dans le wagon suivant, jusqu'au bout du wagon suivant, et de nouveau, tu te mets près de la porte qui relie les deux wagons, le tien et le sien, et tu surveilles ce type, l'Homme Qui Aime les Trains, Sadanori Shimoyama, « le Veinard », qui cette fois-ci s'est assis dans le wagon, mais qui tourne toujours la tête, regardant par la fenêtre, tandis que le métro reprend sa course, quitte la station, part d'Akakusa, perdu dans ses pensées, dans l'ombre ; tu remets ton enveloppe contenant la liste dans ta poche, en attendant ; mais quand, te redemandes-tu, jusqu'à quand, alors que tu ressors ton mouchoir de ta poche, pour t'éponger encore une fois le visage, puis le cou, que tu remets ton mouchoir dans la poche de ton pantalon, et que tu regardes ce type à travers la vitre dans le wagon d'à côté, cet Homme qui Aime les Trains, qui garde la tête contre la fenêtre, regardant par la fenêtre tandis que le train traverse le fleuve, le fleuve Sumida et continue à rouler, passant par Narihibashi, Hikifune, Tamanoi, Kanegafuchi, Horikiri, Ushida, et Kita-Senju, s'arrêtant à toutes les stations, mais jusqu'à maintenant, ce type, cet Homme qui Aime les Trains, ne bouge pas, ne bouge pas alors que le train traverse un autre pont, un autre fleuve, le fleuve Arakawa, poursuivant sa course, et le type est toujours là, quand le train traverse Kosuge, devant la prison de Kosuge, au-dessus de la ligne de Jōban, surplombant les rails de la ligne de Jōban qui vont à Gotanno : tout d'un coup, il se lève, rapidement, et il sort –

Merde, te dis-tu, merde, et tu le suis, tu sors derrière lui, tu sors du wagon sur le quai : qu'est-ce qu'il peut bien foutre ici, tu te demandes, et tu as les yeux fixés sur lui tandis qu'il déambule au milieu de la foule, qui descend vers la sortie, où il s'arrête brièvement au portillon pour dire un mot au contrôleur ; tu restes en arrière, regardant derrière toi pour vérifier et revérifier que personne n'a les yeux fixés sur toi, t'épiant pendant que tu le surveilles, alors que tu le suis maintenant, qu'il sort de la station, la station de Gotano. Il tourne à gauche et se dirige vers le sud, dans une rue, une grande rue commerçante, passant devant des bars fermés, des restaurants fermés, puis devant une confiserie, une quincaillerie, un marchand de tabac et un fruits et légumes, jusqu'à ce qu'il arrive à un carrefour, un carrefour où il s'arrête –

Merde, te dis-tu une fois de plus, et tu t'arrêtes, tu te retournes et regardes derrière toi : voyant la rue presque vide, il n'y a personne à l'entour, pas âme qui vive, c'est maintenant, penses-tu, maintenant ou jamais, et faisant demi-tour, sortant ton enveloppe, tu te dépêches pour rattraper ce type, ce Shimoyama qui tourne à gauche, en direction de l'est ; tu tends le bras, tu lui tapes sur la manche, la manche de son costume, son costume clair d'été, et tu demandes, hors d'haleine tu dis : Président Shimoyama… ?

Quoi ? dit-il en japonais, te regardant, te dévisageant derrière des lunettes à la Harold Lloyd, répétant : Qu'est-ce que vous voulez ?

Excusez-moi, dis-tu, répondant en japonais, le regardant, dévisageant ce type, avec ses lunettes à la Harold Lloyd, son costume clair d'été avant d'ajouter : Je vous ai pris pour quelqu'un d'autre.

L'air méprisant, il dit : On se ressemble tous, pas vrai ?

Si on veut, dis-tu, en cherchant bien.

Continuant à te regarder, te dévisageant derrière ses lunettes à la Harold Lloyd, il sourit alors et dit : Évidemment, en cherchant bien. Mais rappelez-vous, on est du même bord, à présent, pas vrai ?

Mais, bon sang, qui êtes-vous ? demandes-tu.

Juste quelqu'un que vous avez pris pour quelqu'un d'autre, dit-il, et se retournant, il s'en va, se dirigeant vers l'est, traversant la chaussée, puis passant un petit fossé, il disparaît, derrière une porte de bois, la porte de bois d'une auberge mal famée de deux étages.

Merde, dis-tu, à voix haute, merde, merde, merde, au milieu de ce carrefour, au milieu de nulle part, sous le soleil, le soleil brûlant de l'après-midi. Tu remets ton enveloppe contenant la liste dans la poche de ta veste, tu enlèves ta veste, tu prends ton mouchoir pour t'éponger le visage, le cou, et tu regardes ta montre : merde, merde, répètes-tu, et tu t'en vas, tu quittes ce carrefour, au milieu de nulle part, sous le soleil, le soleil brûlant, retournant au métro, reprenant le métro, ce maudit métro, refaisant le trajet dans l'autre sens, jusqu'au bout de la ligne, des deux lignes : d'abord, jusqu'à Akakusa, puis reprenant l'autre ligne, celle de Ginza, jusqu'à Mitsukoschimae, ta station de départ ; réfléchissant, te demandant qu'est-ce qui se passe, espérant, priant que quelqu'un ait fait le nécessaire, priant et suppliant que rien de mal ne soit arrivé, que les choses n'aient pas mal tourné, et tu montes les escaliers, tu passes le portillon, tu passes devant le café, le Hong Kong, tu suis le couloir, le passage souterrain, jusqu'aux escaliers, qui mènent à la sortie, dans la rue, tu sors dans la rue, dans Ginza Street, tu consultes de nouveau ta montre, tu te dis merde, merde et tu prends à gauche, sur Ginza Street, tu te diriges vers l'immeuble Mitsui, où se trouve ton tout petit bureau, réfléchissant, te demandant si tu n'aurais pas dû aller plutôt à Ochanomizu, essayer de voir Kaz, consultant ta montre, regardant de nouveau l'heure, réfléchissant, te rendant compte qu'il est peut-être encore temps, que tu as juste le temps, te décidant finalement, oui, il faut y aller, alors tu poursuis ta course, tu continues, passant devant ton immeuble, ton bureau, tu continues ta course quand tu sens une main te saisir, t'attraper par le bras et te retourner, te faire tourner sur toi-même. Qu'est-ce que –

Eh vous, Don Reichenbach, dit un jeune Coréen, l'air mauvais à la dégaine crapuleuse, vêtu d'une chemise voyante et d'un treillis.

Que voulez-vous ?

Mary vous demande de nous suivre, dit-il.

Et si je ne veux pas ?

Te tenant toujours fermement par le bras, de son autre main, il soulève le bas de sa chemise pour que tu voies le pistolet enfoncé dans son pantalon, son bas de treillis, et dit : Ça serait idiot, Don, comme l'a dit Mary, vraiment bête de votre part, Don.

Tu hoches la tête, tu souris, puis tu dis : Je vous en prie, après vous…

Non, répond-il, Après vous, Don, j'insiste, nous insistons –

Et il t'embarque jusqu'au coin de la rue, où stationne une grosse voiture noire, garée au coin de la rue, la portière arrière est déjà ouverte, ouverte en t'attendant, et il te fait entrer à l'arrière, te jette comme un paquet à l'arrière de la voiture, puis monte après toi, à côté de toi sur la banquette arrière, ferme, claque la portière derrière lui, sous ton nez –

Pleins gaz, dit-il au gros bonhomme à l'avant, un gros type dans un épais manteau d'hiver. On est déjà en retard…

Puis-je savoir où nous allons, dis-tu, regardant par la fenêtre, voyant l'immeuble Mitsui, ton bureau et Nihonbashi s'éloigner tandis que la voiture fonce sur Ginza Street.

Pas assez loin, dit-il.

Je vois, réponds-tu, et tu clignes des yeux, battant des cils, regardant fixement par la fenêtre tandis que la voiture file de plus en plus vite, passant par Kanda, par Ueno, puis tournant à gauche à Hirokōji, remontant l'avenue N, puis prenant une rue adjacente, remontant dans une petite rue, le long d'une légère côte, la voiture ralentissant maintenant, devant un portail à double battant, les portes s'ouvrant devant eux pour laisser passer la voiture, près d'un panneau, un panneau indiquant : DÉFENSE D'ENTRER – ACCÈS STRICTEMENT INTERDIT.

Ils marchent, côte à côte, en silence, passent les portes des jardins de Kyū – Iwasaki-tei, gravissant à pas lents la montée de gravier qui mène en sinuant, parallèlement à Muen Zaka, la colline des Morts, jusqu'à la vieille demeure des Iwasaki, ils avancent, côte à côte, sans dire un mot, marchant lentement jusqu'au moment, en haut de la côte, jusqu'à ce qu'il s'arrête, reprenant son souffle, et dise : Il fut un temps, vous savez, il n'y a pas si longtemps, quand quelqu'un voulait visiter ces jardins, cette maison, il fallait en faire la demande auprès du ministère de la Justice, obtenir une autorisation et un rendez-vous, car c'était un domaine réservé, où était assurée la formation des futurs juges de la Cour suprême, il me semble.

Elle sourit, et dit : Après avoir été réquisitionnés par nos services, bien sûr, ces hauts murs entourés de grands arbres assurant une parfaite protection, à l'abri des regards indiscrets et des témoins gênants, dissimulant, cachant tous les secrets, les noirs secrets de Hongō House.

J'aimerais vraiment que vous arrêtiez d'employer ce mot, dit-il en soupirant. Plus personne ne l'utilise, de nos jours, si tant est qu'on l'ait fait dans le temps.

Souriant toujours, elle insiste : Mais c'est pourtant comme ça qu'on l'appelait, vous le savez bien, et vous aussi, quand vous en parliez.

Il soupire encore, fixant devant lui l'allée, dans l'obscurité, en cet hiver précoce, l'obscurité de cette fin d'après-midi, la montée tout en haut de laquelle luit la petite lumière pâle du kiosque à billets, malheureusement encore ouvert, apparemment. Soupirant de nouveau, puis se reprenant, il dit : Vous m'avez demandé de vous faire visiter la demeure des *Iwasaki* et bien que de mauvaise grâce, j'ai accepté. Mais si vous voulez le faire, et visiter l'intérieur, il faudrait se presser, c'est bientôt l'heure de la fermeture.

Avec un sourire, elle dit : Nous sommes là pour ça.

Très bien, dit-il se remettant en route, marchant à pas lents : Mais alors, plus question de reparler de Hongō House, je vous en prie. Cette maison est, et a presque tout le temps été la maison des Iwasaki, construite pour le fondateur de la firme Mitsubishi, d'après les plans de Josiah Conder…

Qui a aussi fait les plans de cette église que vous aimez tant, la cathédrale de la Sainte-Résurrection, la Nikorai-dō, si je ne m'abuse ?

S'arrêtant une fois de plus, pour reprendre son souffle, il répond : Pas complètement, mais dans une certaine mesure, c'est vrai. Les plans originaux ont été établis par un certain Mikhail Schurupov, un architecte russe qui était aussi ingénieur. Toutefois, il est exact que c'est Josiah Conder qui a fait exécuter les travaux suivant les plans originaux, c'est un fait.

Tout comme c'est un fait que vous aimez vraiment beaucoup la cathédrale de la Résurrection, et que vous y passez beaucoup de temps, également, n'est-ce pas ?

Quand j'étais plus jeune, sans doute, dit-il, faisant une halte, s'arrêtant de nouveau, arrivé presque en haut. Mais comme vous le constaterez, s'il n'est pas trop tard et que nous avons encore le temps, la maison des Iwasaki est principalement de style jacobéen, mais comporte également un certain nombre d'éléments de styles occidental, oriental et japonais, réunissant dans un même ensemble des types architecturaux différents, et principalement l'ère Meiji…

Mais il ne regarde pas, il évite de regarder le bâtiment ; non, ce qu'il ne quitte pas des yeux, de l'autre côté des arbres, les arbres aux branches nues en cette fin d'après-midi hivernal, ce qu'il regarde fixement, ce sont les murs blancs de son immeuble, derrière les arbres, à travers les branches, le balcon, les fenêtres de son appartement. Il cligne des yeux, déglutit péniblement et dit : Il se fait tard. Grete doit s'impatienter, elle doit s'inquiéter, avoir faim. Je pense qu'il faudrait que je rentre à la maison, si ça ne vous ennuie pas, j'aimerais rentrer chez moi.

Avec un sourire, elle dit : C'est un véritable mystère pour moi, un de vos côtés mystérieux, je ne comprends pas pourquoi vous avez choisi d'habiter là où vous vivez, tout près d'ici, avec cette vue sous vos yeux, le lieu du crime…

Quel crime ? dit-il, s'écriant : Il n'y a pas eu de crime, aucun crime ici, rien ne s'est passé ici.

Hochant la tête, elle poursuit : Je veux dire, vous auriez pu aller n'importe où, n'importe où à Tokyo, au Japon, dans le monde entier. Mais non, non, il a fallu que vous choisissiez de vivre ici, attendant même que le bon appartement se libère, celui avec un balcon et une vue, une vue qui donne sur ces jardins, sur cette maison et sur le lieu du crime…

Quel crime ? répète-t-il. Il n'y a pas eu –

Avec le sourire, elle continue : Oui, je vous vois, je vous vois bien, sur votre petit balcon, à votre petite fenêtre, regardant tout le temps dehors, passant votre temps à regarder dehors, à surveiller, oui, oui, montant la garde, c'était vous, n'est-ce pas ? Le Guetteur, l'Observateur, s'assurant qu'il ne revienne pas, qu'ils ne reviennent pas, tout est revenu, oui, oui, c'était vous, votre pénitence, votre condamnation.

Non, dit-il, ne regardant toujours pas la maison, non.

Elle sourit, elle dit : Mais il est revenu, ils sont revenus, mais ça revient, tout revient, la roue tourne, la boucle est bouclée....

Je vous en prie, implore-t-il. Je vous en prie, pas maintenant, pas encore...

Elle hoche la tête, elle dit : C'est trop tard, c'est l'heure. Écoutez, vous entendez, on ferme –

Mais où diable étais-tu passé ? dit Mary qui accourt entre les colonnes de l'entrée d'une grande maison ancienne de style anglais, quand tu sors de l'arrière de la grande voiture noire.

Je collais au train de son satané sosie, au milieu de nulle part, dis-tu, puis : Il est là ?

De qui tu parles ?

Shimoyama !

Pourquoi serait-il là, Don ?

Mais où a-t-il bien pu passer... ?

Elle vient à ta rencontre, te prend par les épaules, se penche vers toi, t'embrasse sur la joue et chuchote : Je t'en prie, Don, arrête, tu ne sais pas de quoi tu parles, Don.

Pas comme toi, apparemment, répliques-tu, la repoussant, l'écartant. Tu as l'air tout à fait dans ton élément, parfaitement à l'aise.

Eh là, les amoureux, retentit une voix, qui éclate de rire, la voix d'un Texan. On est tous du même bord, ici, hein ?

Don, dit Mary, te regardant droit dans les yeux, te suppliant du regard, te faisant pivoter, te mettant face à –

Un grand type baraqué en uniforme, un uniforme de l'armée, sa casquette de capitaine repoussée en arrière, sur son crâne, un pistolet dans son holster pendant à la taille –

Don, dit-elle de nouveau, je te présente Jack, le capitaine Jack Stetson.

On m'a pas mal parlé de vous, Don, dit Stetson, t'attrapant par l'épaule, te saisissant la main, te pétrissant l'épaule, te serrant la main. Molly que voilà, et puis Frank aussi, Don.

Vous connaissez Frank, dis-tu, et tu fais un pas en arrière, te dégageant, te libérant de son emprise, récupérant ta main.

Hé patron, intervient le Coréen en treillis à la chemise voyante. On fait quoi, maintenant, patron ?

Stetson, te tournant le dos, à toi et à Mary, sourit, puis dit : Allez bouffer un morceau, et prendre un peu de repos. La nuit va encore être sacrément longue, ce soir, les gars.

Bien, chef, ricane le Coréen, esquissant un vague garde-à-vous avant de filer avec le gros type engoncé dans son épais manteau d'hiver, te frôlant au passage, te donnant un coup de coude en regagnant la maison.

Une sacrée paire de fils de pute, dit Stetson en riant, quand ils s'en vont. Je peux vous le dire, Don, je suis bien content qu'ils marchent avec nous, mais il faut les garder à l'œil, les tenir en laisse.

Tu hoches la tête, et tu lui redemandes : Alors, comme ça, vous connaissez Frank ?

Bon Dieu, tout le monde connaît Frank, pas vrai, Don ?

Mary te prend, te presse le bras et dit : Jack travaille avec nous maintenant, Don.

Depuis quand ?

Depuis que vos gars ont perdu Shanghai, Don, depuis ce jour-là, dit Stetson avec un sourire sarcastique, quand le ciel vous est tombé sur la tête à tous.

Te tenant toujours le bras, s'accrochant à ton bras, ne te lâchant pas le bras, Mary ajoute : La donne a changé maintenant, Don.

Au cœur de l'été, à la lumière du crépuscule, tu ne te tournes pas pour la regarder, tu ne le regardes pas non plus. Au cœur de l'été, à la lumière du crépuscule, tu ne vois plus que cette grande maison ancienne, de style anglais, dissimulée derrière ces murs, derrière ces arbres, qui se cache dans l'obscurité, tu as le regard fixe, tu déglutis, avales péniblement ta salive, puis tu demandes : Et Shimoyama ?

Don, chuchote-t-elle. Je t'en prie, ne fais pas…

Hé, les amoureux, s'exclame Stetson, se donnant une tape sur le visage pour écraser un moustique. On devrait rentrer, et discuter à l'intérieur, avant de nous faire bouffer tout crus dehors, d'accord, les jeunes ?

Bien sûr, Jack, acquiesce Mary, te tournant le dos, se dirigeant vers la maison, ses colonnes et son entrée –

Par ici, les amis, dit Stetson, vous entraînant tous les deux, vous cornaquant sur la gauche de la maison. Il faut que vous voyiez la chouette salle de billard dont on jouit ici…

Et il vous guide, vous fait passer par une porte ouverte sur un côté du mur, puis le long d'une petite allée serpentant au milieu des arbres, qui mène à un pavillon de bois, construit sur le modèle d'un chalet de montagne suisse, au milieu de ce jardin, au cœur de Tokyo ; un chalet, aux volets de bois devant les fenêtres et les portes, une grande terrasse sur toute la longueur de la façade, donnant sur le jardin, plongé dans l'obscurité –

Génial, s'exclame Mary qui monte sur la terrasse, et entre dans le chalet. On se croirait dans un conte de fées, chez Blanche-Neige !

Hé-ho, Hé-ho, Stetson se met chanter, Hé-ho – Hé-ho, Hé-ho. Allez, chantez, Don, chantez avec nous…

Tu ne chantes pas, mais tu souris, fredonnant un autre air, tournant le dos au jardin, plongé dans l'obscurité, et tu entres dans le chalet, le chalet éclairé par une simple ampoule électrique nue qui se balance, qui pend au milieu d'une grande salle lambrissée : il y a des bibliothèques le long des murs, contenant peu de livres, en revanche, il y a des cartes, des tas de cartes étalées sur deux immenses tables de billard –

Soudain, un homme jaillit du sol, d'une trappe dans le parquet, qui s'ouvre sur la gauche. Un homme mince, dans un costume sombre, bien taillé, monte les marches qui viennent du sous-sol : souriant à Mary, il t'aperçoit, son sourire disparaît, il se tourne vers Stetson, le regarde et lui demande –

Don Reichenbach, dites « Guten Abend », ou ce que vous avez le chic de vous baragouiner entre Teutons, à Dick Gutterman, dit Stetson, Je vous jure, Molly, je parie qu'on doit être les seuls non-Boches de tout ce foutu GHQ !

Je ne travaille pas pour le GHQ, tu réponds, serrant la main de Dick Gutterman. Je travaille à la section diplomatique, chargé des relations économiques.

Gutterman hoche la tête, sourit : Je sais.

Ce vieux Dick sait tout sur tout le monde, n'est-ce pas, Dick ? dit Stetson en riant. Enfin, presque…

On te demande au téléphone, Jack, lui dit Gutterman.

C'est urgent ?

Gutterman hoche la tête. Oui, Jack, il faut que tu y ailles.

Vous deux, les amoureux, mettez-vous à l'aise, hein, dit Stetson. Je reviens le plus vite possible, commandez quelque chose à croquer, et on mangera ensemble, en discutant, d'accord ?

Bien sûr, Jack, répond Mary.

Tu hoches la tête, regardes Stetson descendre avec Gutterman par la trappe, disparaître dans le sol, puis, te retournant, tu sors de la salle, vas sur la terrasse, tu te plonges dans la contemplation du jardin, de nouveau dans l'obscurité, dans le noir, dans le silence de la nuit.

Shhhh, shhhhh, whooou, whooou…

Don, dit Mary, doucement, gentiment, posant la main sur ton dos, te caressant le dos. Frank veut qu'on fasse équipe ensemble.

Tu ne te retournes pas, tu ne la regardes pas ; tu regardes l'obscurité devant toi, dans le noir, et tu dis : C'est ce que Frank a dit, t'a dit ? Mais qui sont-ils, qui sont ces putains de types ?

L'Unité Z, chuchote-t-elle. Officieusement, que ce soit ici ou au pays. Leur principal objectif c'est la Chine, contre-espionnage basé à Taïwan, mais ils sont en train de monter une équipe, composée d'anciens militaires japonais.

Mac, Willoughby, ils sont au courant de tout ça ?

Mac, bien sûr qu'il sait. Il veut reconquérir la Chine, renvoyer les cocos à Moscou, puis larguer une putain de bombe.

Tu secoues la tête, tu clignes des yeux, clignes les yeux de nouveau, regardant toujours devant toi, dans l'obscurité, dans le noir, et tu déglutis, avalant péniblement ta salive, et dis : Et nous, qu'est-ce qu'on vient foutre là-dedans ?

Gardant ses mains sur ton dos, posant alors sa joue contre ton dos, parlant tout bas, elle murmure : On est dans le même bateau, maintenant, Don.

Tu te retournes, lèves les mains, l'attrapes par les épaules, la tenant fermement par les épaules, tu la regardes dans les yeux et demandes : Et Shimoyama ?

Mauvaise nouvelle, les jeunes, annonce Stetson en remontant du sous-sol, sortant de son antre. C'était le docteur…

Lâchant Mary, tu te tournes vers Stetson : Quel docteur ?

Le docteur que j'ai envoyé pour secourir votre copain Shimoyama…

Mais bon Dieu, de quoi parlez-vous, Stetson ?

Du calme, cow-boy, dit Stetson, qui se dirige vers toi, la main sur son holster, sur son pistolet ; son pistolet en main maintenant, il sourit : je ne suis que le porte-flingue, ici, d'accord ?

Quittant Stetson des yeux, tu regardes alors Mary, mais elle regarde Stetson, le regard fixe, elle secoue la tête, secoue la tête en le regardant, répétant à voix basse : Non, non, non –

Ton regard revient sur Stetson, tu ne le quittes pas des yeux et tu dis, tu hurles : Qu'est-ce qui se passe, nom de Dieu ?

Il ne s'en est pas tiré, Don, répond Stetson. Doc a dit qu'il a fait le maximum, mais il est mort, Don. Votre gars n'est jamais revenu à lui.

L'empereur est mort. Jour après jour, heure par heure, il a subi beaucoup de transfusions de sang, de plus en plus nombreuses, mais sa tension est restée basse, son rythme respiratoire lent, jusqu'à ce que, jeudi, il tombe dans le coma, dans un état d'inconscience, puis à quatre heures ce matin du samedi 7 janvier 1989, la situation est devenue critique, et à six heures trente-trois de la soixante-quatrième année de l'ère de Showa, l'empereur est mort, ayant fait son temps.

Ah, c'est tout ce que Donald Reichenbach trouve à dire quand la musique s'interrompt pour annoncer la nouvelle. Il cligne des yeux, recligne des yeux, puis regarde sa montre, les aiguilles lumineuses de sa montre, qui se sont arrêtées, elles aussi, à six heures trente-trois. Il soupire, soupire encore, puis dit, répète : Ah.

Inconsciente, Grete virevolte et miaule autour de lui, tandis qu'il se baisse pour ramasser par terre son bol d'eau et sa gamelle vides, se dirige lentement, très lentement vers l'évier. Il passe la gamelle et le bol sous l'eau chaude puis les lave avant de les essuyer. Il fait couler l'eau jusqu'à ce qu'elle redevienne froide, remplit le bol d'eau, puis tend le bras pour ouvrir le placard au-dessus de l'évier. Il prend, ouvre et verse la boîte de thon dans la gamelle, puis glisse la main dans sa poche de robe de chambre. Il sort le sachet et, pleurant doucement, sans faire de bruit, aussi discrètement que possible, il mélange la poudre contenue dans le sachet avec le thon dans la gamelle. Il pose la gamelle et le bol d'eau sur le sol, mais ne lui dit pas un mot, incapable de lui parler ou de la regarder. Il s'essuie les yeux, essaie de sécher ses larmes, mais ses larmes continuent de couler. Il ouvre le réfrigérateur, sort le pot de confiture d'abricot, le pot presque vide, pratiquement terminé. Il prend une cuillère dans le tiroir, puis ouvre le pot de confiture, plonge la cuillère dans le pot, puis la porte à sa bouche. Il ramasse le sachet de poudre, l'ouvre, ouvre la bouche, renverse le reste de poudre dans sa bouche, l'avalant en même temps qu'une cuillère de confiture. Il froisse le sachet, le jette dans la poubelle en plastique, puis rince la gamelle de thon, le pot de confiture vide et les met dans un sac en plastique à côté de la poubelle.

Miaou, fait Grete, se frottant contre ses chevilles, ses mollets, passant entre ses jambes, les jambes de son pyjama. Il la prend, la prend dans ses bras et la serre contre lui, la caressant en la portant pour aller dans la chambre, s'arrêtant pour éteindre la radio, où l'on annonce le nom de la nouvelle ère : *Heisi*, l'ère de l'accomplissement de la paix.

Le roi est mort, vive le roi[1], murmure-t-il, tenant toujours Grete serrée contre lui, la caressant tout en l'emmenant dans la chambre, passant sur les nattes pour aller jusqu'au lit, ne cessant de la caresser tout du long, murmurant, sanglotant, Je suis désolé, ma chérie, pardonne-moi, ma douce Gre-chan, je suis désolé, pardonne-moi, *le mort saisit le vif*[2]…

Shhhh, shhhhh, whooou, whooou, shhhh, shhhhh, whooou, whooou…

La pluie, le vent tapent contre la vitre, derrière les rideaux, les rideaux encore fermés, les rideaux qui laissent passer une lumière grise, il s'allonge sur le lit, la chatte dans ses bras, sur sa poitrine, la serrant toujours contre lui, et il lui caresse la tête, le dos, sent sa chaleur sous sa fourrure, sa chaleur qui diminue, quittant sa fourrure, son corps, ses os, sa respiration ralentie, de plus en plus lente et il attend, il attend et pleure, s'efforçant de fredonner, de chanter en pleurant, une berceuse, la berceuse de Dekker : *C'est lourd de vous garder, alors dormez – Nous devons vous garder, vous faites l'objet de tous nos soins…*

Tout le monde s'en fout, tu dis. Ils s'en foutent, nous aussi, et les Japonais aussi…

Dans son lit, dans sa chambre, au séminaire, dans l'ombre de la cathédrale, de son dôme et de sa croix, Kaz te caresse les cheveux, t'essuie les joues et dit : Pas moi, Don, et toi non plus, Don.

---

1. En français dans le texte.
2. En français dans le texte.

Ça n'a pas suffi, tu murmures. Ça…

Kaz t'essuie de nouveau la joue, dépose un baiser sur ta joue, puis dit : On a fait ce qu'on a pu, Don.

Tu crois ? tu dis, le repoussant, t'asseyant sur son lit, répétant : tu crois ? Qu'est-ce qu'on a fait ? Rien. On est resté assis sans rien faire, on a laissé un homme, un innocent mourir.

Kaz se redresse, secoue la tête et dit : Ce n'est pas vrai, Don, pas vrai. Premièrement il n'était pas innocent, pas vraiment innocent. Il a renvoyé, renvoyé personnellement cent mille travailleurs, les condamnant avec leurs familles à la misère. Ne me dis qu'il était innocent –

Mais sa mort ne leur a pas rendu leur travail, n'a pas sauvé leurs familles de la misère, n'est-ce pas ? t'écries-tu, sortant du lit, prenant tes vêtements. Ça n'a rien changé.

Kaz s'assied sur le bord de son lit, lève les yeux vers toi, hochant la tête : Pas encore, Don, pas encore – mais tu connais le plan, la stratégie, c'est ce qu'il faut faire, Don.

Ouais, dis-tu, enfilant ton pantalon, boutonnant ta chemise. Eh bien, je ne vois pas la moindre barricade à l'horizon, pas de révolution dans les rues, et toi ? Tout ce que je vois, c'est un homme innocent gisant sur une voie de chemin de fer à Ayase –

Et cent mille travailleurs sans travail, grâce à lui, dit Kaz, qui se lève. À lui et à ses patrons américains. *Tes* patrons américains, Don, n'oublie pas, *les tiens*, pas les miens, Don.

Tu mets ta veste, tu le regardes droit dans les yeux et tu dis : Je te l'avais dit, je t'avais prévenu ; tu as dit que tu mettrais le Parti au courant, que tu ferais en sorte que Moscou soit prévenu – et tu m'as bien dit que tu avais fait le nécessaire ?

C'est ce que j'ai fait, dit-il. Bon sang, Don, c'est ce que j'ai fait.

Tu prends ton chapeau, secoues la tête : Donc, ils étaient au courant, Kaz, ils étaient au courant et ils n'ont rien fait, ils se sont contentés d'observer, d'attendre que quelqu'un d'autre agisse, fasse « le nécessaire ».

Nous sommes en guerre, Don, en guerre –

Plus maintenant, dis-tu, ouvrant la porte de sa chambre. Moi non plus – tu leur diras de ma part, c'est fini, je laisse tomber.

Ce n'est pas aussi simple que ça, Don, dit Kaz, qui te fait face, te regarde fixement. Tu ne t'en sortiras pas comme ça –

Ah bon ? Regarde, dis-tu et tu sors de sa chambre, sors dans le couloir, le couloir du séminaire…

Ils ne te lâcheront pas, je ne te lâcherai pas non plus, Don.

Mais tu n'écoutes plus, tu ne l'écoutes plus, lui, ni les autres non plus, tu n'écoutes plus personne, plus rien ; tu continues d'avancer, tu quittes le séminaire, traverses le jardin et passes les portes, tu ne te retournes pas, sans un regard pour la cathédrale, son dôme et sa croix ; tu descends la pente, la colline, puis encore une pente, encore une colline et tu entres dans la station de métro ; tu descends sur le quai et tu attends le train, le premier train qui passe ; mais tu ne te penches pas pour nouer ton lacet, tu montes à bord du premier train qui part en direction de la station de Tokyo. Tu descends à cette station, tu prends les escaliers, passes le portillon et tu vas aussi vite que possible à l'hôtel Yaesu ; tu passes sous la marquise, entres dans le hall, vas directement à la réception, tu demandes au type au comptoir de la réception une enveloppe qu'il te donne ; tu prends dans la poche de ta veste ton calepin et ton stylo, tu déchires une feuille du carnet et griffonnes : *On baisse le rideau, mais l'Unité Z n'y est pas pour rien.* Tu plies la feuille en deux, la mets dans l'enveloppe que tu fermes ; tu reviens vers le type de la réception, tu lui demandes le numéro de la chambre de M. Harold Sweeney de la sécurité publique, il te l'indique et tu l'inscris sur l'enveloppe sous le nom de Sweeney. Tu remets l'enveloppe au type de la réception et dis *: Onegaishimasu*[1]. Le type de la réception hoche la tête et, faisant demi-tour, tu t'en vas, tu traverses le hall de l'hôtel, sors de l'hôtel, et repars : marchant toute la matinée, l'après-midi à travers la ville, rentrant à pied, jusqu'à la maison, la maison jaune, son portail, son jardin et son allée, sa porte d'entrée et sa serrure : tu sors ta clé, mets ta clé dans la serrure –

Tu ouvres la porte, tu vois ses chaussures dans le *genkan*, par terre dans le *genkan* : tu enlèves les tiennes, tu entres dans la maison et t'écries : Je suis rentré à la maison, chérie, je suis là –

Elle est assise à la table, une bouteille, un verre et son revolver sur la table : elle lève les yeux vers toi, te sourit, puis dit, te dit : Je suis au courant, Don, je sais ce que tu as fait, tout ce que tu as fait. Mais pourquoi, Don, pourquoi ? Dis-moi seulement pourquoi –

1. Merci.

Elle sourit, elle dit : Vous vous méprisez, vous vous détestez ?

Non, dit-il et il reprend une gorgée de sa canette, la dernière canette de bière dans le sac qui se trouve à ses pieds. Je n'ai pas d'ego.

Souriant toujours, elle dit : Alors pourquoi ?

L'indifférence, dit-il. Il reprend une gorgée de bière, regardant fixement à l'extérieur l'étang aux lotus rabougris, flétris, morts sur pied, je méprise, je déteste l'indifférence.

Elle hoche la tête, elle dit : Mais pas la lâcheté ?

Peut-être avant la guerre, dit-il. Mais depuis ce temps-là, je dirais, et encore aujourd'hui, l'indifférence est le plus grand des péchés.

Et pas un crime commandé par l'État… ?

En dépit de tout ce que vous dites, de ce que vous pensez, j'étais alors chef de station seulement en titre.

Elle sourit, elle dit : Alors que faisiez-vous, Don-seulement-en-titre, Don, mais quel était votre rôle en réalité ?

Une fausse bannière, dit-il et un sacré imbécile.

Et un traître.

Je ne le savais pas, pas du tout, murmure-t-il. Mais quand j'ai compris, dès que je m'en suis rendu compte, j'ai démissionné, j'ai tout laissé tomber et je suis parti.

Elle sourit et dit : Et ils vous ont laissé vous en sortir comme ça, prendre le large pour enseigner, traduire, faire ce que vous vouliez…

Une fois hors circuit, je ne leur étais plus utile, ni pour Washington, ni pour Moscou.

Libre comme l'air de faire ce qu'il vous plaisait.

Je ne dirais pas ça.

Elle hoche la tête et dit : Que diriez-vous alors ?

J'éprouve des regrets, bien sûr, d'amers regrets. Toutes les erreurs que j'ai commises, en paroles, en actions. Tous les jours – une vie entière d'erreurs.

Elle sourit et dit : Il y a un monument dédié à Shimoyama, vous savez, à côté de l'endroit où il est mort.

Je sais, dit-il, je sais.

Elle se lève et dit : Allons-y.

Un autre jour, dit-il

Elle hoche la tête et dit : Ce jour est arrivé, Donald.

S'arrachant à la contemplation des cadavres des lotus, des eaux stagnantes de l'étang, il finit jusqu'à la dernière goutte sa dernière bière, sa dernière canette, qu'il écrase et met dans son sac en plastique, et dit, répète : Je sais.

Souriant, elle dit : Après vous…

Faisant un nœud, il noue les poignées du sac en plastique, puis se lève du banc, qui n'est plus *son* banc, et se met en route, s'éloignant rapidement du banc, prenant cette fois-ci le chemin dans le sens des aiguilles d'une montre, laissant derrière lui l'étang, quittant le parc, ils s'en vont, marchant côte à côte, dans le sens des aiguilles d'une montre, en silence, jusqu'à la gare, sur le quai, pour prendre le train, dans lequel ils montent, l'un à côté de l'autre, toujours sans dire un mot, pendant tout le trajet, passant au-dessus, au-dessus du lieu du crime, jusqu'au bout de la ligne, la dernière station.

Le train arrive à la gare d'Ayase, au terminus, les portes s'ouvrent et il dit : Je vous en prie, après vous.

Hochant la tête, elle dit : Non, après vous.

Il sourit, sort du train, descend sur le quai, le quai surélevé, le quai qui surplombe les magasins et les arcades de jeux. Il regarde en bas du quai sur sa droite, le soleil d'hiver qui se couche à l'horizon, sur le fleuve, sur la ville, puis se tournant vers elle, lui dit : La sortie ouest…

Souriant, elle lui redit : Après vous.

Souriant toujours, l'air triste maintenant, il se met à marcher, à pas lents, lentement, sur le quai, les gens piétinent autour de lui, le dépassent, le doublent, se dirigeant vers l'escalier, l'escalier qui mène en bas, qui descend vers la sortie, qui donne dans la rue.

Arrivé devant l'escalier, il s'arrête et regarde en bas, en bas des marches, de la descente étroite en pente raide. Il cligne des yeux, sourit encore, puis au moment où il va saisir la rampe, il sent une main dans son dos, son corps qui bascule, ratant la marche, la première marche, ne touchant plus le sol et la tête la première, il tombe dans le vide –

Du haut des marches, jusqu'en bas, tout en bas des trente-six marches qui mènent en bas,

à la sortie

et –

Baisser de Rideau

Au crépuscule du siècle américain, de la saison américaine, ils descendent Pennsylvania Avenue, circulant au milieu des taudis, des gazomètres, traversant un bras du Potomac, dans la partie sauvage du sud-ouest de Washington, avec ses rangées de maisons grises et ses terrains vagues, ses squelettes de dinosaures et ses sépultures indiennes, jusqu'à ce qu'ils repèrent les ormes dépassant des murs, et arrivent au portail de brique rouge et disent : C'est ici.

Ils passent le portail, remontant la longue allée goudronnée, avec de chaque côté des terrains noyés dans une brume de tristesse, et se garent devant le bâtiment principal. Ils descendent de voiture, entrent dans le bâtiment central, trouvent le bureau du médecin chef, déclinent leurs noms et qualités au planton en blouse blanche à l'accueil, indiquent le but de leur visite et déposent leur requête. Le planton consulte un dossier, puis leur indique le chemin à suivre et leur montre la direction à prendre.

Ils quittent le bâtiment central, traversent la chaussée, et se dirigent vers la pelouse, l'immense étendue de pelouse où des hommes errent, ou sont assis sur des bancs, fixant l'espace devant eux, le regard vide, au milieu des massifs de buis, mais où un homme est assis tout seul, paraissant minuscule sous les ormes, allongé sur une chaise longue, une chaise vide à sa droite, une autre renversée à sa gauche, cet homme à la carrure athlétique avec une barbe grise en broussaille et le crâne rasé, le visage sillonné de rides, le teint jaune, les pommettes saillantes, les joues creuses, marqué par l'âge et les intempéries, l'âge du monde, les marques du temps, silhouette en exil dans ce paysage couleur de plomb, gris de fumée, ce vieil homme, sec, en robe de chambre, pyjamas rayés, sous sa couverture, une vieille couverture de l'armée, qu'il serre contre lui, tenant un ours en peluche tout contre lui, contre sa poitrine, les regarde arriver, il sent qu'ils sont tout près, tourne la tête, regarde dans leur direction et attend, il attend.

Dans le jour finissant, dans la lumière violette de cette fin de journée, souriant, elle demande : Inspecteur Sweeney ?

Oui, lui-même, dit-il, répète-t-il.

Hochant la tête, elle dit : C'est fini, c'est fait.

PARTIES ANNEXES

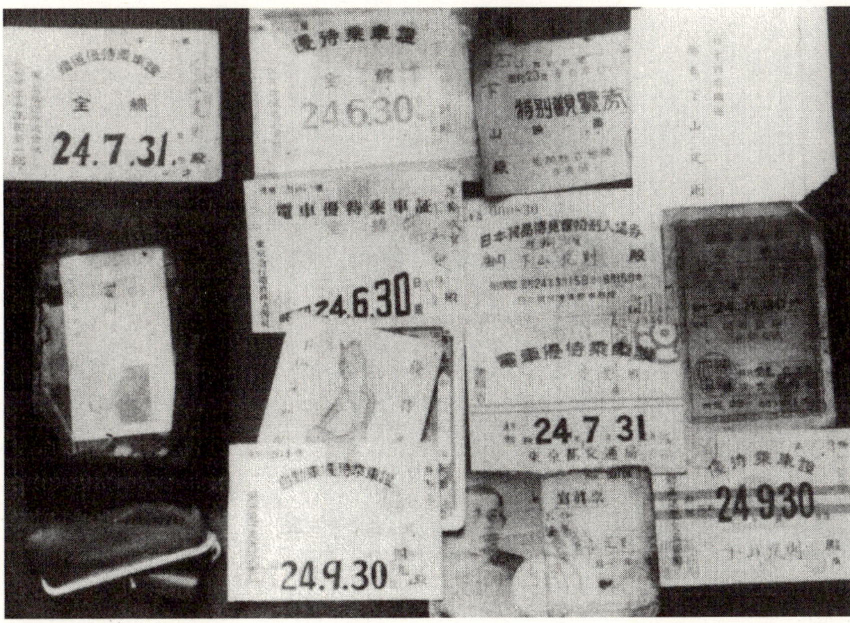

Note de l'auteur

Ce roman s'inspire de la vie, des écrits et des souvenirs de nombreux Japonais et Américains, qui ont participé à l'occupation du Japon ou qui l'ont vécue, en particulier Kafu Nagai, Kōji Uno et Kenichi Yoshida ; Paul Blum, Donald Keen, Donald Richie, Edward Seidensticker et Harry Shupak. Cependant, et afin d'éliminer le moindre doute, ce roman n'a pas pour but de suggérer que ces personnes aient pu être impliquées de quelque façon que ce soit dans l'assassinat de Sadanori Shimoyama.

Sources

Soixante-dix ans après les faits, la mort de Sadanori Shimoyama le 5 juillet 1949 demeure un mystère, qui reste officiellement inexpliqué à ce jour. Au Japon, des centaines de livres et des milliers d'articles ont tenté de résoudre ce mystère. Des romans, des mangas, des documentaires, des pièces de théâtre ainsi qu'un film se sont également inspirés des événements de cette nuit-là. À une certaine époque, on aurait pu sans exagérer comparer l'importance de cet événement sur le plan domestique et culturel avec l'assassinat de John F. Kennedy, tant cela suscita d'intérêt dans la société japonaise, à en juger par le nombre de publications et la prolifération de théories et de rumeurs de conspiration à ce sujet. Toutefois, à ma connaissance, les seuls comptes rendus notables publiés en langue anglaise se trouvent dans les ouvrages suivants : *Conspiracy at Matsukawa* de Chalmers Johnson et *Shocking Crimes of Postwar Japan* de Mark Schreiber. Cette affaire a également inspirée le manga *Ayako* de Osamu Tezuka, qui a été traduit en langue anglaise.

L'affaire fut également largement évoquée dans la presse de langue anglo-saxonne de l'époque : *The Mainichi*, le *Nippon Times* et le *Pacific Stars & Stripes* ; ces journaux, ainsi que les organes de presse japonais, le *Asahi*, le *Mainichi*, le *Yomiuri* et le *Tokyo Times*, m'ont tous été une source précieuse d'information (et de désinformation).

Le dossier du GHQ/SCAP concernant l'affaire, y compris les photos de la scène de crime, les plans manuscrits, les mémos internes et les copies des carnets des enquêteurs du PSD, sont consultables aux archives du GHQ/SCAP (RG331, National Archives and Records Service), Dossier 292, Affaire Shimoyama, juillet 1949 – janvier 1950, et ces dossiers sont consultables sous forme numérique à la Bibliothèque de la Diète à Tokyo.

De nombreux documents concernant les criminels de guerre japonais, les groupes nationalistes et les sociétés secrètes du Japon d'après-guerre ont été déclassifiés et sont consultables sur le site de la Bibliothèque en ligne de la CIA. Cependant, les chapitres consacrés au Japon dans les rapports hebdomadaires de la CIA fournis par le Bureau des rapports et des prévisions, pour la zone Extrême Orient/Pacifique sont uniquement disponibles pour la période de l'assassinat de Sadanori Shimoyama et seulement cette période.

Dans la liste des ouvrages ci-dessous, je n'ai pas mentionné les ouvrages déjà cités dans *Tokyo année zéro* et *Tokyo ville occupée.*

Ayako de Osamu Tezuka, traduction de Mari Morimoto (Vertical 2010, 2013)

Black Blizzard de Yoshihiro Tatsumio (Drawn & Quarterly, 2010)

Blum-san ! de Robert S. Greene (JUPITOR/RSG, 1998)

Bōsatsu Shimoyama Jiken de Yada Kimio (Kōdansha, 1963) et le fim qui porte le même titre, mis en scène par Kei Kumai, 1981

Chronicles of my Life de Donald Keen (Columbia, 2008)

Conspiracy at Matsukawa de Chalmers Johnson (University of California Press, 1972)

Genji Days de Edward G. Seidensticker (Kodansha Int., 1977)

Himitsu no Fairu : CIA no Tainichi Kōsaku de Haruna Mikio (Kiōdō Tsūshinsha, 2000)

Hōmurareta Natsu : Tsuiseki Shimoyama Jiken de Moronaga Yūji (Asahi Shimbunsha, 2002)

In the Realm of a Dying Emperor de Norma Field (Vintage, 1993)

Inside GHQ : The Allied Occupation of Japan de Takemae Eiji, traduction et adaptation du japonais de Robert Rickerts et Sebastian Swann (Continuum, 2002)

Japan Journals 1947-2004 de Donald Richie, ed. Leza Lowitz (Stone Bridge Press, 2005)

Japan is a Circle de Kenichi Yoshida (Paul Norbury, 1975)

Jungle & Other Tales : True Stories of Historic Counterintelligence Operations de Duval A. Edwards ((Wheatmark, 2008)

Keiji Ichidai : Hiratsuka Hachibei Kikigaki de Sasaki Yoshinobu (Nisshin Hōdō, 1975)

Kuroi Shio de Yasushi Inoue (Bungeishunjū Shinsha, 1950)

Legacy of Ashes : the History of the CIA de Tim Weiner (Penguin, 2008)

MacArthur no Nihon de Shūkan Shinchō Henshūbu (Shinchōsha, 1970)

MacArthur no2000nichi de Sodei Rinjirō (Chūō Kōronsha, 1974)

Nisei Linguists : Japanese Americans in the Military Intelligence Service During World War II de James C. McNaughton (Dept of the Army, 2007)

Remaking Japan : The American Occupation as New Deal de Theodore Cohen, ed. Herbert Passim (The Free Press, 1987)

Saishō Onzōshi Hinkyūzu de Yoshida Kenichi (Bungeishunjū Shinsha, 1954)

Sakuragichō Nikki : Kokutetsu o Meguru Senryō Hiwa de Yamakawa Sanpei (Surugadai Shobō, 1952)

Senryō-ka Nippon de Handō Kazutoshi, Takeuchi Shūji, Hosaka Masayasu et Matsumoto Ken'ichi (Chikuma Bunko, 2012)

Senryō Sengoshi de Takemae Eijo (Iwanami Shoten, 1992)

Shima Hideo no Sekai Ryokō 1936-1937 de Shima Takashi et Takahashi Dankichi (Gijutsu Hyōronsha, 2009)

Shimoyama Jiken de Mori Tatsuya (Shinchōsha, 2004)

Shimoyama Jiken : Saigo no Shōgen de Shibata Tetsutaka (Shōdensha, 2005)

Shimoyama Jiken Zengo de Suzuki Ichizō (Aki Shobō, 1981)

« *Shimoyama Sosai Bōsatsuron* » dans *Nihon no Kuroi Kiri* de Matsumoto Seichō (Bungeishunjū Shinsha, 1960)

Shimoyama Sōsai no Tsuioku (Shimoyama Sadanori Shi Kinen Jigyōkai, 1951)

Shinpan : Shimoyama Jiken Zenkenkyū de Satō Hajime (Impact Shuppankai, 2009)

Shiryō : Shimoyama Jiken publié pr Shimoyama Jiken Kenkyūkai (Misuzu Shobō, 1969)

Showa : a History of Japan de Shigeru Mizuki, traduction de Zack Davisson, en quatre volumes (Drawn & Quarterly, 2013-15)

Tales of the Spring Rain de Ueda Akinari, traduction de Barry Jackman (University of Tokyo Press, 1975)

The American Occupation of Japan de Michael Schaller (Oxford University Press, 1985)
The Clandestine Cold War in Asia, 1945-65, ed. Richard J. Aldrich, Gary D. Rawnsley et Minh-Yeh T. Rawnsley (Frank Cass, 2000)
The Human Face of Industrial Conflict in Post-War Japan, ed. Hirosuke Kawanish (Kengan Paul International, 1999)
The Yoshida Memoirs de Shigeru Yoshida, traduction de Kenichi Yoshida (The Riverside Press, 1962)
This Country, Japan de Edward Seidensticker (Kodansha International, 1984)
This Outcast Generation and Luminous Moss de Taijun Takeda, traduction de Yusaburo Shibuya et Sanford Goldstein (Charles E. Tuttle, 1967)
Tokyo Central : a Memoir de Edward Seidensticker (University of Washington Press, 2002)
Wana de Natsubori Masamoto (Kōbunsha, 1960)
Yanaka, Hana to Bochi de E.G. Seidensticker (Misuzu Shobō, 2008)
Yonimo, Fushigina Monogatari de Uno Kōji (Kadokawa Shoten, 1955)
Yumeoibitoyo : Saitō Shigeo Shuzai Nōto de Saitō Shigeo (Tsukiji Shokan, 1989)

Remerciements

Je n'aurais pas été capable de lire dans le texte la majorité des ouvrages japonais mentionnés ci-dessus. C'est pourquoi je suis profondément reconnaissant à Shunichiro Nagashima et particulièrement à Junzo Sawa d'avoir traduit pour moi des centaines de pages de livres, sans oublier les articles de la presse japonaise. Ils ont également passé un temps infini à discuter avec moi de l'affaire elle-même. Toutefois, ce roman n'est pas le reflet de leur opinion sur l'affaire mais je ne dois pas occulter ce dont je leur suis redevable et je les en remercie. Akiko Miyake m'a également fourni des informations et traductions complémentaires, particulièrement en ce qui concerne le Tokyo des années 1964 et 1988. Akiko et Stephen Barber m'ont accompagné pendant de longues heures sur les lieux où se déroule l'action du roman, échangeant sur l'affaire, sur l'époque et la vie des expatriés et des écrivains au Japon. Je leur exprime ici ma gratitude à tous les deux, merci, Akiko et Stephen.

L'abondance de documents écrits concernant cette affaire explique à elle seule les dix années qu'il m'a fallu pour achever ce manuscrit. Je remercie pour leur patience et leurs encouragements mes éditeurs de Grande-Bretagne, des États-Unis, du Japon, de France, d'Allemagne, d'Italie, de Hollande et d'Espagne, en particulier. La tâche ingrate de s'excuser pour les retards de livraison du manuscrit a incombé à mon agent Hamish Macaskill de l'Agence anglaise au Japon. Je lui suis extrêmement reconnaissant du travail qu'il a accompli pour moi et tout particulièrement pour la constance de son enthousiasme et la confiance qu'il avait dans la valeur de ce livre qui m'a pris tant de temps à écrire. Merci également à Rob Kraitt des éditions Casarotto Ramsay pour son travail.

J'aimerais également remercier les personnes suivantes pour l'aide qu'elles m'ont apportée pendant la rédaction de cet ouvrage : Matteo

Battara, Andrew Benbow, Martin Colthorpe, Ian Cusack, Walter Donahue, Paul French, Philipp Breen, Mike Handford, Christopher Harding, Noriko Hasegawa, Ben Hervey, Atsushi Hori, David Karashima, Chris Lloyd, Justin McCurry, David Mitchell, Naoko Morozono, Kyoko Nakajima, Kazuo Okanoya, Richard Lloyd Parry, Roger Pulvers, Ann Scanlon, Mark Schreiber, Katy Shaw, Motoyuki Shibata, Peter Thompson, Paul Tickell, Rachel Toogood, David Turner et Cathi Unsworth.

Pour leurs commentaires et suggestions lors des différents états du roman, je tiens à exprimer ma reconnaissance à Angus Cargill et à Sonny Mehta et également à Hamish Macaskill, Akiko Miyake et Jon Riley.

Pour conclure, je n'aurais jamais osé attaquer, poursuivre et terminer la Trilogie de Tokyo sans la confiance, les conseils et l'enthousiasme de William Miller.

Merci, cher William, de tout mon cœur.

pca
cmb
édition pré-presse
livres numériques

44400 Rezé

Achevé d'imprimer en février 2022
sur les presses de Normandie Roto Impression s.a.s.
61250 Lonrai (Orne)
pour le compte des Éditions Payot & Rivages
60/62, avenue de Saxe - 75015 Paris
N° d'imprimeur : 2200219
Dépôt légal : mars 2022

Imprimé en France

IMPRIM'VERT